魏礼群

著

书序书语

——序言与评论

中国言实出版社

图书在版编目（CIP）数据

书序书语：序言与评论 / 魏礼群著 . -- 北京：中国言实出版社，2024.4
ISBN 978-7-5171-4798-5

Ⅰ . ①书… Ⅱ . ①魏… Ⅲ . ①序言—作品集—中国—当代 Ⅳ . ① I267

中国国家版本馆 CIP 数据核字（2024）第 076220 号

书序书语——序言与评论

出　版　人：冯文礼
封面题字：
责任编辑：刘　磊　王战星
责任校对：代青霞

出版发行：中国言实出版社
　　　　　地　　址：北京市朝阳区北苑路 180 号加利大厦 5 号楼 105 室
　　　　　邮　　编：100101
　　　　　编辑部：北京市海淀区花园路 6 号院 B 座 6 层
　　　　　邮　　编：100088
　　　　　电　　话：010-64924853（总编室）　010-64924716（发行部）
　　　　　网　　址：www.zgyscbs.cn　电子邮箱：zgyscbs@263.net

经　　销：新华书店
印　　刷：北京温林源印刷有限公司
版　　次：2024 年 5 月第 1 版　　2024 年 5 月第 1 次印刷
规　　格：880 毫米 ×1230 毫米　1/16　45.25 印张
字　　数：735 千字

定　　价：198.00 元
书　　号：ISBN 978-7-5171-4798-5

作者近照

魏礼群，曾任国家计划委员会政策研究室主任、体制改革和法规司司长，国家计委党组成员兼秘书长；中央财经领导小组办公室副主任；国务院研究室主任、党组书记；国家行政学院党委书记；第十一届全国政协委员、文史和学习委员会副主任。中国共产党第十六届、十七届中央委员会委员。

参加或主持过党中央、国务院大量重要文稿起草工作，包括：参加中国共产党十三大至十八大报告以及许多次中央全会重大决定的起草；1999 年至 2008 年连续十年负责国务院总理在全国人民代表大会上《政府工作报告》的起草；参加中华人民共和国国民经济和社会发展第六个至十二个五年计划（规划）重要文件起草。负责或参与起草各种重要文稿 3000 余件。

主持或参与 120 多项重大课题研究。出版个人专著 20 多部，主编著作 130 多部。

目前兼任：中央马克思主义理论研究和建设工程咨询委员会委员，国家社会科学基金应用经济学组召集人，国家哲学社会科学研究专家咨询委员会委员；曾兼任：中国行政体制改革研究会创会会长，中国西部开发人才基金会理事长，中国国际经济交流中心常务副理事长兼学术委员会主任，国家行政学院、中国人民大学、北京师范大学教授、博士生导师等。

前　言

30多年来，我先后为多部著作撰写过"序言"，也为多部新著写过书评或作过评论性讲话。这些著作中，有些是自己主持编写的新书，有些是同事出版的大作，有些是我所指导研究生的论著，还有些是友人推介的新作。为这些著作撰写序言、作书评，部分由于个人履职所系，也有些属于应邀所为。

这些著作涉及内容广泛，既有论述经济建设、社会建设，也有论述政治建设、文化建设、生态文明建设；既有专门论发展，也有专门论改革；既有探索学术理论的著作，也有建言献策的智库之声。其中，有不少是创新佳作。

我之所以为这么多著作写序言、作书评，主要基于两种考虑：一种是，对由我主持编写的新书，力图通过写序言，说明写作的意图、经过和对书中主要内容作画龙点睛的介绍，起个导读作用。另一种是，对他人的著作，通过写序言、作书评，使自己认真阅读新著，学习新知识，掌握新见解，也对书中内容作些阐述，以引起读者的关注。

这次将作过的"序言"、"评论"和评论性讲话结集出版，既是回首个人往事，也是进一步分享和推介相关著作的成果。2016年中国言实出版社出版过我的一部《序言集》，此次在原书基础上做了补充，增加了近些年写的序言，特别是结集了30多篇书评，内容更加丰富。

收入本书的文章，按时间顺序排列，以反映国家改革发展的历史进程和个人认知的实际过程。这次结集出版前，我对某些"序言"、书评作了必要的文字校正；考虑到文体相近，将几篇原著作中的"前言"改为"序言"。有些文稿是首次公开出版。

中国行政体制改革研究会秘书处几位同志为收集各篇"序言"、书评、讲话和汇编成册，予以热心帮助，包括有些著作及"序言"、书评是深入多家旧书市场才购买到的。国务院研究室和中国言实出版社有关人员为本书的结集出版，也付出了大量辛劳。在此，一并致以诚挚谢忱！

魏礼群

二〇二四年三月

目　录

序 言 篇

新型智库建设的认知与实践

共同拥抱人工智能时代

推进中国社会治理现代化的思考与探索

构建社会治理共同体的有益探索

中国企业海外投资风险与防控机制的重要探索

努力为我国社会信用体系建设多作贡献

新时代实现保险业的更大作为

推进基层治理现代化的有益探索

评 论 篇

开拓社区经济理论与实践新领域

加强理论和实践创新　推动社会建设不断发展

回顾十年奋斗历程　坚持推进西部大开发

为构建中国特色应急管理体系积累经验

努力扩大消费　促进经济社会协调发展

适应新常态　推动新发展

主动适应经济新常态的转型与改革

加强智库建设　担当时代使命

加快推进供给侧结构性改革的新探索

贯彻新发展理念　服务科学决策

聚焦热点问题　打造精品力作

序 言 篇

积极推进社会主义市场经济体制改革

——《社会主义市场经济与经济体制改革》*序言

(一九九四年五月)

　　党的十四届三中全会作出的《关于建立社会主义市场经济体制若干问题的决定》，是我国经济体制改革历史进程中具有里程碑意义的重要文献。它勾画了社会主义市场经济体制的基本框架，设计了建立社会主义市场经济体制的总体蓝图，把15年改革经验系统化，把党的十四大关于建立社会主义市场经济体制改革目标具体化。它是指引全党全国人民进行经济体制改革的行动纲领，是通向新世纪的宏伟大桥。它标志着我国经济体制改革已经进入以建立社会主义市场经济体制为目标的新阶段。这个阶段改革的显著特点和根本要求是实现三个转向，即从过去侧重于突破旧体制转向侧重于重建新体制；从过去注重单项推进转向突出综合配套；从过去主要依靠政策推动转向依靠法治化推动。我国社会主义市场经济体制的基本框架，是在坚持以公有制为主体、多种经济成分共同发展的前提下，由现代企业制度、全国统一的市场体系、健全的宏观调控体系、合理的收入分配制度和多层次的保障体系这五个主要环节构成的。如果把社会主义市场经济体制比作大厦，这五个环节就是五大支柱。大厦的基础，是以公有制为主体，多种经济成分共同发展的所有制结构。按照建立社会主义市场经济体制的目标，围绕这些主要环节，协调配套地进行全面改革。这些配套改革是企业体制、财政体制、税收体制、金融体制、计划体制、投融资体制、流通体制、外贸体制、价格体制、劳动工资体制、科技体制和教育体制等改革，以及商品市场和生产要素市场的培育与建设。

　　1994年是推进社会主义市场经济体制建设关键的一年，改革开始进入全面深化、综合配套推进的新阶段。新年伊始，金融、财税、外贸、投融资体

---

* 《社会主义市场经济与经济体制改革》，黄炎中主编，经济管理出版社1994年5月出版。

制改革方案和建立现代企业制度试点工作相继展开。改革力度、深度和难度之大是我国改革开放以来所未有的。这些改革，是进一步对传统的计划经济体制的变革，是对某些利益格局和权力结构的再调整，对人们的观念、对企业生产经营活动、对政府管理经济的方式和经济运行机制，必将产生重大影响。改革任务很重，也有一定风险。但是，越过这一次改革的难关，就会逐步形成社会主义市场经济的新体制，为我国经济持续、快速、健康发展打开新的局面。

广大干部群众参与改革、支持改革，首先必须了解改革，全面、准确明了各项改革措施的目的、意义和内容。这就要通过刻苦学习，掌握新理论、新知识，形成适应新形势的新观念、新办法、新机制。这对于顺利推进各项改革具有重大意义。重视和加强学习，这是改革大局给我们提出的紧迫而重要的任务。正如党的十四届三中全会《决定》所明确指出的："社会主义市场经济体制的建立和现代化的实现，最终取决于国民素质的提高和人才的培养。"

基于上述认识，为适应各阶层人士，尤其是计划、经济、企业干部迫切要求掌握社会主义市场经济新知识，了解、支持和参与改革的需要，黄炎中同志主持编著了这本书奉献给广大读者。本书以党的十四大和十四届三中全会《决定》以及国家出台的有关政策、法规为依据，围绕建立社会主义市场经济体制的基本框架展开论述，内容系统全面，重点突出，对各项改革，既联系历史、分析现状，又指出方向，既说清实务操作，又阐明道理，具有理论与实际紧密结合的特点和优点，有很强的可读性和实用性。我相信，这本书的出版，对于宣传、探讨和推动我国社会主义市场经济体制的改革将大有裨益。

大力推动中国社会全面发展与进步

——《1996—2010 年中国社会全面发展战略研究报告》*序言

（一九九六年八月）

一、发展观的转变

1978 年以来，我们逐步确立了以经济建设为中心、以满足人民生活基本需要为主要目标的发展战略。党的十二大确定，从 1981 年到本世纪末的 20 年，在不断提高经济效益的前提下，力争使全国工农业的总产值翻两番。但当时的国家计划仍然主要是经济计划，当时仍未改变偏重于经济的发展。1982 年 12 月，五届全国人大五次会议才正式把第六个五年计划易名为"国民经济和社会发展计划"，增加了"社会发展"的一些内容和指标。第七个和第八个五年计划又进一步有所前进。

实际上，从单纯追求经济增长到追求整体的社会发展，这是世界性的发展观的转变，也是大多数发展中国家走过的历程。二次世界大战以后，许多发展中国家从帝国主义的殖民统治下独立出来，他们面临的首要问题，是尽快提高非常低下的生产力，缓解和消除贫困，增强国家的实力。在这种情况下，多数发展中国家都确立了以经济增长，更确切地说是以提高人均国民生产总值（或人均国民收入）为目标的发展战略。因为一般来说，国民生产总值和国民收入的提高会相应地改善人民生活水平，况且这也是西方国家走过的成功之路。联合国关于第一个发展 10 年（1960—1970）的报告、1969 年应世界银行要求提出的皮尔逊发展报告，以及作为联合国第二个发展 10 年规

---

* 《1996—2010 年中国社会全面发展战略研究报告》，该书系"中国国情与发展"丛书之一，魏礼群主编，辽宁人民出版社 1996 年 8 月出版。

划底本的1970年延伯根发展报告，都是把国民生产总值的增长作为社会发展的首要目标，实行"先增长后分配的战略"。但是，把经济增长等同于社会发展的传统发展观在几十年的实践中遇到诸多问题，发展中国家在只要是"经济的"就是"合理的"观念指导下，资源消费和短缺加剧，环境污染和生态破坏严重，贫富差距拉大，产业结构畸形，债务有增无减，造成"有增长而无发展"，平民教育、劳动保护、社会福利、医疗卫生、生态环境、社会公正等与人民的利益息息相关的进步因素，都被当作经济增长的代价牺牲掉了。这种实践结果，使人们的发展观产生变化，各种"替代发展战略"和"新发展观"随之出现。较有代表性的就是1976年国际劳工组织在世界就业大会上提出的"基本需求战略"、1992年联合国环境与发展大会提出的"可持续发展战略"以及联合国开发计划署在《1994年人类发展报告》中提出的"新的人类安全观"。各种新发展观的一个共同点，就是从追求单纯的经济增长转而追求社会的全面发展，从单纯追求当代人的发展转向同时也追求未来人类的发展，把消除贫困、公平分配、大众参与、资源节约、生态保护等多种社会价值作为发展目标，其中人的基本需求和发展是中心目标。

二、确立新的社会发展观

从发展中国家走过的道路和我国40多年的发展历史，特别是从近十几年的实践来看，我们的新发展观应当有三个预设前提或者说三个基本判断，即关于社会发展和社会进步的基本判断、关于综合国力的基本判断和关于社会总资源合理配置的基本判断。

关于什么是社会发展和社会进步，基于不同的价值观人们可能会有不同的认识，但是有一点是可以达到世界性共识的，那就是不能仅仅以经济增长的指标来衡量，特别是不能仅仅以人均国民生产总值的数量增长来衡量。社会发展是一个整体的概念，它应包括经济增长在内的社会结构、人民生活、科技教育、社会保障、医疗卫生、社会秩序等各个方面，因而应当建立一套较完备的社会发展描述体系和指标体系。同时，对社会发展和社会进步的评价不仅要考虑到当代的生存和发展，而且要顾及未来人类的生存和发展利益。联合国开发计划署在其发表的《1994年人类发展报告》中，用人均预期寿命、识字率和按购买力平价计算的人均国内生产总值三项指标来推算人文发展指数（HDI），对世界上173个国家和地区进行比较，结果表明，1992年中国的人文发展指数排在第94位，比人均GNP排序高34位，属于"中等人文发展水平"。

衡量一个国家在国际上具有的真正实力以及确立其在国际局势中的位置，应当首先考虑综合国力。综合国力是一个国家可以动员起来投入社会发展、施加国际影响和进行国际抗衡的综合力量，它包括资源力量、经济力量、政治力量、社会力量、军事力量、科技力量和文化力量。换句话说，地理特征、人口规模、资源多寡、经济技术水平、财力、军备状况、人才资源、民族特性、社会整合程度、政治和生活的稳定性、国民士气、政策和战略选择等都是综合国力的构成要素。在人均国民收入水平相同的情况下，不同国家的综合国力是会迥然而异的。根据中国军事科学研究院战略研究室所进行的综合国力动态分析，中国的综合国力1949年列世界第13位，1988年上升到第6位，预计到2010年（包括港、澳）的综合国力可能达到世界第5位。

社会总资源的合理配置应当作为衡量经济与社会协调发展的一个重要标准。对资源配置的考察不应只局限于经济领域，而应扩展到整个社会领域，因为社会的人口、生活、科技、教育、社会保障等任何一个方面都有可能成为阻碍经济发展的瓶颈。在社会领域，资源合理配置不能完全依靠市场导向，而应有行政干预，但这种干预应以促进经济发展为前提，而不能作为超经济的主宰力量与市场力量相抗衡。我们不追求设立某种理想的最佳方案，但是，我们可以在经验统计和理论分析的基础上，建立起自然资源、资金、物力、人力、智力和信息在总体上趋向合理的分配模式和比例关系。

反腐倡廉　警钟长鸣

——《中国廉政史鉴》*序言

（一九九九年四月）

　　人类社会即将告别风风雨雨和铸造辉煌的20世纪，跨入充满良好机遇和严峻挑战的21世纪。在这个世界格局大调整、社会经济大变革的重要历史时刻，各个国家都在精心谋划和展示自己在新世纪竞争中的雄姿和位置。我们党早在1997年中国共产党第十五次全国代表大会上，就站在时代的制高点上，统观未来世界走势，高瞻远瞩地制定了我国跨世纪的国民经济和社会发展战略，使中国以巨人般的雄健步伐、充满活力和生机的面貌进入人类的新纪元，在世界新格局中占据有利的地位。实现中国共产党确定的跨世纪的历史使命，各级政府将起着重要的作用。

　　世界在注视着中国。中国人民也在注视着自己的政府。向21世纪跨越的中国政府肩负着重大的历史责任和人民的殷切重托。为此，朱镕基总理在九届全国人大二次会议上作的《政府工作报告》中，根据党的十五大精神和人民政府的职责，旗帜鲜明地提出："**从严治政，建设廉洁、勤政、务实、高效政府。**"这是对我们党历来坚持的根本宗旨的高度概括，也是在新的形势下对各级政府和政府工作人员的庄严要求。

　　真正做到从严治政，把各级政府建设成廉洁、勤政、务实、高效的政府，才能保证中国特色社会主义事业在新世纪有一个崭新的开局。我们的政府是人民的政府，根本宗旨是全心全意为人民服务。我们政府的权力是人民赋予的，必须一心为人民着想、一切对人民负责。廉洁、勤政、务实、高效，这八个字、四个方面的要求，是互相联系的有机整体。廉洁是为政的首要标准，为政不廉，毁政害民。勤政是为政的基本要求，为政不勤，荒政误民。务实

---

* 《中国廉政史鉴》，该书系"廉洁·勤政·务实·高效"丛书之一，师少林著，中国经济出版社 1999 年 5 月出版。

是为政的内在要求，为政不实，损政伤民。高效是为政的综合表现，只有真正廉洁、勤政、务实才能达到高效。任何一级政府或每个政府工作人员，如果不讲廉洁，就无勤政可言，既不廉洁，又不勤政，何来务实和高效？把"廉洁"放在第一位，建设廉洁的政府，做廉洁的公务员，勤政为民，务实高效，体现了党中央和国务院对各级政府和工作人员的严格要求和殷切希望。这种要求和希望有着很大的现实针对性。如今一些腐败现象给我们的事业造成的不良影响和损失已经非常严重。任何一个有责任、有良知的人都无法容忍腐败现象的蔓延，以实践为人民服务宗旨为天职的共产党人和政府工作人员，更应坚决反对任何形式的腐败行为。对那些还想往贪渎腐败这条路上走的人，仅大喝一声、猛击一掌已经不足为重，而应让他们睁开眼睛看看悬在面前的法律利剑。

历览古今中外，治国之道，治吏为要。反腐倡廉，峻法惩贪，史有明鉴。新中国成立后，中国共产党成为掌握政权的执政党，我们党和政府一向十分重视防治腐败变质的问题。反对腐败是关系党和国家生死存亡的严肃政治斗争，在整个改革开放和现代化建设的过程中，都要坚决反对腐败，做到警钟长鸣。我们要认真总结古今中外防治腐败的历史经验，从中引出鉴戒。中国经济出版社编辑出版的"廉洁·勤政·务实·高效"丛书，比较系统地介绍了国外反腐败的经验与教训，回顾了新中国成立以来反腐败斗争的历程，探寻了产生腐败现象的根源，为加强廉政建设提供了史鉴。其目的在于为反腐倡廉服务，使人们学习那些光明磊落、心怀天下、清正廉明的古今志士，看看那些中外腐败之躯如何同粪土一样坠落尘埃。大量正反事例昭示人们，在极为复杂的经济和社会生活中，必须学会把握自己。要坚持不懈地讲学习、讲政治、讲正气，真正做到自警、自励、自持、自重，严格自律，廉洁奉公，不奢不贪，两袖清风，一身正气，全身心地效力于国家和社会，大气磅礴地站到新世纪的潮头。

再接再厉　奋力推进改革开放和现代化建设

——《九届全国人大五次会议〈政府工作报告〉学习辅导》*代序言

（二〇〇二年三月）

在新世纪的开端之年——2001 年，我国实施"十五"计划和现代化建设第三步战略部署赢得良好开局。2002 年，是我们国家发展史上具有重大意义的一年，中国共产党将召开第十六次全国代表大会，也是在严峻的国际经济形势下把改革开放和现代化建设继续推向前进的重要一年。做好今年的政府工作非常重要。刚刚闭幕的九届全国人大五次会议，审议通过了朱镕基总理作的《政府工作报告》。这个报告以邓小平理论和党的十五大精神为指导，贯彻江泽民总书记"七一"重要讲话和党的十五届五中、六中全会精神，以经济工作为重点，总结回顾去年的政府工作，提出今年政府的主要任务和措施。《报告》的基本精神，就是要在严峻的国际经济形势下，坚定信心，扎实工作，再接再厉，奋力推进改革开放和现代化建设。我们要全面把握和深刻领会《报告》精神，务必把《报告》的任务和要求落到实处，以优异的成绩迎接党的十六大召开。

充分肯定成绩　正确把握形势

2001 年，面对复杂多变的国际形势，全国上下齐心协力，开拓进取，使我国改革开放和现代化建设取得了新的重大成就。这些成就来之不易，确实值得浓墨重彩。充分肯定各方面的成绩，也有利于统一思想，坚定信心，增强凝聚力。因此，《报告》用凝练的语言，概括总结了去年的成就。

---

* 《九届全国人大五次会议〈政府工作报告〉学习辅导》，国务院研究室编写组编，中国言实出版社 2002 年 3 月出版。

一是国民经济保持良好发展势头。在世界经济增长明显减速的情况下，由于党中央、国务院坚持扩大内需的方针，坚定地实施积极的财政政策和稳健的货币政策，实现了国民经济较快增长，国内生产总值比上年增长 7.3%。更为重要的是，经济结构调整取得积极进展，经济增长质量和效益进一步提高。税收大幅度增长，全国财政收入按可比口径增加 2400 亿元。外贸进出口总额突破 5000 亿美元，其中出口 2662 亿美元，增长 6.8%，比预料的好得多。外商直接投资 4168 亿美元，增长 14.9%。国际收支状况良好，年末国家外汇储备达到 2122 亿美元，比上年末增加 466 亿美元。人民币汇率稳定。这些说明，国民经济继续沿着持续快速健康发展的轨道前进。

二是经济体制改革进一步深化。在经济形势严峻的情况下，坚持不懈地深化社会主义市场经济体制改革。国有企业改革继续推进，现代企业制度建设加快。一些资源枯竭的矿山和严重资不抵债、扭亏无望的企业，通过关闭、破产退出市场。垄断行业改革与重组取得重要进展。粮食、棉花流通体制改革成效明显。完善社会保障体系和农村税费改革试点进展顺利。城镇职工医疗保险制度、医疗卫生体制和药品生产流通体制三项改革稳步推进。整顿和规范市场经济秩序取得阶段性成果，有力地打击了经济领域的违法犯罪分子。所有这些，都是完善社会主义市场经济体制必须进行的"攻坚"战，而且有了新的突破。

三是科技、教育和社会事业全面发展。实施科教兴国战略和可持续发展战略取得新进展。新的"863 计划"、科技攻关计划和重点基础研究计划开始实施。国家创新体系建设继续推进。一批高新技术产业化重点项目正式启动。国家组织了647 项重点技术创新项目和1329 项国家级重点新产品试产计划项目。全年共取得省部级以上科技成果 28376 项。科技体制改革进一步深化。各级各类教育不断发展。全国普通高等学校招生268 万人，比上年增招 48 万人。基础教育和职业教育进一步加强，素质教育全面推进。资源保护、环境治理和生态建设力度加大。社会主义精神文明和民主法治建设得到加强，廉政建设和反腐败斗争等方面都取得了明显成绩。

四是城乡人民生活继续改善。城镇居民人均可支配收入实际增长 8.5%，这个增长幅度相当高。农民人均纯收入实际增长 4.2%，扭转前两年增幅下降的状况，负担继续减轻。社会保障体系建设进一步加强。中央财政和地方财政大幅度增加了社会保障支出，国有企业下岗职工基本生活费和离退休人员基本养老金基本上做到按时足额发放；享受城市居民最低生活保障的覆盖人数，由年初的400多万人扩大到年末的1120多万人，这些是很不容易的。城乡市场繁荣，居民住房、出行条件进一步改善。城乡居民从经济增长中得到了实惠，更加切实感受到了党和政府领导的正确，增强了对国家发展前景的信心。

以上这些重大成绩，不仅说明我国进入新世纪伊始迈出了坚实有力的步伐，而且为以后更好地前进奠定了重要基础。

做好今年的各项工作，对于巩固和发展"十五"计划的良好开局，把改革开放和现代化建设继续推向前进，意义重大。做好今年的工作，很重要的一点，就是要全面认识和把握形势，既要看到成绩，又要看到困难；既要看到面临的新机遇，又要看到遇到的新挑战。这是制定正确方针政策的依据。如果只看到我国经济是当今世界上"一枝独秀"，只看到大发展的机遇，而对困难情况和遇到的挑战估计不足，就有可能陷入被动。因此，《报告》对我们面临的国内外经济形势作了科学的分析。

当前国际形势跌宕起伏，复杂多变。特别是美国发生"9·11"事件和美国在阿富汗采取军事行动后，国际政治经济格局发生深刻变化，存在许多复杂和不确定因素。去年世界经济从周期性的发展高峰进入低速增长，全球经济增长率大幅下降。美国、欧盟、日本三大经济体同时陷入困境。这三大经济体占世界经济总量的70%以上，必将对世界经济贸易增长带来严重影响。国际市场竞争会更加激烈，贸易保护主义趋势更加强化，金融市场风险更加增大。外部经济环境的这种变化，势必给我国经济发展带来一定的负面影响，特别是外贸出口增长的难度将进一步加大。同时，国内经济发展也面临不少问题。主要是农民收入增长缓慢，就业压力增大；产业结构不合理和经济体制深层次问题矛盾还没有解决；市场经济秩序仍比较混乱；等等。所有这些，都制约着内需的持续扩大和经济健康发展。我国加入世界贸易组织，总体上有利于我国深化改革和长远发展，但某些竞争力不强的行业和企业会受到较大冲击。因此，在当前好的经济形势下，对面临的困难和隐忧，一定要有清醒的认识和足够的估计。"祸故多藏于隐微，而发于人之所忽。"我们必须居安思危，增强忧患意识和危机感，做到未雨绸缪、有备无患。

当然，也要看到做好今年工作的诸多有利条件。尽管世界风云变幻，但和平与发展作为时代的主题并未改变，世界多极化的发展趋势并未改变，我们面临的国际环境依然是机遇大于挑战。世界经济增长低迷，更凸现了我国实体经济基础扎实和市场广阔的优势。去年以来，外商在中国的直接投资大幅度回升即是明证。我国加入世界贸易组织，固然会给我们带来一定冲击，同时也带来了大发展的新机遇。目前，我国综合国力显著增强，拥有比较雄厚的物质技术基础，粮食等农产品和主要工业产品供过于求，外汇储备充裕，社会保障体系逐步完善，经济发展有较大的回旋余地。更为重要的是，以江泽民同志为核心的党中央积累了应对各种复杂局面的丰富经验。所有这些，都是我们战胜困难与风险的可靠保证。我们要振奋精神，增强信心，充分利用一切有利条件，发挥各方面的积极性，用好新机遇，迎接新挑战，实现新发展。

着力抓好重点　推动工作全局

在新的形势下，政府任务十分繁重，千头万绪。在工作部署上，必须突出重点，适当兼顾其他方面，着力抓好关系全局和人民群众关心的重大问题。这样，才能秉要执本，势如破竹，取得各项工作的新进展。根据党中央关于2002年工作的总体要求，《报告》提出今年要着重做好八个方面的工作。下面，着重阐述以下四个方面主要任务。

一、扩大和培育内需，促进经济较快增长。保持国民经济较快增长，是扩大就业、改善人民生活和维护社会稳定的基础，也是推进结构调整和深化改革的重要条件。在当前严峻的国际经济形势下，实现经济较快增长的根本之策，是扩大国内需求，进一步形成消费和投资的双重拉动。继续实施积极的财政政策和稳健的货币政策，并保持必要的力度，同时采取其他方面相配套的宏观经济政策。

《报告》突出强调了扩大内需必须培育内需。这是统观全局、放眼长远的战略举措，也是深怀爱民之心、善谋富民之策的生动体现。内需，包括投资需求和消费需求，归根结底，主要是城乡居民的购买力。不能认为扩大内需是无限的，是可以予取予求的。这几年，居民的购买力已经分流了不少。城镇干部职工购买住房，许多人用光了多年的积蓄；用消费信贷买房、买车、就学等，加起来已有6400多亿元，实际上是预支了购买力；还有各种社会投资，包括买股票、债券、商业保险等，共有2万多亿元。虽然国债主要是向银行发行，但银行的钱主要还是老百姓的储蓄，因此发国债也是有限度的，再不高度重视培育和保护内需，实行扩大内需方针就会遇到困难。

为了增加城乡居民特别是低收入群体的收入，培育和提高居民的购买力，《报告》着重讲了以下四个方面的措施：

第一，千方百计增加农民收入，切实减轻农民负担。目前，农民占全国人口的大多数，而且总体生活水平较低。发展农业生产力，提高农民购买力，是扩大和培育内需十分重要的方面，关系国民经济发展和社会稳定的全局。《报告》强调把加强农业和增加农民收入，作为整个经济工作的突出任务；把农民收入是否增加、负担是否减轻，作为检验今年农业和农村工作的重要标准。进一步指出了加强农业和增加农民收入的重要性，更加明确了经济工作的布局和重点。这是完全必要的、正确的。从根本上说，增加农民收入必须加快农业和农村经济结构调整，积极推动传统农业向现代农业的转变。这是一个较长时期的过程，需要坚持不懈地努力。为了使农民收入尽快有较多的增长，特别要抓好以下措施：扩大退耕还林规模；深化农村税费改革和粮棉流通体制改革，进一步扩大农村税费改革试点范围；全面发展农村二、三产业，努力拓宽农民增收渠道；采取符合世界贸易组织规则的措施，加大对农业的支持力度，努力维护农民利益。农民收入增加了，就会有力开拓农村的广阔市场。

第二，进一步完善城镇社会保障体系。当务之急，仍然是落实"两个确保"，要确保国有企业下岗职工基本生活费和离退休人员基本养老金按时足额发放，任何地方都不得发生新的拖欠。完善失业保险制度。同时，强化城市最低生活保障制度建设，使所有符合条件的城市贫困居民都能得到最低生活保障，做到应保尽保。为此，中央财政预算较大幅度地增加了"低保"资金，地方财政预算也要增加所需资金。继续推进城镇医疗卫生三项制度改革。进一步搞好完善社会保障体系的试点工作。努力筹集和管好、用好全国社会保障基金。

第三，继续适当提高机关事业单位职工基本工资，并相应增加机关事业单位离退休人员离退休金。各类所有制企业也要在提高经济效益的基础上，适当增加职工收入。对一些地方拖欠干部、政法干警、教师工资的问题，有关地方务必采取有力措施，尽快加以解决。宁可不上或少上建设项目，不办或少办不是急需的事，也要确保工资按时足额发放。从中央到省一级都要认真落实对困难地区加大财政转移支付力度的措施。

第四，积极扩大就业和再就业。这是增加居民收入的重要途径，也是解决低收入人群生活困难的积极办法。要努力拓宽就业渠道，增加就业岗位。采取优惠政策措施，鼓励自谋职业和促进就业。对弱势群体要予以特殊的就业援助。

认真落实以上这些措施，既是贯彻"三个代表"重要思想的具体体现，也是扩大和培育需求的必然要求。给低收入群体增加收入，提高他们的购买力，可以直接扩大消费需求，有力拉动经济增长。

为了扩大国内需求，促进经济持续较快增长，《报告》还从增发国债投资、做好财税工作和继续实行稳健的货币政策三个方面作了部署。目前，居民储蓄存款增加较多，银行资金比较充裕，利率水平较低，市场价格稳定，国债余额占GDP的比重仍在安全线以内，发行长期国债还有一定空间。用国债投资进行重要的和社会急需项目的建设，不仅有利于促进经济增长和培植财源，而且有利于集中力量办大事，充分发挥各方面资金的使用效益。因此，今年发行1500亿元长期建设国债，这个决策是正确的。增发的国债，应主要用于在建的国债项目、西部开发项目、重点企业技术改造等方面。要坚决防止无效投资和重复建设，基础设施建设也要合理规划，量力而行，不可过分超前。同时，要用好用活其他国内资金，引导和鼓励社会投资。加强国债资金的监督管理。在当前国内外经济形势存在许多不确定因素的情况下，要保持税制稳定。关键在于加强税收征管。要认真贯彻"一要吃饭，二要建设"的方针，合理调整财政支出结构。在切实防范和化解金融风险的前提下，金融机构要积极支持经济发展，努力改进服务。银行要调整和优化信贷结构。金融企业要深化改革，健全机制，强化管理。强化金融法治和监管，加强金融信息化建设。严防国际短期资本对我国金融市场的冲击，确保金融安全运行。

二、积极推进经济结构调整和经济体制改革。进一步解决制约我国经济发展的结构性矛盾和体制性障碍，是促进经济持续增长、提高经济素质和竞争力的根本举措。必须大力推进经济结构调整，坚持不懈地把经济体制改革引向深入。《报告》把结构调整作为主线，把改革作为动力，提出了今年经济结构调整和经济体制改革的任务和要求。与往年不同，今年的《报告》把结构调整和体制改革放在了一个部分。这样既突出了结构调整这条主线，又体现了深化改革是结构调整的强大动力。

在结构调整方面，我国经济正处于迈上新台阶的关键阶段，不很好解决结构性矛盾，经济难以健康发展。因此，必须在这方面下硬功夫、真功夫。要加快产业结构优化升级，包括利用高新技术和先进适用技术改造、提升传统产业；支持重点行业和骨干企业进行技术改造；继续压缩过剩的生产能力，巩固和扩大纺织、冶金、煤炭等行业淘汰落后生产能力取得的成果，已淘汰的生产能力绝不能以任何借口恢复生产；大力发展高新技术产业，特别是要重视发展信息、生物、新材料产业，推进国民经济信息化，用信息化带动工业化；积极发展第三产业特别是包括金融、会计、咨询、法律服务等在内的现代服务业。同时，继续实施西部大开发战略，促进地区协调发展。推进西部大开发，不仅会为我国经济开拓广阔的空间，而且会为经济发展注入新的活力。

在经济体制改革方面，《报告》作出了具体部署。首先是继续深化国有企业改革，切实加强现代企业制度建设，推行规范的公司制改造，健全法人治理结构，转变企业经营机制。今年要重点检查上市公司建立现代企业制度的情况，找出存在的问题，认真加以解决。要强化企业内部改革，选择少量中央管理的大型企业和境外上市公司，进行收入分配制度改革试点。要加强和改进企业质量、成本和营销管理，加快企业管理现代化、信息化建设。企业信息化建设是一场革命，对于提高企业管理水平，转换经营机制，促进管理创新，提高经济效益有着重大的意义，必须高度重视，切实抓好。要积极推进国有企业改组重组，尽快形成和发展一批具有国际竞争力的大公司和企业集团，采取多种形式放开搞活国有中小企业。继续做好企业破产兼并工作，特别要注意按政策安置好职工，维护社会稳定。推进垄断行业改革，引入市场竞争机制。电信、电力、民航管理体制改革方案已经颁布，应抓紧组织实施。同时，要尽快研究制定铁路管理体制改革方案。

要继续调整和完善所有制结构，坚持以公有制为主体、多种所有制经济共同发展的基本经济制度，积极探索公有制多种有效实现形式，大力发展混合所有制经济和集体经济，鼓励、支持和引导个体、私营经济健康发展。

其他各项改革，也要按照建立和完善社会主义市场经济体制的要求，积极推进。特别要尽快制定投融资体制改革方案，争取早日实施。同时，还要深化收入分配制度和金融、财税、外贸、住房等方面的改革。

三、适应加入世贸组织新形势，全面提高对外开放水平。我国正式加入世界贸易组织，标志着对外开放进入了一个新阶段。我们要以更加积极的姿态，在更大范围和更深程度上参与国际经济合作与竞争。我国加入世界贸易组织，是适应经济全球化趋势，为更好地利用两个市场两种资源，进一步扩大对外开放，促进我国现代化建设而作出的重大决策。"入世"后，我国可以享受成员国之间相互提供的最惠国待遇和国民待遇，减少其他国家对我产品出口的限制，有利于扩大我国出口贸易和我国企业"走出去"；直接参与多边贸易新规则的制定；利用多边争端解决机制，维护我国正当权益；促进国内企业深化改革，加强管理，提高国际竞争力。同时也要看到，由于我国某些产业和企业的竞争力不强，加入世界贸易组织后，会受到一定冲击。要正确认识加入世贸组织的利与弊、机遇与挑战、防御与进攻。"入世"有利有弊，要真正做到利大于弊，必须做好应对工作。"入世"既有机遇，也有挑战，关键在于抓住、用好机遇，大胆迎接挑战。既要敢于进一步扩大开放，又要善于在开放中保护自己。各方面一定要把思想认识统一到中央的决策上来，主动做好各项工作，化挑战为机遇，变压力为动力，使我国经济赢得新的更大发展。

为了适应加入世界贸易组织的新形势，我国近年来特别是去年以来已经做了大量工作。今年要在已有工作基础上，以增强国际竞争力为核心，重点做好以下几个方面的工作，包括：按照法治统一、非歧视性、公开透明的原则，抓紧完善既符合世界贸易组织规则、又符合我国国情的涉外经济法律法规体系，确保执法公正与效率；按照加入世贸组织的承诺，有步骤地扩大对外开放领域，同时加快制定和修订质量、卫生、防疫、环保、安全等方面的市场准入标准；认真研究、掌握和充分行使我国作为世界贸易组织成员享有的各项权利，积极推动和参与区域经济合作；组织好世界贸易组织知识和规则的学习、宣传及人员培训。

在外贸出口方面，要继续实施市场多元化战略，力保现有市场，开拓新的市场。调整和优化出口结构，落实各项鼓励和促进出口的政策措施。积极实施"走出去"战略，鼓励和支持有条件的各类企业，到国外特别是周边国家投资办厂和承包工程，带动国内技术、设备、原材料和劳务出口。加入世贸组织，并不意味着我们取得了直入国际市场的"通行证"。必须敢于冒风险，勇于克服困难，奋力开拓市场。必须坚持以质取胜，一定要使我们出口的产品质量有明显提高。质量是企业的生命，只有产品质量好，才能长期稳固地占领和扩大国际市场。各类所有制企业都必须在提高产品质量和服务水平方面下大功夫。

继续积极利用外资，优化外资结构。着力引进先进技术、现代化管理和专门人才。要大力改善投资环境，规范招商引资行为，逐步实行国民待遇。要制止利用外资搞重复建设。招商引资绝不能搞"大跃进"，政府不能代替企业行为，越俎代庖，也不能越权擅自竞相出台优惠政策。要切实清理和取缔对外商企业的各种乱收费，提供优质服务，提高办事效率。

四、继续大力整顿和规范市场经济秩序。《报告》强调了整顿和规范市场经济秩序的重大意义，并对今年的重点工作作出了部署。我们要加深对整顿和规范市场经济秩序重要性的认识，不断提高做好这项工作的自觉性。第一，这是完善社会主义市场经济体制的重大举措。社会主义市场经济是一种公平竞争的经济，也是一种法治经济，还是一种信用经济。现在，行业垄断和地方保护主义盛行，坑蒙拐骗肆虐，商业欺诈、贿赂严重，有法不依、违法不究现象相当普遍，恶意逃废债务、欠债不还屡见不鲜。这些与社会主义市场经济运行规则格格不入，南辕北辙。只有大力整顿和规范市场经济秩序，健全公平竞争规则，强化法治，注重社会信用建设，各方面都按社会主义市场经济的"游戏规则"办事，才能在我国真正建成社会主义市场经济体制。第二，这是进一步扩大对外开放的必要条件。经济秩序混乱，严重损害我国改革开放形象和国际声誉，破坏投资环境。假冒伪劣商品出口，还会败坏我国商品在国际市场上的声誉，导致一些国家不愿进口我国商品甚至采取歧视性措施，影响出口的扩大。不大力整顿市场经济秩序，对外开放就不可能迈出大的步伐。第三，这是巩固和发展国民经济良好发展势头的迫切需要。我国要把经济发展的立足点放在扩大国内需求上，而扩大内需的一个重要方面，就是要使人民群众对市场商品质量信得过，增强消费意愿。如果任凭假冒伪劣商品充斥市场，消费者就不会有消费意愿，扩大内需就没有基础。同时，假冒伪劣商品横行，挤占了市场，也会严重影响守法经营企业的生产和合格、优质产品的销售。不大力整顿市场经济秩序，就难以实现国民经济长期稳定和健康发展。第四，这是提高国民经济素质和竞争力的必然选择。现在地方保护主义严重，到处搞地区经济封锁，一方面割裂全国统一市场，妨碍公平竞争；另一方面浪费资源、污染环境、产品质量低劣的"五小"企业关不了，阻碍了产业结构调整和规模经营发展，现代化的大企业和企业集团难以成长起来。这种状况不改变，国民经济整体素质和竞争力就难以提高，中国经济就会长期处于落后地位，也就不可能实现现代化。第五，这是全面推进社会文明进步的内在要求。经济秩序混乱，不仅破坏生产力发展，而且毒化社会风气，败坏社会公德，滋生消极腐败，动摇社会主义理想信念。如果让经济秩序混乱状况继续发展，经济就会变质，社会就会变质，实现中华民族的伟大复兴就没有希望。总之，大力整顿和规范市场经济秩序，事关我国改革、开放和发展的全局，不仅有着重大的经济意义，而且有着重大的政治意义。

由于党中央、国务院高度重视，经过全国上下努力工作，整顿和规范市场经济秩序取得了阶段性成果。在此基础上，今年的工作重点是：第一，进一步严厉打击制售假冒伪劣商品的违法犯罪活动，特别是狠狠打击严重危害人民生命健康的食品、药品、医疗器械等方面的制假售假行为。第二，继续整顿与规范建筑市场、房地产市场、文化市场和财税秩序。坚持不懈地打击骗税、偷税、逃汇、骗汇、传销和走私等犯罪活动。严厉打击伪造票据、凭证和做假账等违法行为。第三，深入整顿金融秩序。严肃查处银行、证券、保险等金融机构违法违规经营行为，依法查处金融欺诈、操纵证券市场和内部交易、恶意逃废债务等行为。整顿和规范会计师事务所等中介服务组织。大力整顿旅游市场。第四，打破地方保护和行业垄断。依法纠正和查处利用特权，设置关卡，阻碍商品流通、妨碍公平竞争的行为。第五，加强生产、交通安全管理。切实纠正各种违规违章指挥和操作现象，防止重大安全事故发生。

深入整顿和规范市场经济秩序，必须标本兼治，重在治本。要严把市场准入关。各级政府机构必须与企业和中介机构彻底脱钩。严格实行部门预算制和执法执罚"收支两条线"管理。强化法治，加大对违法犯罪活动的惩治力度。加强社会信用建设，逐步在全社会形成诚信为本、操守为重的良好风尚。广泛运用现代信息手段加强监管。加快流通体制改革，发展现代流通方式，使假冒伪劣商品难以进入市场。

《报告》对推动科技进步和创新、坚持教育优先发展、认真实施人才政策和可持续发展战略、加强精神文明建设都提出了今年的重点任务和措施。由于党中央、国务院对这些方面的工作高度重视，因此《报告》用了较大篇幅加以阐述。

《报告》还就保障国家安全，维护社会稳定；加强民族团结，做好宗教和侨务工作；加强国防和军队建设；维护香港、澳门长期稳定和繁荣发展；继续做好对台工作、促进祖国统一大业等方面，提出了任务，作了明确部署。

在"国际形势和外交工作"中，《报告》简要分析了今后一个时期国际局势的基本态势，回顾了过去一年我国外交工作取得的成绩。重申我国将继续奉行独立自主的和平外交政策，强调继续反对霸权主义和强权政治，反对一切形式的恐怖主义，推动建立公正合理的国际政治经济新秩序。

加快转变政府职能　加强政风建设

这既是今年政府工作的一项重要任务，又是实现其他各项任务的重要保证。因此，《报告》将进一步转变政府职能，改进和加强作风建设，作为非常重要的内容。

总的说来，经过 20 多年改革，我国社会主义市场经济体制已经初步建立，政府机构改革和政府职能转变也取得了很大进展，但目前还存在不少问题。为了适应社会主义市场经济发展的要求，必须进一步推进政府职能转变。我国已加入世界贸易组织，政府管理体制和行为方式，也必须与世贸组织规则的要求相适应。去年，党的十五届六中全会作出加强和改进党的作风建设的《决定》，今年是落实《决定》的第一年，转变政府职能和加强政风建设，直接关系到党风建设的进展。我们党要取信于人民，必须在党风、政风建设方面取得明显成效。同时，当前国际局势风云变幻，我们的工作任务非常艰巨，要真正抓住新机遇、应对新挑战、实现新发展，必须使政府职能转变和政风建设迈出新步伐，努力建设廉洁、勤政、务实、高效政府。总之，无论是改革开放的新形势、新任务，还是提高为民执政的水平，都迫切需要进一步加快政府职能转变，切实改进政风。《报告》提出今年要着力抓好三个方面：

第一，加快政府职能转变。必须进一步解放思想，彻底摆脱传统计划经济观念的羁绊，进一步实现政企分开，切实把政府职能转到经济调节、市场监管、严格执法和公共服务上来。政府机关行使职权，要切实摆正位置，做到"三不"：一不越位，决不要再把那些政府机关不该管、管不了，实际上也管不好的事情揽在手里，不直接管理企业微观经济活动，该由企业和市场自主决定的事情要坚决放开。充分发挥行业协会、中介机构等社会组织的重要作用。二不缺位，该由政府机关管的事情特别是严格执法、监管市场运行，就要坚决管住、管好，决不能撒手不管或管得不力。三不错位，政府机关只能当"裁判员"，不能既当"裁判员"，又当"运动员"，该由政府机关办的事，也要公开、透明、公正，方便群众，提高办事效率。要坚持依法行政，从严治政。各级行政机关必须依照法定的权限和程序履行职责，既不失职，又不越权，做到有权必有责、用权有监督、侵权要追究。加入世贸组织后，对依法行政提出了新的更高要求。各级政府和各部门，要进一步改革和减少行政审批，必须审批的也要规范操作，简化程序，公开透明，明确责任。对此国务院已作出部署，各部门、各地方必须严格执行。

要加快政府管理信息化建设，推广电子政务，提高工作效率和监管的有效性。大力发展电子政务，意义重大。电子政务是国民经济和社会信息化的"牛鼻子"，是转变政府职能的"助推器"，是传递政令的"千里马"，是政府与群众之间的"连心桥"，是节约行政开支的"好管家"。因此，要适应时代要求，把推进电子政务作为突出重要的任务。关键在于科学规划、改进管理体制和基础条件、注意安全防范。

第二，切实加强政风建设。 要深入开展反腐败斗争，加强廉政建设。围绕坚持清正廉洁、反对以权谋私、规范权力运行，进一步加大惩治力度，从源头上预防和治理腐败。特别要切实实行"收支两条线"，严格规范招投标制度和政府采购制度。坚决反对形式主义、官僚主义，下决心解决"文山会海"问题。各级政府机关工作人员要大兴调查研究之风，深入基层，深入实际，了解真实情况，关心群众疾苦，抓紧解决人民群众反映强烈和不满意的问题。要深怀爱民之心、恪守为民之道、善谋富民之策、多办利民之事，保持同人民群众的血肉联系。这是加强和改进政风的核心问题，务必抓住不放，切实抓出成效。

第三，坚决反对奢侈浪费。 当前，无论是生产、建设、流通还是消费领域，都存在大量劳民伤财、铺张浪费的现象。有的地方热衷于搞华而不实和脱离实际的"形象工程"、"政绩工程"；有些地方连工资都不能按时发放，却在乱上建设项目，敞开口子胡花钱；有的地方违反规定修建楼堂馆所，办公大楼越盖越大，越盖越豪华；名目繁多的庆典活动讲排场，比阔气；公款宴请、公费出国旅游，以及大吃大喝、挥金如土的现象相当普遍。凡此种种，耗费了巨额资财，再大的家底也经不起这样挥霍。要坚决刹住各种奢侈浪费之风，这不仅有利于把有限的财力物力用于经济改革和发展的急需之务，而且有利于端正党风政风。为此：一要大张旗鼓地倡导艰苦创业、勤俭建国、勤俭办一切事业，切实制止各种不切实际、不计效果的错误做法。二要努力节省开支。生产、建设、流通领域都要大力降低成本和费用。所有企业、事业、机关和学校，都要精打细算，杜绝各种不必要的开支。三要加强财经监督，严肃财经纪律。推行国库集中收付制度，强化各级预算、审计监督，实施财政专户管理。严厉查处各种违反规定乱花钱的行为。禁止用公款大吃大喝、游山玩水和进行高消费娱乐，禁止巧立名目的出国旅游。

在当前复杂多变的国际形势下，我们面临着难得的历史机遇，也遇到新的严峻挑战，任务相当繁重。我们要更加紧密地团结在以江泽民同志为核心的党中央周围，高举邓小平理论伟大旗帜，按照"三个代表"的要求，以与时俱进的思想观念、奋发有为的精神状态、脚踏实地的工作作风，坚韧不拔，锐意进取。我们对国家的未来充满信心。中国不仅能够成为世界一个最大的市场，而且能够成为全球一片投资乐土，一个最安全的旅游胜地，一个更加繁荣昌盛的伟大社会主义国家。

积极促进就业和再就业

——《开拓再就业之路》*序言

（二〇〇二年九月）

在以江泽民同志为核心的党中央坚强领导下，我国改革开放和现代化建设大势磅礴地胜利前进，取得了举世瞩目的伟大成就。当前，国民经济保持良好发展势头，经济增长质量不断提高，经济结构调整步伐加快，各项改革深入推进，社会政治保持稳定，总体形势很好。前进中的一个突出问题，是下岗失业人员增加，就业和再就业压力大。这个问题解决得好坏，直接关系到改革发展稳定的大局，关系到人民群众的根本利益，关系到国家的长治久安，关系到社会主义现代化事业的进程。积极促进就业和再就业，势在必行。

一、必须把促进就业和再就业作为一项重大而紧迫的任务

党中央、国务院高度重视就业和再就业问题，近几年来作出了一系列重大决策。1997 年，针对深化国有企业改革中遇到的新问题，及时提出了实行鼓励兼并、规范破产、下岗分流、减员增效和实施再就业工程的方针。1998年，党中央、国务院召开了国有企业下岗职工基本生活保障和再就业工作会议，提出建立国有企业下岗职工基本生活保障制度，积极促进下岗职工再就业。同时，加快改革和完善城镇职工养老、失业、医疗保险制度，实行"两个确保"和"三条保障线"，建立城市居民最低生活保障制度。实践证明，中央制定的一系列方针政策是完全正确的。就业和社会保障工作取得了显著成效。主要表现在：一是创造了大量就业岗位。1998 年到 2001 年底，全国净增加就业岗位 3400 多万个，从总体上稳定了就业大局。这几年，国有企业下岗职工累计 2550 万人，已实现再就业 1700 万人。二是建立起"三

---

* 《开拓再就业之路》，国务院研究室综合司、工贸司编，中国言实出版社 2002 年出版。

条保障线",即国有企业下岗职工基本生活保障、失业保险和城市居民最低生活保障制度,从而保证了下岗职工、失业人员和低保对象的基本生活。这几件事情意义十分重大。在推进改革和发展的同时,维护了社会稳定。可以说,没有这些决策和工作,我国就没有今天这样好的政治、经济形势。对于已取得的显著成绩,必须予以充分肯定。

同时,我们也要清醒地看到,我国仍然面临着严峻的就业形势。一是我国人口多,正处在劳动力增长高峰时期,劳动力总量供过于求的矛盾将长期存在。"十五"期间,新增加劳动力和结存的下岗失业人员,每年城镇需要就业的人数将达到 2200 多万人;同时,农村还有 1.5 亿剩余劳动力需要转移,就业压力巨大。二是产业结构调整要继续推进,企业改革仍要深化,加入世贸组织后,国内外市场竞争更加激烈,企业减人增效成为必然选择,有些职工下岗失业难以避免。三是就业弹性下降,就业难度加大。20 世纪 80 年代,我国国内生产总值每增长一个百分点,可吸纳劳动力 120 多万人。近 10 年来,国内生产总值每增长 1 个百分点,仅能增加 80 万个就业岗位。下岗职工再就业率逐年降低,1998 年再就业率还在 50%以上,2001 年已经下降到30%以下。现存的下岗失业人员中,年龄大、文化水平低、技能差、失业时间长、生活困难的,占了相当比例,这些也增加了再就业的难度。

因此,就业和再就业问题已成为全社会关注的热点问题,必须给予高度重视。采取更有力的措施,积极促进就业和再就业,这是当前和今后时期一项重大而紧迫的任务。

二、研究借鉴国外市场经济国家解决就业问题的做法

我们是在实行社会主义市场经济改革和对外开放的情况下,研究解决艰巨的就业问题的。市场经济有自己的运行特点和规律性,要正确解决就业问题,固然必须要充分考虑我国的国情,同时也需要借鉴国外市场经济国家的做法。"他山之石,可以攻玉。"研究和学习国外的有益经验,无疑有助于更好寻找扩大就业的有效之策。从目前掌握的材料看,国外解决就业和再就业的做法,大体有以下几个主要方面:

（一）实行积极的就业政策，扩大就业需求

许多国家都把失业率作为反映经济形势好坏和宏观经济调控的重要指标，实施有利于增加就业岗位的经济社会政策。美国、日本、韩国等在经济发展低迷时期，都采取国家干预的办法，增加公共投资，促进经济增长，以带动就业。一些发展中国家还积极开展劳务输出，鼓励到国外就业。意大利、希腊等国积极投资开发落后地区，增加新的就业岗位。不少国家还采取缩短劳动时间、降低退休年龄等办法，尽可能多地创造就业机会。

（二）大力调整就业结构，积极开拓就业岗位

首先是发展第三产业，扩大服务业就业。目前发达国家第三产业就业比重普遍达到了 60% 以上，一些国家甚至达到了 70% 以上。第三产业涵盖面广，不但包括运输、商业、餐饮、修理、家务劳动等传统服务业，而且包括金融、保险、信息、咨询等新兴服务业，能够创造大量就业机会。其次是扶持中小企业发展，以增加更多的就业岗位。许多国家大量的就业岗位是由中小企业提供的。美国、欧盟、日本等都制定了许多优惠政策，包括提供信贷、鼓励出口、改进管理等方面的服务，为中小企业发展创造条件。有的国家还积极推行灵活多样的弹性就业方式。最近 10 多年来，不少国家发展非全日制就业、派遣就业、自营就业、临时性就业等形式，都取得了明显效果。欧盟国家还完善和制定法律法规，依法承认和保护灵活就业方式，并通过补助措施鼓励灵活就业。

（三）实行就业优惠政策，促进失业人员再就业

许多国家加大政府对就业经费的投入，提供就业资金保障。英国、美国、韩国等还针对失业高峰期，采取专项筹款用于促进就业。一些国家实行就业补贴政策，鼓励企业雇用失业人员。例如，美国对雇用失业人员的企业，在一定时间内给予不同程度的减税；英国对雇用失业人员的企业在一定时间内给予一定的工资补贴，对自谋职业人员，减免各种费用。欧盟一些国家对失业人员从事自营就业，给予一定的就业津贴，并提供小额贷款、经营场地、信息技术等方面的服务。自营就业在发达国家已占有较高比重，一般占到就业人口的 1/4 左右。

（四）加强就业培训，完善就业服务

许多发达国家非常重视职业技术培训。德国建立了系统的培训制度，全方位提高劳动者的职业技能，"终身学习"、"继续培训"已成为一种社会风尚。德国、美国、加拿大、法国等都建立起合作培训机制，采取市场化和社会化的培训管理方式，政府委托或通过招标由培训公司负责培训，政府购买培训成果。许多国家的劳动行政部门都设立了就业服务机构，建立起比较完善的就业服务体系。美国还实行"一站式"、"个性化"的就业服务方式，有针对性地解决失业者的就业问题。

（五）加强劳动就业立法管理，完善失业保险制度

许多国家都建立起完备的劳动就业法律法规体系，实行依法管理。有些发达国家近年来针对失业保险待遇过高、许多人自愿失业、政府财政负担加重的问题，大力改革失业保险制度。强化失业保险登记，严格享受失业津贴条件，同时加强失业保险的促进就业功能，从保障基本生活转向促进失业者就业。例如，英国将失业保险制度改为"求职津贴"制度；日本、加拿大改为"就业保险"制度；德国将失业保险与职业培训结合起来，促使失业人员尽快实现再就业。

总之，世界上许多国家都根据自己的实际情况，实行有利于促进就业的政策措施，取得了很好效果，我们应当认真研究和借鉴。

三、认真总结和推广国内各地促进就业的经验

近几年来，我国各地在促进下岗职工和失业人员再就业方面进行了积极探索，成效明显，也积累了许多经验。

第一，强化政府职责，建立就业目标责任体系。一些地方党委和政府高度重视，普遍建立再就业工作领导小组，实行工作目标责任制。不少地方都把促进就业作为"一把手工程"和为民办实事的重要内容，纳入当地经济和社会发展计划，加大了再就业工作的力度，明确规定了下岗失业人员再就业率、城镇登记失业率，并把其作为考核工作业绩的重要指标。同时，制定了促进再就业政策，把扩大就业与经济发展和结构调整结合起来，积极探索扩大就业的新路。

第二，**大力开拓就业领域，努力创造就业岗位**。主要是积极扩大第三产业就业，拓宽就业空间。一方面，发展传统商业服务业，如商品批发零售、衣食住行服务，也包括新兴的商场超市、连锁店、配送中心、快餐业等；另一方面，发展现代服务业，如房地产、物业管理、家庭装修、旅游、保险、通信、电脑网络、会议展览、现代物流等。大力发展社区服务业，特别是环保、家政服务业。进一步发展有市场、有效益的劳动密集型加工工业，如纺织、服装、食品、轻工等，尽可能多地吸纳就业人员。大力发展个体私营、城乡集体等多种所有制经济，重视发展各种类型的中小企业。充分利用国有企业现有条件，通过主辅分离，改制兴办或转产创办独立核算、自负盈亏的法人经济实体，尽力在企业内部安置富余人员。有的地方还实行"退二进一"，即从第二产业转向第一产业，扶持下岗失业人员到农村承包"三荒一塘"，从事种植业和养殖业。

第三，**采取灵活多样的弹性就业方式，积极开发公益性就业岗位**。各地结合发展社区服务业，创造了许多适合下岗失业人员特点的灵活就业方式，包括钟点工、非全日制工，以及临时性就业、阶段性就业等，这些就业方式已成为促进下岗职工再就业的重要途径。与此同时，针对下岗失业人员中的就业特困群体，开展就业援助活动。通过政府出资、社会扶持，建立社区公益性就业组织，就近安置下岗职工，主要从事卫生清洁、环保绿化、交通管理、治安联防等工作，对就业困难的下岗失业人员起到了"雪中送炭"的作用。一些地方还重视发展"打工经济"，开展劳务输出，有组织地派遣劳务人员到省外或境外就业，拓展了就业空间。

第四，**实行就业优惠政策，加大扶持力度**。一些地方对吸收特困群体就业或提供公益性就业岗位的，给予财政补贴。对下岗失业人员自谋职业从事个体经营或到社区就业的，实行一些环节的免费措施；对于从事公益性岗位就业的下岗失业人员，给予一定的工资补贴和社会保险补贴。许多地方都以不同形式开辟了"再就业一条街"、"再就业市场"，为下岗失业人员提供经营场地，简化登记注册手续。有些地方还建立信贷基金，对录用下岗失业人员达到一定比例的企业，以及下岗失业人员组织起来就业或自谋职业的，给予贴息贷款。与此同时，为解除大龄下岗失业人员再就业的后顾之忧，通过"内退"、"协保"、"续保"等办法，及时接续他们的社会保险关系。

第五，**加强职业培训和就业服务，加快劳动力市场建设**。各地积极开展职业技能培训，有针对性地把职业培训与职业介绍结合起来。劳动部门建立起面向下岗失业人员的劳务市场，定期举办各种招聘会，开展再就业"一条龙"服务，免费提供职业信息和就业指导。加快就业信息网络建设，实现计算机联网发布职业供求信息。同时，强化劳动力市场监管，整顿劳动力市场秩序，为下岗失业人员再就业创造良好的环境。

事实和经验都证明，我国现阶段扩大就业的潜力是很大的。只要采取有力的政策措施，加大工作力度，就会取得明显成效。

四、注意研究解决我国就业和再就业面临的难点问题

我国目前就业问题是多方面的，需要全面加以研究解决。从各地反映的情况看，当前促进就业工作的着力点，应该放在妥善解决以下一些难点问题上。

一是国有企业下岗失业人员和老工业基地再就业面临着越来越大的困难。 在我国就业和失业问题上，现在最突出的是两个方面：一个是国有企业下岗失业再就业困难的人员；另一个是下岗失业比较集中的资源枯竭矿区。这应该成为就业政策倾斜和扶持的重点。目前留在"再就业中心"和失业的，大都是就业困难人员，基本上是年龄大、文化水平低、职业技能差的一些人。这些人家庭生活困难，亟待再就业。问题比较大的就业困难地区，主要是老工业基地和资源枯竭城市，以及煤炭、军工、森工等行业。这些地区和行业破产关闭的企业多，下岗职工集中，就业空间狭窄，问题更加突出。

二是下岗职工出中心，解除与企业的劳动关系，向失业保险并轨比较困难。 应该说，建立国有企业下岗职工基本生活保障制度，是根据我国国有企业改革的特殊情况所采取的一种过渡办法，是通向市场经济就业体制的桥梁。不少企业已到了下岗职工大批出中心，向失业保险并轨的阶段。目前遇到的问题主要是：（1）再就业和建立新的劳动关系困难。现在还没有就业的下岗失业人员，很难找到长期固定的岗位就业，只能采取灵活就业的方式，甚至其中一部分人可能无法就业，只能采取失业保险和"低保"的办法解决基本生活问题。（2）经济补偿金问题。下岗职工解除劳动关系，按规定企业应付给一次性经济补偿。有些困难企业无力支付这笔资金。（3）企业所欠职工的各种债务。包括所欠工资、医药费、集资款、欠缴的社会保险费等，而

大多数下岗职工的原企业处在停产、半停产状态，也没有能力偿还这些债务。

三是集体企业下岗职工再就业的问题也很突出。近年来，城镇集体企业职工大量下岗，减员总数达1500多万人。集体企业下岗职工没有享受国有企业下岗职工基本生活保障的政策，而是靠困难补助和直接进入城市"低保"的办法加以解决。集体企业下岗职工文化水平、劳动技能普遍较低，再就业更加困难。现在反映较大的是厂办集体，特别是国有大中型企业的厂办集体，下岗职工往往与国有企业职工攀比。近来，集体企业下岗职工群体性上访有增加的趋势，影响到社会稳定。

四是下岗失业人员中存在的隐性就业问题需要解决。下岗失业人员中隐性就业大量存在，其中一些人已经有经常稳定的收入，不同于就业困难人员。现在的问题是，许多下岗失业人员就业观念没有转变，不认为隐性就业就是就业，他们还抱着希望安排固定单位就业的观念，一些人一边隐性就业，一边领取基本生活费或失业救济金，同时还要求解决他们的再就业问题。隐性就业中劳动合同管理比较混乱，社会保险关系接续困难。

以上这些问题，是在深化改革和调整结构的特殊时期产生的，应当采取特殊的有效政策和措施。这些问题解决好了，不仅有利于维护企业和社会稳定，而且有利于推动整个再就业工作。

五、务必妥善解决我国就业和再就业问题

为了妥善解决我国就业和再就业问题，必须借鉴国外市场经济国家的做法，总结国内各地的经验，结合我国现阶段的实际情况，形成促进就业和再就业的正确思路。

中国的就业和再就业问题具有其特殊的复杂性和艰巨性，主要表现为"三个并存"：劳动力总量长期供过于求与结构性下岗失业并存；传统的计划经济体制就业机制与新的市场化就业机制并存；农村大量剩余劳动力问题与城镇就业压力大问题并存。我们是在继续推进改革开放和加快工业化、发展信息化的特殊背景下来研究解决中国的就业问题的。在这样的新形势下，解决我国的就业问题，必须既遵循市场经济规律，又充分考虑我国国情特点，尤其要注意把握好以下几个方面。

第一，正确认识和处理效率与就业的关系，既要着力增强经济竞争力，

又要积极缓解就业压力过大的矛盾。要适应国内外市场竞争更加激烈的新情况，继续深化企业改革，广泛应用先进技术，这就要求进一步解决国有企业人浮于事的问题，以提高劳动生产率，增强市场竞争力；同时，面对我国严重的就业问题，尽量增加就业岗位，把失业率控制在社会可承受的限度。为此，必须兼顾效率和就业。企业不提高效率，增强竞争力，企业就没有前途，国家也没有希望，就业问题就会更加严重。而如果不考虑就业问题，就会造成下岗失业人员过多，社会难以稳定，也就会妨碍改革开放和现代化建设的顺利进行。所以，要在着力增强经济竞争力的同时，充分考虑扩大就业的需要。这就要求正确处理改革与稳定的关系、发展高新技术产业与发展劳动密集型产业的关系，以及发展大型企业集团与发展中小型企业的关系，把增进经济效率同扩大就业恰当地统一起来。

第二，**正确认识和处理市场和政府的关系，既坚持市场化就业取向，又高度重视政府的宏观调控和管理。**在我国实行社会主义市场经济条件下，促进就业和再就业，必须充分发挥市场机制的基础性作用，坚持市场化就业的方向，政府不能包，也包不下来。同时，我国是社会主义国家，政府更有责任帮助有劳动能力者就业。因此，必须高度重视政府的调控和促进作用，努力创造劳动力市场需求，实行积极促进再就业的政策，千方百计扩大就业和再就业。要继续坚持扩大内需的方针，增加投资和消费需求，拉动经济持续较快增长，尽量多创造就业岗位。积极扩大对外开放，通过利用外资和扩大出口，增加就业岗位。积极实施西部大开发战略，扩大经济发展和就业空间。要大力调整就业结构，广辟就业领域，把解决就业问题的重点，转变到服务行业就业、非公有制经济就业和灵活多样的就业形式上来。要在工商登记、税费减免、场地安排、财政信贷等方面加大扶持力度，并加强督促检查，真正把各项优惠政策落到实处。对于就业特困人员，实行就业援助政策和措施，提供公益性就业岗位。要切实抓好劳动力市场建设，整顿和规范劳动力市场秩序，健全再就业服务体系，促进市场化就业健康发展。

第三，**正确认识和处理就业与社会保障的关系，在加快完善社会保障体系的同时，下大力气做好就业和再就业工作。**扩大就业和加强社会保障工作二者必须并进，不可偏废。有就业就必然会有失业，有失业就必须有社会保障。对于有就业能力的下岗失业人员，要积极帮助他们实现再就业；而对于那些由于各种原因无法实现再就业的困难人员，还是要立足于保障基本生活，确保"人人无饥寒"。当前社会保障工作的重点，仍然是搞好"两个确保"，加强"低保"，做好"三条保障线"的接续工作。要在进一步完善社会保障体系的基础上，积极促进和扩大再就业，从根本上缓解就业和社会保障的压力。要认真研究和解决下岗职工出中心、解除劳动关系过程中遇到的问题，善始善终地做好下岗职工基本生活保障工作，积极稳妥地实现向失业保险并轨，进一步加强城市"低保"制度建设，切实做到应保尽保。

第四，正确认识和处理解决当前就业问题与长远就业的关系，既高度重视解决当前就业面临的紧迫问题，又把促进就业作为我国经济社会发展一项长期的战略任务。要立足于当前，通过采取特殊性的扶持政策和措施，抓紧解决当前国有企业下岗失业人员再就业的突出矛盾，妥善解决老工业基地和资源枯竭矿山城市的再就业问题；也要重视解决其他方面的就业问题，包括集体企业下岗失业人员问题。同时，又要着眼于长远，通过深化改革和体制创新，加快建立与社会主义市场经济相适应的就业机制和社会保障体系，统筹考虑和解决城乡劳动力的就业问题，促进农村劳动力的合理流动，逐步建立起全国统一、竞争、有序的劳动力市场体系，使我国解决就业问题走上制度化、规范化的轨道。

解决好我国的就业和再就业问题，确实难度很大。我们必须充分认识这项工作的艰巨性和长期性。同时也必须充分看到有利条件，增强信心。我国经济将保持快速增长，会创造大量的就业机会；经济结构调整和升级将开辟新的就业空间；党中央、国务院高度重视就业和再就业问题，已经制定了一系列有力的政策措施；各地也探索和积累了丰富的经验。只要各方面齐心协力，扎实工作，开拓进取，我们就一定能够取得就业和再就业工作的更大成绩，把改革开放和现代化建设更好地推向前进。

标本兼治　重在治本
建立社会主义市场经济新秩序
——《整顿和规范市场经济秩序研究》*序言

（二○○二年十二月）

　　整顿和规范市场经济秩序，是建立和完善社会主义市场经济体制的一项重要任务，是实现国民经济持续快速健康发展的重要条件，也是国家进行社会经济管理的重要职责。

　　党中央、国务院在不断推进经济体制改革、扩大对外开放的同时，高度重视建立社会主义市场经济新秩序，做了大量富有成效的工作。2000 年底，党中央、国务院审时度势，果断作出全面整顿和规范市场经济秩序的重大决策，并于 2001 年 4 月召开了全国整顿和规范市场经济秩序工作会议。两年多来，在党中央、国务院的统一部署下，各地方、各部门齐心协力，密切配合，在全国范围连续开展了一系列专项斗争，整顿和规范市场经济秩序的工作取得了重大成果。严重破坏市场经济秩序违法犯罪活动蔓延的势头得到明显遏制；彻底捣毁了一批违法犯罪的黑窝点，坚决查处了一大批大案要案，依法严惩了一批违法犯罪分子；出台和修订了一批法律法规、行政规章和政策文件；初步建立起权责统一的市场监管体系和执法体系，形成各部门密切配合的工作机制；执法队伍得到加强，执法水平有所提高。但是，必须清醒地看到，我们目前取得的成绩还只是初步的、阶段性的，必须毫不动摇地、坚持不懈地进行下去。

　　为了把整顿和规范市场经济秩序工作引向深入，应当认真总结国内实践经验，深刻分析影响市场经济秩序的各种深层次因素，学习和借鉴国外的成功做法。坚持标本兼治，重在治本。一方面继续搞好专项整治，一方面强化

---

*　《整顿和规范市场经济秩序研究》，魏礼群主编，中国言实出版社 2003 年 2 月出版。

制度建设，特别要在加强法治建设、诚信建设和转变政府职能上下大功夫，加快建立社会主义市场经济新秩序。

一、切实加强法治建设

市场经济是一种法治经济，国家法律法规是行政执法的依据，也是整顿和规范市场经济秩序的基础。经过多年建设，我国社会主义市场经济的法律法规体系基本形成，但在整顿和规范市场经济秩序的过程中也暴露出一些问题，特别是有些法律法规适用性和可操作性不强，有些不同法律法规对同一类问题的具体规定不一致，甚至相互矛盾。针对这些问题，要进一步完善法律法规体系，以切实做到有法可依。对《反垄断法》、《行政许可法》等与市场经济秩序关系密切的重要法律，要加快立法进程，尽早出台；对已经实施的有关法律法规，要根据现实情况的变化，适时修订，主要是增强适用性和可操作性。针对当前市场经济秩序混乱的状况，要做好行政法律法规与刑法、民法的衔接，以加大对违法犯罪分子的处罚力度，坚决不让犯罪分子在经济上得好处。要提高法律法规的权威性，对拒不执行法院判决和行政执法部门执法决定的，要坚决采取强制性措施。要研究建立责任追究制度，除依法严惩破坏市场经济秩序的违法犯罪分子外，对其他相关人员也要追究责任，对实行地方保护、充当违法犯罪分子"保护伞"的政府官员，更要从严查处。

行政执法部门是市场经济秩序的直接监管者，在这些部门形成职责分明、协调配合、高效运转的执法机制，建立分工明确、各负其责的行政执法体系，可以直接提高整顿和规范市场经济秩序的效率，加大执法力度。要协调各行政执法部门职能，避免出现各部门之间"越位"、"错位"和"不到位"的现象。要改变目前各行政执法部门集立法、执法和执法监督于一身的状况，逐步把立法、执法和执法监督职能分开，形成相互制衡的机制。要总结推广一些地方综合执法的成功经验，切实解决目前存在的多头执法、多层执法问题，降低执法成本，提高执法效率。所有执法部门要认真执行行政性收费和罚没收入"收支两条线"的制度，坚决纠正各种形式的收支挂钩和坐收坐支行为，财政部门要保证执法部门履行其职责所必需的经费，从源头和制度上确保公正执法和严肃执法。行政执法部门要大力推进信息化建设，提高交通、通信、检测等方面的装备水平，完善执法技术手段，增强市场监管的有效性。

要把整顿和规范市场经济秩序工作与加强社会治安统筹考虑，严厉打击团伙作案、与黑社会相互勾结的经济犯罪活动。所有行政执法部门，都要忠于职守，勇于负责，严格把关，造福人民。

二、加快建立社会信用体系

市场经济既是法治经济，也是一种信用经济。市场主体的信用关系紊乱，失信行为泛滥，必然造成市场经济秩序混乱，严重影响经济发展和社会稳定。因此，社会信用体系是现代市场经济的基石。建立以法律和道德为基础的、完善有效的社会信用体系，是形成和维护规范的市场经济秩序的根本之举，必须积极推进。当然，各类市场主体，包括政府、企业和个人信用信息的公开、收集、使用和传播，可能涉及国家机密、商业秘密和个人隐私，需要加以区别，有序进行。要使信用资料的披露和使用，做到有法可依、有章可循。各有关部门在整顿和规范市场经济秩序的过程中，要加快建立覆盖全国各类市场主体的征信体系，广泛收集和加工处理有关企业和个人信用的信息。各级政府是我国信息的主要拥有者，要按照政务信息公开和保守国家秘密的要求，研究各类政务公开的内容、范围、方式和途径，向社会有关信用机构开放必要的信息。积极支持各种信用中介机构，包括信用评级机构、企业征信机构和个人征信机构发展，鼓励他们以市场化、商业化的方式参与信用体系建设。在社会信用体系建设过程中，各有关部门和征信机构要加强沟通和协调，充分利用现代化的信息技术和传输系统，实现网络互联、信息共享，提高信息的利用率，减少重复建设，降低成本。要加强信用文化建设，增强市场经济活动参与者的现代商业道德意识和法治观念，努力形成诚实守信、公平竞争的社会氛围与环境。

三、进一步转变政府职能

在社会主义市场经济条件下，政府是市场经济规则的主要制定者和市场经济秩序的主要维护者。各级政府必须按照发展社会主义市场经济的要求，切实转变职能，依法充分履行职责，这是经济良好运行的关键。彻底实行政企职责分开，政府该管的事一定要管好，不该管的事坚决不管，不能既当"裁判员"，又当"运动员"，真正把政府职能转到经济调节、市场监管、社会管理和公共服务上来。要深化行政审批制度改革，减少审批事项，纠正重审批、轻管理，甚至以审批代管理的倾向，将必要的前置审批同经济运行过程中的严密监管结合起来。需要保留的行政审批事项，也要规范操作，增强透明度，以利于社会监督。严把市场准入关，对各类经济主体的资格要进行认真审查，健全严格的市场准入和退出机制。充分发挥商会、行业协会和其他中介组织的作用，同时要完善中介组织的自律机制。各级地方政府也要深化改革，转变职能，不介入企业具体的经营活动，把主要精力放在为企业创造良好的环境上，而不能实行各种形式的地方保护。搞地方保护，是保护落后，不利于自己的发展，更不利于建立全国统一、公平竞争、规范有序的市场体系。

建立规范的现代企业制度，是建立社会主义市场经济新秩序的重要方面。国有企业要坚持深化改革，按照"产权清晰、权责明确、政企分开、管理科学"的要求，完善法人治理结构，转换经营机制，健全信用管理体系，自觉遵守市场经济秩序的规范。各种所有制企业，都必须执行国家市场经济秩序的法律法规，加强诚信、自律建设。

整顿和规范市场经济秩序，关系我国改革、发展、稳定的大局，关系现代化事业成败、民族兴衰、国家安全。做好这项工作，是全面实践"三个代表"重要思想的具体体现，不仅有着重要的经济意义，而且有着重大的政治意义。这既是当前的一项十分重要的任务，也是一项长期艰巨的任务。我们必须用更大的决心、更大的气力，持之以恒和扎扎实实地深入开展下去，逐步从根本上把市场经济秩序纳入规范化、法治化的轨道，建立和完善社会主义市场经济体制，开创中国特色社会主义事业新局面。

努力提高政策研究与决策咨询工作水平

——《政策研究与决策咨询——国务院研究室调研成果选（2003）》*序言

（二〇〇二年十二月）

从 1998 年到 2002 年的五年，我国改革开放和现代化建设进程波澜壮阔，绚丽多彩。这几年，国际局势发生深刻变化，外部经济环境相当严峻；国内各种矛盾重叠交织，市场需求不足，多年积累的体制性、结构性矛盾突出；1998、1999 年连续两年发生特大洪涝灾害。在这种情况下，以江泽民同志为核心的第三代中央领导集体驾驭全局，审时度势，指挥若定，果断作出一系列重大决策，率领全国各族人民克服艰难险阻，取得了举世瞩目的伟大成就。我们国家空前繁荣，各项事业蒸蒸日上。这是全国各个方面共同努力的结果。

国务院研究室作为承担综合性政策研究和决策咨询服务的办事机构，五年来紧紧围绕全党全国工作大局和国务院中心工作，围绕改革开放和现代化建设中需要解决的问题，开展调查研究，撰写了一大批具有较高实践价值的调研成果。许多调研成果和建议受到国务院领导同志和有关方面的高度重视，对决策形成和政策制定起到了重要参考作用，为推动改革开放和现代化建设尽了微薄之力。"文可载道，以用为贵。"调研成果被决策所采纳，直接或间接运用于实践，贡献于社会，发挥积极作用，应当视为上乘之作。由于不少发挥过重要作用的调研成果当时主要是通过内部刊物或白头文稿直接报送国务院有关领导同志的，没有公开发表，现在应一些同志的要求，将部分调研成果汇编成册，与广大读者见面，这无疑是件很有意义的事情。

收入本书的调研成果，是国务院研究室工作人员在近五年撰写的，涉及

---

* 《政策研究与决策咨询——国务院研究室调研成果选（2003）》，魏礼群主编，中国言实出版社 2003 年 1 月出版。

内容十分广泛，几乎涵盖改革开放和经济社会发展的各个领域。鉴于国务院研究室的职能要求和工作性质，这些调研成果具有以下一些特点：

其一，有很强的针对性。这些调研成果，都是围绕党中央、国务院的中心任务和经济社会生活中出现的突出问题撰写的。有些是为国务院领导同志思考问题和决策提出建议；有些是为党中央、国务院召开重要会议、起草重要文件做准备；有些还是国务院领导同志直接交办的任务。

其二，有较高的实用性。这些调研成果大都经过深入实际调查研究，尽可能掌握第一手材料，事实确凿，资料翔实，分析深透，对策明确，有较强的使用价值和可操作性。

其三，有鲜明的宏观性。这些调研成果，无论是对部门、地区问题的研究，还是对农村、厂矿企业、学校、医院等基层单位问题的剖析，都十分注意从国家全局和宏观角度思考，尽量避免部门、地区观点的局限，力求找出宏观与微观相统一的正确决策。许多调研成果都是在综合多方面意见基础上形成的。

这些调研成果还有一些其他特点，诸如观点明确、条理清晰、文风质朴、语言简练等。

从这些调研成果中，既可以看到亚洲金融危机以来我们国家发展的不凡历程，也可以了解党中央、国务院高瞻远瞩，运筹帷幄，采取一些正确决策的背景情况；既可以深刻认识前进中遇到的许多复杂矛盾，也可以折射出中央解决一些问题的决策过程。

政策研究和决策咨询是一项十分重要的工作。我们正在进行的改革开放和现代化建设事业，既空前伟大，又无比艰巨。我们面临的国内外环境，既充满无限机遇，又存在巨大挑战。要使党和国家的事业在复杂的环境中不断推向前进，党和政府就必须及时作出正确决策，制定符合实际的方针、政策和措施，避免决策和政策的失误。然而，这绝非是一件轻而易举的事情，需要多方面的努力。无数事实表明，科学的决策和政策必须对客观情况作出全面、真实的了解，并进行深入、透彻的研究分析。离开调查研究，就难以正确的决策和制定出政策。

完全可以说，多年来我们国家之所以能够取得举世公认的巨大成就，各级各类政策研究和决策咨询机构作出的努力功不可没。对此，党和政府也给予了公允的评价。

具有重大历史意义的党的十六大，在全面分析国际国内形势的基础上，确定了我国在新世纪新阶段的奋斗目标。面对新形势和新任务，政策研究和决策咨询工作肩负历史重任。完善社会主义市场经济体制的改革，仍有不少深层矛盾亟待攻坚；随着我国加入世贸组织，对外开放将进一步扩大，既有机遇，也有挑战；经济建设处在产业结构加快调整和增长方式转变的关键时期。这种情况对政策研究和决策咨询工作者提出了更高的要求，也为大家施展才华提供了广阔的实践舞台。我们一定要珍惜机会，再接再厉，"百尺竿头，更进一步"，努力作出新的更大贡献。这既是历史的重托、时代的召唤，也是国家和人民的殷切期望。

总结多年的经验，做好政策研究和决策咨询工作，需要注意把握好以下几点。

第一，坚持以马克思列宁主义、毛泽东思想和邓小平理论为指导，全面贯彻"三个代表"重要思想。这是搞好政策研究和决策咨询工作的根本前提。毫无疑问，政策研究工作必须坚持从实际出发，反对人为设置框框和禁区，积极鼓励开拓创新。同时，必须坚持以党的基本理论、基本路线和基本纲领为指针，这样才能有正确的方向，调研成果才能为决策服务。这与解放思想、实事求是、与时俱进的要求毫无矛盾。不然，我们的政策研究和咨询工作非但起不到应有的作用，反而可能会对决策造成干扰和破坏。

第二，紧紧围绕中心任务，及时把握决策需求。政府机构的政策研究工作是直接为领导者决策服务的。这种服务是否到位，在很大程度上取决于我们对党中央、国务院以及本地区、本部门工作部署、决策需求的贴近距离和把握情况。如同发展经济必须研究市场需求一样，搞好政策研究和决策咨询服务，也必须研究中心工作的需要和决策者的需求，并作为调研工作的出发点、着力点和落脚点。为此，从事政策研究工作的同志，都要敏于观察形势，勤于思考问题，不断增强敏锐性和鉴别力，做到准确把握大局，透彻分析形势，明确鉴别是非，善于见微知著，能够举一反三。只有这样，才能及时发现问题，选准研究任务，正确开展研究咨询工作。为了更好地服务于决策需求，在实际工作中还需注意，既要吃透"上情"，也要摸准"下情"。中央决定精神和工作部署是研究咨询工作的重要导向，但同时也要高度关注实际情况变化和社情民意动向，必须将领导同志关注的重点问题，广大群众反映强烈的热点问题，各方面工作中遇到的难点问题，作为研究咨询工作的主攻方向。既要想大事、抓大事，深入研究重大问题，也要注意研究具体政策措施问题。对于那些一叶昭秋、似小实大、微而见重的倾向性问题和代表性事物，不能视而不见，而要小题大做，彻底搞清弄透。此外，既要把握领导意图，千方百计为领导机关和领导同志服好务，也要坚决防止不顾客观实际和科学规律一味迎合、投决策者所好的庸俗行为和错误做法。

第三，深入实际调查研究，实事求是反映问题。 没有调查研究就没有发言权。调查研究是领导机关和领导干部"谋事之基"、"成事之道"。既要认真调查，更要注重研究。某些基础理论性研究也许可以在书斋里进行，但政策研究工作却必须扎根于现实生活的土壤之中。毫无疑问，要捕捉领导机关难以听到、不易看到和意想不到的新情况、新苗头，要找出解决问题的新视角、新思路和新对策，要拿出情况真实、分析深刻、见解独到的高质量调研成果，就必须走出去、沉下去、钻进去。深入实际、深入基层、深入群众。深入实际要不怕吃苦、不摆架子，真正贴近群众、倾听真话、察看实情，切忌心浮气躁，不能走马观花和道听途说。同时，深入实际也必须全面系统了解情况，切忌偏听偏信，不能以点代面和一叶障目。坚持实事求是，既是马克思主义的理论精髓和我们党的优良传统，也是政策研究和咨询工作必须遵循的基本原则。反映情况时，要讲真话，报实情；既报喜，也报忧。实质上，只有客观地反映实际情况，尤其是将那些具有倾向性的问题和矛盾，以及民间疾苦、群众意见如实反映到领导机关，才有助于正确的决策和制定出适宜的政策，并使有关问题得到及时解决。如果回避矛盾、隐瞒问题、夸喜遮忧，则必然会误导判断，引致决策失误，给国家和人民造成损失。应当承认，目前在许多上情下达工作中还存在着报喜易、报忧难的问题，有些对领导机关分析形势、作出决策产生了负面影响。必须深刻认识其危害性，切实加以克服。

第四，增强政策研究和决策咨询工作的前瞻性，争取较快拿出调研成果。 做好任何一项工作，都有一个审时度势、抓住机会的问题，搞政策研究和决策咨询工作当然也不例外。较好地抓住时机，适时提出政策建议，使许多问题及时得到解决，就会事半功倍，否则就会事倍功半，甚至使一些问题久拖不决。如果对于领导者和广大群众在一段时间里普遍关心的问题，及时调查，认真研究，很快拿出较好的政策建议，便能较快地进入决策系统；如果人们关心的焦点转移了，你才慢腾腾地拿出调研报告，即使写得再好，在实际中起的作用也会大打折扣。这样说，并非主张急功近利，而是说，必须有预见地研究问题，并要及时反映研究成果，尽快提出建议或主张，不能迟疑不决、拖拖拉拉。这也是有些同志调查研究成果较多，并能变成决策参考依据的重要经验。

第五，精心写作，改进文风，努力提高文字表达能力。通过调查研究，写出来的东西，既要准确，又要生动。好的调研报告，固然要有独到的见解，但文字表达不好也不行。有些调研成果，用了不少人们不熟悉的概念、名词，又不作必要的解释，效果肯定不会好。我们的调研成果，首先是给领导同志看的，只有吸引人、打动人，才能更好地被采纳，发挥应有的作用。因此，每一篇文稿都要冥思苦想，精心写作。从内容上讲，观点要鲜明，重点要突出，论证要有力；从形式上讲，结构要严谨，条理要分明，语言要生动，善于画龙点睛。写文章也要从实际出发，讲究多样化，切忌公式化，不能千人一面。怎么写，都要让人看得懂，愿意看，引人入胜，看了以后还回味无穷。这样才能取得好的效果。此外，报送给领导同志的调研成果，务求短小精悍、言简意赅。

时代在发展，社会在前进。政策研究和决策咨询工作者要适应形势需要，胜任本职工作，就必须不断加强学习，不断拓宽知识领域，不断提高思想水平。既要志向高远，执着追求，又要不畏艰难，肯下苦功。正是：历尽天华成此景，人间万事出艰辛。

在《政策研究与决策咨询——国务院研究室调研成果选（2003）》一书面世之际，谨写下以上感言，与读者共勉。

渤海海峡　天堑变通途

——《渤海海峡跨海通道研究》*序言

（二〇〇三年二月）

　　1992年，是中华民族历史上极为不平凡的一年。这一年，和煦的春风在中国960多万平方公里的土地上催生出许多新生事物，《渤海海峡跨海通道研究》重大课题就是其中的一枝报春花。

　　《渤海海峡跨海通道研究》是解放思想、与时俱进、开拓创新的产物。1992年春天，邓小平同志发表南方重要谈话。10月，中国共产党召开第十四次全国代表大会。江泽民同志在党的十四大报告中提出"加快环渤海地区开发开放"的总体构想。当时全国经济出现快速发展的局面，交通运输十分紧张，特别是进出山海关的铁路运输严重制约了环渤海地区的发展。对此，朱镕基同志作出"要集中力量，千方百计打通几条战略大通道"的指示。在这个大背景下，烟台市政府和国家计委政策研究室的几位同志，首先提出了开辟"渤海海峡跨海通道"的大胆设想，并迅速完成了第一阶段的软科学研究任务。该课题的基本设想是：利用中国渤海海峡的有利地形，分别于近期和中长期兴建两条跨海捷径通道，一条是烟台至大连的火车轮渡航线，一条是在蓬莱—长岛—旅顺之间通过桥梁和隧道结合的形式，建成全天候的运输干线。利用这两条跨海捷径通道，全面沟通环渤海高速公路圈、铁路圈和纵贯南北的中国沿海铁路、公路交通大动脉，进而形成北上与横贯俄罗斯的欧亚大陆桥相接，南下与横贯中国的欧亚大陆桥陇海线相交，并直达长江三角洲、闽台海峡区、珠江三角洲的现代化综合交通运输体系，为中国沿海、东北亚及环太平洋地区的经济发展和大市场的形成创造重要条件。课题公之于世后，立即在国内外引起广泛关注，多位中央领导同志作出重要批示，许多著

---

* 《渤海海峡跨海通道研究》，渤海海峡跨海通道研究课题组著，中国计划出版社2003年11月出版。

名专家建议继续加深研究，许多国内外财团跃跃欲试。"为取得较为系统和较高质量的研究成果，为国家决策提供依托"，国家科委先后将该课题列入国家"八五"、"九五"重点软科学研究滚动计划。

　　《渤海海峡跨海通道研究》是艰苦奋斗、无私奉献、团结协作的结晶。奉献在大家面前的这本书，包含着 10 年两个阶段的研究成果。第一阶段研究从 1992 年到 1993 年，主要由烟台市政府办公室、国家计委政策研究室和烟台市经济技术发展研究中心承担。1993 年 9 月 13 日，山东省科委邀请钱伟长、马宾等 17 位国内著名专家，在山东省蓬莱市召开了课题研究成果鉴定会。专家评审意见认为，这项研究成果填补了我国海峡综合交通体系研究的空白，在区域战略研究方面居国内领先水平。该课题是我国沿海地区南北交通和沿海经济发展中的最重要的课题之一，对于我国环渤海和沿海地区现代化交通运输体系的形成，对于建立沿海资源综合开发新学科和加快开发步伐，对于扩大开放和形成东北亚大市场，对于提高我国综合国力和国际地位等，提出了新的思路，具有重要的现实意义和深远的历史意义，有很高的学术价值、决策价值和实施价值。第二阶段研究从 1994 年到 2002 年，根据国务院领导同志的意见，参与研究的单位扩大到国务院研究室、国家计委、国家科委、海军工程技术设计院、总参兵种部设防局、铁道部、交通部、山东省计委、辽宁省计委、烟台市政府、大连市政府等单位。这一阶段的研究分为两条主线加以推进：一条是以近期启动烟台至大连铁路轮渡建设为目标，加深立项开工前的各项研究工作；一条是以中长期启动蓬莱—长岛—旅顺桥隧工程建设为目标，全方位加深软科学论证比较研究。推进最为艰难的是第二条主线。在 57 海里的海峡修建桥隧工程，世界第一，前无古人，错综复杂，责任重大。整个研究过程中，不仅要逾越一个又一个技术难题，而且充满了一次又一次各种思想的激烈交锋。课题组是一个松散的组织，研究经费极为有限，大家在各自的岗位上又都承担着不同的工作，研究工作主要是靠业余进行。然而，为了一个共同的目标，大家无私、无悔、无怨、无畏地前进着，尽其所能地奉献出自己的智慧和汗水。10 年来，有的同志工作变动了，有的同志退休了，但大家始终是一条心、一股劲，以顽强的毅力和韧劲完成了第二阶段的研究任务，共形成 1 个主报告和 20 个子报告。

　　《渤海海峡跨海通道研究》是面向未来、面向世界、面向我国现代化建设的一份献礼。当我们准备出版这本书的时候，正值中国共产党第十六次全国代表大会召开。党中央综观全局，站在时代的高度，对实施现代化建设第三步战略目标作出部署。江泽民同志指出：21世纪头20年，对我国来说，是一个必须紧紧抓住并且可以大有作为的重要战略机遇期；要集中力量，全面建设惠及十几亿人口的更高水平的小康社会；经过这个承上启下的发展阶段，再继续奋斗几十年，到21世纪中叶要基本实现现代化。"渤海海峡跨海通道"作为一个特大型战略储备项目，对于我国全面建设小康社会、实现现代化建设第三步战略目标，具有十分重大的意义。伴随我国综合国力的增强、科学技术的突飞猛进、改革开放的日益深入，三峡工程、南水北调、西气东输等一些特大型工程已相继提上国家决策日程并进入实施阶段。特别值得一提的是，本课题研究提出的第一条跨海捷径通道——烟大铁路轮渡，也已经国家立项并开始建设。可以预见，实施第二条跨海捷径通道——蓬旅桥隧工程的条件会日渐成熟。世界第一跨海工程，必将伴随中华民族复兴和国家强盛的步伐诞生于伟大的祖国！

为了全面反映10年课题研究的客观进程，我们在编辑这本书的时候，对各个阶段形成的研究报告基本保留了历史原貌。限于各方面条件，目前的研究成果仍然是比较粗浅的、初步的，不少方面存在不完善、不成熟的问题，许多重要问题还需要继续加深研究。特别是随着科学技术的突破，人们的思路会产生新的飞跃。例如，磁悬浮列车的出现和商业化运行，或许会使穿越海峡的隧道采用全新的设计，建得更快、更省、更安全。这个问题本研究报告仅是初步涉及一点，还需要继往开来者们在今后深入研究。

值此出版之际，我们课题组的全体同志，向所有关心和支持这项研究的各级党政领导同志、专家以及国内外各界朋友表示衷心的感谢！向所有参与过研究论证的同志们致以崇高的敬意！同时，也向未来继续这项研究的同志以及亲手实施这一伟大工程的建设者们寄予深深的祝福！

辉煌的历史成就　丰富的实践经验

——《十届全国人大一次会议〈政府工作报告〉辅导读本》*代序言

（二〇〇三年三月）

励精图治铸辉煌，继往开来谱新章。刚刚闭幕的十届全国人大一次会议，审议通过了朱镕基总理作的《政府工作报告》。这个报告以邓小平理论和"三个代表"重要思想为指导，认真贯彻党的十五大、十六大精神，全面总结了五年来全国各个方面取得的显著成就和政府工作的丰富经验，对2003年政府工作提出了切实可行的建议。这个报告特色鲜明，无论是结构框架、主要内容，还是表达方式，都别开生面，令人耳目一新。总体布局，体现了政府换届的要求，重点放在本届政府五年来工作总结，而五年总结又突出了经验体会，对下届政府工作提纲挈领地提出建议。报告五年工作，尊重历史，全面客观，主要运用大量数据、事实、工作思路和措施加以陈述，实事求是，内容丰富，重点突出。总结工作和提出建议，很少一般性议论，言简意赅，朴实无华。深入学习和全面把握《政府工作报告》的基本精神，对于正确认识五年来的卓著功绩、明确继续前进的方向，对于提高思想认识水平、增强执行正确方针政策的自觉性和坚定性、开创中国特色社会主义事业新局面，具有十分重要的意义。

辉煌成就　举世公认

《政府工作报告》（以下简称《报告》）用凝练的语言，简明扼要地回顾了过去五年的国内外环境和取得的辉煌成就。《报告》指出，1998年以来的

---

* 《十届全国人大一次会议〈政府工作报告〉辅导读本》，国务院研究室编写组编，人民出版社、中国言实出版社 2003 年 3 月出版。

五年，是很不平凡的五年。历史正是这样。在这五年中，国际局势复杂多变，亚洲发生金融危机，世界经济增长放慢；国内产业结构矛盾十分突出，经济体制深层次矛盾凸显；1998年、1999年连续遭受特大洪涝灾害。面对如此严峻的形势，党中央、国务院沉着应对，指挥若定，依靠全国各族人民的智慧和力量，战胜了种种困难和风险，取得了举世公认的伟大成就。我国不仅没有像其他国家那样出现经济衰退，而且抓住机遇，极大地发展了自己，在多年努力的基础上，胜利实现了现代化建设第二步战略目标，开始向第三步战略目标迈进。这些成就鼓舞人心，值得大书特书。《报告》从五年来的经济发展和经济结构变化、经济体制改革和对外开放、科技创新和教育发展、民主法治建设和精神文明建设、城乡居民收入和消费水平，以及国防建设、祖国统一大业和外交工作等八个方面，浓墨重彩地描绘了各方面取得的巨大成就。这里重点阐述其中四个方面。

（一）国民经济保持良好发展势头，经济结构战略性调整迈出重要步伐。五年来国民经济持续较快增长。从1998—2002年，我国经济一路高歌。国内生产总值先后跃上8万亿元、9万亿元和10万亿元三个台阶，2002年达到10.2万亿元，居世界的位次由第六位上升到第五位，平均每年实际增长7.7%，大大高于同期世界经济年均3.2%的增长速度。五年内经济稳定快速增长，没有出现波动，为过去几十年所罕见。更为重要的是，经济增长质量和效益不断提高，经济结构调整步伐加快。全国财政收入从1997年的8651亿元增加到2002年的18914亿元，平均每年增加2053亿元；国家外汇储备从1399亿美元增加到2002年的2864亿美元，增长一倍多。五年间，全社会固定资产投资累计完成17.2万亿元，特别是发行6600亿元长期建设国债，带动银行贷款和其他社会资金形成3.28万亿元的投资规模，办成不少多年想办而没有力量办的大事，促进了经济结构的调整和优化。特别是基础设施建设成就显著。五年来，全国共安排基础设施投资38953亿元，为前五年的2.3倍。集中力量，高质量、高速度建成了一批关系全局的重大基础设施项目。进行了新中国成立以来规模最大的水利建设，一批重大水利设施项目相继开工和竣工。交通建设空前发展，现代综合运输体系初步形成。邮电通信建设突飞猛进。能源建设继续加强。城市公用设施建设明显加强，许多城市面貌有很大改观。基础设施的改善，大大增强了我国经济发展的后劲。结构调整的又一个重要方面，是西部大开发开局良好，区域发展朝着协调方向迈进。实施西部大开发战略三年来，国家通过加大建设投入、增加财政转移支付、实施优惠财税政策等措施，有力地促进了西部地区发展。新开工36项重点工程。青藏铁路、西气东输、西电东送、水利枢纽、干线公路等重大项目进展顺利。生态环境保护和建设力度加大。科技教育事业不断发展。东部与中西部地区的经济技术合作进一步加强。可持续发展能力增强，也是结构调整取得重要进展的突出表现。五年来，国家共投入5800亿元资金，用于环境保护和生态建设，是1950年到1997年投入总和的1.7倍。环境污染加剧的趋势总体上得到控制。主要污染物排放总量持续降低，重点城市和地区的环境质量有所改善。资源保护取得新进展。总之，这五年整个经济不仅实现了持续快速增长，而且实现了经济增长方式不断转变、结构调整进展明显，是效益好、有后劲和可持续的发展。这是近五年经济发展的显著特征。

（二）改革开放取得突破性进展，社会主义市场经济体制初步建立。这几年打了深化经济体制改革攻坚战，并取得重大突破。所有制结构进一步调整和完善。公有制经济在调整和改革中发展壮大，探索公有制多种实现形式取得成效。国有经济结构调整步伐加快，控制力和竞争力明显增强。国有企业三年改革与脱困目标基本实现。大多数国有大中型骨干企业初步建立现代企业制度，涌现出一批有实力、有活力和有竞争力的优势企业。国有中小型企业进一步放开搞活。垄断行业管理体制改革迈出实质性步伐。城乡集体经济得到新的发展。股份制经济不断扩大。个体、私营等非公有制经济较快发展，在发展经济、增加就业、活跃市场、扩大出口方面发挥了重要作用。现代市场体系建设全面展开。国民经济市场化程度进一步提高，市场在资源配置中的基础性作用明显增强。资本、产权、土地、技术和劳动力市场加快发展。现代流通和营销方式不断拓展。整顿和规范市场经济秩序取得阶段性成果。在全国先后开展了声势浩大的打击走私、骗税骗汇、制售假冒伪劣商品专项行动，进行整顿和规范文化市场、建筑市场、集贸市场、旅游市场，依法惩治了一批严重破坏市场经济秩序的犯罪分子。市场环境和消费环境逐步改善。金融、财税、投融资体制改革继续深化。与社会主义市场经济发展相适应的金融体系初步形成。改革了中国人民银行管理体制，建立了全国集中统一的证券、保险业监管体制。国有独资商业银行和政策性银行改革不断推进。整顿和规范非银行金融机构取得重要进展。证券业在逐步规范中发展。保险业改革不断深化。金融监管不断加强。防范和化解金融风险取得成效。

适应社会主义市场经济要求的公共财政框架初步建立。中央和省两级实行部门预算制度，"收支两条线"管理和国库集中收付制度改革试点稳步推进。税制改革和税收征管改革成效显著。投融资渠道进一步拓宽，投融资方式实现多样化。住房制度改革取得明显成效。社会保险体系框架基本确立。城镇基本养老保险制度和基本医疗保险制度建设迈出重大步伐。建立了国有企业下岗职工基本生活保障制度、失业保险制度、城市居民最低生活保障制度。建立了全国社会保障基金。城镇职工基本医疗保险制度、医疗卫生体制、药品生产流通体制改革取得重要进展。农村新型合作医疗制度开始试点。可以说，这几年经济体制改革整体推进、全面纵深发展，社会主义市场经济体制建设取得了历史性的进展。

对外开放向广度和深度扩展。对外贸易连续跨上几个台阶，外贸进出口总额由 1997 年的 3252 亿美元增加到 2002 年的 6208 亿美元，世界排名由第十位上升到第五位。利用外资水平明显提高，五年累计实行利用外商直接投资 2261 亿美元，超过 1979 年到 1997 年的总和。实施"走出去"战略，对外投资、工程承包和劳务合作不断扩大。我国于 2001 年 12 月正式加入世贸组织，标志着我国对外开放进入一个新的阶段。在加入世贸组织第一年，由于应对有力，实现了良好开端。

（三）科技创新能力明显增强，教育事业蓬勃发展。基础研究、高技术研究和应用技术研究取得重要进展。国家创新体系建设积极推进。信息技术、生命科学、航空航天技术等领域成就突出。科技成果市场化、产业化明显加快。基础教育"两基"目标实现并进一步巩固。高中阶段教育得到加强。高等学校从 1997 年起连续扩大招生规模，高考录取率从 36% 提高到 59%；2002 年高等学校在校生 1600 万人，是 1997 年的 2.3 倍；五年全国本专科毕业生 1300 万人，毕业研究生 31 万人。高校后勤社会化改革取得重要进展。基本建成结构比较完整、专业门类齐全的职业和成人教育体系。民办教育迅速发展。素质教育得到加强。

（四）人民生活显著改善，总体达到小康水平。随着经济的快速发展，人民的收入水平和生活质量显著提高。城乡居民收入持续增加。城镇居民家庭人均可支配收入由 1997 年的 5160 元增加到 2002 年的 7703 元。农村居民家庭人均纯收入由 2090 元增加到 2476 元。农村贫困人口由 4960 万人减少到 2820 万人。消费水平明显提高。城乡市场繁荣，全社会消费品零售总额从 1997 年的 2.73 万亿元增加到 2002 年的 4.1 万亿元，平均每年实际增长 10.5%。消费结构优化。城乡居民居住条件明显改善，生活环境质量提高。医疗保健条件不断改善，人民群众健康水平进一步提高。

五年来，在社会主义民主政治和精神文明建设、国防和军队现代化建设、祖国统一大业和外交工作等方面都取得新的成绩。

五年的辉煌成就，意义重大。这集中说明，我国社会生产力又跃上新台阶，国家经济实力、抗风险能力和国际竞争力明显增强；在我们这样一个近13 亿人口的国家，人民生活总体上达到小康水平，是社会主义制度的伟大胜利，是中华民族发展史上一个新的里程碑；经济繁荣，国运昌盛，百姓安康，社会稳定，事业兴旺，为在新世纪新阶段全面建设小康社会、实现现代化建设第三步战略目标，奠定了坚实的基础。

五年的辉煌成就，举世公认。国际社会和国际权威机构给予高度评价。一致认为，这几年世界经济不景气，中国经济"一枝独秀"，"是一个奇迹"；中国经济持续快速增长，已成为世界经济发展的"强大引擎"；世界银行近日发布的一份评估报告中说，中国"是全球最具活力的经济地区"；美国哈佛大学经济学教授撰文认为"中国现在是真正的大跃进"。

五年的辉煌成就，来之不易。这是以江泽民同志为核心的第三代中央领导集体正确领导和决策的结果，是全国各族人民万众一心、艰苦奋斗的结果。各级政府忠实履行职责，不畏艰难，励精图治，开拓创新，作出了突出贡献。国家会铭记这五年，人民会铭记这五年，历史会铭记这五年。

五年的辉煌成就，雄辩地说明，这几年党中央、国务院采取的方针和政策是正确的，各地方、各部门、各方面执行中央的决策是得力的。只要坚持执行被实践证明是正确有效的方针政策，我国各项事业就一定会在新的起点实现更大的发展。

丰富经验　弥足珍贵

举世瞩目和国人称道的五年辉煌成就，将彪炳于中华民族发展史册。在丰富生动的伟大实践中积累的宝贵经验，更加珍贵。朱镕基总理在《政府工作报告》中，用五分之二以上的篇幅，概括了五年来政府的主要工作体会和经验，也是报告的主要部分。报告指出："在过去五年的政府工作中，我们始终坚持以邓小平理论为指导，认真贯彻'三个代表'重要思想，解放思想、实事求是，全面执行党的基本路线和基本纲领，牢牢把握经济建设这个中心，大力推进改革开放，正确处理改革发展稳定的关系，积极促进物质文明和精神文明协调发展。在丰富生动的实践中，积累了不少有益的经验。"《政府工作报告》集中讲了九个方面的重要经验和体会。这些是实践的总结、理论的升华、智慧的结晶。充分说明我们党和政府对社会主义现代化建设规律的认识进一步深化，针对性、指导性都很强，是党和国家极其宝贵的巨大财富，应该倍加珍视。在学习过程中，我们要重点加以把握和领会。

——坚持正确把握宏观调控的方向和力度，实施积极的财政政策和稳健的货币政策。发展社会主义市场经济，必须加强和改善宏观调控。宏观调控最重要的，应当是着眼于保持经济稳定较快增长，敏锐把握国际国内经济形势的变化，增强预见性、针对性和有效性。近五年中央正是这样做的，这是最重要的宝贵经验。五年来，面对国际经济环境严峻和国内有效需求不足的困难局面中央采取的最重要的举措，就是果断地把宏观调控的重点，从实行适度从紧的财政政策和货币政策，治理通货膨胀，转为实行扩大内需的方针，实施积极的财政政策和稳健的货币政策，抑制通货紧缩趋势，并在实践中适时完善政策措施，把握调控力度，确保取得成效。从 1998 年下半年亚洲金融危机影响开始显现时，中央就决定实施积极的财政政策，充分利用国内资金和物资充裕的有利条件，发行长期建设国债。根据经济发展的需要，连续五年共发行长期建设国债 6600 亿元，集中力量加强经济建设中的薄弱环节。在长期建设国债资金的使用中，重点支持基础设施建设，坚持把共同推进产业结构调整、企业技术改造、科技教育发展和生态环境建设结合起来，注意向中西部地区倾斜。发行这些长期建设国债，有力地引导和带动了银行资金和其他社会资金，使五年内全社会投资需求不断扩大。同时，重视培育和扩大消费需求，采取多种措施，努力增加城市中低收入居民的收入，千方百计增加农民收入，实施鼓励消费的政策。所以，形成了投资需求和消费需求对经济增长的双重拉动。这几年宏观调控的成功之处，还在于高度重视做好金融工作，加强宏观政策之间的协调配合，特别是坚持实行稳健的货币政策，既保持金融对经济发展的必要支持，又防止盲目放松银行信贷。坚持实施积极的财政政策和稳健的货币政策，对于扩大国内需求、拉动经济持续增长，发挥了十分重要的作用。这些年，其他宏观经济政策和手段，也都着眼扩大国内需求、促进经济持续快速发展，各方面政策密切配合、相互协调，也是宏观调控取得成效的重要原因。

——**坚持以经济结构调整为主线，着力提高经济增长质量和效益**。发展是硬道理，是解决我国所有问题的关键，必须使国民经济保持较快的发展速度。这已是人们共识的真理。但发展必须有新思路，实现有市场、有效益的速度，才会有健康、持久的快速发展，也才是真正的硬道理。在我国经济发展出现阶段性变化的情况下，必须大力推进经济结构的战略性调整。不调整结构，我国经济就不能继续发展，经济增长质量和效益就难以提高。各级政府坚持把各方面主要精力引导到调整结构、提高经济增长的质量和效益上来，努力实现速度与结构、质量、效益相统一，取得了显著效果。特别是紧紧抓住调整和优化产业结构这个关键。这几年，集中力量加强了基础设施建设，严格控制新上加工工业项目，比较好地防止了低水平重复建设。十分重视和大力发展高新技术产业特别是信息产业，积极推进国民经济和社会信息化，使我国信息产业在较短时间实现了跨越式发展。同时，积极改造和提升传统产业，采取国债贴息、改进技改项目审批办法等措施，支持重点行业、重点企业、重点产品进行大规模的技术改造和结构调整。五年全国共完成技术改造投资2.66万亿元，一大批大型企业走出了依靠自身力量提升技术水平、增强竞争能力的新路子。综合运用经济、法律和必要的行政手段，关闭了一大批产品质量低劣、浪费资源、污染严重和不具备安全生产条件的企业，淘汰了一大批落后设备、技术和工艺，压缩了部分过剩生产能力。通过放宽市场准入，改善发展环境，推行现代经营方式和技术，使传统服务业得到进一步发展。同时，采取多种措施，积极支持和鼓励现代化服务业发展。这几年，正是由于抓住了产业结构调整这个环节并取得明显成效，有力地促进了地区结构和城乡结构调整，整个经济趋于协调发展。

——**坚持把解决"三农"问题放在突出位置，巩固和加强农业基础地位**。农业、农村、农民问题，关系我国改革开放和现代化建设全局，任何时候都不能忽视和放松。这几年，针对在农业综合生产能力提高的同时，出现了农产品供过于求、价格下跌、农民收入增长缓慢的新情况，各级政府坚持把加强农业、发展农村经济、增加农民收入，作为经济工作的重中之重，倾注了极大精力，下了很大功夫。一是推进农业结构调整。通过政策支持、加强信息和技术服务，引导农民按照市场需求调整种植结构、品种结构，大力推进农业生产区域布局调整。大力发展农业产业化经营。抓住粮食供给充足的有利时机，实行退耕还林，既促进了农业结构调整，又直接增加了农民收入。在推进农业结构调整中，坚持因地制宜，不搞行政命令，尊重农民意愿。二是深化粮棉流通体制改革。坚持购销市场化是粮棉流通体制改革的根本方向，但在改革步骤上，坚持从实际出发，着眼于保护农民利益和农业生产力，积极稳步推进。1997年、1998年和2001年，中央不断提出和完善改革措施，使粮食流通体制改革逐步深化。为支持粮食流通体制改革，国家投入了很大数量的资金。棉花购销市场化改革也不断深化，取得了突破性进展。三是进行农村税费改革试点。从2000年起，在安徽等地开展农村税费改革试点，2002年试点扩大到20个省区市，试点地区农民负担平均减轻了30%。为支持这项改革，近三年中央财政投入资金近336亿元。同时，进行了乡镇机构、农村教育和县乡财政体制等配套改革。农村税费改革是我国农村继实行家庭联产承包责任制后的又一场伟大变革，对增加农民收入、促进农业发展、维护农村稳定，已经并将继续发挥重大作用，受到广大农民的衷心拥护。四是增加对农业和农村的投入。五年来，国家财政支持农村生产支出和各项农业事业费达4077亿元，比前五年的累计增加1852亿元。国家还将国债资金较多地用于农业和农村基础设施的投入，改善了农民生产和生活条件。五是加强农村扶贫开发。坚持开发式扶贫方针，加大扶贫投入力度。坚持开展东部和西部地区协作扶贫。经过多年探索，走出了一条符合中国国情的扶贫开发道路。六是引导农村劳动力合理有序流动。坚持实施城镇化战略，积极稳妥地发展小城镇。支持农民进城务工就业，清理和纠正对农民工的歧视性政策和乱收费，保护他们的合法权益，同时加强引导和管理。实践证明，中央关于新阶段农业和农村工作的决策和部署是正确的。根本解决"三农"问题，这一项长期而艰巨的任务，需要坚持不懈地努力。

——坚持推进国有企业改革，切实加强再就业工作和社会保障体系建设。 国有企业改革是整个经济体制改革的中心环节。不坚决推进改革，国有企业就没有出路，我国社会主义现代化事业也会遇到极大困难。深化国有企业改革，必须坚持社会主义市场经济的改革方向。这几年各级政府知难而进，敢于碰硬，使国有企业改革不断深化。一是加快现代企业制度建设。按照"产权清晰、权责明确、政企分开、管理科学"的要求，积极推行规范的公司制和股份制改革，完善法人治理结构，深化企业内部改革，建立激励和约束机制。同时，鼓励有条件的国有大型企业到境外上市。五年来，国有及国有控股企业在境内外新增上市公司 422 家，筹集资金 7636 亿元，其中在境外筹资 352 亿美元。这个过程，实际上是建立现代企业制度的过程，是实现投资主体多元化的过程，也是把国有企业与社会主义市场经济体制结合起来的过程。二是建立企业优胜劣汰的机制。从战略上调整国有经济布局和改组国有企业，支持具有优势的大公司大企业集团进一步做强做大，使他们成为国民经济的重要支柱和参与国际竞争的主要力量。同时，采取一系列政策措施，一批企业平稳地实施关闭破产，形成了劣势企业退出市场的机制。三是减轻企业负担和历史包袱。对符合条件的国有企业实施债权转股权。已实行债转股的企业，降低了资产负债率，多数已扭亏为盈。采取有效措施，努力解决企业冗员过多、企业办社会等问题，增强了企业竞争力。四是积极推进企业管理创新。大力推进企业信息化，加强成本管理、资金管理和质量管理，全面提高企业现代化管理水平。五是大力加强企业外部监督。国务院先后向一批重点国有企业和国有金融机构派出了监事会，对促进企业改善经营管理，防止国有资产流失，发挥了重要作用。国有企业改革之所以取得重大进展，一个重要的决策和经验，就是切实做好再就业工作和社会保障体系建设。这几年，坚持实行鼓励兼并、规范破产、下岗分流、减员增效和实施再就业工程的方针，相继制定一系列政策措施，促进下岗人员实现再就业。1998 年以来，2700 万国有企业下岗职工中，先后有 1800 多万人通过各种渠道实现了再就业。同时，逐步完善"三条保障线"。各级政府逐年提高了对社会保障和再就业方面的资金投入。从 2001 年起，在辽宁全省进行完善城镇社会保障体系试点，取得明显成效。实践证明，中央关于国有企业改革和促进再就业、加强社会保障体系建设的一系列方针政策是正确的，是相互配套的完整体系。只有全面贯彻执行，才能保证国有企业改革目标的实现。这是一条十分重要的经验。

　　——坚持全面提高对外开放水平，积极参与国际经济技术合作的竞争。 在经济全球化深入发展、国际竞争日趋激烈的情况下，只有顺应世界发展潮流，坚持不断扩大对外开放，才能更好地利用国内国外两个市场、两种资源，加快发展壮大自己。这几年，面对严峻的国际经济环境，我们积极应对，趋利避害，开创了对外开放的新局面。在坚持人民币不贬值的同时，果断采取一系列鼓励出口的政策措施，实施市场多元化战略和以质取胜战略，深化外贸体制改革，克服重重困难，实现了出口大幅度增长，连续跨上了几个大的台阶。同时，进口了大量国内急需的设备、技术和短缺原材料，促进了经济结构调整和技术进步。积极实施"走出去"战略。鼓励有条件的各类所有制企业到境外投资办企业，带动设备、零部件出口和劳务输出。大力改善投资环境，增强对外资的吸引力，着力提高利用外资质量，把吸收外资同产业结构调整、国有企业改组改造、西部大开发结合起来，着力引进先进技术、管理经验和专门人才。外商投资领域明显向高新技术产业、基础设施和服务业倾斜，全球最大的 500 家跨国公司中有 400 余家在华投资，设立研发中心近 400 家。所以，这几年利用外资规模不断扩大，质量明显提高。

——**坚持实施科教兴国战略，提高科技创新能力和国民素质**。发展科技、教育，是实现经济振兴和国家现代化的根本大计。这几年，始终把实施科教兴国战略作为极其重要的任务，采取了一系列措施。一是较大幅度地增加科技、教育投入。五年来，国家财政用于科技的投入累计2500亿元，比前五年增加一倍多。2002 年，全国财政性教育经费投入3366亿元，是 1997 年的 1.8 倍，占国内生产总值的比重从 1997 年的 2.5%提高到 2002 年的 3.3%。从 1998 年起，中央财政支出中教育经费所占比例每年提高一个百分点。科技教育投入的大幅度增加，改善了科研条件，推动了科技创新，极大地促进了教育事业发展。二是全面深化科技、教育体制改革，积极推进科技教育与经济社会发展紧密结合。1999 年以来，先后对应用型科研机构实行了企业化转制改革，对有条件的公益类科研机构也实行多种形式面向市场的改革，初步建立起科技成果转化和产业化的机制。对高等学校管理体制实行了重大改革，优化了教育资源配置；进行农村义务教育管理体制改革，有力地促进了农村教育改革和发展。三是实施人才强国战略，把培养、吸引和用好人才作为一项重大任务，取得了良好效果。

——**坚持走可持续发展道路，促进经济发展与人口、资源、环境相协调**。实行计划生育、保护环境和保护资源，是我们的基本国策。这几年，始终把实施可持续发展战略放在十分突出的位置，大幅度增加投入，从源头抓起，坚持标本兼治。加大了生态环境保护和建设力度。1998 年发生特大洪水后，在重点林区和长江、黄河上中游开展了天然林保护工程；在生态脆弱地区有步骤地开展了大规模退耕还林还草；在长江流域实行平垸行洪、退田还湖、移民建镇等政策。加强资源保护和合理利用，强化对土地、矿产、淡水、海洋和生物等资源的管理。强化环境污染防治，加强环境基础设施建设，开展环境警示教育。正是采取了这些重要措施，我国在可持续发展道路上迈出了具有历史性意义的步伐。

——**坚持全力维护社会稳定，为改革和发展创造良好环境。**稳定是改革和发展的前提。没有稳定的环境，什么事情也做不成，改革和发展取得的成果也会丧失掉。这几年，经济体制改革攻坚，经济结构调整加快，对外开放不断扩大。在这种情况下，各种利益关系变动较大，影响社会稳定的因素增多。由于坚持贯彻稳定压倒一切的方针，十分注意处理好改革发展稳定的关系，在改革取得突破性进展、经济加快发展的同时，有力地维护了社会稳定。最重要的是，坚持把改革的力度、发展的速度与社会可承受程度统一起来；始终关心人民群众的切身利益，特别是努力解决困难群众生产生活中的实际问题；正确处理新形势下的人民内部矛盾，妥善处理突发性、群体性事件，把矛盾和纠纷解决在基层，化解在萌芽状态；加强社会治安综合治理，积极预防和减少犯罪；切实维护国家安全。

——**坚持转变政府职能，努力建设廉洁勤政务实高效政府。**建立和完善社会主义市场经济体制，必须实行政企分开，转变政府职能，转变工作方式和工作作风。这几年，政府在自身建设方面迈出了重大步伐。一是对政府机构实行了重大改革。主要是进一步把综合经济部门改组为宏观调控部门，调整和减少专业经济部门，加强执法监管部门。1998年把国务院组成部门由40个减少到29个，内设机构减少四分之一，人员减少一半。2001年，又撤销了9个国家行业主管局，进一步提升市场执法监管部门的职能和地位。这样的改革，进一步改变了长期以来计划经济体制下形成的政府机构框架。地方政府也进行了相应改革。机关后勤社会化程度明显提高。政企分开迈出重大步伐。中央、地方党政机关与所办经济实体和管理的直属企业脱钩，军队、武警部队和政法机关不再经商办企业。这些多年积累、群众反映强烈的问题得到解决，具有重大和深远的意义。二是努力转变政府职能。在社会主义市场经济体制下，政府主要职能是经济调节、市场监管、社会管理和公共服务。政府该管的事一定要管好，不该管的事坚决不管。这几年，大力改革了行政审批制度，对原有审批项目进行了清理，国务院已取消1195个行政审批事项，各级地方政府也取消了一批行政审批事项。不断提高依法行政水平，推进行政执法体制改革，加强执法监督，增强政府工作透明度。电子政务建设不断加强。积极倡导诚实守信的职业道德，努力建立社会信用体系。三是十分重视队伍和作风建设。本届政府任职伊始，就对政府工作人员提出了"廉洁、勤政、务实、高效"的要求。加强了对公务员和国有企业领导人的教育与培训，努力提高政府工作人员素质。坚持不懈地开展反腐败斗争，大力纠正部门和行业不正之风，依法惩处了一批违法违纪的腐败分子。实践证明，只有加强政府自身建设，才能更好地适应改革开放和现代化建设的新形势，使各级政府成为人民真心拥护和满意的政府。这个结论是完全正确的，必须继续坚持。

通过学习，我们认为这些经验和体会，都极其重要和宝贵。从中也可以清楚地看出本届政府工作布局的总体思路和鲜明特点：牢牢把握国民经济发展的全局，围绕实现经济稳定较快增长和调整优化经济结构，坚定实施有效的宏观调控政策；始终着力解决"三农"和国有企业改革这两个根本性的重大问题；坚持深化改革、扩大开放和加快科技教育发展，坚定不移地走可持续发展之路，为经济社会发展注入强大活力、不竭动力和坚实后劲；十分注意正确处理改革发展稳定的关系，全力维护社会稳定，给改革开放和发展创造良好的社会环境和社会秩序。试想，如果这几年不全面地、一以贯之地这样做，就不会有五年来国家面貌日新月异、各项事业蒸蒸日上、人民生活显著改善的好形势，就不会有五年来我国社会稳定、民族团结、国际影响日益扩大的可喜局面。这些经验，既是过去五年中各个方面取得显著成就的重要保证，也对今后推进现代化事业有着重大的指导意义，必须长期坚持下去。

乘胜前进 前景美好

2003年，是全面贯彻党的十六大精神的第一年，也是加快推进社会主义现代化、全面建设小康社会的重要一年。做好今年各项工作，意义重大。

做好2003年的政府工作，很重要的一点，就是要全面认识和正确把握当前形势。既要看到有利的条件，又要看到困难和矛盾；既要看到面临的历史机遇，又要看到遇到的严峻挑战。总体上看，我们面临的国际环境依然是机遇大于挑战。经过20多年持续快速健康发展，国家的综合实力、抗风险能力和国际竞争力明显增强，物质技术基础和外汇储备比较雄厚。同时也要看到，当前世界经济虽然出现一些复苏迹象，但还有很大的不确定性。美国经济前景不明，欧盟经济回升乏力，日本经济仍未摆脱低迷状态。这些会对我国经济发展产生不利影响。从国内看，经济结构和经济体制中还有许多深层次问题有待解决；经济增长仍受到有效需求不足和供给结构不合理的制约；城乡差距进一步扩大，农业和农村经济发展成为突出的薄弱环节，农民增收缓慢；相当一部分国有企业生产经营困难；就业和社会保障工作压力很大。因此，要保持清醒头脑，增强忧患意识，居安思危。在新的形势下，我们要振奋精神，坚定信心，充分利用一切有利条件，努力变挑战为机遇，夺取改革开放和现代化建设的更大胜利。

根据党的十六大精神和中央关于 2003 年工作的部署，《报告》对今年政府工作提出了建议。这里，重点阐述以下几个主要方面的任务。

（一）**继续扩大国内需求，实现经济稳定较快增长。**保持经济发展的良好势头，是做好各项工作的基础。综合分析国内外各种情况，今年经济增长预期目标确定为7%左右，这是必要的，经过努力也是可以实现的。要坚持扩大内需的方针，继续实施积极的财政政策和稳健的货币政策，继续努力保持消费需求和投资需求对经济增长的双拉动。为此，要努力扩大消费需求。在目前情况下，这比增加投资需求更为重要。要继续增加城乡居民特别是低收入者的收入，努力提高人民群众生活水平。千方百计增加农民收入，减轻农民负担。继续改善消费环境，完善消费政策，拓宽消费领域。要保持投资较快增长。今年发行 1400 亿元长期建设国债，有利于集中必要的资金加强国家急需的建设和重点方面，也有利于吸引和带动社会资金，扩大投资需求。关键是要调整国债资金使用方向，坚决防止低水平重复建设。对一些地方房地产投资增长过猛、高档房地产开发过多的现象，应引起高度注意。在继续防范和化解金融风险的同时，加大金融对经济发展的支持力度。优化信贷结构，改善金融服务。规范发展证券、保险、货币市场。认真做好财税工作，继续大力做好增收节支。依法强化税收征管，严厉打击各种偷逃骗税行为，做到应收尽收。各级财政要切实调整支出结构，保证重点支出。

（二）**促进农业和农村经济全面发展。**全面建设小康社会的重点和难点都在农村。要继续把发展农业和农村经济、增加农民收入，作为经济工作的重中之重。统筹城乡经济社会发展，切实做好"三农"工作。要加快农业和农村经济结构调整。继续推进农业区域布局调整。大力发展畜牧业、水产养殖业和农产品加工业。发展农业产业化经营。加大退耕还林还草力度。加强农产品质量安全体系和农业社会化服务体系建设。继续深化农村各项改革。农村税费改革试点在总结经验、完善政策的基础上，在全国范围内推开。进一步深化粮棉流通体制改革，切实保护农民利益。增加对农业基础设施和农业科技的投入。加快节水灌溉、人畜饮水、县乡公路、农村能源、农村教育和医疗卫生设施等建设。加强对粮食主产区的扶持。搞好扶贫开发工作。同时，要加快城镇化进程，加强对农村富余劳动力转移的协调和指导，维护农民进城务工就业的合法权益等。

（三）积极推进产业结构调整和西部大开发。要按照走新型工业化道路的要求，加快产业结构调整。积极发展对经济增长有重大带动作用的高新技术产业。大力推进信息化，用信息化带动工业化，加快工业化进程。广泛采用先进适用技术改造传统产业，努力振兴装备制造业。抓紧搞好钢铁、汽车、建材等行业的发展规划和调整，防止盲目发展和无序竞争。进一步淘汰落后生产能力。积极发展现代服务业和旅游业。扎扎实实推进西部大开发，突出重点，注重实效，打好基础。继续加强生态环境建设和基础设施建设。切实搞好退耕还林、天然林保护和防沙治沙。实施天然草原退牧还草工程。着力抓好重大项目建设，确保建设进度和工程质量。积极发展特色经济和优势产业。加快科技、教育发展。加强东中西部地区的经济交流与合作，促进优势互补和共同发展。要把支持东北地区等老工业基地加快调整、改造和振兴作为突出的重要任务，支持以资源开采为主的城市和地区发展接续产业，支持革命老区和民族地区加快发展。为此，要研究采取更加有力的政策措施，这是促进地区协调发展的迫切要求和必然选择。

（四）深化经济体制改革和扩大对外开放。要坚持和完善以公有制为主体、多种所有制经济共同发展的基本经济制度，毫不动摇地巩固和发展公有制经济，毫不动摇地鼓励、支持和引导个体、私营等非公有制经济发展。加快推进国有企业改革。按照建立现代企业制度的要求，继续推进国有企业规范的公司制改造，完善监督机制。积极支持符合条件的大企业到境外上市。加快形成主业突出、拥有自主知识产权和知名品牌、国际竞争力强的大公司大企业集团。进一步做好军工等困难行业的企业调整、重组和脱困工作。继续完成电力、电信、民航等行业改革。自上而下有序地进行国有资产管理体制改革。继续推进金融、财税、投融资体制改革。深化分配制度改革，逐步理顺分配关系。

整顿和规范市场经济秩序是一项长期而艰巨的任务，必须坚持不懈地进行下去。要标本兼治，重在治本。继续抓好专项整治，突出重点，严厉打击制假售假等违法犯罪行为。加强制度和法治建设，严格执法，逐步把市场管理纳入法治化、规范化轨道。加快建立社会信用体系。高度重视安全生产。通过改革和整顿，加快建立社会主义市场经济新秩序。

坚持"引进来"和"走出去"相结合，全面提高对外开放水平。继续做好加入世贸组织过渡期的各项应对工作，认真行使权利，履行承诺义务。稳定鼓励出口的各项政策措施，实施市场多元化战略，坚持以质取胜，扩大商品和服务贸易。优化进口结构。进一步深化外贸体制改革。继续积极、有效地利用外资，着重引进先进技术、现代管理经验和专门人才，支持国内企业与跨国公司进行多种形式的合作。鼓励和支持有比较优势的各类所有制企业，采取合资、独资、联营等形式开展跨国经营，带动国内商品特别是资本货物出口。积极推进多边、双边和区域经济合作。

（五）进一步做好扩大就业和社会保障工作。坚持"劳动者自主择业、市场调节就业、政府促进就业"的方针，千方百计促进就业和再就业。认真落实促进下岗失业人员再就业的各项政策措施。国有企业要坚持减员增效与促进再就业相结合。广辟就业门路，积极发展劳动密集型产业，充分发挥第三产业、中小企业和个体私营经济在扩大就业方面的重要作用。规范发展劳动力市场。鼓励自谋职业和自主就业，积极提倡和推广灵活多样的就业方式。

继续加强"两个确保"和"城市低保"工作，搞好"三条保障线"的衔接。完善城镇企业职工基本养老、医疗保险制度，继续扩大各项社会保险覆盖面。稳步推进国有企业下岗职工基本生活保障向失业保险并轨。合理确定"低保"标准和保障对象补助水平，切实做到应保尽保。妥善解决国有困难企业和关闭破产企业职工的基本生活问题。多渠道筹集和管好社会保障基金。建立和完善对低收入者的求助制度。搞好农村新型合作医疗制度试点工作。

《报告》对认真实施科教兴国战略和可持续发展战略、加强社会主义民主法治和精神文明建设、切实加强政府自身建设等，都提出了今年的重点任务和措施。《报告》还就加强民族团结、维护祖国统一和社会稳定，做好宗教和侨务工作；加强国防和军队建设；维护香港、澳门长期稳定和繁荣发展；

继续做好对台工作、促进祖国统一大业；继续做好外交工作等方面，提出了任务，作出了部署。

以上工作建议，保持了政府工作的连续性，目标明确，重点突出，切实可行。今年政府工作的任务是繁重的。各地方、各部门应认真按照党中央、国务院的部署，聚精会神、全力以赴地做好各项工作，努力使今年贯彻党的十六大精神有一个良好的开局。

党的十六大确定了全面建设小康社会的宏伟目标和战略部署。我们伟大的祖国已站在更高的历史起点上，以雄健的步伐迈上新的辉煌征程。展望国家美好的未来，我们豪情满怀，心潮激荡。我们坚信，全国各族人民在以胡锦涛同志为总书记的党中央领导下，高举邓小平理论伟大旗帜，全面贯彻"三个代表"重要思想，团结一致，发愤图强，一定能够把中国特色社会主义事业不断推向前进，从胜利走向更大的胜利。

树立和落实科学发展观
保持经济平稳较快发展

——《十届全国人大二次会议〈政府工作报告〉辅导读本》*代序言

（二〇〇四年三月）

刚刚闭幕的十届全国人大二次会议，审议通过了温家宝总理作的《政府工作报告》（以下简称《报告》）。这个报告以邓小平理论和"三个代表"重要思想为指导，认真贯彻党的十六大和十六届三中全会精神，全面总结回顾了一年来政府工作，明确提出了2004年政府工作的任务和措施。《报告》的基调和主线，就是抓住重要战略机遇期，抓好发展这个第一要务，坚持科学发展观，统筹城乡发展、区域发展、经济社会发展、人与自然和谐发展、国内发展与对外开放，保持经济平稳较快发展，促进社会主义物质文明、政治文明、精神文明共同进步。我们要认真领会和贯彻落实《报告》精神，齐心协力，奋发进取，不断把全面建设小康社会的宏伟事业推向前进。

特点鲜明　别开生面

十届全国人大二次会议批准的《报告》，是一个从框架结构、主要内容到语言表达都富有新意，具有鲜明特色的报告。概括地说，《报告》有以下几个主要特点。

一是突出落实科学发展观。以胡锦涛同志为总书记的党中央在邓小平理论和"三个代表"重要思想指导下，按照党的十六大精神，根据新的形势和任务，明确提出了科学发展观。科学发展观是我们党对社会主义现代化建设

---

* 《十届全国人大二次会议〈政府工作报告〉辅导读本》，国务院研究室编写组编，人民出版社、中国言实出版社 2004 年 3 月出版。

指导思想的新发展。树立和落实科学发展观，是全面建设小康社会和实现我国现代化的必然要求。坚持科学发展观，充分体现"五个统筹"的要求，是《报告》最重要的特点。一方面，《报告》用较大篇幅回顾了过去一年，政府在促进经济平稳快速发展的同时，注重统筹兼顾，加快社会事业发展，加强资源和生态环境保护等方面所做的工作；另一方面，在部署2004年工作中，以科学发展观为指导，更加注重地区协调发展、继续实施科教兴国战略和可持续发展战略、加快发展各项社会事业，提出了明确任务和要求。

二是突出坚持以人为本。代表最广大人民的根本利益，是"三个代表"重要思想的本质要求。不断提高人民群众物质文化生活水平和健康安全水平，是党和政府一切工作的出发点和落脚点。《报告》着力回答了人民群众关注的问题。回顾去年的工作，突出反映抗击非典斗争和关心群众生活方面所做的工作。部署今年的工作任务，强调着力解决关系人民群众切身利益的突出问题，在就业再就业、搞好社会保障、改善人民生活，以及增加农民收入、关心城乡特殊困难群众等方面，提出了明确的任务和要求。这充分体现了党和政府一切为了人民、一切依靠人民的根本思想，从而进一步动员全国各族人民为创造幸福生活和美好未来而奋斗。

三是突出勇于开拓创新。《报告》通篇贯穿着奋力开拓创新的精神风貌。总结2003年工作，着力反映出一年来政府工作思路创新，包括适时适度施行宏观调控，政府工作的着力点和财政支出结构适时加以调整；同时，着力推进体制创新，在抗击非典十分困难和各项建设任务非常繁重的情况下，积极有序地深化改革，做了大量很有成效的工作。部署2004年的任务，着力强调抓住有利时机，深化经济体制改革，提高对外开放水平，并提出明确的任务。这些突出说明，政府工作坚持以改革开放为动力，推动体制创新和事业发展。

四是突出求真务实精神。回顾2003年工作实实在在，全面、客观。讲成绩，主要用事实和数据说话，重点报告了工作部署和采取的措施；讲问题，清清楚楚，分析深刻，不回避，不敷衍。部署2004年工作，思路清晰，重点突出，任务明确，措施具体，具有很强的指导性、针对性和可操作性。

五是突出政府自身建设。《报告》共分为三大部分，而用一大部分讲政府自身建设，凸显了对政府的严格要求。文风是政风的一个重要方面。《报告》文风也力求体现转变政风，做到求新、求实、求精的要求。从内容看，抓住重点，兼顾其他，但不面面俱到。从文风看，很少空泛议论，言简意赅，语言尽量贴近群众，朴实无华，文字精练。读了《报告》，确实使人有别开生面、耳目一新之感。

成绩显著　经验弥珍

2003 年，是全党全国各族人民贯彻落实"三个代表"重要思想和党的十六大精神，中央领导层实现新老交替，继往开来的重要一年；同时，是面对种种挑战很不平凡的一年，也是取得显著成就的一年。《报告》第一部分开头，就概括说明了 2003 年的大背景，指出："过去的一年，是我国发展进程中重要而非同寻常的一年，是改革开放和社会主义现代化建设取得显著成就的一年。面对复杂多变的国际形势、突如其来的非典型肺炎疫情和频繁发生的自然灾害，在中国共产党领导下，各级政府和全国各族人民一道，以邓小平理论和'三个代表'重要思想为指导，贯彻落实党的十六大精神，迎难而上，顽强拼搏，奋力开拓创新，在全面建设小康社会的道路上迈出重要步伐。"过去一年的成绩确实来之不易，值得认真总结。充分肯定取得的成绩，对于各方面统一思想，坚定信心，凝聚力量，继续前进，具有十分重要的意义。

《报告》开宗明义列举了 2003 年我国取得的几个标志性重要成就。包括抗击非典取得重大胜利；经济快速发展；国家财力明显增强；对外贸易大幅增长；就业超过预期目标；居民收入增加；首次载人航天飞行获得圆满成功。这些集中标志着我国综合国力又有新的提高，进一步增强了全国人民继续前进的信心和勇气，也为世界所瞩目。

《报告》从六个方面报告了一年来的主要工作。

（一）采取果断措施，集中力量抗击非典。2003 年春天，我国遭遇了一场非典疫情重大灾害。迅速制止非典疫情的蔓延，有效救治患病群众，直接关系到广大人民群众的生命健康，关系到改革发展稳定的大局。面对严重疫情，党中央、国务院始终把人民群众的身体健康和生命安全放在第一位，及时研究和部署防治非典工作，采取了一系列有力措施。在党中央、国务院和各级党委、政府领导下，全国人民万众一心，众志成城，夺取了防治非典的重大胜利。在这场斗争中，我们伟大的民族精神得到大力弘扬和升华，中华民族经受住了严峻的考验。这场斗争的胜利雄辩地证明，党中央、国务院和各级党委、政府的领导是坚强有力的，中国特色社会主义具有巨大的优越性。

（二）**适时适度调控，促进经济平稳快速增长。**一是在非典疫情最严重的时候，坚持一手抓防治非典不放松，一手抓经济建设不动摇。及时对受疫情冲击较大的行业实行扶持政策，并制定促进就业再就业和农民增收等方面的措施，最大限度地减轻了非典疫情对经济发展的影响。二是当一些行业出现盲目投资、低水平扩张现象时，主要运用经济、法律手段，采取综合措施，加以引导和调控。在调控工作中，注意微调，区别对待。三是加大"三农"工作力度，及时作出部署，保护粮食主产区农民的种粮积极性。加强经济运行协调，缓解煤、电、油、运和重要原材料供应紧张状况。四是积极推进经济结构战略性调整，抓紧建设一批对经济增长和结构调整有重大促进作用的重点项目，特别是加快水利、能源、交通运输等项目建设。

（三）**注重统筹兼顾，加快社会事业发展。**非典疫情蔓延，集中暴露出我国经济和社会发展不协调的问题。抗击非典斗争给我们的深刻启示，就是必须促进经济社会全面、协调发展，逐步改变"一条腿长、一条腿短"的状况。因此，国务院从工作的着力点和财政投入等方面，及时作出了必要调整，推动社会事业加快发展。特别是以疾病预防和农村为重点，加强全国公共卫生体系建设。针对我国基础教育薄弱环节在农村的现状，国务院作出了《关于进一步加强农村教育工作的决定》。中央财政和国债资金加大了对农村教育的支持力度。国务院组织力量编制国家中长期科学和技术发展规划以推动科技事业更好发展。

（四）**关心群众生活，做好就业和社会保障工作。**高度重视解决群众特别是困难群众的生产生活问题，在维护群众切身利益方面做了大量工作。包括：认真落实中央关于扩大就业再就业的一系列措施，加大资金投入、政策支持和工作力度。继续落实"两个确保"和"三条保障线"。进一步加强农村扶贫开发工作，增加资金投入，改善贫困地区生产生活条件。全力做好抗灾救灾工作。

（五）**推进体制创新，改革开放迈出重要步伐。**政府机构改革进展顺利。国有企业股份制改革继续深化。银行、证券、保险业改革稳步推进。农村税费改革试点扩大，促进非公有制经济发展的政策措施进一步落实。认真履行加入世贸组织的承诺，继续降低关税税率，扩大服务业对外开放。制定并实施出口退税机制改革方案。2003年，还签署了内地与港澳建立更紧密经贸关系的安排，增强了内地与港澳的经贸联系。

（六）加强法治建设，维护社会稳定。高度重视政府立法工作，进一步加强社会治安综合治理。其他各个方面都取得了新的成绩。

一年来，各个方面取得的显著成就，是以胡锦涛同志为总书记的党中央总揽全局、正确领导的结果，是全国各族人民团结奋斗、辛勤劳动的结果，也是多年来党中央、国务院实行正确决策、不断推进改革和发展、累积效应进一步显现的结果。这些成绩的取得，为做好今后的工作奠定了基础。

回顾一年工作，不仅要看到各方面取得了明显成绩，还要善于总结经验，探求规律。温家宝总理在2004年初国务院第三次全体会议上的讲话中指出，在过去一年政府工作中，我们对社会主义现代化建设规律有了更加深刻的认识，有以下几点尤为重要：第一，树立科学发展观。要抓住机遇加快发展，通过发展解决前进中的问题，同时要统筹兼顾，促进经济社会全面、协调、可持续发展。第二，坚持以人为本。要把人民的利益作为一切工作的出发点和落脚点，全心全意为人民谋利益，这是"三个代表"重要思想的本质要求。第三，坚持正确把握宏观调控目标。就是全面考虑经济增长、增加就业、稳定物价、保持国际收支平衡。四大目标都很重要，要统筹考虑，不可顾此失彼。第四，坚持全面履行政府职能。在继续加强经济调节和市场监管的同时，更加注重履行政府社会管理和公共服务的职能。第五，坚持依法行政，建设法治政府。政府工作要按照法定权限程序行使权力、履行职责，并高度重视法治建设，公正司法，严格执法。这些经验体会，是我们党和国家的宝贵财富，应倍加珍视。

《报告》还以实事求是的科学态度，全面、深入地分析了存在的矛盾和问题。指出针对农民增收缓慢、就业和社会保障任务重、区域发展不平衡、部分社会成员收入差距过大、资源环境压力增加等问题，虽然采取了一些措施，但仍需要坚持不懈地努力。同时指出，在经济加快发展中又出现了一些新的矛盾和问题。主要是：投资规模偏大，部分行业和地区盲目投资、低水平重复建设比较严重，能源、交通和部分重要原材料供求关系紧张。粮食减产较多，违法违规占用耕地现象比较突出。教育、卫生、文化等社会事业发展滞后，群众对上学难、看病难等问题反应比较强烈。城乡不少低收入居民生活还比较困难，需要政府给予更多的关注。一些地方严重刑事犯罪案件屡有发生。重大安全事故接连不断，给人民群众生命财产造成严重损失，教训极为深刻。有些政府工作人员存在主观主义、形式主义和官僚主义作风，奢侈浪费，弄虚作假，甚至贪污腐败。政府自身建设和反腐败工作十分艰巨。《报告》强调："对这些矛盾和问题，必须高度重视而不可回避，认真解决而不可任其发展。政府工作任重道远。"要求政府工作人员保持清醒头脑，增强忧患意识和历史责任感，知难而进，开拓创新，扎实工作。并表示要"以新的精神状态、新的工作面貌，迎接新的考验，决不辜负人民的期望"。这是对国家、对人民高度负责的宣示，也是有信心战胜险难、争取更大业绩的誓言。

任务繁重　开拓前进

《报告》第二部分，首先精辟地指出做好 2004 年工作的重要性，明确了 2004 年政府工作的基本思路和主要任务。《报告》指出，"今年是我国改革和发展十分关键的一年。政府工作的基本思路和主要任务是，以邓小平理论和'三个代表'重要思想为指导，全面贯彻党的十六大和十六届三中全会精神，抓住重要战略机遇期，抓好发展这个第一要务，坚持科学发展观，按照'五个统筹'的要求，更加注重搞好宏观调控，更加注重统筹兼顾，更加注重以人为本，更加注重改革创新，着力解决经济社会发展中的突出矛盾，着力解决关系人民群众切身利益的突出问题，正确处理改革发展稳定的关系，推动经济社会全面、协调、可持续发展，实现社会主义物质文明、政治文明和精神文明共同进步"。"四个更加"、"两个着力"，高度概括出了今年政府的政策取向和工作重点。

《报告》立足当前，着眼长远，对政府工作作了全面部署。

（一）加强和改善宏观调控，保持经济平稳较快发展。当前我国经济发展正处于一个重要关口。2004 年经济工作的基本着眼点，是把各方面加快发展的积极性保护好、引导好、发挥好，实现经济平稳较快增长，防止出现大起大落。为此，必须搞好宏观调控。宏观调控搞得好，就能够把好的经济形势巩固和发展下去；如果搞得不好，经济就有可能出现波折。在宏观调控方面强调搞好以下几点：一是经济增长目标要适当。中央提出2004 年经济增长预期目标为 7% 左右，这是就全国来说的，既考虑了保持宏观调控目标的连续性，也考虑了经济增长速度与能源、重要原材料和交通运输等实际条件相衔接，减轻了资源和环境的压力，这也有利于引导各方面把主要精力放在深化改革、调整结构、提高经济增长的质量和效益上，把更多的财力、物力放在社会发展和加强薄弱环节上。这样的经济增长预期目标，综合考虑了方方面面的因素，反映了国家宏观调控的导向和意图。既考虑了当前，又着眼长远。二是坚持扩大内需的方针。保持适当的国债发行规模，着重调整国债使用方向。发行建设国债是在需求不足的情况下采取的阶段性政策，随着社会投资增长，应逐步调减发债规模。国债资金要集中用于促进经济结构调整和社会全面发展。三是适当控制固定资产投资规模。坚决遏制部分行业和地区盲目投资、低水平重复建设。四是调整和优化产业结构。坚持按照走新型工业化道路的要求，推进国民经济和社会信息化。特别要发展高新技术产业，加快振兴装备制造业，逐步提高第三产业在国民经济中的比重。五是加强经济运行调节，缓解能源、部分原材料和交通运输的供求矛盾。六是合理调整投资和消费关系。我国消费在国内生产总值中的比重偏低，不利于国内需求的稳步扩大，不利于国民经济持续较快增长和良性循环。要通过提高居民收入水平、加强收入分配调节力度、完善消费政策和改善消费环境、增强消费者信心等措施，逐步改变投资率偏高、消费偏低的状况。七是高度重视防止通货膨胀。由前些年遏制通货紧缩趋势转为防止通货膨胀，是宏观经济政策方向、重点的调整，也是2004年宏观调控的一个重要特点。以上这些，《报告》都提出了明确任务、措施和要求，我们应深入领会，认真贯彻落实。

（二）巩固和加强农业基础地位，实现农民增收和农业增产。解决农业、农村和农民问题，是党和政府全部工作的重中之重。增加农民收入，有利于扩大消费需求；开拓市场，有利于调动农民生产积极性，促进农业和农村经济发展。我们这么大一个国家，粮食问题始终是一个全局性问题，粮食安全必须高度重视。2004年要按照统筹城乡发展的要求，采取更直接、更有力的政策措施，加强农业，支持农业，保护农业，努力增加农民收入。第一，保护和提高粮食综合生产能力。关键是实行最严格的耕地保护制度，努力恢复和扩大粮食播种面积。第二，推进农业和农村经济结构战略性调整。大力发展优质、高产、高效、生态、安全农业，提高农产品质量和竞争力。推进优势农产品产业带建设，促进农业产业化经营。发展畜牧业和农产品加工业等农村非农产业，稳步推进城镇化，多渠道扩大农村劳动力转移就业。第三，继续推进农村税费改革。除烟叶外，取消农业特产税。从2004年起，逐步降低农业税税率，平均每年降低 1 个百分点以上，五年内取消农业税。第四，深化粮食流通体制改革。全面放开粮食购销市场，加快国有粮食企业改革，加强粮食市场管理和调控，对种粮农民实行直接补贴，调动农民种粮积极性。加强对农业生产资料价格监管，保护农民利益。第五，加大对农业和农村投入力度，国债投资重点加强农村"六小工程"和农田水利建设，改善农民生产生活条件。第六，加快农业科技进步。加强农业科技推广体系建设，大力推广增产增效的先进适用技术。2004 年国家对"三农"的支持力度是相当大的，只要落实好各项政策措施，增加农民收入和增加农业特别是粮食生产，就会取得明显成效。

（三）统筹区域协调发展，推进西部大开发和东北地区等老工业基地振兴。促进区域协调发展，是我国现代化建设中的一个重大战略问题。根据我国当前区域发展的实际情况和全面推进现代化建设的要求，《报告》明确提出了促进地区协调发展的战略布局，这就是：坚持推进西部大开发，振兴东北地区等老工业基地，促进中部地区崛起，鼓励东部地区加快发展，形成东中西互动、优势互补、相互促进、共同发展的新格局。这是一个把握规律、统揽全局的重大部署。要继续实施西部大开发战略，认真总结经验，完善政策，落实各项措施，积极有序地推进西部地区开发。认真实施东北地区等老工业基地振兴战略，2004 年要有一个良好的开端，要突出体制机制创新和扩大对内对外开放，加快经济结构调整和技术进步，抓好重点行业和重点企业的调整改造。中部地区要发挥综合优势，加快改革开放和发展步伐，提高工业化和城镇化水平。东部地区要继续发挥优势，加快产业结构升级，进一步发展外向型经济，有条件的地方率先基本实现现代化。东、中、西部地区要加强多种形式的合作，在促进地区协调发展中逐步实现共同富裕。

（四）加快社会事业发展，进一步改善人民生活。按照落实科学发展观的要求，《报告》更加重视社会事业发展和人民生活问题。第一，强调"继续实施科教兴国战略，坚持走可持续发展之路"。对教育、科技发展与改革提出了明确的任务和措施，对实施人才强国战略和实施可持续发展战略也作出了明确的部署。第二，《报告》将加快卫生文化体育事业发展，加强精神文明建设，单独列出作为一项重要任务。重点就发展卫生事业进行了具体部署，强调2004年要抓好三件事：一是加强公共卫生体系建设；二是改善农村医疗卫生条件，做好新型农村合作医疗试点工作；三是积极推进城镇医疗卫生体制改革试点。《报告》还指出，必须把文化建设摆在更加重要的位置，大力发展社会主义先进文化，加强精神文明建设。同时，广泛开展全民健身运动，努力提高竞技体育水平。第三，加大就业和社会保障工作力度，进一步改善人民生活。重点就做好就业和社会保障工作，以及抓紧解决人民反映强烈的问题等方面进行了部署。在就业方面，继续实行积极的就业政策，特别是要把财政、信贷支持和税费减免等政策落到实处；拓展就业渠道，注重发展劳动密集型产业、中小企业和非公有制经济，推行灵活多样的就业方式；鼓励自主创业和自谋职业；完善就业服务体系；健全再就业援助制度。在社会保障方面，继续做好"两个确保"工作，搞好"三条保障线"的衔接。坚持社会统筹与个人账户相结合，完善职工基本养老保险制度。依法扩大社会保险覆盖面。进一步做好城市"低保"工作，规范"低保"标准和范围。在总结辽宁省完善城镇社会保障体系工作试点的基础上，把试点扩大到吉林、黑龙江两省。要对城乡特殊困难群众给予更多关爱，帮助解决生产和生活中的实际困难。针对城镇房屋拆迁、农村土地征用和企业改制中损害群众利益、拖欠农民工工资，以及上学难、看病难等突出问题，《报告》都提出了重点任务、政策措施和工作要求。

（五）抓住有利时机，推进改革开放。改革开放是经济社会发展的强大动力。落实科学发展观，关键也在于深化改革。现实经济社会生活中的深层矛盾，许多方面必须深化改革才能解决；实现全面建设小康社会的目标，从根本上说要靠深化改革，消除体制性障碍。所以，《报告》突出改革创新。要求按照党的十六届三中全会精神，有重点、有步骤地推进改革，在一些重要方面取得新进展。《报告》着重对深化国有资产管理体制和国有企业改革、积极引导非公有制经济发展、推进金融体制改革、推进财税体制改革、推进投资体制改革、加快社会信用体系建设等方面，提出了明确任务和部署。这些改革部署，有的是已有方案、措施的进一步实施，有的是对中央作出决策的具体化，有的是即将出台的改革新举措。抓好这些方面改革，我国必将向完善社会主义市场经济体制的目标迈出重要步伐。鉴于当前经济全球化深入发展，世界范围的新一轮生产要素优化重组和产业转移加快，《报告》强调适应新的形势，提高对外开放水平，统筹国内发展与对外开放，充分利用国内国外两个市场、两种资源，拓展发展空间，增强参与国际合作和竞争的能力。《报告》还对保持对外贸易适度增长、适当增加进口、积极合理利用外资和继续实施走出去战略，作出了明确部署。这些都需要认真加以贯彻落实。

转变职能　依法行政

在全面建设小康社会的进程中，政府工作任务繁重而艰巨。各级政府和领导干部要不辜负人民重托，必须适应新形势新任务的要求，推进管理创新和职能转变，提高行政能力和管理水平。多年来，我们在深化行政管理体制改革和转变政府职能方面取得了很大进展，但目前政府职能"越位"、"缺位"和"错位"的现象仍然相当突出。各级政府还在包揽许多应该由企业、市场和社会承担的事务，而有些应当由政府管理的事务却没有管或没有管好；行政审批事项过多，手续繁杂，缺乏有效的制约和监督；仍然习惯于用行政手段管理经济，包办企业投资决策和直接干预生产经营活动。必须下更大的决心，采取更加有力的措施，尽快改变这种状况。《报告》单独设立一部分，就加强政府自身建设进行了部署。

第一，推进政府职能转变。各级政府要全面履行职能，在继续做好经济调节、加强市场监管的同时，更加注重履行社会管理和公共服务职能，要把更多的力量放在发展社会事业和解决人民生活问题上，特别要加快建立健全各种突发事件应急机制，提高政府应对公共危机的能力。要推进政府管理创新，提高行政效能和工作效率。

第二，坚持科学民主决策。要进一步完善公众参与、专家论证和政府决策相结合的决策机制，加快建立和完善重大问题集体决策制度、专家咨询制度、社会公示制度和社会听证制度、决策责任制度。

第三，全面推行依法行政。各级政府都要按照法定权限和程序行使权力、履行职责。改革行政执法体制，加强行政执法监督。《中华人民共和国行政许可法》将于2004年7月1日正式施行，各级政府都要认真执行。

第四，自觉接受人民监督。完善人民监督政府制度，确保人民监督权力的实现。要自觉接受人民代表大会及其常委会的监督，接受人民政协的民主监督，认真听取民主党派、工商联、无党派人士和各人民团体的意见。同时，要接受新闻舆论监督和社会公众监督。

第五，加强政风建设和公务员队伍建设。弘扬求真务实精神，树立科学发展观和正确的政绩观，是加强政风建设的一项重要内容。《报告》强调各级政府办事情、作决策，都要符合中国现阶段国情。必须坚持一切从实际出发，按客观规律办事，既要积极进取，又要量力而行，不盲目攀比；必须坚持办实事、求实效，珍惜民力，不搞劳民伤财的"形象工程"；必须察实情，讲真话，不虚报浮夸；必须坚持统筹兼顾，立足当前，着眼长远，不急功近利。各项工作都要经得起实践、群众和历史的检验。《报告》还对进一步加强公务员队伍建设提出了明确要求，强调要加强廉政建设和反腐败斗争。

2004 年政府工作的任务相当繁重，做好工作也有许多有利条件。我们坚信，在以胡锦涛同志为总书记的党中央领导下，高举邓小平理论和"三个代表"重要思想伟大旗帜，认真贯彻党的十六大和十六届三中全会精神，牢固树立和认真落实科学发展观，积极进取，扎实工作，就一定能够克服各种矛盾和困难，不断把改革开放和社会主义现代化建设推向前进！

牢固树立和全面落实科学发展观

——《全面落实科学发展观研究报告》*序言

（二○○四年四月）

在 2003 年 10 月党的十六届三中全会上，我们党提出了科学发展观的重大思想和决策。明确提出科学发展观，是我们党对经济社会发展规律认识上的重要升华，是对我国社会主义现代化建设指导思想的新发展，具有十分重大的现实意义和深远的历史意义。我们要深刻认识提出科学发展观的背景和意义，全面把握科学发展观的内涵和本质，明确贯彻科学发展观的途径和要求，牢固树立和认真落实科学发展观，更好地把全面建设小康社会和整个现代化事业推向前进。

一、树立和落实科学发展观的重大意义

发展观是关于经济社会发展的世界观和方法论，包括对发展的目的、内涵、途径的根本观点，实质是对为什么发展和怎样发展的理论、道路和方式的总概括。一个国家在一定时期选择什么样的发展观，就会有什么样的发展道路，发展模式和发展战略，就会对发展的实践产生根本性、全局性的重大影响。

我们党提出的科学发展观，有一个明确、完整的表述，就是"坚持以人为本、全面协调可持续的发展观，促进经济社会和人的全面发展"，要求"统筹城乡发展，统筹区域发展、统筹经济社会发展、统筹人与自然和谐发展、统筹国内发展和对外开放"。这一科学发展观，精辟地指出了我国在新世纪新阶段要发展、为什么发展和怎样发展的重大问题，进一步指明了中国社会主义现代化建设的发展道路、发展模式和发展战略，是从国家事业发展全局

---

* 《全面落实科学发展观研究报告》，魏礼群主编，中国言实出版社 2006 年 12 月出版。

出发提出的重大战略思想。

为什么明确地提出树立和落实科学发展观，它的主要依据是什么？

第一，这是贯彻落实"三个代表"重要思想的具体体现，是对我国社会主义现代化建设规律认识的进一步深化。"三个代表"重要思想在邓小平理论的基础上，进一步回答了什么是社会主义、怎样建设社会主义的问题，创造性地回答了建设什么样的党、怎样建设党的问题。同时，也开创性地回答了为什么我们党执政兴国的第一要务是发展，在社会主义初级阶段我们党应当如何认识和怎样领导发展的问题。

按照"三个代表"重要思想的要求，要把建设党的先进性和发挥社会主义制度的优越性落实到发展先进生产力、发展先进文化、实现最广大人民根本利益上来，促进社会主义物质文明、政治文明和精神文明协调发展。科学发展观强调以人为本，强调经济社会全面、协调、可持续发展，体现了"三个代表"重要思想关于发展的要求，体现了我们党立党为公、执政为民的本质。树立和落实科学发展观，就是要把"三个代表"重要思想落实到现代化建设的各个领域，更好地推进发展这个我们党执政兴国第一要务的伟大实践。

我们党对社会主义现代化建设规律的认识，是随着实践的发展而不断深化的。早在新中国成立初期，党就提出要探索社会主义建设规律问题。1956年，毛泽东同志发表了著名的《论十大关系》，提出一系列关于社会主义建设的重要理论观点，初步探索了符合我国情况的发展道路。党的八大在全面分析国内外形势的基础上，指出我国社会的主要矛盾是人民对于经济文化迅速发展的需要同当前经济文化不能满足人民需要的状况之间的矛盾，强调要集中力量发展社会生产力，实现国家工业化。这些重大判断和指导思想是正确的，对实践的发展起到了积极作用。但是，后来由于种种复杂的原因，我国的发展走了弯路。1978年，党的十一届三中全会深刻总结了过去20多年的经验教训，果断地把党和国家的工作重点由"以阶级斗争为纲"转移到社会主义现代化建设上来，作出了实行改革开放的重大决策。邓小平同志和我们党提出建设有中国特色的社会主义，提出并实施现代化建设"三步走"发展战略，强调社会主义的根本任务是发展生产力，"发展才是硬道理"，并制定社会主义初级阶段"一个中心、两个基本点"的基本路线和一系列重大方针政策。这是对我国现代化建设规律认识的一次飞跃，有力地推动了我国改革开放和现代化建设事业的迅速发展。以江泽民同志为核心的第三代中央领导集体提出"三个代表"重要思想，强调发展是党执政兴国的第一要务，坚持用发展的办法解决前进中的问题，明确提出正确处理现代化建设中的一系列重大关系，提出科教兴国战略、可持续发展战略、西部大开发战略等重大战略，进一步丰富了社会主义现代化建设的理论和实践。以胡锦涛同志为总书记的党中央在邓小平理论和"三个代表"重要思想指导下，根据新的形势和任务，特别是抗击非典型肺炎斗争的重要启示，明确提出了科学发展观，把坚持以人为本和经济社会全面、协调、可持续发展统一起来，并强调按照"五个统筹"的要求推进改革和发展。这标志着我们党对社会主义现代化建设规律的认识更加深入。科学发展观同毛泽东、邓小平、江泽民同志关于发展的重要思想是一脉相承的，是与时俱进的马克思主义发展观。

第二，这是我国进入新的发展阶段客观进程和顺利实现宏伟目标的必然要求。 当人类社会进入 21 世纪的时候，我国进入全面建设小康社会、加快推进社会主义现代化的新的发展阶段。改革开放以来，我国成功地实现了由贫困到温饱、又到总体小康的两个历史性跨越，实现了现代化建设的前两步战略目标。但我们现在达到的小康还是低水平的、不全面的、发展很不平衡的小康。新世纪头 20 年是我们必须紧紧抓住的重要战略机遇期，是我国迈向第三步战略目标的关键时期。在这个时期，我们要全面建设惠及十几亿人口的更高水平的小康社会，使经济更加发展、民主更加健全、科教更加进步、文化更加繁荣、社会更加和谐、人民生活更加殷实。这是一个经济、政治、文化、社会、生态和人全面发展的系统集成的目标体系。我们的发展目标更加全面，发展任务更加艰巨。到 2020 年实现国内生产总值比 2000 年翻两番，需要在经济总量已经很大的基础上，继续保持快速协调健康发展。随着经济社会持续发展，居民收入水平不断提高，社会需求更趋多样化，消费结构加快升级，人们将更加追求生活内容的丰富、生活质量的提高、生活环境的改善。我国正处于结构加快转换的时期。服务业比重增加，制造业重组加快，农业发展水平提高；农村富余劳动力将大规模转移，城镇化水平上升，城乡联系更为密切；人口、资金在地区之间的流动加快；收入分配结构将发生新的变化。这些都要求我们必须更加重视以人为本，重视统筹协调和全面发展。目前，改革已经进入完善社会主义市场经济体制的新阶段。这既是通过改革促进发展的关键时期，也是深化改革的攻坚时期。需要更大程度地发挥市场在资源配置中的基础性作用，更好地协调各种利益关系，妥善处理各方面改革之间的关系，妥善处理改革发展稳定的关系。我国加入WTO标志着对外开放进入新的阶段，与世界经济的联系日益紧密，给我国经济发展既带来了机遇，又带来了新的挑战。这也要求正确处理好国内发展与对外开放的关系。

2003年，我国人均国内生产总值已超过1000美元。按照既定的目标，国内生产总值到2020年翻两番，人均国内生产总值将达到3000美元。从国际上看，人均国内生产总值从1000美元到3000美元之间，是现代化进程中一个非常关键的阶段，也是经济社会结构发生深刻变化、各种社会矛盾凸显的重要阶段。许多国家的发展进程表明，在这一阶段有可能出现两种发展结果：一种是搞得好，经济社会继续向前发展，顺利实现工业化、现代化；另一种是搞得不好，往往出现贫富悬殊、失业增加、城乡和地区差距拉大、社会矛盾加剧、生态环境恶化等问题，导致经济社会发展长期徘徊不前，甚至出现社会动荡和倒退。正反两方面的经验告诉我们，在这个重要阶段，一定要在高平台上处理好经济社会发展各方面的重大关系，促进经济社会全面、协调和可持续发展。

第三，这是对我国以往经济社会发展经验和教训的深刻总结。新中国成立以来特别是改革开放以来，我国发展取得了历史上无与伦比、国际上为之称道的巨大成就，深刻改变了中国的社会经济面貌。在前进道路上，我们积累了许多成功经验，同时也有过值得总结的教训。我国进一步发展面临着许多矛盾和问题：经济高速增长而社会发展相对滞后；城乡差距、地区差距、居民收入差距持续扩大；就业和社会保障压力增加；资源消耗高和生态破坏严重；等等。这些矛盾和问题，有些是在中国发展现阶段难以完全避免的，有些则是由于发展观的偏差所导致或者加剧的。强调树立和落实科学发展观，就是认真总结和汲取以往经济建设经验和教训得出的重要结论。今后，必须重视促进经济社会协调发展，重视处理好城乡之间、地区之间、社会不同利益群体之间的关系，重视解决好各方面的矛盾和问题。这样，才能顺利实现全面建设小康社会和现代化的奋斗目标。

第四，这是基于我国国情的必然选择和解决现实突出矛盾的迫切需要。我国正处于并将长期处于社会主义初级阶段。人口多，底子薄，社会生产力水平低，发展不平衡，资源相对不足，生态环境承载能力弱，这些是我国的基本国情。我国有近13亿人口，今后一个时期每年还要增加1000万左右，

2020 年将达到 14.83 亿人，高峰期还将达到 16.5 亿人。我国人均耕地仅有 1.43 亩，不到世界人均水平的 40%。我国资源总量约占世界的 12%，居世界第 3 位，但人均资源量仅为世界平均水平的 58%，居世界第 53 位；其中石油、天然气、铜和铝等重要矿产资源的人均占有量仅分别相当于世界人均水平的 8.3%、4.1%、25.5% 和 9.7%；人均水资源拥有量仅为世界平均水平的 1/4。随着经济增长和人口不断增加，能源、水、土地、矿产等资源不足的矛盾越来越尖锐，生态环境的形势十分严峻。我国经济建设存在的突出问题是结构不合理，经营方式粗放，经济增长主要靠增加投入、扩大投资规模。资本形成占国内生产总值的比重 2003 年高达 42.7%，大大高于美国、德国、法国、印度等一般 20% 左右的水平。资源环境的代价太大。我国能源利用效率约为 31.2%，与先进国家相差约 10 个百分点，主要工业产品单位能耗比先进国家高出 30% 以上。工业万元产值用水量为 100 立方米，是国外先进水平的 10 倍。2003 年，我国消费钢材 2.6 亿吨、煤炭 15 亿吨、水泥 8.2 亿吨，分别相当于世界总产量的 36%、30% 和 55%；消费原油约 2.6 亿吨，超过日本，仅次于美国，居世界第二。消费棉花占世界棉花产量的 1/3。我国消费了这样巨额的资源，而创造的国内生产总值只约占世界的 4%。我国单位资源的产出水平仅相当于美国的 1/10、日本的 1/20。每吨标准煤的产出效率，我国只有 785 美元，相当于美国的 28.6%、欧盟的 16.8%、日本的 10.3%。这样消耗资源终究难以为继，环境也无法承受。我国废弃物排放水平大大高于发达国家，单位产值的废水排放量比发达国家高 4 倍，固体废弃物排放量高 10 多倍。据测算，到 2020 年，如果我国主要资源的人均消费量达到美国现在的水平，届时我国年消费的能源将达到标准煤 175 亿吨、石油 47 亿吨、钢 6.2 亿吨、铜 1650 万吨、铝 3000 万吨。这样，全球能源和石油储量也仅够我国消费 66 年和 30 年。这是不可想象的！按照现在的路子走下去绝对是行不通的！当然，我们不能像美国那样奢侈地消费地球上的资源，也不能因为面临资源问题而影响我国实现现代化的目标。根本的出路在于转变经济增长方式，走全面、协调和可持续发展之路。

同时，随着经济社会发展，社会矛盾也在增多。贫富差距呈现不断扩大的趋势，社会公平问题显现。国际上通常使用基尼系数来衡量贫富差距的大小，基尼系数在 0.3—0.4 之间时，为中等不平等程度，是较为合理的收入差距警戒线。据测算，近 10 多年来我国的基尼系数持续上升，1988 年为 0.341，

2000 年为 0.417，2003 年达到 0.45 左右，超过了公认的收入差距警戒线。就业压力大，现在城市下岗失业人员有 1400 多万，每年新增劳动力还有 1000 多万，农村还有 2 亿多个富余劳动力。如何在发展中解决这些矛盾和问题，是对我们党领导水平和执政能力的重大考验。科学发展观提供了解决我国经济社会生活中诸多矛盾和问题的强大思想武器。

第五，这是系统研究和借鉴国际上现代化发展理论的科学成果。发展是一个历史范畴。人类的发展观念也经历了漫长的历史演进。从工业革命开始到 20 世纪前半期，人们对发展的认识，是走向工业化社会的过程，主要是强调经济增长的过程。上世纪后半期，发展观的进步是人类文明的重要成果。随着工业化推进，人们越来越将发展看作是经济增长和整个社会变革统一的过程。在 1972 年联合国斯德哥尔摩会议通过《人类环境宣言》以后，人们将发展看作是人类追求和社会要素（政治、经济、文化、人）和谐平衡的过程，注重人和自然环境的协调发展。20 世纪 80 年代以来，人们将发展看作是人的基本需求逐步得到满足、人的能力得到发展的过程。1992 年联合国环发大会通过《环境与发展宣言》，可持续发展的观念在全球取得共识。随着实践的推进和认识的提高，发展观不断加以丰富，最重要的结论是，经济增长不等于发展，经济发展不等于社会进步，发展不能以牺牲生态环境为代价。中国发展是世界发展的一部分，而且是富有特色的重要一部分。我国作为世界人口最多、经济落后的发展中国家，在探索经济和社会发展道路方面，应当顺应世界先进潮流，并不断有所创新。过去我们已经这样做，今后也能够做得更好。

总之，科学发展观是在坚持毛泽东、邓小平和江泽民同志关于发展的重要思想，充分肯定我国取得世界瞩目的发展成就的基础上，适应我国现代化建设发展趋势和汲取人类关于发展理论的有益成果，着眼于丰富发展内涵、创新发展观念、开拓发展思路、破解发展难题提出来的。牢固树立和认真落实科学发展观，是全面贯彻"三个代表"重要思想和党的十六大提出的奋斗目标的要求，是妥善应对我国现代化建设进入新阶段可能遇到的各种风险和挑战的正确选择，是提高党的执政能力和执政水平的迫切需要，关系党和国家工作的大局，关系全面建设小康社会和整个现代化事业的长远发展。我们必须站在这样的高度，充分认识树立和落实科学发展观的重大现实意义和深远历史意义。中央提出树立和落实科学发展观以后，受到国内广大干部群众的热烈拥护，国外也给予高度评价。同时，也有些干部提出一些疑虑或存在某种误解。

有一种认识，担心现在提出科学发展观，会否定过去的成绩。这种担心是不必要的。改革开放以来的25年，我们党的基本理论、基本路线、基本方针已被实践证明是完全正确的，经济社会发展的成绩是巨大的。这是不可否认、也否认不了的。在这个过程中，我们党经济建设的指导思想和方针政策也随着实践的发展而不断丰富和完善。包括早在20世纪80年代初就提出重视社会事业发展，制定和实施经济发展和社会发展相结合的计划；在20世纪90年代中期就明确提出推进经济增长方式和经济体制两个根本性转变。这些重大方针在实践中发挥了重要作用，也取得了明显成效。问题是，由于多种原因，包括经济体制和运行机制的缺陷，有些方面、有些地方落实得不好。同时，有些问题的解决也需要相应的条件和有个过程。实践是认识的基础，认识来源于实践，又指导实践，也接受实践的检验。现在提出科学发展观，是多年来实践经验的总结，是认识的深化，同时我们国家物质基础和体制环境也有了很大变化，不仅需要提出而且有条件实施科学发展观。用现有的思想认识和理论观点去否定以前的工作成绩，是违反马克思主义的历史唯物论的，是错误的。

还有一种认识，担心贯彻落实科学发展观，会放慢经济发展速度。这也是不正确的。科学发展观不是不要发展，也不是要放慢经济发展速度。恰恰相反，科学发展观的第一要义是发展，而且是为了实现更快更好的发展。发展是硬道理，这是我们党长期坚持的一个重要战略思想。中国解决一切问题的关键在发展，我们党执政兴国的第一要务是发展。我们能否真正抓住本世纪头20年的重要战略机遇期加快发展，关键看我们是否有一个科学的发展观。发展必须有新思路，必须把握和运用现代化建设的客观规律。只有以科学发展观为指导，实现全面、协调和可持续的发展，才能更快更好地发展，少走或不走弯路。历史经验反复表明，如果无视、违背客观规律和科学规律，盲目和片面追求经济增长速度，往往事与愿违，欲速不达。重视经济社会全面、协调和可持续发展，可能看上去经济增长速度不会那么高，但这样的增长符合发展规律、有后劲、能持久。因此，我们要站在能否抓住和用好战略机遇，实现更快更好发展的高度，来深刻认识和理解科学发展观的精神实质。

二、全面把握科学发展观的主要内涵

科学发展观的内涵极为丰富，涉及经济、政治、文化、社会发展各个领域，既有生产力和经济基础问题，又有生产关系和上层建筑问题；既管当前，又管长远；既是重大的理论问题，又是重大的实践问题。我们要全面理解和正确把握科学发展观的主要内涵和基本要求。总体来说，可以概括为三句话：一是以人为本是科学发展观的本质和核心。二是全面、协调和可持续发展是科学发展观的基本内容。全面发展，就是要以经济建设为中心，全面推进经济、政治、文化建设，实现经济发展和社会全面进步。协调发展，就是要统筹城乡发展、统筹区域发展、统筹经济社会发展、统筹人与自然和谐发展、统筹国内发展和对外开放，推进经济、政治、文化建设的各个环节、各个方面相协调。可持续发展，就是要促进人与自然的和谐，坚持走生产发展、生活富裕、生态良好的文明发展道路。三是统筹兼顾是科学发展观的根本要求。这里结合经济社会发展的实际情况，主要从以下五个方面谈一些看法。

第一，坚持以人为本，不断满足人的多方面需求和实现全面发展。这是我们党第一次明确提出的思想观点，是发展理论上的创新发展。这一论断的提出有个过程。江泽民同志在 2001 年"七一"讲话中，鲜明地论述了人的全面发展问题。2002 年党的十六大报告把人的全面发展列入全面建设小康社会的目标之中。2003 年 10 月党的十六届三中全会通过的《中共中央关于完善社会主义市场经济体制若干问题的决定》中，更加明确地提出了"坚持以人为本"。以人为本，就是要把人民的利益作为一切工作的出发点和落脚点，不断满足人民的多方面需求和促进人的全面发展。具体地说，就是在经济发展的基础上，不断提高人民群众物质文化生活水平和健康水平；就是要尊重和保障人权，依法维护公民的经济、政治、文化权益；就是要不断提高人们的思想道德素质、科学文化素质和健康素质；就是要创造人们平等发展、充分发挥聪明才智的社会环境。

提出以人为本，坚持了马克思主义的基本观点，体现了我们党的一贯宗旨。马克思说过，未来的新社会是"以每个人的全面而自由的发展为基本原则的社会形式"。马克思主义十分强调人的全面而自由的发展。社会主义的目的，就是要实现人的全面而自由的发展。我们从事的是建设中国特色社会主义的伟大事业，理所当然地必须坚持以人为本，一切为了人民，一切依靠人民。我们党80多年的一切奋斗，归根到底都是为了实现好、维护好、发展好最广大人民的根本利益。坚持以人为本是贯彻"三个代表"重要思想，坚持立党为公、执政为民的本质要求，也是实现党的基本纲领和最高纲领的必然要求。鲜明地提出以人为本的思想，是总结社会主义发展经验得出的一个重要启示，是社会主义现代化建设中一个重大课题。

坚持以人为本，就要把人民群众的利益放在至高无上的地位，关心人、尊重人、理解人，事事处处为人民的利益和需要着想，重视人的价值和尊严。恩格斯把人的需要依次分为生存需要、发展需要和享受需要。我们建设中国特色社会主义，首先要解决人们的温饱问题，满足人们的基本生存需要。在这个基础上，解决人的发展问题，包括提高人们的生活水平和生活质量，提高人们的整体素质，使人们在各方面获得更广泛的发展。进一步还要让人们更好地享受生活，实现人们在经济、政治、文化、社会等方面广泛参与的权利等。从大的方面来说，国家建设、经济增长、社会发展，归根到底都要使人们生活得更好、发展得更好。从小的方面来说，政府的各方面社会管理、公共服务，乃至一切设施建设、任何事情的处理，都把着眼点放在为人们提供周到而满意的服务上，时时处处体现出人文关怀。举一个简单的例子，现代交通设计中的斑马线——人行横道，体现的一个思想就是"行人优先"，一切车辆要礼让行人，不是车比人重要，而是人比车重要，车是为人服务的，不管什么样高贵的车辆都要先让行人。这就涉及一个重要观念的转变，就是要真正改变那种见物不见人、只追求物质增长和外部效果而忽视人自身发展的错误思想，把一切工作的出发点和落脚点还原到"为了人、服务人、发展人"的基点上来。

坚持以人为本，既是经济社会发展的长远指导方针，也是实际工作中必须坚持的重要原则。从全社会范围来看，要比较充分地满足人们多方面需求和实现人的全面发展，必须有相应的物质基础和社会条件，这只能是一个不断发展和进步的过程，不能要求过急。现在我国还处于社会主义初级阶段，无论生产力发展和物质财富的积累，还是生产关系和上层建筑的完善，满足人们的多方面需求和实现人的全面发展还不能完全做到。要从我们现有的条件和能力出发，通过各方面的发展努力去实现。同时也要看到，以人为本是我们的执政理念和要求，应当从现在的具体事情做起，贯穿到经济社会发展的各个方面，贯穿到我们的各项工作中去。要注意处理好人民群众根本利益和具体利益、长远利益和眼前利益的关系。

坚持以人为本，就要着力解决关系人民群众切身利益的突出问题。当前人民群众特别关心、反映比较强烈的问题涉及几个方面：一是要进一步做好增加就业、加强社会保障工作，积极帮助城乡特殊困难群众解决生产生活问题。二是要坚决纠正土地征用中侵害农民利益的问题，纠正城镇房屋拆迁中侵害居民利益的问题。三是要坚决纠正企业重组改制和破产中侵害职工合法权益的问题，纠正拖欠和克扣农民工工资的问题。四是要坚决纠正教育领域乱收费和卫生领域药品购销、医疗服务中的不正之风。要采取切实有力的措施，解决好人民群众关心的问题，要对城乡特殊困难群众给予更多的关爱。

第二，坚持以经济建设为中心，保持经济平稳较快发展。生产力的发展是一切社会发展的基础，没有生产力的发展，其他一切都无从谈起。我国社会主义初级阶段就是不发达的阶段，生产力水平低是基本的国情。社会的主要矛盾是人民日益增长的物质文化需要同落后的社会生产之间的矛盾，根本任务是发展社会生产力。我们党执政兴国的第一要务是发展，首先是发展经济。因此，必须集中精力把生产力搞上去，紧紧抓住经济建设这个中心不动摇，任何时候和任何情况下都不放松。

坚持以经济建设为中心，必须保持较快的经济增长速度。我们讲的经济较快发展，是建立在优化结构、提高质量和效益的基础上的发展，努力实现速度、结构、质量、效益相统一。经济发展需要一定的速度，特别是作为一个发展中的大国更需要长期保持较快的发展速度，经济增长速度低了，会带来一系列问题，包括人民生活难以改善，就业岗位难以增加，国防实力也难以增强。但是，不能片面追求经济发展速度。要坚持以提高经济效益为中心，坚持改变传统的粗放型经济增长方式，坚持走新型工业化道路，走一条科技含量高、经济效益好、资源消耗低、环境污染少、人力资源优势得到充分发挥的新型工业化路子。

总结历史经验，保持经济平稳较快发展是个至关重要的问题。如果经济大起大落，不仅会打乱正常的社会经济秩序，而且会造成社会资源的严重浪费和损失。最近，中央领导同志多次指出，我国当前经济发展正处重要关口，要防止经济大起大落，这是有很强的现实针对性的。去年，我国经济保持了良好的发展态势，同时经济运行中也出现了一些新的矛盾和问题。突出的是投资规模过大，部分行业和地区盲目投资、低水平重复建设的现象严重。这些问题如果任其发展下去，就会使资源、环境问题更加突出，经济发展难以为继，就会由局部性问题演变成为全局性的问题。正是从这个意义上讲，我国经济发展处在一个重要关口。工作搞得好，就能够把来之不易的好形势巩固和发展下去；如果搞得不好，经济发展也可能出现波折。温家宝总理在记者招待会上说，这对我们政府是一次新的重大考验。

今年经济工作的基本着眼点，是把各方面加快发展的积极性保护好、引导好、发挥好，实现经济平稳较快发展，防止大起大落。因此，必须更加注重搞好宏观调控。今年宏观调控的重点：一是坚持科学发展观，按照"五个统筹"的要求，促进经济社会全面、协调、可持续发展。二是坚决控制投资过快增长，调整和优化产业结构，坚决遏制部分行业和地区盲目投资、低水平重复建设。同时，支持有市场有效益的产业和企业发展。三是加强经济运行调节，努力缓解煤、电、油、运和部分重要原材料的供求矛盾。四是重视防止通货膨胀，抑制物价总水平过快上涨。在宏观调控中，要适应市场经济发展规律的要求，从当前实际情况出发，注重用新思路、新机制、新办法，主要运用经济、法律手段和必要的行政手段、组织纪律等综合措施，做到调控有力有效，并注意把握时机和力度，做到适时适度，区别不同情况，松紧得当，不急刹车，不一刀切。

第三，坚持统筹兼顾，促进城乡、区域、经济社会协调发展。 统筹城乡发展，逐步改变城乡二元经济结构，是我们党从全面建设小康社会全局出发作出的重大决策。全面建设小康社会，重点在农村，难点也在农村。我们党历来重视"三农"问题，但是由于种种原因，城乡差距仍呈不断扩大的趋势。1978 年，城镇居民人均可支配收入相当于农民人均纯收入的 2.56 倍，到 1985 年这一差距缩小为 1.86 倍，之后又逐渐扩大。1992 年扩大到 2.58 倍，超过 1978 年的水平，2003 年进一步扩大到 3.23 倍。我们经常说，我国以不到世界10%的耕地养活了占世界 22%的人口，但同时也不要忘记，我们也是以占世界 50%左右的农民养活了占世界 22%的人口。农村人口多、发展滞后，农民收入增长缓慢，农业基础薄弱，已成为我国经济社会发展中亟待解决的突出问题。我们必须统筹城乡发展，站在经济社会发展全局的高度研究和解决"三农"问题，实行以城带乡、以工促农、城乡互动、协调发展。

　　统筹城乡发展，必须更加注重加快农村发展。主要是要抓好四个方面。一是合理调整国民收入分配结构和政策，更多地向农业、农村和农民倾斜。农业是基础产业，又是弱势产业，要承担自然风险和市场风险。加快农业农村发展，增加农民收入，光靠市场调节不行，国家必须加强扶持和保护。这是世界各国普遍的做法。国民收入分配要向农业倾斜，通过税收政策、财政转移支付等，加大对农业、农村的支持力度。进一步落实对农业"多予、少取、放活"的方针。二是推动农村劳动力向非农产业和城镇转移，加快农村工业化、城镇化进程。我国城市化滞后于工业化，城市化水平低。2003年我国城市化水平达到40.5%，比世界平均城市化水平50%低大约10个百分点，只相当于英国1850年、美国1910年和日本1950年的水平。因此，必须加快城镇化发展步伐，坚持大中小城市和小城镇协调发展，走中国特色的城镇化道路。三是进一步深化农村改革。当前主要是继续推进农村税费改革和深化粮食流通体制改革。农村税费改革主要是取消对农民的各种不合理收费，把必须保留的收费合并为税，大大减轻农民负担，同时配套进行农村乡镇机构、农村教育和县乡财政体制等项改革。中央决定，除烟草外，取消农业特产税，每年可使农民减轻负担48亿元。从今年起，逐步降低农业税税率，平均每年降低1个百分点以上，5年内取消农业税。现在根据形势发展，需要加快这项改革。今年先在黑龙江、吉林两省进行免征农业税改革试点；河北、内蒙古、辽宁、江苏、安徽、江西、山东、河南、湖北、湖南、四川11个粮食主产省区的农业税税率降低3个百分点，其他地区降低1个百分点。由此减少的税收，主要由中央财政通过转移支付加以解决。深化粮食流通体制改革，主要是全面放开粮食流通市场，加强粮食市场管理和调控，对种粮农民实行直接补贴。今年国家从粮食风险基金中拿出100亿元，直接补贴种粮农民。四是统筹推进城乡改革，消除体制性障碍。逐步建立城乡统一的劳动就业制度、户籍管理制度、义务教育制度和税收制度等，逐步形成有利于城乡相互促进、共同发展的体制和机制。

　　统筹区域发展，就是要继续发挥各个地区的优势和积极性，逐步扭转地区差距扩大的趋势，实现共同发展。我国幅员辽阔，地区发展很不平衡。改革开放以来，各地区都有很大发展，但地区发展的差距也在不断扩大。例如，东、中、西部GDP占全国GDP的比重，东部地区从1980年占50.1%上升到2003年占60.8%；中部地区从1980年占32.2%下降到2003年占26.1%；西部地区从 1980 年占 17.7%下降到 2003 年占 13.1%。东部地区人均 GDP 与西部地区人均 GDP 之比，由1980 年的 1∶1.6 扩大到 2002 年的 1∶2.5。2002 年，东部地区人均 GDP 最高的上海是 40627 元，西部地区最低的贵州是 3140 元，上海相当于贵州的13 倍。逐步扭转地区差距扩大的趋势，促进地区协调发展，不仅是重大的经济问题，也是重大的政治问题，不仅关系现代化建设的全局，也关系社会稳定和国家的长治久安。

中央明确提出了促进地区协调发展的战略布局：坚持推进西部大开发，振兴东北地区等老工业基地，促进中部地区崛起，鼓励东部地区加快发展，形成东中西互动、优势互补、相互促进、共同发展的新格局。这是一个把握规律、统揽全局的重大决策。今后一个时期，要按照这个战略布局，努力促进地区协调发展。国家要从财力和政策上加大支持欠发达地区的力度，以推动这些地区加快发展。要继续实施西部大开发战略，积极有序地推进西部地区的开发。继续加强生态环境建设和基础设施建设，重点抓好关系全局的重大项目，不断增强经济发展后劲。要认真实施东北地区等老工业基地振兴战略，突出体制创新和机制创新，扩大对外开放，着力抓好重点行业、重点企业的调整改造，加快经济结构调整和技术进步。中部地区要充分发挥区域优势和经济优势，加快改革开放和发展步伐，加强现代农业和重要商品粮基地建设，提高工业化和城镇化水平。东部地区要继续发挥优势更好地发展，在全国发挥带动和示范作用，更多地支持中西部地区发展，有条件的地区要率先基本实现现代化。东、中、西部地区要积极发展多种形式的经济交流与合作，在区域协调发展中逐步实现共同富裕。

统筹经济社会发展，就是要在保持经济平稳较快发展的同时，促进社会全面进步，使经济发展与社会发展相互协调、互相促进。没有社会的发展和进步，经济不可能实现持续快速发展。改革开放以来，我国各项社会事业取得明显进步，但总体上看，经济发展和社会发展存在着"一条腿长、一条腿短"的问题。去年非典疫情的蔓延，集中暴露出这方面的问题。我国 85%的医疗卫生资源和经费投在城市，农村缺医少药状况严重，艾滋病、血吸虫病等传染病问题突出。世界卫生组织对 191 个国家和地区医疗卫生状况排名，中国被排在第 188 名。我国这几年大学连续扩招，普通高校在校大学生达到903 万人，毛入学率达到 13%，但仍低于世界平均 17%的水平。我们必须更加注重加快社会发展。

社会发展包括广泛的内容，既包括科技、教育、文化、卫生、体育等社会事业的发展，也包括社会就业、社会保障、社会公正、社会秩序、社会管理、社会和谐等，还包括社会结构、社会领域体制和机制完善等。要切实把教育放在优先发展的地位，用更大的精力、更多的财力加快教育事业发展，重点是加强义务教育特别是农村教育。今年要启动西部地区"两基"攻坚计划，力争到 2007 年使西部地区基本普及九年义务教育，基本扫除青壮年文盲，中央财政将为此投入 100 亿元。完善农村义务教育"以县为主"的管理体制，中央财政和省、市财政要增加对贫困县义务教育的转移支付。建设现代国民教育体系，优化教育结构和教育资源配置。推进科学技术事业发展，特别是加强基础研究和发展高新技术。大力发展卫生事业，加快公共卫生体系建设，尽快建成覆盖城乡、功能完善的疾病预防控制和医疗救治体系。切实把医疗卫生工作的重点放在农村，加强农村医疗卫生设施和卫生队伍建设，积极稳妥地推进新型农村合作医疗制度试点。积极发展文化事业，加强精神文明建设。积极做好就业和社会保障工作，逐步理顺收入分配关系，维护社会秩序，保持社会稳定。加快社会发展，还要发展社会主义民主，健全社会主义法治，建设社会主义法治国家，促进物质文明、政治文明、精神文明协调发展。同时，要坚持国防建设与经济建设协调发展的方针，在经济发展的基础上推进国防和军队现代化。加快社会发展，必须增加投入，深化改革，完善政策，从投入、体制和机制上保证社会全面发展。

第四，坚持走可持续发展之路，实现人与自然和谐发展。在全面建设小康社会和整个现代化进程中，必须更加重视处理好经济建设、人口增长与资源利用、生态环境保护的关系，使经济发展与人口、资源、环境相协调。资源短缺，将是长期困扰我国发展的突出问题。例如，2003 年我国原油产量 1.7 亿吨，进口原油 9112 万吨、成品油 2824 万吨，进口量占到消费量的 40%左右。随着我国经济快速发展，对石油的需求量还将大幅增加，预测到 2020 年对石油的进口需求将占到我国消费总量的 60%以上，也就是说大部分石油将依赖进口，这对我国的发展战略和经济安全将产生重要影响。现在已经有 400多座城市缺水，其中 108 座城市严重缺水，据估算，每年影响工业产值 2300亿元，也给社会发展和人民生活带来很大困难。随着工业化和城市化的发展，耕地面积在不断减少，土地退化和沙漠化还在加剧，环境污染状况令人担忧。受工业"三废"污染的耕地面积 9000 万亩，占我国耕地面积的 1/20。全国沙漠和沙化土地面积达 174 万多平方公里，占国土面积的 18%。沙化面积每年增加 3436 平方公里，相当于北京怀柔和昌平两区的面积。北京面临的沙尘暴威胁已经是令人触目惊心的事实。2003 年全国 7 大水系监测结果显示，劣质水占 30%，丧失使用价值。全国 75%的湖泊出现了不同程度的富营养化，其中巢湖、滇池、太湖污染最为严重。我国城市 50%以上的饮用水来自湖泊水库，水污染使饮用水安全受到威胁。全国有 3.6 亿农村人口喝不上符合标准的饮用水。2003 年二氧化硫排放量为 2120 万吨，烟尘排放量达 1114 万吨，工业粉尘排放量为 1054 万吨，分别比 2002 年增长 10%、10%和 12%。二氧化硫排放量超过环境承载能力 77%，酸雨影响国土面积 1/3 左右。全国 55%的城市颗粒物浓度超过国家空气质量二级标准，有近 3/4 的城市人口生活在空气质量不达标的环境中。我国国内生产总值仅为美国的 11%、日本的 22%，但每年排放的废水量是美国废水排放量的 80%，是日本废水排放量的 4 倍。高度重视资源和生态环境问题，增强可持续发展的能力，已经成为关系中华民族生存与长远发展的根本大计。

统筹人与自然的和谐发展，必须坚持计划生育、保护环境和保护资源的基本国策。一是坚持经济社会发展与环境保护、生态建设相统一，既要讲求经济效益，也要重视社会效益和生态效益；二是坚持资源开发与节约并举，把节约放在首位；三是坚持依法严格保护环境与生态，有步骤地进行环境治理和建设；四是坚持深化改革，创新机制，实行政府调控与市场机制相结合，从体制和机制上促进可持续发展；五是大力发展循环经济，在经济建设中充分利用资源，提高资源利用效率，减少环境污染；六是在全社会进一步树立节约资源、保护环境的意识，形成有利于节约资源、减少污染的生产模式和消费方式，建设资源节约型和生态保护型社会。

第五，坚持正确处理国内发展与对外开放的关系。随着我国经济发展和对外开放的不断扩大，国内与国外的联系越来越密切。2003 年，我国进出口总额达到 8512 亿美元，比上年增长 37.1%，跃居世界第 4 位，其中进口跃居世界第 3 位；我国经济的外贸依存度达到 60%以上，其中出口额占 GDP 的比重达到 32%。这远远高于世界上许多国家，例如美国的外贸依存度是 18.2%，日本是 18.3%，印度是 20%。去年我国利用外资 535 亿美元，继续超过美国，居世界第 1 位。我国经济增长占全球经济增量的 17.5%，对世界贸易增长的贡献率达 29%，仅次于美国。国外有人评价，中国经济与美国经济一起，成为拉动全球经济增长的两个车轮。中国经济的快速增长，正在改变着世界经济版图。同时，我们也要看到，我国经济发展中对国外贸易的依赖越来越大，特别是一些重要的战略性资源对国际市场依存度很高。如2003年我国需要原油的40%、铁矿石30%、铜资源60%、氧化铝50%都依靠进口解决。国际市场价格由于我国的大量采购而大幅攀升。这些重要资源对进口依赖度这么高，一旦国际上有什么风吹草动，将直接影响到我国的经济安全。我国加入世贸组织以后，经济发展既有更多机遇，也有新的压力和挑战。所有这些，都要求我们必须统筹好国内发展与对外开放。

统筹国内发展与对外开放，是落实科学发展观的重要内容。在新的发展阶段，必须适应经济全球化深入发展的新形势，在更大范围、更广领域和更高层次上参与国际经济技术合作和竞争，提高对外开放水平。要坚持"引进来"和"走出去"相结合，充分利用国际国内两个市场、两种资源，更好地促进我国现代化建设。"引进来"要扩大规模，提高技术水平；"走出去"要开拓市场，增强竞争力。要把利用外部有利条件和发挥自身优势结合起来，充分发挥我国市场广阔、劳动力资源丰富的优势。我国作为发展中大国，必须始终把扩大内需作为经济发展的基本立足点和长期战略方针。要处理好内需与外需、利用外资与利用内资的关系。要注重引进先进技术、管理经验和高素质人才，提高自主创新能力。要扬长避短，趋利避害，既要敢于扩大开放，又要善于保护自己，在扩大开放中注意维护我国企业利益和国家经济安全。这里还要特别讲一下科学发展观与 GDP 的关系问题。这也是目前人们讨论较多的一个问题。讲科学发展观，如何看待 GDP 指标？如何看待我们现有的经济指标体系？有没有能够与贯彻落实科学发展观相适应的衡量标准和监测指标？这就涉及如何正确看待和评价 GDP 的问题。根据 GDP 建立起来的国民经济核算体系，被称为"20 世纪最伟大的发明之一"。毫无疑问，GDP 反映着一个国家和地区的经济增长和经济发展水平，是国家制定宏观调控政策的最重要依据。我们高度重视 GDP 的作用和价值。但与此同时，我们又必须看到，GDP 本身又有明显的缺陷，主要是它不能反映经济增长中的物质消耗、社会成本、资源和环境代价，不能反映财富的分配结构和社会公平，不能反映经济增长的效率、效益和质量。GDP 本身还包含一些消极的因素，如交通事故、传染病的发生、自然灾害的出现等，都会带来 GDP 的增加，但这种增加却是负面的效果。单纯地用 GDP 来评价一个国家和地区的经济发展，容易导致不计代价地片面追求经济增长速度，忽视经济增长的结构、质量和效益，忽视生态建设和环境保护，会带来"有增长无发展"的后果。

现在，国际上提出了一个"绿色GDP"的概念，正在形成绿色GDP核算体系。绿色GDP的理论基础就是可持续的发展观，其基本思路就是在传统GDP的基础上，加减一些资源消耗、环境影响、人文发展等因素，以更好地反映经济增长中的"发展状况"。我国有关部门正在研究，探索适合我国国情的绿色GDP核算体系。这是贯彻落实科学发展观的一个重要措施。

三、落实科学发展观必须推进"五大转变"

提出科学发展观，是我们党关于现代化建设指导思想的新发展。贯彻落实科学发展观，必须提高各级党委、政府和领导干部的领导水平和能力。这就要求，必须切实把思想统一到科学发展观上来，在领导和管理经济社会工作中，做到把握全局，搞好统筹兼顾。统筹兼顾，协调好各方面利益关系，调动一切积极因素，是科学发展观的根本要求，也是我们党的一个重要历史经验，是我们党在新的历史条件下要长期坚持的战略方针。贯彻和落实好科学发展观，必须更新发展观念、改变发展方式、创新体制机制、转变政府职能、完善政策措施。这里着重强调切实推进"五大转变"。

第一，切实转变发展观念。 树立和落实科学发展观，必须改变传统的发展观念。现在，一些发展观念与科学发展观还有较大差距。有的把"发展是硬道理"等同于"增长是硬道理"，把"以经济建设为中心"当作"以速度为中心"；有的不惜以牺牲资源环境为代价片面追求产值产量，甚至为此弄虚作假。这说明，转变发展观念仍然十分重要。必须辩证地认识物质财富的增长和人的全面发展的关系，转变重物轻人的发展观念；全面地认识经济增长和经济发展的关系，转变把增长简单地等同于发展的观念；深刻地认识人与自然的关系，转变单纯利用和征服自然的观念。要全面系统地把握科学发展观的精神实质、主要内涵和基本要求，正确处理好涉及全局的重大关系，包括当前与长远的关系，局部和全局的关系，物质文明、政治文明和精神文明的关系等，扎扎实实地做好推进经济社会全面、协调和可持续发展的各项工作。贯彻落实科学发展观，既要有紧迫感和责任感，又要看到解决发展不平衡问题的艰巨性、复杂性和长期性。实现经济社会全面、协调、可持续发展，是一个长期的历史进程，既要努力奋斗，又不能急于求成。必须把积极进取精神同科学求实态度很好结合起来，从我国现阶段国情和各地的实际情况出发，分类指导，因地制宜，提出分阶段的目标和任务，积极而又扎扎实实地推进。

第二，切实转变经济增长方式。大力推进经济增长方式由粗放型向集约型转变，走新型工业化道路。一是推进经济结构战略性调整，加快产业结构优化升级步伐；二是加快推进科技进步，加强现代管理，实施人才强国战略，提高生产技术和科学管理水平；三是高度重视节约资源和保护环境，发展循环经济，建设节约型社会；四是合理引导消费，倡导健康文明和可持续的消费方式。

第三，切实转变经济体制。"五个统筹"和科学发展观，是在党的十六届三中全会《关于完善社会主义市场经济体制的决定》中完整提出来的，是深化经济体制改革的指导思想和重要原则。按照"五个统筹"推进改革开放，才能为贯彻落实科学发展观提供体制和机制保障，才能促进社会资源的优化配置，才能为发展提供强大动力。我国改革仍处在攻坚阶段，必须坚持社会主义市场经济的改革方向，注重制度建设和体制创新；坚持尊重群众的首创精神，充分发挥中央和地方两个积极性；坚持正确处理改革发展稳定的关系，有重点、有步骤地推进改革。要实现经济社会全面、协调和可持续发展，必须建立起相应的体制和机制。要统筹推进各方面的改革，努力实现宏观经济改革与微观经济改革相协调、经济领域改革和社会领域改革相协调、城市改革和农村改革相协调、经济体制改革和政治体制改革相协调，使各方面改革相互促进。

第四，切实转变政府职能。正确处理政府与市场的关系，加快转变政府职能。我国政府机构改革取得了重要进展，但还不适应市场经济体制的要求，政府管理特别是地方政府管理中不同程度地存在着"越位"和"缺位"的问题，仍然管了许多不该管、管不了、也管不好的事情。在社会主义市场经济条件下，政府的主要职能是四个方面：经济调节、市场监管、社会管理和公共服务。我们在经济调节方面积累了不少经验，市场监管也在逐步加强，但社会管理和公共服务滞后。要进一步加强和改进经济调节和市场监管，减少政府对市场和企业经营活动的直接干预，为经济发展创造良好的市场环境。

同时，更加注重履行政府的社会管理和公共服务职能，把更多的力量放在发展社会事业和为人民群众提供更多更好的服务上来。

要加强和改善宏观调控。政府的宏观调控有四个主要目标：促进经济增长、增加就业、稳定物价、保持国际收支平衡。要在保持经济持续稳定较快增长的同时，高度重视解决就业问题，实施积极的就业政策，努力把失业率控制在社会可承受的限度内；要保持物价基本稳定，既要防止通货膨胀，又要防止通货紧缩，当前主要是防止通货膨胀；要坚持国际收支基本平衡、略有结余的方针，保持人民币汇率在合理、均衡水平上的基本稳定，同时完善以市场供求为基础的人民币汇率形成机制。

第五，切实转变政绩观。树立和落实科学发展观，必须树立和坚持正确的政绩观。现在，一些地方为了追求所谓的"政绩"，热衷于做表面文章，盲目招商引资上项目，只管当前，不计长远，甚至不惜牺牲群众切身利益，搞一些劳民伤财的"形象工程"和"政绩工程"。必须坚决改变这种弄虚作假的"政绩观"，真正树立与科学发展观相适应的政绩观。用全面的、实践的、群众的观点看待政绩。所谓用全面的观点看政绩，就是既要看经济指标，又要看社会指标、人文指标和环境指标；既要看城市变化，又要看农村发展；既要看当前的发展，又要看发展的可持续性；既要看经济总量增长，又要看人民群众得到的实惠；既要看主观努力，也要看客观条件。所谓用实践的观点看政绩，就是重实干、办实事、求实效，各项政绩应该经得起实践检验和历史检验。所谓用群众的观点看政绩，就是倾听群众呼声，努力解决关系老百姓切身利益的突出问题，把实现人民群众的利益作为追求政绩的根本目的。树立科学发展观和正确政绩观，必须大兴求真务实之风。我们想问题、办事情、作决策，都要符合中国现阶段国情。必须坚持一切从实际出发，既要积极进取，又要量力而行，不追求脱离实际的高指标，不急功近利，不虚报浮夸，致力于促进经济社会全面、协调和可持续发展。要抓紧建立和完善政绩评价标准、考核制度和奖惩制度，形成正确的政绩导向。

贯彻落实科学发展观，还必须合理调整和完善相关政策措施，包括从财政，税收、信贷、投资、分配、进出口等方面，采取有利于促进经济社会全面、协调、可持续发展的政策措施。同时，要加强同落实科学发展观相适应的法律法规和具体制度、机制建设。还要加强宣传舆论引导，在全国形成树立和落实科学发展观的良好氛围与环境。

总之，贯彻落实科学发展观，要从多方面努力。只要全国上下真正牢固树立和认真落实科学发展观，就一定会把中国特色社会主义伟大事业更加卓有成效地推向前进。

提高调查研究水平　做好决策咨询工作

——《政策研究与决策咨询——国务院研究室调研成果选（2004）》*序言

（二○○四年九月）

2003 年是我国发展进程中重要而非同寻常的一年。面对复杂多变的国际形势、突如其来的非典疫情和频繁发生的自然灾害，在以胡锦涛同志为总书记的党中央领导下，全国人民同心协力，顽强拼搏，取得了举世瞩目的重大成就。各级政府研究部门作为承担综合性政策研究和决策咨询服务的办事机构，无疑是这一非凡历程的重要参与者并作出了积极贡献。

调查研究是政府研究部门的基本职责。去年，各级政府研究部门紧紧围绕全国工作大局和本级政府的中心任务，针对经济社会生活中存在的重要问题和突出矛盾，深入调查研究，取得了丰硕成果。许多调研成果不仅质量上乘，而且有很强的使用价值，不少成果受到各级领导同志重视并在决策中起到重要参考作用；有些直接应用于起草领导讲话及其他文稿，从而对指导和推动工作产生了重要影响。为使这些调研成果能够发挥更广泛的作用，现在从国务院研究室和各省、自治区、直辖市以及计划单列市政府研究部门的内部调研报告中选出一部分，汇编成册，公开出版。我相信，广大读者从中肯定会有所裨益，既可以更深刻地认识到我们面临的诸多复杂问题和现实矛盾，也可以理解到各级政府作出有关决策的许多背景情况和慎重抉择过程。

这里，我就进一步做好政府研究部门的调查研究工作谈一些看法，与大家共勉。

---

* 《政策研究与决策咨询——国务院研究室调研成果选（2004）》，魏礼群主编，中国言实出版社 2004 年 9 月出版。

一、充分认识调查研究工作的极端重要性

重视和坚持调查研究，是辩证唯物主义和历史唯物主义认识论的根本所在，是贯彻党的解放思想、实事求是思想路线和从群众中来、到群众中去群众路线的必然要求，也是保证科学决策与实现正确领导的基本前提。我们党历来十分重视调查研究工作。毛泽东同志提出了"没有调查就没有发言权"的著名论断。他说："我的经验历来如此，凡是忧愁没有办法的时候，就去调查研究，一经调查研究，办法就出来了，问题就解决了。"他形象地说："调查就像'十月怀胎'，解决问题就像'一朝分娩'。调查就是解决问题。"邓小平同志指出，离开了调查研究，任何天才的领导者也不可能进行正确领导。江泽民同志强调："坚持做好调查研究这篇文章，是我们的谋事之基，成事之道。"陈云同志也曾指出："领导机关制定政策，要用百分之九十以上时间作调查研究工作，最后讨论作决定用不到百分之十的时间就够了。"回顾我们党 80 多年的历史，什么时候重视调查研究，坚持理论和实际的统一，党的事业就会顺利发展；什么时候忽视调查研究，就会导致主观和客观相脱离，造成工作失误，给党的事业带来损失。

在全面建设小康社会的新的历史时期，调查研究工作更加重要。当前，国际形势错综复杂，经济全球化深入发展，科学技术日新月异，综合国力竞争日趋激烈。从国内看，经济市场化程度不断提高，对外经济联系不断扩大，社会经济结构发生着广泛而深刻的变化。经济成分、组织形式、就业方式、利益关系和分配形式等日益多样化、复杂化，改革开放和现代化建设中的各种矛盾相互交织，国内外各种思想文化相互激荡，新事物、新情况层出不穷。我们既面临着加快发展和现代化进程的历史机遇，也面临着一系列前所未有的难题和挑战。与过去相比，影响决策的因素增多了，决策的时效性增强了，决策的风险性增大了，决策所需的信息量也增加了。这些无疑对调查研究工作提出了更高要求，同时也赋予了政策研究和咨询机构更为重要的使命。

政府研究部门是直接为领导机关决策服务的机构，岗位重要，责任重大。我们的工作主要包括两个方面，一是起草领导讲话及其他重要文稿，二是为领导决策提供情况和建议，而这些都必须建立在大量调查研究基础之上。只有认真调查研究，才能全面深刻地认识客观存在的实际情况，真正把握事物的本质和发展规律；才能对千头万绪的现实生活作出科学分析，对纷繁复杂

的社会经济发展形势作出准确判断；才能及时发现问题，掌握新的苗头和动向，抓住关键矛盾；才能充分体察社情，真实了解民意，广泛集中民智；才能发现好的典型，总结好的经验，理出好的思路，想出好的办法。唯有——以丰富的调研成果为基础，政府研究部门才能提出观点正确、分析深刻和切实可行的咨询建议；才会起草出符合客观实际、反映时代脉搏和群众愿望的各种文稿；才能真正成为各级政府的眼睛、耳朵和外脑，发挥好参谋助手作用。如果不了解实际情况，不懂得社情民意，无论起草文稿还是其他工作，都难以提高水平。完全可以说，调查研究是政府研究部门的基本功和生命线；它与我们的工作须臾不可分离。离开了调查研究这个关键和基础环节，政府研究部门的工作就会成为无源之水、无本之木。要提高我们的综合性政策研究和决策咨询服务水平，就必须加强和改进调查研究工作。

二、政府研究部门调查研究工作的主要特点

各行各业都需要调查研究，但具体情况却各不相同。基于工作性质和基本职能的内在要求，政府研究部门的调查研究工作有以下一些重要特点。

一是政策性。政策和策略是党的生命。作为政府的政策研究和决策咨询部门，我们开展调查研究，根本目的就是要为领导作出正确的决策提供服务。与此相联系，衡量政府研究部门调查研究工作质量的高低，关键要看有多少调研成果进入了决策，变成了具体政策，以及这些决策和政策在实际工作中发挥了什么样的作用。可以说，政策性是政府研究部门调研工作的最基本特征。

二是针对性。各级政府的工作千头万绪，有数不尽的问题需要研究探讨，我们的调查研究要围绕中心工作，考虑决策需要，关注重点热点问题，做到有的放矢。实践表明，政府研究部门的调查研究工作，只有忙在点子上，谋在关键处，才能富有成效，事半功倍。如果脱离中心工作，远离决策需要，其调研效果必然会大打折扣。

三是应用性。政府研究部门的调研工作，既不是纯粹的理论研究，也有别于具体的工作部署，而多是一种理论与实践相结合的对策性应用研究。它离不开正确的理论指导和深刻的理论思维，具有更强烈的实践性特征，尤其强调"研以致用"。具体说，调研选题必须紧扣现实工作需要，出发点是为

政府工作提供急需有效的对策建议；调研成果必须有实用价值，落脚点是解决经济社会生活中的具体问题。古人云："文可载道，以用为贵。"我们的调研成果只有被领导者作决策所采纳，直接或间接用于改革开放和现代化建设的实践，才能真正称为上乘之作。

四是超前性。政府的许多决策与未来发展趋势密切相关，特别是一些重大决策更是如此，作出这样的决策首先要预知未来。为此，调查研究必须有战略眼光，既要立足当前，又要面向未来，注意瞻前顾后。这是为决策服务的一个重要方面。只有把视野放得更宽一些，眼光看得更远一些，既能预见潮流所在和大势所趋，又能看到苗头性倾向性问题，才能提出有真知灼见的建议。

五是操作性。政府研究部门提出的对策建议不能笼统含糊和空发议论，务必做到符合实际，思路正确，措施具体。社会经济生活极其复杂，有些对策建议，看似很正确，却因无实际操作办法，只能成为书柜之物。一项好的建议，必须兼顾需要和可能，应有切实可行的具体措施。

六是时效性。对急迫问题以及领导机关关注的重要问题，必须集中力量，及时调查，快速反应，适时提供情况和建议，才能适应和满足决策者的需要。"文当其时，一字千金。"倘若时过境迁，工作重心转移，才慢腾腾拿出调研成果，即使写得全面、正确、深刻，也为时已晚，难有大用。事实上，对多数调研成果而言，时机因素至为重要，"生逢其时"才能"谋当其用"。

毫无疑问，深刻认识和正确把握政府研究部门调查研究工作的特点，从中总结出一些带有规律性的东西，对于我们提高调研成果质量是非常重要的。

三、着力提高调查研究工作水平

提高政府研究部门的调研工作水平，涉及诸多因素，需要多方面努力，特别要做到以下几点。

（一）努力提高政治理论和政策水平。这是提高调研工作水平的根本前提。政府研究部门的调查研究，一般都与制定和实施政策措施相关。必须坚持以马克思列宁主义、毛泽东思想、邓小平理论和"三个代表"重要思想为指导，认真贯彻党的路线方针政策。这就需要刻苦学习理论，熟悉党的方针政策和国家法律法规，从而提高认识和鉴别事物的能力。这样，也才能提高调研成果的政策水平。创新是社会进步的不竭源泉，也是调查研究工作者的可贵品质和必须遵循的重要准则。缺乏起码的理论功底，不知晓党的路线方针政策，没有创新思维能力，就难以搞好调查研究，也难以提出有分量、有重要价值的调研成果。

（二）**紧紧围绕工作大局和中心任务。** 政府研究部门的调研工作是直接为领导机关决策服务的。如同企业生存必须适合市场需求一样，我们的调研工作也必须适应政府中心工作需要和领导决策需求，做到急政府之所急、想政府之所想、求政府之所求。为此，一定要把握全国的中心任务，了解政府的工作部署，掌握领导同志的工作意图；同时，还要敏于观察形势，勤于思考问题，善于见微知著。只有这样，才能自觉地使我们的调查研究同决策需要紧密联系起来；才能把握好调研工作的重点任务，为决策多出主意、出好主意。总的来说，政府研究部门的调查研究，要想大事、议大事，着重研究解决事关改革、发展、稳定大局的突出问题，着重研究解决全局性、战略性的重大问题，着重研究解决人民群众关心的热点、难点和重点问题。对有关问题要尽量提供决策前、决策中和决策后的全方位咨询服务。对于那些一叶昭秋、似小实大、微而见重的倾向性问题和代表性事物，要敏锐观察，抓住不放。在我们的调查研究工作中，既要领会领导者意图，千方百计为领导机关和领导同志服好务，也要坚决防止不顾客观实际和科学规律而一味迎合、投领导者所好的庸俗行为和错误做法。

（三）**务必在全面、深入、求实上下功夫。** 要捕捉领导机关难以听到、不易看到和意想不到的新情况，要找出解决问题的新视角、新思路和新对策，就必须深入地开展调查研究。调查研究必须走出去，沉下去，钻进去；必须深入实际，深入基层，深入群众；必须认真思考，深刻分析，精心研究。具体来说，搞好调查研究，一要全面把握。努力做到脚勤、眼勤、口勤、脑勤、手勤、多层次、多方位、多渠道地了解情况。既要调查机关，又要调查基层；既要调查干部，又要调查群众；既要看到事物的正面，又要看到事物的反面；既要解剖典型，又要了解全局；既要到工作局面好和先进的地方去总结经验，更要到困难较多、情况复杂、矛盾尖锐的地方去研究问题。同时，还要搜集和阅读大量的相关材料。二要深入研究。无论是深入调查，还是潜心研究，一定要有不获实情不收兵、不得真理不甘心的毅力和追求。在调查中，应本着求深、求细、求准的原则，"一竿子插到底"，深入问题的所在地和矛盾的症结处，溯本求源，真正掌握第一手材料，深刻了解事物本来面目。要综合运用归纳与演绎、分析与综合、具体与抽象以及比较、分类、统计、想象等手段，对调查中掌握的材料进行一番去粗取精、去伪存真、由此及彼、由表及里的深入思考和研究，透过现象把握本质，找出规律性和普遍性的东西，找到解决问题的有效办法。三要注重求实。搞好调查研究，必须坚持实事求是的原则，树立求真务实的作风，具有追求真理的勇气和无私无畏的精神。要全面了解客观情况，善于听取各种意见，勇于反映真实情况。搞调查研究，不能预设框框，先入为主；不能只看好的，不看差的；不能只报喜，不报忧；不能只总结经验，不反映教训。对调查了解到的真实情况和各种问题，要敢于"较真"和"碰硬"，不粉饰太平、不掩盖矛盾、不怕得罪人，有一说一，有二说二，"不唯书、不唯上，只唯实"，做到说老实话、办老实事、当老实人。唯科学是从，唯国运顿首。敢不敢把自己通过深入调研得到的、而与领导者意见不一致甚至相反的观点，秉笔直书，不仅是个水平与胆略的问题，而且是个品德与党性的问题。实际上，只有客观反映情况，尤其将那些具有倾向性的问题和矛盾，以及民间疾苦、群众意见如实反映到领导机关，才有助于作出正确的决策、制定出有力的政策，使有关问题得到及时解决。如果一味为了迎合领导者意见，回避矛盾，隐瞒问题，夸喜遮忧，则必然会误导判断，引致决策失误，给国家和人民造成损失。这是需要极力加以避免的。

（四）广泛听取群众意见。 "群众是真正的英雄。"人民群众的社会实践，是我们获得正确认识的不竭源泉，也是检验和深化认识的根本所在。我们调查研究成果的质量如何，形成的意见正确与否，最终都要由人民群众的实践来检验。因此，搞好调查研究工作，必须放下架子，扑下身子，深入田间地头和厂矿车间，拜群众为师，和群众交友，"问问家长里短事，听听鸡毛蒜皮言"，同群众一起讨论大家关心的问题，倾听他们的呼声，体察他们的情绪，感受他们的疾苦，总结他们的经验，集中他们的智慧。既要了解群众盼什么，也要了解群众怨什么；既要听群众的顺耳话，也要听群众的逆耳言；既要让群众反映情况，也要请群众提出意见。尤其对群众最盼、最急、最忧、最怨的热点、难点和重点问题，更要主动调研，抓住不放。只有这样的调查研究，才能够真正听到实话、察到实情、获得真知、收到实效。

（五）创新调研工作方法。 在实践中，我们积累了许多行之有效的调研方法，如召开调查会、研讨会、走访调查、蹲点调查、典型调查、实地考察等等。这些方法具有感受直接、体验深刻、互动性强、人情味重等优点，应继续坚持。但必须在此基础上，适应经济社会发展变化的新情况，拓展调研渠道，创新调研方式。要积极使用统计调查、问卷调查、抽样调查、网络调查等现代方法，提高调查的效率和质量。要充分利用现代信息技术手段进行资料的收集、整理和加工，为调研乃至决策提供快捷、全面、翔实的信息资料。要综合运用经济学、社会学、信息论、系统论、控制论，以及规划与优选、预测与评价、计算机仿真等方法，对已掌握的调查材料进行多层面、多角度的系统研究。只有把传统调研方法和现代调研手段结合起来，才能增强调查研究的科学性和时效性，提高调研工作效率和调研成果质量。此外，调查研究既是科学，更是艺术。搞好调研工作，必须在实践中做有心人，不断积累经验、丰富技巧、提高能力。比如，调查的提问方式就有多种，或开门见山，直来直去；或投石问路，先做试探；或竹笋剥皮，层层深入；或枯井打水，一竿到底；或耐心开导，循循善诱；或旁敲侧击，弦外听音。究竟采用何种方式，必须因情而定，随机应变。

（六）精心写好调研报告。撰写报告是调查研究的重要环节，调查再全面，研究再深刻，文章写不好仍达不到预期目的，甚至会前功尽弃。写文章是一门很大的学问，涉及的因素很多，一般说来，需要注意几个方面。一是把握主题，突出主线，抓住重点，善于画龙点睛，给人以启迪。二是文字表达要准确、鲜明、生动。写调研文章不应过多雕饰、过于华丽，不要用词生僻、晦涩难懂，也不要过于平淡或官话套话连篇，而要准确、鲜明、生动、朴实。即使讲道理也要寓理于事实之中，不能搞纯粹的理论推理。要让人看得懂，愿意看，引人入胜，看了以后还津津乐道、回味无穷。三是表现形式要多样化。写文章也要从实际出发，讲究多样性，切忌公式化，不能千人一面。有些文章，形式死板，毫无个性，如同"八股"，给人以似曾相识之感，领导见了烦，读者见了厌。四是从内容上讲，言之要有物，资料要翔实，论证要有力；从形式上讲，结构要严谨，条理要分明，布局要合理。五是要提倡写短文章。领导同志和决策机关日理万机，很难有时间读长篇大作。调研报告要力求短小精悍、言简意赅，应意到言止，千万不要冗长乏味，动辄洋洋万言，让人到沙堆中淘金捡宝。

（七）全面提高自身素质，练好基本功。调查研究是运用科学的理论去探索未知，认识事物发展，寻求解决问题方法的一种复杂的脑力劳动，是一项高度依赖调研人员素质的工作。提高调研工作水平必须提高调研人员的思想、业务和写作素质。政府研究部门调研工作的重要性对人员素质提出了极高的要求。概括起来说，要有较高的马克思主义理论水平和全面准确把握党的路线方针政策的本领，要有较高的政治洞察能力和鉴别能力，要有解放思想和敢于创新的意识，要有实事求是的精神和严格的科学态度，要有较强的分析研究和文字表达功底，要有比较广博的政治、经济、法律、历史和科技等各种知识，要有较好的电脑、网络等现代化办公技能。调查研究工作者一定要博学厚积，自强不息，秉要执本，常勤精进，做到站得高、看得远、想得深、写得好，努力使自己成为政治合格、业务精良、作风过硬、善打硬仗的高素质全面发展人才，不断提高调查研究工作水平，以更好地适应党和国家事业发展的需要。

坚持用科学发展观统领经济社会发展全局

——《十届全国人大三次会议〈政府工作报告〉辅导读本》*代序言

（二○○五年三月）

刚刚落下帷幕的十届全国人大三次会议，审议通过了温家宝总理作的《政府工作报告》（以下简称《报告》）。这个报告以邓小平理论和"三个代表"重要思想为指导，全面系统总结了过去一年的政府工作，全面部署了2005年的政府工作。《报告》的鲜明基调和主题，就是坚持树立和全面落实科学发展观，用科学发展观统领经济社会发展全局。回顾去年成绩，令人鼓舞；部署今年任务，催人奋进。我们要深入学习领会和认真落实《报告》精神，群策群力，锐意进取，不断开创全面建设小康社会和现代化事业新局面。

一、《报告》的主要特点是通篇贯穿落实科学发展观

今年的《政府工作报告》，总结过去一年的成就和工作，实事求是，全面客观；从实践中得到的体会，思想性强、含义深刻；分析存在的困难和问题，清清楚楚、准确恰当，鲜明指出了政府工作中存在的缺点和不足。对2005年的工作部署，思路清晰、重点明确、措施有力、切实可行。《报告》谋篇布局、框架结构面目一新；文风朴实，语言精练。全篇充分体现党的十六大和十六届三中、四中全会精神，凸显了求真务实、开拓创新的风格，充分反映了以人为本、执政为民的理念和对人民高度负责的精神。就其思想内容而言，《报告》主要特点是全面贯彻落实科学发展观。

科学发展观是我们党以邓小平理论和"三个代表"重要思想为指导，在

---

* 《十届全国人大三次会议〈政府工作报告〉辅导读本》，国务院研究室编写组，人民出版社、中国言实出版社 2005 年 3 月出版。

全面总结和认真汲取我国现代化建设历史经验的基础上，从新世纪新阶段党和国家事业发展全局出发提出的重大战略思想，是中国共产党对社会主义现代化建设指导思想的新发展。《报告》不论回顾和总结过去一年的工作，还是部署 2005 年的任务和措施，都贯穿了全面贯彻落实科学发展观，以科学发展观统领总结工作和部署任务，无论对于妥善解决当前经济运行中的突出矛盾和问题，还是全面推进小康社会建设都具有重大意义。

以全面贯彻落实科学发展观为红线，《报告》突出了四个方面的内容：

第一，突出加强和改善宏观调控。近两年来，针对经济运行中出现的新问题，中央及时、果断地实施加强和改善宏观调控的决策与措施，这实质上是全面贯彻落实科学发展观的重大实践，是以科学发展观为指导，统一全国各方面的思想和行动，促进国民经济平稳较快和全面协调可持续发展。这是完全正确的决策和部署。2004 年中央用很大的力量进行宏观调控工作，各地区、各部门在实践中不断提高思想认识，按照贯彻科学发展观的要求调整发展思路和采取相应措施。总体上看，宏观调控取得明显成效，这是一个很大的成绩，应当充分肯定。同时，从当前经济运行的状况看，不少矛盾和问题没有得到根本解决，宏观调控仍处于关键阶段，工作决不能放松，否则会前功尽弃，甚至出现更为严重的后果。因此，根据中央的决策和部署，《报告》将坚持加强和改善宏观调控作为 2005 年政府工作一项重要任务。

第二，突出以改革开放为动力推动各项工作。坚定不移地推进改革开放，这是经济工作的重要任务，也是做好各项工作的动力。过去一年，在加强宏观调控的同时，各项改革继续推进，农村改革、国有企业改革、投资体制改革、金融体制改革、行政管理体制改革等迈出了重要步伐，推动了完善社会主义市场经济体制的进程，为经济社会发展注入了新的活力。对外开放进一步扩大。2005 年必须用更大的力量推进改革开放，特别要加大改革力度，加快推进改革，力争在一些重要领域和关键环节取得新突破。要不断推进开放，以开放促改革，以改革促发展。作出这样的部署，反映了坚持改革开放不可动摇的决心和巨大勇气。

第三，突出构建社会主义和谐社会。社会主义和谐社会是一个民主法治、公平正义、诚信友爱、充满活力、安定有序、人与自然和谐相处的社会。加快建设和谐社会，是贯彻科学发展观、全面建设小康社会的必然要求和重大任务。这也是 2005 年《报告》的一个新亮点。过去一年，政府工作高度重视经济社会协调发展，在发展社会事业、推动和谐社会建设方面，采取了一系列有力的政策措施，取得了重要进展。包括加大对科技、教育等社会事业发展的支持，认真落实促进就业再就业的各项政策措施，着力解决关系群众切身利益的突出问题，继续推进民主法治建设，全力维护社会稳定。2005年将继续从加快社会事业发展、加强精神文明建设、健全民主法治、促进社会公平和正义、维护社会安定团结等方面，不断推进和谐社会建设。

第四，突出加快政府自身改革和建设。这是政府适应改革开放和发展新形势新任务，提高行政能力和管理水平的必然要求，也是贯彻科学发展观的重要举措。过去一年，各级政府努力加强政府行政能力建设，认真贯彻实施行政许可法，坚持科学民主决策，积极建设法治政府，强化社会管理，制定一大批公共安全事件应急预案，在全面履行政府职能方面取得突破性进展。《报告》充分肯定了这方面的成绩。但是，从改革开放进程和建设现代政府的要求看，政府行政能力建设还有不小差距。加快政府自身改革和建设，切实提高行政能力，是人民群众的殷切期待。2005年，要在精简政府机构、转变政府职能、建设服务型政府、推进依法行政、加强政风建设等方面取得更大进展。《报告》对这些任务和要求，都作了明确阐述。这些方面深刻反映了时代的要求、人民的要求，充分体现了政府自身建设与时俱进、高标准严要求，向建设人民满意的政府迈出实质性的步伐。

二、2004 年是落实科学发展观成就显著和经验丰富的一年

2004年，是各级政府应对新的挑战和考验的一年，也是贯彻落实科学发展观、社会主义现代化事业取得令人鼓舞的重大成就的一年。针对经济运行中出现的粮食供求关系趋紧、固定资产投资膨胀、货币信贷投放过快、煤电油运紧张等一些新问题，党中央、国务院审时度势，及时作出了加强宏观调控的决策和部署。经过全国上下共同努力，宏观调控取得明显成效。经济运行中不稳定不健康因素得到抑制，薄弱环节得到加强，避免了经济大的起落。这一年，经济保持平稳较快发展，综合国力进一步增强，各项改革取得重要进展，对外开放实现新突破，社会事业加快发展，人民生活继续改善。《报告》中一组组沉甸甸的数字、一个个令世人瞩目的成就，标志着我国在全面建设小康社会道路上又迈出了坚实的一步。2004年，围绕全面落实科学发展

观，加强宏观调控，主要抓了以下几个方面：

——**切实加强"三农"工作。** 采取更直接、更有力的政策措施，促进粮食增产和农民增收。近年来，我国粮食播种面积不断下降，粮食连年减产，农民增收徘徊不前。这次加强宏观调控，首先从加强农业入手。主要措施是：减免农业税，取消除烟叶以外的农业特产税，对种粮农民实行直接补贴，对部分地区农民实行良种补贴和农机具购置补贴，对主产区重点粮食品种实行最低收购价政策，对农业特别是粮食主产区大幅度增加投入。同时，大力推进农业结构调整，多渠道增加农民收入。这些政策措施力度之大，农民得到的实惠之多，是多少年来少有的，极大地调动了农民的积极性。粮食生产出现重要转机，农民收入明显增加。这对于稳定经济全局起到了至关重要的作用。

——**坚决控制固定资产投资总规模。** 这是加强宏观调控的重要而艰巨的任务，是消除经济运行中不健康不稳定因素的关键所在。2003年下半年以来，钢铁、水泥、电解铝、房地产等都分行业出现过度投资，煤电油运供求全面绷紧。面对严峻的形势，中央毅然决然地加大宏观调控力度，采取了一系列有针对性的政策措施，控制投资总规模，调整投资结构，加强薄弱环节。一是严把土地审批和信贷投放两个闸门，控制投资需求膨胀，特别是遏制部分行业盲目投资和低水平重复建设。二是坚持有保有压。加大对农业、水利、能源、交通、环保和社会事业的投资力度。采取有力措施，支持西部大开发和振兴东北地区等老工业基地。三是从增加供给、抑制不合理需求、协调供需关系方面采取有力措施，加强经济运行调节，缓解煤电油运紧张状况。由于采取这些有力措施，在一定程度上缓解了经济运行中的矛盾。这是一个很大的成绩。

——**不失时机推进改革开放。** 在着力加强和改善宏观调控的同时，择机推出了一些重大改革举措。全面推进农村税费改革和粮食流通体制改革；深化国有企业改革；推进国有商业银行股份制改革；推行农村信用社改革；制定并实施投资体制改革方案。全面落实出口退税改革措施。在东北老工业基地开展了增值税转型试点。与此同时，认真履行加入世界贸易组织承诺，扩大开放领域，加快实施"走出去"战略。改革开放，既有力地推动了各项工作，也促进了更具活力、更加开放的经济体系的建设。

——**积极推进社会事业加快发展。** 政府工作更加注重经济社会协调发展，在加强宏观调控中，加大对科技、教育、文化、卫生、体育等事业的支持，政策措施和财政投入较多地向社会事业倾斜。国家创新体系、基础研究和科技基础设施进一步加强。一批关系经济社会发展全局的重大科技项目取得新进展。新一轮教育振兴计划开始实施，农村义务教育得到加强。以建设全国疾病预防控制体系和突发公共卫生事件医疗救治体系为重点，加快卫生事业发展。积极推进文化体制改革和文化事业发展。国土资源、环境保护和生态建设工作得到加强。这些是统筹经济社会发展、统筹人与自然和谐发展的重要举措。

——**高度重视解决关系群众切身利益的问题**。坚持把实现和维护人民群众的利益作为工作的出发点和落脚点，在增加城乡居民收入、提高生活水平等方面采取了一系列政策措施。依法解决各种损害群众利益的问题，特别是着力解决困难群众生产生活问题。拖欠农民的征地补偿费已基本偿还，加大了全面清理建筑领域拖欠工程款和农民工工资的力度。进一步落实促进就业和再就业的各项政策措施。继续做好两个"确保"和城市"低保"工作。中央财政大幅度增加社会保障的投入。同时，加大扶贫工作力度，及时做好救灾和灾后重建工作。所有这些说明，政府工作坚持以人为本，把维护人民群众的合法权益摆在了更加重要的位置。

——**大力加强和谐社会建设**。这是落实科学发展观的重要方面。积极推进基层民主建设。高度重视政府法治工作，着力建设法治政府。国务院制定了《全面推进依法行政实施纲要》，明确了建设法治政府的目标和任务。十分重视社会预警体系建设，制定了国家突发公共事件总体应急预案，以及应对自然灾害、事故灾难、公共卫生和社会安全等方面的专项和部门应急预案。这些都是基础性、创新性制度建设。深入开展廉政建设和反腐败斗争。加强社会治安综合治理，推进治安防控体系建设。加强和改进信访工作，积极化解各类矛盾。这些措施，推进了民主法治进程，有力地维护了社会稳定。

2004年不仅大步推进了各项事业，而且在丰富的实践中思想认识得到了升华，各级政府增强了贯彻中央决策和落实科学发展观的自觉性，提高了用好重要战略机遇期、更好推动发展的认识和能力。成绩固然重要，经验更加珍贵。《报告》中讲的六个"必须坚持"工作体会，是对实践经验的深刻总结，应当加深认识和领会。这就是：必须坚持树立和落实科学发展观；必须坚持加强和改善宏观调控；必须坚持推进改革开放；必须坚持处理好全局和局部的关系；必须坚持按客观规律办事；必须坚持把人民群众利益放在第一位。这些丰富的经验，具有深刻的思想性和现实针对性，是长期指导我国改革开放和现代化建设的宝贵精神财富。

三、2005年坚持用科学发展观统领经济社会发展全局

2005年是全面完成"十五"任务、为"十一五"发展打好基础的关键之年。做好政府各项工作，具有十分重要的意义。关键是要坚持用科学发展观统领经济社会发展全局，更加注重以人为本，更加注重搞好"五个统筹"，更加注重促进经济社会全面协调可持续发展和建设和谐社会。

《报告》明确指出，2005年在工作指导和部署上，要以科学发展观为统领，突出抓好"三个着力"：一是着力搞好宏观调控。进一步消除经济运行中不稳定不健康因素，推进经济结构调整和增长方式转变，保持经济平稳较快发展，保持价格总水平基本稳定。二是着力推进改革开放。坚持以改革推动各项工作，把深化改革同落实科学发展观、加强和改善宏观调控结合起来，注重用改革的办法解决影响发展的体制问题。全面提高对外开放水平，更好地利用国际国内两个市场、两种资源。三是着力建设和谐社会。按照建立和谐社会的要求，广泛地团结一切可以团结的力量，充分调动一切积极因素，激发全社会创造活力；妥善处理各方面利益关系，让全体人民共享改革和建设的成果；正确处理改革发展稳定的关系，努力为经济社会持续发展创造有利条件和良好环境。这一个"统领"、三个"着力"涉及全局，关系重大，必须深刻认识、正确把握，在实际工作中合理安排，协调推进。

需要强调的是，保持经济平稳较快发展，是政府工作必须始终把握好的重大问题。这里的核心，是要全面落实科学发展观，正确处理经济增长速度与结构、质量、效益的关系。要坚持以结构调整为主线、以提高经济效益和质量为中心，决不能不讲市场、不问消耗、不顾质量，去片面追求经济增长速度。同时，要注重促进城乡、地区、经济社会、对内对外、人与自然协调发展。中央提出2005年经济增长预期目标为8%左右，主要是为了使预期目标更加符合实际，既考虑了需要，也考虑了可能；既考虑了经济发展，也考虑了社会发展。还要指出，在社会主义市场经济条件下，经济社会发展目标是指导性的，可以根据经济运行情况变化进行调整。各地区应当从实际出发，实事求是地提出本地经济社会发展的预期目标，不要盲目攀比经济增长速

度，切实把工作重点放在调整结构、提高经济增长的质量和效益上。

《报告》从继续保持经济平稳较快发展、大力推进经济体制改革和对外开放、积极发展社会事业和建设和谐社会等方面，对 2005 年的工作任务进行了全面部署。这里主要阐述以下几项重点工作：

（一）**坚持加强和改善宏观调控**。这是 2005 年政府工作的一项重大任务，也是全面落实科学发展观的重要举措。必须清醒地看到，虽然从 2004 年以来宏观调控取得了重要进展，但经济运行中的突出矛盾并没有从根本上解决，巩固和发展宏观调控成果的任务相当艰巨。"行百里者半九十"，宏观调控不能半途而废。为了进一步搞好宏观调控，《报告》从五个方面进行了明确部署：一是实施稳健的财政政策。要由前些年扩张性的积极财政政策转向松紧适度的稳健的财政政策。适当减少财政赤字，适当减少长期建设国债发行规模。继续发行一定规模的长期建设国债，主要是为了推进结构调整，加大对"三农"和社会发展等薄弱环节的投入。同时，要认真做好财税工作。二是继续实行稳健的货币政策。合理调控信贷总量，既要支持经济发展，又要防止通货膨胀和防范金融风险。金融企业应积极支持有市场、有效益和有利于增加就业的企业流动资金贷款需要，合理控制中长期贷款。三是继续控制固定资产投资规模。防止投资反弹。要坚持把好土地审批和信贷投放两个闸门。坚持实行最严格的土地管理制度，完善政策，从严执法。同时，大力引导社会资金投向需要加快发展的薄弱环节。继续搞好经济运行调节，努力缓解煤电油运紧张的状况。四是积极扩大消费需求。实行有利于扩大消费的财政、税收、金融和产业政策，发展新型消费方式，改善消费环境，开拓农村市场，培育新的消费热点。五是保持价格总水平基本稳定。重点抑制生产资料价格和房地产价格过快上涨，加强市场和价格监管。必须看到，继续加强和改善宏观调控，保持经济平稳较快发展，事关全局。各方面要统一思想，提高认识，自觉执行中央的决策和部署，确保令行禁止、政令畅通，确保国民经济进一步向宏观调控预期方向发展。

（二）**进一步加强"三农"工作**。坚持把"三农"工作作为全部工作的重中之重。这是贯彻科学发展观、统筹城乡发展的内在要求。总体上看，我国经济社会发展进入了以工补农、以城带乡的新阶段，必须实行工业反哺农业、城市支持农村的方针，合理调整国民收入分配格局，更多地支持农业和农村发展。这是中央全面估量我国经济社会发展趋势，以及深入分析当前工农关系和城乡关系状况作出的科学判断与重要决策。2005 年将进一步从多方面采取加强农业的措施。一是稳定、完善和强化对农业的扶持政策。继续在全国大幅度、大范围减免农业税，全部免征牧业税。鉴于今年已有 26 个省（区、市）全部免征农业税，明年将在全国全部免征农业税。继续实行对种粮农民的直接补贴，增加良种补贴和农机具购置补贴。中央财政还将增加对产粮大县的支持和对财政困难县乡的转移支付。二是促进农业和农村经济结构调整。增加粮食播种面积，提高粮食综合生产能力。继续推进农业区域化布局、专业化生产和产业化经营。三是加强农田水利和农村基础设施建设。重点支持农田水利、生态建设、中低产田改造、"六小工程"、旱作节水农业及县乡公路建设。四是加快农业科技创新和技术推广。大幅度增加农业科技投入，加强农业科技创新能力建设，进一步完善农业技术推广体系。五是多渠道转移农村富余劳动力。发展农村二、三产业，稳步推进城镇化建设。目前，全国已有一亿多农民工进城就业，这是我国全面建设小康社会进程中的新事物，应当予以鼓励和引导。要改善农民进城务工就业、创业环境，积极开展职业技能培训。进一步研究制定涉及农民工的各项政策。引导农村劳动力合理有序流动。

（三）**加快推进经济结构调整和增长方式转变。**这是贯彻科学发展观，提高经济增长质量和效益的重要途径，也是顺利推进现代化事业和提升国家竞争力的必然选择。要坚持走新型工业化道路。依靠科技进步，围绕提高自主创新能力，推动结构调整。要着眼于充分发挥现有企业作用，促进企业技术改造和重组。这样，既可以防止低水平重复建设和盲目铺新摊子，控制固定资产投资过快增长，又可以盘活用好存量资产，真正走内涵型为主扩大再生产的新路子，显著提高经济效益。缓解我国资源能源与经济社会发展的矛盾，必须立足国内，特别是要显著提高能源资源的利用效率。为此，要采取经济、法律手段和必要的行政手段，鼓励开发和应用节能降耗的新技术，实行高能耗、高物耗设备和产品的强制淘汰制度。大力发展循环经济。加强矿产资源开发管理。特别要大力倡导节约能源资源的生产方式和消费方式，发展节能型经济，建设节约型社会。必须十分清醒地认识到，如果我们不在经济结构调整和转变经济增长方式上取得实质性的进展，不在节约能源资源方面采取更有力措施，我国工业化、现代化进程将会遇到极大的困难。

（四）**积极推动区域协调发展。**《报告》深刻阐述了中央确定的我国区域发展战略布局的内涵和重大意义。实施西部大开发，振兴东北地区等老工业基地，促进中部地区崛起，鼓励东部地区加快发展，是从全面建设小康社会和加快现代化建设全局作出的整体战略部署。这种符合各地特点、发挥比较优势、各有侧重又紧密联系的区域发展战略，体现了全面落实科学发展观、统筹区域协调发展的要求，既有利于充分调动各地区的积极性，又有利于东中西互动、优势互补、相互促进、共同发展。对这种区域发展战略，必须有全面、正确的认识。要继续坚定不移地推进西部大开发，国家对实施西部大开发战略绝不会动摇，对西部大开发支持的力度绝不会减弱，西部地区经济社会发展步伐绝不会放慢。振兴东北地区等老工业基地开局良好，要在加快改革、扩大开放中，主要依靠体制机制创新，走出一条实现振兴的新路子。要支持中部地区充分发挥区位优势和综合经济优势。东部地区要继续加快发展，特别要在落实科学发展观、优化经济结构、深化体制改革、转变增长方式和建设和谐社会等方面走在前面。要采取更加有力的措施，支持老、少、边、穷地区加快经济社会发展。这是协调区域发展，使全国人民逐步走上共同富裕道路的必然要求。

（五）大力推进经济体制改革和对外开放。我国经济体制改革仍处于攻坚阶段，只有加快改革步伐，才能从根本上消除妨碍经济平稳较快发展的体制弊端，也才能更好地落实科学发展观，推动经济结构调整和经济增长方式转变，促进经济社会全面协调可持续发展。我们必须增强对加快改革的重要性和紧迫性的认识，扎扎实实推进各项改革。2005年要着重抓好六个方面：一是继续推进农村改革。最重要的，是搞好农村税费改革，这是农村经济社会领域的一场深刻变革。全部免征农业税，取消农民各种不合理负担，彻底改变2000多年来农民种田缴纳"皇粮国税"的历史，实现这一目标只是农村税费改革迈出的第一步，巩固成果还要付出更大的努力，走更长的路。必须把工作的重点放在搞好乡镇机构、农村义务教育体制和县乡财政管理体制等各项改革上，这是更为重要、也是更为艰巨的任务。二是深化国有企业改革。要坚定不移地贯彻落实中央已经确定的方针政策。坚持推进国有经济布局和结构战略性调整，完善国有资本有进有退、合理流动的机制。加快国有大型企业股份制改革。加快解决企业办社会问题，继续做好政策性关闭破产工作，建立依法破产机制。同时，要深化垄断行业改革步伐，放宽市场准入，引进竞争机制。完善国有资产管理体制和监管方式，规范国有企业改制和国有产权转让，防止国有资产流失。深化集体企业改革，推动多种形式集体经济发展。三是鼓励、支持和引导非公有制经济发展。最重要的是为个体、私营等非公有制企业创造平等竞争的法治环境、政策环境和市场环境。进一步放宽非公有资本进入的行业和领域，拓宽融资渠道，保护私有财产权和非公有制企业合法权益。四是加快金融体制改革。要加快国有商业银行改革，搞好股份制改革试点。继续推进政策性银行和其他商业银行改革。加强资本市场的基础建设，建立健全资本市场发展的各项制度，切实保护投资者特别是公众投资者的合法权益，营造资本市场稳定和健康发展的良好环境。五是推进财税体制和投资体制改革。加快健全公共财政体制。改革和完善省以下财政体制。完善出口退税机制。深化预算管理制度改革。全面落实投资体制改革方案，真正使企业成为投资活动的主体，行使投资决策权；同时，加快建立新形势下的全社会投资调控体系，建立政府投资和国有企业投资责任制与责任追究制。六是加强市场体系建设。推进流通体制改革，深化价格改革。深入整顿和规范市场秩序，重点抓好关系人民群众身体健康和生命安全的食品、药品市场专项整治；继续整顿和规范农资市场、建筑市场和房地产市场。深入开展保护知识产权专项行动。加快推进社会信用体系建设。

2005 年，我国对外开放面临不少新情况，既有新的挑战，也有新的机遇。必须统筹国内发展与对外开放，全面提高对外开放水平。要加快转变贸易增长方式，支持具有自主知识产权和知名品牌的商品出口，推进加工贸易加快转型升级。要继续积极合理利用外资，着力提高利用外资质量，更好地把引进外资与促进国内产业结构升级、提高技术水平和开发能力结合起来。要加快实施"走出去"战略。抓紧做好加入世贸组织后过渡期各项工作。

（六）积极发展社会事业和建设和谐社会。贯彻落实科学发展观，必须大力实施科教兴国战略、人才强国战略和可持续发展战略，加快社会事业发展；着力解决与人民群众切身利益相关的突出问题，促进社会公平和正义，维护社会和谐安定。

在社会事业发展方面。一要加快科技改革和发展。继续推进国家创新体系建设。加强基础研究、战略高技术研究和重要公益性技术研究。加大关键技术攻关力度。深化科技体制改革。充分发挥企业在技术创新中的主体作用，加强产学研结合，促进科技成果产业化。二要切实把教育放在优先发展的战略地位。重点加强农村义务教育，完善以政府投入为主的经费保障机制。继续实施"两基"攻坚计划。从2005年起，免除国家扶贫开发重点县农村义务教育阶段贫困家庭学生的书本费、学杂费，并补助寄宿生生活费；到2007年在全国农村普遍实行这一政策，使所有孩子都能够上学读书、完成义务教育。这既是提高全体公民素质的需要，也是创造机会均等、促进社会公平的重要方面，实行这一政策意义十分重大。各级各类学校都要认真贯彻党的教育方针，切实加强德育工作，推进素质教育。三要加快卫生事业改革和发展。2005年要全面建成疾病预防控制体系，基本完成突发公共卫生事件医疗救治体系建设。切实把医疗卫生工作的重点放在农村，加强农村卫生基础设施和卫生队伍建设。要继续推进新型农村合作医疗制度试点工作。探索建立城乡医疗救助制度。加强重大传染病及地方病、职业病防治，遏制艾滋病蔓延。深入整顿和规范医疗服务收费和药品购销秩序，切实解决群众看病难、看病贵的问题。四要大力发展社会主义先进文化。加强思想道德建设。推动文化体制改革和机制创新，加快文化事业和文化产业发展。加强农村基层文化建设，提高"村村通"水平。深入开展群众性精神文明创建活动。高度重视人才开发，加强各类型、多层次人才队伍建设。

在提高人民生活水平方面。要继续实行积极的就业政策。认真落实各项扶持再就业的政策措施，把实施范围扩大到集体企业下岗职工。中央和地方都要加大这方面投入。同时，加强就业指导、培训和服务。统筹做好城镇新增劳动力、高校毕业生、复员退伍军人和农村富余劳动力的就业工作。要加快社会保障体系建设。进一步完善职工基本养老保险制度，扩大做实个人账户试点。推进国有企业下岗职工基本生活保障向失业保险并轨。依法扩大社会养老覆盖面，提高参保率，完善灵活就业人员的参保办法。继续推进机关事业单位养老保障制度改革，完善城市"低保"制度，有条件的地方逐步建立农村"低保"制度。要继续增加城乡居民收入，特别是中低收入者收入。建立进城务工农民工资正常支付机制。改革和规范公务员工资制度。要推进收入分配制度改革，加大收入分配调节力度，逐步解决收入差距过大问题，促进社会公平。要高度重视解决城乡困难群众基本生活问题，帮助他们解决看病、住房和子女上学等实际困难。完善农村"五保户"供养制度。增加扶贫投入，积极帮助贫困地区群众脱贫致富。

在环境保护和生态建设方面。要加强工业和城市污染治理和农村面源污染治理。实行严格的排污总量控制，加大环保监督和执法力度。要让人民群众喝上干净的水、呼吸清新的空气，有更好的工作和生活环境，推动整个社会走上生产发展、生活富裕、生态良好的文明发展道路。

在加强民主法治建设方面。要积极稳妥地推进政治体制改革，加强社会主义民主政治建设。进一步扩大基层民主，完善基层民主管理制度。做好政府立法工作。推进司法体制改革，维护司法公正。依法保障妇女、未成年人和残疾人的合法权益。全面贯彻党的民族政策，促进各民族共同繁荣进步。全面贯彻党的宗教工作基本方针，做好新形势下的宗教工作。要正确处理人民内部矛盾，及时合理地解决群众反映的问题，坚决纠正各种损害群众利益的行为。加强和改进信访工作，健全社会纠纷调处机制，完善社会预警体系和应急处理机制。安全生产事关人民群众生命安全和社会稳定，必须采取更加有力的措施加强安全生产工作，切实预防和减少重特大事故的发生。

四、落实科学发展观必须加快政府自身改革和建设

《报告》着眼于全面落实科学发展观和全面履行政府职能，着眼于完善社会主义市场经济体制和推进制度创新，着眼于建设现代政府和提高行政能力，深刻阐述了全面推进政府自身改革和建设六个方面的工作。

一是深化政府机构改革。强调进一步完善机构设置，理顺职能分工，严格控制编制，实现政府职责、机构和编制的科学化、规范化、法定化。要巩固政府机构改革的成果，及时解决出现的新问题。要加快推进乡镇机构改革，重点是合理界定乡镇机构职能，精简机构和减少财政供养人员。同时，积极稳妥地推进事业单位改革。只有推进政府机构改革，才能降低行政成本，提高政府效能。

二是加快转变政府职能。强调进一步推行政企分开、政资分开、政事分开。坚决把政府不该管的事交给企业、市场和社会组织。政府应该管的事一定要管好。更加注重社会管理和公共服务。认真贯彻《行政许可法》，继续深化行政审批制度改革。只有坚持推进政府职能转变，才能全面履行政府职能，适应改革和发展的新形势。

三是改进经济管理方式方法。强调彻底改变计划经济的传统观念和做法。在新的形势下，各级政府抓经济发展，主要是为市场主体创造良好发展环境，而不能包办企业投资决策，不能代替企业招商引资，不能直接干预企

业生产经营活动。各级领导干部都要增强按市场经济规律管理经济的意识和能力，增强按国际通行规则办事的意识和能力，增强主要运用经济、法律手段调节经济运行的意识和能力。这样，才能不断提高领导经济工作的水平。

四是努力建设服务型政府。强调创新政府管理方式，寓管理于服务之中，提高工作效率和服务水平。继续推进行政体制改革和政府管理方式创新，更好地为基层企业和社会公众服务。大力推行政务公开，加强电子政务建设，增强政府工作透明度，提高政府公信力。

五是提高依法行政能力。强调认真贯彻依法治国基本方略，全面实施国务院颁布的依法行政纲要，加快建设法治政府。各级政府及其部门都要严格依照宪法和法律规定的权限和程序行使权力、履行职责。推行行政执法责任制，强化行政问责制，加大对行政过错的依法追究和处罚力度。各部门都要加强内部管理，积极配合和支持审计、监察部门依法履行职责。进一步扩大公民、社会和新闻舆论对政府及其部门的监管。

六是大力加强政风建设。强调坚持以人为本，执政为民，真正做到为民、务实、清廉。要牢固树立科学发展观和正确政绩观，重实际、说实话、办实事、求实效，坚决反对形式主义、官僚主义和弄虚作假；坚决不搞劳民伤财的"形象工程"、"政绩工程"。切实减少会议和文件，改进会风和文风。严格规范和控制各种检查、评比、达标活动。要结合开展保持共产党员先进性教育活动，加强对公务员的教育、监督和管理。坚决制止奢侈浪费行为，发扬艰苦奋斗的精神。以改革和制度建设为重点，加强廉政建设和反腐败斗争。加快建立健全教育、制度、监督并重的惩治和预防腐败体系。加强对权力运行的制约和监管，确保人民赋予的权力真正用于为人民谋利益。

只要坚持树立和全面落实科学发展观，全国上下万众一心，奋发图强，开拓创新，扎实工作，就一定能够把我国改革开放和现代化建设的伟大事业不断推向前进！

总结经验　找出差距
努力提高调查研究工作水平

——《政策研究与决策咨询——国务院研究室
调研成果选（2005）》*代序言

（二〇〇五年七月）

2002 年 3 月，我们国务院研究室采取以自我总结、交流体会的方式，举办了"提高文稿起草质量学习班"，大家普遍反映收获很大。当时室党组就提出，应该也举办一次提高调研工作质量培训班。经过长时间的酝酿和准备，这个培训班今天举办了。举办这次培训班的主要任务是，回顾总结本届政府以来我室调研工作的情况，肯定成绩，交流经验，畅谈体会，找出差距，明确要求，进一步提高调查研究工作水平，以更好地履行我室的职责，为国务院和国务院领导同志提供优质服务。这次办班的方式，也是以自我总结、自我教育为主，相互交流、相互切磋，共同提高。

一、我们室为什么要更加重视调查研究工作

重视调查研究，是坚持辩证唯物主义和历史唯物主义世界观、方法论的必然要求。调查研究是我们认识世界和改造世界的重要手段，是发现问题、找出解决问题方法的重要途径，也是密切联系群众、倾听群众呼声、反映群众要求的重要渠道。

坚持调查研究，是我党的一项基本工作方法和领导制度。中央领导集体高度重视，身体力行，在调查研究的理论和实践方面，都为全党树立了光辉的典范。在新民主主义革命极为艰难的时期，毛泽东同志曾进行过大量的实

---

* 《政策研究与决策咨询——国务院研究室调研成果选（2005）》，魏礼群主编，中国言实出版社 2005 年 9 月出版。

地调查，写出了影响深远的《中国社会各阶级的分析》、《湖南农民运动考察报告》以及《寻乌调查》、《兴国调查》等一系列调查报告。他在《反对本本主义》的文章中，提出了"没有调查，就没有发言权"和"不做正确的调查研究，同样没有发言权"的两个著名论断。他还说："我的经验历来如此，凡是忧愁没有办法的时候，就去调查研究，一经调查研究，办法就出来了，问题就解决了。"他甚至形象地说："调查就像'十月怀胎'，解决问题就像'一朝分娩'。调查就是解决问题。"新中国成立后，毛泽东同志仍经常亲自进行调查研究。1956年，他和其他领导同志一起，用了一个半月的时间，听了34个部委的汇报，认真分析研究有关问题，并写出了《论十大关系》的重要著作。1961年，毛泽东同志亲自组织人员，分别到浙江、湖南、广东进行调查，在此基础上制定了农业六十条、工业七十条和其他一些重要条例。邓小平、江泽民等同志都十分重视调查研究工作。邓小平同志指出，离开了调查研究，任何天才的领导者也不可能进行正确领导。江泽民同志强调："坚持做好调查研究这篇文章，是我们的谋事之基，成事之道。"陈云同志也曾指出："难在弄清情况，不在决定政策。""领导机关制定政策，要用百分之九十以上的时间作调查研究工作，最后讨论作决定用不到百分之十的时间就够了。"现在的中央领导同志也都高度重视调查研究工作。胡锦涛总书记在2005年2月22日中共中央政治局第20次集体学习时强调，加强调查和研究，着力提高工作本领。党中央、国务院领导同志每年都抽出大量时间深入基层和群众，召开各种各样的座谈会，亲自组织对一些重大问题的调查研究。历届中央领导同志以调研活动为基础形成的重大决策，对我国的革命、建设、改革事业产生了重要的推动作用。

在我国历史上，一些名人名著对调查研究留下了无数名言佳句。比如，孔子的"每事问"；《吕氏春秋》中关于不能人云亦云、黑白不分的"察传"思想；王安石"农夫女工无所不问"的观点；王夫之"察之精而尽其变"的论述等。还诸如，兼听则明，偏听则暗；知彼知己，百战不殆；集众思，广众益；遇事虚怀观一是，与人和气察群言；等等。伟大的民主革命先行者孙中山则认为，只有调查研究才能顺应世界之潮流，合乎人群之需要。所有这些，都从不同侧面强调了调查研究的必要性和重要性。事实上，任何时候、做好任何事情都需要作调查研究，差别仅在于方式方法不同、粗细深浅有别。

做好调查研究工作，具有以下重要意义。

第一，调查研究是我们正确认识社会的重要方法。调查研究的过程，不仅是了解实际情况的过程，也是概念、论断形成的过程，还是分析推理的过程。只有在实践中反复进行调查研究，才能正确反映客观事物，并把握事物的本质和规律。毛泽东同志说过："用马克思主义的基本观点和方法，作周密的调查，仍是了解情况的最基本方法。"他还说过："认识世界，不是一件容易的事。马克思、恩格斯努力终生，作了许多调查研究工作，才完成科学的社会主义。"大量事实证明，马克思列宁主义、毛泽东思想、邓小平理论和"三个代表"重要思想的形成，都是在革命、建设、改革实践中进行大量社会调查和深入研究的结果。

第二，调查研究是科学制定和执行政策的重要基础。调查研究是民主科学决策的基础。正确的方针政策，不是基本原理的简单演绎，也不能用推导公式的方法来求得，是来源于对情况的透彻了解，而要全面了解情况就必须以调查研究为先导和基础。毛泽东同志说："实际政策的制定，一定要根据具体情况。坐在房子里面想象的东西，和看到的粗枝大叶的书面报告上写着的东西，决不是具体的情况，倘若根据'想当然'或不合实际的报告来决定政策，那是很危险的。" 温家宝总理在本届政府成立后的国务院第一次全体会议上指出："各项重大决策，都要经过深入调查研究，充分论证，广泛听取各方面意见。"同时，要正确地执行政策，也必须根据当地的实际情况，找到具体执行的方法和步骤，因地制宜地贯彻落实，这同样离不开调查研究。

第三，调查研究是密切联系群众的重要渠道。群众路线是我们党的生命线。调查研究必须到群众中去，深入农村、工厂、学校，面向社会，面向群众，广泛听取群众的意见，体察群众的生活，从群众中汲取智慧。只有这样，才能制定出充分反映民意、集中民智的政策措施，才能得到群众的拥护、理解和支持。因此，调查研究的过程，也是联系群众的过程，是与群众交朋友的过程。

第四，调查研究是发现问题和解决问题的重要条件。从某种意义上说，推动经济社会发展的过程，就是发现问题、解决问题的过程。然而，经济社会发展中的问题是极其复杂的，各种问题无处不有、无时不在，有些问题互相交织，有些问题或隐或现。要及时发现问题，要找出问题的成因和症结，要提出解决问题的思路和对策，就必须深入进行调查研究。离开了调查研究，在纷繁复杂的问题和矛盾面前，我们就会变得盲目、被动，甚至手足无措。

第五，调查研究是加快培养优秀人才的重要途径。调查研究是一项科学性、实践性很强的工作，要求调研人员具有较高的理论政策水平和文化素质，同时还要具有良好的道德品质和较强的专业技能。要做好这项工作，取得高水平的调研成果，就必须不断加强学习，提高自身素质。同时，对调研人员来说，通过调查研究可以培养出较强的综合分析能力，培养出密切联系群众的工作作风，培养出科学的工作态度和务实精神。总之，调查研究可以使我们长见识、增才干。

面对全面建设小康社会和现代化建设的新形势新任务，调查研究工作更加重要。当前，国际形势复杂多变，综合国力竞争日趋激烈，我国外部环境面临许多复杂的和不确定的因素。从国内看，改革开放和现代化建设中的各种矛盾相互交织，国内外各种思想文化相互激荡，新事物、新情况层出不穷。经济市场化程度不断提高，社会经济结构发生着广泛而深刻的变化。经济成分、组织形式、就业方式、利益关系和分配形式等日益多样化、复杂化。我们既面临着加快发展的历史机遇，也面临着一系列前所未有的难题和挑战。与过去相比，影响决策的因素增多了，决策的时效性增强了，决策的风险性增大了，决策所需的信息量也增加了。这些都对调查研究工作提出了更高要求，同时也赋予了政策研究和咨询机构更为重要的使命。

对我们研究室来说，调查研究无疑具有更加重要的意义。我室是直接为国务院领导提供决策咨询和政策研究服务的办事机构，主要工作包括三个方面：一是负责或参与起草国务院有关文件和国务院领导同志讲话等重要文稿；二是调查研究改革开放和现代化建设中的重要问题；三是收集、整理和报送重要信息。在这里，调查研究不仅是我们的基本职能之一，而且也是全面履行其他各项职能的重要前提。这是因为，无论是起草、修改文稿，还是整理、报送信息，都必须建立在调查研究基础之上。离开了调查研究这个基础环节，不了解实际情况，不懂得社情民意，各项工作就会成为无源之水、无本之木，做好工作当然也就无从谈起。只有以大量的、高质量的调研成果为基础，我们才能写出符合实际、思路正确和具体生动的各种文稿；才会提出分析深刻、观点明确和切实可行的咨询建议；才能提供及时准确、内容重要和视角独特的优质信息。完全可以说，调查研究是我们的基本功和生命线；

它与我们的工作须臾不可分离。我们要争创一流业绩、建设一流队伍，其中一个很重要的任务，就是多出一流调研成果。

近几年，我们紧紧围绕党中央、国务院的中心任务，通过多种方式和途径开展调查研究活动，调研工作取得了显著成绩，成果不断增多，质量稳步提高。据统计，2003 年、2004 年撰写的调研报告分别为 189 篇和 192 篇，国务院领导同志作出批示的分别有 45 件和 64 件。2005 年上半年，撰写的调研报告已达 104 篇，国务院领导同志作出批示的已有 35 件。这些调研成果质量上乘，突出应用性、政策性和咨询性，有很强的实用价值。许多成果受到国务院领导同志重视并在决策中起到重要作用；有些直接应用于起草领导讲话及其他文稿，从而对指导和推动工作产生了重要影响；有些在社会上产生了较大反响。例如，2003 年 4 月在非典肆虐时刻，我室提出的《要严防非典型肺炎疫情向农村扩散》、《关于解决高校毕业生就业问题的建议》调研报告；2004 年我室提出的《加大宏观调控力度 尽快遏制投资过快增长》、《采取果断措施遏止乱征滥用耕地的对策建议》等调研报告；2005 年上半年我室对房地产、免征农业税后的农村改革、防止粮食价格下跌、汇率改革和股权分置改革、完善出口退税机制等问题的调研，都引起国务院领导同志的重视，作出重要批示，有力地推动了相关工作。

当然，也要清醒地看到，我们的调查研究工作与国务院领导同志的要求还有差距。一是对经济社会中长期发展的全局性、战略性、前瞻性问题研究不够；二是一些调研成果的质量不够高，针对性和时效性不强；三是调研工作与文稿起草工作结合不够密切，应用调研成果不够好。对这些不足之处，我们一定要认真加以改进，努力把调研工作提高到一个新水平。

二、我室调研工作的主要做法和经验

近几年来，我室的调研工作之所以能取得可喜成绩，原因是多方面的。首先归功于国务院领导同志的重视和支持，也取决于我们有一支高素质的研究队伍，同时还与我们努力探索并逐步形成了一些好的做法密不可分。归纳起来看，主要有以下几点。

——**牢固树立围绕中心、服务大局的思想。**作为国务院的办事机构，我们的调研工作必须坚持紧紧围绕党中央、国务院的中心任务开展，并努力做到急领导之所急、想领导之所想、求领导之所求。这既是履行我室职责的根本要求，也是做好调研工作的关键所在。比如，近三年我们主要是跟踪和围绕宏观经济形势、"三农"工作、农村税费改革、财税金融体制改革、非公有制经济发展、政府自身改革、建设和谐社会等问题进行调查研究。这些调研课题都与党中央、国务院的工作部署密切相关。事实上，近几年凡受到领导重视并在推动工作中发挥了重要作用的调研成果，首先是在这方面做得比较好。

——**坚持解放思想，鼓励大胆创新**。求是乃调查研究的宗旨所在，创新是社会进步的不竭源泉。离开了求真务实，禁锢了自由探讨，缺乏了创新思维，调研工作势必会变成死水一潭。这些年来，我们研究室为大家创造了较为宽松的调研环境，允许不同观点进行争论；鼓励真实反映情况，倡导大胆提出新观点、新见解、新对策。这无疑是我室调研气氛浓厚、思想观点务实、成果不断涌现的一个重要原因。

——**注重调查研究与文稿起草有机结合**。调查研究和文稿起草、信息报送等工作都有着深刻的内在联系。在实际工作中，只要善于利用、综合考虑、安排得当，就完全可以使它们形成相互促进的局面。比如，在文稿起草中如能及时吸收调查研究的最新成果，其质量必然会显著提高；反过来看，在文稿起草过程中获得的情况和启示，也用以指导和深化调查研究工作。调查研究与信息工作的关系也大致如此。近几年，我们比较注意各方面工作的有机结合，并取得了显著成效。

——**始终把提高调研成果质量放在首位**。我室的调研工作直接为中央领导决策和起草重要文稿服务，调研成果质量高低事关大局，责任重大，可谓"优能兴邦，劣可损国"。因此，无论对什么问题进行研究，特别是一些重大调研课题，都必须坚持高标准、严要求，深入调查，精心研究，努力创造优秀成果，决不能"粗制滥造"。惟此，才能与职责相符、不辱使命。近几年，我室的调研精品越来越多，这与我们大力增强调研质量意识是分不开的。

——**建立多出高质量调研成果激励机制**。我们将调研成果多少、质量高低作为干部业务考核的重要内容，并给予一定的物质奖励和精神鼓励。为了建立提高调研成果质量的激励机制，2001年起，凡在我室《决策参考》、《送阅件》、《研究报告》和《室内通讯》上发表的调研文章和专送报告，我们都给了不同程度的物质奖励。同时，我室还制定了《国务院研究室研究成果奖励办法》，每年年终都搞一次成果评奖活动，对获奖者颁发证书并给予物质奖励。这些措施调动了大家进行调查研究工作的积极性，对提高调研成果质量发挥了重要作用。

三、提高调研工作质量需要把握好的几个方面

搞好调查研究工作，最根本的，是必须坚持正确的指导思想。我们要以马列主义、毛泽东思想、邓小平理论和"三个代表"重要思想为指导，树立和落实科学发展观，认真贯彻党的基本理论、基本路线和基本方针，坚持党的实事求是的思想路线，坚持党的从群众中来、到群众中去的群众路线，努力提高调查研究工作水平。同时，还要把握好以下几个方面。

（一）搞好调查研究要遵循的重要原则

调查研究必须坚持辩证唯物主义世界观和方法论，反对唯心主义的先验论；坚持历史地、发展地、全面地看问题，反对孤立地、静止地、片面地看问题；坚持一切从实际出发和实践第一的观点，反对主观主义、教条主义。具体地说，调查研究应坚持以下重要原则：

一是客观性。搞调查研究，要不"唯上"，不"唯书"，只"唯实"，客观、准确和真实地反映社会现象和客观事物，努力做到调查的情况是真实的，调查得到的数据是准确的，对情况和数据的分析要实事求是，不能搞主观臆断。

二是全面性。列宁说："如果从事实的全部总和、从事实的联系去掌握事实，那末，事实不仅是'胜于雄辩的东西'，而且是证据确凿的东西。如果不是从全部总和，不是从联系中去掌握事实，而是片断的和随便挑出来的，那末，事实只能是一种儿戏，或者甚至连儿戏也不如。"调查研究工作要充分反映社会现象和客观事物的方方面面，做到局部和整体相结合、现实和历史相结合、动态和静态相结合、正面和反面相结合，要注意克服片面性，防止走极端。

三是系统性。在调查研究中，必须用辩证的、系统的观点看待和分析问题。要系统分析构成社会现象和客观事物的各个要素，深入研究它们之间的

相互关系，搞清楚作为系统的社会现象和客观事物的整体功能，同时还要研究社会现象和客观事物所处的环境条件。不能孤立地看待问题，避免把视野局限在狭小范围之内。

四是群众性。人民群众是智慧之源。调查研究必须深入群众，依靠群众，虚心向群众学习，甘当群众的小学生。要善于发挥群众的积极性和主观能动性，倾听群众的呼声，反映群众的疾苦，认真汲取群众的看法和建议。

五是科学性。搞调研要遵循科学的调查方法，并对事实材料进行去粗取精、去伪存真、由此及彼、由表及里的筛选和加工处理，尤其要注重实证分析和逻辑推理。不能以偏概全，以树木盖森林；不能预设结论或按某种假设去搜集材料；更要避免随心所欲和主观臆测。

六是理论与实践相结合。做好调查研究工作，一方面要以正确的理论作指导，深入实践，从实践中找出解决问题的办法；另一方面，又要让这些办法重新回到实践中去接受检验。只有经过实践验证是正确的东西，才是高质量的调研成果，才能用于进一步指导我们的实践活动。

（二）政府研究部门调研工作的主要特点

做任何工作都要进行调查研究，但不同工作性质和机构对调查研究的要求不一样。从政府研究部门的工作性质和职能看，调查研究工作要注意把握好以下一些特点：

一是政策性。政策和策略是党的生命。作为政府的政策研究和决策咨询部门，我们调研的根本目的，就是要为领导机关和领导同志决策提供情况和建议，其质量高低关键要看有多少调研成果进入了决策、变成了政策，以及这些决策和政策在实际工作中发挥了什么样的作用。可以说，政策性是政府研究部门调研工作的最基本特征。

二是针对性。政府工作千头万绪，有许多问题需要研究探讨，我们的调查研究必须围绕中心工作，考虑决策需要，关注和着力调研重点热点难点问题，做到有的放矢。实践表明，政府研究部门的调查研究工作，只有忙在点子上，谋在关键处，才能富有成效，事半功倍。如果脱离中心工作，远离决策需要，其调研效果必然会大打折扣。

三是应用性。政府研究部门的调研工作，既不是纯粹的理论探讨，也有别于具体的工作部署，而是一种介于二者之间的应用性研究，尤其强调"研以致用"。古人云："文可载道，以用为贵。"具体说，我们的调研选题必须紧扣现实工作需要，出发点是提供急需有效的对策建议，落脚点是解决社会经济生活中的实际问题。只有这样的调研成果，才能对决策有用，才能真正称为上乘之作。

四是前瞻性。政府的许多决策往往事关全局、影响深远，特别是一些重大决策更是如此，作出这样的决策首先要有预见性。为此，调查研究必须有战略眼光，既要立足当前，又要面向未来，注意瞻前顾后。只有把视野放得更宽一些，眼光看得更远一些，既能预见潮流所在和大势所趋，又能看到苗头性倾向性问题，才能提出有真知灼见的对策建议。

五是操作性。政府研究部门提出的对策建议，必须做到思路清晰、观点正确、措施具体，千万不能笼统含糊、空发议论。我们的调查研究必须脚踏实地，提出的对策措施必须切实可行，尤其应充分考虑需要和可能。有些对策建议，看似很正确，却是"空中楼阁"、"中看不中用"，因无实际操作可能，只能成为书柜之物。

六是时效性。我们对领导同志关注的重要问题和紧迫问题，必须快速反应，集中力量，及时调研，尽快提供情况和建议。"文当其时，一字千金。"倘若时过境迁，工作重心转移，才慢腾腾拿出调研成果，即使写得全面、正确、深刻，也为时已晚，难有大用。事实上，对多数调研成果而言，时机因素至为重要，"生逢其时"才能"谋当其用"。

深刻认识和正确把握政府研究部门调查研究工作的特点，从中总结出一些带有规律性的东西，对于我们提高调研工作质量是非常重要的。

（三）搞好调研工作要增强各方面的能力

如何进一步搞好调查研究，不断提高我室的调研水平，涉及诸多因素，需要多方面努力。概括而言，要按照上述指导思想和原则、特点的要求，认真把握好以下六个方面，并增强相关能力。

一是树立大局意识，增强把握全局的能力。"不谋全局者，不足以谋一域。"作为国务院研究室的同志，要站得高、看得远、想得深；要有大局意识和全局观念，在把握大局前提下探讨各种问题；还要善于想大事、议大事、调查研究大事。调研题目的选择极其重要，决定着调查研究总的方向和水平，关乎调研工作成败。根据我室的工作特点和职能要求，我们的调查研究必须紧紧围绕党和国家的工作大局、围绕国务院的中心任务来开展。具体地说，要抓住改革开放和经济社会发展中的重大问题，突出前瞻性、全局性和战略性。要从纷繁杂乱的问题中，提炼出有意义的选题，把研究力量放在重大问题的研究上。要突出重点，首先是党中央、国务院交办的任务，其次是研究室确定的重点研究课题。我们的调研工作只有适应国务院中心工作需要和领导决策需求，才能有的放矢、富有成效，才算尽其本职、务其正业。具体选题可以根据实际情况，或"大题大作"，或"大题小作"，或"小题大作"。

二是坚持解放思想，增强开拓创新的能力。调查研究贵在创新。国务院领导同志经常讲，希望起草的文稿和调研成果中有新思想、新材料、新见解。要达到这样的要求，最根本的是要坚持解放思想，以宽广的视野观察世界，正确把握时代特征和国内外政治经济形势的变化，真正做到与时俱进。目前，我们一些调查研究成果质量不高，既有调查研究深度不够的问题，更有着眼创新不够的问题。由于没有多少新东西，让人看起来兴趣不浓，看了后收获不大。为了适应国内外情况快速发展变化的要求，必须不断创新观念和思维方式，不断改进调研工作的方式、方法和手段；同时，还要敢于想别人之未想，善于谋别人之未谋，勇于提出新的见解和观点。

三是跟踪形势发展，增强洞察问题的能力。我们能否履行好自己的职责、搞好调查研究工作，在很大程度上取决于对经济社会发展变化情况的把握程度。为此，必须敏于观察，勤于思考，增强敏锐性和鉴别力，努力做到不断跟踪形势，透彻分析形势，明确鉴别是非，能够举一反三。在调查研究中要增强预见性，特别是对那些一叶昭秋、似小实大、微而见重的倾向性因素和代表性事物，不仅不能视而不见，而且要给予高度关注，善于见微知著，能及时发现苗头性问题，并提出具有前瞻性的对策建议。例如，去年初，针对固定资产投资增长过猛的势头，宏观司的同志及时发现问题，撰写了《加大宏观调控力度，尽快遏制投资过快增长》的调研报告；2005年6月初，针对部分地区粮价出现下跌的新情况，农村司的同志敏锐地发现了问题，并在很短时间内拿出了《关于稳定当前粮食市场价格的建议》的调研报告。这样的例子还有很多，就不一一列举了。总之，要密切关注和及时跟踪经济社会形势的发展变化，善于发现新问题、新情况，努力提高调研工作质量。

四是做到求真务实，增强深入实际调研的能力。求实是调查研究的灵魂。要捕捉领导难以听到、不易看到和意想不到的新情况、新苗头，要找出解决问题的新视角、新思路和新对策，要拿出情况真实、分析深刻、见解独到的高质量调研成果，就必须弘扬求真务实的精神，必须走出去、沉下去、钻进去，必须深入实际、深入基层、深入群众。在调查中，要本着求深、求细、求准的原则，"一竿子插到底"，深入问题的所在地和矛盾的症结处，溯本求源，真正掌握第一手材料，深刻了解事物本来面目。要全面了解客观情况，善于听取各种意见，不能预设框框，先入为主；不能只看好的，不看差的；不能只报喜，不报忧；不能只总结经验，不反映教训；不能只调查干部，不调查群众。搞好调查研究，还要具有追求真理的勇气和无私无畏的精神。唯科学是从，唯国运顿首。这是我们应备的基本品质和崇高境界。对了解到的真实情况和各种问题，要敢于"较真"和"碰硬"，做到查实情、说实话、办实事、献实策、出实招。不回避矛盾，不说违心话。

五是学会科学思维，增强分析问题的能力。调查研究工作是一项根植于实践基础上的创造性思维活动。既要"调查"，又要"研究"。深入调查以及对所得材料进行分析、研究和概括的过程，就是从感性认识上升到理性认识，并逐步揭示事物本质的过程。因此，必须学会科学思维，尤其要善于用辩证法分析研究问题。例如，要掌握共性与个性原理的使用方法。毛泽东同志在对农村问题进行调研时，通常采取典型调查的做法，然后再由典型推及一般。他形象地把这种调研比喻为"解剖麻雀"。再比如，要学会抓主要矛盾的方法。搞调查研究，材料搜集和情况掌握当然是越多越好，但如果抓不住主要矛盾或矛盾的主要方面，即使再费力也无法达到认识客观事物本质的目的。毛泽东同志曾说过，十样事物，调查了九样，只有一样没有调查，"如果你调查的九样都是一些次要的东西，把主要的东西都丢掉了，那末，仍旧是没有发言权"。此外，在调查研究中还应注意各种方法的有机配合，要把开调查会等传统方式与统计调查等现代方式、定性分析与定量分析、"走马观花"与"下马看花"等方法结合起来使用。只有这样，才能使调研工作更具科学性，最终拿出高质量的成果来。

六是努力改进文风，增强文字表达能力。精心写好调研报告是提高调研成果质量的重要环节。我们的调研成果，首先是给领导同志看的，只有吸引领导，打动领导，才能更好地被采纳，发挥应有的作用。因此，每一篇调研报告都要冥思苦想，精心写作。具体地说，需要注意几个方面：一是把握主题，突出主线，抓住重点，善于画龙点睛，给人以启迪。二是文字表达要准确、鲜明、生动。写调研文章不应过多雕饰、过于华丽，不要用词生僻、苦涩难懂，也不要过于平淡或官话套话连篇。即使讲道理也要寓理于事实之中，不能搞纯粹的理论推理。要让人看得懂，愿意看，引人入胜，看了以后还津津乐道、回味无穷。总之，要做到观点表达鲜明而不失之偏颇，周到全面而不庸杂累赘，活泼新颖而不花哨飘浮，逻辑严谨而不是党八股。三是表现形式要多样化。写文章也要从实际出发，讲究多样性，切忌公式化，不能千人一面。有些文章，形式死板，毫无个性，给人以似曾相识之感，领导见了烦，读者见了厌。四是从内容上讲，言之要有物，资料要翔实，论证要有力。毛泽东同志在《反对党八股》的著名报告中，曾号召全党干部要像列宁同志那样写文章，"不是空话连篇，言之无物；不是无的放矢，不看对象；也不是自以为是，夸夸其谈"。从形式上讲，结构要严谨，条理要分明，布局要合理。五是深入浅出。写文章有四种境界：深入浅出，深入深出，浅入浅出，浅入深出。深入浅出是最高境界。毛泽东同志是深入浅出写文章的大师。郭沫若同志曾说，听了毛主席讲话，好像热天吃了冰激凌，又好像疲倦后喝了一杯热茶。四种境界中惟有浅入深出是做文章之大忌，它必然"以其昏昏，使人昭昭"，效果自然不好。六是提倡写短文章。领导同志和决策机关日理万机，很难有时间读长篇大作。调研报告要力求短小精悍、言简意赅，应意到言到、意尽言止，切忌冗长乏味，动辄洋洋万言，让人到沙堆中淘金捡宝。《庄子》有句名言，"凫胫虽短，续之则忧"。这同样适用于写文章。就今天的文风来说，把水鸭子（凫）的脚加长的文章太多了。郭沫若同志曾说过，如果内容没有分量，尽管写得像万里长城那样长，还是没有分量。胡乔木同志曾在《解放日报》上以《短些，再短些》为标题，撰文呼吁大家写短文章。

此外，还要注意调研报告的反复修改和加强文字校对工作。好文章大多是改出来的，必须千锤百炼。毛泽东同志说："重要的文章不妨看它十多遍，认真地加以删改，然后发表。"鲁迅先生十分重视文章的推敲和加工，他说："写完后至少看两遍。"清代书画家郑板桥曾有"删繁就简三秋树，领异标新二月花"的著名诗句。据说，俄国大文学家托尔斯泰在写长篇巨著《战争与和平》时就改过 7 遍。我们不少同志都有切身体会，重要的调研报告都是反复修改出来的，有的是几次甚至十几次地修改。其实，反复修改的过程，也是对所调研问题认识不断深入、思想不断升华、文字不断完善的过程。同时，对调研报告的文字校对工作也不能放松，特别是用语准确、事实准确、数据准确，绝不能有误。在我们室里做文字工作，一个最起码的要求是不能出现"硬伤"，包括不能有错别字、数据失实。毛泽东同志形象地说："从前人称'校对'为'校仇'，校对确实很难，非以仇人对之是不胜所为的。"他老人家就曾亲自为1949年4月25日《北平解放报》上登载的《"五四"运动》一文进行过校对，并发现了5处错误。鲁迅也曾为不少青年作家校正过文稿和出版物。总之，必须认真对待校对工作，不能有丝毫轻视。

四、搞好调研工作必须全面提高自身素质

调查研究是运用科学的理论去探索未知，认识事物发展，寻求解决问题方法的一种复杂的脑力劳动，是一项高度依赖调研人员素质的工作。提高调研工作水平必须提高调研人员的思想、业务和写作素质。

一是要勤奋学习，提高政治思想和理论政策水平。搞好我室的调研工作，必须讲学习、讲政治、讲纪律。我在不同场合反复讲过，我们研究室的全体工作人员要把理论学习作为一种政治责任、一种精神追求和思想境界。只有大家的政治觉悟和理论水平提高了，才能更好地领会和把握党的路线、方针、政策，提高从政治上、全局上观察问题、分析问题和解决问题的能力。从我们一些同志撰写的调研报告可以看出，对马克思主义基本理论和党的重要文件的内容还不够熟悉，理论水平与工作要求尚有很大差距。必须强调，国务院研究室工作的特殊性要求我们，无论工作多忙，也要挤出时间学习基本理论。要认真学习马克思主义经典作家的著作，认真学习邓小平理论和"三个代表"重要思想，用科学发展观武装头脑，真正使我们的政治理论水平不断得到提高。同时，还要认真学习和全面领会党的基本路线、基本纲领、基本经验，学习党中央、国务院文件和中央领导同志讲话精神，熟悉党中央、国务院的各项方针政策和国家的法律法规，提高思想水平和政策水平，丰富法律法规知识。我们室的人员无论做什么事情，都要把握政治方向，严守政治纪律。要始终不渝地在政治上、思想上、行动上与党中央保持高度一致，牢固树立为党中央、国务院决策服务的观念，

站在国家和人民大众的立场上出主意、想办法、提建议。要注重原则性、政策性和纪律性。

二是要有高尚思想境界，增强事业心和责任感。 从事决策咨询和政策研究是一项艰苦的工作，大家经常加班加点，付出很大，收入不高。搞好我们的工作，必须自觉培养忠于职守、爱岗敬业的精神，必须要有高度的责任感和强烈的事业心，必须树立正确的人生观和价值观。只有这样，才能热爱这项工作，不辞辛劳，甘于奉献，淡泊名利，守得住清贫，耐得住寂寞，沉下心来扎扎实实地把工作做好，为党的事业奉献自己的心血和才智。

三是要拓宽知识面，在"博"和"精"上下功夫。 要刻苦学习与本职工作相关的业务知识，不断提高业务能力和工作水平。要加强对现代市场经济、现代政府管理、世界经济、财税、金融、农业、工业、贸易、科教和各项社会事业等方面知识的学习，努力成为某个领域的专家。社会经济现象都不是孤立存在的，任何一种问题的出现都有复杂而深刻的社会经济原因。要准确把握事物的本质，要求我们有广博的知识，善于从不同的角度观察、分析问题。因此，除了学习专业知识，我们还要注意学习哲学、历史、文学等知识。不仅要懂得发展的知识，还要掌握改革开放的知识，不断完善知识结构，重视知识更新。只有这样，才能增强发现问题、揭示矛盾的能力，增强战略思维、科学分析的能力，既成为精通业务知识的专家，又要成为"万金油式"的通才。

四是要善于博采众长，增强综合分析研究问题的素质。 我们的调查研究工作，必须要认真听取各方面的意见，充分利用社会智力资源，吸取优秀研究成果。只有集思广益、善于综合、长于提炼，才能全面把握问题的实质，才能提出新的观点和建议，才能快速拿出高质量的调研成果。马克思主义经典作家们之所以在理论上有宏大建树，重要原因之一就在于他们能兼收并蓄、海纳百川，最终集世界优秀文明之大成。

五是多写勤练，打好辞章和文字功底。 调研报告是调查研究工作的最后成果。虽然说"水无定势，文无定法"，但调研报告要写得好，除了思想理论正确、立场观点鲜明，还要掌握一些写作技巧，懂一点逻辑、文法和修辞。古人说："言而无文，行之不远。"这就要求我们多读一点文学作品，尤其是多看一些中外名篇，以丰富我们的语言词汇，避免行文枯燥刻板，味同嚼蜡，使人不能卒读。同时，要多写多练，从写作实践中摸索写作的规律、叙述的方法，使我们写出的调研报告逻辑严谨、叙述清楚、说理透彻、语言简练、文采斐然。

此外，为了提高调研工作质量，多出成果、多出精品、多出人才，还要努力创新调研工作机制，积极采取有效的保障措施，进一步营造有利于搞好调查研究、多出优秀调研成果的环境。

世界跨海通道知多少？

——《世界跨海通道比较研究》（第二版）*序言

（二〇〇五年七月）

　　翻开世界地图，在大陆与大陆之间、洲与洲之间，以至国与国之间、岛屿与岛屿之间，都有被蓝色所填充的大片地方，那不是别的，是一道道我们熟识的或陌生的海峡或海湾。海峡和海湾，将大陆与大陆、大陆与海岛、海岛与海岛分离，切断了铁路运输和公路运输两种最重要的陆路运输交通，成为其间陆路交通的天然屏障，为人类的生产、生活以及各种活动带来诸多不便。为了跨越天堑，世人进行了种种大胆设想和积极探索，跨海通道应运而生。

　　跨海大桥、越海隧道等现代跨海通道的出现，到现在已有150多年的历史。这在漫漫历史长河中可能只是一瞬之间，但对于跨海通道的发展来说，却经历了一个波澜壮阔的历程。从19世纪初期欧洲拿破仑最初的英法隧道梦想，到20世纪初美国金门大桥的设计，以海底隧道和跨海大桥为代表的跨海通道，在世界各地以前所未有的速度向前发展。特别是第二次世界大战以后，随着世界经济和社会的高速发展，对跨海通道建设不断提出新的更高的要求。经济和社会的发展，推动了跨海通道的发展。反过来，跨海通道的发展，又在很大程度上促进了世界经济和社会的发展。世界跨海通道发生了一次又一次的飞跃，给人类带来一次又一次的惊喜。除了海底隧道和跨海大桥，其他一些跨海通道形式，如人工岛、海上机场等，也经历了一个从无到有、从少到多的发展过程。各种各样的跨海通道，将四大洋、五大洲越来越多的地区连在一起，世界从来没有像现在这样，让人感觉距离越来越近。人类千百年来的梦想得以实现，终于能够自由地跨越海峡，往来于全球的海洋与地域之间。

---

* 《世界跨海通道比较研究》（第二版），魏礼群、柳新华主编，戴桂英、宋长虹、刘良忠副主编，社会科学文献出版社 2005 年 10 月出版。

今天，我们放眼世界主要国家，凡是有海峡的地方，几乎都能看到跨海通道。特别是欧美等发达国家和地区，在这方面更是走在了世界的前列。在新的世纪里，世界经济、科技将发展到一个前所未有的高度，而跨海通道的发展也必将进入一个全新的时期。本书概括介绍了世界各地各种形式的跨海通道，回顾了其发展历史，讨论了其发展现状，并对未来的发展趋势作了展望。全书有两条主线，在时间上，以世界跨海通道的发展年代为线索；在空间上，以各大洲的主要国家为线索。两条线索，并行交错，贯穿于全书。读者可以跨越 150 年的时空，领略跨海通道的发展风采，感受跨海通道给人们带来的震撼。

为探索构筑山东蓬莱和辽宁旅顺跨海通道，在国务院领导的支持下，由原国家计委等有关部委和山东、辽宁等地一些理论和实际工作者组成了《渤海海峡跨海通道》课题研究组。这一课题自 1993 年 3 月提出，风风雨雨走过了十几年，赞成者有之，称之为我国二十世纪最伟大的倡议；反对者亦有之，斥之为天方夜谭。究竟国人对跨海通道了解多少，没人做过调查，但我们课题组发现，反对者确确实实大都是由于对跨海通道不了解而持否定态度的。因此，课题组组织力量，广泛收集资料，查询各大图书馆、走访高等学府、请教专家学者，几经反复、数易其稿，终成此书。期望本书的出版发行，使人们对跨海通道有所了解，从而支持国内跨海通道特别是渤海海峡跨海通道的研究。

课题组在两年前已经出版了《渤海海峡跨海通道研究》一书，这次出版《世界跨海通道比较研究》，既是对前者的补充，也是第二阶段课题研究的延伸。更重要的是，为更多的人了解世界跨海通道的历史、现状以及发展态势提供一份难得的读物，也为更多的有识之士投入渤海海峡及我国众多海峡建设跨海通道的研究提供系统的参考资料。本书出版之际，中国工程院一位院士在报章披露，在 20 年至 30 年内，我国将建设若干条跨海通道，这些宏伟工程可能是桥隧结合，其中海底隧道将是主要部分，阅后令人为之振奋。可以相信，随着我国经济实力的增长和海洋工程技术的进步，我国在今后一个时期内将在沿海地区兴建许多巨大的海洋工程。这些巨大海洋工程的修建，将成为我国 21 世纪前期海洋开发和经济腾飞的重要标志之一。

2006 年底，穿越渤海海峡的烟大铁路轮渡将竣工，我国辽东半岛和山东半岛两大半岛将与大陆南北铁路大动脉体系联网，从而大大拉近了我国沿海城市的距离。资深专家认为：正在施工的铁甲轮渡与未来的海峡隧道并不矛盾。世界各国的海峡跨越方式，大部分均是先有轮渡，再有隧道或桥梁。一旦渤海海峡铁路隧道建成，列车时速将提至 180 公里，从最远的北国之滨到达海南岛也只不过 20 几个小时，那该是怎样一幅情景？英国人、法国人梦想了一个多世纪，建成了英法海峡隧道；日本人梦想了 60 年，建成了津轻海峡隧道；中国人梦想它半个世纪，还不能建成渤海海峡跨海通道吗？

这是一个梦，一个衍生于海峡上壮阔的梦。梦会让幻想变成现实。本书的编写，一个目的是希望读者能够对世界跨海通道的进展情况有一个大致的了解，从这一点来讲，本书不算一部研究性的学术著作，而只是一部科普读物；另一个目的则是让国人看到世界跨海通道发展的大势，认清我们国家作为海洋大国的跨海优势，认识到我国建设渤海海峡跨海通道及其他跨海通道势在必行。如果有越来越多的国人从对跨海通道的了解认识和逐步深入而转向支持参与跨海通道的研究和建设，那么，就会使构筑跨海通道的梦想增加实现的支持基础。

本书由《渤海海峡跨海通道》课题组提出并组织，由鲁东大学"环渤海发展研究中心"承担具体编写任务。第一章、第五章由刘良忠撰写，第二章、第三章、第四章由侯鲜明撰写。张晓青、董相志、王爱平在编写过程中，提供了大量资料，参与了有关内容的写作。刘良忠、侯鲜明还作了大量细致的编写校对工作，戴桂英作了大量协调指导工作。最后由柳新华、宋长虹、戴桂英统纂，何益寿负责技术性问题的审核修改。

在编写中，有关人员查阅并参考了国内外的大量文献资料和网站，多数在书中已经注明，但限于篇幅不能一一详细列举。

在本书的编写过程中，得到了科技部有关领导，鲁东大学政法学院曲洪志，鲁东大学图书馆周敬治、张晓青和地理与资源管理学院李旭东、仲少云，山东省委党校王爱平，社会科学文献出版社年维佳等同志的大力支持。在此，谨致以真诚的敬意和谢忱！

大力推进国民经济和社会信息化

——《信息化：中国的出路与对策》*序言

（二〇〇五年八月）

信息化是当今世界发展的大趋势，也是我国加快实现工业化和现代化的必然选择。党中央和国务院高度重视我国信息化建设，明确把大力推进国民经济和社会信息化作为覆盖现代化建设全局的重大战略举措。我们要紧紧抓住信息化发展的机遇，坚持以信息化带动工业化，以工业化促进信息化，走新型工业化道路，推进经济结构调整和经济增长方式转变，推动经济社会全面协调可持续发展。

21世纪前20年，是我国可以大有作为的重要战略机遇期，是实现现代化建设第三步战略目标必经的承上启下的发展阶段，也是建成完善的社会主义市场经济体制的关键阶段。面对经济全球化的深入发展，以及世界科学技术的日新月异，特别是信息技术已经成为当代最先进、最活跃的生产力，我国有可能利用全球经济结构调整的有利因素，发挥后发优势，实现技术的跨越式发展。我国的工业化进程还没有完成，经济基础相对薄弱，体制环境还在不断完善，在此基础上发展信息化、实现跨越式发展，我们所做的一切都是开创性的。信息化为我们带来了难得的发展机遇。我们应当顺应世界经济科技发展的潮流，从我国国情出发，探索出一条有中国特色的信息化发展道路。

大力推进信息化，还有很多重大的理论和实践问题需要认真研究和解决。"十五"期间，国家有关部门专门组织制定了《信息化重点专项规划》，明确了我国信息化工作的目标、任务，社会各界对信息化的关注不断增强，近年来对这方面政策理论的研究工作也有了很大进展。但总的来说，我国信息化理论以及相关政策的研究做得还不够，需要更加深入地研究和探索。

---

* 《信息化：中国的出路与对策》，怀铁铮著，机械工业出版社2006年1月出版。

怀铁铮所著《信息化：中国的出路与对策》一书，在认真分析世界发展的大环境和中国基本国情的基础上，对中国特色信息化的发展道路、战略以及动力机制等进行了有益的探索。这项研究成果无论对深化信息化理论研究，还是对制定信息化政策，都具有重要的作用和意义。

从实际出发　增强区域竞争力

——《区域竞争力》*序言

（二〇〇五年九月）

21世纪头20年，全面建设惠及十几亿人口的更高水平的小康社会，这是我国实现现代化建设第三步战略目标必经的承上启下的发展阶段，也是完善社会主义市场经济体制和扩大开放的关键阶段。2003年，我国人均国内生产总值已超过1000美元，这是一个具有重要标志性的历史台阶。一些发展中国家的发展进程表明，人均国内生产总值1000美元到3000美元的发展阶段，是一个需要妥善处理诸多复杂矛盾的关键阶段。处理好这些矛盾，最根本的，一靠改革，二靠发展。

发展是我们党治国理政的第一要务。要坚持发展是硬道理，抓住一切有利时机促进发展。这里，不仅要解决为什么发展，而且要解决怎样才能实现更好的发展。总结历史经验，结合现实情况，至关重要的是必须把握以下几点：

第一，坚持以人为本、全面协调可持续的科学发展观。要着力转变经济增长方式，建设节约型社会，构建社会主义和谐社会。这就要落实"五个统筹"的要求，着眼全局，制定正确的发展战略和规划，统筹城乡、区域协调发展，统筹经济社会协调发展，实施科教兴国战略、可持续发展战略、城镇化战略等等，促进经济社会全面协调可持续发展。

第二，坚持走新型工业化道路。以改革开放和科技进步为动力，以信息化带动工业化，以工业化促进信息化，推进产业结构优化升级，走出一条科技含量高、经济效益好、资源消耗小、环境污染少、人力资源优势得到充分发挥的新型工业化路子。这是顺应世界科技经济发展大趋势的必然选择，是我国顺利实现工业化和现代化的必由之路。

---

* 《区域竞争力》，聂辰席著，经济管理出版社2005年12月出版。

第三，坚持把解决"三农"问题作为全部工作的重中之重。全面建设小康社会和基本实现现代化，重点在农村，难点也在农村。必须始终重视和抓好"三农"工作。近两年，由于中央采取了一系列有力措施，农业特别是粮食生产出现了重要转机，农民收入实现了恢复性增长，农村改革迈出了重大步伐。但是，农业依然是国民经济的薄弱环节，农民增收的基础仍很脆弱，也就是说，农业弱质、农民弱势、农村弱位的"三弱"状况并没有根本改观，制约农业和农村发展的深层次矛盾没有消除，农村改革和发展仍然处于艰难的爬坡和攻坚阶段。因此，要从长计议，标本兼治，整体推进，综合治理。

第四，及时全面地分析经济形势。分析国内外、省内外经济形势，分析经济发展的环境和机遇，分析经济增长波动的轨迹和幅度，分析突发事件对经济发展的影响，以增强预见性，准确把握经济运行中的矛盾和主要问题，把握社会主义市场经济的内在要求和运行特点，适时提出和实施有效的方针和政策措施，及时加强和改善宏观调控，消除经济运行中的不稳定、不健康因素，防止经济大起大落，保持经济平稳较快发展。

聂辰席所著的《区域竞争力》一书，抓住了如何实现更好发展的几个重要环节，并进行了较为深入的研究分析。从中可以看出，作者是一位长于理性思维的人，是一位善于从实际工作中进行系统理论钻研的人，也富有积极探索的精神和求真务实的态度，这是一种可贵的品格。也可以看出，作者是一位具有较深的理论素养和较丰富实践经验的学者型领导干部。

本书有以下三个特点：

第一，注重对实际问题的理论思考。江泽民同志在党的十五大报告中指出："要以我国改革开放和现代化建设的实际问题，以我们正在做的事情为中心，着眼于马克思主义理论的运用，着眼于对实际问题的理论思考，着眼于新的实践和发展。"该书是作者既着眼于经济工作实践，又注重从理论高度总结自己的研究成果和工作经验的精心之作。本书各篇中没有就理论谈理论，避免了诠注式概念化的论述；也不是单纯地就事论事或简单地罗列数据，而是从理论与实际结合上对经济建设和改革开放中的实际问题进行深入思考，并用于指导新的实践和发展。

第二，注重对经济情况进行数量分析。毛泽东同志说过："对情况和问题一定要注意到它们的数量方面，要有基本的数量分析。任何质量都表现为一定的数量，没有数量也就没有质量。"做经济工作必须懂得事物的数量方面和进行数量分析。该书各篇都在定性分析的基础上，运用大量的数据和图表进行定量分析。其中，对有些问题，如经济形势分析篇中的河北省与有关省（自治区）工业增长率及波动轨迹分析、波动幅度分析、经济发展横向比较分析，竞争力篇中的竞争力动态分析、竞争力比较分析、竞争力评价等等，都选定了科学的指标体系和运用了必要的数学计算方法。对有些不确定性较强和影响因素较多的定量分析，运用多目标决策理论建立数学模型，利用电子技术进行精确计算和定量评价，从而使研究的经济现象的内部关系和内外关系更加清晰，并使经济现象之间的因果、制约等相关关系更加准确，据此得出一些带有规律性的结论，对领导机关和有关部门的决策具有借鉴或参考价值。

第三，注重对问题的深度探讨。在社会主义市场经济条件下，各级党委、政府领导经济工作主要是把握方向、谋划全局、提出战略、制定政策、营造良好环境。这就要对经济工作中的问题做全面深入的研究，透过现象看清本质，发现问题、抓住实质、把握走势、谋划对策。该书对有些问题的研究，是朝着这方面努力的。例如，在"三农"问题篇中，作者抓住了农业农村经济结构战略性调整、农业产业化和农村城镇化三个重要环节，并以战略性结构调整为切入点，对推进农业产业化需要做好的基础性工作和优化农业产业化的运行机制进行了深入的探讨，并提出了把发展小城镇与发展乡镇企业和农业产业化结合起来的观点，论述了小城镇、乡镇企业、农业产业化三者互动发展的重要性，阐释了三者互动发展对解决"三农"问题的效应，研究颇有深度。

总之，本书是一部对经济工作实践的认真总结，也是对经济理论问题的深入思考。理论的价值和生命，在于理论本身源于实践并指导实践和解决实际问题。这是一个重要的原则，也是理论界和实际工作者学习和研究理论必须遵循的一个原则。一切正确的理论都来源于实践，而实践又必须接受正确理论的指导。无论在革命年代还是在现代化建设中，我们党总是教育干部既要有丰富的实践经验，又要有深厚的马克思主义理论和专业知识，要用马克思主义理论武装自己，并用于指导革命和建设的实践。该书的作者在实践中学习，对经济工作实践中的问题进行理论思考和升华，这种追求、努力和取得的成果是值得称道的。

应作者之邀，写了以上感言。是为序。

练好调查研究基本功

——《新时期调查研究工作全书》*序言

（二〇〇五年十二月）

调查研究是认识世界和改造世界的重要途径和手段，是发现问题、认识问题和解决问题的基本工作方法；同时，调查研究也是极为丰富的专门学问。对于我们广大党员和干部来说，调查研究更是联系群众、了解群众、团结群众、依靠群众的一门必修课，是谋事之基、成事之道。

重视调查研究，是我们党长期保持并不断发扬光大的优良传统和作风，是共产党人在工作方法和工作作风上的独特优点，也是共产党员先进性的重要体现。这是由中国共产党的性质所决定的。党的十六大通过的部分修改后的《中国共产党章程》开宗明义指出："中国共产党是中国工人阶级的先锋队，同时是中国人民和中华民族的先锋队，是中国特色社会主义事业的领导核心，代表中国先进生产力的发展要求，代表中国先进文化的前进方向，代表中国最广大人民的根本利益。"这一性质决定了中国共产党是一个植根于广大人民群众的政党，是一个站在时代前列、致力于推进社会实践和社会发展的政党，因而也必然是一个以调查研究为基本工作方法和重要手段的政党。

重视调查研究，也是我们党的理论基础和指导思想所决定的。"中国共产党以马克思列宁主义、毛泽东思想、邓小平理论和'三个代表'重要思想作为自己的行动指南。"辩证唯物主义和历史唯物主义是共产党人的科学世界观、方法论。坚持解放思想、实事求是的思想路线，弘扬与时俱进的精神，也要求以搞好调查研究为基础，一切从实际出发。

党中央领导历来身体力行，在调查研究的理论和实践方面，为全党树立

---

* 《新时期调查研究工作全书》，魏礼群、郑新立主编，陈炎兵执行主编，人民出版社 2006 年
　1 月出版。

了光辉的典范。在新民主主义革命时期，毛泽东同志曾进行过大量的实地调查，写出了影响深远的《中国社会各阶级的分析》、《湖南农民运动考察报告》以及《寻乌调查》、《兴国调查》等一系列重要调查报告。他在《反对本本主义》的文章中，提出了"没有调查，就没有发言权"和"不做正确的调查研究，同样没有发言权"的著名论断。他还说："我的经验历来如此，凡是忧愁没有办法的时候，就去调查研究，一经调查研究，办法就出来了，问题就解决了。"他甚至形象地说："调查研究就像'十月怀胎'，解决问题就像'一朝分娩'。调查就是解决问题。"新中国成立后，毛泽东同志仍经常亲自进行调查研究。1956 年，他和中央其他领导同志一起，用了一个半月的时间，听了国务院 34 个部委的汇报，认真听取实际情况，深入分析有关问题，在调查研究基础上发表了《论十大关系》的光辉著作。1961 年，毛泽东同志亲自组织人员，分别到浙江、湖南、广东进行调查，根据调查了解的实际情况制定了具有重要指导意义的农业六十条、工业七十条和其他一些重要条例。邓小平、江泽民等同志也都十分重视调查研究工作。邓小平同志指出，离开了调查研究，任何天才的领导者也不可能进行正确领导。江泽民同志强调："坚持做好调查研究这篇文章，是我们的谋事之基，成事之道。"陈云同志曾指出："难在弄清情况，不在决定政策"；"领导机关制定政策，要用百分之九十以上的时间作调查研究工作，最后讨论作决定用不到百分之十的时间就够了。"以胡锦涛同志为总书记的中央领导集体也高度重视调查研究工作，强调加强调查研究，着力提高工作本领和水平。党中央、国务院领导同志每年都抽出大量时间深入基层和群众，召开各种各样的座谈会，亲自组织对一些重大问题的调查研究。我们党以调查研究活动为基础作出的重大决策，对我国的革命、建设、改革事业产生了重大的推动作用。

在我国历史上，对调查研究留下了无数名言佳句。比如，孔子的"每事问"；《吕氏春秋》中关于不能人云亦云、黑白不分的"察传"思想；王安石"农夫女工无所不问"的观点；王夫之"察之精而尽其变"的论述等。还有，"兼听则明，偏听则暗"；"知彼知己，百战不殆"；集众思，广众益；遇事虚怀观一是，与人和气察群言；等等。伟大的民主革命先行者孙中山则认为，只有调查研究才能"顺应世界之潮流，合乎人群之需要"。所有这些，都从不同侧面强调了调查研究的必要性和重要性。

调查研究的理论和实践都十分丰富，它既是基本的工作方法和手段，更是一门科学性和实践性都很强的学科体系，是我们以马克思主义的理论和方法为指导去发现问题、认识问题、分析问题和解决问题的专门学问。调查研究就其内容和方法来看，涉及的学科领域十分广泛，包括哲学、政治学、经济学、社会学、统计学、数学、计算机科学、心理学等等。因此，从某种意义上来说，调查研究是一门极为丰富的交叉性学科。我们不能仅仅满足于对调查研究重要性和一般方法的基本了解，而应当把调查研究当成一门必修课和一项基本功。大体说来，练好调查研究基本功，必须把握以下几点：

一是坚持以正确的思想理论作指导。源于实践是马克思主义理论的重要特征之一，而调查研究又是社会实践的重要方法和手段。因此，要练好调查研究基本功，首先必须熟悉马克思主义基本理论。要系统地学习和掌握马克思主义基本理论，善于运用马克思主义的立场、观点、方法去发现问题、认识问题、分析问题和解决问题。任何机关作决定、发指示，都要靠真理，要靠有用。而做到这一点，从根本上说，必须以正确的思想理论为指导搞好调查研究工作。

二是坚持实事求是的科学精神。调查研究的根本目的是为了认识和解决问题，也就是为了使我们的主观认识符合客观世界。因此，我们做调查研究，就一定要坚持尊重客观存在的事实，用心去探求事物的特征、本质和规律，坚持实践是检验真理的唯一标准，坚持"不唯上，不唯书，只唯实"。只有这样，得出的结论和解决问题的办法，才能与客观事物和事物发展的规律相吻合。

三是坚持切实走群众路线。这是做好调查研究工作的根本要求。人民群众是创造历史的真正英雄，人民群众既是我们调查研究工作的对象，更是我们调查研究服务的主体，我们的一切调查研究工作，都是围绕着人民群众的切身利益来展开的，离开了人民群众，任何调查研究都会成为无源之水、无本之木。

四是坚持做系统和深入的调查研究。任何事物都不是孤立静止的，而是相互联系的，有些问题往往涉及经济社会生活的方方面面。粗略的调查研究可能发现问题，但是难以真正解决问题。要解决问题，需要做系统的周密的调查工作和深入的研究工作。因此，做好调查研究工作，必须学会分析和综合，才能去粗取精、去伪存真、由此及彼、由表及里。

五是坚持与时俱进和运用先进手段。也就是与时代同行，真切把握客观事物发展变化，要用广阔的视野和发展的眼光认识事物变化。世界在不断发展，现代科技日新月异，我们既要发扬传统的调查研究方法的长处和优势，也要及时吸收先进的调研方法和手段，要把传统的调研方法、手段与现代先进的调研方法和手段结合起来，使之收到更好的调研效果。

当前，我国经济社会发展已站在新的历史起点上。面对全面建设小康社会和现代化建设的新形势新任务，调查研究工作更加重要。我国是在更加开放和更加复杂的国际环境中推进现代化建设的，可以利用的机遇在增加，制约我国发展的外部因素也在增多。从国内看，随着改革开放不断深入，经济市场化程度不断提高，社会经济结构发生着广泛而深刻的变化，经济成分、组织形式、就业途径、利益关系和分配方式等日益多样化、复杂化，经济社会发展的各种矛盾相互交织，各种思想文化相互激荡，新事物、新情况层出不穷。与过去相比，目前影响决策的因素增多了，决策的时效性增强了，决策的风险性增大了，决策所需的信息量也增加了。这些都对调查研究工作提出了新的更高的要求；同时，也赋予了政策研究和咨询机构更为重要的使命。

由中国政策科学研究会组织有关专家和学者共同编写的这本《新时期调查研究工作全书》，内容丰富，脉络清晰，条理清楚，系统性强，既有理论，又很务实，还收集了一些典型范例，具有一定的参考价值，是一部不可多得的调查研究工具书。相信这本书的出版，对于我国广大干部和研究人员做好调查研究工作，写好调查研究报告，一定会有所帮助和裨益。

祝愿广大干部和科研工作者重视练好调查研究这门基本功，在调查研究工作中取得更大的实效和成绩。

打造自主品牌　实施商标战略

——《商标战略与西部区域经济发展》*序言

（二〇〇五年十二月）

　　党的十六大和十六届三中、四中、五中全会都强调，要推动区域经济协调发展。当前，党中央、国务院要求把西部大开发工作不断引向深入。落实科学发展观，转变发展观念，创新发展模式，提高发展质量，把经济社会发展切实转入全面协调可持续发展的轨道，推动在我国占有重要位置的西部地区经济以较快速度持续健康发展。这是我们全面建设小康社会和构建和谐社会的重要任务。

　　统筹区域协调发展和推进西部大开发，涉及许多方面。近些年，我们注意到，不少地方通过实施商标战略，有效地助推了区域经济的发展，为振兴经济社会事业插上了腾飞的翅膀，为协调区域经济发展进行了有益的实践。

　　国家工商总局贺永强同志2004年下半年开始受中组部、团中央的联合委派，到内蒙古自治区兴安盟行署挂职锻炼。他结合自己的所学所长，利用来自于工商系统这一特点，在地方锻炼实践中潜心就商标战略与西部区域经济发展的关系进行了调研，理论联系实际地阐述了商标战略的产生背景、作用和实施方法，对西部贫苦地区商标战略的基本情况和长期以来形成的症结进行了深入剖析，并就如何借助商标战略推动西部经济发展提出了具体的思路和措施。他带着对西部地区的一片深情，带着改变革命老区贫困面貌的强烈愿望，带着对边疆人民的无限热爱，进行了数月的调查思考、历时一年的写作。现在呈现在我们面前的《商标战略与西部区域经济发展》一书，是一份沉甸甸的收获。这令我们十分高兴。

　　商标是指文字、图形、字母、数字、三维标志和颜色组合，以及上述要

---

* 《商标战略与西部区域经济发展》，贺永强著，中国经济出版社2006年1月出版。

素组合的生产者、经营者用于把自己的商品或者服务与他人的商品或者服务区别开的标志。它既是经营者生产产品或提供服务的质量象征，又是经营者独特个性、文化品位、商业信誉等因素的综合载体，成为经营者创造财富的无形资产。

为什么要制订和实施商标战略呢？

当今世界，商标战略既是宏观层面上的国家发展战略，也是微观层面上的企业发展战略。商标战略作为品牌建设的关键要素，世界各国特别是发达国家正在日益强化其在品牌建设中的核心地位。在我国，打造自主品牌，提高国际竞争力，增强经济可持续发展的后劲，坚定不移地实施商标战略刻不容缓。

如何实施商标战略？

首先，应当组织相关部门对区域的经济结构、产业分布以及行业特点等诸多基本情况进行全面系统地分析，从资源、人才以及行业潜力等方面进行综合评估，结合政府的产业政策导向，制定出长远的规划和具有可操作性的实施方案。重点抓好产业政策引导，在调整优化产业政策过程中，提高产业商标的经营水平；抓好环境建设，不断优化实施商标战略的社会环境，规范商标战略实施的市场秩序，创造一个有利于商标战略顺利实施的外部环境；下大力气打造一批知名和信用程度高、深受消费者和市场接受的公共品牌，强化区域品牌的建设。

同时，要积极探索区域品牌的创建。香港的金利来服饰、内蒙古的蒙牛奶业和海神阿尔山温泉、湖南的金健米业和浏阳河酒业、湖北的十通汽车、广东的真善美电工、吉林的九鑫满婷化妆品，经过多年的发展，已经形成了具有较高知名度的区域品牌，创建了具有较高知名度的商标。但如何将这些具有较高知名度的区域品牌作为一种重要的公共品牌资源来进行整合，逐步实现市场化经营，则是我们应该思考和探索的一个战略性问题。商标不仅仅是区别商品来源的标志，它还可以作为整合地区资源、调整产业结构的重要手段。

特别要加强地方立法，这是加大对知识产权的保护力度，加大对商标和名牌的保护力度，优化名牌企业的生存和发展环境，为区域经济发展提供良好的法律保障的重要措施。《商标法》施行以来，我国商标保护工作步入了大发展的新时期，商标保护工作步入更公正、更合理、更充分、更有效的新阶段，对于保护商标专用权、维护市场经济秩序、促进经济发展，具有重大和深远的影响。但从近年来工商行政管理部门保护商标专用权、查处商标侵权、假冒的情况来看，遭受侵权、假冒等不法侵害的大都是一些知名度高、竞争力强的著名商标，并且侵害的形式多种多样，不断变化，有些已超出了《商标法》和现有法律、法规的保护范围。因此，地方立法可以制定对著名商标和名牌企业的相应保护措施，以弥补国家法律法规建设滞后对处理冲突所带来的问题，切实加大对名牌企业的保护。

区域经济的发展，许多地方已具有相当规模，应逐步向提高质量过渡。商标承载着一家企业的综合素质和形象，必须有坚实的技术和经济基础以及丰富的企业文化底蕴来支撑。商品和技术可以随着市场的变化而不断地被改进或被淘汰，但商标却可以一直活跃在市场上。商品借助商标进入市场，随着商标的经营，使它具有了更多的内涵和持久的生命力。建立以商标为导向的经营模式，可以使得企业持续地生存和壮大，可以真正实现可持续发展的目标。实施商标战略已经到了关键时刻，要努力创造条件，提升区域商标的核心竞争力。这对于在国际上树立我国保护知识产权的良好形象、优化外商投资环境、推进改革开放事业、加快现代化建设，也具有深远意义。

作为一种重要的知识产权，商标对于促进贸易、引导消费、鼓励创新、发展生产力具有重要意义。如何充分、有效地利用商标促进我国尤其是西部地区和广大农村经济社会更快更好地发展，是摆在我们面前的一个重要课题。为此，国家工商总局和世界知识产权组织于 2005 年 11 月 8 日起连续 3天在北京联合召开了"战略性利用商标促进经济暨农村发展国际研讨会"。国家工商总局局长王众孚指出：中国亟须加大知识产权保护力度，尽快形成一批知名品牌。他说，我国的商标注册申请量已连年位居世界前列，我国对商标专用权的有效保护，维护了公平竞争的市场秩序，为企业参与公平竞争提供了法律保障，极大地激发了企业利用商标参与市场竞争的积极性，我国企业的商标使用率得到了空前的提高。同时，外国在中国商标注册申请量和注册量不断增加，充分反映了外国企业对中国商标保护工作的信心。2005年 12 月 9 日至 12 日在深圳举行的首届"中国商标节"是迄今为止中国商标界举办的规模最大的一次国际盛会，体现了我国政府及全国各级工商行政管理机关打击商标侵权违法行为的坚定信心，为参展单位进行经验交流、信息沟通、品牌推广与合作发展搭建最佳平台，取得了很好的反响。我们期盼中国企业创造出更多的世界级品牌和商标。

我国商标战略实施工作应该积极向西部地区延伸，大力发展品牌经济，推动西部区域经济加快发展，在不增加或少增加资金投入的情况下，提高西部产品进入市场的组织化程度。像中国这样的大国，充分利用商标来推动品牌产品和西部地区经济的发展，应当说是一个新的重大战略，这其中蕴藏着巨大的潜力，将是西部地区经济跃升的关键因素。

不久前，贺永强同志从他挂职的西部地区回到北京，他非常兴奋地向我讲起一年来的经历，言谈中传递着对西部地区的炙热深情。他说，兴安盟是革命老区，当年在中国共产党领导下，草原人民谱写出民族解放的辉煌篇章；这里也是成吉思汗的故乡，蒙、元文化源远流长；这里旅游资源优势和区位优势凸显，是大有希望的一块创业热土。近些年特别是近 3 年来，兴安盟委和行署带领各族人民，加快了工业化、城镇化和农牧业产业化的进程，确立了"工业立盟、农业稳盟、旅游兴盟"的正确的经济发展思路，实施了包括商标战略在内的一系列经济发展战略，使经济得以快速发展。他对西部的明天充满憧憬，对西部经济社会大发展局面的到来充满信心。我曾经在内蒙古呼伦贝尔市林区生活工作过 10 年，对那一片土地和那一段青春岁月印象深刻而且十分亲切。贺永强同志的西部地区之行和对今日西部地区的感情，也勾起我对过去那段时光和生活的思念。

贺永强同志曾多年在中央电视台工作，报道党和国家的重大时政新闻。后来到国家工商总局工作，认真钻研工商知识，很快熟悉业务。到西部地区挂职以后，他倾注了热爱与激情，进行了大量调查研究，积极推动商标战略的实施，真心实意帮助老区发展，全神贯注推动百姓脱贫致富，其精神十分可嘉。他的这本书，顺应西部大开发的要求，紧扣时代的主题，密切联系实际，有着很强的针对性。我相信，这本书的问世，将在西部地区实施商标战略的进程中发挥积极的作用，从而为西部地区的经济振兴和社会和谐发展作出贡献。

探索中国国有企业管理变革之路

——"中华财务·博略现代管理文库"丛书*总序言

(二〇〇六年二月)

　　中华财务会计咨询有限公司完成的"中华财务·博略现代管理文库"丛书译著，以及相关的计划，是他们根据自己为国有企业提高管理咨询服务的工作实践，根据自己学习国际企业先进管理知识和方法的体会，做出的对现代企业管理理论和实践具有启迪作用的一件事。

　　在邓小平理论和"三个代表"重要思想的指导下，在中国共产党的坚强领导下，我们已经走过了 20 多年改革开放的风雨历程。我们确立了建立社会主义市场经济体制的改革目标，确立了全面协调可持续发展的现代化建设战略。在这一过程中，中国国有企业的成长在很大程度上起着决定性作用。这里所说的成长，不仅是通常意义上的经济规模、技术水平以及市场竞争能力，更重要的还在于我们的国有企业能够建立起有持续创造力的管理变革能力。

　　随着中国市场化改革进程的深入，以及加入WTO后国际化竞争环境的变化，中国国有企业面临着越来越复杂的局面和越来越巨大的挑战。理论界在讨论国有企业成长过程中所面临的难点时，比较集中于所有者缺位、产权关系不明晰、政府职能转变不到位、市场体系不完善，以及国有企业由计划经济转型背负着沉重的社会包袱等问题。这些确实是我们在深化改革过程中需要很好解决的问题。但是，我们应认真思考这样的问题，即都是出于同样的经济体制和经济环境，为什么有些国有企业能够在改革开放的大潮中成为成功者，在国民经济发展过程中起到了重要作用；而有些国有企业在市场经济环境中则由盛转衰、举步维艰？我认为，根本原因在于国有企业能否在改革

---

* "中华财务·博略现代管理文库"丛书由中华财务会计咨询有限公司译著，中国计划出版社 2006 年 12 月出版，丛书包括：《董事长手册》、《全球顶尖公司领导力实践》、《CIO 生存手册》、《人力资源管理的未来》、《基于绩效的财务报告和管理体系》。

开放的进程中建立起有持续创造力的管理变革能力。

发展社会主义市场经济的核心问题之一，是解决资源有效配置的问题。在微观经济层面，作为社会生产力基本单元的企业，需要以形成核心竞争优势为目标，通过有效的管理来合理配置资源。随着企业规模、技术水平、竞争环境的变化，国有企业的管理变革对于核心竞争优势的形成正发挥着越来越重要的作用。

为了适应发展社会主义市场经济和发展开放型经济的需要，政府必须转变职能。在这方面我们已经作出了巨大的努力，取得了明显的进展。中国通过艰苦谈判加入了WTO，这在很大程度上说明了国际社会对中国社会主义市场经济的认可。在新的形势下，需要国有企业的管理者具有不同寻常的智慧、不同寻常的思维、不同寻常的勇气、不同寻常的毅力，以自己的管理实践探索中国国有企业壮大的成功之路。

在经济全球化、信息全球化的时代，企业管理已成为一门系统、严谨的科学。随着对外开放的扩大，众多跨国公司投资中国，不仅给我们带来了先进的技术，也给我们带来了先进的管理理念和方法。一些知名的国际管理咨询公司进入中国，以咨询商身份向中国企业提供具有国际水准的管理咨询服务，使中国企业家学习和借鉴了国际成功企业的管理策略和方法。然而，企业管理不同于单纯的科学技术，它在各个层面深刻地体现着企业所面临的社会政治经济背景。我们需要在学习借鉴国际先进管理理论和方法的基础上，探索中国企业尤其是国有企业实现管理变革的成功之路。

随着改革开放不断深化，中国企业在管理变革方面的动力越来越大，他们在积极寻求专业管理咨询机构的支持和帮助，中国咨询业规模的快速成长就是一个很好的佐证。据我所知，中华财务会计咨询有限公司是中国本土咨询机构中比较活跃的成员之一，在为若干国有特大型企业提供管理咨询服务方面树立了良好的口碑。我希望他们将协助国有企业实现管理变革作为公司的长期战略业务，在这一过程中不断实现自己的管理创新，成为优秀的学习型组织，追踪学习国际先进的企业管理理论和方法，结合中国国情和改革开放进程，为国有企业提供具有国际专业水准的管理咨询服务。在学习和咨询服务过程中，认真进行知识和经验的积累，为更多的国有企业提供可共享、可借鉴的管理变革实践。他们翻译出版最新国际企业管理知识和方法，以及积极整理总结国有企业实现管理变革的成功实践案例，确实是很有意义的一项工作。

坚持走科学发展之路
实现"十一五"良好开局

——《十届全国人大四次会议〈政府工作报告〉辅导读本》*代序言

（二〇〇六年三月）

今年，是我国发展史上承前启后、继往开来的重要一年。刚刚闭幕的十届全国人大四次会议，审议通过了温家宝总理所作的《政府工作报告》（以下简称《报告》），审查和批准了《国民经济和社会发展第十一个五年规划纲要（草案）》（以下简称《纲要（草案）》）。这两个重要文件，站在新的起点、面向新的征程、提出新的要求、作出新的部署，顺时势、合民意、聚人心，是把我国改革开放和现代化建设推向前进的行动纲领。我们一定要认真领会精神，全面贯彻落实。这里，主要就如何领会和把握《报告》的主要特点和基本精神，谈一些认识和体会。

与时俱进，别开生面

今年的《报告》，是适应新形势新任务的产物，是解放思想、与时俱进的结晶，通篇贯穿着改革创新精神，从内容到形式都富有创意，令人耳目一新。概括地说，《报告》有以下四个鲜明特点：

第一，以报告年度工作为主，兼顾五年规划纲要说明。改革开放以来，我国已制定并实施了五个五年计划。从"七五"计划时期开始，每个五年计划时期的第一年，在全国人大会议上审查和批准五年计划时，国务院总理报告政府工作大都主要讲五年计划，即回顾总结前五年工作和成就，阐述以后

---

* 《十届全国人大四次会议〈政府工作报告〉辅导读本》，国务院研究室编写组编，人民出版社、中国言实出版社 2006 年 3 月出版。

五年的任务和措施，简略讲年度工作部署，有的报告甚至是全部讲五年计划内容。今年《报告》的突出特点，是改变以往一贯做法，开创新的报告方式，将年度工作与五年规划纲要合并报告，既总结去年工作、部署今年任务，又回顾过去五年工作、阐述今后五年任务，以年度工作为主，对《纲要（草案）》作简要说明。这种谋篇布局，别开生面。

这样做，主要考虑了以下几点：一是我国经济体制发生了很大变化，社会主义市场经济体制已初步建立。现在的五年规划与过去的五年计划，在性质和内容上都有很大的不同。"十一五"规划反映了社会主义市场经济发展和改革开放新形势的要求，突出宏观性、战略性、政策性，规划中的指标大多是预期性、导向性的，虽然有不少方面明确了政府工作的重点和责任，但不少规划目标和任务需要在年度工作中根据形势变化作出相应调整。因此，《报告》的方式和内容也应当有所改变。二是《报告》侧重总结去年工作和部署今年工作，并阐述五年规划纲要，做到既有长远期，又有近期实际行动，兼顾了当前和长远。三是人民群众关心长远发展，更关心解决当前的问题，对年度工作讲得具体和明确一些，能够更有针对性地回答和解决人民群众关注的热点、难点问题，使《报告》更加贴近群众、贴近实际，也便于人民群众和社会各界对政府工作的监督。四是《纲要（草案）》是以党的十六届五中全会通过的《建议》为依据的，是《建议》的具体化和展开。温家宝总理受中央政治局的委托，已在党的十六届五中全会上对《建议》作过系统和清晰的《说明》，这个《说明》已公开发表，在这次全国人大会议上对《纲要（草案）》作扼要的说明，可以避免与《建议》说明重复。五是"十一五"规划纲要草案是国务院根据中央《建议》编制的，《报告》中单独列为一大部分作出说明，体现了政府重视五年规划，也便于人大会议期间充分发扬民主，提高审查质量。总之，今年政府工作报告的方式充分体现了政府改革创新、与时俱进的风貌，也充分反映了对人民负责、求真务实的科学精神。

第二，通篇贯穿落实科学发展观和构建和谐社会的要求。这是《报告》内容的鲜明特点。科学发展观是指导发展的世界观和方法论的集中体现，是实现全面建设小康社会乃至整个现代化建设目标的根本指针。构建社会主义和谐社会是全面建设小康社会的重要内容和目标。坚持以科学发展观统领经济社会发展全局，推进社会主义和谐社会建设，是妥善解决当前发展进程中突出矛盾和问题的迫切需要，是使我国实现又好又快发展的根本保障。《报告》无论是回顾总结去年的工作和成就，部署今年的任务和措施，还是作五年规划纲要草案的说明，都着眼于以人为本、搞好"五个统筹"，强调注重社会事业发展、注重社会公平与维护社会和谐稳定，切实把经济社会发展纳入全面协调可持续发展的轨道。

第三，着力解决涉及经济社会发展全局的重大问题和人民群众关注的热点问题。 突出重点，带动全局，这是科学的领导方法。《报告》无论是总结工作还是部署工作，都充分地体现了这一点。注重从当前实际情况出发，坚持搞好宏观调控，解决固定资产投资、房地产开发、对外贸易等方面存在的问题，积极推进经济结构调整和增长方式转变，加强"三农"工作，建设资源节约型社会和保护环境，推动区域协调发展，加快科技创新和教育发展，这些都是经济社会发展中的重大问题，《报告》在总结2005年和过去五年工作、部署今年和以后五年任务中，都把这些问题放在重要位置。《报告》通篇贯穿以人为本，把解决涉及人民群众切身利益问题放在突出位置，把抓紧解决广大群众最关心、最直接、最现实的利益问题作为工作重点。特别是大力推进改革开放，强调以改革开放为动力推动各项工作，彰显出通过改革开放全面落实科学发展观和解决民生问题的坚定决心和信心。

第四，文风朴实无华，语言简洁明快。 在两万余字的《报告》中，既阐明了2005年和今年工作，又说明了五年规划纲要。内容丰富，主线清晰，秉要执本，详略得当。总结工作，全面客观，实事求是；部署任务，目标明确，措施有力。无论是分析问题，还是阐明观点，都简明扼要，很少有空泛议论，字字落地有声。文风的改进，反映了政府职能和政风的进一步转变。

总结工作，实事求是

2005年是"十五"时期的最后一年，各级政府和全国各族人民在党中央领导下，认真落实科学发展观，团结进取，开拓创新，我国社会主义现代化事业取得显著成就。《报告》开门见山，高度概括了一年来的重大成就：经济平稳较快发展；改革开放迈出重大步伐；社会事业取得新进步；人民生活进一步改善。一组组耀眼的数字和事实，向人们展示，过去的一年我国在全面建设小康社会道路上迈出了新的坚实步伐。

《报告》系统地总结了2005年主要工作。概括起来说，国务院去年工作思路和布局，就是以科学发展观统领经济社会发展全局，突出"四个注重"。

第一，注重及时解决经济运行中的突出问题。这是去年宏观调控的一个重要特点。针对固定资产投资反弹压力较大、房地产领域矛盾突出、粮食价格波动、高耗能高污染和资源性产品出口增加、人民币升值压力增大等问题，采取适时适度调控措施。包括：继续按照区别对待、有保有压的原则，综合运用财税、货币、土地等政策手段，控制固定资产投资过快增长，遏制房地产投资过快增长和房价过快上涨的势头；同时，进一步增加农业、能源、交通、社会事业等薄弱环节的投入。加大对粮食生产的政策支持，加强粮食市场调控，保持粮价基本稳定。加强经济运行调节，继续缓解煤电油运紧张状况。通过及时解决经济运行中的突出问题，保障了全年经济的平稳较快增长。

第二，注重推进经济结构调整和增长方式转变。继续把"三农"工作作为重中之重。各项支持农业的政策和工作措施出台早、力度大。加快减免农业税步伐，在全国取消牧业税，增加对种粮农民的补贴和对产粮大县及财政困难县的转移支付，促进农业结构调整，从而使农业综合生产能力得到加强，粮食稳定增产、农民持续增收。在产业结构调整方面，制定和实施了能源、重要原材料和装备制造业等行业发展规划和产业政策，引导支持重点行业健康发展，淘汰一批高耗能、高污染和不符合安全生产条件的落后生产能力。突出抓了能源资源节约和环境保护，提出建设资源节约型社会、发展循环经济的任务和政策措施，启动一批节能、节水和资源综合利用等重大项目；继续实施重点生态建设工程，深入开展环保专项治理。以上这些表明，转变经济增长方式迈出了新步子。

第三，注重深化体制改革和推进对外开放。着力于改革攻坚和体制创新，适时推出了一些酝酿多年和难度很大的改革，并取得突破性进展。农村税费改革进入新阶段，全国免征农业税的省（区、市）由上年的 8 个扩大到 28 个；以乡镇机构、农村义务教育和县乡财政管理体制改革为主要内容的农村综合改革试点已在 29 个省（区、市）展开。国有企业改革迈出新步伐，大型国有企业股份制改革加快，目前全国 50% 以上的国有及国有控股大型骨干企业已成为多元持股公司制企业。邮政、铁路、交通、烟草等垄断性行业改革有了新突破，有的制订了改革方案，有的已取得重要进展。非公有制经济发展的体制和政策环境进一步改善。金融改革力度加大，国有商业银行股份制改革和农村信用社改革取得重要进展；在取得试点经验的基础上，上市公司股权分置改革逐步推开，到2005年年底已有421家企业完成改革或进入改革程序；国内外广为关注的完善人民币汇率形成机制改革顺利实施，经济、金融平稳运行。财税、投资、价格改革继续推进。可以说，2005年作为"改革年"，改革攻坚力度加大，改革步子加快，改革成效显著。在对外开放方面，积极应对新情况新问题，调整出口退税、关税和加工贸易等政策，严格控制钢铁等高耗能、高污染和资源性产品出口。妥善处理与欧美的贸易摩擦。同时，稳步推进服务业对外开放，利用外资保持较大规模。对外开放水平不断提高。

第四，注重加强和谐社会建设。 加大政策支持、财政投入和工作力度，推进各项社会事业加快发展。在科技方面，《国家中长期科学和技术发展规划纲要》制定完成并于今年初颁布实施；加强国家创新体系、基础研究和基础设施建设，实施了一批重大科技专项。在教育方面，重点加强义务教育特别是农村义务教育，对重点贫困县的贫困家庭学生实行"两免一补"政策，继续实施西部地区"两基"攻坚计划。在卫生方面，重点加强公共卫生体系建设和农村卫生工作，覆盖省市县三级的疾病预防控制体系基本建成，突发公共卫生事件医疗救治体系建设进展顺利，新型农村合作医疗制度试点不断扩大。坚持把扩大就业放在突出位置，统筹做好城镇新增劳动力、高校毕业生、复员退伍军人等就业工作。不断完善社会保障体系，扩大社会保险覆盖面，救灾和扶贫工作力度加大。加强民主法治建设，维护社会稳定。社会主义和谐社会建设有了新进展。

2005年的工作，是党中央、国务院统揽全局、审时度势作出的决策和部署。实践证明，中央确定的各项任务和方针政策是完全正确的，所采取的措施是及时、有效的。这些正确决策和取得的成效，彰显出中央对经济社会发展规律认识的深化和驾驭社会主义市场经济能力的提高。完全可以相信，只要我们坚定不移地执行中央的决策和部署，统一思想，齐心协力，扎实做好工作，就一定能够把我国现代化事业不断推向前进。

《报告》不仅实事求是地总结了2005年的工作成绩，还深刻指出了存在的问题。强调经济社会生活中一些深层次的矛盾尚未根本解决，又出现了一些不容忽视的新问题。主要是：粮食增产和农民增收难度加大；固定资产投资增幅仍然偏高；部分行业过度投资、产能过剩的不良后果开始显现；涉及群众切身利益的不少问题还没有得到很好解决；安全生产形势严峻。指出这些问题是完全必要的，说明中央对经济社会发展形势的分析是清醒的、全面的，符合实际情况。从政府工作和自身建设看，还存在不少缺点和不足。主要是：政府职能转变滞后，一些工作落实不够，办事效率不高，形式主义、做表面文章的现象还比较突出，一些政府工作人员弄虚作假、奢侈浪费，甚至贪污腐败。严肃地指出这些问题，说明政府正视而不回避矛盾，有信心、有决心、有能力解决前进中的问题；这也说明，政府对人民高度负责，励精图治，不懈进取，奋发有为。

部署任务，重点突出

今年是实施"十一五"规划的第一年，做好政府工作具有十分重要的意义。根据中央对今年全党全国工作的总体部署，《报告》明确提出了今年政府工作的基本思路和基本原则。概括起来，就是"一个全面落实"、"三个坚持"、"四个原则"。即：以邓小平理论和"三个代表"重要思想为指导，认真贯彻党的十六大和十六届三中、四中、五中全会精神，全面落实科学发展观。坚持加快改革开放和自主创新，坚持推进经济结构调整和增长方式转变，坚持把解决涉及人民群众切身利益的问题放在突出位置，全面加强社会主义经济建设、政治建设、文化建设与和谐社会建设，为"十一五"开好局、起好步。稳定政策，适度微调；把握大局，抓好重点；统筹兼顾，关注民生；立足当前，着眼长远。这些基本思路和原则是通观全局提出的，归结到一点，就是坚持以科学发展观统领经济社会发展全局，坚定不移地走科学发展之路。对此，我们要全面认识，深刻领会。

做好今年政府工作既十分重要，又相当艰巨。这是因为，第一，今年是"十一五"开局之年，是承前启后的关键一年。五年看三年，三年看头年。做好政府工作，不仅可以巩固"十五"时期经济社会发展的成果，而且可以为明后年乃至今后五年改革发展打好基础。第二，今年面临不少"两难"的棘手问题。例如，既要保持经济平稳较快增长，又要推进经济结构调整和增长方式转变，缓解资源、环境压力；既要调整和消化部分行业过剩产能，又要保持固定资产投资适度增长；既要加快转变外贸增长方式，又要继续发展对外贸易。这些方面都需要权衡利弊，正确把握，妥善处理。第三，今年国际上还有一些影响经济发展的不确定因素，包括国际油价仍在高位波动，走势难料；贸易保护主义抬头，针对我国的贸易摩擦可能增加；人民币升值压力比较大。因此，我们要深刻认识面临形势的复杂性，充分考虑可能遇到的困难和问题，未雨绸缪；同时，要坚定信心，知难而进，充分利用各种有利条件，积极应对各种挑战。

《报告》对今年政府工作进行了全面部署，特别是要着力解决关系经济社会发展全局的重大问题和涉及群众切身利益的热点问题。这里，略加阐述以下几项工作。

第一，继续保持经济平稳较快发展。这是政府工作始终要把握好的重大问题，也是贯彻落实科学发展观的基本着眼点，由于今年面临的情况比较复杂，尤其要高度重视这个问题。实现经济平稳较快发展，防止出现大的起落，需要准确把握经济运行趋势的变化，采取正确的应对之策。为此，要进一步搞好宏观调控。宏观经济政策的核心内容，是继续实施稳健的财政政策和稳健的货币政策，适当减少长期建设国债发行规模和财政赤字。这是中央综合考虑各种因素作出的决策。从今年开始，参照国际通行做法，采取国债余额管理方式，管理国债发行。这种做法是：全国人大不再具体限定中央政府当年国债发行规模，而是通过限定一个年末不得突破的国债余额最高限，以达到科学管理国债规模。这样，有利于控制国债总规模，加强财政管理，防范财政风险，促进国债市场平衡发展，也有利于政府在批准限额内自行决定具体的发行数额和合理安排国债期限结构，还有利于促进财政政策与货币政策的协调配合。长期建设国债资金和预算内投资要保证重点，提高资金使用效益。要保持货币信贷适度增长，优化信贷结构，创新金融产品，使金融、货币政策更好地适应经济结构调整、转变增长方式和加快自主创新的需要。

《报告》提出，坚持扩大内需的战略方针，使经济增长更多地依靠国内需求。这是完全必要和正确的。统筹考虑内需与外需的关系，坚持以内需为主，是我们必须实行的重大方针。即要扩大投资需求，重点是扩大消费需求。为此，《报告》提出了一系列重要措施。首先，要努力增加城乡居民特别是中低收入者的收入。一方面，坚持"多予少取放活"，更加注重"多予"，千方百计增加农民收入；另一方面，调整和严格执行最低工资制度，制定和推行最低小时工资制度，建立并完善防止工资拖欠的有效机制，增加城镇居民和农民工收入。扩大消费需求，还必须抓紧解决影响居民消费的后顾之忧，包括完善社会保障体系，解决教育、医疗、住房等领域的突出问题，以利于稳定支出预期，扩大即期消费。要大力开拓农村消费市场，完善消费环境和政策，维护消费者合法权益，促进居民增加消费。认真落实这些措施，消费需求就会有较明显的扩大。在目前情况下，投资仍是直接拉动经济增长的重要力量，必须保持固定资产投资适当规模。鉴于当前投资反弹的压力较大，投资结构也不合理，必须坚持有保有压的方针，综合运用土地、货币和产业政策，主要通过市场机制和经济、法律手段，控制投资过快增长，引导和促进优化投资结构，提高投资效益。今年宏观调控的一个重要任务，是继续解决部分城市房地产投资规模过大和房价上涨过快的问题，关键是推进住房供给结构调整，增加普通住房供应，深入整顿和规范房地产市场秩序，促进房地产业和建筑业健康发展。这是在对当前房地产形势作出全面、正确估量基础上，作出的科学决策，有利于统一各方面的认识和行动。

第二，扎实推进社会主义新农村建设。党的十六届五中全会提出了建设社会主义新农村的重大历史任务，这是贯彻科学发展观，统筹城乡发展的重大举措，也是从全面建设小康社会和现代化建设全局出发作出的重大决策。必须充分认识这项决策的重大意义，以高度的使命感和责任感切实抓好。为此，要认真贯彻工业反哺农业、城市支持农村的方针，加大对"三农"的支持力度，着力推进农村体制改革和制度创新，尽快使广大农村面貌有比较明显的变化。《报告》根据建设社会主义新农村的基本要求，强调今年要着力抓好三个方面工作。一是稳定、完善和强化对农业的扶持政策，调整农业结构，发展现代农业，促进粮食生产稳定发展和农民持续增收。这是建设社会主义新农村的首要任务和基本出发点。二是加强农村基础设施建设，把国家对基础设施建设投入的重点转向农村，这是投资方向和结构的重大转变，是今后经济工作的一个大动作。还要鼓励和引导社会资金投向农村建设。加大对农村的投入，有利于扩大国内需求，拉动整个经济增长，有利于提高农业综合生产能力，改善农民生产生活条件，有利于拓宽农村就业门路，合理转移农村富余劳动力。三是全面推进农村综合改革。今年在全国彻底取消农业税，这个在我国长达2600年的古老税种从此完全退出历史舞台，是具有划时代意义的重大变革。当然，全部取消农业税后，巩固和发展农村税费改革成果的任务仍然十分艰巨。关键在于深化乡镇机构、农村义务教育和县乡财政管理体制改革。搞好这些改革意义更深刻，难度也更大，必须坚定不移地推进。《报告》特别强调，建设社会主义新农村是一项长期而艰巨的任务，要坚持从实际出发，因地制宜，分类指导，搞好规划；要尊重农民意愿，不能搞形式主义和强迫命令，防止一哄而起；要发扬自力更生、艰苦奋斗精神，求真务实，真抓实干。我们要全面、正确地领会中央关于社会主义新农村建设决策的内涵、实质、重点和要求，积极而扎实稳步地推进，防止出现偏差和走弯路。

第三，推进经济结构调整和增长方式转变。这是经济工作必须紧紧抓住的主线和关键，也是贯彻落实科学发展观的根本要求。一方面，要着力提升产业层次和技术水平，全面增强自主创新能力。这是优化产业结构、提升产业素质和竞争力的重要途径。另一方面，推进部分产能过剩行业调整。这也是今年宏观调控的一项重要任务。进行这项调整，情况复杂，涉及面广，难度较大，但又非做好不可。如不抓紧解决部分行业产能过剩的问题，任其发展下去，经济结构不协调的矛盾将更加突出，资源、环境约束的矛盾会进一步加剧；企业一旦关闭破产，银行呆坏账也会增加，还会造成大量的失业人员。《报告》明确提出了做好这项工作的主要措施，应当全面、深刻地领会和正确把握，既要有力推动产能过剩行业调整、改组、改造，又要尽量减少损失和社会震动。缓解我国日益加大的资源、环境压力，实现经济社会可持续发展的根本出路，是大力节约资源和保护环境。《报告》强调抓好资源节约工作，提出了相关的政策措施；要求加快建设环境友好型社会，部署了加强污染防治和生态保护的重点工作。认真做好这些工作，转变粗放型经济增长方式就会进一步见到成效。

经济结构调整的一项重要任务，是继续推动区域协调发展。《报告》按照我国新的发展阶段现代化建设区域发展的总体战略，对进一步推进西部大开发、继续实施东北地区等老工业基地振兴战略、积极促进中部地区崛起、鼓励东部地区率先发展等方面，作出了明确部署。这也是贯彻科学发展观、统筹区域发展的重要决策和部署，应当认真贯彻执行。

第四，大力实施科教兴国战略。这是《报告》提出的又一重大任务。目前，我国已进入必须更多地依靠科技进步和创新推动经济发展的历史阶段，要把加快科技发展放在更加突出的战略地位，今年要以建设创新型国家为目标，全面实施《国家中长期科学和技术发展规划纲要》。《报告》从明确重点、深化改革、加大投入等方面采取有力措施，争取今年有个良好开局。大力发展教育是我国不断走向繁荣昌盛的真正希望所在。今年《报告》的一个突出亮点，是用较多篇幅专门阐述加强义务教育。国家将加大支持力度，大力普及和巩固九年义务教育。从今年起用两年时间，全部免除农村义务教育阶段学生学杂费，今年在西部地区实施，明年扩大到中部和东部地区；继续对贫困家庭学生免费提供教科书并补助寄宿生生活费；将农村义务教育全面纳入国家财政保障范围，逐步建立由中央和地方分担的农村义务教育经费保障机制。在全国农村普遍实行免除学杂费的义务教育，是我国教育发展史上的重要里程碑，意义重大，影响深远。还要解决城市低收入家庭和农民工子女义务教育阶段上学困难的问题，让所有应受到义务教育的孩子都能上学读书。同时，加强职业教育，推动高等教育的改革和发展。实行加强教育特别是义务教育的重大举措，必将显著地增强全体国民素质，大大地提升国家现代化水平。

第五，进一步推进改革开放。改革开放是决定我国前途命运的重大决策。当前改革正处于攻坚阶段，必须以更大决心加快推进各项改革。只有深化改革，才能从根本上消除影响发展的体制机制性障碍，有效解决经济社会生活中的深层次矛盾和问题，也才能真正落实科学发展观，把经济社会发展切实转入全面协调可持续发展的轨道。《报告》突出强调改革的重要性，有利于统一思想，坚定改革决心，继续把改革推向深入。实行社会主义市场经济的改革，是我国历史的必然选择，完全符合我国基本国情，实践证明是成功的，必须坚定决心和信心。今年要在一些关系全局的重大体制改革方面继续取得新进展。特别要认真贯彻《中华人民共和国公司法》，加快国有大型企业股份制改革，加大国有独资企业和垄断行业的改革力度。要加快金融体制改革，重点推进国有商业银行股份制改革，大力发展资本市场，深化农村金融改革。要围绕建立落实科学发展观、转变经济增长方式的机制，深化财税、投资、价格改革，继续深入整顿和规范市场秩序。在新的形势下，要认真研究新情况，坚持解放思想、实事求是的思想路线，提倡勇于探索，大胆创新；善于总结改革经验，完善政策措施，增强改革决策的科学性，加强改革措施的协调，使各项改革得到人民群众的理解和支持。这是把改革引向深入的关键。

统筹国内发展和对外开放十分重要。要实行互利共赢战略，更好地利用国内国外两个市场、两种资源。加快转变外贸增长方式，注重优化进出口结构，努力改善进出口不平衡状况。继续积极有效利用外资，着力提高利用外资质量。进一步扩大服务领域对外开放。支持有条件的企业走出去，按照国际通行规则对外投资和跨国经营，发展和壮大自己。要认真做好加入世贸组织过渡期基本结束的各项应对工作。

第六，高度重视解决涉及群众切身利益的问题。这是坚持以人为本、执政为民的必然要求。《报告》强调要切实做好就业、社保、医疗、安全生产等工作，而且都用了较大篇幅作出明确部署，进一步加大了工作力度，这是完全必要的。在就业方面，要继续实施积极的就业政策，从政策、投入等方面加大支持，千方百计扩大就业。在社保方面，加快推进社会保障体系建设，完善养老、医疗、失业、工伤、生育保险制度，加快城乡特殊困难群众社会救助体系建设。加强防灾减灾救灾工作，加大扶贫投入和工作力度。在医疗卫生方面，着眼于逐步解决群众看病难、看病贵问题，重点要加快农村医疗卫生服务体系建设，大力发展城市社区卫生服务，深化医疗卫生体制改革，深入整顿和规范医疗服务、医药生产流通秩序。近几年，我国重特大安全事故频繁发生，给人民生命财产带来重大损失，教训十分深刻。各级政府在多方面已采取了许多措施，也取得了一些成效，但问题还很突出。《报告》着重讲了加强安全生产问题，深入分析了事故多发的原因，强调"安全生产责任重于泰山，经济发展必须建立在安全生产的基础上"，明确提出了针对性的措施。只要认真落实这些措施，安全生产形势就一定会逐步得到好转。《报告》对加强民主政治建设和维护社会稳定，对健全民主制度、全面推进依法行政、广泛深入推进平安建设等方面都作出了明确部署。做好这些工作，既能解决广大人民群众关心的现实问题，又能推进和谐社会建设。

提纲挈领，画龙点睛

十届全国人大四次会议通过的《纲要（草案）》，提出了未来五年国民经济和社会发展的奋斗目标、指导方针和主要任务，是我国今后五年经济社会发展的宏伟蓝图。《报告》起到了提纲挈领、画龙点睛、解疑释惑的作用，对《纲要（草案）》作了精辟概括和简要说明。

第一，阐述了《纲要（草案）》的编制过程和主要特点。《报告》对《纲要（草案）》的编制过程作了简要回顾。明确指出，《纲要（草案）》是根据党的十六届五中全会通过的《建议》精神编制的，编制的过程是发扬民主、集思广益、科学决策的过程。《纲要（草案）》力求反映社会主义市场经济发展和改革开放新形势的要求，贯穿了落实科学发展观和构建社会主义和谐社会的战略思想，体现宏观性、战略性和政策性，并明确了政府的工作重点和责任。《纲要（草案）》从规划的内容、指标到规划的形式都有所创新。《报告》还指出，《纲要（草案）》的制定以第一次全国经济普查数据为基础，更符合实际情况，更具有科学性。

第二，总结了"十五"时期国民经济和社会发展主要情况。《报告》充分肯定了过去五年的成绩。强调指出，过去五年，是我国发展进程中很不平凡的五年，是继往开来、与时俱进的五年。五年来，我国工业化、城镇化、市场化、国际化进程明显加快，经济实力显著增强，改革开放成果丰硕，人民生活明显改善，社会主义政治建设、文化建设、社会建设取得新进展。这些辉煌成就为"十一五"时期发展奠定了良好基础，极大地增强了全国人民继续奋勇前进的信心。《报告》还实事求是地指出了"十五"时期经济社会发展中存在的矛盾和问题。包括经济结构不合理，自主创新能力不强，能源资源消耗过大，环境污染加剧，就业矛盾突出，社会事业发展仍然滞后等。这样做是必要的。只有既充分看到成绩，又清醒看到问题，才是实事求是的态度，才能防止盲目性、增强自觉性，也才能提出正确前进的方向、政策措施和工作部署。

第三，阐明了"十一五"时期经济社会发展的指导原则和主要目标。《报告》指出，《纲要（草案）》全面贯彻落实科学发展观，体现了《建议》提出的重要原则。《报告》着重就关系全局的两个重要目标作出了简要说明。一是关于经济增长速度。《报告》指出，今后五年国内生产总值年均增长7.5%，这是综合考虑各方面因素，根据需要与可能提出的。按照新近公布的第一次全国经济普查数据和2005年经济增长实际结果，"十五"期间国内生产总值增长速度比原来预计的高一些，"十一五"年均增长7.5%，将会超过中央《建议》提出的2010年人均国内生产总值比2000年翻一番的要求。这个目标是积极的，经过努力是可以实现的。重要的是，这个目标是建立在优化结构、提高效益和降低消耗的基础上的，各地要处理好速度和结构、效益的关系，不要片面追求和盲目攀比速度。二是关于节能和环保问题。《报告》强调，"十一五"时期单位国内生产总值能源消耗降低20%左右、主要污染物排放总量减少10%等目标，是针对资源环境压力日益加大的突出问题提出来的，体现了建设资源节约型、环境友好型社会的要求，是现实和长远利益的需要，具有明确的政策导向。尽管实现这一目标难度很大，但必须完成。

第四，明确了今后五年的战略重点和主要任务。《纲要（草案）》对"十一五"改革发展任务作了全面部署，《报告》对此作了简要概括。指出"十一五"的战略重点和主要任务：一是建设社会主义新农村。主要是坚持把解决"三农"问题放在全部工作的首位和重中之重，不断提高农业综合生产能力，推进农业结构调整，加强农村基础设施建设，全面深化农村改革。二是加快推进经济结构调整和增长方式转变。主要是按照走新型工业化道路的要求，推进工业结构优化升级，推进信息化，发展高新技术产业，振兴装备制造业，发展能源原材料工业，加快发展服务业；加快建设资源节约型、环境友好型社会。三是促进区域协调发展。主要是继续实施区域发展的总体战略，建立健全区域协调互动机制。四是着力增强自主创新能力。主要是加快建设创新型国家，全面提高创新能力；加快科技教育发展和人才培养。五是深化改革和扩大开放。主要是加快完善社会主义市场经济体制，推进国民经济市场化，加强和改进宏观调控，形成有利于转变经济增长方式、促进全面协调可持续发展的体制机制。在推进经济体制改革的同时，继续推进政治体制、文化体制和社会管理体制改革。统筹国内发展和对外开放，实施互利共赢的开放战略。在扩大开放中注重维护国家经济安全。六是努力建设和谐社会。主要是做好人口工作，扩大就业，健全社会保障体系，不断提高人民生活水平和健康水平，加强公共安全建设，加强社会主义民主政治建设和文化建设。只要集中精力抓好这些重点任务，我国经济实力就会再上一个新台阶，社会主义市场经济体制就会逐步完善，城乡人民生活就会继续改善，社会发展水平就会进一步提高，整个现代化事业必将迈上一个新台阶。

转变职能，从严治政

在全面建设小康社会的进程中，政府工作任务繁重而艰巨。贯彻落实科学发展观，也对政府工作提出了更高的要求。大力加强政府自身改革和建设，是新形势新任务的迫切需要，是全面履行政府职责、做好政府各项工作的重要保证。这不仅是今年也是"十一五"期间的一项重要任务。新一届政府组成以来，在加强自身建设方面做了大量工作，包括实行科学民主决策，全面推行依法行政，深化行政审批制度改革，建立健全突发公共事件应急体系和机制，推进政府政务公开，加强行政监督和行政责任追究，坚持开展廉政建设和反腐败斗争等，取得了一定成效。但是，与形势发展和人民群众的要求相比，政府自身改革和建设还有不小差距。针对存在的突出问题和建设现代政府的要求，《报告》强调要重点抓好以下三个方面。

一要加快推进行政管理体制改革，进一步转变政府职能。这是全面深化体制改革和推进对外开放的关键。只有在这方面采取更加有力的措施，才能取得整个改革的新突破，把对外开放提高到新水平。至关重要的是，继续推进政企分开，进一步减少和规范行政许可和行政审批，坚决把不该由政府管理的事交给市场、企业、社会组织和中介机构。这样，政府才能够集中力量履行好应尽职能。同时，要加快推进政府管理创新，包括切实转变政府管理经济的方式，主要为经济运行和企业经营提供良好的环境和服务，而不直接管理企业生产经营活动。要更加注重履行社会管理和公共服务职能，切实把工作着力点和社会资源更多地转向这两个方面。还要改进政府管理方式，大力推行政务公开，提高工作透明度和办事效率。各级政府都应建立健全行政问责制，提高政府执行力和公信力。

二要深入开展廉政建设和反腐败斗争。这是建设廉洁政府的必然要求和重要保证。关键是要认真落实惩治和预防腐败的各项任务和措施。特别要集中开展治理商业贿赂专项工作，重点治理工程建设、土地出让、产权交易、医药购销和政府采购等领域商业贿赂问题，坚决纠正不正当交易行为，依法查处商业贿赂案件。还要继续纠正损害群众利益的行业不正之风，着力解决教育乱收费、医疗高收费等突出问题。这既是维护群众切身利益的需要，也是建设廉洁政府的重要任务。

三要认真贯彻实施公务员法。要加强对公务员的教育、管理和监督。这是建设为民、务实、廉洁政府的根本和基础。要着力抓好从政宗旨、纪律、作风教育和建设。坚持从严治政，赏罚分明。各级政府工作人员特别是领导干部要忠于职守，勤勉尽责，全心全意为人民服务；要顾全大局，加强纪律性，做到令行禁止，不折不扣地执行国家的法律法规、方针政策；要艰苦奋斗，勤俭节约，反对铺张浪费；要求真务实，力戒空谈，克服主观主义、官僚主义、形式主义，反对弄虚作假和浮夸作风。所有工作都应有布置、有检查，把各项任务和部署真正落到实处、取得实效。

"雄关漫道真如铁，而今迈步从头越。"面向未来，我们国家正站在新的历史起点上，继续朝着全面建设小康社会的目标迈进。"十一五"是我国走向现代化的十分关键时期，今年是"十一五"开局之年。我们要在以胡锦涛同志为总书记的党中央领导下，高举邓小平理论和"三个代表"重要思想伟大旗帜，坚定信心，团结奋进，锐意创新，全面完成今年的经济社会发展各项任务，实现"十一五"时期的良好开局，为把"十一五"规划的宏伟蓝图变为美好现实、谱写我国社会主义现代化事业的新篇章而奋斗。

正确认识和高度重视解决农民工问题

——《中国农民工调研报告》*代序言

（二〇〇六年四月）

改革开放以来，随着我国工业化、城镇化进程加快，越来越多的农村富余劳动力转移到城市（镇）和乡镇企业就业。在这个过程中，形成了一个特殊的社会群体，这就是被称为农民工的我国现代化建设的一支新型劳动大军。农民工主要是指户籍仍在农村，进城务工和在当地或异地从事非农产业的劳动者。他们就业流动性强，有的在农闲季节外出务工、亦工亦农；有的长期在城市居住、生活和工作，已成为产业工人的重要组成部分。他们虽然尚未成为城市居民，但与农民也有很大的不同，生产生活方式、思想文化观念已受到城市现代文明的熏陶。农民工的大量涌现，为社会创造了财富，为农村增加了收入，为城乡发展注入了活力，为国家现代化建设作出了重大贡献。农民工的出现和发展，是中国国情的产物，将长期存在于现代化事业的进程中。正确认识和高度重视解决农民工问题，是建设中国特色社会主义事业中的一个重大的历史性课题。

一、充分认识解决农民工问题的重要性和紧迫性

大量事实说明，农民工已是我国产业大军中的一支重要力量。据国家统计局调查，2004 年全国进城务工和在乡镇企业就业的农民工总数超过 2 亿，其中进城务工人员 1.2 亿左右。农民工广泛分布在国民经济的各个行业，其中在加工制造业中占从业人员的 68%，在建筑业、采掘业中接近 80%，在环卫、家政、餐饮等服务业中达到 50% 以上。农民工在我国工业化、城镇化、

---

* 《中国农民工调研报告》，国务院研究室课题组著，中国言实出版社 2006 年 4 月出版。此书荣获首届中国出版政府奖和全国服务"三农"优秀图书奖。

现代化建设中发挥着重要作用。可以说，过去20多年，如果没有农民工，我国的工业化、城镇化进程就不会有那么快，沿海地区新兴产业和开放型经济就不可能迅猛发展。

党中央、国务院高度重视农民工问题，已制定了一系列保障农民工权益和改善农民工就业环境的政策措施，各地区各部门做了大量工作，取得了积极成效。但从现实情况看，农民工面临的问题仍然十分突出。主要是：工资偏低，拖欠工资现象严重；劳动时间长，安全条件差；缺乏社会保障，职业病和工伤事故多；培训就业、子女上学、生活居住等方面也存在诸多困难，经济、政治、社会权益得不到有效保障。这些问题引发了不少社会矛盾和纠纷，也引起了社会各方面的广泛关注。进一步解决好农民工问题，有着极大的重要性和紧迫性，对于改革发展稳定和整个现代化事业具有全局性的重大意义。

解决农民工问题是落实科学发展观的迫切需要。科学发展观的重要内涵，是坚持以人为本，统筹城乡发展。这是我们党执政为民的宗旨决定的，也是实现全面建设小康社会目标的要求。落实科学发展观，必须实行工业反哺农业、城市支持农村的方针，建立健全统筹城乡发展的体制和制度，促进工农、城乡协调发展，使城乡人民共享改革发展成果，逐步走共同富裕的道路。从根本上改变城乡二元结构，必须实行有利于调动农民工积极性和维护农民工权益的政策措施。农民工促进了市场导向、自主择业、竞争就业机制的形成，闯出了一条城乡融合发展、解决"三农"问题的新路。切实做好农民工工作，将有利于从根本上解决"三农"问题，协调工农关系，实现城乡共同繁荣发展。

解决农民工问题是建设社会主义和谐社会的必然要求。建设民主法治、公平正义、诚信友爱、充满活力、安定有序、人与自然和谐相处的社会主义和谐社会，是全面建设小康社会和实现现代化的重要目标。实现这一目标，必须使全体社会成员都享有平等权利，共享改革发展成果，这也必然要求解决好涉及农民工权益的一系列问题。只有妥善解决他们在劳动工资、就业环境、公共服务等方面存在的问题，切实保障农民工的经济、政治和社会权益，为农民工创造一个公平、良好的工作和生活环境，才能促进社会公平正义，形成充满活力、有序安定的社会局面。

解决农民工问题是建设中国特色社会主义的战略任务。农村富余劳动力向非农产业和城镇转移，是世界各国工业化、城镇化的必然趋势。各国在工业化过程中农业富余劳动力转移的规模、进度和方式不同，其社会效果也不一样。我国人口众多，农村劳动力数量也多，又正处在工业化、城镇化加快发展的阶段，将有越来越多的农村富余劳动力逐渐转移到非农产业和城市中。农民工队伍的出现和壮大，是我国特色的转移农村富余劳动力的正确抉择和有效途径。大量农民工在城乡之间流动就业的现象在我国不是短期的，而必将是长期的。我们必须顺应工业化、城镇化的客观规律，并从我国国情出发，正确引导农村富余劳动力向非农产业和城镇有序转移。能否解决好农民工问题，直接关系到我国现代化进程和宏伟目标的实现。

胡锦涛总书记在党的十六届四中全会上的讲话中，提出了"两个趋向"的重要论断："综观一些工业化国家发展的历程，在工业化初始阶段，农业支持工业、为工业提供积累是带有普遍性的趋向；但在工业化达到相当程度以后，工业反哺农业、城市支持农村，实现工业与农业、城市与农村协调发展，也是带有普遍性的趋向。"并明确指出："我国现在总体上已到了以工促农、以城带乡的发展阶段。"这是对我国经济发展进入新阶段的科学判断。温家宝总理在十届全国人大三次会议所作的《政府工作报告》中明确指出："适应我国经济社会发展新阶段的要求，实行工业反哺农业、城市支持农村的方针，合理调整国民收入分配格局，更多地支持农业和农村发展。"提出要"进一步研究制定涉及农民工的各项政策"。这些重要论述和要求，为我们正确认识和高度重视解决农民工问题指明了方向。我们要从现代化建设规律和建设中国特色社会主义事业全局的高度，充分认识正确解决农民工问题的重要性、紧迫感和长期性。

二、解决好农民工问题需要把握好的指导原则

农民工是我国工业化、城镇化、现代化进程中出现的新事物。解决好农民工问题，最根本的，是要有正确的指导原则。概括地说，既要遵循世界上现代化建设的一般规律，又要坚持从我国国情出发；既要积极解决农民工面临的诸多问题，又要把握改革发展稳定的大局；既要着力完善政策和管理，又要推进体制改革和制度创新；统筹城乡发展，推动中国特色工业化、城镇化、现代化稳步健康发展。进一步地说，解决好农民工问题需要把握好以下

几个重要原则：

第一，公平对待，一视同仁。 就是要尊重和维护农民工的合法权益，消除对农民进城务工的歧视性政策规定和体制性障碍，使他们和城市职工享有同等的权利和义务。这是坚持以人为本、促进社会公平和正义的具体体现，也是现代社会文明进步的重要标志。必须在全社会营造理解农民工、尊重农民工、保护农民工的良好氛围。这不仅要体现在设计农民工的各项政策措施中，也要体现在各地方各部门的日常工作中，还要体现在用人单位的用人观念和做法中，任何部门、地方和单位都不应有歧视农民工的规定和做法。

第二，强化服务，完善管理。 就是要转变政府职能，加强和改善对农民工的公共服务与社会管理。努力为农民工提供就业和改善生产生活条件的服务，提供维护合法权益和子女接受教育的服务。在管理方式上实现由防范式管理向服务型管理转变，在公共产品提供上实现由单纯面向城镇户籍人口向面向包括农民工在内的所有常住人口转变。要充分发挥企业、社区和中介组织的作用，使农民工享受应有的公共服务和权利，也使农民更好地适应在城市工作、生活的新要求。

第三，统筹规划，合理引导。 就是实行农村劳动力异地转移与就地转移相结合。要统筹城乡劳动力就业，搞好科学规划，实行正确的政策措施，引导农村富余劳动力有序转移。我国国情决定了和规定着在推进工业化、城镇化的过程中，必须坚持"两条腿走路"方针，坚持大中小城市和小城镇协调发展。既要积极引导农民进城务工，又要大力发展乡镇企业和县域经济，扩大农村劳动力在当地转移就业。这样，才能确保农村劳动力的合理、有序流动，防止大量农民盲目涌进城市特别是大城市，避免一些国家出现过的大城市人口急剧膨胀和贫富悬殊的现象。

第四，因地制宜，分类指导。 就是要坚持从各地实际情况出发，有针对性地解决农民工面临的各种问题。我们国家地域辽阔，各地发展不平衡，解决农民工问题也一定要考虑到各地的差异，不搞一个模式。近些年来，许多部门和地区进行了不少的尝试，积累了有益的经验。要加强对农民工工作的统筹协调和分类指导。输出地和输入地都要有针对性地解决农民工问题。要积极探索保护农民工权益、促进农村富余劳动力有序流动的有效办法和途径。

第五，立足当前，着眼长远。 就是既要抓紧解决农民工面临的突出问题，又要靠改革和发展，逐步解决涉及农民工利益的深层次问题，形成从根本上保障农民工权益的体制与制度。我国农村富余劳动力转移流动将是一个长期的历史过程，农民工这一特殊群体也将伴随我国工业化、城镇化、现代化的长过程。解决农民工问题应该坚持当前和长远相结合，方向性和操作性相统一。对一时解决不了的问题，可以提出解决问题的原则、方向和思路，为各地进一步探索和完善留有空间。

贯彻以上这些原则，从根本上说，就是要全面落实科学发展观和构建和谐社会的重大思想，善待农民工，走中国特色的农村劳动力转移之路。

三、当前需要着力研究解决的几个问题

解决农民工问题涉及面广，需要做多方面的工作。当前，特别要抓紧解决涉及农民工利益的一些带普遍性和最现实的问题。

第一，着力解决农民工收入偏低和生产生活条件差的问题。这是农民工最直接的切身利益问题，也是当前农民工反映强烈的问题，必须下大力气加以解决。一方面，要从制度机制上杜绝拖欠和克扣工资的现象，通过建立工资支付监控制度和工资保证金制度，做到农民工工资发放月清月结或按劳动合同约定执行，切实加大对拖欠农民工工资的用人单位处罚力度。另一方面，要规范农民工工资管理，严格执行最低工资制度，制定和推行小时最低工资标准，逐步改变农民工工资偏低、同工不同酬的状况。现在，不少地方在这两个方面都做了积极探索，要认真总结经验，推广成熟做法。同时，要改善农民工生产生活条件，有关部门应切实履行职业安全和劳动保护监管职责，企业必须按规定配备安全生产和职业病防护设施，强化用人单位职业安全卫生的主体责任。要依法保障农民工的休息权和休假权，监督用人单位严格执行国家关于职工休息休假的规定，对于延长工时和占用休息日、法定假日工作的，必须依法支付加班工资。任何企业都不得压低或变相减少加班时间的工资支付。要多渠道地改善农民工居住条件，保证农民工居住场所符合基本的卫生和安全标准，通过完善社区文化设施和公共服务，丰富农民工业余文化生活。

第二，加强农民工就业培训和劳动合同管理。关键是要改革城乡分割的就业管理体制，逐步建立城乡统一、公平竞争的劳动力市场，为农民工提供平等的就业机会和服务。各地方、各部门要进一步清理和取消针对农民工进

城就业的各种歧视性规定和不合理限制，清理对企业使用农民工的行政审批和行政收费。各级政府都要把帮助农村富余劳动力转移就业作为公共服务的重要内容；城市公共职业介绍机构要向农民工开放，免费提供政策咨询、就业信息、就业指导和职业介绍；要依法规范职业中介、劳务派遣和企业招用工行为。要适应工业化、城镇化、现代化进程和农村劳动力转移就业的需求，加强农民工职业技能培训，大力发展面向农村的职业教育，提高农民转移就业能力。要严格执行劳动合同制度，加强对用人单位订立和履行劳动合同的指导与监督，制定和推行规范的劳动合同文本，建立权责明确的劳动关系。任何单位都不得违反劳动合同约定损害农民工合法权益，特别要依法保护女工和未成年工权益，严格禁止使用童工，对介绍和使用童工的违法行为应从严惩处。

第三，积极稳妥地解决农民工社会保障问题。农民工的社会保障是一个相对复杂的问题，也是各方面都比较关注的问题。抓紧建立符合农民工就业特点的社会保障制度，已成为一项重要而紧迫的任务。这既涉及维护农民工权益，也关系稳定农民工队伍。要根据农民工的社会保障需求，坚持分类指导、稳步推进，首先着力解决工伤保险和大病医疗保障问题，逐步解决养老保障问题。农民工的社会保障，要适应农民工就业流动性大的特点，保险关系和待遇能够转移接续，使农民工在流动就业中的社会保障权益不受损害，要兼顾农民工工资收入偏低的实际情况，实行低标准准入、渐进式过渡，调动用人单位和农民工参保的积极性。各地都要认真贯彻落实《工伤保险条例》，依法将农民工纳入工伤保险范围，所有用人单位必须及时为农民工办理参加工伤保险手续。当前，要加快推进农民工较为集中、工伤风险程度较高的建筑、采掘等行业参加工伤保险。各统筹地区要采取建立大病医疗保险统筹基金的办法，重点解决农民工进城务工期间的住院医疗保障问题，农民工也可自愿参加原籍的新型农村合作医疗。要抓紧研究探索低费率、广覆盖、可转移，并能够与城乡养老保险制度相衔接的农民工养老保险办法。有条件的地方，可直接将稳定就业的农民工纳入城镇职工基本养老和医疗保险。

第四，改善对农民工的公共服务。农民工输入地政府要切实转变思想观念和管理方式，对农民工实行属地管理。要在编制发展规划、制定公共政策、建设公用设施等方面，统筹考虑长期在城市就业、生活和居住的农民工对公共服务的需要，逐步健全覆盖农民工的城市公共服务体系。当前，子女上学是长期在城市工作的农民工面临的一个突出问题。输入地政府要承担起农民工同住子女义务教育的责任，将农民工子女义务教育纳入当地教育事业发展规划，列入教育预算，以全日制公办中小学为主接收农民工子女入学。城市公办学校对农民工子女接受义务教育要与当地学生在收费、管理等方面同等对待，不得违反国家规定向农民工子女加收借读费及其他任何费用。输入地政府还要加强农民工疾病预防控制和适龄儿童免疫工作；实行以输入地为主、输出地和输入地协调配合的管理服务体制，全面搞好农民工管理和服务。

第五，健全维护农民工权益的保障机制。目前，涉及农民工的授权案件屡屡发生，由于多种原因使得维护农民工合法权益工作困难重重，健全维护农民工权益的保障机制至关重要。要保障农民工依法享有的民主政治权利，保障农民工参与企业民主管理权利。农民工在评定技术职称、晋升职务、评选劳动模范和先进生产者等方面要与城镇职工同等看待。要依法保障农民工人身自由和人格尊严，严禁打骂、侮辱农民工的非法行为。要深化户籍管理制度改革，逐步地、有条件地解决长期在城市就业和居住的农民工户籍问题。当然，户籍制度改革是一个十分重要而又相对复杂的问题，一定要根据大中小城市的不同情况，从各地实际情况出发，积极而稳步推进。要加大维护农民工权益的执法力度，健全农民工维权举报投诉制度，做好对农民工的法律服务和法律援助工作。应充分发挥各级工会、共青团、妇联组织在农民工维权工作中的作用。

第六，大力促进农村劳动力就近转移就业。这是走新型工业化道路的必然要求，是解决我国庞大农村劳动力转移就业的必由之路，也是我们必须长期坚持的重大指导方针。据调查，目前全国已转移的农村劳动力中，在县域经济范围内吸纳了 65%，主要是在乡镇企业和中小企业就业，浙江、江苏、山东、广东等经济发达省份省内就地、就近转移的农村劳动力都达到 90% 左右。实践证明，这种就业模式和途径是十分必要和重要的。一定要大力发展乡镇企业和县域经济，扩大农村富余劳动力在当地转移就业容量。要努力引导相关产业向中西部转移，增加中西部地区农民在当地就业机会。要大力开展农村基础设施建设，这不仅可以帮助农民改善生产生活条件和增加收入，也利于促进农村富余劳动力就近就业。要提高小城镇产业集聚和人口吸纳能力，鼓励外出务工农民回到小城镇创业和居住。特别要依法保护农民工土地承包权益，这是降低农民工在城市失业风险、维护社会和谐稳定的一个重大问题。

　　第七，着力提高农民工自身素质。由于农民工已经并将进一步成为我国产业工人的重要组成部分，这支劳动大军的素质状况，直接关系到我国产业素质和竞争力，关系到整个工业化、现代化水平。因此，一定要用极大的努力全面提高农民工素质，包括政治思想素质、业务技能素质、科学文化素质。要高度重视和切实加强对农民工的教育和培训，不断提高他们的科学文化水平。要在农民工中开展职业道德教育，引导农民工爱岗敬业、诚实守信，遵守职业行为准则，成为既熟练掌握职业技能，又具备良好职业道德的合格的产业工人。要开展普法宣传教育，引导农民工增强法治观念，知法守法，学会利用法律、通过合法渠道维护自身权益。要开展精神文明创建活动，引导农民工遵守交通规则、爱护公共环境、讲究文明礼貌，培养科学、文明、健康的生活方式。广大农民工要努力按照现代产业工人的基本素质要求自己，刻苦学习科学文化知识、学习业务和生产技能、学习国家法律法规和方针政策，要遵守社会公共道德规范，履行当地城市居民应尽义务，以适应国家现代化发展的要求。

　　2005 年初，国务院领导同志就研究解决农民工问题作出重要批示，要求国务院研究室牵头，组织党中央、国务院有关部门和有关地方以及部分专家，对农民工问题进行全面、系统、深入的调查研究，并在研究成熟后为国务院制定一个关于解决农民工问题的指导性文件。历经 10 个多月的努力，课题组形成了一批调研成果，并起草了一个指导性文件；2006 年 1 月 18 日，温家宝总理主持国务院第 122 次常务会议听取汇报，并讨论通过了《国务院关于解决农民工问题的若干意见》的文件，已经发布实施。这本《中国农民工调研报告》，汇集了对农民工问题作系统调查研究的丰硕成果。这些研究成果，丰富了对农民工的地位、作用、现状、趋势和一系列相关问题的认识。农民工这一新事物还在不断发展变化中，请广大读者和我们一起继续关注和深入研究农民工问题，为这支新型劳动大军的可贵精神和重大作用鼓与呼，为从根本上解决农民工问题进行坚持不懈的探索与奋斗。

调查研究要多出精品力作

——《国务院研究室优秀研究成果选》*序言

（二〇〇六年七月）

　　重视和坚持调查研究，是辩证唯物主义和历史唯物主义世界观、方法论的必然要求，是我们党的一项基本工作方法和领导制度，也是我们政府研究部门全面履行职责的基本功和生命线。做好调查研究工作，不仅要多出成果，更要努力提高调研质量，多出优秀成果、多出一流成果。政府研究部门的调研工作是直接为政府领导决策和起草重要文稿服务的。调研成果质量高低，直接关系党的路线方针政策的贯彻执行，关系经济社会发展任务和人民群众切身利益的实现，关系政府的工作大局，可谓责任重大、使命光荣。这就要求我们必须具有高度的责任感，无论对什么问题进行研究，特别是一些重大调研课题，都要坚持高标准、高质量、高要求，深入调查，精心研究，努力创造精品力作。

　　一般来说，一篇调研文章只要做到观点鲜明、思路清晰，内容翔实、重点突出，论证有力、分析透彻，见解新颖、思想深刻，文字准确、语言流畅等，就应属于上乘之作。但从政府研究部门的调研特点来看，仅此是不够的，还必须满足政策性、针对性、应用性和操作性等方面要求。古人云："文可载道，以用为贵。"衡量政府研究部门调研成果质量的高低，归根结底是要看这些成果有无使用价值，能否进入决策、变成政策，以及在实际工作中发挥多大作用、解决多少问题。一项调研，无论功夫下得多深、文章写得多好，做不到"语当其时，策当其用"，无助于领导决策和实际工作，就很难称为精品力作。当然，也确有一些调研建议，因种种原因没能引起重视、付诸应用，但以后的实践证明是正确的甚至很有见地，这样的文章往往富有先见之明，自然仍为优秀成果。其实，调研精品并无明确而统一的判定标准，表现

---

* 《国务院研究室优秀研究成果选》，国务院研究室编，中国言实出版社 2006 年 9 月出版。

形式也多种多样。有的妙在选题，有的贵在见解；有的小题大做而分析深透，有的大题小做却要害清晰；有的注重直接调研、深入实际，情况真实可靠，有的借重间接调研、浏览广泛，资料全面系统；有的洋洋万言、体大思精、茹古涵今，堪称集大成之作，有的短小精悍、言简意赅、对症下药，却为实用之良方，凡此不一而足。

如果一定要寻求调研精品的共同特征，最根本的就是要有所发现、有所创新，能提供别人想知而未知甚至出人意料的新问题、新情况、新观点和新对策，从而给人以深刻启迪和重要参考。有人说过，在通往真理的大道上，每向前迈进一步的价值，比在前人已开辟道路上重复千百步的价值还要高出千百倍。这一说法不无道理，也同样适用于调研工作。此外，调研精品还必须经得起实践检验和历史考验，既要适合应用，又能开花结果；不仅有较高的即时实践价值，从未来看也要站得住、立得稳、走得远。

观念先于行，万事端于思。如同搞好企业生产经营必须树立质量意识、品牌意识一样，做好调查研究，多出精品力作，首先要树立强烈的精品意识。或者说，要追求精品、打造精品，必先崇尚精品。事实上，同为一篇文章或研究成果，良莠殊异，价值悬殊，或有霄壤之别。比如，马克思、恩格斯的《共产党宣言》，虽篇幅仅为二万余字，却揭示了人类社会发展的客观规律，为全世界无产者指明了前进方向；爱因斯坦提出的相对论，也不过是由几篇论文组成，却奠定了现代物理学的重要基础，开辟出人类社会物质文明的崭新时代。这样的振聋发聩之作，无疑具有造福人类、推动历史的巨大力量。与此相反，无论古今中外总有一些粗制滥造的文章或所谓研究成果，不仅了无新意、几无价值，甚至还会混淆社会视听，造成信息混乱和判断困难。伟大的精品可以功在当代、利在千秋，而许多劣作庸文不仅有害无益，还会浪费纸张、污染耳目！

追求精品既是一种意识，更是一种责任。我国明清之际的杰出思想家、史学家顾炎武，为完成《日知录》这部传世精品，以"经世致用、资政育人"为追求目标，四十年如一日，埋头于汗牛充栋的史料之中披沙拣金、孜孜钻研，在完稿之后还"存之箧中"，不肯轻易示人，"以待后之君子斟酌去取"。这种对待著述精益求精、慎之又慎和高度负责的治学态度，是何等可贵！我们的调研工作，虽然不能与经典作家、科学巨匠们相提并论，但却不能不向他们追求完美、打造杰作的严谨态度和精品意识看齐。在我们的调查研究中，只有强化责任意识、精品意识，树立"为天地立心、为国家立策、为民众立言"的崇高追求，努力做到"调查不深不言停、研究不透不收兵、文章不精不放行"，才能打造出无愧于时代的精品力作。

精品是艰苦劳动的结果，靠汗水浇灌，由心血凝成。马克思写作《资本论》这部鸿篇巨制，在长达25年的时间里，几乎每天都到大英博物馆废寝忘食地查阅资料，阅读的各种书籍和文献超过1500种，为无产阶级和全人类留下了最宝贵的财富。"十年磨一剑"是我国古人打造精品的形象写照。他们为了创造传世佳作，往往呕心沥血、默默钻研，不惜历经千辛万苦，甚至穷其毕生精力。王充《论衡》用时31年，许慎《说文解字》用时21年，陈寿《三国志》用时23年，李时珍《本草纲目》用时30年，司马迁终其一生写《史记》。而宋代的郑樵为了完成名著《通志》，竟然谢绝人事、隐居山林，结茅苦读30年。这样的事例还可以举出很多。基于工作性质和基本职能的要求，政府研究部门的调查研究没有必要、也不可能做到"十年磨一剑"，但这种追求真理的态度、吃苦耐劳的精神和坚忍不拔的毅力于我们的工作却是断不可少的。提高调研质量、打造调研精品，无疑需要作出方方面面的努力，既要提高综合素质，也要增强调研能力，但归根结底要靠勤奋工作、埋头苦干。一言以蔽之，精品佳作是精心调研的产物。这里，我想就调查研究工作怎样才能出精品力作，谈几点看法。

——**精心选题**。"好题一半成。"选好题目是打造精品的首要环节。如同企业生产必须符合市场需求一样，政府研究部门的调研选题也必须贴近中心任务、围绕决策需要。我们的调研只有忙在点子上、谋在关键处，才能富有成效。如果选题脱离中心任务，远离决策需要，其调研质量必然大打折扣。总的来说，政府研究部门的调查研究，要围绕中心工作，服务领导决策，紧紧抓住当务之急、当务之重，着重研究解决改革、发展、稳定中的突出问题，事关经济社会发展全局性、战略性的重大问题，以及人民群众关心的热点、难点和重点问题。

——**精心调查**。深入调查是发现问题和解决问题的重要途径。要拿出情况真实、见解独到的调研精品，就必须深入实际，精心调查。一要全面系统。做到脚勤、眼勤、口勤、手勤、脑勤，多层次、多方位、多渠道地了解情况。二要深刻准确。应本着求深、求细、求准的原则，深入问题的所在地和矛盾的症结处，努力溯本求源，真正掌握第一手材料，深入了解现实生活的本来面目。三要密切联系群众。应深入了解群众的意见，倾听群众的呼声，感受群众的疾苦，总结群众的经验，集中群众的智慧。只有这样的调查，才能听到实话、察到实情、获得真知、收到实效，为多出精品打下基础。

——**精心研究**。调查研究工作是一项根植于实践基础上的创造性思维活动。要打造精品，就必须在深入调查的基础上，认真思考，精心研究。具体地说，就是要综合运用归纳与演绎、分析与综合、具体与抽象，以及比较、分类、统计、想象等手段，对调查中掌握的材料进行去粗取精、去伪存真，由此及彼、由表及里的深入思考和推理，透过现象把握本质，找出规律性和普遍性东西，找到解决问题的有效办法。精心研究，重在深刻，贵在创新。古今中外，大凡精品之作，必为创新之作。因此，要敢于想别人之未想，善于谋别人之未谋，大胆提出新观点、新思路。

——**精心撰写**。调研报告是调研成果的最终载体，撰写好调研报告是提高调研质量的关键环节。调查再深入，研究再精心，如果调研报告写得不好，仍然达不到预期目的，拿不出精品成果。这里，应注意以下几点：一是做好内容和形式的总体把握。从内容上讲，观点要鲜明，重点要突出，事实要准确，论证要有力；从形式上讲，结构要严谨，条理要分明，布局要合理，要善于画龙点睛。二是表现形式要多样化。调研报告的表现形式应由内容决定，并随着内容的不同而变化，切忌公式化和千人一面，要不拘一格、丰富多彩。三是文字表达要准确生动。写调研文章既不应过多雕饰，更不应追求深奥，当然也不能过于平淡或官话套话连篇，而要准确、鲜明、生动、朴实。

——**精心修改**。文不厌改。反复修改的过程实质上就是思路不断清晰、分析不断深入、认识不断升华和对策不断完善的过程，也是文字精雕细刻而臻于完美的过程。要想打造精品，千万不要急于出手，而要不厌其烦地加以修改。观点应仔细推敲，条理应认真梳理，文字应恰当取舍。"删繁就简三秋树，领异标新二月花。"要竭力将一些赘言套话删掉，努力做到"丰而不余一言，约而不失一辞"，使文章主题和新观点、新思想更加突出、更加吸引人。

时势造英雄，沃土结硕果。我们正处在一个伟大的时代，波澜壮阔的改革开放大潮，飞快发展的现代化建设大业，为调查研究工作提供了极好的舞台和机遇。只要我们勇于创新，精心调研，就一定能打造出更多的精品力作。

　　这里展现在读者面前的《国务院研究室优秀研究成果选》一书，汇辑了国务院研究室近三年来（2003 — 2005 年）的获奖调研成果。这些年，国务院研究室紧紧围绕党中央、国务院的工作大局和中心任务，针对经济社会生活中的重要问题和突出矛盾，积极开展调查研究，成果不断增多，质量稳步提高。为鼓励调查研究多出精品力作，我们每年都要进行优秀研究成果评选活动，分别评出一、二、三等奖各若干篇。这些优秀成果的共同特点是，对我国经济社会生活中的某一重要问题作出较深入分析并提出对策建议，大都受到国务院领导同志不同程度的重视，在决策中起到重要参考作用，对指导和推动实际工作产生了积极影响。现在将之结集成册，公开出版，相信对许多读者会有所裨益。

深化渤海海峡跨海通道建设研究

——《渤海海峡跨海通道若干重大问题研究》*序言

（二〇〇七年二月）

    跨海通道，顾名思义，即为跨越海洋、连接陆地的交通运输通衢要道。放眼世界，从19世纪初期欧洲拿破仑最初的英法隧道梦想，到20世纪初美国金门大桥的设计，以及丹麦大贝尔特大桥、日本青函海底隧道等工程的兴建，以海底隧道和跨海大桥为代表的跨海通道，在世界各地以前所未有的速度向前发展。今天，环顾全球，凡是有海峡的地方，几乎都能看到各种跨海通道的出现。特别是欧美发达国家，在这方面更是走在了世界的前列。亚洲的日本，由于岛国的独特地理位置，在第二次世界大战之后也进行了大规模的跨海桥梁以及海底隧道建设，实现了四大主岛陆路交通的连接。这对于促进其经济腾飞，实现地区均衡发展，起到了积极的作用。所有这些，对于我国的跨海通道建设，都具有重要的启示和借鉴作用。

    自20世纪90年代初以来，为了探索构筑山东蓬莱和辽宁旅顺跨海通道，在国务院领导同志的支持下，由原国家计委等有关部委和山东、辽宁等地的魏礼群、戴桂英、柳新华、宋长虹、韩季忠、蔡公良、何益寿、董国贤、李金勇、王庆云、孙永俭、施子海、杨林盛、于培超、杜平、王全胜、程严、吴风岳等同志以及后来鲁东大学的刘良忠、侯鲜明、董相志、王庆、马文军、宋克志、魏一、张振华、吴爱华、李凤霞、侯景亮、迟红娟、权小锋、杜小军、刘婧、赵亚明、金秉福、曹艳英、李世泰、杜国云、于敏、张晓青、仲少云、王玉梅和国家海洋局烟台管区的刘旭、纪灵、刘艳等诸多同志参与组成的渤海海峡跨海通道研究课题组，进行了延续长达15年的研究、探索，许多有识之士为这一课题倾注了大量心血，攻克了一个又一个难关，已先后出

---

* 《渤海海峡跨海通道若干重大问题研究》，魏礼群、柳新华、刘良忠等著，经济科学出版社2007年7月出版。

版了《天堑化通途》、《渤海海峡跨海通道研究》、《世界跨海通道比较研究》等专著,公开发表了一批学术论文,申请了多项国家专利,并得到了社会各界的积极好评和热切关注。这些锲而不舍的研究者,迄今仍然在艰辛地跋涉和不倦的探索中。

兴建渤海海峡跨海通道这一举世无双的特大工程,从提出之日起就一直处在各种不同评价的氛围之中。赞成者有之,称之为我国20世纪最伟大的倡议;质疑者有之,认为这是不可思议的;反对者亦有之,斥之为痴人说梦。这毫不奇怪,因为任何新事物的出现,总会伴随着种种议论,任何开拓性的探索,总会出现不同的声音。质疑和反对的声音,源于人们对这一硕大无比工程的茫然无知和莫名的担心,诸如渤海海峡能够建设跨海通道吗?我国有建设大型跨海通道的技术能力吗?巨额建设资金能够解决吗?海峡地质条件能适应吗?跨海通道能够抵御强台风和强地震吗?万一发生战争怎么办?工程会不会对环境造成破坏?会不会污染海洋环境?海底隧道通行是否安全可靠?跨海通道的运行效益如何?建设周期需要多少年?这许许多多的问题,其实也正是课题组所关注的研究重点。

为了解答这些问题,课题组在前期研究的基础上,组织力量对渤海海峡跨海通道研究中的一系列重大问题,特别是一些难点、重点、疑点问题,如跨海通道建设相关的区域经济效应、技术经济效果、海洋地质、生态环境、政策法规、投融资渠道模式等,进行了深入探讨,取得了一些初步的科研成果。本书将近期发表的研究成果结集出版,各自独立成篇,又互相联系,以"渤海海峡跨海通道若干重大问题研究"命名,期望对围绕渤海海峡跨海通道产生的诸多问题,能够有一个科学合理、系统全面的解释和令人信服的答案。但是,因为渤海海峡跨海通道的建设任重而道远,尽管课题组已经为之进行了长达十多年的研究,但需要进行研究的领域和问题远远不止这些,本书的出版,只是对更深层次的研究起到一个开端和抛砖引玉的作用。

在本书出版之际,举世瞩目的烟大铁路轮渡于2006年11月6日正式投入运营,烟台和大连之间由于渤海海峡的横亘阻隔火车不能通行的历史已被彻底改写。这是我国第一条、世界第35条超过100公里的长距离跨海火车轮渡。烟大轮渡的成功运营,也向世人宣告了这样一个事实:渤海海峡跨海通道第一步设想已经成功实现,它的第二步和第三步设想在不久的将来也必定会由梦想变为现实。一旦跨越渤海海峡的大桥或隧道建成,火车和汽车不需一个小时就可穿越海峡，成为全天候、多功能、便捷通达、连接渤海南北两岸的交通运输干线，全面沟通环渤海高速公路网、铁路网，进而北上与东北地区、东北亚国家及横贯俄罗斯的亚欧大陆桥相接，南下与经济发达的长江三角洲、珠江三角洲、中国港澳台地区及横贯中国的亚欧大陆桥陇海线相连，最终形成一条总长 4000 多公里（国内部分），贯通我国南北、连接东北亚及亚洲和欧洲的现代化综合交通运输大通道，那时，将会是多么宏伟壮观和值得国人自豪的景象！

为本书写这一序言的时候，恰好是农历立春时节，按照我国的传统节气，从现在起就开始进入春天了。尽管此时北国大地仍然是天寒地冻、漫天飞雪，但毕竟春天已经来了！我们由衷地希望，本书的付梓，能够成为我国跨海通道特别是渤海海峡跨海通道研究和建设的一枝报春花，激励着我们加倍努力、奋发进取，也吸引着更多的人关注、支持、投身到这项伟大的事业。当然，我们也深知，渤海海峡跨海通道的研究、探索，绝非一朝一夕之功，而必将是一个漫长、艰难、曲折的过程。然而，时代在发展，社会在前进，历尽天华成奇景，人间万事出艰辛。我们对渤海海峡跨海通道这一跨世纪工程的研究论证和建设充满着美好的憧憬与希望。

本书由渤海海峡跨海通道研究课题组提出并组织，由鲁东大学"环渤海发展研究中心"承担具体写作任务。本书编写过程中，得到了科技部、鲁东大学、国家海洋局烟台管区、经济科学出版社有关领导和同志的大力支持。在此，谨致以真诚的敬意和谢忱！

促进经济又好又快发展和
构建和谐社会的重要部署

——《十届全国人大五次会议〈政府工作报告〉
辅导读本》*代序言

（二〇〇七年三月）

今年是我们党和国家发展进程中十分重要的一年。我们党将召开十七大，改革发展稳定的任务非常繁重，做好政府工作意义重大。刚刚闭幕的十届全国人大五次会议，审议通过了温家宝总理所作的《政府工作报告》（以下简称《报告》）。这个报告通篇以邓小平理论和"三个代表"重要思想为指导，紧紧围绕全面落实科学发展观、加快构建社会主义和谐社会，全面总结过去一年的工作，明确部署今年的任务。这是促进经济又好又快发展和社会主义和谐社会建设，做好今年政府工作的行动纲领。我们必须认真学习领会，全面贯彻落实。

一

国务院向全国人民代表大会报告工作，是宪法规定的职责，也是政府接受人民监督的重要形式。准备好政府工作报告非常重要。温家宝总理对此项工作极为重视，对今年《报告》的指导思想、框架结构、重点内容和改进文风等，都提出了明确要求，强调要对人民高度负责，力求不断创新。因此，今年的《报告》从框架结构、重点内容到表述形式和行文风格都有新的特点。一是主线鲜明，重点突出。《报告》充分体现了党的十六大和十六大以来历次中央全会以及2006年底中央经济工作会议精神，充分体现

---

* 《十届全国人大五次会议〈政府工作报告〉辅导读本》，国务院研究室编写组编，人民出版社、中国言实出版社2007年3月出版。

了贯彻科学发展观和构建社会主义和谐社会的要求，充分体现了解决国民经济和社会发展全局性的重大问题，充分体现了解决人民群众关注和期盼的重点问题，全篇鲜明地突出了以人为本、重视民生、改善民生、保障民生，突出了促进经济又好又快发展、加快构建和谐社会、积极推进改革开放。这也是今年《报告》框架结构和主要内容的显著特点。二是善始善终，恪尽职守。鉴于今年是本届政府任期的最后一年，《报告》总结 2006 年工作和部署今年任务，都注意体现本届政府工作的连续性，同前四年政府提出的任务相衔接，反映对国家、对人民高度负责的精神。三是文风朴实，简洁凝练。温家宝总理强调指出，文风实际上是作风问题，是对待人民的态度问题，要努力改进文风。《报告》总结成绩，注重用事实和数据说话，实事求是；部署工作，力求思路清晰，任务明确，措施有力；对待问题和不足，不掩饰、不回避；文风朴实、语言精练，避免空泛议论。总之，这是一个充分反映人民群众意愿、利益和要求，充分体现积极进取、求真务实、真抓实干、注重实效的报告。

今年《报告》形成过程的一个重要特点，是更加注重走群众路线，广泛听取各方面意见。《报告》征求意见稿形成后，1 月 30 日至 2 月 8 日，温家宝总理在中南海连续召开五次座谈会，征求对《报告》稿的修改意见，分别听取了各民主党派中央、全国工商联负责人和无党派人士，经济、社会和自然科学领域的专家学者，科技、教育、卫生、文化、体育界代表，企业界代表和工人、农民等基层群众代表的意见和建议。参加企业界座谈会的，既有国有企业负责人，也有非公有制企业负责人；既有大型企业代表，也有中小型企业代表。专门召开基层群众座谈会，听取他们对《报告》稿的意见和建议，更是第一次。来自基层群众的代表，有车间工人、种粮农民、农民工、出租车司机、下岗创业人员、乡村医生、农技推广员、城市社区干部、派出所民警、银行职员、商场管理人员和大学研究生。他们踊跃发言，用朴实的语言谈了身边的变化和自己的感受，对《报告》提出了不少很好的意见和建议，其中有些在《报告》修改时被采纳、吸收。温家宝总理指出，政府的权力是人民赋予的，一切属于人民，一切为了人民，一切服务人民，是政府工作的宗旨。一个好的政府工作报告，应该是群众关心的报告，群众参与的报告，要使群众愿意听，听得懂，能管用。今年《报告》的形成过程，更是发扬民主、反映民意、集中民智、凝聚民心的过程。《报告》是集思广益的成果，是各方面智慧的结晶。

二

2006年是全国各族人民在党中央、国务院领导下，沿着中国特色社会主义道路奋勇前进的一年。《报告》开宗明义，以简约的文字和数字展现了过去一年取得的成就。指出"2006年，是我国实施'十一五'规划并实现良好开局的一年，国民经济和社会发展取得重大成就"。经济平稳快速增长，国内生产总值跃上20万亿元新台阶；经济效益稳步提高，财政收入大幅增加；改革开放进一步深化，重点领域和关键环节改革取得新进展，进出口持续快速增长；社会事业加快发展，人民生活有较大改善。一组组令人振奋的数据和举世瞩目的成就，标志着我们朝着全面建设小康社会的宏伟目标又迈出了坚实的一步。

这些成就来之不易。《报告》回顾了2006年政府所做的主要工作。概括地说，就是坚持以科学发展观统领经济社会发展全局，突出五个"注重"。

第一，注重保持经济平稳较快发展。2006年上半年，经济发展中出现了投资增长过快、货币信贷投放过多、外贸顺差过大等突出问题，中央及时作出正确决策，加强和改善宏观调控，有针对性地解决经济运行中的突出问题。特别是严把土地、信贷两个闸门和新上项目市场准入关。采取"五个加强"措施，即加强土地调控和管理，加强货币信贷管理，加强财政税收对经济运行的调节，加强新上项目市场准入审核和监督检查，加强房地产市场调控和监管。由于果断采取有力的措施，从而有效防止了经济增长由偏快转为过热，避免了经济出现大的起落。

第二，注重加强"三农"工作。2006年是中央提出推进社会主义新农村建设的第一年。中央实施了一系列支农惠农政策措施，包括在全国范围内取消了农业税和农业特产税；继续增加对种粮农民直接补贴、良种补贴和农机具购置补贴，实施农业生产资料综合补贴政策，继续对重点地区的重点粮食品种实行最低收购价政策，增加对财政困难县乡和产粮大县的转移支付，进一步调动粮食主产区和农民种粮积极性。在自然灾害较重的情况下，全国粮食连续三年获得丰收，这是以往少有的。同时，较大幅度地增加对"三农"

的投入。农村道路、水利、电力、通信等基础设施建设得到加强，农民生产生活条件继续改善。农民得到了更多的实惠。2006年全国农民人均纯收入3587元，扣除价格因素，实际增长7.4%，这是1997年以来实际增长最快的一年。国务院制定并实施解决农民工问题的政策措施，维护了农民工的合法权益。

第三，注重推进经济结构调整和增长方式转变。 着力调整产业结构。一方面，制定并实施加快振兴装备制造业的政策措施，推进关键领域重大技术装备自主制造，推动产业素质的提升。另一方面，制定并实施钢铁、煤炭、水泥等11个行业结构调整的政策措施，关闭了一批不符合产业政策的小钢铁、小水泥、小煤矿，部分产能过剩行业投资增幅明显回落。与此同时，注意增加发展的后劲，保证重点建设，一批关系国民经济和社会发展全局的重大工程建成投产或开工建设。更加重视节能环保工作。国务院作出《关于加强节能工作的决定》，明确了节能的指导思想、基本原则、主要任务、重要措施，对节能减排工作进行了全面部署。完善节能降耗、污染减排政策，普遍建立节能减排目标责任制。全面实施重点节能工程，开展千家企业节能行动。推进循环经济试点。重点流域和区域水污染防治工作得到加强。全面整顿和规范矿产资源开发秩序取得阶段性成果。2006年，全国单位国内生产总值能耗由前三年均为上升转为下降；主要污染物排放总量增幅减缓。尽管没有完成2006年初确定的节能减排目标，但这方面工作还是取得了可喜的进展和很大的成绩。继续实施区域发展总体战略并取得积极进展。事实有力证明，只有不断调整和优化经济结构，提高经济增长的质量和效益，才能增强我国经济的竞争力和可持续发展能力。

第四，注重社会发展和解决民生问题。 加大工作力度，继续解决经济发展与社会发展"一条腿长、一条腿短"的问题。2006年，中央和地方各级财政大幅度增加用于科技、教育、卫生和文化事业的投入，加强政策支持和深化改革，有力促进了各项社会事业加快发展。积极推进科技创新，颁布实施国家中长期科学和技术发展规划纲要，制定了相关专项规划和配套政策措施。一批重大科技专项陆续启动。坚持促进教育事业优先发展，"两免一补"政策得到落实，西部地区"两基"攻坚取得重要进展，职业教育和高等教育达到新水平。医疗卫生工作进一步加强。覆盖城乡、功能比较完善的疾病预防控制体系和突发公共卫生事件医疗救治体系基本建成。启动了农村卫生服务体系建设。新型农村合作医疗试点范围明显扩大，并较大幅度提高参加合作医疗农民的补助标准。以社区为基础的城市医疗服务体系建设加快推进。城乡医疗救助工作有所加强，艾滋病等重大疾病防控取得明显进展。积极发展文化事业。文化基础设施尤其是农村基层文化设施建设得到加强。文化体制改革进一步深化，文化产业加快发展，对外文化交流更加活跃。全民体育活动广泛开展，竞技体育水平不断提高。社会主义精神文明建设继续加强。

关注民生、改善民生、保障民生，是党和政府全心全意为人民服务这一根本宗旨的必然要求，也是人民政府的基本职责。2006年，进一步完善和落实就业扶持政策，加大财政投入，多渠道开发就业岗位。在前些年工作的基础上，基本解决了建设领域历史上拖欠工程款和农民工工资的问题。企业职工基本养老保险做实个人账户试点范围进一步扩大，各地区国有企业下岗职工基本生活保障向失业保险并轨基本完成。提高了企业离退休人员基本养老金标准。城乡社会救助体系框架基本建立。中央财政增加了用于城市低保的补助资金，各地不同程度提高了城市低保补助水平。大幅度提高各类优抚对象的抚恤补助标准。完善大中型水库征地补偿和移民后期扶持政策，使这个长期遗留的问题正在逐步解决。2006年，我国部分地区遭受了历史上罕见的自然灾害，中央及时部署加强抗灾救灾和灾后重建工作，受灾群众生产生活得到妥善安置。

过去的一年，我国社会主义民主法治建设不断推进。政府立法工作进一步加强。认真贯彻行政许可法、公务员法，全面推进依法行政实施纲要，加快建设法治政府。监察、审计监督工作力度加大。司法行政体制改革稳步推进。信访工作进一步加强。集中整治治安混乱地区和突出治安问题取得明显成效，保障了人民安居乐业和社会安定和谐。廉政建设和反腐败斗争深入推进。

第五，注重推进改革开放。努力在重点领域和关键环节的改革上不断取得突破。农村综合改革、集体林权制度改革稳步推进。国有企业改革和国有资产监管取得新进展，邮政、电力体制改革继续推进。金融体制改革不断深化，国有商业银行股份制改革迈出新的重要步伐，证券市场基础性制度建设得到加强。财政税收制度进一步完善，公务员工资制度改革和规范收入分配秩序的工作顺利进行。努力提高对外开放的质量和水平，积极调整对外贸易结构，妥善应对国际贸易摩擦。利用外资保持较大规模。企业对外投资与合作取得新进展。改革开放的深入推进，为我国经济社会发展进一步注入了活力和动力。

在总结工作成绩的同时，也要认真总结实践经验。《报告》联系我国改革开放近30年来的丰富实践，深刻地指出："总结我们的实践经验，归结起来就是，只有解放思想、实事求是，与时俱进、开拓创新，坚定不移地走中国特色社会主义道路，坚持改革开放，坚持科学发展、和谐发展、和平发展，才能最终实现现代化的宏伟目标。"这是对我国改革开放以来所实行的路线方针政策的精辟概括。坚持科学发展、和谐发展、和平发展，是对我国走中国特色社会主义道路和工业化、现代化建设规律认识的进一步深化。科学发展，核心是坚持以人为本，搞好"五个统筹"，实现经济社会全面协调可持续发展。和谐发展，要旨是在着力提高经济发展水平的同时，更加关注民生，努力解决人民群众最关心、最直接、最现实的利益问题，让广大人民群众共享改革发展成果，维护社会公平正义；更加重视发展民主，完善法治，发展中国特色的民主政治。和平发展，精髓是抓住历史机遇，争取和平的国际环境来发展自己，又以自身发展维护世界和平、促进共同发展。实践证明，科学发展、和谐发展、和平发展之路，符合中国国情，符合世界潮流，具有鲜明的时代特征，我们一定要始终不渝地沿着这条光明道路走下去。这些在社会主义现代化建设伟大实践中产生、在新的形势下日臻完善的科学思想结晶，对于引导全国人民沿着正确的道路前进，具有长久的指导意义。

三

在充分肯定成绩的同时，《报告》坦诚地向人民报告了经济社会发展存在的问题和工作中的缺点与不足。一是经济结构矛盾突出。特别是农业基础薄弱状况没有改变，粮食稳定增产和农民持续增收难度加大；固定资产投资总规模依然偏大，银行资金流动性过剩问题突出，引发投资增长过快、信贷投放过多的因素仍然存在；外贸顺差较大，国际收支不平衡矛盾加剧。二是经济增长方式粗放，突出表现在能源消耗高、环境污染重。2006年，全国没有实现年初确定的节能减排目标，原因虽然是多方面的，报告没有回避这个问题，而是如实报告了节能减排的进展情况，并强调"十一五"规划提出这两个约束性目标是一件十分严肃的事情，不能改变，必须坚定不移地去实现。三是一些涉及群众利益的突出问题解决得不够好。食品药品安全、医疗服务、教育收费、居民住房、收入分配、社会治安、安全生产等方面还存在群众不满意的问题，土地征收征用、房屋拆迁、企业改制、环境保护等方面损害群众利益的问题仍未能根本解决，不少低收入群众生活比较困难。四是政府自身建设存在一些问题。政府职能转变滞后，政企不分依然存在，有些部门职责不清，办事效率低；公务消费不规范，奢侈浪费，行政成本高；一些地方、部门和少数工作人员还存在官僚主义、形式主义，脱离群众，失职渎职，甚至滥用权力，贪污腐败。《报告》不回避、不掩饰以上这些问题，显示出对人民高度负责的精神，也表明解决好这些问题的决心和信心。

今年是本届政府任期的最后一年。《报告》指出，"我们要以更加昂扬的精神状态，恪尽职守，积极进取，毫不懈怠，努力把各项工作做得更好，向人民交出满意的答卷"。这是对人民高度负责的庄严宣示。根据中央对全党全国工作的总体部署，报告明确提出了今年政府工作的基本思路、目标任务和政策原则。基本思路和任务是：以邓小平理论和"三个代表"重要思想为指导，全面落实科学发展观，加快构建社会主义和谐社会，认真贯彻党的十六大以来的各项方针政策，加强和改善宏观调控，着力调整经济结构和转变增长方式，着力加强资源节约和环境保护，着力推进改革开放和自主创新，着力促进社会发展和解决民生问题，全面推进社会主义经济建设、政治建设、文化建设、社会建设，为党的十七大召开创造良好的环境和条件。《报告》提出了今年经济增长速度、就业、物价和国际收支等目标，并对今年国内生产总值增长速度目标进行了说明，强调更重要的是要引导各方面认真落实科学发展观，把工作重点放到优化结构、提高效益、节能降耗和污染减排上来，防止片面追求和盲目攀比增长速度。同时，强调实现今年的目标和任务，必须把握好几项政策原则：稳定、完善和落实政策；加强和改善宏观调控；大力提高经济增长质量和效益；更加重视社会发展和改善民生；以改革开放为动力推进各项工作。

《报告》确定这样的基本思路、主要目标和政策原则，根本着眼点是全面贯彻科学发展观，突出抓好三个方面：一是促进经济又好又快发展；二是推进社会主义和谐社会建设；三是深化改革和扩大开放。

（一）努力促进经济又好又快发展

过去把实现经济又快又好发展作为重要的工作方针。2006年底，中央经济工作会议明确提出了实现经济又好又快发展。从"又快又好"变为"又好又快"，调换了"好"与"快"的位置，强调了"好"。这样做，内涵丰富，意义重大。从根本上说，就是突出地要求加快推进经济增长方式转变和调整经济结构，更加注重提高发展的质量和效益，更加注重增强发展的全面性和协调性，更加注重实现发展的稳定性和持续性。这是对发展内涵认识的深化，是对经济社会发展新形势认识的深化，是对新阶段经济发展规律认识的深化，也是经济建设指导思想的重要转变。既要求保持经济平稳较快增长，更要求把好放在首位，坚持好中求快。尽管经过多年的建设，我国经济有了长足的发展，然而目前仍然是一个发展中国家，人均水平还很低，实现现代化的任务依然艰巨，我们必须重视发展速度。解决中国所有问题归根到底要靠发展，努力使经济长期保持较快的发展速度，但这个速度应当是经济结构比较合理、经济效益比较好、资源消耗比较少和生态环境得到保护的速度，是经济素质不断提升、有充足后劲、能够稳定持续发展的速度；是重大关系比较协调、人民得到实惠比较多、社会和谐全面进步的速度。努力促进经济又好又快发展，是贯彻科学发展观的内在要求，是解决现实经济发展中突出问题的迫切需要，也是实现全面建设小康社会乃至整个现代化目标的根本方针。围绕促进经济又好又快发展，《报告》着重从以下几个方面进行了部署。

第一，坚持加强和改善宏观调控。宏观调控与市场机制都是社会主义市场经济体制的有机组成部分。一个成熟的市场经济，不仅市场作用发挥得好，而且宏观调控也搞得好。只有把市场机制和宏观调控有机结合起来，才能保障整个国民经济重大关系协调、充满活力、富有效率地健康运行。针对当前经济运行中的基本状况和矛盾，今年加强和改善宏观调控，要继续实行稳健的财政政策和货币政策；适当减少财政赤字和长期建设国债规模，政府预算支出和政府投资要优化结构、突出重点。综合运用多种货币政策工具，调整和优化信贷结构，合理调控货币信贷总量，有效缓解银行资金流动性过剩的问题，逐步改善国际收支不平衡的状况。

投资和消费关系不协调是当前经济生活中的突出问题，加强和改善宏观调控的一个重点任务，就是调整投资和消费的关系。《报告》强调坚持扩大内需方针，重点是扩大消费需求。深化收入分配制度改革，既可以缓解收入差距扩大的矛盾，又可以有效扩大消费需求。要采取多种措施，努力增加城乡居民收入特别是中低收入者的收入。要通过合理调整和严格执行最低工资制度、建立健全工资正常增长机制和支付机制，保证城镇职工收入稳步增加。尤其要重视扩大农村消费需求，认真落实促进农民增收减负的政策措施，加强农村商贸流通和市场体系建设，改善农村消费环境和条件。落实好这些措施，不仅有利于扩大当前消费需求，而且也有利于对消费需求持续增长创造条件，逐步改变投资和消费关系失调的状况。

当前，经济运行中投资反弹压力依然很大，投资盲目扩张、投资结构不合理、投资效益不高的现象仍然比较普遍。为此，《报告》提出，今年要保持固定资产投资适度增长，着力优化投资结构，提高投资效益。必须继续严把土地、信贷闸门，并根据不同行业情况，适当提高并严格执行建设项目市场准入标准。控制新上项目，特别要控制城市建设规模。坚持有压有保，在控制一般性建设的同时，加强关系经济社会发展全局和长远发展的重大项目建设，包括加快大型水利、能源基地、铁路干线、国道主干线等重要基础设施建设，以增强经济发展的后劲。积极引导社会资金更多地投向农业农村、社会事业、自主创新、资源节约、环境保护和中西部地区。这样，既可以加强发展的薄弱环节，又可以提高建设资金使用效益。

房地产问题是社会各界关注的突出问题。《报告》用相当的篇幅对这个问题进行了全面阐述。强调房地产业对发展经济、改善人民群众住房条件有着重大作用，必须促进房地产业持续健康发展，并进一步明确提出了指导原则和政策措施。一是按照合理规划、科学建设、适度消费的原则，发展节能省地环保型建筑，形成具有中国特点的住房建设和消费模式。二是房地产业应重点发展面向广大群众的普通商品住房。政府要特别关心和帮助解决低收入家庭住房问题。建立健全廉租房制度。改进和规范经济适用房制度。三是正确运用政府调控和市场机制两个手段，保持房地产投资合理规模，优化商品房供给结构，加强房价监管和调控，抑制房地产价格过快上涨。四是深入整顿和规范房地产市场秩序。地方各级政府要对房地产市场的调控和监管切实负起责任。认真落实这些原则和政策措施，必将对解决好人民群众关心的住房问题和促进我国房地产业健康发展产生重要作用。

第二，发展现代农业和推进社会主义新农村建设。坚持把"三农"作为全部工作的重中之重，这是统筹城乡发展、促进农村繁荣、全面建设小康社会的必然选择。中央作出建设社会主义新农村的重大决策之后，受到全党全国人民的热烈拥护，有力地加强了"三农"工作，总体势头良好。做好今年的"三农"工作，要以加快发展现代农业为重点，扎实推进社会主义新农村建设。为此，《报告》提出了五项任务和四大措施。"五项任务"是：稳定发展粮食生产，优化粮食品种结构；提高农业综合生产能力，加快农业设施建设，改善农业技术装备；加强农村基础设施建设，加快农村水利、道路、电网通信、安全饮水、沼气等设施建设；多渠道增加农民收入，发展农产品加工业，大力推进农业产业化经营，支持龙头企业发展，壮大县域经济，拓宽农民就业增收渠道；着力推进农村实用人才队伍建设和农村人力资源开发。"四大措施"是：一要巩固、完善和加强支农惠农政策。增加对种粮农民的直接补贴、良种补贴、农机具购置补贴和农业生产资料综合补贴。继续实行粮食最低收购价政策。二要加大对农业农村投入力度。今年财政支农投入的增量、国家固定资产投资用于农村的增量、土地出让收入用于农村建设的增量要继续高于上年。三要加快农业科技进步。支持农业科技项目，加快农业科技成果转化，完善基层农业技术推广和服务体系。四要全面推进农村综合改革。加快乡镇机构改革、农村义务教育改革和县乡财政管理体制改革。《报告》强调，推进社会主义新农村建设，必须把重点放在发展农村经济、增加农民收入上。坚持稳定和完善农村基本经营制度，坚持因地制宜、从实际出发，坚持尊重农民意愿、维护农民权益，反对形式主义和强迫命令。这些是保证社会主义新农村建设沿着正确方向前进的重大指导方针，必须认真贯彻执行。

第三，大力抓好节能降耗、保护环境和节约集约用地。这是实现经济又好又快发展的必然要求和迫切需要。要坚决改变消耗高、污染重、占地多的粗放型发展模式，真正走新型工业化、新型城镇化的路子，坚持节约发展、清洁发展、安全发展，实现可持续发展。必须清醒地认识到，靠粗放型发展模式，不仅产生了严重的社会经济后果，而且难以持续下去。因此，要切实加大节约资源和环保工作力度。《报告》提出，今年要把节能降耗、保护环境和节约集约用地作为转变经济增长方式的突破口和重要抓手，并提出从八个方面加强节能环保工作。一是完善并严格执行能耗和环保标准。新上项目不符合节能环保标准的不准开工建设，现有企业经整改仍达不到标准的必须依法停产关闭。二是坚决淘汰落后生产能力。关停小火电机组，淘汰落后炼铁、炼钢产能，加大淘汰水泥、电解铝等行业落后产能的力度。三是突出抓好重点行业和企业节能减排工作。四是健全节能环保政策体系。深化重要资源性产品价格和排污收费改革，完善资源税制度，健全矿产资源有偿使用制度，加快建立生态环境补偿机制。五是加快节能技术进步。积极推进以节能减排为主要目标的设备更新和技术改造。大力发展循环经济和节能环保产业。六是加大污染治理和环境保护力度。禁止污染企业和城市污染物向农村扩散，控制农村面源污染。七是强化执法监督管理，建立更加有效的节能环保监督管理体系。八是认真落实节能环保目标责任制。抓紧建立和完善科学、完整、统一的节能减排指标体系、检测体系和考核体系，实行严格的问责制。《报告》强调指出，"在土地问题上，我们绝不能犯不可改正的历史性错误，遗祸子孙后代"。这是振聋发聩的警钟。并且提出，"一定要守住全国耕地不少于18亿亩这条红线"。明确要求，坚决实行最严格的土地管理制度：认真执行土地利用总体规划和年度计划；抓紧完善和严格执行节约集约用地标准；切实控制工业用地；落实建设用地税费政策；严格土地管理责任制。《报告》强调，要在全社会大力倡导节约、环保、文明的生产方式和消费模式，努力建设资源节约型和环境友好型社会。认真落实以上措施，才能在转变经济增长方式方面取得切实进展，也才能实现"十一五"规划中提出的节能减排目标。

第四，加快推进产业结构升级和自主创新。这是实现科学发展、又好又快发展的重要环节。我国产业结构不合理的突出表现是，服务业发展滞后，工业特别是重工业比重偏大，技术装备水平较低。必须加大产业结构调整力度，努力改变这种状况。《报告》提出，优化产业结构，重点是大力发展服务业，提升工业层次和水平，继续推进国民经济和社会信息化。提高第三产业的比重和水平，有利于改变经济增长过度依靠工业拉动的格局，既能大量增加就业岗位，扩大消费需求，又能减少能源消耗和污染排放，提高经济效率和效益。促进工业由大变强是一项紧迫的重大任务，要加快发展高新技术产业，振兴装备制造业，积极发展可再生能源，有序发展替代能源，广泛应用先进技术改造提升传统产业。同时，加快产能过剩行业调整。《报告》还就加快推进自主创新、建设创新型国家作出明确部署。强调要认真落实《国家中长期科学和技术发展规划纲要（2006—2020年）》提出的目标任务。加快建立以企业为主体、市场为导向、产学研相结合的技术创新体系。完善自主创新激励机制。抓紧制定并实施国家知识产权战略，切实加强知识产权保护。落实好这些措施，必将有力推动我国经济结构调整优化，不断提高自主创新能力。促进经济又好又快发展，还必须按照统筹兼顾、合理规划、发挥优势、落实政策的原则，促进区域协调发展。《报告》对西部大开发、东北地区等老工业基地振兴、中部地区崛起、东部地区率先发展的工作重点都提出了要求。还要求加大国家对欠发达地区支持力度，鼓励发达地区对欠发达地区对口援助。这些都是完全必要和正确的。

（二）推进社会主义和谐社会建设

社会和谐是中国特色社会主义的本质属性，是国家富强、民族振兴、人民幸福的重要保证。构建社会主义和谐社会，是全面落实科学发展观的必然要求，也是全面建设小康社会、加快社会主义现代化的重大战略任务。《报告》把推进社会主义和谐社会建设摆在更加突出的位置，特别是对加快教育、卫生、文化、体育等社会事业发展，加强就业和社会保障工作，强化安全生产工作和整顿规范市场秩序，推进社会主义民主法治建设，维护社会安定和谐，作出了明确部署，提出了一系列新的重要举措。

——**在社会事业发展方面**。促进教育发展和教育公平，是今年《报告》的一大亮点。《报告》强调，要坚持把教育放在优先发展的战略地位，加快各级各类教育发展。今年，要在全国农村全部免除义务教育阶段的学杂费，这将使农村1.5亿中小学生的家庭普遍减轻经济负担；继续对农村贫困家庭学生免费提供教科书并补助寄宿生活费，完善农村义务教育经费保障机制。这是我国教育发展史上具有里程碑意义的大事。同时，继续解决好城市困难家庭和农民工子女接受义务教育问题，确保全面完成西部地区"两基"攻坚计划和农村中小学现代远程教育工程。强调要把发展职业教育放在更突出的位置，使职业教育真正成为面向全社会的教育。强调要着力提高高等教育质量。为了促进教育发展和教育公平，《报告》特别提出两项重大措施：（1）从今年新学年开始，在普通本科高校、高等职业学校和中等职业学校建立健全国家奖学金、助学金制度，进一步落实国家助学贷款政策，使困难家庭的学生能够上得起大学、接受职业教育。（2）在教育部直属师范大学实行师范生免费教育，建立相应的制度。这个具有示范性的举措，是要进一步形成尊师重教的浓厚氛围，让教育成为全社会最受尊重的事业。认真把这些促进教育发展的重大举措落到实处，必将对提高我国国民素质和现代化事业产生重大而深远的影响。

加快卫生事业改革发展，是今年《报告》的又一个亮点。强调要着眼于建设覆盖城乡居民的基本卫生保健制度，重点做好四件事：（1）积极推行新型农村合作医疗制度。试点范围今年要扩大到全国 80% 以上的县（市、区），有条件的地方还可以搞得更快一些。健全县、乡、村三级农村卫生服务网络，让广大农民享有安全、有效、方便、价廉的医疗卫生服务。（2）加快建设以社区为基础的新型城市卫生服务体系。重点发展社区卫生服务，方便群众防病治病。（3）启动以大病统筹为主的城镇居民基本医疗保险试点，政府对困难群众给予必要的资助。（4）做好重大传染病防治工作。今年要扩大国家免疫规划范围，将甲肝、流脑等 15 种可以通过接种疫苗有效预防的传染病纳入国家免疫规划。在免费救治艾滋病、血吸虫病等传染病患者的基础上，扩大免费救治病种。加强职业病、地方病防治。《报告》还提出，要制定深化医药卫生体制改革方案。抓好这几件事，将大大缓解广大群众看病就医难的问题，对于保障人民群众健康、增强国民身体素质具有重大的意义。《报告》还对加快发展文化事业和文化产业，积极发展体育事业和体育产业，发展老龄事业、妇女儿童和青少年事业，关心和支持残疾人事业等方面作出了部署。这些对于促进社会进步、激发社会发展活力将起到重要作用。

——在就业和社会保障方面。就业是民生之本，社会保障是构建和谐社会的"安全网"。认真做好就业和社会保障工作，是解决好民生问题、促进社会和谐的关键。《报告》提出，要坚持把扩大就业放在经济社会发展的突出位置，重点做好下岗失业和关闭破产企业人员再就业工作，积极帮助"零就业家庭"和就业困难人员就业，加强高校毕业生就业指导和服务，推进退役军人安置改革。加快完善社会保障体系，继续加大财政投入，完善企业职工基本养老保险制度，健全城镇职工基本医疗保险和失业、工伤、生育保险制度，建立适合农民工特点的社会保障制度，重点推进农民工工伤保险和大病医疗保障工作，进一步扩大社会保险覆盖面，提高基金征缴率。强化社会保障基金、住房公积金等社会公共基金的监督管理，严禁侵占挪用。《报告》特别提出，要完善城乡社会救助体系，健全城市居民最低生活保障制度、城乡医疗救助制度、城市生活无着的流浪乞讨人员救助制度。明确要求，今年要在全国范围建立农村最低生活保障制度。这是加强"三农"工作、构建和谐社会的又一重大举措。全国城乡最低生活保障制度的建立，对于促进社会公平、构建和谐社会具有重大而深远的意义。《报告》还对继续落实好优抚政策，抓好防灾减灾救灾工作，支持慈善事业发展等方面作出部署。突出解决民生问题，是今年《报告》的一大特点，让城乡广大群众都能享受到改革发展带给他们的实实在在利益，既是我们党和政府为人民服务的宗旨，也是促进和谐社会建设的关键。

——在安全生产和整顿市场秩序方面。安全生产关系人民群众生命财产的安危。过去一年，各级政府进一步加强安全生产工作，全国安全生产状况逐步趋向好转。这是保障民生、促进社会和谐的重要方面。《报告》强调，今年要坚决遏制重特大安全事故发生，实现全国安全生产状况稳定好转。要认真贯彻"安全第一，预防为主，综合治理"的方针，完善安全生产体制，切实落实责任制。继续打好煤矿瓦斯治理和整顿关闭两个攻坚战。要依法加强监管，严肃查处安全生产事故。同时，保障民生、促进社会和谐还必须完善市场管理，强化市场监管，维护市场秩序，让人民群众吃上放心、安全的食品、药品。《报告》就深入整顿和规范市场秩序，依法打击经济违法犯罪活动，大力开展食品安全专项整治，全面整顿药品市场秩序等方面作出了部署。

——在民主法治建设和维护社会安定和谐方面。加强民主法治建设，促进社会公平正义，是构建和谐社会的重要任务。《报告》提出，要积极稳妥地推进政治体制改革，加快中国特色的民主政治建设。完善人民的民主权利保障制度。扩大基层民主，完善政务公开、厂务公开、村务公开等制度，完善重大问题集体决策制度、专家咨询制度、社会公示和听证制度、决策责任制度。全面推进依法行政，加强政府立法工作，加强和改善行政执法。同时，做好民族、宗教和侨务工作。人民群众的安居乐业是构建社会主义和谐社会的重要目标。《报告》提出，要健全利益协调机制、诉求表达机制、矛盾排查调处机制和权益保障机制。认真落实涉及群众利益的各项政策，依照法律和政策及时解决群众反映的问题，坚决纠正损害群众利益的行为。加强社会治安防控体系建设，依法打击刑事犯罪活动，维护国家安全和社会稳定。

（三）深化改革和扩大开放

改革开放是强国富民的必由之路。经过近30年坚持不懈的努力，我们已基本建立社会主义市场经济体制，形成了开放型经济体系。但是改革仍然面临许多艰巨的任务，对外开放也面临新的形势。落实科学发展观，实现经济又好又快发展，构建社会主义和谐社会，都必须继续推进改革开放。要坚持社会主义市场经济的改革方向，适应经济社会发展要求，推进经济体制、政治体制、文化体制、社会体制改革，全面提高对外开放水平。《报告》强调，今年要坚定不移地推进改革开放，在重点领域和关键环节取得新的突破。这显示出党和政府坚持改革开放的坚强决心和巨大勇气。

深化经济体制改革，要着力抓好以下几个方面：

一是深化国有企业改革。 多年来，我国国有企业改革不断取得新突破，国有经济布局和结构调整有了重要进展。但是，国有资本行业分布过宽、战线过长、资源配置不合理、企业经营机制转变滞后的状况仍没有根本改变，需要继续加以推进。《报告》提出，要按照有进有退、合理流动的原则，继续推动国有资本更多地向关系国家安全和国民经济命脉的重要行业和关键领域集中。推进企业调整重组，支持有条件的企业做强做大。加快国有大型企业股份制改革。今年深化国有企业改革的一项重要任务是，完善国有资产监管体制，建立国有资本经营预算制度，规范国家与企业的分配关系。今年将进行国有资本经营预算编制试点。建立国有资本经营预算制度，有利于国家履行出资人职责，保障所有者权益；有利于完善国有及国有控股企业收入分配制度，抑制部分企业经营者收入过度增长；有利于增强政府宏观调控能力，防止企业进行低水平重复建设；有利于国家集中资金，用于国有经济布局调整和企业改革成本支付，以及公共事业发展和其他应急需要；因此，具有多方面重要意义。同时，要抓紧解决国有企业历史遗留问题，加快推进垄断行业改革。

二是继续鼓励、支持和引导个体私营等非公有制经济发展。 这是中央的一贯方针。两年前，国务院还提出了具体政策措施。总的看，多年来特别是近几年非公有制经济得到了迅速发展。要继续认真落实有关的政策措施。特别要鼓励非公有制经济参与国有企业改革，进入公用事业、基础设施、金融服务以及社会事业等领域。要完善金融、税收、技术创新等政策，改进对非公有制企业的服务。加强对非公有制企业的引导和管理，促进企业依法经营。各有关部门和地方都应认真检查对中央政策措施的落实情况，真正把各项政策措施落到实处。

三是推进财税体制改革。今年财税改革的一项重点任务，是做好统一内外资企业所得税工作。改革开放以来，我国对外资企业实行了不同于国内企业的税收优惠政策，这对于吸引外资、促进开放发挥了重要作用。随着社会主义市场经济体制逐步完善，特别是我国加入世界贸易组织过渡期已结束，市场主体产权日趋多元化，内外资企业所得税两法并存的历史条件已发生根本性变化。现在统一内外资企业所得税，时机成熟、条件具备。做好这项改革工作，有利于完善我国社会主义市场经济体制，有利于为企业创造公平竞争的税收环境，有利于促进经济增长方式转变和产业结构升级，有利于促进区域经济协调发展，有利于提高我国利用外资的质量和水平。因此，一定要认真做好两税合并的各项工作。同时，要加快公共财政体系建设，完善财政转移支付制度，改革预算管理制度，制定全面实施增值税转型方案和措施，建立规范的政府非税收入体系。

四是加快金融体制改革。多年来特别是近几年来，我国金融体制改革取得重大进展。不久前召开的全国金融工作会议对今后五年金融工作进行了全面部署，要有步骤地认真落实。《报告》提出，要深化国有银行改革，巩固和发展国有商业银行股份制改革成果，着力完善公司治理结构，转变经营机制。抓紧搞好中国农业银行股份制改革，推进国家开发银行改革。加快农村金融改革，着力构建分工合理、投资多元、功能完善、服务高效的农村金融组织体系。大力发展资本市场，扩大直接融资规模和比重。深化保险业改革。推进金融对外开放。切实加强和改进金融监管，维护国家金融稳定和安全。抓紧抓好这些改革工作，必将有力地促进金融业持续健康安全发展。

随着加入世贸组织过渡期结束，我国对外开放进入新阶段。面对新的机遇和挑战，必须坚持实行互利双赢开放战略，不断提高对外开放水平。要继续发展对外贸易。必须看到，我国人口多、就业压力大的问题将长期存在。通过发展对外贸易促进经济发展、增加就业，是我们必须长期坚持的方针。近几年我国对外贸易快速发展，外贸顺差持续增加，国际贸易摩擦也增多，必须采取综合措施，努力解决外贸顺差过大的矛盾。关键是要加快转变外贸增长方式，优化进出口结构。适当控制出口，努力增加进口。推动加工贸易升级。要进一步做好利用外资工作，着力提高引进外资质量，注重引进先进技术、管理经验和高素质人才；加强对外资并购的引导和规范。要不断优化投资环境，规范招商引资行为，切实纠正一些地方违法违规变相给予优惠政策和层层下达分解指标的做法。要引导和规范企业对外投资合作，支持有实力、有信誉、有竞争力的各种所有制企业走出去，按照国际通行规则对外投资和跨国经营。这是对外开放新阶段的重大举措。不久前，国家制定了鼓励和规范我国企业对外投资合作的指导性文件，必须认真贯彻落实。总之，我们要坚定不移地实行对外开放的基本国策，更好地把引进来和走出去结合起来，进一步利用好国内国外两个市场、两种资源，更好地推进经济结构调整和增长方式转变，推进现代化建设事业健康发展。

四

加强政府自身改革和建设，是贯彻科学发展观、推进和谐社会建设、做好政府工作的根本性要求。本届政府组成以来，始终把实行科学民主决策、推进依法行政、加强行政监督作为政府工作的基本制度，全面履行政府职能，坚持推进管理创新，积极建设法治政府、服务型政府，加大廉政建设和反腐败工作力度，政府自身改革和建设迈出了重要步伐。

《报告》深刻总结了政府自身改革和建设实践的体会，这就是必须坚持以人为本、执政为民，把实现好、维护好、发展好最广大人民的根本利益作为出发点和落脚点；必须坚持从国情出发，实现党的领导、人民当家作主和依法治国的有机统一；必须坚持不断完善社会主义市场经济体制，促进经济社会全面协调可持续发展；必须坚持创新政府管理制度和方式，提高政府工作的透明度和人民群众的参与度。这"四个必须"既是宝贵的实践经验，也是今后政府自身改革和建设需要坚持的原则。《报告》提出，要"建设一个行为规范、公正透明、勤政高效、清正廉洁的政府，建设一个人民群众满意的政府"，这是推进政府自身改革和建设的基本方向和目标。各级政府都应该身体力行，认真付诸实践。

《报告》对当前和今后一个时期加强政府自身改革和建设作出了明确部署。强调要以转变政府职能为核心，规范行政权力，调整和优化政府组织结构与职责分工，改进政府管理与服务方式，大力推进政务公开，加快电子政务和政府网站建设，提升公务员队伍素质，全面提高行政效能，增强政府执行力和公信力。今年要集中力量抓好三项工作：一是完善宏观调控体制，坚持政企分开，深入推进行政审批制度改革，减少审批事项，提高办事效率。二是加强社会管理和公共服务，增强基本公共服务能力，着力解决人民群众反映强烈的问题。三是依法规范行政行为，深入开展廉政建设和反腐败斗争。着力抓好这些工作，政府自身改革和建设就会取得新的重要进展。

大力加强政风建设，是《报告》强调的一个重要任务。今年的重点是解决一些行政机关存在的严重铺张浪费问题。当前，一些地方、部门和单位比阔气、讲排场，奢侈之风盛行，群众反映强烈。这种不良风气必须坚决制止和改变。否则，不仅会影响到政府自身的形象，也势必给党和国家的事业造成巨大损失。《报告》抓住这个问题，可谓切中时弊，明确要求今年要严格控制行政机关新建、扩建办公大楼，严禁建设豪华楼堂馆所，切实规范公务接待行为，堵塞管理漏洞，努力降低行政成本，建设节约型政府。各级政府必须采取切实措施，把加强政风建设的要求落到实处、见到实效，真正取信于民。

潮平两岸阔，风正一帆悬。今年的大政方针和目标任务已经确定。我们要更紧密地团结在以胡锦涛同志为总书记的党中央周围，高举邓小平理论和"三个代表"重要思想伟大旗帜，全面落实科学发展观，加快构建社会主义和谐社会，兢兢业业，扎实工作，奋力把改革开放和社会主义现代化事业继续推向前进。

搞好调查研究贵在深入

——《政策研究与决策咨询——国务院研究室 调研成果选（2007）》*序言

（二〇〇七年九月）

调查研究是发现和解决问题的有效方法，是制定和执行政策的重要基础，也是进行政策研究和决策咨询服务的主要手段。因此，提高调查研究工作质量和水平，有着重要的意义。而要搞好调查研究，贵在深入。

调查研究是一个求实、求是、求解的过程，是一项严谨、缜密、科学的活动。世界是复杂的，各种事物和矛盾错综交织；世界也是变动的，大千万物相互联系又互相转化。认识世界，不是一件容易的事情。"千淘万漉虽辛苦，吹尽狂沙始见金。"要从纷繁复杂而又千变万化的事物中透过现象认清本质，发现客观规律，并科学地说明和解决问题，必须做深入的调查、研究和谋划。

一是深入调查。这是由调查研究的客观性原则决定的。客观性原则是任何调查研究活动都必须遵循的。它的基本要求，就是做到全面、真实、准确地认识客观事物和社会现象，不能主观、片面、肤浅地认识客观事物和社会现象。调查是研究的基础，是发现问题、解决问题的首要环节。毛泽东说过："没有调查，就没有发言权。"（《毛泽东农村调查文集》，人民出版社1982年版，第1页）他还说过："不做正确的调查同样没有发言权。"（《毛泽东农村调查文集》，人民出版社1982年版，第13页）正确的调查，最根本的在于求实、求真，了解真实情况。这就必须"沉下去"，深入基层、深入实际、深入群众，正所谓"不入虎穴，焉得虎子"。调查工作贵在深入、翔实和缜密；只有从现状表面入手，深入进去弄清真实情况，才能找到正确解决问题的办法；要以大量的事实为基础，形成对情况的整体把握；要把情况摸准，从无

* 《政策研究与决策咨询——国务院研究室调研成果选（2007）》，魏礼群主编，中国言实出版社2007年10月出版。

数细节中发现问题，用心寻找解决问题的办法。为此，要深入社会基层，到人们实践活动中去进行调查研究。各种材料和数据的获得，不能只通过下级的汇报，而应是通过深入基层、了解实际情况得到的。要深入工厂、矿山、农村、学校、医院、社区去进行调查，只有真正走到基层单位进行调查，才是真正意义上的调查研究。这样，才能掌握第一手材料，了解真实情况。

应当说，在某种情况下，了解情况难，了解真实情况更难。只有深入基层，才能了解鲜活真实的情况。调查，就是观察事物、了解情况，不仅要搞清事物的现状，还要了解事物的过去，要掌握事物发展的轨迹和演变过程，搞清楚来龙去脉。调查工作应力避蜻蜓点水、浮光掠影的做法，也要力戒道听途说就信以为真。人民群众是真正的英雄，是智慧的源泉。搞好调查就必须深入群众，虚心向群众学习，倾听群众的呼声，反映群众的意愿，集中群众的智慧。毛泽东说过，调查研究"没有满腔的热忱，没有眼睛向下的决心，没有求知的渴望，没有放下臭架子、甘当小学生的精神，是一定不能做，也一定做不好的"。（《毛泽东农村调查文集》，人民出版社 1982 年版，第 16 页）甘当小学生，"主要的一是要和群众做朋友，而不是去做侦探，使人家讨厌。群众不讲真话，是因为他们不知道你的来意究竟是否于他们有利。要在谈话过程中和做朋友的过程中，给他们一些时间摸索你的心，逐渐地让他们能够理解你的真意，把你当做好朋友看，然后才能调查出真情况来"。（《毛泽东农村调查文集》，人民出版社 1982 年版，第 27 页）我们要把人民群众的利益作为一切工作的出发点和归宿，不仅应虚心而且应善于向人民群众学习和请教。

二是深入研究。调查的目的，是要从客观存在的实际事物出发，从中引出规律，作为行动的指南和制定政策的依据。因此，就要对调查的材料加以科学的分析和综合的研究。观察、分析与综合，是认识客观事物的一般过程和步骤。观察是调查的第一步，这是感性认识阶段，必须对掌握的材料进行加工，才能上升到理性认识；分析是进行加工的重要一步，就是把复杂的事物分解为几个组成部分，然后分别加以研究。研究是调查的升华，是由感性认识上升为理性认识的过程。不调查而研究，是无米之炊；只调查不研究，则是食而不化。调查以"求实"，研究以"求是"，只有把调查与研究、"求实"与"求是"有机结合，在"求实"的基础上"求是"，在"求是"的思维中"求实"，才能正确认识事物的本质和规律性，把握事物的发展趋势。调查要"沉下去"，研究要"浮上来"。具体而言，在调查环节要深入，要掌握丰富、真实的材料；在研究阶段要吃透材料又不拘泥于材料，要尊重实践又不囿于实践，真正做到源于生活而高于生活。感觉材料固然是客观外界某些真实性的反映，但它们又是片面的和表面的东西。要完全地反映整个事物，反映内部的规律性，就必须深入思考。要综合运用分析与综合、归纳与演绎、具体与抽象的办法，以及比较、分类、统计、想象等手段，对调查中掌握的丰富材料加以科学分析，去粗取精、去伪存真，由此及彼、由表及里地思考，把握事物的本质，找出规律性和普遍性的东西。

深入研究，还要注意对事物质和量的分析。任何事物的质都表现为相应的量的规定性。要坚持质和量相结合，要先对调查研究对象进行量的分析，再进行质的分析。只有具体了解事物的量，特别是规定着物质的数量界限，才能更深刻地把握事物的质，也才能对调查对象作出科学和正确的认识。

深入研究，不仅要注意对社会现象和客观事物的历史和现状的研究，还要把握事物发展中的未来因素，善于发现新事物、新因素，高度重视新事物、新因素的发展趋势，支持新事物、新因素的发展。

三是深入谋划。谋划，就是寻求解决问题的对策和方法。从事政策研究和决策咨询的调查研究，是应用性研究，目的是要解决经济社会发展中的问题，调查研究的成果是为领导机关作出工作部署和制定政策服务的。因此，在调查研究的基础上，提出正确、可行的政策建议，显得尤为重要。这就要求做到，必须熟悉党的路线方针政策，深刻认识客观问题的实质和趋势，准确领会决策的需要，善于从指导实际工作的角度，从全局和战略的高度加以思考。要多谋良策，出好主意，对症下药，注重实用，具有可操作性，千万不能笼统含糊、空发议论。否则，就会使研究成果成为"空中楼阁"，中看不中用。深入谋划，提出指导工作的政策主张和建议，最重要的是坚持实事求是。这就要求在调查研究中反对各种各样的主观主义，真正做到不唯上，不唯书，只唯实，依据客观实际情况和客观规律提出正确的政策、措施或工作方案，供领导决策参考。

调查、研究和谋划是相互联系的统一过程。在这个过程中，每个阶段各有侧重，不可分割。作为政策研究和决策咨询机构工作者，只有深入调查，深入研究，深入谋划，才能拿出高质量、高水平的调研成果，真正当好领导者的参谋和助手。

系统研究政府经济学的一部力作

——《政府经济学：透视"有形之手的边界"》*序言

（二〇〇七年九月）

　　新世纪新阶段，中国特色社会主义事业承前启后、继往开来、蓬勃发展。我国改革开放和现代化建设进程波澜壮阔，成就斐然。时代在前进，实践在发展，理论在升华。立足于新的实践和新的发展，着眼于新的认识和理论思考，勇于变革、勇于创新，提出与时俱进和符合实际的发展战略和决策依据，是经济学家的责任和使命。科学发展观，是我们党理论创新的崭新成果，是对我国社会经济发展规律认识的新飞跃，是发展中国特色社会主义的重大战略思想。深入贯彻落实科学发展观，必将全面开创我国改革开放和现代化建设的新局面。

　　坚持用科学发展观指导经济社会发展，是一个重大理论和实践课题。在社会主义市场经济的发展历程中，正确认识和处理政府与市场的关系，始终是经济学研究领域的重要任务，政府职能转变与管理创新是经济体制改革的重要方面。这也是政府经济学所要解决的根本性问题。西方经典经济学理论几百年的发展历程，实质就是围绕政府与市场的关系展开论争。从亚当·斯密的"守夜人"政府，到凯恩斯主义的政府干预，再到现代市场经济的发展，政府角色几经变换，究其实质，主要在于对政府与市场关系的认识，从而寻求市场运作制度与政府管理制度的边界。政府经济学研究，应立足于中国现阶段的实际，探索在社会主义市场经济条件下，政府与市场关系的核心与实质，健全现代政府制度和现代市场制度，全面履行政府的"经济调节、市场监管、社会管理、公共服务"的基本职能，建设责任型政府、法治型政府、服务型政府和效能型政府。

　　肖林博士的专著《政府经济学：透视"有形之手"的边界》，力求系统

---

* 《政府经济学：透视"有形之手的边界"》，肖林著，上海人民出版社 2008 年 6 月出版。

地研究政府权力与责任的经济学边界，针对"政府为何干预、如何干预、干预什么"这些政府经济学的核心问题，深入剖析政府经济学的实质和理论框架。作者并没有仅仅停留在理论层面的探讨，而是将理论融入实践，在科学发展观、结构调整、国际金融中心、市场取向改革、开放经济、战略创新、公共政策、公共财政等一系列问题上研究论证和深入思考。毫无疑问，这种研究是富有理论创新意义和实践指导意义的。

肖林博士长期在政府经济部门工作，现任上海市人民政府研究室副主任。他一向刻苦钻研、善于思考，表现出了较为扎实的理论功底和较强的研究能力。数年来，他坚持研究、不断实践、勤于总结。这本专著就是他部分研究成果的结晶。实践永无止境，创新永无止境。我衷心地希望肖林博士再接再厉，坚持创新，将政府经济学研究不断推向深入，力求取得更多更好的研究成果。

值此肖林博士的新著付梓之际，应邀撰文。

是为序。

辉煌的成就 宝贵的经验 繁重的任务

——《十一届全国人大一次会议〈政府工作报告〉辅导读本》*代序言

（二○○八年三月）

冰雪消融，大地回春。刚刚闭幕的第十一届全国人大一次会议，审议通过了温家宝总理作的《政府工作报告》（以下简称《报告》）。这个报告特色鲜明，令人耳目一新。《报告》高举中国特色社会主义伟大旗帜，以邓小平理论和"三个代表"重要思想为指导，全面贯彻落实科学发展观，充分体现了党的十六大、十七大和中央经济工作会议精神，充分体现了政府工作以人为本、执政为民和对人民高度负责，充分体现了解放思想、求真务实、改革创新、开拓进取的要求。本届政府任期五年已届满，十一届全国人大一次会议进行政府换届。《报告》从框架结构、主要内容和表达方式都有新的特点。

（一）在基本框架结构上，体现了政府换届之年《报告》的特点和要求。《报告》分为两大部分，第一大部分是总结过去五年政府工作和履行职责的情况，这体现政府向人民负责，自觉接受全国人大代表和广大人民群众的监督。第二大部分是对今年工作提出建议，体现政府工作的连续性，这有利于回答和解决人民群众关注的现实问题。

（二）在主要内容上，主题鲜明，主线清晰，内容丰富，重点突出。通篇贯穿继续解放思想、坚持改革开放、推动科学发展、促进社会和谐的主线。总结五年工作，全面客观、实事求是，讲成绩和进步，主要用重要事实和数据说明，突出重大进展和制度性建设，振奋人心；对存在的矛盾、问题和面临的困难、挑战，不掩饰、不回避，分析透彻，保持清醒头脑，居安思危；总结经验，言简意赅，思想深刻，给人启迪。

---

* 《十一届全国人大一次会议〈政府工作报告〉辅导读本》，国务院研究室编写组，人民出版社、中国言实出版社 2008 年 3 月出版。

（三）**部署工作，目标任务明确，政策措施有力，针对性强。** 突出了关系经济社会发展全局的重大问题，突出了人民群众关注的热点问题。

（四）**文风清新，朴实无华，语言简练，通俗易懂。** 可以让人民群众都关心、了解政府工作的实情。这是一篇让人民群众满意的答卷，是一篇承上启下锐意进取的报告。认真学习和全面把握《报告》精神，对于深入贯彻党的十七大战略部署和中央关于今年工作的决策要求，充分认识过去五年我国改革发展的重大成就和宝贵经验，明确今年的形势和重点任务，对于沿着中国特色社会主义道路奋勇前进，夺取全面建设小康社会新胜利，开创现代化事业新局面，都具有十分重要的意义。

成就辉煌　特点鲜明

《报告》开门见山，用简洁明快的语言，回顾了过去五年政府工作的背景和取得的标志性成就。确实，这五年是不平凡的五年，是改革发展任务艰巨繁重的五年，也是取得显著成绩、积累宝贵经验的五年。

从国内外大的背景和环境看，本届政府既面临良好的发展机遇和有利条件，也面临严重困难和巨大挑战，是在应对一系列新挑战和新考验、战胜各种困难和风险中前进的。这届政府伊始，就遭遇突如其来的严重非典疫情；几年中又连续发生洪涝、干旱、台风、地震等重大自然灾害，还发生过比较严重的高致病性禽流感疫情；今年1月下旬到2月上旬，我国又出现历史罕见的大范围低温雨雪冰冻的特大自然灾害。这几年，改革发展进入关键时期，工业化、城镇化、信息化、市场化、国际化进程加快，经济体制深刻变革，社会结构深刻变化，利益格局深刻调整，社会经济活力明显增强，同时也出现诸多新的矛盾和问题，处理各方面利益关系的难度加大。这几年，国际环境复杂多变，全球经济失衡加剧，国际金融风险加大，贸易保护主义增加，局部地区动荡不安，经济全球化深入发展，带来不少新的挑战。

面对国内外新形势新任务，各级政府和全国各族人民在中国共产党领导下，齐心协力，顽强拼搏，紧紧抓住和用好战略机遇期，积极应对各种挑战，战胜种种艰难险阻，改革开放和现代化建设取得了举世瞩目的重大成就。《报告》列举八个方面具有标志性、历史性的事实和数据，说明五年来的重大成就。包括：经济跨上新台阶，2007年，国内生产总值达到24.66万亿元，比

2002 年增长 65.5%，年平均增长 10.6%，比同期世界经济年均增速 4.5%高出 6.1 个百分点，从居世界第六位上升到第四位；取消农业税，终结了长达 2600 多年农民种田交税的历史，极大地调动了亿万农民的积极性，农村发生了历史性变化；改革开放取得重大突破，国有企业、金融、财税、外经贸体制和行政管理体制改革迈出重大步伐，开放型经济进入新阶段，进出口总额从居世界第六位上升到第三位；创新型国家建设进展良好，涌现出一批具有重大国际影响的科技创新成果，特别是载人航天飞行和首次月球探测工程圆满成功；全面实现农村免费义务教育，覆盖城乡的公共卫生体系和基本医疗服务体系初步建立；文化事业和文化产业快速发展，城乡公共文化服务体系逐步完善；民主法治建设取得新进步，保障人民权益和维护社会公平正义得到加强；人民生活显著改善，五年内每年平均新增就业 1000 多万人，城乡居民收入大幅度增加，家庭财产普遍增多，消费结构升级加快，全国社会保障体系框架初步形成。这些完全是符合实际的，也是令人鼓舞的。事实充分说明，过去五年，是改革开放和全面建设小康社会取得重大进展的五年，是社会生产力和综合国力显著增强的五年，是社会事业全面发展和人民得到更多实惠的五年，是我国国际地位和影响不断提高的五年。

五年来取得的巨大成就，举世公认，彪炳史册。各级政府为此付出了艰苦努力，做了大量卓有成效的工作。《报告》分两大板块报告了政府五年主要工作和进展。第一个板块，重点报告了树立和落实科学发展观、着力发展经济、深化改革开放、保障和改善民生，促进社会和谐的工作和进展。第二个板块概括报告了民主法治建设、行政管理体制改革和政府自身建设、国防和军队建设、港澳台工作和外交等方面的工作和进展。《报告》的这种结构设计，既全面反映了政府履行的职责和任务，又突出了政府工作的重点和特点。总的看来，这五年政府工作有以下主要特点：

（一）**着眼于促进经济平稳较快发展，加强和改善宏观调控**。这几年，中央密切观察和准确估计国内外经济形势，及时制定正确的宏观经济政策，既注重保持政策的连续性和稳定性，又根据形势变化适时适度调整政策，正确把握宏观调控的方向、节奏和力度。综合运用多种宏观调控手段和方式，不断增强宏观调控的针对性、科学性和有效性。从 2003 年下半年开始，针对经济运行出现部分行业投资增长过快、粮食供求关系趋紧、煤电油运紧张等问题，果断地采取了一系列调控措施，包括控制信贷投放，加强经济运行调节，清理整顿开发区，整顿规范土地、矿产资源市场秩序。针对全社会固定投资规模过大、货币信贷投放过多、外贸顺差增速过快，以及部分行业产能过剩、房价上涨过快等突出问题，严把土地、信贷两个闸门，提高市场准入门槛，适时调整财政、货币政策和其他经济政策，从实施积极的财政政策转为稳健的财政政策，从实行稳健的货币政策调整为稳中适度从紧的货币政策，进而调整为实行从紧的货币政策。五年间特别是近一两年来，多次调整金融机构存款准备金率、存贷款基准利率，取消和降低高耗能高排放和资源性产品的出口退税，调整关税政策、加工贸易政策。这几年宏观调控从加强农业入手，把促进粮食增产和农民增收作为首要任务，在制度、政策和投入方面采取一系列重大举措，全国粮食生产扭转了多年下滑趋势，实现连续四年增产，农民持续增收。农业和农村的发展，为整个经济社会的稳定和发展发挥了重要作用。这几年，宏观调控把推动科学发展作为重大任务。一方面加快淘汰落后生产能力，另一方面不断加强重点和薄弱环节，产业结构升级加快。同时，大力增强自主创新能力，推进创新型国家建设，科技创新支撑和引领经济社会发展的能力明显增强。高度重视资源节约和环境保护，加大节能减排工作力度并取得积极成效，节约资源和保护环境从认识到实践都发生了重要转变。实施区域发展总体战略，西部大开发继续推进，制定和实施振兴东北地区等老工业基地战略，制定和实施促进中部地区崛起政策措施，鼓励东部地区继续率先发展，这些促进了区域经济协调发展。实践充分证明，这几年加强和改善宏观调控是完全必要的、正确的、有效的，对于保持经济平稳快速发展、防止大起大落，对于推动科学发展、提高经济增长质量和效益，对于增强国家经济实力和国际竞争力，都起到了重要的作用。否则，我国经济社会发展不可能有今天这样好的局面。因此，对这些年宏观调控工作的决策部署和成效，必须予以充分肯定。

（二）**着眼于体制创新和发展开放型经济，大力推进改革开放。**五年来，按照发展社会主义市场经济的改革方向，奋力推进各方面改革，重要领域和关键环节改革不断取得新突破。根据解放和发展生产力的要求，坚持和完善基本经济制度，巩固和发展公有制经济，积极推进国有资产管理体制改革和国有经济布局与结构调整，加快国有企业股份制改革并取得重大进展，一批具有国际竞争力的大公司大企业集团发展壮大，国有经济活力、控制力和影响力明显增强。同时，制定并实施了一系列政策措施，鼓励、支持和引导个体私营等非公有制经济发展，非公有制经济在促进经济增长、扩大就业、增加税收和活跃市场等方面发挥着越来越大的作用。农业农村改革迈出重大步伐，全面取消农业税，建立农业补贴制度；放开粮食收购市场，实现粮食购销市场化；推进农村综合改革。大力推进金融、财税体制改革。几年前，国内外对我国金融业状况普遍表示担忧。针对国有商业银行经营管理不善、金融风险加剧的状况，果断地推进改革。中国工商银行、中国银行、中国建设银行和交通银行完成股份制改造并成功上市，资产质量和盈利能力明显提高。坚定地进行上市公司股权分置改革，解决了这个长期困扰证券市场发展的制度性问题。重点国有保险企业重组改制上市，促进了保险业迅速发展。利率市场化改革迈出实质性步伐。实施人民币汇率形成机制改革，汇率弹性逐步增强。财税体制改革进一步深化，财政转移支付制度和公共财政制度逐步完善。统一了内外资企业所得税制度。投资体制改革和价格改革取得新进展。着眼于更大程度上发挥市场在资源配置中的基础性作用，健全统一、开放、竞争、有序的现代市场体系，加强市场体系建设，生产要素市场化程度稳步提高，商品流通现代化步伐加快，整顿和规范市场秩序工作深入推进。坚持扩大对外开放，认真履行加入世界贸易组织各项承诺，深化涉外经济体制改革，促进贸易投资便利化，放开外贸经营权，大幅度降低关税，取消进口配额、许可证等非关税措施，金融、商业、电信等服务业开放不断扩大。进出口商品结构逐步优化，利用外资质量提高。实施"走出去"战略迈出坚实步伐，对外经济互利合作取得明显成效。五年来深化改革开放的成效是十分显著的，特别是注重制度创新和建设取得的进展，对整个社会主义现代化事业已经并将进一步产生重大而深远的影响。

（三）**着眼于保障和改善民生，全面加强社会建设。**五年来，围绕解决经济社会发展"一条腿长、一条腿短"的状况，加快推动以改善民生为重点的社会建设。大力推进教育改革和发展，农村义务教育全面纳入财政保障范围，实现农村义务教育阶段学生全部免除学杂费、全部免费提供教科书，对家庭经济困难寄宿生提供生活补助。这在我国教育发展史上具有里程碑意义。西部地区基本普及九年义务教育、基本扫除青壮年文盲攻坚计划如期完成。国家安排专项资金支持农村中小学改造危房、建设寄宿制学校，发展现代远程教育。采取有力措施，促进职业教育加快发展。建立健全普通本科高校、高等和中等职业学校国家奖学金助学金制度，资助标准大幅度提高，实施师范生免费教育试点。通过一系列重大举措，我国在实现教育公平上迈出了重大步伐。医疗卫生改革和发展不断推进，重点加强公共卫生、医疗服务和医疗保障体系建设，覆盖城乡、功能比较齐全的疾病预防控制和应急医疗救治体系基本建成。对艾滋病、结核病、血吸虫病等重大传染病患者实施免费救治。农村医疗卫生条件明显改善，新型城市医疗卫生服务体系进一步健全。这几年，人民健康水平不断提高。在就业方面，坚持实施和完善积极的就业政策，城乡公共就业服务体系建设不断加强。基本解决国有企业下岗职工再就业问题，完成下岗职工基本生活保障向失业保险并轨。着力推进社会保障体系建设，城镇职工基本养老保险制度不断完善，参保人数大幅增加；启动城镇居民基本医疗保险试点；新型农村合作医疗制度扩大。城乡社会救助体系基本建立。城市居民最低生活保障制度不断完善，农村全面建立最低生活保障制度，这是保障城乡困难群众基本生活的一项根本性制度建设。城乡社会保障体系建设的推进，为构筑社会安全网、维护社会和谐安定和国家长治久安将发挥重要作用。文化建设开创新局面，文化体制改革取得重要进展，全国文化信息资源共享工程、广播电视村村通工程等基层文化设施建设扎实推进。哲学社会科学和新闻出版、广播影视、文学艺术进一步繁荣。文物和非物质文化遗产保护得到加强。对外文化交流更加活跃。努力增加居民特别是低收入居民收入，城乡居民收入较大幅度增加。调高了最低工资标准，多次提高重点优抚对象的抚恤补助标准，降低居民储蓄存款利息税率，提高个人所得税起征点。居民消费结构升级加快，衣食住行用水平不断提高。加强社会管理，着力维护人民群众合法权益，积极化解社会矛盾。国务院制定并实施保障农民工合法权益的政策措施，有力推动了农民工问题的解决，促进了社会公平正义。健全安全监管体制，落实安全生产责任制。社会治安防控体系更加健全，依法打击各类犯罪活动，有效维护了国家安全和社会稳定。这几年社会建设的全面加强，解决了不少涉及人民群众切身利益的问题，向构建社会主义和谐社会迈出了坚实的步伐。

（四）**着眼于发展社会主义政治文明，稳步推进民主法治建设。**扩大社会主义民主，健全社会主义法治，发展社会主义政治文明，是全面建设小康社会的重要目标。五年来，各级政府努力健全民主制度，丰富民主形式，拓宽民主渠道，完善科学民主决策机制，认真落实依法治国方略，加强法治建设。自觉接受同级人民代表大会及其常委会的监督，主动接受人民政协的民主监督，认真听取民主党派、工商联、无党派人士、人民团体意见，通过多种形式征求专家学者和人民群众的建议，高度重视新闻媒体和社会各界的监督。改革和完善决策机制，建立社情民意反映制度，实行重大事项决策公示和听证制度。不断完善政务公开制度，及时发布信息，努力保障人民群众的知情权、参与权、表达权、监督权。加强城乡基层自治组织建设，基层民主管理制度进一步健全。贯彻民族区域自治制度，加快推进少数民族和民族地区经济社会发展。全面落实宗教信仰自由政策，宗教事务管理走向法治化、规范化。全面落实侨务政策，依法保护海外侨胞和归侨侨眷的合法权益。这些对于发展社会主义民主政治，充分发挥和调动各方面积极因素，共同推进中国特色社会主义事业，起着重要作用。

（五）**着眼于建设人民满意的政府，注重政府自身建设。**本届政府把实行科学民主决策、推进依法行政、加强行政监督作为政府工作的三项基本准则。始终把加快职能转变作为政府自身改革和建设的核心任务，在着力推动政府职能转变和管理创新的同时，更加重视强化社会管理公共服务，在这方面取得了实质性进展。制定全面推进依法行政实施纲要，提出了建设法治政府的目标任务，并扎扎实实付诸实施。认真贯彻实施行政许可法，推进行政审批制度改革，国务院各部门取消和调整行政审批项目692项。推进政务公开，完善新闻发布制度，加强电子政务建设。全国应急管理体系基本建立。监察、审计等专门监督工作卓有成效。公务员教育培训和管理法治化建设进一步加强。坚持不懈地开展反腐败斗争和加强政风建设，依法查处违法违规案件和失职渎职行为，惩处腐败分子。这几年，在建设服务型政府、法治型政府、效能型政府方面迈出了重要步伐。

实践丰富　经验弥珍

过去五年，政府工作积累了宝贵经验。《报告》用六个"必须坚持"作了阐述，成绩固然可喜，经验弥足珍贵。这些经验内涵丰富，论述精辟，具有很强的思想性、理论性、实践性和指导性。这里讲点学习体会。

第一，必须坚持解放思想。解放思想、实事求是是我们党的思想路线，是适应新形势、应对新挑战、认识新事物、完成新任务的强大思想武器。邓小平同志曾经深刻指出："一个党，一个国家，一个民族，如果一切从本本出发，思想僵化，迷信盛行，那它就不能前进，它的生机就停止了，就会亡党亡国。"改革开放 30 年来的一条基本经验，就是以思想大解放和观念大转变，推进改革开放大突破，推进经济社会大发展。可以说，没有思想解放，就没有改革开放和社会主义现代化建设的巨大成就，就没有中国特色社会主义的重大发展。解放思想是发展中国特色社会主义的一大法宝。社会实践永无止境，解放思想永无止境。面对当今世界正在发生的广泛而深刻的变革，面对实现人民群众新要求新期待的繁重任务，只有坚定不移地继续解放思想，才能更好地巩固和发展改革开放已经取得的理论成果和实践成果，才能更好地把握发展规律、创新发展理念、转变发展方式、破解发展难题、推动科学发展，才能更好地深化经济体制改革、政治体制改革、文化体制改革、社会体制改革和其他方面改革。只有坚定不移地继续解放思想，坚持一切从实际出发，破除迷信，敢于冲破不合时宜的观念束缚，尊重群众首创精神，坚持实践是检验真理的唯一标准，鼓励大胆探索、实践和创造，才能适应国内外形势的新变化，解决经济社会发展中出现的新问题，顺应各族人民过上更好生活的新期待，把握经济社会发展趋势和规律，使社会主义现代化事业充满生机和活力。要坚持解放思想、实事求是、与时俱进，更加自觉地把继续解放思想落实到坚持改革开放、推动科学发展、促进社会和谐上来，使中国特色社会主义道路越走越宽广。

第二，必须坚持落实科学发展观。科学发展观，是对党的三代中央领导集体关于发展的重要思想的继承和发展，是马克思主义关于发展的世界观和方法论的集中体现，是同马克思列宁主义、毛泽东思想、邓小平理论和"三个代表"重要思想既一脉相承又与时俱进的科学理论，是我国经济社会发展的重要指导方针，是发展中国特色社会主义必须坚持和贯彻的重大战略思想。科学发展观，是立足社会主义初级阶段的基本国情，总结我国几十年的发展实践，借鉴并吸取国外发展经验和教训，深刻认识我国发展的阶段性特征，适应新的形势和新的发展要求提出来的。经过新中国成立以来特别是改革开放以来的不懈努力，我国经济社会发展取得了举世公认的巨大成就，从生产力到生产关系、从经济基础到上层建筑都发生了意义深远的重大变化，但我国仍处于并将长期处于社会主义初级阶段的基本国情没有变，人民日益增长的物质文化需要同落后的社会生产之间的矛盾这一社会主要矛盾没有变。贯彻落实科学发展观，就是要求我们必须始终保持清醒头脑，立足社会主义初级阶段这个最大的实际，科学分析我国全面参与经济全球化的新机遇新挑战，全面认识工业化、信息化、城镇化、市场化、国际化深入发展的新形势新任务、深刻把握我国发展面临的新课题新矛盾，自觉地坚持走科学发展的道路。科学发展观，第一要义是发展，核心是以人为本，基本要求是全面协调可持续，根本方法是统筹兼顾。必须始终把发展作为党执政兴国的第一要务，牢牢扭住经济建设这个中心，坚持聚精会神搞建设、一心一意谋发展，不断解放和发展生产力。同时，着力调整经济结构，提高经济增长质量和效益；坚持以人为本，注重统筹兼顾，推动全面协调可持续发展。应该看到，我国经济社会发展中出现的种种矛盾和问题，反映出工作中不少方面还不符合科学发展观的要求。要化解当前经济运行中不稳定不健康不协调因素，消除经济社会发展的体制机制障碍，推动经济又好又快发展，乃至实现全面建设小康社会的宏伟目标，都必须牢牢树立和深入落实科学发展观。

第三，必须坚持改革开放。改革开放是决定当代中国命运重大而关键的抉择，是发展中国特色社会主义、实现中华民族伟大复兴的必由之路。改革开放使我国成功实现了从高度集中的计划经济体制到充满活力的社会主义市场经济体制、从封闭半封闭到全方位开放的伟大历史转折。改革开放推动我国以世界上少有的速度持续快速发展起来，我国经济从一度濒于崩溃的边缘发展到总量跃居世界第四位，人民生活从温饱不足发展到总体小康。目前，我国改革开放仍处于攻坚阶段，任务相当繁重和艰巨。改革如逆水行舟，不进则退。必须继续坚定不移地全面推进改革，在继续深化经济体制改革的同时，积极稳妥地推进政治体制改革、文化体制改革、社会体制改革和其他各方面改革，使整个改革协调推进，不断完善社会主义市场经济体制，发展社会主义民主政治，建设社会主义先进文化，促进社会公平正义和人的全面发展。要毫不动摇地坚持改革方向，不断在重要领域和关键环节改革取得新突破，着力推进制度机制创新。要勇于变革、勇于创新，永不僵化、永不停滞，坚持把改革创新精神贯彻到各个环节、各个方面，切实以改革推动各项工作。必须坚持对外开放的基本国策，开放也是改革，开放兼容才能强国，要实施互利双赢战略，全面提高对外开放水平，着力构建充满活力、富有效率、更加开放、有利于科学发展的体制机制，为发展中国特色社会主义提供强大动力和体制保障。改革开放将贯穿于社会主义现代化建设的全过程，任何时候都不能动摇。

第四，必须坚持搞好宏观调控。宏观调控与市场机制都是社会主义市场经济体制的组成部分。我们党在确立社会主义市场经济体制改革的目标时，就明确指出，"我们要建立的社会主义市场经济体制，就是要使市场在社会主义国家宏观调控下对资源配置起基础性作用"，市场有特有的功能和优点，要充分发挥其作用，"同时也要看到市场有其自身的弱点和消极方面，必须加强和改善国家对经济的宏观调控"。在发展社会主义市场经济过程中，宏观调控与市场机制是相辅相成的。特别是我们这样的发展中大国，又处在新旧体制转轨和重大结构调整中，市场发育不充分，发展也不平衡，又面临日趋激烈的国际竞争，单靠市场作用是不行的，注意搞好对经济的宏观调控十分必要。我们要遵循市场经济规律，在制度上更大程度地发挥市场在资源配置中的基础性作用，增强企业活力和竞争力；同时又要加强和改善宏观调控，注重增强宏观调控的预见性、科学性和有效性。这几年，宏观调控是围绕树立和落实科学发展观进行的，始终重视发挥市场对资源配置的基础性作用；坚持主要运用经济手段、法律手段，辅之以必要的行政手段，注意发挥各种政策的组合效应；坚持区别对待、有保有压，不搞一刀切，不搞急刹车；坚持不断总结经验，及时调整政策，注重实际效果。事实充分说明，这几年的宏观调控效果是明显的。发挥市场机制作用和加强宏观调控将伴随社会主义现代化建设始终。只有正确认识市场机制和宏观调控的关系，把二者有机结合起来，才能保证整个经济充满活力、富有效率、持续健康协调发展。

第五，必须坚持执政为民。政府的一切权力都是人民赋予的，执政为民是政府工作人员的崇高使命。我们党从成立和在全国执政以来，一切奋斗归根到底都是全心全意为人民服务宗旨的实践，都是为人民谋福祉的实践。面对新形势新任务，必须更加自觉地牢记全心全意为人民服务的根本宗旨，始终把实现好、维护好、发展好最广大人民群众的根本利益，作为政府一切工作的出发点和落脚点，尊重人民主体地位，保障人民各项权益，走共同富裕道路，促进人的全面发展。要把人民群众最直接、最关心和最现实的切身利益问题摆在最重要的位置，更加注重保障和改善民生，特别是关心和解决城乡低收入群众的生活困难，让全体人民共享改革发展成果。历史经验表明：只有坚持一切属于人民，一切为了人民，一切依靠人民，一切归功于人民，我们的各项事业才能获得最广泛最可靠的群众基础和力量源泉，才能不断从胜利走向更大的胜利。

　　第六，必须坚持依法行政。依法治国是社会主义民主政治的基本要求，遵守宪法和法律是政府一切工作的根本原则。我们党确立依法治国、建设社会主义法治国家的基本方略以来，各级政府加强制度建设，严格行政执法，强化行政执法监督，依法办事的能力和水平不断提高。按照法定权限和程序行使权力、履行职责，加强政府立法，规范行政执法，完善行政监督，建设法治政府。但也要看到，与完善社会主义市场经济体制、建设社会主义政治文明以及依法治国的客观要求相比，依法行政还存在不小差距。要坚持有法可依、有法必依、执法必严、违法必究。加强对执法行为的监督，维护司法公正，提高执法水平。要坚持用制度管权、管事、管人，提高政府工作透明度和公信力。只有全面推行依法行政，努力做到有权必有责、用权受监督、侵权要赔偿、违法要追究，让权力在阳光下运行，才能保证人民赋予的权力始终用来为人民谋利益。这是政府工作必须始终坚持和努力做到的。

　　上述六条经验，集中起来就是：坚持以邓小平理论和"三个代表"重要思想为指导，全面贯彻落实科学发展观，坚定不移地走中国特色社会主义道路，坚定不移地发展中国特色社会主义事业。这些宝贵经验，既有对以往政府工作实践经验的继承和发扬，也有在新的条件下进行的艰苦探索和创新，体现了对新形势下政府工作特点和规律的认识和把握，体现了对丰富实践和重大工作进展的深入思考，既是过去五年政府卓有成效工作的科学总结，也是今后政府工作应遵循的重要原则。我们要在全面建设小康社会新的历史起点上，深刻领会、认真实践这些宝贵经验。

任务繁重　锐意进取

　　今年是全面贯彻党的十七大精神的第一年，也是实施"十一五"规划承上启下关键的一年，我们将举办北京奥运会和残奥会，隆重纪念改革开放30周年。国内改革发展任务繁重而艰巨，做好政府工作意义十分重大。

　　今年国际环境对我国发展总体有利，但也面临不少矛盾和困难。尤其是影响经济发展的不确定、不稳定因素增多，有不少值得重视的新情况新问题。美国次级抵押贷款危机加深，经济出现衰退的风险加大；美元持续贬值，国际金融市场动荡加剧；石油、矿产品、粮食等国际大宗商品价格高位运行，全球性通货膨胀抬头。这些对我国经济的直接或间接影响已经有所显现，有些影响还会进一步显现。近期我国发生历史罕见的大范围低温雨雪冰冻严重灾害，对部分地区经济发展和人民生活造成重大损失，灾后恢复和重建任务艰巨；当前价格上涨趋势明显，通货膨胀压力加大；金融领域也存在货币信贷投放增长偏快、股市大幅波动等问题，金融调控和防范金融风险难度大。总的来看，做好政府工作的有利条件很多，但国际国内经济情况比较复杂，面临诸多困难和挑战，必须紧紧抓住机遇，充分利用有利条件，积极应对各种挑战和风险。

《报告》明确提出了今年政府工作的基本思路和主要任务。概括起来就是："一个高举"、"五个更加重视"、"四项原则"。这就是：高举中国特色社会主义伟大旗帜，以邓小平理论和"三个代表"重要思想为指导，深入贯彻落实科学发展观；更加重视加强和改善宏观调控，更加重视推进改革开放和自主创新，更加重视调整经济结构和提高发展质量，更加重视节约资源和保护环境，更加重视改善民生和促进社会和谐稳定，推进社会经济建设、政治建设、文化建设、社会建设，加快全面建设小康社会进程；坚持稳中求进、促进经济平稳较快发展，坚持好字优先、加快转变经济发展方式，坚持改革开放、注重推进制度建设和创新，坚持以人为本、加快以改善民生为重点的社会建设。基于中央对形势的判断和把握，《报告》强调，今年经济工作，要把防止经济增长由偏快转为过热、防止价格由结构性上涨演变为明显通货膨胀作为宏观调控的首要任务；鉴于当前国内外经济形势发展的不确定因素较多，要密切跟踪分析新情况、新问题，审时度势，从实际出发，及时灵活地采取相应对策，正确把握宏观调控的节奏、重点和力度，保持经济平稳较快发展，避免出现大的起落。提出这样的工作思路和要求，最根本的，是要全面贯彻党的十七大精神，把握大局，审时度势，相机抉择，趋利避害，深化改革开放，推动科学发展，促进社会和谐，实现经济社会又好又快发展。

《报告》对今年任务进行了全面部署，这里就几个重点任务谈一些认识。

第一，搞好宏观调控，保持经济平稳较快发展。面对今年世界经济走势的不确定性和国内经济发展中的新情况新问题，必须更加重视搞好宏观调控，才能保持经济平稳快速发展的好势头，避免出现大的起落。《报告》明确提出，今年要实行稳健的财政政策和从紧的货币政策，并阐述了这两大政策的内涵。实行稳健的财政政策，主要考虑是：保持财政政策的连续性和稳定性，继续发挥财政促进结构调整和协调发展的重要作用，同时进一步减少财政赤字和长期建设国债。要合理调整财政支出结构，确保重点发展和薄弱环节对财政资金的需求。实行从紧的货币政策，主要考虑是：当前固定资产投资反弹压力较大，货币信贷投放仍然偏多，流动性过剩矛盾尚未缓解，通货膨胀压力加大。因此，必须加强和改善金融调控，要控制货币供应量和信贷过快增长；综合运用多种货币政策工具，加大对冲流动性力度；着力优化信贷结构，做到有保有压。完善人民币汇率形成机制，增强汇率弹性；采取综合措施，努力改善国际收支状况。财政政策和货币政策是宏观调控的主要手段，需要统筹协调，并使其他多种政策手段相配合，以求取得良好效果。

物价问题关系经济社会发展全局，直接关系人民群众切身利益。《报告》高度重视防止价格总水平过快上涨问题，强调指出，这是今年宏观调控的重大任务。这是因为，2007年下半年以来，居民消费价格总水平上涨幅度较大，主要是食品和居住类价格涨幅较大，对群众特别是低收入群众生活有较大影响。由于今年推动价格上涨的国内外因素还将存在，价格上涨的压力仍然较大。同时，生产资料价格不断上升，房地产等资产价格上涨过快，防止通货膨胀的任务艰巨。《报告》强调必须从增加有效供给和抑制不合理需求两方面做好工作，并提出了九个方面具体措施，包括：大力发展生产，特别要加强粮食、食用植物油、肉类等基本生活必需品和其他紧缺商品生产，搞好产运销衔接；严格控制工业用粮和粮食出口；加快健全储备体系；把握好政府调价的时机和力度；健全产品供求和价格变动监测预警制度；加强市场和价格监管；及时完善和落实对低收入群众和家庭经济困难学生的补贴；遏制生产资料价格尤其是农业生产资料价格过快上涨；坚持实行"米袋子"省长负责制和"菜篮子"市长负责制。概括起来就是"增供给、抑需求、强管理、加补贴"。这些是有很强针对性和有效管用的举措，关键在于落实到位。《报告》要求，各级政府一定要把稳定物价放在更加重要的位置。同时，也指出了今年防止物价过快上涨的有利条件，包括国家粮食库存充裕，主要工业消费品供大于求，只要切实加强领导，认真落实各项政策措施，上下共同努力，就一定能够保证市场供应和价格基本稳定。

第二，加强农业基础设施建设，促进农业发展和农民增收。我国农业和农村发展取得了历史性成就，但农业基础薄弱、农村发展滞后的局面尚没有根本改变。解决好农业、农村、农民问题，事关全面建设小康社会的大局，事关现代化事业的兴衰。我们必须更加自觉坚持统筹城乡发展，始终把加强

"三农"作为全部工作的重中之重。要认真实行工业反哺农业，城市支持农村的方针，建立以工促农、以城带乡长效机制，形成城乡经济社会发展一体化新格局。《报告》指出，今年要千方百计争取农业有个好收成，努力增加农民收入，扎实推进社会主义新农村建设，突出抓好三件事：一是大力发展粮食生产，保障农产品供给。要切实稳定粮食种植面积，提高单产水平。加大对粮食主产区和种粮农民的扶持力度。农产品生产既要增加总量，又要优化品种结构。要认真落实支持生猪、奶业、油料发展的政策措施，努力增加生产和市场供应。抓好这件事，既有利于抑制物价上涨过快的势头，也有利于保障粮食安全。二是加强农业基础设施建设。加快完成大中型和重点小型病险水库除险加固任务。搞好灌区改造和小型农田水利建设，大力发展节水灌溉。加强农村饮水、沼气、道路、电网、通信、文化等基础设施建设。抓好这件事，有利于提高农业综合生产能力和提升农村公共服务水平。三是拓宽农民增收渠道。加快发展高产优质高效生态安全农业，支持农业产业化经营和龙头企业发展。壮大和提升农村二、三产业，发展乡镇企业，增强县域经济实力。加大扶贫开发力度，继续减少贫困人口。抓好这些事，可以持续增加农民收入。《报告》提出了五项具体措施，包括：大力增加投入；强化和完善农业支持政策，继续完善农业补贴制度，根据情况提高粮食最低收购价；坚持最严格的耕地保护制度，特别是加强基本农田保护；完善农业科技推广和服务体系；全面推进农村改革，加快农村综合改革步伐，全面推进集体林权制度改革。我们一定要认真贯彻落实中央的各项政策措施，确保今年"三农"工作取得新的明显成效。

第三，推进经济结构调整，转变发展方式。这是关系国民经济全局紧迫而重大的战略任务。经济发展方式粗放特别是结构不合理，是我国经济中诸多矛盾和问题的主要症结。突出表现在：外需和内需不协调、投资和消费不协调，一、二、三产业不协调，城乡、区域发展不协调，必须加大结构调整力度，主要是抓好"三个转变"，即：促进经济增长由主要依靠投资、出口拉动向依靠消费、投资、出口协调拉动转变；由主要依靠第二产业带动向依靠第一、第二、第三产业协同带动转变；由主要依靠增加物质资源消耗向主要依靠科技进步、劳动者素质提高、管理创新转变。《报告》着重从四个方面进行了部署：一是调整投资和消费关系。关键是合理控制固定资产投资规模，着力优化投资结构。坚持严把土地、信贷闸门和市场准入标准，特别要加强和规范新开工项目管理。坚决控制高耗能、高排放和产能过剩行业盲目投资和重复建设。同时，加大对经济社会发展薄弱环节、重点领域和中西部地区的支持。切实做到有保有压、区别对待。二是坚持把推进自主创新作为转变发展方式的中心环节。要坚持走中国特色自主创新道路，继续落实国家中长期科学和技术发展规划纲要，全面启动和组织实施一批国家重大专项，实施基础研究、高技术研究和科学支撑计划，着力突破一批重大关键技术，加强科技基础能力建设。要深化科技管理体制改革，统筹和优化科技资源配置，完善和落实支持自主创新的政策，特别要推进产学研结合，培育创新型企业。这是转变发展方式的迫切要求，也是建设创新型国家的关键所在。三是推进产业结构优化升级。要坚持走中国特色新型工业化道路，推进信息化与工业化融合。着力发展高新技术产业，大力振兴装备制造业，积极改造和提升传统产业，加快发展服务业特别是现代服务业。加强基础产业和公共设施建设，积极发展现代能源原材料产业和综合运输体系。这将有力促进现代产业体系建设，增强我国产业的竞争力。四是推动区域协调发展。要按照继续贯彻区域发展总体战略的要求，深入推进西部大开发；组织实施东北地区振兴规划，编制和实施促进中部崛起规划，落实并完善相关政策；鼓励东部地区率先发展。进一步加大对革命老区、民族地区、边疆地区、贫困地区发展的扶持力度。做好这些工作，将进一步推动东中西良性互动，促进各地共同繁荣。

第四，加大节能减排和环境保护力度，做好产品质量安全工作。近两年，经过全国上下共同努力，节能减排工作取得了可喜进展，但完成这两项约束性目标的任务仍十分艰巨。今年是完成"十一五"节能减排约束性目标的关键一年，要增强紧迫感，采取有力措施，加大攻坚力度，力求取得更大成效。《报告》明确提出了今年的任务和措施，包括：要落实淘汰落后生产能力计划，建立淘汰落后产能退出机制，同时按照规划加强这些行业先进生产能力的建设；抓好重点企业节能和重点工程建设，加快十大重点节能工程实施进度；开发和推广节约、替代、循环利用资源和治理污染的先进适用技术，实施节能减排重大技术和示范工程；做好重点流域污染防治工作；加强农村饮用水水源地保护，控制农业面源污染；鼓励和支持发展循环经济，促进再生资源回收利用；加强土地、水、草原、森林、矿产等资源的保护和节约集约利用；实施应对气候变化国家方案，加强应对气候变化能力建设；完善能源资源节约和环境保护奖惩机制；增强全社会生态文明观念，动员全体人民更加积极投身于资源节约型、环境友好型社会建设。《报告》特别强调，节约资源和保护环境要一代一代人持之以恒地进行下去，让我们的祖国山更绿，水更清，天更蓝。这充分显示走可持续发展之路的坚定决心和信心。我们一定要把既定的部署落到实处。

加强产品质量安全工作。这不仅是保障我国人民生活质量和健康安全的要求，也是对国际消费者负责。《报告》从加快产品质量安全标准制定和修订、完善产品质量安全法治保障、健全产品质量安全监管体系等方面进行了部署。并强调，我们一定要让人民群众吃得放心、用得安心，让出口产品享有良好信誉。全国上下、各个方面都要共同努力，实现这个目标要求。

第五，深化经济体制改革，提高对外开放水平。 今年是改革开放30周年，改革开放开辟了当代中国发展进步的光辉道路，使中国发生了历史性的巨大变化。《报告》指出，"我国仍处于并将长期处于社会主义初级阶段，进一步解放和发展生产力，进一步促进社会公平正义，实现全面建设小康社会和国家现代化的宏伟目标，必须继续坚定不移地推进改革开放"。深化改革开放，要统筹规划、精心部署、突出重点、协调推进。今年要着力抓好以下重点工作：一要推进国有企业改革，完善所有制结构。继续推动国有资本调整和国有企业重组，深化国有企业公司制股份制改革，深化垄断行业改革。推进集体企业改革。同时，认真落实鼓励、支持和引导个体私营等非公有制经济发展的各项政策，尤其要解决市场准入和融资支持等方面的问题，促进非公有制经济健康发展。二要深化财税体制改革，加快公共财政体系建设。重点是：改革预算制度，强化预算管理和监督；完善和规范财政转移支付制度，加大公共服务领域投入；积极推进省以下财政体制改革；全面实施新的企业所得税法；改革资源税费制度，完善资源有偿使用制度和生态环境补偿机制；继续推进增值税转型改革试点。三要加快金融体制改革，加强金融监管。强调继续深化银行业改革，重点推进中国农业银行股份制改革和国家开发银行改革。加快农村金融改革，继续深化农村信用社改革，积极推进新型农村金融机构发展。优化资本市场结构，促进股票市场稳定健康发展。依法严厉查处各种金融违法违规行为，切实防范和化解金融风险，维护金融稳定和安全。四要拓展对外开放广度和深度，提高开放型经济水平。针对国际国内经济发展出现的新情况，《报告》强调，要在保持出口平稳增长的同时，加快转变外贸发展方式，优化出口结构，提高出口产品质量、档次及附加值。同时，积极扩大进口。优化利用外资产业结构和地区布局，稳步推进服务业对外开放。创新对外投资和合作方式，完善和落实支持企业"走出去"的政策措施。在推进改革开放中，还要加快现代市场体系建设，大力发展现代流通，深入整顿和规范市场秩序，推进社会信用制度建设。认真落实这些任务和措施，今年改革开放就会迈出新的步伐，实现新的突破。这也是对改革开放30周年的最好纪念。

第六，更加注重社会建设，着力保障和改善民生。积极解决好教育、卫生、就业、收入分配、社会保障、住房和社会管理等关系群众切身利益问题，努力使全体人民学有所教、劳有所得、病有所医、老有所养、住有所居，这些是构建社会主义和谐社会的重要任务。《报告》对这些方面作出了明确部署。这也是今年《报告》的一大亮点。

在教育方面。坚持优先发展教育，促进各级各类教育协调发展。一是在全国城乡普遍实行免费义务教育。继续增加农村义务教育公用经费，提高保障水平。从今年秋季起全面免除城市义务教育学杂费，这是推动义务教育均衡发展、促进教育公平的又一重大举措。二是大力发展职业教育。加强职业教育基础能力建设，培养高素质技能型人才。三是提高高等教育质量。优化学科专业结构，推进高水平大学和重点学科建设。办好各级各类教育，必须抓好三项工作：全面实施素质教育，推进教育改革创新；加强教师队伍特别是农村教师队伍建设，完善和落实教师工资、津补贴制度；加大教育事业投入。《报告》深刻指出，没有全民教育的普及和提高，便没有国家现代化的未来。要让孩子们上好学，办好人民满意的教育，提高全民族的素质。这是深谋远虑的精辟论断，也是对人民群众的庄重承诺，我们必须努力实现。

在卫生方面。今年要重点抓好四件事：一是加快建设覆盖城乡居民的医疗保障制度。扩大城镇居民基本医疗保险试点；在全国农村全面推行新型农村合作医疗制度。二是完善公共卫生服务体系。抓好重大疾病防治，落实扩大国家传染病免疫规划范围的政策措施。三是推进城乡医疗服务体系建设。重点健全农村三级卫生服务网络和城市社区医疗卫生服务体系。四是建立国家基本药物制度和药品供应保障体系，保证群众基本用药和用药安全，控制药品价格上涨。《报告》提出，国务院已经制定深化医药卫生体制改革初步方案，将向社会公开征求意见。基本目标是：坚持公共医疗卫生的公益性质，建立基本医疗卫生制度，为群众提供安全、有效、方便、价廉的基本医疗卫生服务，提高全民健康水平。医药卫生体制改革涉及人民群众切身利益，尽管这项工作相当复杂和艰巨，但必须坚定地推进。

在就业方面。尽管近五年城镇新增就业5100多万人，这是一个了不起的成就，但就业形势仍然严峻。今年工作重点是：认真贯彻落实《就业促进法》和《劳动合同法》。坚持实行积极的就业政策，落实以创业带动就业的方针，加快建设城乡统一规范的人力资源市场，完善公共就业服务体系；加强高校毕业生就业指导和服务，深化退役军人安置制度改革，完善就业援助制度，落实促进残疾人就业政策，建立帮助零就业家庭解决就业困难的长效机制。《报告》强调，在世界上人口最多的国家解决就业问题，是一项极为艰巨的任务。我们要用百倍的努力，把这项关系民生之本的大事做好。各级政府都应把增加就业放在更加突出的位置。

在居民收入方面。合理的收入分配制度是社会公平的重要体现。改革开放以来，我国收入分配制度不断深化，打破了平均主义和"大锅饭"体制，形成了按劳分配为主体、多种分配制度并存的分配制度，有力促进了经济社会发展，同时，也出现了收入分配差距过大的现象。《报告》提出，要增加城乡居民收入。特别强调："关键要调整国民收入分配格局，深化收入分配制度改革，逐步提高居民收入在国民收入分配中的比重，提高劳动报酬在初次分配中的比重。"这是理顺收入分配关系十分重大的决策，也是增加居民收入正确有效的举措。多渠道增加农民收入，确保农民工工资按时足额发放，适当提高扶贫标准；提高企业职工工资水平，建立企业职工工资正常增长和支付保障机制；进一步提高企业退休人员基本养老金水平；深化公务员工资制度改革，继续落实规范公务员津贴补贴工作，加快推进事业单位收入分配制度改革；落实职工带薪年休假制度。同时，要进一步完善消费政策，拓宽服务消费领域。我们要全面落实《报告》的要求，积极研究深化收入分配制度改革，增加居民收入特别是低收入群众收入的措施。这对缓解收入分配差距过大的矛盾，扩大消费需求，促进经济持续稳定健康发展，都具有十分重要的意义。

在社会保障方面。要坚持实行广覆盖、保基本、多层次、可持续的方针，建立健全符合中国国情的社会保障体系。今年工作重点是：做好社会保险扩面和基金征缴工作，重点扩大农民工、非公有制经济组织就业人员、城镇灵活就业人员参加社会保险；推进社会保险制度改革，扩大做实养老保险个人账户试点，加快省级统筹步伐，制定全国统一的社会保险关系转续办法，探索事业单位基本养老保险制度改革，抓紧制定适合农民工特点的养老保险办法；采取多种方式充实社会保障基金，强化基金监管；健全社会救助体系。同时，积极发展社会福利事业，鼓励和支持慈善事业发展，做好优抚安置工作，加强防灾、减灾、救灾工作。健全的社会保障体系，是人民生活的"安全网"，是社会运行的"稳定器"和收入分配的"调节器"，是维护社会稳定和国家长治久安的重要保障。建立和完善覆盖城乡的社会保障体系，让人民生活无后顾之忧，直接关系经济社会发展，是全面建设小康社会的一项重大任务，一定要更加重视做好这项工作。

在住房方面。住房是民生的重要方面，也是人民群众普遍关注的问题。《报告》提出了三项指导原则和四项具体措施。总的指导原则是：坚持从我国人多地少的基本国情出发，建立科学、合理的住房建设和消费模式；坚持正确发挥政府和市场的作用，政府主要制定住房规划和政策，搞好土地合理供应、集约利用和管理，重点发展面向中低收入家庭的住房，高收入家庭的住房需求主要通过市场调节解决；坚持加强对房地产市场的调控和监管，促进房地产业持续稳定健康发展。这些是立足我国国情、借鉴国际经验和适应市场经济发展提出的正确原则。四项措施是：健全廉租住房制度，加快廉租住房建设，积极解决城市低收入群众住房困难；增加中低价位、中小套型普通商品住房供应，建立多渠道投融资机制，通过多种途径帮助中等收入家庭解决住房问题；综合运用税收、信贷、土地等手段，增加住房有效供给，抑制不合理需求，防止房价过快上涨；加强市场监管，严格房地产企业市场准入和退出条件，依法查处闲置囤积土地、房源和炒地炒房行为。同时，加强农村住房建设规划和管理，切实解决农村困难群众住房安全问题。这些原则和措施，明确提出采取多种方式解决低、中、高收入家庭的住房问题，也统筹考虑解决城乡低收入困难群众的住房问题。这是解决我国住房问题思路和政策的创新。为了让人民群众安居乐业，必须坚定不移地推进住房体制改革和建设，抓紧建立科学、合理的住房保障体系。

第七，深化文化体制改革，推动文化大发展大繁荣。《报告》用较大篇幅对文化建设作了明确部署。指出，要进一步落实和完善文化体制改革政策措施，推动文化创新，加强文化建设，保障人民基本文化权益，繁荣文化市场，满足人民日益增长的、多样的文化需求；要坚持用马克思主义中国化最新成果教育人民，深入进行社会主义荣辱观教育；推进和谐文化建设，实施公民道德建设工程，培育文明社会风尚；加强青少年思想道德建设；深入开展文明创建活动；发展哲学社会科学；繁荣新闻出版、广播影视、文学艺术；鼓励创作优秀精神文化产品；加快构建覆盖全社会的公共文化服务体系，加强公益性文化事业建设；推进全国文化信息共享、广播电视村村通、农家书屋和农村电影放映工程；完善文化产业政策；加强网络文化建设和管理；规范文化市场，坚持开展"扫黄打非"；扩大对外文化交流；加强城乡公共体育设施建设，广泛开展全民健身活动，不断提高竞技体育水平。《报告》对办好2008年奥运会和残奥会提出了明确要求。强调扎实做好各项筹办和组织工作，加强国际合作，创造良好的环境，确保成功举办一届有特色、高水平的体育盛会。这对于增进中国人民同世界人民的友谊与合作，提高我国的国际影响力，具有重大意义。

《报告》还对加强社会主义民主法治建设、促进社会公平正义，加快行政管理体制改革、加强政府自身建设，以及民族工作、宗教工作、侨务工作、国防和军队建设、香港澳门工作、祖国统一大业、外交工作等都作了阐述，也都要认真加以贯彻落实。

回顾过去五年历程和成就，鼓舞人心。我国各族人民已站在新的历史起点，向更高的目标攀登。展望伟大祖国的锦绣前程，催人奋进。我们要以奋发有为的精神状态和更加昂扬的斗志，努力在继续解放思想上迈出新步伐、在坚持改革开放上实现新突破、在推动科学发展上取得新进展、在促进社会和谐上见到新成效，为完成党的十七大确定的各项目标任务而努力奋斗。

着力构建创新型国家经济制度

——《生产要素演进与创新型国家的经济制度》*序言

（二〇〇八年六月）

　　进入 21 世纪，经济全球化趋势日益发展，科技进步决定着各国世界经济分工中占据的位置及利益分配。我国经济社会发展既面临着千载难逢的机遇，也面临着空前严峻的挑战。正是适应全球经济发展的新变化、新趋势，我国作出了建设创新型国家的战略决策。构建相应的具体经济制度体系，成为中国迫切需要解决的关键问题。本书作者以从要素导向向创新导向发展的理论研究为基础，首次提出了中国建设创新型国家的具体经济制度框架。这是本书的重要理论价值和实践意义所在，是一本创新性理论研究的力作。本书具有以下三个特点：

　　第一，以创新思维从生产要素的源头开始研究，使建立创新型国家制度体系的研究建立在深入扎实的理论分析、严密清晰的逻辑推理基础上，因此具有重要的理论意义和实践意义。对于生产要素的研究，并没有延续基于物质要素的经济分析方式去放宽某一种假设，细化某一个指标，或是改善某一组模型，而是根据技术要素的特殊属性，通过引入制度因素来改善这种从物质型要素到知识型要素的变化。创造性地提出了"创新型国家的本质是一种能够有效地将资源配置到创新领域的制度体系"的核心理论。通过对生产要素理论、创新理论、制度经济理论进行系统的评价与剖析，以及对国际创新型国家的比较研究，提出了创新型国家的内涵、中国特色创新型国家的制度安排，以及符合中国国情的制度演进策略，读来令人信服。

　　第二，围绕"创新型国家的本质是一种能够有效地将资源配置到创新领域的制度体系"这一核心理论，创造性地完成了对知识产权作用的辩证分析，

---

* 《生产要素演进与创新型国家的经济制度》，该书系"中国经济问题丛书"之一，陈华著，中国人民大学出版社 2008 年 6 月出版。

对延期支付、中介组织作用的设想，以及对市场环境、金融体系的安排等一系列技术和管理体系层面的难题，使以技术要素为核心的创新型国家制度体系框架得以完善，为我国创新型国家的分配制度、市场制度、产权制度、创新制度、金融制度等多方面的制度体系演进，提供了崭新的视角和路径。

第三，研究方法独到也是本书的一大特色。本书从选题到论证，综合运用了多种研究方法，紧密结合实际，视角独特，体现出作者的创新思维、跨学科的理论功底和较强的科研工作能力。

实证主义方法的严密性是以丧失直接可用性为代价的，而个案分析与实验分析的后现代主义方法又是以丧失一般性为代价的。在方法的选择上，主要是取决于研究方法在内部严密性与外部现实一致性两难之间的拿捏。在研究金融市场结构与知识创新的关系时，采用了实证主义方法，在建立向量自回归模型的基础上，通过广义脉冲响应函数描述了模型在受到冲击时对系统所产生的动态影响。在研究制度与创新的关系时，主要采用了案例分析的方法，从5家不同性质的中国企业的微观层面对宏观经济中存在的问题进行了分析。在研究知识要素特性与从知识到创新的制度安排时，采用实验室实验的方法，创建了排除土地、劳动力要素，仅有资本和知识要素投入的虚拟组织。在该组织的运作中，研究知识要素特性、测试从知识到创新的制度安排。而在生产要素构成的动态演进、知识与资本的关系等方面的研究中，则主要采用了马克思主义的科学抽象法。特别是作者结合自身的创业实践，身体力行地进行了经济学实验，为本书提供了充分的事实论据。

深入学习贯彻党的十七大精神

——《政策研究与决策咨询——国务院研究室调研成果选（2008）》*代序言

（二○○八年七月）

党的十七大是在我国改革发展关键阶段召开的一次十分重要的大会。胡锦涛同志所作《高举中国特色社会主义伟大旗帜，为夺取全面建设小康社会新胜利而奋斗》的报告，以马克思列宁主义、毛泽东思想、邓小平理论和"三个代表"重要思想为指导，深入贯彻落实科学发展观，分析了国际国内形势的新变化，科学回答了党在改革发展关键阶段举什么旗、走什么路、以什么样的精神状态、朝着什么样的发展目标继续前进等重大问题。报告回顾了党的十六大以来党和国家事业的新进展，总结了改革开放的伟大历史进程和宝贵经验，阐明了科学发展观的科学内涵和根本要求，明确了实现全面建设小康社会的奋斗目标的新要求，对我国经济建设、政治建设、文化建设、社会建设和党的建设作出了全面部署。报告描绘了在新的时代条件下继续全面建设小康社会、加快推进社会主义现代化的宏伟蓝图，为我们继续推动党和国家事业发展指明了前进方向，是全党全国各族人民智慧的结晶，是我们党团结带领全国各族人民坚定不移走中国特色社会主义道路、在新的历史起点上继续发展中国特色社会主义的政治宣言和行动纲领。

当前，我国改革发展已进入新的阶段，党领导全国各族人民从新的历史起点出发，朝着全面建设小康社会和现代化宏伟事业的新目标迈进。我们面临着新的国际国内形势，新形势新任务对我们提出了新的要求。党的十七大报告对新阶段新形势新任务新要求都进行了全面的论述和部署。党的十七大确定的主题就是当前和今后一个时期全党各项工作的主题，这就需要我们去

---

* 《政策研究与决策咨询——国务院研究室调研成果选（2008）》，魏礼群主编，中国言实出版社 2008 年 8 月出版。

深入研究这个主题，根据这个主题来谋划、围绕这个主题来展开、对照这个主题来衡量；党的十七大强调高举中国特色社会主义伟大旗帜，这就需要我们进一步弄懂什么是中国特色社会主义以及什么是中国特色社会主义理论体系，并以此来武装头脑；党的十七大科学总结了我国改革开放的历史进程和宝贵经验，这就要求我们继续坚持改革方向，坚定不移地推进改革开放伟大事业；党的十七大对科学发展观进行了深刻阐述，这就要求我们把学习实践科学发展观放在更加突出的位置；党的十七大提出了实现全面建设小康社会奋斗目标的新要求，这就要求我们按照中国特色社会主义的总体布局，调动各个方面积极性，为实现这个目标而奋斗。总之，党的十七大给我们提出了新任务新要求，同时也提供了强大思想武器，深入学习贯彻党的十七大精神，才能更好适应新形势新任务的要求。

学习贯彻党的十七大精神，要全面领会和把握党的十七大提出的重大理论观点、重大战略思想和重大工作部署。重点是：深刻领会党的十七大的主题，坚定不移地高举中国特色社会主义伟大旗帜；深刻领会党的十六大以来党和国家各项工作取得的重大成就，更加自觉地贯彻党的理论和路线方针政策；深刻领会改革开放的伟大历史进程和宝贵经验，坚持勇于改革、开拓创新；深刻领会中国特色社会主义道路和中国特色社会主义理论体系，坚持用马克思主义中国化的最新理论成果武装头脑，指导工作；深刻领会科学发展观的科学内涵、精神实质和根本要求，增强贯彻落实科学发展观的自觉性和坚定性；深刻领会实现全面建设小康社会奋斗目标的新要求，为夺取全面建设小康社会新胜利而奋斗；深刻领会社会主义经济建设、政治建设、文化建设、社会建设等方面的重大部署，努力促进各项事业协调发展、共同进步；深刻领会推进"一国两制"实践和祖国和平统一大业的重要任务，维护国家主权和领土完整，维护中华民族根本利益；深刻领会始终不渝地走和平发展道路的战略抉择，推动国际秩序朝着更加公正合理的方向发展；深刻领会以改革创新精神全面推进党的建设新的伟大工程，使党始终成为中国特色社会主义事业的坚强领导核心。要在进一步加深理解和深化认识上下功夫，特别对一些重大问题要学深学透、准确把握。

（一）进一步深化对党的十七大主题和历史任务的认识。抓住了大会的主题，就抓住了党的十七大精神的总纲和灵魂。党的十七大的主题是：高举中国特色社会主义伟大旗帜，以邓小平理论和"三个代表"重要思想为指导，深入贯彻落实科学发展观，继续解放思想，坚持改革开放，推动科学发展，促进社会和谐，为夺取全面建设小康社会新胜利而奋斗。这个主题，充分体现了改革开放以来特别是党的十六大以来我们党带领全国各族人民开创中国特色社会主义事业新局面的伟大实践和成功经验，深刻反映了当今世界深刻变化和当代中国深刻变革对党和国家工作的新要求。这个主题，也集中回答了这次大会的历史任务。具体来说，党的十七大的历史任务就是：认真总结改革开放的历史进程和宝贵经验，坚持党的十一届三中全会以来的理论和路线方针政策不动摇，在新的历史条件下继续推进改革开放和社会主义现代化事业；高举中国特色社会主义伟大旗帜，坚定不移地走中国特色社会主义道路，坚定不移地坚持中国特色社会主义理论体系，在新的起点上继续发展中国特色社会主义；适应国内外形势的新变化，顺应各族人民过上更好生活的新期待，全面把握我国经济社会发展新趋势，更加自觉地走科学发展道路，积极促进社会和谐，继续推动全面建设小康社会进程，确保到2020年实现全面建成小康社会的奋斗目标。

深刻领会和把握党的十七大的主题和历史任务，关键要加深理解党的十七大对国际国内形势作出的总体判断，准确把握我们党所处的历史方位。党的十七大报告精辟地指出："当今世界正在发生广泛而深刻的变化，当代中国正在发生广泛而深刻的变革。"在这种"变化"和"变革"中，"机遇前所未有，挑战也前所未有，机遇大于挑战"。我们党清醒地认识当今世界和当代中国的发展大势，全面把握我国发展的新要求和各族人民的新期待，鲜明提出了党的十七大的主题，明确了历史任务，科学制定了适应时代要求和人民愿望的行动纲领和大政方针，为全党全国各族人民指明了前进方向。

（二）进一步深化对高举中国特色社会主义伟大旗帜的认识。旗帜问题至关紧要。旗帜就是方向、就是形象。党的十七大最重要的历史贡献，就是对这一根本问题作出鲜明有力的回答，高扬了中国特色社会主义伟大旗帜。党的十七大报告强调：中国特色社会主义伟大旗帜是当代中国发展进步的旗帜，是全党全国各族人民团结奋斗的旗帜。这充分表明了我们党继续推进中国特色社会主义伟大事业的坚定决心，充分反映了全党全国各族人民的共同愿望。学习贯彻党的十七大精神，最重要的就是要紧紧抓住旗帜这一根本问题，不断深化认识，不断加深理解，进一步增强高举中国特色社会主义伟大旗帜的自觉性和坚定性。

一要深刻理解和认识，进入改革开放新时期，我们党的全部理论和实践探索都是围绕坚持和发展中国特色社会主义来展开、来深化的。在党的十二大上，邓小平同志第一次明确提出了"中国特色社会主义"这个重大命题，强调："把马克思主义的普遍真理同我国的具体实际结合起来，走自己的道路，建设有中国特色的社会主义，这就是我们总结长期历史经验得出的基本结论。"从那时开始，"中国特色社会主义"就成为党的历次全国代表大会的"主题词"。坚持和发展中国特色社会主义，是党在改革开放新时期全部工作的主题。在这个根本问题上，我们党始终是一脉相承、一以贯之的。

二要深刻理解和认识，党的十七大报告通篇贯穿了中国特色社会主义这条主线，可以说是一篇系统的中国特色社会主义理论文献。报告的标题，就是"高举中国特色社会主义伟大旗帜，为夺取全面建设小康社会新胜利而奋斗"。报告阐述大会主题的第一句话，就是"高举中国特色社会主义伟大旗帜"，报告的结尾也落在了"高举中国特色社会主义伟大旗帜"。报告总结了党的十六大以来五年的工作，强调我们党领导人民开创了中国特色社会主义事业新局面。报告回顾改革开放伟大历史进程得出了重要历史结论，强调改革开放以来我们取得一切成绩和进步的根本原因，归结起来就是：开辟了中国特色社会主义道路，形成了中国特色社会主义理论体系。报告关于实现全面建设小康社会奋斗目标的新要求、关于全面推进中国特色社会主义事业总体布局的新任务，都是围绕坚持和发展中国特色社会主义来展开的。报告提出以改革创新精神全面推进党的建设新的伟大工程，目的也是更好地把我们党建设成为中国特色社会主义事业的坚强领导核心。党的十七大报告坚持和发展中国特色社会主义，不仅是总体上的要求，而且体现在各个方面、各个领域。比如，提出了中国特色自主创新道路、中国特色新型工业化道路、中国特色农业现代化道路、中国特色城镇化道路、中国特色社会主义政治发展道路，等等。综观报告全文，可以这样说，报告鲜明的主题是中国特色社会主义，贯穿的灵魂是中国特色社会主义，突出的主线也是中国特色社会主义。

三要深刻理解和认识，党的十七大用一系列新思路、新观点、新论断，进一步丰富和发展了中国特色社会主义。主要表现在以下几个方面：一是把中国特色社会主义伟大旗帜作为我们党团结带领全国各族人民共同奋斗的精神旗帜，更加突出、更加鲜明地写入大会报告，写入党的章程。二是对中国特色社会主义的内涵作出了更加完整、更加系统的概括，就是一面旗帜、一条道路、一个理论体系，强调高举中国特色社会主义伟大旗帜，最根本的就是要坚持中国特色社会主义道路和中国特色社会主义理论体系。三是对中国特色社会主义道路作出了集中概括，不仅揭示了这条道路的内涵是什么，而且指明了如何坚持和发展这条道路，提出了在当代中国坚持中国特色社会主义道路就是真正坚持社会主义的重大政治论断。四是提出了中国特色社会主义理论体系的概念，阐明这个理论体系就是包括邓小平理论、"三个代表"重要思想以及科学发展观等重大战略思想在内的科学理论体系，提出了在当代中国坚持中国特色社会主义理论体系就是真正坚持马克思主义的重大政治论断。五是用一系列重大理论观点、重大战略思想、重大工作部署，把发展中国特色社会主义的要求贯彻到改革发展稳定、内政外交国防、治党治国治军等方方面面。这些新思路、新观点、新论断，充分表明我们党对中国特色社会主义的认识达到了一个新的高度。

同时，我们还必须深刻理解和认识，中国特色社会主义已经在实践中取得了巨大成就、显示出蓬勃生机，我们已经走出了一条光明大道，但前面的路并不都是平坦的，还会有各种困难和风险，包括可以预料的和难以预料的，来自国内的和来自国外的，经济生活中的和社会政治生活中的。应当居安思危，增强忧患意识。要保证党和国家事业健康发展，夺取全面建设小康社会新胜利，开创中国特色社会主义事业新局面，关键是要做到不为任何风险所惧，不被任何干扰所惑，坚定不移地走中国特色社会主义伟大道路。用党的十七大精神统一思想、凝聚力量；要保持头脑清醒、立场坚定，最重要的就是要在旗帜这个根本问题上头脑清醒、立场坚定。

（三）进一步深化对科学发展观的科学内涵、精神实质和根本要求的认识。 党的十七大报告深刻阐述了科学发展观的时代背景、科学内涵和精神实质，对深入贯彻落实科学发展观提出了明确要求，必须加深理解，全面把握。

一要深刻理解和认识，科学发展观是同马克思列宁主义、毛泽东思想、邓小平理论和"三个代表"重要思想既一脉相承又与时俱进的科学理论。马克思主义创始人深刻论述过人类社会的发展问题，形成了关于发展的丰富的思想理论。中国共产党坚持把马克思主义基本原理同中国具体实际相结合，党的三代中央领导集体在推进马克思主义中国化的历史进程中提出了许多关于发展的重要思想，丰富和发展了马克思主义关于发展的理论。党的十六大以来，以胡锦涛同志为总书记的党中央立足社会主义初级阶段基本国情，总结我国发展实践，借鉴国外发展经验，适应新的发展要求，提出了科学发展观。它科学地回答了实现什么样的发展、怎样发展等一系列重大理论和实践问题，反映了我们党最新的发展理念，形成了马克思主义中国化的最新理论成果。在几年来的实践中，科学发展观对发展中国特色社会主义发挥了重大的指导推动作用，得到了全党全社会的广泛认同。科学发展观是对党的三代中央领导集体关于发展的重要思想的继承和发展，是马克思主义关于发展的世界观和方法论的集中体现，是我国经济社会发展的重要指导方针，是发展中国特色社会主义必须坚持和贯彻的重大战略思想。在新的发展阶段继续全面建设小康社会、发展中国特色社会主义，必须坚持以邓小平理论和"三个代表"重要思想为指导，深入贯彻落实科学发展观。

二要深刻理解和认识，新世纪新阶段我国发展呈现出一系列新的阶段性特征，既有继续发展的条件和优势，又有制约发展的矛盾和问题。党的十七大报告对此作了系统的阐述和客观的分析，指出当前我国发展的阶段性特征是社会主义初级阶段基本国情在新世纪新阶段的具体表现。这是科学发展观产生的基本依据。面对我国全面参与经济全球化的新机遇新挑战，面对工业化、信息化、城镇化、市场化、国际化深入发展的新形势新任务，面对我国发展过程中出现的新课题新矛盾，只有深入贯彻落实科学发展观，把握发展规律，创新发展理念，转变发展方式，破解发展难题，更加自觉地走科学发展道路，才能奋力开拓中国特色社会主义更为广阔的发展前景。

三要深刻理解和认识，"科学发展观，第一要义是发展，核心是以人为本，基本要求是全面协调可持续，根本方法是统筹兼顾"。这是对科学发展观的内涵所作的最全面、最深刻、最简明的概括。发展，对于全面建设小康社会、加快推进社会主义现代化具有决定性意义。强调发展是科学发展观的第一要义，体现了党对这个问题的清醒认识，体现了党坚持把发展作为执政兴国第一要务的理念，也表明科学发展观的精神实质首先是发展。全心全意为人民服务是党的根本宗旨，党的一切奋斗和工作都是为了造福人民。强调以人为本是科学发展观的核心，体现了党的宗旨和社会主义制度的本质要求，也表明科学发展观的一个基本精神就是发展为了人民、发展依靠人民、发展成果由人民共享。科学的发展是经济、政治、文化、社会的全面发展、协调发展和惠及子孙后代的发展。强调科学发展观的基本要求是全面协调可持续，体现了中国特色社会主义事业总体布局的要求，体现了经济社会永续发展的需要，也表明科学发展观的实质就是要追求符合经济社会发展客观规律的又好又快的发展。统筹兼顾是我国几十年来社会主义建设，包括改革开放以来经济社会发展经验的科学总结。强调科学发展观的根本方法是统筹兼顾，体现了正确认识和妥善处理中国特色社会主义事业中各种重大关系的要求，表明科学发展观的实质就是要统筹城乡发展、区域发展、经济社会发展、人与自然和谐发展、国内发展和对外开放，就是要统筹中央和地方关系，统筹个人利益和集体利益、局部利益和整体利益、当前利益和长远利益，充分调动各方面积极性。同时，要统筹国内国际两个大局，树立世界眼光，加强战略思维，善于从国际形势发展变化中把握机遇、应对风险挑战。

四是深刻理解和认识，深入贯彻落实科学发展观必须把握好的基本要求。包括：要求我们坚持"一个中心，两个基本点"的基本路线，坚持把以经济建设为中心同坚持四项基本原则、改革开放这两个基本点统一于发展中国特色社会主义的伟大实践，任何时候都不能动摇；要求我们积极构建社会主义和谐社会，按照民主法治、公平正义、诚信友爱、充满活力、安定有序、人与自然和谐相处的总要求，不断推进和谐社会建设；要求我们继续深化改革开放，推进各方面体制改革创新，全面提高对外开放水平；要求我们切实加强和改进党的建设，为科学发展提供可靠的政治和组织保障。

党的十七大报告关于科学发展观的论述，从世界观和方法论的结合上，全面系统地阐明了科学发展观的科学内涵和精神实质，为我们提供了科学的理论指导和思想方法。我们一定要全面把握科学发展观的科学内涵、精神实质和根本要求，增强贯彻落实科学发展观的自觉性和坚定性，着力转变不适应不符合科学发展观的思想观念，着力解决影响和制约科学发展观的突出问题，并在我们的具体工作中推动科学发展观的落实。

（四）进一步深化对坚定不移推进改革开放的认识。党的十七大鲜明地强调：改革开放是决定当代中国命运的关键抉择，是发展中国特色社会主义、实现中华民族伟大复兴的必由之路；只有社会主义才能救中国，只有改革开放才能发展中国、发展社会主义、发展马克思主义；改革开放符合党心民心、顺应时代潮流，方向和道路是完全正确的，成效和功绩不容否定，停顿和倒退没有出路，等等。对于这些重大论断，必须认真学习、深刻领会。

一是要深刻领会，改革开放伟大事业是中国共产党三代中央领导集体带领全党全国各族人民探索、开创并不断推向前进的。以毛泽东同志为核心的党的第一代中央领导集体创立毛泽东思想，带领党和人民建立新中国，取得社会主义革命和建设的伟大成就，艰辛探索社会主义建设规律并取得宝贵经验，改革开放就是在这些成就和经验的基础上进行的。以邓小平同志为核心的党的第二代中央领导集体，坚持解放思想、实事求是，作出把党和国家工作中心转移到经济建设上来、实行改革开放的历史性决策，确立社会主义初级阶段基本路线，创立邓小平理论，吹响走自己的路、建设中国特色社会主义的时代号角，开创了改革开放历史新时期。以江泽民同志为核心的党的第三代中央领导集体，高举邓小平理论伟大旗帜，坚持改革开放、与时俱进，创建社会主义市场经济新体制，开创全面开放新局面，推进党的建设新的伟大工程，形成"三个代表"重要思想，引领改革开放的航船沿着正确方向破浪前进，把改革开放伟大事业成功推向二十一世纪。党的十六大以来，以胡锦涛同志为总书记的党中央坚持以邓小平理论和"三个代表"重要思想为指导，顺应国内外形势发展变化，抓住重要战略机遇期，发扬求真务实、开拓进取精神，坚持理论创新和实践创新，着力推动科学发展、促进社会和谐，完善社会主义市场经济体制，在全面建设小康社会实践中坚定不移地把改革开放伟大事业继续推向前进。

二是要深刻领会，我国的改革开放有着明确的目的和鲜明性质。党的十一届三中全会以来历次党的代表大会都对改革的目的作出深刻论述，强调改革的实质和目标，是要从根本上改变束缚生产力发展的经济体制，建立充满生机和活力的社会主义新经济体制，同时相应地改革政治体制和其他方面的体制，以实现中国的社会主义现代化。党的十七大报告对改革开放的目的作出新的概括，指出"改革开放是党在新的时代条件下带领人民进行的新的伟大革命，目的就是要解放和发展社会生产力，实现国家现代化，让中国人民富裕起来，振兴伟大的中华民族；就是要推动我国社会主义制度自我完善和发展，赋予社会主义新的生机活力，建设和发展中国特色社会主义；就是要在引领当代中国发展进步中加强和改进党的建设，保持和发展党的先进性，确保党始终走在时代前列"。改革的目的决定着改革的性质：我国的改革开放是解放和发展社会生产力的新的革命，是社会主义制度的自我完善和发展，是党永葆先进性的动力和保证；而绝不是要放弃共产党领导，改掉社会主义制度。我们党领导的改革开放之所以实现了目的和效果的高度统一，就在于我们既坚定不移地进行改革开放，又坚定不移地坚持中国共产党领导、坚持社会主义制度，坚决排除各种错误思潮、错误倾向的干扰，始终沿着正确方向前进。

三是要深刻领会，改革开放的伟大成就证明，我国的改革在正确的轨道上成功推进，历史性地改变了当代中国的面貌。今年是改革开放 30 周年，改革开放开辟了当代中国发展进步的光辉道路，使中国发生了历史性的巨大变化。我国生产力获得大解放大发展，经济从一度濒于崩溃的边缘发展到总量跃居世界第四位，综合国力大幅度跃升，人民生活实现了从温饱不足到总体小康的历史性跨越。我国社会主义制度在除弊创新中不断完善和发展，实现了从高度集中的计划经济体制到充满活力的社会主义市场经济体制、从封闭半封闭到全方位开放的历史性转变，政治体制、文化体制和社会体制改革取得重要进展。我们党在领导改革开放的历史进程中，不断加强和改进自身建设，坚持用时代发展的要求审视自己，坚持以改革创新的精神加强和完善自己，开创了党的事业新局面，开拓了马克思主义中国化的新境界，使党成为始终走在时代前列带领人民团结奋进的坚强领导核心，赢得人民群众衷心拥护，执政地位更加巩固。改革开放的实践充分表明，通过这场伟大革命的洗礼，中华民族大踏步赶上了时代前进潮流，一个面向现代化、面向世界、面向未来的社会主义中国巍然屹立在世界东方，中国共产党昂首阔步走在了时代前列。

四是要深刻领会，改革的成功，使我们取得了在这样一个十几亿人口的发展中大国摆脱贫困、加快实现现代化、巩固和发展社会主义的宝贵经验。党的十七大报告科学地概括了改革开放坚持"十个结合"的宝贵经验，这就是：把坚持马克思主义基本原理同推进马克思主义中国化结合起来，把坚持四项基本原则同坚持改革开放结合起来，把尊重人民首创精神同加强和改善党的领导结合起来，把坚持社会主义基本制度同发展市场经济结合起来，把推动经济基础变革同推动上层建筑改革结合起来，把发展社会生产力同提高全民族文明素质结合起来，把提高效率同促进社会公平结合起来，把坚持独立自主同参与经济全球化结合起来，把促进改革发展同保持社会稳定结合起来，把推进中国特色社会主义伟大事业同推进党的建设新的伟大工程结合起来。这"十大结合"，从理论与实践的结合上深刻回答了党内外、国内外关注的一系列重大问题，揭示了我国的改革为什么能够取得成功的真谛，体现了我们党领导改革开放、驾驭伟大历史进程的高超政治智慧和执政能力，也为继续推进改革开放指明了前进方向。

我们要深刻认识到，在新的时代条件下继续全面建设小康社会、发展中国特色社会主义，必须坚定不移地推进改革开放。改革开放将贯穿于社会主义现代化建设的全过程，任何时候都不能动摇。目前我国改革仍处于攻坚阶段，任务相当繁重和艰巨。改革如逆水行舟，不进则退。必须继续坚定不移地全面推进改革，在继续深化经济体制改革的同时，积极稳妥地推进政治体制改革、文化体制改革、社会体制改革和其他各方面改革，使整个改革协调推进，不断完善社会主义市场经济体制，发展社会主义民主政治，建设社会主义先进文化，促进社会公平正义和人的全面发展。要毫不动摇地坚持改革方向，不断在重要领域和关键环节改革取得新突破，着力推进制度机制创新。开放也是改革，开放兼容才能强国，必须坚持对外开放的基本国策，实施互利共赢战略，提高开放型经济水平。要通过深化改革开放，着力构建充满活力、富有效率、更加开放、有利于科学发展的体制机制，为发展中国特色社会主义提供强大动力和体制保障。我们要勇于变革、勇于创新、永不僵化、永不停滞，坚持把改革创新精神贯彻到我们工作的各个环节、各个方面。

（五）进一步深化对实现全面建设小康社会奋斗目标新要求和中国特色社会主义事业总体布局的认识。 党的十七大在十六大确定的全面建设小康社会目标基础上，勾画了我国到 2020 年的宏伟发展蓝图，展现了中国特色社会主义的壮丽前景，为全面建设小康社会进一步指明了方向。党的十七大报告明确提出"确保到 2020 年实现全面建成小康社会的奋斗目标"，并提出了五个方面的新的更高要求，这就是：增强发展协调性，努力实现经济又好又快发展；扩大社会主义民主，更好保障人民权益和社会公平正义；加强文化建设，明显提高全民族文明素质；加快发展社会事业，全面改善人民生活；建设生态文明，基本形成节约能源资源和保护生态环境的产业结构、增长方式、消费模式。

这些新的要求，既与党的十六大确定的全面建设小康社会目标要求相一致，又根据国内外形势的新变化，顺应各族人民过上更好生活的新期待，把握经济社会发展趋势和规律，对全面小康的目标体系作了补充、完善和深化，进一步丰富了全面建设小康社会的内涵。要正确把握这些新的要求，并按照中国特色社会主义事业总体布局，努力促进经济建设、政治建设、文化建设和社会建设协调发展、共同进步。在经济建设上，实现未来经济发展目标，关键要在加快转变经济发展方式、完善社会主义市场经济体制方面取得重大进展，大力推进经济结构战略性调整，更加注重提高自主创新能力、提高节能环保水平、提高经济整体素质和国际竞争力，从制度上更好发挥市场在资源配置中的基础性作用，形成有利于科学发展的宏观调控体系。在政治建设上，要坚持中国特色社会主义政治发展道路，坚持党的领导、人民当家作主、依法治国有机统一，坚持和完善人民代表大会制度、中国共产党领导的多党合作和政治协商制度、民族区域自治制度以及基层群众自治制度，不断推进社会主义政治制度自我完善和发展，深化政治体制改革，扩大社会主义民主，建设社会主义法治国家，发展社会主义政治文明。在文化建设上，要坚持社会主义先进文化前进方向，兴起社会主义文化建设新高潮，更加自觉、更加主动地推动文化大发展大繁荣，建设社会主义核心价值体系，培育文明风尚，弘扬中华文化，推进文化创新，提高国家文化软实力。在社会建设上，要着力保障和改善民生，推进社会体制改革，扩大公共服务，完善社会管理，促进社会公平正义，努力使全体人民学有所教、劳有所得、病有所医、老有所养、住有所居。

我们要全面准确把握实现全面建设小康社会奋斗目标新要求和中国特色社会主义事业总体布局；在此基础上，着眼于更好地适应新的形势、新的任务和新的要求，统筹考虑、全面加强、协调推进各项工作。

（六）进一步深化对以改革创新精神推进党的建设新的伟大工程的认识。党的十七大报告强调："党要站在时代前列带领人民不断开创事业发展新局面，必须以改革创新精神加强自身建设，始终成为中国特色社会主义事业的坚强领导核心。"这是根据我们党面临的新形势和肩负的历史使命，对加强和改进党的建设、坚持和改善党的领导提出的根本要求。党的十七大报告提出了以改革创新精神全面推进党的建设新的伟大工程的总体布局和要求，这就是：必须把党的执政能力建设和先进性建设作为主线，坚持党要管党、从严治党，贯彻为民、务实、清廉的要求，以坚定理想信念为重点加强思想建设，以造就高素质党员、干部队伍为重点加强组织建设，以保持党同人民群众的血肉联系为重点加强作风建设，以健全民主集中制为重点加强制度建设，以完善惩治和预防腐败体系为重点加强反腐倡廉建设，使党始终成为立党为公、执政为民，求真务实、改革创新，艰苦奋斗、清正廉洁，富有活力、团结和谐的马克思主义执政党。这一总体布局和要求，为我们在新形势下加强和改进党的建设指明了方向。围绕这个总体布局和要求，党的十七大报告从六个方面对党的建设作出全面部署，提出了一系列新办法新举措：一是深入学习贯彻中国特色社会主义理论体系，着力用马克思主义中国化最新成果武装全党；二是继续加强党的执政能力建设，着力建设高素质领导班子；三是积极推进党内民主建设，着力增强党的团结统一；四是不断深化干部人事制度改革，着力造就高素质干部队伍和人才队伍；五是全面巩固和发展先进性教育活动成果，着力加强基层党的建设；六是切实改进党的作风，着力加强反腐倡廉建设。这些工作部署和新举措，鲜明地体现了改革创新精神，充分反映了广大党员和人民群众对我们党的热切期盼，为加强和改进党的建设提供了基本遵循。

我们要深刻理解和贯彻落实党的十七大关于加强党的建设的重大创新举措，自觉以改革创新精神加强机关党的思想建设、组织建设、作风建设和制度建设，着力提高党组织的创造力、凝聚力和战斗力，为全面推进各项事业提供政治和组织保证。

学习的目的在于应用。深入学习贯彻党的十七大精神，最重要的是深刻领会其精神实质，武装头脑、指导实践和推动工作。牢固树立中国特色社会主义信念，更加积极、更加有效地做好各项工作，更加自觉、更加坚定地为发展中国特色社会主义事业而不懈奋斗。

必须高度重视国家粮食安全

——《粮食危机——运用粮食武器获取世界霸权》*序言

（二〇〇八年九月）

　　《粮食危机——运用粮食武器获取世界霸权》一书，是深度解析美国权势集团以粮食为武器来维护美国利益的难得之作。

　　世界上许多人认为，农业只是传统产业、粮食只是无足轻重的一般消费品。美国权势集团却认为，粮食是与石油一样可交换、可控制的战略商品。为此，大力发展商业化农业成为美国维持本国利益的重要战略，从绿色革命到基因革命，美国权势集团力图不断用新技术手段来控制世界粮食生产和贸易。由于引入美国现代农业技术、化学肥料和转基因种子，不少发展中国家的农业逐渐形成对美国的强烈依赖。

　　洛克菲勒基金会宣称，必须用转基因作物来解决世界人口的增长问题，但是世界转基因农作物种子全部掌握在几家大公司手里。这些公司生产的转基因种子都能够抗拒本公司生产的除草剂，这使农民对公司的依赖性加剧。从全球范围看，转基因大豆占全球大豆种植量的56%，转基因棉花占到28%，而且这种比重还在上升。尽管没有足够证据表明转基因作物完全安全，但转基因农作物已在美国和全球蔓延，逐渐控制了美国的食物链。

　　近年来，国际粮价不断创出新高，甚至造成国际范围内的恐慌。中国由于长期坚持不懈地努力，已经稳定地解决了13亿人口的吃饭问题，这是对国际社会解决粮食问题作出的宝贵贡献。

　　粮食问题是关系各国和世界发展、安全的重大问题，只有在保障粮食安全并不断发展的基础上，才能切实实现各国和世界的持续发展。中国实行改

---

* 《粮食危机——运用粮食武器获取世界霸权》，[美] 威廉·恩道尔著，赵刚、胡钰、旷野、刘淳译，知识产权出版社2008年9月出版。

革开放30年来，国家始终高度重视解决好农业、农村、农民问题，大力推进农村改革和发展，使我国农业和农村取得了历史性巨大成就。今后，我们要实现全面建成小康社会乃至实现国家现代化的宏伟目标，仍然必须始终把解决好十几亿人口的吃饭问题作为治国安邦的头等大事。为此，要大力推进改革创新，搞好统筹城乡发展，坚持把加强"三农"工作作为全部工作的重中之重，认真实行工业反哺农业、城市支持农村的方针，建立以工促农、以城带乡长效机制，形成城乡经济社会发展一体化新格局。要坚持走中国特色农业现代化道路，实现农业全面稳定发展，努力增加农民收入，扎实推进社会主义新农村建设。这是事关中国整个现代化事业进程的重大战略抉择。

这本书基于地缘政治的角度，深入分析了美国权势集团操作全球粮食生产和贸易的许多内幕，这对于我们加深对粮食安全重要性的认识，坚持立足国内解决粮食问题具有重要参考价值。在我国，粮食生产任何时候都不能放松，粮食安全必须常抓不懈。要大力发展粮食生产，保障农产品供给。这就必须切实稳定粮食种植面积，提高单产水平。既要增加粮食总量，又要优化品种结构。同时，要采取综合性措施，加快构建供给稳定、储备充足、调控有力、运转高效的粮食安全保障体系。

实践已经并将继续证明，必须坚持立足国内实现粮食基本自给的方针，切实加大国家对农业的支持、保护力度，稳定增加粮食生产，积极搞活粮食流通，增强国家对粮食生产和流通的调控能力。同时，加强粮食国际合作。这样，才能可靠、持久、有效地解决中国的粮食安全问题，成功地应对国际粮食市场风险，避开某些国家权势集团设下的陷阱，保证我国社会主义现代化这艘巨轮不出现粮食安全问题，长期持续安全运行。

应刘淳之托，写下以上感言。是为序。

深入研究中国特色社会主义理论与实践

——《魏礼群自选集》*自序

（二〇〇八年十二月）

2008 年是我国伟大的改革开放 30 周年。改革开放 30 年来，我先后在国家计划委员会、中央财经领导小组办公室和国务院研究室工作，前不久又调到国家行政学院履新。

今年 4 月初，我还在国务院研究室工作时，收到学习出版社《学习理论文库》约稿函，出版我的自选集。这为我提供了整理近 30 年发表的文稿，以就教于各方面同志和朋友的机会。考虑再三，表示应允。

这部自选集，是改革开放 30 年来，我以个人名义写的部分论文。这本文集的文字尽管时间跨度较长，涉及领域较宽，但就整体而言，始终贯穿着一个鲜明的主题——新的历史时期走中国特色社会主义伟大道路。也可以说，这部自选集的重要特点，就是反映我在不断学习、研究、阐述中国特色社会主义理论体系和实践的进程。

之所以会有这样的特点，主要是因为，在这 30 年中，我在不同工作岗位上的参与和投入，对重大问题的研究和思考，都一直围绕我们党和国家在新的时代下的新实践、新发展，围绕改革开放、建设和发展中国特色社会主义的伟大事业。今后，我仍将为之作持之以恒的努力。

这本自选集收入的文章，大体上按时间顺序排列。为了如实反映出自己工作实践和认识发展的进程，也为了更加清晰勾勒出研究思考问题的主要内容和思路脉络，我把全书分为五个部分，并分别加了标题，这就是：（一）建设和发展中国特色社会主义经济；（二）经济体制改革和对外开放；（三）经济发展战略和建设布局；（四）社会建设和改善民生；（五）提高调查研究和决策咨询水平。这些归并和分类，是这次选编作出的，因此有的文

---

* 《魏礼群自选集》，魏礼群著，学习出版社 2008 年 12 月出版。

章某些内容难免有所交叉。由于写作时间不同，虽然是相同主题的文章，论述的角度、深度和内容不一样。后来写的文章则反映了党的理论和实践的新发展。

由于本人的工作历程和水平所限，所选文章可能有缺陷和不足，我诚恳欢迎大家批评指正。

渤海海峡跨海通道建设意义重大

——《渤海海峡跨海通道对环渤海经济发展及振兴东北老工业基地的影响研究》*序言

（二〇〇九年一月）

在"渤海海峡跨海通道研究"这个重大课题又一新的研究成果——《渤海海峡跨海通道对环渤海经济发展及振兴东北老工业基地的影响研究》即将付梓之际，我们回顾这一课题的研究历程，不禁思潮起伏，感慨万千。

1992年，我在原国家计委工作，当时国家计委政策研究室在山东省烟台市政府挂职锻炼的戴桂英处长回北京对我说，烟台市政府的柳新华、宋长虹等几个人提出一个大课题，即渤海海峡跨海通道研究，值得引起关注和重视。我听了情况，认为确有展开研究的必要，并应课题组全体人员的邀请，欣然担任课题组组长。17年来，虽然我的工作岗位从国家计委到中央财经领导小组办公室，以后到国务院研究室，再到国家行政学院不断变化，但却一直没有放弃对这一课题的研究，我与课题组主要成员经常开会、晤面、讨论、考察、策划，成为我十几年工作的重要内容，课题研究的每一点收获都让我们感到由衷高兴，每一次进展都给我们带来无限的喜悦。由于这是一项人类发展史上空前浩大的工程设想，涉及的问题重大而复杂，为了避免不必要的议论，我们掌握的工作原则是，多做少说，甚至只做不说。所以，课题研究长期处于"藏在深闺人未识"的状态。最近一段时间，这一课题最新研究成果由于国家领导人的批示和新闻媒体的披露，引起社会各界的普遍关注，许多人不断索要有关资料、询问有关情况，我借本书出版之际解答有关人士的问题，算是回应各方的关心与厚爱，也算是对17年来课题研究工作的简要回顾。

---

* 《渤海海峡跨海通道对环渤海经济发展及振兴东北老工业基地的影响研究》，柳新华著，经济科学出版社2009年4月出版。

——这一课题研究的是什么样的重大问题？

渤海是中国最大的内海，从辽东半岛沿海岸到胶东半岛，三面大陆环绕，状如英文字母 C，渤海海峡横亘在两大半岛之间，成为山东乃至华东到东北地区的海上天堑。渤海海峡跨海通道研究，就是 20 世纪 90 年代初，面向 21 世纪中国沿海地区经济和社会发展而提出的一项重大研究课题。该课题的基本设想是：利用渤海海峡的有利地理条件，从山东蓬莱至辽宁旅顺，建设公路和铁路结合的跨越渤海的直达快捷通道，将有缺口的 C 形交通变成四通八达的 Φ 形交通，化天堑为通途，进而形成纵贯我国南北从黑龙江到海南 11 个省、自治区、直辖市的东部铁路、公路交通大动脉。

——这一课题研究有什么重大意义和价值？

概而言之，兴建渤海海峡跨海通道，将全面沟通环渤海高速公路网、铁路网和纵贯我国南北的东部沿海铁路、公路战略大通道，完善和优化东部沿海地区交通路网格局，进而形成北上与横贯俄罗斯的亚欧大陆桥相接，南下与横贯中国的新亚欧大陆桥（陇海线）相交，并直达长三角、珠三角和港澳台地区的现代化综合交通运输体系，为促进环渤海经济圈区域协调发展，推动东部沿海地区经济发展，扩大与东北亚国家的合作交流创造重要条件。这一宏大工程，也是增强我国综合国力的重大举措，将对我国经济社会发展再创奇迹产生强大推动作用，不断提高我国的国际地位和世界影响力。因此，这一工程具有十分重大的政治意义、经济意义、社会意义。

渤海海峡跨海通道最直接、最重要的战略意义还在于，强力推动东北老工业基地振兴，加快东北地区的发展，打造中国经济"第四极"，实现我国区域经济均衡协调可持续发展。东北老工业基地经济发展一直明显落后于东部沿海地区。将跨海通道南北两端的山东省和东北地区进行比较，2007 年，山东省 GDP 为 25888 亿元，同年东北三省 GDP 合计为 23325 亿元（其中辽吉黑三省分别为：11022 亿元、5226 亿元、7077 亿元），即使加上同处东北经济圈的内蒙古东四盟（市）（1782 亿元），也仍然不及山东一省的经济总量。与长三角、珠三角等发达地区相比，东北三省的差距更大。渤海海峡跨海通道，将串联起山东半岛和辽东半岛两个发达的城市群，沟通长三角和珠三角经济圈，扩大东北与东部沿海发达地区的经济交流与联系，东北地区资源优势能够得到最大程度的发挥，也能最大限度地受到东部沿海地区的经济辐射，扩大东北地区的市场开放，将资源优势转化为经济优势和竞争优势，逐步缩小东北与东部沿海地区的发展差距。尤其在目前面临世界金融危机、内需严重不足的形势下，加快论证和启动渤海海峡跨海通道工程项目对于扩大内需，加快沿海地区、环渤海区域及东北地区经济发展，具有特别重大的意义。

　　——这一课题研究已经做了哪些工作？

　　这一课题研究从 1992 年提出至今，已经经历了三个阶段：第一阶段，主要由烟台市政府办公室、原国家计委有关司的人员担任，重点研究渤海海峡跨海通道的东通道——"烟（台）大（连）铁路轮渡"，受到当时国务院领导同志高度重视并作出批示。该成果先后被列入国家"九五"计划、国家"中长期铁路网规划"，作为国家重点建设项目于 2006 年建成投入运营，产生了显著的社会效益和经济效益。第二阶段，根据国务院领导同志的批示意见，参与研究的单位扩大到国务院研究室、原国家科委、海军工程技术研究院、总参兵种部设防局、铁道部、原交通部等部门和山东省、辽宁省等省份，重点是对渤海海峡跨海通道的西通道——蓬（莱）旅（顺）通道进行桥梁、隧道比较论证以及对先期试验工程——蓬（莱）长（岛）通道的研究论证。第三阶段，成员单位继续扩大，目前课题组共有工程、经济、交通、社会、海洋、地质、地震、气象、环保、军事、文物保护等各个领域的专家、学者共 50 余人。重点研究渤海海峡跨海通道对环渤海经济圈区域发展及对振兴东北老工业基地的战略影响。

　　17 年来，课题前期研究工作已经取得一系列阶段性成果，相继出版了《天堑变通途》（中国经济出版社 1993 年版）、《渤海海峡跨海通道研究》（中国计划出版社 2003 年版）、《世界跨海通道比较研究》（社会科学文献出版社 2005 年版）、《渤海海峡跨海通道若干重大问题研究》（经济科学出版社 2007 年版）和此次结集的《渤海海峡跨海通道对环渤海经济发展及振兴东北老工业基地的影响研究》等超过 260 万字的研究专著，研究成果受到党和国家领导人、国家有关部门的密切关注及社会各界的积极好评。原国家领导人李鹏、朱镕基、邹家华、宋健、钱伟长等曾多次对研究成果作出重要批示，提出指导意见。最近，温家宝总理和李克强副总理又在课题组最新研究成果上作出重要批示，国家发改委等有关部门和相关省市也在着手深入研究有关问题，课题研究成果还在新闻媒体和社会引起强烈反响和共识，进一步引起山东省和辽宁省人大代表和政协委员的高度关注和重视。

——这一课题研究有哪些人作出了突出贡献？

应该说，十几年来课题组先后参与研究的人员分布在中央部门、山东省、辽宁省等十几个部门和省份，骨干成员50余人，参与者达数百人之多。课题组每一位成员都做了大量工作，付出了艰辛劳动和无私奉献。课题组成立之初得到了各方面的大力支持，开展比较顺利，但随着研究深入进行，难题接踵而至，一度被有些人视为天方夜谭、异想天开，非议之声不断，课题组承受着很大的压力。

"犯其至难而图其至远"。（宋·苏轼《思治论》）课题组成员迎难而上，工作时间少，就在业余搞研究，经费无来源，就自费开展研究，而且在艰苦的条件下，随着时间推移、岗位变化，课题组成员不仅没有减少，反而不断增加，从首倡的几个人发展到50余人。一批工程技术研究人员全身心地投入课题研究中，耗费了大量的心血。原海军工程设计院文职少将何益寿教授一心扑在课题研究上，多次自费实地调查研究、千方百计查阅有关资料，他的研究成果《渤海海峡跨海通道——伏贴式海底隧道研究方案》，得到了钱伟长等领导和专家的肯定，而且对课题的深入研究提出了许多好的建议，多方呼吁宣传课题研究成果，不幸的是积劳成疾，于2007年6月溘然长逝，抱憾终身。原解放军89002部队董国贤高级工程师参与课题研究时还在工作岗位上，退休以后仍继续坚持研究，现虽已年过八旬，但每年都有新的研究成果问世，十几年来个人独立完成的研究成果就有几十万字，申请国家专利数项。课题组的一些骨干成员，尽管身处领导岗位，工作繁忙，但长期利用业余时间开展课题研究，并做了大量组织协调工作，其中有部级领导同志，也有厅局级干部，都以强烈的事业心和使命感投入研究工作。国家发改委基础产业司王庆云司长、山东省发改委费云良主任工作繁忙，不仅参加课题研究，还深入实际考察调研，提出许多关键性的建设意见。课题组三位副组长——国家发改委西部开发司戴桂英巡视员、山东省鲁东大学副校长柳新华教授、山东省烟台市人民政府法治办公室宋长虹主任都已不在原单位工作，但仍然长期投入大量精力和时间深入研究，并做了大量组织协调工作，使课题研究得以持续不断地进行。

在近期研究中，课题组的工作机构和依托平台——鲁东大学环渤海发展研究中心的研究人员和老师做了大量工作。鲁东大学是一所历史悠久的综合性大学，环渤海发展研究中心是以环渤海地区发展为研究对象的专业科研机构，学校和中心对这一课题研究给予极大的支持和帮助，提供了良好的研究条件，使课题研究在经费、人员紧缺的情况下，取得了一系列研究成果。许多专家学者在教学科研任务繁重的情况下，坚持多年，利用业余时间完成了分担的课题研究任务。

特别值得一提的是，有许多专家学者并不是课题组成员，但接触这一课题研究后，都以极大的热情或积极投入，或大力支持课题研究，如中国科学院院士陆大道，中国工程院院士李坪、钱七虎、王梦恕，国务院发展研究中心顾问马宾，山东省九届政协常委许云飞，山东省政府参事室参事王桂森，在了解课题研究情况后，有的在繁忙工作中对课题研究工作给予精心指导，有的不顾年事已高向课题组提交了自己多年的研究成果，有的积极奔走向国家有关部门领导反映情况、提出建议。还有许多单位如大连海事大学、烟台大学、杭州湾大桥工程指挥部、中铁渤海铁路轮渡有限责任公司、国家海洋局、中国地震局的专家、学者也都以极大的热情参与了课题研究，付出了大量心血和汗水。课题研究过程中，还始终得到了国务院研究室、国家发改委、科技部、解放军有关部门、全国哲学社会科学规划办公室、交通运输部、铁道部等国家有关部门的关心和支持，得到山东省与辽宁省各级党委、政府、人大代表、政协委员和干部群众的关心和支持，得到新闻媒体、出版界及社会各界朋友的关心和支持。在此，我谨以课题组负责人的名义向所有参与、关心、支持研究的部门、单位和个人表示衷心的感谢！

——这一课题研究亟待解决的问题是什么？

第一，尽快成立渤海海峡跨海通道工程工作协调小组。由国家有关部门和相关省份联合研究方案，上报国家决策，并由国家有关部门、有关省市等相关单位共同组成工程项目前期研究协调小组，加强对该项目的审批可行性研究，规划工作的组织、协调、管理和领导，使这一工程的研究与策划工作由专家研究层面上升为国家决策层面。

第二，推进工程的立项可行性论证工作。由国家有关部门牵头，组织工程、交通、科研、社会等方面专家，就有关专题展开研究，拿出切实可行的工程实施方案。课题组将以多年形成的渤海海峡跨海通道研究课题成果为基础，配合国务院有关部门，借鉴琼州海峡跨海通道和杭州湾大桥建设的经验，分解研究任务，落实研究经费，继续展开深入全面的研究，为进一步决策提供依据。

第三，列入国家"十二五"规划。在国家即将启动"十二五"规划之时，将渤海海峡跨海通道项目列入国家中长期发展规划及振兴东北老工业基地专项规划，制定出台相关扶持政策。

第四，启动蓬长试验工程。蓬莱—长岛的跨海通道，作为渤海海峡跨海通道的先期工程，具有投资规模小、工程难度低等优势，可以先行启动进行规划、研究和建设，为整个工程项目探索思路，积累经验。

——这一课题研究还有哪些方面需要深入进行？

渤海海峡跨海通道是世界级的一项特大工程，它涉及多学科、多领域、多层次和多方面，需要持续较长时期进行深入全面的研究。目前，尽管课题组已经取得了一系列阶段性前期成果，但仍有大量的问题需要进行研究和探索，尚需开展或深入研究的问题有：渤海海峡跨海通道工程技术方案研究；渤海海峡跨海通道运输能力分析；渤海海峡跨海通道技术经济分析；渤海海峡跨海通道经济贡献预测；渤海海峡跨海通道的环境影响评价；渤海海峡跨海通道系统建模与仿真；渤海海峡可再生能源潜力及开发利用路径方式研究；渤海海峡潮流与泥沙移动及其对跨海通道影响分析；渤海海峡跨海通道登州水道段桥隧比较；渤海海峡跨海通道地质环境、渤海海峡跨海通道地震预测；渤海海峡跨海通道文物普查与保护；渤海海峡跨海通道海上气象影响研究等。其中许多题目，已经超出课题组的研究能力，如渤海海峡跨海通道技术方案研究，课题组前期已经研究制定了三个方案，分别为南桥北隧、伏贴式海底隧道和海底潜伏隧道。但由于时间、经费、技术力量和条件的限制，前期的工程技术方案还存在着一些局限性，难以满足工程的实际需要，亟须国家有关部门成立专业研究团队，进行深入研究，并组织相关部门，对渤海海峡进行海洋和海底环境勘测和调研。

"精卫衔微木，将以填沧海。"（晋·陶渊明《读山海经十三首》）回顾过去，我们的课题研究走过了不平凡的历程，有太多的记忆让我们刻骨铭心，有太多的喜悦值得我们长久回味。在这种感悟与收获交织成的情感世界里，我们更多的是对我们国家和民族发展未来的憧憬与期待，对与之密切相关的渤海海峡跨海通道工程的希冀与盼望。现在，我们每个人都愈来愈深刻地亲身感受到，个人的追求与整个国家和民族的利益结合得如此密不可分。我们国家和民族今天的辉煌与荣光，正是以往怀揣于胸的无数希望与梦想得以实现后的积累；同样，也因为拥有无数希望与梦想，才会让我们的国家和民族进发出无法估量的潜能，奠定我们民族伟大复兴的基石。

我们的希望与梦想源于自信，自信源于成熟与实力。怀揣希望与梦想上路，会让我们产生一股神奇而持久的力量，引导并激励我们一路前行。因为心中有希望与梦想，我们才会执着于脚下的路，坚定自己认准的方向，不会因为种种诱惑而迷失自我，更不会因为暂时的艰难险阻而萎缩退却。像渤海海峡跨海通道这样的特大工程，时间倒退回去 10 年、20 年，有人怀疑它能否建成丝毫也不觉得可笑，因为当时我们的国力以及许多条件都不够成熟，今天也会有人怀疑它的可能，但许多人都能找到理由和实证与之争辩，毕竟时代不同了，人们的视野与观念也不同了。我们更加坚信，我们国家和民族必将以坚实有力的步伐迈向更加辉煌的未来，我们的渤海海峡跨海通道的希望与梦想也必将随之得以实现。人间正道是沧桑，天堑必将化通途。

值得欣慰的是，在本课题最新研究成果即将面世之时，在国务院领导同志的关心下，国家发改委等有关部门已着手启动渤海海峡跨海通道项目工程的研究论证工作，这标志着渤海海峡跨海通道课题研究转入了关键性的新阶段。我们课题组全体成员将在新的起点上，继续为之不懈努力，积极作出新的贡献！

大力发展创业型经济

——《创业型经济论》*序言

（二〇〇九年二月）

创业是经济社会发展的永恒动力。20 世纪 70 年代以来，世界上一些国家相继出现了创业型经济形态。创业型经济以创业精神和创业活动作为经济增长的关键驱动因素。当人类社会进入21世纪，越来越多的国家和地区致力于发展创业型经济，创新、创业、创造成为经济社会生活中的主流。创业型经济具有增强自主创新能力、推动先导产业发展、转变经济增长方式和扩大社会就业的显著作用，因而引发了政界、学术界和实业界的广泛关注。

2008 年，中国经济遭遇了全球金融危机的严重冲击与自身周期性、结构性调整的双重挑战。金融危机将世界经济的中心区域拖入全面衰退的泥沼，全球就业前景不断恶化。然而危机带来变革，变革带来进步。纵观世界近代历史，一个个强国的崛起，都是在世界平衡打破和世界竞争格局调整后，抓住重大历史机遇期，迅速转变产业结构和经济运行方式，赢得在全球的竞争优势，从而居于领先地位，实现跨越式发展的。

在继往开来新的历史节点上，中国如何突破内外相交之困，如何缓解前所未有的就业压力？中国能否成为全球经济的报春者？应该说，创业型经济这一新引擎的启动，将是具有战略性的关键举措。因此，作为走在创业型经济研究前沿的学者之一，张茉楠在国家信息中心博士后科研工作站期间研究的主要成果——《创业型经济论》，就更加凸显理论研究的前瞻性和重要的现实意义。此课题得到了国家社会科学基金的资助，并被评定为2008国家社会科学基金优秀项目。

创业型经济研究属于多学科交叉研究的一个复杂领域，它的研究涉及创新经济学、新制度经济学、社会学、内生经济增长理论、知识创新理论等诸

---

* 《创业型经济论》，张茉楠著，人民出版社 2009 年 6 月出版。

多学科的知识，涉及创业活动的经济规律、创业活动与经济增长的关联性分析等。该书中诸多课题的研究显示了作者敢于独立思考、不断探索的精神。作为国内最早提出创业型经济理论的学者之一，作者从宏观的视角，对中国创业经济的战略规划、模式选择、发展路径以及宏观政策框架的创新性和系统性研究，为贯彻落实科学发展观、不断优化经济结构、抵御全球经济危机、启动新一轮经济增长找到了新的实践路径与答案。

《创业型经济论》是国内第一部系统阐述创业型经济产生背景、发展模式以及政策框架的理论专著。可以说，该书选题意义重大，思路清晰，框架合理，资料翔实，研究深入，具有较强的创新性和实践指导性。我相信，这部著作的问世，对创业时代致力于中国创业型经济研究的学者、决策者和自主创业者将具有很强的参考借鉴作用。含苞欲放的创业型经济之花，必定结出惠及世人的累累硕果。

大力提升电子政务建设水平

——《中国电子政务发展报告》[*]序言

（二〇〇九年四月）

人类社会进入 20 世纪 90 年代以来，信息技术进步日新月异，目前信息化水平已经成为衡量一个国家综合国力和竞争力的重要标志。在政府管理领域，许多国家都在利用信息技术提高公共服务水平和效率。电子政务在世界范围内迅速发展，推动了政府改革和自身建设，促进了经济社会进步。发展电子政务已经成为世界潮流。

我国现在处于加快推进工业化、信息化、现代化的关键时期，大力发展电子政务更为重要、更为紧迫。

第一，发展电子政务是建设创新型国家的必然要求。建设创新型国家关键在于建设国家创新体系，包括政府、企业、社会和理论、制度、科技等全方位创新，其中政府管理创新起着保障、推动、示范的作用。而电子政务是政府管理创新的重要形式，通过推行电子政务，能够有效地扩大政府与社会沟通的渠道，提高社会信息传播效率，进而提高全社会的创新效率，改善社会管理运行模式，推动社会管理流程再造，形成对社会创新的示范效应。因此，发展电子政务是推动创新型国家建设的重要手段。

第二，发展电子政务是加快推进工业化、信息化、现代化的必然要求。一些发达国家是在完成工业化后推进信息化的，而我国面临着工业化、信息化同时推进的双重任务，以信息化带动工业化的任务更为艰巨。电子政务既是信息化的重要内容，又对加快工业化、信息化发展起着重要的推动作用。在当前信息网络技术迅速发展的新形势下，我们应当审时度势，大力提升电子政务发展水平，在推进我国工业化、信息化、现代化进程中发挥重要作用。

第三，发展电子政务是建设服务型政府的必然要求。我们现在正处在信

---

* 《中国电子政务发展报告》，魏礼群主编，国家行政学院出版社 2009 年 4 月出版。

息社会、网络时代，从这个意义上讲，建设服务型政府，就是建设以信息技术为支撑的为社会、为企业、为群众提供快捷、高效、优质、方便的服务的政府。服务型政府建设对电子政务建设提出了新任务和新要求，电子政务建设为服务型政府建设提供了重要的技术保障和便利条件。在当前电子政务的社会需求越来越大的情况下，应当围绕推进行政体制改革和构建服务型政府这条主线，大力提升电子政务建设水平。

多年来，我们党和政府高度重视电子政务建设，取得了重大进展。主要是：网络基础设施形成规模，基本能够满足电子政务应用的需要；重点业务系统建设有序推进，电子政务建设综合效益逐步显现；政府网站体系初步形成，网上服务质量稳步提高；电子政务发展环境不断完善，可持续发展能力逐步增强；政府网站已经成为联系公众、企业、社会的桥梁和窗口，提高了政府服务水平；各级公务员信息技能明显提高，利用电子网络提升了行政能力。从总体上看，我国电子政务发展的软件、硬件基础环境都发生了重大变化，以大规模基础设施建设为重点、以重要核心业务系统为突破口的电子政务建设取得了阶段性成果，已经从部门办公自动化、普及政府网站和重点业务电子化，开始步入深化应用、突出效能、全面支撑服务型政府建设的新阶段，正在由技术导向向业务需求导向转变，由被动跟随式发展向自主发展转变，由纵向建设为主向纵横协同发展的方向转变。但是，必须清醒地看到，我国电子政务建设总体上还处在起步阶段。电子政务对各级各类政务业务的支撑广度和深度较为有限，综合服务能力尚待提高；电子政务管理机制的不适应问题越来越突出，协同发展能力受到制约；电子政务建设过程中各类资源的整合利用水平不高，集约发展能力需要提升；电子政务发展所必需的核心技术和产品受制于少数跨国公司，网络信息安全问题愈加突出。这些情况说明，电子政务建设仍然任重道远，必须大力推进和提高水平，以适应经济社会信息化程度不断发展变化的需要。

我国电子政务建设正处在一个新的发展起点上。党的十七大提出："推行电子政务，强化社会管理和公共服务。"这为电子政务建设指明了方向和目标。加快电子政务建设需要进一步明确几个重大问题。一是进一步明确发展电子政务的目的。发展电子政务是手段，抓好电子政务的应用才是目的。要树立科学的电子政务发展观，把发展电子政务真正用于提高党的执政能力和建设服务型政府，用于解决改革开放和经济社会发展面临的突出矛盾和问题，着力加强电子政务建设绩效评价，提高利用效率和应用效果。二是进一步明确电子政务发展的道路。电子政务建设应从我国实际情况出发，走出一条具有中国特色、体现时代特征、符合各地各部门特点的低成本高效率的发展道路。要做到低成本高效率，关键是建设统一与分散相结合的一体化电子政务、"跨部门、无缝隙"的协同电子政务、突出以公众为中心的服务型电子政务、以人为本的政府门户网站。三是进一步明确制定电子政务发展规划。要认真总结我国电子政务建设的实践，深入研究面临的新情况新问题，尽快制定新的电子政务发展战略规划，重点研究解决电子政务发展的目标体系、业务体系、服务体系、管理体系、制度体系、技术体系等关键问题，促进电子政务的全面协调可持续发展。四是进一步明确发展电子政务的原则。坚持使用重于建设，着力提高电子和政务的融合发展能力；坚持制度重于技术，着力推进制度和技术的相互促进；坚持国内技术重于国外技术，着力提升自主发展能力；坚持内部的创新动力重于外部的技术条件，着力激发从领导人员到普通公务员对电子政务的使用和创新的热情，消弭"数字鸿沟"。五是进一步明确发展电子政务的重点。深化以服务为导向的核心业务系统建设，大幅提高核心业务信息化覆盖率。根据轻重缓急和工作基础，重点推动就业、医疗、教育、人才服务、社会保障、交通、纳税、工商登记等方便群众和企业办事的电子政务服务。中央和省级电子政务核心业务系统建设应当突出提升宏观调控和市场监管能力，地市县级基层重点加强支撑社会管理和公共服务的能力，实行"平台上移、服务下移"，更加重视推进电子政务公共服务延伸到街道、社区和乡村，做到电子政务服务的"零距离"。

国家行政学院既是培训公务员、培养高层次管理人才的重要基地，又是推进政府管理创新、为政府决策咨询服务的重要机构，具有教学培训、科学研究、决策咨询三位一体的职能，为推进政府职能转变和行政管理体制改革，学院在国内较早地开展了电子政务研究和教学工作。2002年3月，我院成立了电子政务研究中心；2003年9月，举办了首届省部级干部政府管理创新与电子政务专题研究班；相继完成了《未来十年我国电子政务发展与对策研究》等多项重要课题的研究。从2006年起，我院与国家信息中心联合举办了3届"中国电子政务论坛"，为推动我国电子政务发展发挥了积极的作用。最近，为提高电子政务教学、科研、咨询的水平，又成立了"国家行政学院电子政务专家委员会"，为我国电子政务建设开展跨地区、跨部门交流和合作构筑了更大的平台。我们要坚持编辑、出版《中国电子政务发展报告》，及时汇集电子政务发展的最新成果，不断加大电子政务的教学培训、科学研究和决策咨询力度，开拓更加宽广的途径，采取更加有效的形式，为推动我国电子政务事业健康发展发挥更大的作用。

祝愿《中国电子政务发展报告》作为发展电子政务的重要载体，越办越好！

诚心诚意做人民公仆

——《百姓缘》*序言

（二〇〇九年九月）

马汉坤同志 1983 年 9 月至 1986 年 7 月在中共中央党校学习期间，刻苦研修，修德笃行。他撰写的多篇文章，发表在《理论动态》等党校刊物上。其后，1991 年第 973 期《理论动态》又发表了他撰写的《将根本宗旨体现于每一项实践活动》一文，引起较大反响，被一些省级党刊转载。马汉坤同志的进取精神、务实作风和人格魅力，曾给我留下深刻的印象。这次看了马汉坤同志的《百姓缘》书稿，更加深了我对他的了解。

毛泽东主席说过："一个人做点好事并不难，难的是一辈子做好事。"马汉坤同志从政数十载，做了大量的实事、好事，其中不乏颇有影响力的大事，也破解了很多的难事，桩桩件件得民心，顺民意。他切实做到了权为民所用，情为民所系，利为民所谋，诚心诚意做人民公仆。

马汉坤同志的可贵之处，在于他始终牢记自己的根在百姓之中。"扶风之家后裔"的熏陶，使他时刻把人民装在心中。贫寒的家境、拮据的生活、艰辛的求学历程，磨炼了他的品质和意志。他专科毕业参加工作后，申请回乡当农民，又办起了民办小学，"校长兼校工"，一个人唱起"独角戏"，其聪明才智得到了初步展现。他进厂当工人，不仅懂技术，还会搞宣传，因写出了重要题材的报道和文章，得到了领导的关注和赏识。随着他思想品质、工作能力和文字水平的不断提高，很快得到了群众的拥护和组织上的重用，走上了从政的道路。

《百姓缘》记载了马汉坤同志勤政为民的"履踪"。他从为领导当参谋、助手开始，到担任县、市级领导——"下乡当县长"、"返城当市长"、"转岗当主席"，阅历相当丰富。虽然他工作涉及的领域和门类较多，但他不

---

* 《百姓缘》，马汉坤著，江苏人民出版社 2009 年 12 月出版。

变的宗旨是"人民至上，勤政为民"。他从政做人的原则一贯是通下情、求民安、兴一方、使实招、洁自身，不论担任什么职务，都始终以"民之所好好之，民之所恶恶之，此之为民之父母"的古训作为座右铭，深怀爱民之心，恪守为民之责，勤勤恳恳地为老百姓办事，执着于做人民满意的公务员，坚持把实现和维护人民群众的根本利益作为一切工作的出发点和落脚点。

《百姓缘》也反映了马汉坤同志入木三分的"思痕"。从本书收录的文章中，人们可以感到马汉坤同志既志存高远，又身体力行；既足智善谋，又求真务实；既勤于实践，又善于思考。他无论从事哪一方面或哪一项工作，总是力求做实做精，胜人一筹。其做事之认真，可谓一丝不苟；工作之投入，可谓废寝忘食。马汉坤同志在通州市（现南通市通州区）担任党政主要领导时，人称"马半夜"，足见他是全身心扑在党和人民的事业上。而在长年累月繁忙的工作中，能写下大量可圈可点的文稿，靠的是"不用扬鞭自奋蹄"的进取精神，靠的是扎实的功底和深刻的思考。我以为，马汉坤同志在多个领导岗位上工作，之所以游刃有余，屡创佳绩，并且在探索和研究方面硕果累累，与他平时工作中注重学习、注重谋划、注重总结是分不开的。

是金子，放在哪里都会闪闪发光。马汉坤同志用自己的真诚与智慧、辛劳与汗水，为南通人民、为南通的改革发展，作出了许多值得称道、堪载史册的贡献。"百姓缘"三个字，蕴含了马汉坤同志对民众极为深厚的情感，也道出了当好人民公仆的真谛。我相信每个从政者读一读这本书，一定会获得教益和启迪。

是为序。

努力实现行政管理体制改革的总体目标

——《〈国家行政学院学报〉创刊 10 周年精品文集》*序言

（二〇〇九年十二月）

当前，我国改革发展正处于关键阶段。要更好地推进改革开放和社会主义现代化建设，就必须把加快行政管理体制改革放在更加突出的位置。党的十七大和十七届二中全会站在新的历史起点上，作出了加快行政管理体制改革、建设服务型政府的战略部署，明确提出"到 2020 年建立起比较完善的中国特色社会主义行政管理体制"的总体目标，为继续深化行政管理体制改革指明了方向。综观未来发展趋势，推进行政管理体制改革需要充分考虑到"四个方面的要求"：充分考虑深入贯彻落实科学发展观的要求，充分考虑完善社会主义市场经济体制和提高对外开放水平的要求，充分考虑发展社会主义民主政治和依法行政的要求，充分考虑建设创新型国家的要求。全面推进体制机制创新、制度创新和管理创新，努力建设服务型、现代化政府。为此，要着重研究解决以下六个问题。

一、进一步转变和正确履行政府职能

这仍然是深化行政管理体制改革的核心。要坚持以人为本的施政理念，实施人本管理，以服务人民为根本宗旨，以广大人民群众为根本依靠力量，切实保障人民群众各项权益，积极解决群众最关心、最直接、最现实的利益问题。要围绕推动科学发展、促进社会和谐，在政府职能方面实现四个根本性转变。一是政府职能要向大力创造良好发展环境转变。在宏观方面，主要

* 《〈国家行政学院学报〉创刊10周年精品文集》，魏礼群主编，韩康副主编，国家行政学院出版社 2009 年 12 月出版。

是制定和执行宏观调控政策，搞好基础设施建设和公共服务，加强对生态环境和资源保护，注重运用经济手段、法律手段并辅之以必要的行政手段管理和调节经济社会活动。在微观方面，要强化市场监管职能，健全行政执法、行业自律、舆论监督、群众参与相结合的监管体系，创新监管方式，提高监管能力，维护统一开放、竞争有序、安全健康的市场秩序。二是政府职能要向有效提供优质公共服务转变。要更新管理理念，强化服务意识，做到在服务中实施管理、在管理中体现服务，不断提高公共服务水平。随着经济社会的持续发展，要以不断满足人民群众对公共产品、公共服务日益增长的需求为着眼点，着力解决公共产品供给短缺、公共服务能力不强等问题，推进城乡、区域基本公共服务均等化；加快完善公共财政制度，扩大公共产品和公共服务的覆盖范围，切实保障农村、基层和欠发达地区人民群众基本公共服务的需要。实行更加有力的政策措施，推进教育、卫生、文化等社会事业加快发展。三是政府职能要向注重维护社会公平正义转变。维护社会公平正义，是社会文明进步的重要标志。要正确认识和处理效率与公平的关系，当前和今后一个时期，更加注重社会公平和社会管理，强化政府促进就业和调节收入分配的职能，整顿和规范收入分配秩序，建立科学合理的收入分配调节机制；加快完善社会保障体系，调节社会利益关系，大力发展社会保险、社会救助、社会福利等事业。更加注重突发事件应急管理体系建设，健全社会矛盾疏通调处和安全预警机制，构筑社会安全网，维护社会和谐稳定。四是履行政府职能要向实行科学化的公共治理转变。公共治理相对于传统的公共管理而言，它更强调以规范的、民主的、法治的行政方式来管理公共事务。推行这种管理模式，符合建设服务型、现代化政府的要求。要树立新的公共治理理念，由以行政控制为主向以服务公众为主转变，由"全能型政府"向"有限型政府"转变；逐步完善公共治理机制，建立健全公开、参与、评价和责任制度；建立健全公共治理结构，改进公共治理方式，综合运用现代管理方法和科技手段，不断推进政府管理创新。

二、进一步简政放权和规范市场、社会秩序

经过多年努力，我们在简政放权方面取得了很大进展，但现实中仍然存在一些政府不该管、管不了，也管不好的现象，同时又存在着一些政府

该管而没有管或者没有管好的问题，需要继续认真研究解决。要着眼于增强经济社会发展活力和提高效率，充分调动企业事业单位和各方面的积极性、创造性，从制度上更好地发挥市场在资源配置中的基础性作用，继续深化企业改革、深化行政审批制度改革、深化事业单位改革，完善现代市场体系，切实推进政企分开、政资分开、政事分开、政府与中介组织分开。要适应人民群众政治参与和社会活动参与积极性不断提高的新形势，更好地发挥公民和社会组织的作用，鼓励、支持、引导公民和社会组织依法有序参与社会公共事务管理，扩大基层民主。在进一步调整政府与市场、企业、社会组织权责关系的同时，更加注重提高政府科学管理水平，正确有效履行政府职责，不断加强和改善宏观调控，有效实施监管，克服和纠正"市场缺陷"、"市场失效"、"社会无序"等现象，引导和规范市场主体行为，维护社会正常秩序。要正确认识和处理简政放权与加强管理的关系，做到活而不乱、管而不死。要注重发挥国家法令政策、行政规制、行政指导和行政合同在行政管理中的积极作用，引导社会经济发展既充满活力、富有效率，又规范有序、持续稳健运行。

三、进一步优化行政组织结构

机构是职能的载体，职能配置需要科学的机构设置来履行。在优化行政组织结构中，关键是要实现政府组织机构及人员编制向科学化、规范化、法治化的根本转变。要根据经济社会发展变化和全面履行政府职能的需要，科学规范部门职责，合理调整机构设置，优化人员结构，既要解决有些部门机构臃肿、人浮于事的问题，也要解决有些部门编制过少、人员不足的问题，做到职能与机构相匹配、任务与人员编制相匹配。要按照精简、统一、效能的原则和决策权、执行权、监督权既相互制约又相互协调的要求，继续探索实行职能有机统一的大部门体制，精简和规范各类议事协调机构及其办事机构，健全部门之间协调配合机制，继续解决机构设置过多、职责分工过细、权责脱节等问题。要严格执行机构编制审批程序和备案制度，加快政府机构编制管理科学化、规范化、法治化进程。

四、进一步推进制度创新和管理创新

制度具有全局性、根本性、稳定性的作用。推进制度和管理创新，主要是加快实现行政运行机制和政府管理方式向规范有序、公开透明、便民高效、权责一致的根本转变，这是建设人民满意政府的重要环节。做到规范有序，就要继续全面推进依法行政，完善有关法律法规体系，规范政府的立法行为；健全科学民主决策体系，规范政府的决策行为；完善行政执法体制，规范政府的执法行为；进一步健全行政监督制度，切实用制度管权、管事、管人。做到公开透明，就要进一步完善政务公开制度，建立健全信息发布制度，提高政府信息质量，及时、全面、真实地发布政务信息，畅通人民群众了解公共信息的渠道；要实行民主管理，保障人民群众依法管理国家和社会事务、管理经济和文化事业，保障人民群众的知情权、参与权、表达权和监督权；要加快"阳光政府"建设，提高政府工作透明度，让权力在阳光下运行，同时加快电子政务建设，充分利用现代信息技术，推进公共管理和服务信息化。做到便民高效，主要是规范和发展行政服务性机构，改进和完善政府各类审批制度和办事制度，简化程序，减少环节，提高政府效能，为社会、企业和群众提供更加方便、快捷、有效的服务。做到权责一致，就要强化责任意识，推动政府从"权力本位"向"责任本位"转变，坚持有权必有责、用权受监督、违法要追究；要建立科学合理的绩效管理制度，推行行政目标责任制，健全并认真实施质询、问责、经济责任审计、引咎辞职、罢免等制度。通过多方面推进管理制度创新，努力实现政府管理现代化。

五、进一步理顺政府职责关系

既要重视在横向上理顺同级政府各部门之间的职责关系，也要重视从纵向上理顺不同层级政府之间的职责关系。理顺各级政府的职责关系，关键是做到财权与事权相对应，权力与责任相统一。要合理划分不同层级政府的职权，根据各自不同的地位和功能确定权力与责任，突出管理和服务重点，形成责任明确、各有侧重、相互衔接、高效运行的职责体系。要研究探索不同层级政府关系的调整方式，综合运用立法规范、政策指导、行政协调、司法裁决以及财政转移支付等方式，逐步实现各层级政府关系调整的规范化、制度化和程序化。积极探索减少行政层级。在我国的行政区划和治理结构中，县级行政区域是一个重要的层次，在国民经济和社会发展中起着重要作用。要扩大县域发展自主权，推进省直接管理县财政体制，依法积极探索省直接管理县的体制。同时，加快推进乡镇机构改革。继续发挥大中城市作用，赋予符合条件的小城镇相应的行政管理权限。要调整和健全垂直管理体制，完善市场经济条件下的中央与地方关系，规范垂直管理部门与地方管理的事权范围和权责关系，建立健全协调配合机制。

六、进一步加强公务员队伍建设

公务员队伍是政府管理的主体，其素质和能力直接影响政府的执行力和公信力。要进一步完善公务员管理配套制度和措施，实现公务员队伍管理的制度化、规范化、法治化。严格规范公务员行为，健全公务员激励、约束机制和进入、退出机制，强化对权力运行的监督和制约。建设爱岗敬业、忠于职守、素质优良、作风过硬、勤政廉政的公务员队伍。要按照党的十七大作出的继续大规模培训干部、大幅度提高干部素质的战略决策，切实把干部教育培训放在先导性、基础性、战略性地位抓紧抓好，充分发挥干部教育培训机构的作用，努力提高干部教育培训的针对性和实效性，为改革开放和社会主义现代化建设提供强有力的人才保证和智力支持。

深入研究和推动行政管理体制改革，需要促进行政管理学创新和发展。这是摆在我们面前的一项重要任务。我们要高举旗帜，勇于创新，为建立和完善中国特色社会主义行政管理体制、形成和发展中国特色社会主义行政管理学作出不懈的努力。

深入研究和推动科学发展

——《走科学发展之路——魏礼群谈经济》*序言

（二〇一〇年三月）

改革开放 30 年来，我先后在国家计划委员会、中央财经领导小组办公室和国务院研究室工作。在履行工作岗位职责、完成各项任务的同时，繁忙中挤出时间对我国经济领域的重大理论和实践问题进行思考，写出了一批文章和研究报告，并陆续出版了《中国经济发展与改革》、《建设有中国特色社会主义经济》、《科学发展观和现代化建设》、《魏礼群自选集》等专著和文集。最近，中国（海南）改革发展研究院策划《中国改革智库资政》丛书，并邀请我围绕"谈经济"这个主题，把近些年有关经济问题的文章进行整理结集。

党的十六大以来，是中国特色社会主义事业承前启后、继往开来、蓬勃发展的重要时期。时代不断前进，实践不断发展，理论不断升华。我们党立足于新的实践和新的发展，着眼于对重大问题的理论思考，不断开拓马克思主义理论发展的新境界，提出了科学发展观等一系列重大战略思想。牢固树立和全面贯彻落实科学发展观，是近些年我国全部经济理论创新和经济工作创新的主线。本书结集的内容，是本人近几年对一些重大经济理论观点和重大经济决策部署所作的阐述，其中有些部分已经公开发表，也有一些尚属首次与读者见面。为了便于反映本书的主线和层次，本书大体分为四个部分："树立和落实科学发展观"、"经济发展和经济体制改革"、"人民生活与社会建设"、"应对国际金融危机"。由于写作时间不同，有的文章某些内容有些交叉。

本书如能对读者有所裨益，则是我的衷心期望，也希望得到读者的指正。

---

* 《走科学发展之路——魏礼群谈经济》，魏礼群著，中国友谊出版公司 2010 年 3 月出版。

加强对文化创意产业的研究

——《长吉图战略与吉林文化创意产业发展》*序言

（二〇一〇年六月）

转变经济发展方式，促进科学发展，是我国当前紧迫的重大课题。

经受了国际金融危机冲击的考验，率先在全球实现复苏，我国经济为世界经济增长作出了重要贡献。但应该清醒地看到，我国在保持经济较快增长的同时，经济结构性矛盾愈益突出。

经济怎么发展？前不久，胡锦涛总书记强调，必须紧紧抓住机遇，承担起历史使命，把加快经济发展方式转变作为深入贯彻落实科学发展观的重要目标和战略举措，不断提高经济发展质量和效益，不断提高我国经济的国际竞争力和抗风险能力，使发展质量越来越高，发展空间越来越大，发展道路越走越宽。这为我们指明了方向。

在转变经济发展方式的过程中，各地产生了不少的经验和做法，理论界也有许多高见，都值得重视研究。我认为，很重要的方面是要切实重视文化创意产业的作用。中央领导同志最近多次强调，要把进一步深化文化体制改革，加快发展文化产业作为转变经济发展方式的重要任务；要求更加重视文化产业在转变发展方式中的重要作用，大力构建充满活力、富有效率、更加开放、有利于科学发展和方式转变的体制制度，用文化的软实力助推经济的硬实力。

随着我国城乡人民生活水平的逐步提高、文化经济政策的不断完善以及文化体制改革的持续深入，经济文化融合日益密切，一体化趋势越来越明显。以创意经济为龙头的文化产业进入快速发展的新时期，呈现出朝气蓬勃的新局面。国际统计报告显示，2004年至2008年间，文化产业增加值的年平均增长速度达22%，高于同期GDP的年平均增长速度3.6个百分点。2009年

---

* 《长吉图战略与吉林文化创意产业发展》，贺永强著，中国经济出版社2010年8月出版。

我国文化产业更是出现爆发式增长，全年文化产业增加值为8400亿元。在应对金融危机中，创意产业为保增长、扩内需、调结构和促就业作出了重要贡献。

去年，国务院出台了《文化产业振兴规划》，提出了文化产业的战略目标、主要任务和发展方向，明确了文化产业振兴的发展部署，标志着文化产业发展上升到国家战略层面。这是中国文化创意产业史上具有里程碑意义的大事。规划明确提出加快发展文化创意、影视制作、出版发行、广告、演艺娱乐、文化会展、数字内容和动漫等重点文化创意产业；推动跨地区、跨行业联合或重组，培育骨干企业等八条指导性的方针。财政部将成立专门的基金，用于文化产业的股权投资，支持相关文化企业的发展。随着国民经济的持续增长、社会事业的加快发展以及改革开放的继续深化，我国文化创意产业将步入加速发展的快车道，发展前景十分广阔。未来10年，我国文化创意产业的发展将会以实施这个振兴规划为基础，进入一个发展的"黄金期"。

什么是文化创意产业？文化创意产业是指依靠创意人的大脑智慧、技能和天赋，借助于高科技对文化资源进行创造与提升，通过知识产权的开发和运用，产生出高附加值产品，以及具有创造财富和就业潜力的产业。联合国教科文组织认为，文化创意产业包含文化产品、文化服务与智能产权三个方面内容。文化创意产业具有高知识性、高附加值、高融合性的特征。文化创意产业作为一种新兴产业，它是经济、文化、技术等相互融合的产物，具有高度的融合性、较强的渗透性和辐射力，为发展新兴产业及其关联产业提供了良好条件。文化创意产业在带动相关产业的发展、推动区域经济发展的同时，还可以辐射到社会的各个方面，全面提升人民群众的文化素质。创意产业强调创意和创新，通过对文化、技术、产品和市场的有机结合，使创造力、生产力、竞争力、软实力开发、释放和提升，并促进与其他产业的融合发展，从而有效刺激内需，形成新的消费市场，扩大就业创业，提升产业发展水平，优化产业结构。这体现了创意产业的最本质特征和魅力所在。

今天，创意理念、创意产业、创意阶层快速发展已经是不争的事实！

发展创意产业，就是发展低碳经济和创新经济，是有效推动中国从"制造"大国向"创造"大国转型的必由之路。过去，中国人做8亿件衬衫才可以买回来一架波音飞机；以后，我们可不可以通过成功运作一项文化创意产业，买回

8 架波音飞机？答案是：完全有可能。

回顾十年前，那时候世界上没有几个国家能意识到，一个国家的经济和社会的命运将在很大程度上取决于文化资源和文化产品形式的创意能力。历史的洪流滚滚向前，令人惊叹！是的，创意产业已经成为推动经济创新的一支十分重要的力量！

目前，我国正处于转变发展方式的关键时刻。同时，还需继续应对国际金融危机的影响，任务十分艰巨。实现经济发展方式转变既要解决内外部结构失衡的问题，又要形成新的增长引擎。统计表明，我国国内市场对文化产品的需求供给有 70% 的缺口，文化产业对 GDP 的贡献不到 4%。创新发展思路、大力发展文化创意产业可为经济转型升级提供一条有效路径，用新的理念、新的举措、新的机制有利于经济持续健康发展。所以，我国发展文化创意产业十分必要，应当加快推进、大力推进。

为此，第一，要进一步提高认识，明确创意产业在区域经济发展中的定位；第二，要借鉴发达国家和地区的经验，制订长远发展规划；第三，要加强政府引导，营造良好的氛围，出台政策予以扶持，推动社会资本向创意产业领域汇集，完善创意产业链条，建设一批文化创意产业园，发挥集聚效应，形成新的产业发展群；第四，要大力培植创意阶层，加强人才培养，壮大中小企业发展；第五，要加强对知识产权的保护力度。

近年来，各地各部门在政策、资金上加大对文化创意产业发展的支持力度，我国文化创意产业发展势头强劲。文化创意产业在国民经济中所占比重逐年提高，成为经济发展和文化建设的新亮点。北京、上海、广东、湖南等省（市）文化创意产业占国内生产总值比重都已超过 5%，开始成为当地经济的支柱产业。虽然我国的文化创意产业发展已具备一定的基础，但仍存在许多现实的困难。第一，全社会特别是一些地方决策层对创意产业重要性、前沿性和未来发展态势的理解和认识还有待提高，需要进一步解放思想，转变观念，结合本地经济和社会发展实践，积极开拓发展新途径。第二，我国对创意产业总体发展战略的研究还刚起步，对其理论基础、政策制定、产业布局、人才战略的研究还有待加强，创意产业的大发展迫切需要富有开拓性的科学理论为指导。第三，我国文化创意产业市场还不够成熟，需求不稳定，产业链尚不完整。必须在创业环境营造、政策机制完善、高技术基础设施打造、相互接驳的产业链条延伸等方面下功夫，大力构建高度市场化的交易平台。第四，加快文化创意产业与其他产业融合发展，建立政府引导、市场运作、社会参与的运作模式。

吉林省十分注重发展文化创意产业，文化创意产业起步早，相关政策抓得实，掌握先机，抢抓主动。省委、省政府领导同志强调，要着眼于抢占未来发展制高点，赢得后国际金融危机时期竞争的主动权，提升区域竞争力，加快经济发展方式转变。后国际金融危机时代，决定经济发展成败的关键是看谁能跟上科技革命和新兴产业发展潮流，不断形成新的战略支点。要着力发展以文化创意为支撑的创新产业，培育新兴文化业态，扶持原创产品生产，打造拥有自主知识产权的产业优势，努力促进文化产业与相关产业融合发展，进一步延伸产业链条，大力发展有文化内涵的新产品和文化衍生品，提高文化产品的精深度和附加值。要加大对中小文化企业的支持和扶持力度，重点扶持一批特色民营文化企业，逐步形成骨干文化企业和中小企业合理分工、互补互促、共同发展的良好局面。在这样的思路指导下，吉林把大力发展文化创意产业作为落实科学发展观的重要组成部分，作为转变经济增长方式和实现产业结构升级的重要着力点，注重促进文化创意产业与其他产业加速融合、深度融合，各项举措扎实、具体、得力，出台了一系列扶持政策。按照市场化、规模化、国际化、品牌化方向，坚持政府扶持和体制改革两加强，促进公益性文化事业和经营性文化产业共同繁荣发展，努力把一些具有吉林特色的"现象"和"亮点"培育成为有市场竞争力的大产业。突出抓好吉林广电网络集团、吉林出版集团、长影集团等重点文化企业上市工作，培育了一批中小文化企业，准备在创业板上市，推动了文化"走出去"，建立东北亚文化和交流平台，扩大了吉林的影响力和知名度。目前，广电、影视、歌舞、出版、动漫等重点产业都保持了良好的发展势头。

贺永强同志积半年之功，经过深入调研，写成《长吉图战略与吉林文化创意产业发展》专著，对国际国内文化创意产业的发展情况进行了全景勾勒，并从吉林省大力发展文化创意产业的战略思路与实践入题，特别强调国际战略——长吉图开发开放带来的机遇和影响，分析文化创意产业对吉林区域经济又好又快发展的重要意义，对转变经济发展方式的重要作用，全面系统地从文化创意产业发展的主客体资源条件、整体市场定位与经营策略、政策法规环境、市场需求状态等方面对吉林文化创意产业的发展作出客观分析，并把吉林省与其他省份的发展水平和经营方略等进行横向与纵向的对比，设计培育增长极发展壮大的路径，探讨增长极对相关产业的带动功能和辐射功能，据此提出吉林省发展的目标定位和实现目标的有效途径，为实现文化创意产业大繁荣以推动吉林经济的跨越式发展提供了决策依据，尤其就创意产业如何用足、用活长吉图战略规划的各项政策措施，通过边境地区与腹地经济联动，推进图们江地区合作开发取得新突破，进行了精心设计和研究。

　　文化创意产业是一个快速发展的新兴产业，规模和结构每天都在发生变化。而当前，对文化创意产业的研究尚不够深入。文化创意产业的大发展，要求政府主管部门和企业从业人员必须增长专业知识，把握产业发展规律，提高经营管理水平，这迫切需要创意产业经济理论的指导。贺永强同志的研究紧密结合区域发展的迫切要求，对文化创意产业及其相关行业作了系统分析和梳理，具有理论创新和现实意义，填补了东北地区创意产业与区域经济发展研究领域的空白，对政府产业政策的制定和文化创意产业机构的运营具有重要参考价值。作者朴素的学风和务实的理论勇气难能可贵。本书从立意到撰写，从书名选取到内容创作，都闪烁着创意文化的思想火花。

　　我相信，这本书的出版，对于吉林文化创意产业发展具有积极意义，对全国其他地区文化创意产业发展也会产生很好的借鉴作用。

进一步加强决策咨询研究工作

——《国家行政学院决策咨询成果选 （2009 年）》*序言

（二〇一〇年七月）

2008 年下半年以来，人类社会经历了百年不遇的国际金融危机，我国经济也受到严重冲击。面对错综复杂的国际国内形势，全国各族人民在党中央、国务院正确领导下，坚定信心，迎难而上，奋力拼搏，有力、有效地应对国际金融危机冲击，改革开放和现代化建设取得新的重大成就。在这个过程中，各类咨询研究机构深入实际调查研究，积极提供决策咨询服务，为成功应对国际金融危机冲击作出了贡献。

国家行政学院是国务院直属单位，是培训高中级公务员、培养高层次管理人才和政策研究人才的重要机构，也是开展哲学社会科学研究和决策咨询研究的重要机构。一年多来，学院坚持围绕中心、服务大局的办院方向，认真履行教学培训、科学研究、决策咨询"三位一体"的职能和使命，在坚持做好教学培训和科学研究工作的同时，全面加强了决策咨询工作。我们把为党中央、国务院的中心工作服务作为决策咨询工作的首要任务，引导、鼓励和支持院内外专家学者和广大学员发挥聪明才智，紧紧围绕经济社会发展中的战略性、全局性问题和热点、重点、难点问题，特别是应对国际金融危机、保持经济平稳较快发展，深化行政体制改革，推进政府管理创新，加强政府自身改革和建设，广泛开展调查研究，积极建言献策，取得了一批有分量、有价值的重要成果，不少成果得到了党中央、国务院领导的重视，为中央决策提供了重要参考。为了更好地发挥这些决策咨询成果的作用，现将国家行政学院一年多来形成的部分决策咨询研究成果汇编成册，公开出版，以期与

---

* 《国家行政学院决策咨询成果选（2009 年）》，魏礼群主编，韩康副主编，国家行政学院出版社 2010 年 9 月出版。

广大读者交流。

借此机会，我就进一步做好决策咨询研究工作，谈一些看法。

一、充分认识做好决策咨询研究工作的重要性

加强决策咨询研究工作，是顺应时代发展的需要。当今世界正处在大发展、大变革、大调整时期，世界多极化、经济全球化深入发展，科技革命和技术创新孕育着重大突破，国际经济竞争更趋激烈，对我国的影响日益加深。当代中国正发生广泛而深刻的变革，改革发展处在关键时期，中国特色社会主义事业蓬勃发展，新事物、新知识、新经验层出不穷，新情况、新矛盾、新问题不断出现。当前和今后一个时期，我国仍处于大有作为的重要战略机遇期，同时又面临不少风险和严峻挑战。国内外形势的变化，要求党和政府不断提高科学决策的能力和水平。加强决策咨询研究工作，提出有针对性、指导性、可操作性的对策建议，为领导决策服务，是决策咨询研究机构和科研人员义不容辞的责任。

加强决策咨询研究工作，是保证实现正确领导的需要。决策正确与否，对于党和国家事业发展具有决定性作用。决策正确，我们的事业就能顺利发展；决策不正确或者失误，我们的事业就会遇到困难甚至发生严重挫折。当今社会，信息化、市场化、国际化不断发展，经济社会事务更加复杂多变，利益关系日趋多元化，各种思想相互交织、交融、交锋，作出正确决策的难度加大。制定政策需要处理好的关系和矛盾、需要考虑好的方面和因素、需要把握好的时机和力度，都比以往任何时候更加重要。要保证决策的正确性，必须科学地分析影响决策的诸多因素和条件，准确地判断决策和政策可能产生的效果和影响，这对于领导决策，也对决策咨询研究工作提出了新的更高要求。

加强决策咨询研究工作，是实行科学决策、民主决策、依法决策的需要。要做到科学决策，就必须采取科学的态度，运用现代科学知识、方法和手段，对需要决策的问题作出符合实际和客观规律的正确判断，提出具有科学理论基础和事实依据的决策。要做到民主决策，就必须充分听取各方面的意见，实事求是地分析各种不同观点和不同利益诉求，准确地反映民意，充分地集中民智，形成具有广泛群众基础的决策。要做到依法决策，就必须树立法治

观念，严格执行法律程序和法律规定，使决策具有法律依据和法治保障。这些都需要加强决策咨询工作，加强对重大问题的前瞻性、战略性、对策性研究，听取各方面的意见和建议，认真开展咨询论证。

在党的十七届四中全会通过的《关于加强和改进新形势下党的建设若干重大问题的决定》中，把加强和改进决策工作、完善决策机制，作为一项重要任务，强调指出："提高科学决策、民主决策、依法决策水平，加强党委决策咨询工作，做好重大问题前瞻性、对策性研究，广泛听取党员、群众、基层干部意见和建议，发挥咨询研究机构、专家学者、社会听证在决策过程中的作用。"这为我们加强和改进决策咨询服务工作进一步指明了方向，也提供了强大动力。

二、加强决策咨询研究是行政学院的重要使命

早在1996年国家行政学院成立之初，国务院就明文规定，国家行政学院具有教学培训、科学研究和决策咨询"三位一体"的职能，学院也一直将决策咨询服务作为重要职责。在2009年12月国务院颁布的《行政学院工作条例》和《国务院关于加强和改进新形势下国家行政学院工作的若干意见》中，进一步强调了行政学院教学培训、科学研究、决策咨询"三位一体"的职能和办院特色，进一步明确规定了决策咨询工作在学院发展格局中的重要地位和作用。行政学院加强决策咨询工作意义重大。

一年多来，国家行政学院从组织上、制度上、运作方式上采取了一系列措施，开创了决策咨询服务工作的新局面。学院内建立了有利于决策咨询研究工作的机构、体制机制。经中央编委批准，专门成立了决策咨询中心，充实和选调了一批有决策咨询研究能力的人员，建立了一套工作制度。研究制定《关于加强决策咨询工作的意见》，建立联络员信息沟通机制和决策咨询选题研究会议制度，积极探索教学、科研、咨询一体化的有效实现形式。我们创办《送阅件》，开辟了学院向党中央、国务院建言献策的"直通车"。我们重视发挥教研人员和学员参与决策咨询研究工作两个方面的积极性。经常组织教研人员深入基层，深入实际，有针对性地开展调查研究。重视发挥学员来源广、层次高和有理论、有实践经验的优势，鼓励学员参与决策咨询研究活动。结合教学培训工作多次召开座谈会，直接听取学员对经济社会发展

热点、难点问题的意见和建议，形成了一些有较高使用价值的决策咨询研究成果。一年多的实践，成效显著。学院决策咨询研究工作在党和国家事业发展大局中发挥的作用和影响越来越大。回顾一年多走过的路子，我们对决策咨询服务工作也有了更加深刻的体会。

第一，必须把加强决策咨询研究工作作为建设有特色高水平行政学院的重要支撑。教学培训、科学研究、决策咨询"三位一体"是行政学院发展的显著特色，三个方面密切联系、相互促进。教学培训是中心任务，各项工作都要围绕这个中心。基于学院的特殊职能定位和特定的培养对象，国家行政学院的教学培训不是简单的你讲我听，你教我学，而是在教与学之间形成广泛和深入的交流、沟通和互动，具有更多的研究性和政策性。国家行政学院贴近政府，贴近实际，能够及时直接了解和反映决策需求。搞好决策咨询工作，有利于教学培训和科学研究任务的完成，既是丰富教学内容、提高教学质量的重要环节，也是为党和政府进行正确决策服务、发挥思想库作用的内在要求。通过多种形式，让广大教研人员和学员积极参与决策咨询研究，促进优秀决策咨询研究成果转化为教学培训的内容，转化为服务政府决策的成果。这是行政学院区别于一般培训机构的重要标志。

第二，必须把加强决策咨询研究工作作为充分发挥学院优势的必然选择。国家行政学院除了具有"三位一体"的职能特色之外，学科优势和特色也非常明显。国务院明确规定：行政学院"要紧紧围绕国家事业发展需要不断加强学科建设。要突出重点学科，强化优势学科，拓展相关学科，坚持以公共管理为重点，着重建设公共行政学、行政法学、政府经济学、政策学、领导科学、社会管理学、应用管理学等学科体系"。学院为开展多学科交叉研究和咨询服务提供了重要学科支撑和人才支撑。学院对上有为党中央、国务院提供决策咨询服务的正式渠道，对下有全国行政学院系统的正常联系网络，能够及时了解和掌握经济社会发展的相关信息，以及党和政府政策制定与实施的情况，为学院开展决策咨询工作提供信息搜集、调查研究和意见反映的重要保证。学员资源更是学院开展决策咨询工作的宝库，他们来源广、层次高，有理论水平和实践经验，对于贯彻党的路线方针政策有感受、有体会、有认识，能够反映经济社会发展中的深层次问题和矛盾，这些对于开展决策咨询研究工作都是非常有利的条件。学院实行开门办学，与国际和国内教学研究机构都有广泛联系，形成了高层次的院外兼职教师队伍，建立了一批多种形式、贴近实际的教学科研基地。只要把学院的优势发挥出来，把特色彰显起来，就一定能够做好决策咨询研究工作，提升学院的综合实力和竞争力。

第三，必须把加强决策咨询研究工作作为创建国际一流行政学院的重要举措。坚持高标准、严要求，更加突出特色，创建国际一流的行政学院，是国家行政学院的奋斗目标，也是全面提升学院综合实力和办院水平的内在要求。创建国际一流行政学院，既要在教学培训和科学研究方面提高水平，也要创造有分量和重要价值的决策咨询成果。当今世界高水平的各类教育培训机构和行政学院，都把决策咨询服务作为自身发展的重要任务。要建设国际一流行政学院，必须不断加强决策咨询工作，这样，才能提高学院的发展水平和影响力。要着力建设有特色、高水平的决策咨询服务体系，力争使国家行政学院成为具有重大影响力的政府决策咨询研究机构，成为广纳善言、建言献策的重要平台，特别要成为行政服务领域具有领先水平的决策咨询研究中心，更好发挥政府思想库的作用。

三、努力提高决策咨询研究工作水平

胡锦涛同志在党的十七大报告中强调，要"推进决策科学化、民主化，完善决策信息和智力支持系统"。这为我们更好地开展决策咨询工作提出了新要求。当前，提高决策咨询研究工作水平需要把握好以下几个重要方面。

一是坚持服务大局。这是决策咨询研究工作必须坚持的正确方向。要紧紧围绕党和政府的中心任务和工作部署，及时跟踪形势发展和政策实施过程中出现的新情况、新问题，把咨询研究与决策需要更加紧密地结合起来。决策咨询研究工作必须突出重点，着重研究经济社会发展的全局性、战略性、前瞻性问题和人民群众关心的热点、难点、重点问题，积极为党和政府决策提供咨询服务。决策咨询工作还要注重突出自身特点，发挥优势。对国家行政学院来说，要着力开展深化行政体制改革和推动政府管理创新的决策咨询研究，推进政府自身改革和建设，提高政府行政能力、公信力和服务水平。

二是准确把握选题。决策咨询研究是服务决策的活动，必须准确把握决策者的需要，选准课题是满足决策需要的首要环节。在总体上把握好决策咨询服务方向的同时，还必须在选题的及时性、准确性上下功夫。选题不仅要吃透决策的需要，还必须吃透决策需要解决问题的关键所在。通过准确选题，将决策的目的性和实际情况更好地结合起来。决策咨询选题与一般科研选题不同，决策咨询服务是有时限的，因为决策必须把握时机，过早或过迟都可能影响决策的正确性和效果，决策咨询如果不能把握好时机，则提出的政策建议或者不能够引起决策者的重视，或者因为时过境迁而失去效果。决策咨询工作需要科学理论作支撑，但通常不是一般原理的阐述，而是运用理论提出解决问题的思路和办法。决策咨询的选题要注意解决问题和制定政策的针对性，这样提出的研究成果才能有效服务于决策。

三是注重调查研究。调查研究是辩证唯物主义和历史唯物主义认识论的根本方法，也是做好决策咨询工作必须坚持的科学方法。没有调查研究，就没有发言权。做好决策咨询工作，必须积极开展深入的调查研究，掌握真实情况和第一手资料，全面、准确把握情况，在科学分析的基础上形成决策建议。要充分发挥行政学院系统和教学科研基地的作用，加强与实际部门和地方的联系，拓宽调查研究的渠道和形式。

四是树立良好文风。努力克服不良文风，积极弘扬理论联系实际的优良文风，是党的十七届四中全会提出的一项重要任务。改进文风，力戒长、空、假，做到短、实、新。一要短。力求简短精练、直截了当，要言不烦，意尽言止，观点鲜明，重点突出。二要实。讲符合实际的话，不讲脱离实际的话；讲管用的话，不讲虚话、套话；讲反映自己判断的话，不讲人云亦云的话。三要新。在研究新情况、解决新问题上有新思路、新举措、新语言，力求思想深刻、富有新意。撰写好研究报告是做好决策咨询服务的重要环节，努力使每一份报告做到主题鲜明、主线突出、结构合理。文字表达做到准确、鲜明、生动。决策咨询成果特别要注意用词规范、文风朴实、表达准确。

五是创新工作机制。决策咨询工作是一种能够广泛调动和集中信息与智力的活动。做好决策咨询工作要建立研究项目管理机制，实行项目负责人制和目标管理，以项目为纽带，优化资源配置。要健全决策咨询工作激励机制和约束机制，完善绩效考核办法，把开展决策咨询研究工作的成效作为业绩考核和职称评定、岗位竞聘的重要依据，对作出突出成绩的人员给予奖励，鼓励多出优秀成果。要推进决策咨询组织机制创新，积极培育团队精神，搭建决策咨询研究平台，开展多种形式的学术交流与合作，活跃研究氛围。要完善决策咨询成果的报送、推介机制和渠道，努力形成品牌，促进决策咨询研究成果的转化应用。

加快构建中国特色应急管理体系

——《中国应急管理报告（2010）》*序言

（二〇一一年一月）

预防和应对危机，始终贯穿于人类历史发展的进程。一部人类文明发展史，从一定意义上说，就是不断应对各种危机、战胜各种灾难的奋斗史。当今世界，人类面临的发展希望和机遇增多，同时，面临的风险和挑战也在增加。各种传统的和非传统的、自然的和社会的风险相互交织，重大灾难频繁发生，重大疫情传播范围扩大，能源资源紧缺和生态环境恶化，跨国犯罪和恐怖主义活动增加，民族宗教矛盾和地区冲突不断，经济社会发展不稳定不确定因素增多。预防和应对各种风险、危机及突发事件，成为国际社会和世界各国政府面临的重大课题。

我国政府高度重视应急管理工作，改革开放30多年特别是近些年，坚持把构建中国特色应急管理体系，作为预防和应对各种风险、危机，促进科学发展、和谐发展的重大任务，围绕应急管理预案、体制、机制、法治，即"一案三制"建设，进行了坚持不懈的努力，开展了多方面卓有成效的工作。

——**应急管理思想理念不断明确**。坚持以人为本，把保障公民生命财产安全放在第一位，把加强应急管理体系建设作为全面履行政府职能、提高政府行政能力的重要内容，全国上下防范风险和应对各种危机的观念明显增强。

——**应急管理体系基本形成**。从2006年国务院颁布《国家突发公共事件总体应急预案》以来，全国已制定各级各类应急管理预案200多万件，基本形成了一个覆盖各类突发事件"纵向到底、横向到边"的预案体系。

——**应急管理体制初步建立**。以各级政府应急管理办公室成立和综合协

---

* 《中国应急管理报告（2010）》，国家行政学院、民政部、卫生部、国家安全监管总局共同编写，红旗出版社2011年3月出版。

调职能的加强为标志，形成了统一领导、综合协同、分类管理、分级负责、属地管理为主，以及全社会共同参与的应急管理体制架构和工作格局。

—— **应急管理机制不断完善**。按照统一指挥、反应灵敏、协调有序、运转高效的要求，各级政府和各部门建立了信息通报、预防预警、应急处置、恢复重建、社会动员、跨地区跨部门协作机制，应急管理效率不断提高。

—— **应急管理法治得到健全**。以《中华人民共和国突发事件应对法》的颁布实施为标志，目前，国家已有应对各种自然灾害、事故灾难、公共卫生事件和社会安全事件的法律、法规和部门规章200多部，为应急管理工作的全面开展提供了法律依据和法治保障。

—— **应急管理队伍体系已经形成**。全国上下形成了以公安、武警、军队为骨干和突击力量，以防汛抗旱、抗震救灾、森林消防、海上搜救、矿山救护等专业队伍为基本力量，以企事业单位专兼职队伍和应急志愿者为辅助力量的应急队伍体系。

—— **应急管理保障能力逐步提升**。各级政府不断加大财政投入，重点加强了应急物资储备和应急队伍装备，灾害监测网络日趋完善，预警系统建设进一步加强，保障能力明显提升。

—— **应急管理教育培训明显加强**。国家级应急管理培训基地建设进展顺利，各级应急管理教育培训逐步展开，国际应急管理交流合作日趋频繁，公务员和社会公众的应急管理知识、公共安全意识，以及应急管理能力、自救互救能力等不断增强。

由于国家重视应急管理体系建设，使我国应对各种突发公共事件的动员能力、反应能力、处置能力和恢复重建能力有了明显提高。近些年来，我们在预防和应对各种重大突发公共事件中取得了比较显著的成效，包括及时、有力、有效地应对了破坏力极强的地震灾害和极端气候灾害，以及重大突发事件，保障了我国改革开放不断深化和经济社会的持续发展。同时，我们也清醒地看到，目前我国正处于工业化、信息化、城镇化、市场化深入发展的过程中，面临着体制转换、结构调整、保护环境、改善民生、消除贫困等多重压力，社会利益关系错综复杂，各种自然灾害频繁发生，安全生产事故难以避免，公共安全面临许多新的挑战，应急管理工作形势严峻。这就要求我们必须增加忧患意识，更加重视应急管理工作，为全面建设小康社会、加快推进现代化建设提供一个稳定、安全、和谐的社会环境。我们要认真研究探索应急管理工作的规律，学习借鉴世界各国应急管理的成功做法和经验，继续全面构建中国特色应急管理体系。

当前和今后一段时期，我国加强应急管理体系建设的基本任务，就是以提高全社会应急管理综合能力为主线，以规划基层应急管理工作为重点，以健全完善突发公共事件预测预警预防体系、综合协调机制和社会矛盾化解机制等为主要内容，形成统一指挥、结构合理、功能完善、反应灵敏、协调有序、运转高效、特色鲜明的应急管理体系，使全社会预防各类风险和危机的意识进一步增强，应对各种突发公共事件的能力水平显著提高，为促进经济社会的科学发展、和谐发展提供有力保障。

为此，应当遵循以下一些重要原则：一是始终坚持以人为本、生命至上、民生第一的理念，把保障人民群众的生命财产安全放在首位，作为构建应急管理体系的根本出发点和落脚点；二是始终坚持预防为主，预防与应急相结合、常态管理与非常态管理相结合，加强风险防范，完善预测预警机制，提高应急管理工作的预见性、科学性和有效性；三是始终坚持统一领导、加强协调配合、强化协同应对，完善上下贯通、左右配合、综合协调、区域协作、全社会参与的体制机制；四是始终坚持依法应急、科学应急、民主应急，以法治规范应急管理行为，以科技引领支撑应急管理工作，以民主确保应急管理公开公正公平；五是始终坚持以加强应急管理基础能力建设为重点，强化基层、广泛动员，发挥各方面优势，整合各方面资源，提高全社会防范应对突发公共事件的综合能力。这"五个始终坚持"，既是我们近些年来应急管理工作实践经验的科学总结，也是我们进一步构建中国特色应急管理体系必须坚持的基本原则。

进一步构建中国特色应急管理体系，需要着力抓好以下几个方面重点工作：

第一，全方位推进应急管理体制机制建设。要以提高基层应急能力为重点，进一步理顺各级应急管理体制，强化综合协调，完善应急决策指挥机制，形成快速反应、高效运转的应急管理体制机制。要完善突发事件监测预警机制，强化风险管理，实现对各种风险和隐患治理的制度化、规范化和常态化。要完善信息报告、信息共享、信息发布和舆论引导机制，强化应急处置协调联动机制，加强各方面的协同配合，形成有效处置突发事件的合力。要完善社会动员机制，充分发挥群众团体、企业、社会组织、基层自治组织及公民在突发事件预防、应对和处置等方面的作用。

第二，全面强化应急管理基础能力建设。要把防灾减灾纳入城乡建设发展规划，在做好灾害风险评估的基础上，重点加强电力、交通、通信等各类基础设施的抗灾和保障能力建设，提高学校、医院、大型商场等人员密集场所抗灾设防标准。要督促各类生产企业加大安全技术投入力度，改善安全生产条件，大力提高矿山、危险化学品等高危行业安全生产水平，切实加强安全生产基础能力建设。要完善城乡医疗救治体系和疾病预防控制体系，提高重大传染疫情、群体性不明原因疫病等监测、检测、处置能力，健全食品安全检验监测体系，加强公共卫生保障能力建设。要健全科学有效的利益协调机制、诉求表达机制、矛盾调处机制、救助保障机制和社会治安防控体系，积极化解各种社会矛盾，夯实社会安全的基础。

第三，进一步完善应急管理法律和预案体系建设。依法预防和处置各种公共应急事件，是实施依法治国方略的重要方面，也是推行依法行政的重要方面。要进一步完善各类突发公共事件应对方面的法律法规，抓紧制定各项配套规定，并认真抓好贯彻实施，使应急管理纳入法治化、规范化、科学化轨道。要全面开展应急管理规划和预案评估工作，定期组织规划实施情况的检查和预案的演练，及时修订完善各类规划和预案，不断提高针对性、实用性和可操作性。

第四，切实加强应急管理保障体系建设。要进一步加强应急物资储备和管理体系建设，优化应急物资储备布局，改进物资调拨配送方式，合理确定储备品种和规模，加强跨部门、跨地区，跨行业的应急物资协同保障。要以提高基层应急保障能力为重点，加大应急管理资金投入力度，开辟多元化的筹资渠道，实行政府、企业、社会各方面相结合的应急保障资金投入机制。要加快建立国家巨灾保险体系，充分发挥各类社会保险的应急功能，建立应急管理公益性基金，提高灾害救济补助标准，有效分散风险、减少损失。要研究制定应急管理方面的资金、税收等优惠政策，支持应急管理企业产业发展。加快推进应急管理平台建设，提高应急管理的信息化、社会化、科学化水平。

第五，注重提高全社会风险防范和灾害应对能力。要加大应急管理知识宣传普及力度，充分发挥各级政府和政府各部门，以及新闻媒体和社会各界的作用，深入开展应急管理科普教育活动，大力推进防灾避险、自救互救等应急救援知识、技能进社区、进农村、进企业、进学校活动，大力提高全社会的防灾避险意识和自救互救能力。要全面加强应急管理教育培训工作，加快国家应急管理人员培训基地建设，完善各级各类应急管理教育培训网络，提高各级领导干部应对突发事件的指挥协调能力和处置能力。增强全社会成员预防和应对灾害的意识与能力。加强应急管理志愿者队伍建设，提高组织化、专业化水平。加强各类应急管理人才培养和专家队伍建设，积极开展应急管理科学技术研究和决策咨询工作。要加强对现代条件下各类突发事件特点和应对手段的研究，建立科技应急管理支撑系统，为科学应急提供现代化服务和手段保障。

勤学精进 成才报国

——《学习与研究——国家行政学院第十期青年干部培训班课题研究报告集》*代序言

（二〇一一年一月）

国家行政学院办好青干班有两大目标：从学院来说，要"优布局、创品牌、出特色"；从学员来说，要"强素质、增本领、出人才"。开班以来，大家都在朝着这两个目标努力，效果明显，收获很大。学院有关方面和全体学员共同努力，按照培养造就高素质战略储备人才的目标要求，坚持以创新求实效，以特色创品牌，努力探索继续办好青干班的新途径，大力营造崇尚真理、严谨求实、勇于创新、团结奋进的良好作风，积极参与"勤学精进、成才报国"的学习实践活动，圆满完成了本学期的各项培训任务，同学们也学到了本领、展示了良好形象。从平时了解的情况看，我感到有以下几个特点：

一是学习态度端正，展示了青年干部蓬勃向上的良好形象。大家以高度的政治责任感和强烈的使命感，珍惜和把握这次学习机会，始终保持高涨的学习热情和良好的精神状态，迅速转换角色，自觉端正学习态度，静下心来，塌下身子，全身心投入学习培训。绝大多数学员自我要求严格，课堂专心致志听讲，讨论问题积极踊跃，课题调研深入扎实，形成了理论联系实际的良好学风。许多学员自觉完成规定学习任务的同时，还夜以继日地刻苦攻读，有的撰写心得体会到深夜；有的节假日也加班加点在校读书；许多学员记了大量的读书笔记和学习心得，有的多达十万余字；等等。这些既确保了各项教学培训任务的顺利实施，给任课教师及学院相关部门留下了很好印象，也

---

* 本文是魏礼群 2011 年 1 月 11 日在国家行政学院第十期青年干部培训班学员座谈会上的讲话；《学习与研究——国家行政学院第十期青年干部培训班课题研究报告集》，陈岩主编，国家行政学院出版社 2011 年 7 月出版。

展示了青年干部好学上进的精神面貌。

二是学习成效明显，综合素质和行政能力得到进一步提升。通过比较深入地学习中国特色社会主义理论体系，认真学习党的十七届五中全会精神和习近平同志视察国家行政学院时的重要讲话精神，系统接受公仆意识、形势任务和革命传统教育，强化了科学理论武装，提升了思想境界，增强了"永做人民公仆"的责任感和使命感。通过全面系统学习MPA基本课程，特别是对公共管理、现代政府管理和公务员技能的强化培训，大家对现代行政管理创新的前沿理论和知识有了更进一步了解掌握，加深了对现代公共行政理论、政府管理创新和运作规律的研究，提高了公共行政能力和创新能力。特别是前不久，结合教学内容，分别到云南、重庆、深圳等省市，围绕民族地区经济和社会管理创新、深化行政管理体制改革、推进城乡统筹发展等热点、难点问题，开展专题调研，大家既在运用调查研究方法上有了新提高，又在理论与实践的结合上拓展了思路。

三是班级建设有声有色，为创品牌、出特色奠定了基础。青干班党支部和班委会协助培训部做了大量工作，围绕培训教学任务和班级文化建设，开展了一系列主题鲜明、丰富多彩的班组活动，彰显了青干班特色，得到各方面广泛好评。突出以党性教育为重点，组织开展"重读经典原著"活动，通过集体学习《共产党宣言》、导读《资本论》，使大家从马克思主义经典原著中汲取了力量，坚定了理想信念；开展了以"党性争先、学习争优，建优秀支部、创青干品牌"为主题的创先争优活动，其中党员公开承诺、"说句心里话"专题民主生活会、学习身边优秀学员等有特色、有亮点的做法，得到了中组部检查组的肯定；针对学历层次较高、思维活跃的实际，创建了"青年干部讲坛"、"青年干部读书会"，创办了《青春之我》班刊，搭建了交流学习成果、深入探讨问题、倡导优良学风的实践平台，有效激发学习兴趣，活跃学习生活，促进了教学相长、学学相长。同时，还通过征集讨论班训、班旗、班歌等形式，激发了每位学员的积极性、创造性，增强班级的凝聚力和向心力。对这些有益探索和做法，你们要继续坚持下去，在深化内涵、提升层次上再下功夫，使之真正成为青干班叫得响、亮得出的品牌。

今年是中国共产党成立90周年，是实施"十二五"规划开局之年，也是国家行政学院深入贯彻落实《行政学院工作条例》和《国务院关于加强和改进新形势下国家行政学院工作的若干意见》，加快建设有特色高水平国际一流行政学院的关键一年。前不久，习近平同志专程视察国家行政学院并发表重要讲话，进一步指明了行政学院在国家干部教育培训大格局中的定位，对今后学院更好地发挥自身优势，创新培训理念、内容、方式和机制，更好地彰显与自己功能定位相适应的办学特色以及加强科学理论教育、学风院风建设提出了明确要求，为学院的建设与发展指明了方向。当前，学院各项事业站在新的起点上，正值乘势而上、大有可为的大好时机。第十期青干班是在中断四年之后恢复举办的重要班次，对完善学院教学培训格局将产生重要而深远的影响。学院对第十期青干班寄予厚望，各方面对第十期青干班十分关注，学院有关部门做了大量工作，作出了艰辛努力。作为第十期青干班的学员，既要认清国家行政学院面临的形势和任务的大局，又要认清青干班在学院地位和作用的大局，还要认清培养造就高素质战略储备人才目标的大局，牢记使命，珍惜机会，勤奋学习，勇于创新，共同努力"创品牌、出特色"，"树形象、出人才"，用实际行动回报党和人民的重托和信任！

借此机会，与大家谈谈心，提几点希望：

第一，要学以励志，在理想信念上有新认识。每个人都有一定的理想，这种理想决定着他的努力和判断的方向。我们到国家行政学院来学习什么？这是摆在我们面前首先要回答的问题。我认为，首要的是在这个大熔炉锻造坚定的理想信念。坚定的理想信念，是共产党人前赴后继、奋斗不息的精神支柱和力量源泉，也是青年干部最可宝贵的品格。回顾党的历史，仅在《为了共和国的诞生——革命英烈事迹展览》中的烈士就可看出，他们大多是年轻人，牺牲时年龄最大的是吉鸿昌39岁，李大钊38岁，刘胡兰只有15岁。革命先烈们之所以能够抛头颅、洒热血，赴汤蹈火、视死如归，就是因为他们坚信自己为之奋斗的事业是人类最崇高的事业，就是因为他们有着对共产主义的坚定信念和执着追求。正如邓小平同志所说："为什么我们过去能在非常困难的情况下奋斗出来，战胜千难万险使革命胜利呢？就是因为我们有理想。"我们这期青干班37名学员，平均年龄38岁，绝大多数出生在70年代后，大家文化水平比较高，精力旺盛，思维敏捷，接受新事物快，开拓进取精神强。但与革命前辈相比，坚定理想信念是我们急需加强的一课。大家一定要对坚定理想信念有一个正确的认识。理想信念不是虚无缥缈、不是可有可无、不是空洞的大道理，丢掉了理想信念，就失去人生的方向、从政的根基、奋斗的目标。越是在改革开放和发展社会主义市场经济条件下越要坚持正确的理想信念，越是在错综复杂的国际国内环境下越要保持政治上的清醒和坚定，越是在利益和诱惑面前越要坚守共产党人的精神家园。希望大家结合学院开设的思想政治理论教学内容，全面系统、完整准确地理解马克思主义基本原理和中国特色社会主义理论体系，深刻领会贯穿其中的马克思主义立场、观点、方法，做到真学、真懂、真信、真用，不断增强坚持中国特色社会主义旗帜、道路、理论体系的自觉性和坚定性。要继续推进"重读经典原著"主题活动，通过有计划、有重点地研读原著，从根本上了解和信服马克思主义的真理性，进一步坚定理想信念；从根本上把握马克思主义的世界观和方法论，进一步坚定政治立场和党性原则，永葆共产党员的先进本色。

第二，要学以立德，在道德修养上有新提升。立德就是树立品德，追求高尚。百行德为首，做官先做人。我国先贤哲人十分重视修身立德。古人有"立德、立功、立言"三不朽之说，"立德"为首位。"德"不仅是一个人安身立命的根本，也是干事从政的根基。提高思想道德修养一靠学习、二靠实践。我们党在加强党员干部思想道德建设方面，始终强调把学习作为一个基本途径。习近平同志在视察国家行政学院的重要讲话中专门强调："在教学布局和课程设置上，还要加大道德品德教育的分量和力度。"在党的干部选拔任用标准上，第一条是"德才兼备，以德为先"。国家行政学院院风的核心是"立德立行、求实求新"，第一位是要"立德"。作为青干班的学员，为人从政的路还很长，一定要利用脱产学习的这段时间，通过学习进一步提高道德修养，在今后工作中，更多地依靠道德的力量和人格的力量，吸引人、凝聚人、感召人。前段时间，应你们之邀，我给你们题写了"勤学精进、成才报国"的班训。希望大家深入体会这八个字班训的内涵，牢固树立马克思主义的世界观、人生观、价值观和正确的权力观、地位观、利益观，坚持做人与为政、修身与立德相统一，养成良好的思想境界、生活作风和健康的生活情趣，始终保持蓬勃朝气、昂扬锐气、浩然正气，真正使学习培训的过程成为锤炼道德操守的过程，努力把"勤学精进、成才报国"转化为学习和工作的自觉追求。

第三，要学以增智，在学习能力上有新进步。"学而不思则罔，思而不学则殆。"这两句话是说，只学习而不用心思考，就会感到迷惘；只思考而不学习就会陷入疑惑。因此，必须善于学习、勤于学习，做到"博学而笃志，切问而近思"。勤奋好学是一个优秀干部必备的素质，也是党员领导干部健康成长、提高素质、增强本领、不断进步的重要途径。列宁在1920年向共青团提出了学习的任务，指出："只有了解人类创造的一切财富以丰富自己的头脑，才能成为共产主义者。"他还指出："一定要给自己提出这样的任务：第一，是学习；第二，是学习；第三，还是学习。"我们党历来重视学习，是一个勤于学习、善于学习的马克思主义政党。以毛泽东同志、邓小平同志、江泽民同志为核心的党的三代中央领导集体和以胡锦涛同志为总书记的党中央，一以贯之地把加强学习作为一项关系党和国家事业兴旺发达的战略任务来对待、来倡导、来坚持。胡锦涛同志强调："不学习，不坚持学习，不刻苦学习，势必会落伍，势必难以胜任我们肩负的重大职责。"尽管青干班学员绝大多数已经具有较高的文化水平和较丰富的专业知识，但必须清醒看到，世界在不断变化，形势在发展，中国特色社会主义实践在深入，只有不断学习、善于学习，才能很好掌握和运用科学的新思想、新知识、新经验，不断成长进步，思想才不会僵化，能力才能够不断增强。希望大家在学习上有一种"本领恐慌"的危机感、与时俱进的紧迫感和永不满足的责任感，正确认识自己的学识和能力，千万不可自我满足、浅尝辄止，而要虚心好学、永不懈怠，使青干班学习生活成为人生最有意义的一段时光。

第四，要学以致用，在端正学风上有新气象。来国家行政学院学习干什么？这是一个每位学员需要严肃思考、需要正确认识的现实问题。在学习目的问题上，我们必须要有鲜明的态度!不是为了捞资本、装门面，也不是为了镀镀金、当跳板，而是做到理论与实际密切结合，着眼于解决实际问题，着眼于提高综合素质和实际工作能力。学习的目的全在于运用。希望大家继续坚持学用结合，紧密联系本地区本部门实际，联系自己的工作和思想实际，努力提高战略思维、创新思想、辩证思维能力，着力提高研究问题、分析问题、解决问题的能力。要带着实践中的问题学习，树立强烈的问题意识，善于利用在学院学习这个有利时机，思考问题、提出问题、研究问题、解决问题，找到理论和实际的结合点。要继续用好学员论坛、读书会、课题调研和社会实践等行之有效的方式，把课堂学习与调查研究、书本知识与实际经验结合起来，努力把握现代公共行政理论和行政管理知识，把理论知识转化为破解难题、推动工作的能力，为将来更好地发展做好能力储备。

第五，要学以陶情，在精神追求上有新境界。一个人有了崇高的伟大的思想，还一定要有高尚的情操。学习可以让人陶冶思想情操，提升精神境界。青年干部要立志做大事，并非当大官。邓小平同志在第三次复出的时候，曾讲过一段感人肺腑的话。他说："我出来工作，可以有两种态度，一个是做官，一个是做点工作。我想，谁叫你当共产党人呢。既然当了，就不能够做官，不能够有私心杂念，不能够有别的选择。"这段话发人深省，对我们青干班学员有着特殊的教育意义。希望大家以平和的心态对待升迁，不为浮名所累、不为私利所缚、不为权欲所惑，把握人生航船的正确方向，服务社会，报效国家，忠于人民，永做人民公仆。

功利社会　泽被子孙

——《睢邳魏氏合谱纪念册》序言

（二○一一年二月）

　　欣闻睢宁、邳州魏氏两支家谱合并一事，经双方智者诸公长期调查研究、探隐发微，反复沟通协商，终达共识，并形成了正式决议文书，实在是我宗人之大事幸事，可喜可颂。邳州与睢宁山水相连、唇齿相依。自明朝初年，吾始迁祖卜居此方水土至今已有六百余年。漫长的历史岁月，宗人代代繁衍，自强不息，遂使吾族枝繁叶茂，成为十万之众泱泱大族。此次合谱，不但为两支宗人厘清世系、排定辈次，而且发掘出众多可资共享的信息资源，为未来邳、睢魏氏族人的团结交往、互助互惠，共创美好生活架起了畅达的桥梁。此事功在当代，利在子孙，惠及社会，善莫大焉。

　　上溯春秋中叶，一代始祖毕万定魏氏族至今凡两千五百年。在魏氏族人中，上至王侯将相、达人显要，下至黎民百姓、农工布衣，他们中不少人在为华夏民族的存亡与复兴、繁荣与发展建立过不朽的历史功勋。见诸史册的风云人物及动人故事灿若星河，不胜枚举。唐初政治家魏征曾提出"兼听则明，偏信则暗"、"水能载舟，亦能覆舟"、"居安思危，戒奢以俭"等至理名言，不但为唐太宗所接纳，以致为盛唐的建立作出了重大贡献，而且为后代乃至今人留下了宝贵的精神财富。清代思想家、文学史学家魏源编著的《海国图志》主张"师夷长技以制夷"，建议学习西方先进的科学技术，成为中国近代史上睁眼看世界的先锋人物。在中国现代史上，更有众多魏氏宗人为民族独立、国家富强而英勇奋斗，以至流血牺牲而成为人民英杰。仅于睢、邳两地被载入史册的革命英烈名单中，魏氏族人就占有重要一席。尊敬先人，崇尚祖德，弘扬向上向善的传统美德，建立起吾魏氏家族积极健康的精神天坛和氏族文化，应当成为合谱工作的主要目的和重要任务。

　　古老形式的家谱，是中国文化遗产中为数浩瀚壮观的谱籍，除世系之外，有许多记载一姓重要人物、宗规家训、像赞恩伦、辞章艺文、先世考辨等内容，蕴藏着丰富的历史资料，成为与国史、方志互为补充、互为表里的社会发展的重要支柱，以致司马迁在作《史记》时就大量使用过"谱牒旧闻"。进入新的历史时期，家谱的编纂承继应在体现其本质特征的同时，重视与时俱进，与时代文明步伐相和谐。据悉，目前海内外自发从事魏氏联谊、族谱研究的各种组织不下百余，相互联系渠道不断扩展，交流日益频繁，在对本族历史文化的研究领域中取得了许多重要成果。邳、睢魏氏两支合谱工作任重道远，一部新家谱的诞生尚需时日。志者诸公应站在时代高度，广泛学习研究家谱承继的新形式、新内容、新领域，以使健康向上的宗族文化发扬光大，服务社会。

着力提高决策咨询研究质量和水平

——《国家行政学院决策咨询成果选（2010年）》*序言

（二〇一一年五月）

2010年，国家行政学院大力贯彻落实《行政学院工作条例》和《国务院关于加强和改进新形势下国家行政学院工作的若干意见》。按照围绕中心、服务大局的总体要求和建设有特色高水平国际一流行政学院的奋斗目标，认真履行教学培训、科学研究、决策咨询三位一体的职能，不断开拓创新，学院各项事业都取得新的重要进展。一年来，学院围绕经济社会发展中的战略性、全局性问题和重点、难点问题开展决策咨询研究，积极为党和政府决策建言献策，取得了一批有分量、有价值的重要咨询成果，进一步开创了决策咨询工作的新局面。为了更好地发挥决策咨询成果的作用，我们将部分成果汇编成册，公开出版，以期与广大读者交流。

2011年是国家实施"十二五"规划的开局之年，也是国家行政学院着力提高学院发展质量，促进各项工作上新水平的重要一年。进一步加强决策咨询研究，提供更多有较高价值和较高质量的政策研究成果，是一项重要的任务。这里，我就提高决策咨询研究质量和水平谈一些看法。

——

提高决策咨询研究质量和水平，无论是服务党和政府决策，还是促进国家行政学院事业发展，都具有重大意义。

提高决策咨询研究质量和水平，是服务科学决策、促进科学发展的迫切

---

* 《国家行政学院决策咨询成果选（2010年）》，魏礼群主编，国家行政学院出版社2011年5月出版。

要求。科学发展是当代中国发展的主题。实现科学发展必须进行科学决策。科学发展对党和政府决策提出新的更高的要求。科学决策需要有高水平高质量的咨询研究服务。我国正处在经济社会转型期和改革攻坚期，各种问题和矛盾相互交织，许多难题有待破解。未知领域和不确定因素增多，需要通过深入研究，准确把握客观环境和矛盾变化趋势，提出切实可行、合理有效的政策建议。调整发展中的利益格局，使全体人民共享改革发展成果，需要提供解决问题的多种思路和方案，在比较选择的基础上优化决策。面对新的发展形势，要保证党和政府决策的正确性，必须推进决策的科学化、民主化、法治化。这就要求，制定政策和作出重大决策，必须建立在深入研究和充分论证的基础上，充分体现广大人民群众的意愿和社会各方面的合理诉求，符合依法治国、依法行政的科学决策程序。这对决策咨询研究水平和成果质量也提出了新的要求。高质量的决策咨询服务是科学决策、民主决策、依法决策的重要依据，也是提高决策可行性和执行力的重要保证。

提高决策咨询研究质量和水平，是有效应对国际国内环境新变化的必然要求。当今世界正处在大发展、大变革、大调整时期，世界多极化、经济全球化深入发展，科技革命和技术创新孕育着重大突破，国际竞争更趋激烈，全球思想文化交流、交融、交锋呈现新特点，对我国的影响日益加深，对政策制定和实施产生更大影响。当代中国正在发生广泛而深刻的变革，改革发展处在关键时期，中国特色社会主义现代化事业蓬勃发展，新事物、新知识、新经验层出不穷，新情况、新矛盾、新问题不断出现。形势和任务的变化，不仅要求党和政府不断提高科学决策的能力和水平，对决策咨询研究也提出了新要求。一般化的低水平的研究显然不能满足决策的需要。要使决策反映快捷、及时果断、准确有力，就必须适应形势变化的需要，进一步提高决策咨询研究水平，提出有针对性、指导性、可操作性的高质量的决策咨询研究成果，为党和政府及时提供有价值的和高质量的政策建议。这是决策咨询机构和研究人员义不容辞的责任。

提高决策咨询研究质量和水平，是更好履行国家行政学院职能的内在要求。按照国务院规定，国家行政学院是培训高中级公务员、培养高层次管理人才和政策研究人才的重要基地，是科学研究和决策咨询的重要机构，教学培训、科学研究、决策咨询"三位一体"是学院发展模式的突出特色。在国家行政学院"三位一体"的发展格局中，教学培训是中心，科学研究是基础，决策咨询是支撑。搞好教学培训和科学研究，能够充分调动学院的人才资源，发挥学科优势，能够提供有特色、有价值和高水平的决策咨询成果。而搞好决策咨询工作，则可以更好地反映制定政策的需要和政策变化走向，为教学培训和科学研究提供导向，好的决策咨询成果也可以直接转化为教学培训内容，增强教学培训的针对性和实效性。因此，进一步提高决策咨询研究工作质量，更好发挥行政学院作为党和政府思想库的作用，有利于彰显办院特色，促进学院整体发展，提升学院的综合实力和影响力，从而更好推进有特色高水平国际一流行政学院的建设。

二

近三年来，学院不断加强决策咨询能力建设，为学院全面履行职能、服务国家工作大局作出了积极贡献。一是紧紧围绕党中央、国务院中心任务，完成一批重大决策咨询研究项目，取得了丰硕的决策咨询成果。仅 2010 年完成决策咨询研究项目 30 项，编发《送阅件》106 期，获得中央领导同志批示 53 期，发挥了党和政府决策思想库的作用。二是着眼于建设有特色高水平决策咨询体系，创新工作思路。围绕学院职能定位和发展目标，提出了以提高学院核心竞争力为中心的"三位一体"发展模式，提出了建立以教研人员和学员为主体，以项目研究为载体的工作机制，提出了以特色定位、特色学科、特色队伍、特色成果为内涵的特色发展思路和工作方式。三是全面加强决策咨询组织管理和协调服务工作。完善决策咨询目标责任管理、工作程序管理和成果质量管理制度，积极探索决策咨询研究工作新举措和新机制，围绕决策的主要环节，不断提高决策咨询服务质量，在科学化、规范化、制度化管理方面迈出重要步伐，促进决策咨询工作持续向好发展。四是积极开展对外合作，吸引汇聚各方资源，扩大决策咨询影响力。加强了与有关部委和地方的合作，2010 年组织完成 10 项重大委托项目研究任务，加强咨询平台建设，全面启动院外专家网络、数据库建设，积极开展国际交流与合作，加强学术交流和沟通，扩大了学院知名度。

同时，也要看到，面对新形势和新任务，我们决策咨询研究工作还存在很多不适应的方面，特别是决策咨询研究水平和成果质量有待提高。主要是决策咨询研究工作尚未形成合力。目前学院"三位一体"的工作体制和机制还不够完善，教学、科研和咨询之间工作上的相互沟通和成果的相互转化还很不充分，整体优势、潜力和特色还没有充分发挥出来；决策咨询研究的创新能力不够强；有的研究成果在理论深度、政策把握和对实际情况的了解方面都有明显不足。决策咨询工作存在的这些问题，影响着学院作为党和政府决策思想库作用的发挥，需要下大气力加以解决。

三

提高决策咨询研究质量和水平涉及很多方面，从当前情况看，尤其要抓好以下几个重要环节。

提高选题的针对性和时效性。选好研究课题是形成高质量咨询研究成果的前提和首要环节。好的研究选题，一定是针对性和时效性很强的课题。如同企业生产必须符合市场需求一样，什么时间生产什么产品都必须符合市场需求的变化。决策咨询研究选题也必须贴近党和政府的中心任务，适应制定政策和推进工作的需求。决策咨询工作只有忙在点子上、谋在关键处，才能富有成效。如果选题脱离中心任务，偏离决策需要，或时间滞后，跟不上实践变化的节拍，决策咨询研究成果的质量必然大打折扣。决策咨询研究必须围绕中心工作，一定要把握全国的中心任务，符合党和政府决策的需要。要敏于观察形势，勤于思考问题，善于见微知著。只有这样，才能使我们的决策咨询工作同决策需要紧密联系起来，为决策多出主意、出好主意，提高针对性和超前性。总的来说，咨询工作要紧紧围绕工作大局和中心任务，着重研究解决全局性、战略性问题和人民群众关心的热点、难点、重点问题。

开展深入细致的调查研究。深入调查是发现问题和解决问题的重要途径，是开展决策咨询研究的重要方法。只有通过深入细致的调查研究，充分掌握鲜活的实际情况，才能准确地捕捉住决策咨询研究的选题，把握决策咨询研究的着力点。实践证明，要拿出情况真实、见解独到的高质量决策咨询研究成果，就必须深入实际，深入调查。一要充分准备，有的放矢。围绕需要调查研究的问题，从理论和政策层面进行必要梳理，吃透问题的本质和属性，从而把握好调查什么、去哪里调查和调查什么人等问题，增强调查研究的针对性。二要全面系统，深入细致。做到脚勤、眼勤、口勤、手勤、脑勤，多层次、多方位、多渠道地了解情况，求深、求细、求准。要深入到问题的所在地和矛盾的症结处，努力溯本探源，真正掌握第一手资料，深入理解实际情况。三要贴近群众，尊重群众，倾听群众的呼声，了解群众的疾苦，总结群众的经验，集中群众的智慧。只有这样，才能听到实话、察见实情、获得真知、收到实效，为多出高水平决策咨询成果打下基础。

增强研究成果的对策性和应用性。决策咨询研究工作是直接为制定政策服务的，属于应用性对策研究。要提出好的政策建议，必须着眼于形成应用性对策研究成果，尽量提供决策前、决策中和决策后的全方位咨询服务。当然，应用对策研究也需要有科学理论作为支撑，努力体现科学知识和学术研究的新成果。同时，应用对策研究也不是一般的具体工作研究，而是要运用科学理论和方法，准确把握实践变化的新趋势，充分体现社会实践的新需要。理论研究和创新研究是决策咨询研究的重要基础，为提出高质量的决策咨询研究成果提供指导和检验。决策咨询研究要充分利用理论研究和实践工作为依据，不断跟踪政策制定和实施过程中出现的新情况和新问题，为制定或完善政策提供可行、可操作的建议。

认真撰写决策咨询研究报告。决策咨询研究报告是咨询成果的最终载体，撰写好决策咨询研究报告是提高决策咨询质量的重要环节。调查再深入，研究再精心，如果调研报告写得不好，拿不出高质量成果，仍然达不到预期目的。撰写决策咨询报告要注意以下几点：一是把握内容和形式。从内容上讲，材料要充分，观点要正确，重点要突出，事实要准确。从形式上讲，结构要严谨，条理要分明，布局要合理，论证要有力。咨询报告的表现形式应由内容决定，并随着内容的不同而变化，要不拘一格、形式多样。二是文字表达要精益求精。写咨询研究报告不必过多雕饰，更不应该追求深奥，也不能套话连篇，而要准确、鲜明、简洁明了、生动朴实、通俗易懂，善于画龙点睛。三是要精心修改。文不厌改，反复修改的过程就是思路不断清晰、分析不断深入、认识不断升华和对策不断完善的过程，也是文字精雕细刻而臻于完美的过程。观点应仔细推敲，文字应恰当取舍。要竭力将一些赘言套话删掉，努力做到"丰而不余一言，约而不失一辞"，使文章主题和新观点、新思路更加突出、更加吸引人。

完善决策咨询工作体制和机制。提高决策咨询研究工作的质量和水平，不仅要抓好研究项目，也要重视营造良好的工作环境、条件和氛围。一要搞好管理和服务工作。完善决策咨询研究项目管理，加强源头引导，搭建合作交流平台，调动各方面参与决策咨询研究工作的积极性。要不断完善激励机制，实现决策咨询研究成果与绩效考评、职称评聘、职务晋升、经费资助、成果评选、出国进修等方面挂钩。要定期开展优秀决策咨询研究成果、优秀决策咨询研究人员评选活动，对作出突出贡献的单位和个人给予物质和精神奖励。努力推介优秀决策咨询研究成果。二要加强决策咨询研究队伍建设。不断充实力量，优化队伍结构，充分发挥教研人员参与决策咨询研究的积极性和潜力。构建决策咨询研究人才网络，通过聘请、兼职等多种方式，广纳国内外知名度高的研究人才，开展多种形式的决策咨询研究服务。三要形成良好的学风。发扬实事求是精神，鼓励独立思考，敢于讲真话。活跃研究工作氛围，提倡思想碰撞，集思广益。加强交流合作，发挥团队优势，多学科交叉互动，促进整体研究水平提高。

总之，我们决策咨询研究工作要树立责任意识、精品意识，坚持质量第一，精益求精，力求至善至美。这样，才能不断提高决策咨询研究的质量和水平，为党和人民的事业发展作出应有的贡献。

预防和应对危机的政府理财研究

——《应急财政：基于自然灾害的资金保障体系研究》*序言

（二〇一一年十一月）

预防和应对危机，始终贯穿于人类历史发展的进程。从一定意义上说，一部人类文明发展史，就是不断应对各种危机、战胜各种灾难的奋斗史。当今世界，由于全球气候变暖和各种极端天气，各类重大自然灾害频繁发生，突发事件增多。因此，深入开展应急管理研究具有重要的现实意义。

改革开放30多年特别是近些年来，我国应急管理工作取得了显著的成绩。主要表现在：应急管理思想理念不断明确，应急管理预案体系基本形成，应急管理机制不断完善，应急管理法治建设逐步健全，应急管理队伍体系已经形成，应急管理保障能力明显提升，应急管理知识普及得到加强，应对各种突发公共事件的动员能力、反应能力、处置能力和恢复重建能力有了明显提高。同时也要看到，我国应急管理方面还存在不少问题，还需要认真研究探索应急管理工作的规律，学习借鉴世界各国应急管理的成功做法和经验，以继续建立健全、深化完善有中国特色的应急管理体系。

作为我国应急管理体系建设的必要条件和重要前提之一，资金问题十分重要。从近几年发生的多次重大自然灾害的情况来看，财政资金做到了保障到位、调度及时，有力、有效地支持了救灾和灾后重建工作。但是，也暴露出一些问题，例如，中央和地方的职责范围不够明确、保险资金对灾后重建的支持力度不大，捐赠资金的管理和使用透明度不够等。这些需要进行深入、系统的研究。冯俏彬同志基于自然灾害和我国防灾减灾的角度，致力于加强我国应急管理体系的资金保障问题研究，是很有理论价值和实践意义的。

---

* 《应急财政：基于自然灾害的资金保障体系研究》，冯俏彬著，经济科学出版社2012年6月出版。本篇序言载于《财政研究》杂志2013年第1期。

在她多年研究的基础上，形成了《应急财政：基于自然灾害的资金保障体系研究》的新著。本书主要有以下几个重要特点：

一、**跨学科**。应急管理涉及方方面面，具有高度的综合性。冯俏彬长期从事财政理论与实践的研究，但在本书中没有局限于其专业限制，而是尝试突破，将研究的视角扩展到与应急管理密切相关的各类资金，从学术研究上看有明显的跨学科特点。

二、**探系统**。在我国当前和今后时期，财政资金是防灾减灾、应急抢险和灾后重建的主要支持力量。但是，如何引导银行信贷资金进入灾后重建，如何建设有中国特色、符合我国国情的巨灾保险体系，如何管好用好捐赠资金等，都值得深入思考和探索。冯俏彬在此书中对这几种资金都进行了比较系统和全面的研究。

三、**宽视野**。书中对相关的国际经验与做法进行了考察。比如，国外政府关于灾害管理的事权划分与财力配置、政府对受灾对象的救灾项目与标准，各国的地震保险制度、政策性金融管理和对民间组织的管理等，对开展我国应急管理的相关制度建设都有一定借鉴意义。

四、**重应用**。在对我国现状分析和对国外经验进行考察借鉴的基础上，本书进一步深入研究制度建设，对我国的应急财政资金管理的制度框架、巨灾保险模式、政策性金融以及捐赠资金管理等都进行了探讨，有一定的应用性和可操作性。

国家行政学院高度重视应急管理方面的工作，于 2010 年 4 月成立了应急管理培训中心，通过引进人才、开展各类培训活动、加强国际交流等，致力于提升我国的应急管理能力。冯俏彬作为国家行政学院首批博士后研究人员之一，将继续以应急财政为主要研究方向和主题。相信她能在基本完成对自然灾害方面资金问题研究的基础上，进一步扩大和深入研究视野，将事故灾难、公共卫生事件和社会安全事件等纳入研究范围，深入研究其中所涉及的资金问题，注重提出相关的制度建设与政策建议。期望冯俏彬再接再厉，百尺竿头更进一步，在应急管理领域研究取得更大的成绩。

努力提高人民幸福指数

——《"管"出幸福》*序言

（二〇一一年十一月）

　　我们党和国家在社会主义革命、建设和改革中，总是把维护人民群众的根本利益作为社会管理的出发点和落脚点，充分激发社会活力，不断增进人民福祉，满足人民群众日益增长的物质文化需求，获得了广大人民群众的一致拥护和支持。当前和今后一个时期，我国既处于发展的重要战略机遇期，又处于社会矛盾凸显期。社会管理领域问题不少，有些问题还相当突出，有些问题也将在较长时期内存在。面对日益复杂的形势和更加繁重的任务，以胡锦涛同志为总书记的党中央多次强调，要加快推进以改善民生为重点的社会建设，提高人民幸福指数，并对此作了明确部署。这是具有历史和世界眼光的重大决策，为我们加强和创新社会管理，妥善处理各种社会问题，应对各类社会风险，以推动经济社会持续健康发展，更好地保障和改善民生，促进社会公平正义，指明了前进的方向。

　　徐珂同志的著作《"管"出幸福》，是在深刻领会中央精神特别是胡锦涛同志重要讲话精神的基础上写成的，反映了广大人民群众的现实心声。该书的标题"'管'出幸福"，就是顺势而为，乘势而上，通过加强和创新社会管理，充分激发社会活力，提高人民幸福指数，实现不同历史时期人民追求幸福的目标。该书的前言部分运用历史与逻辑相统一的方法，以社会主义革命、建设和改革的宏伟历程为背景，证明了这样一条颠扑不破的真理：只有中国共产党才能领导全国各族人民完成历史任务，真正实现人民幸福，而只有真心为人民谋幸福，才能得到人民的真正拥护和爱戴，从而指明了"管"出幸福的领导力量和源泉动力。该书第一部分从个体、社会、国际三个不同视角，论述了"管"出幸福的必要性、重要性和紧迫性，回答了"管"出幸福的意

* 《"管"出幸福》，徐珂著，新华出版社 2012 年 1 月出版。

义和动因。第二部分从幸福、社会管理、"管"出幸福本身三个不同角度，阐释了"管"出幸福的内涵。第三部分从借鉴国外经验、社会体制改革、社会管理基础建设、社会精神文化创新四个不同方面，提出了"管"出幸福的措施和方法。因此，《"管"出幸福》是对中央提出让人民过上幸福生活的一个理论注脚和一次普及宣传，对于广大干部群众更好地理解和贯彻中央的战略部署，具有一定的辅助作用。

徐珂同志的《"管"出幸福》一书，围绕加强和创新社会管理，提高人民幸福指数这一主题，用 10 章 40 个小标题的篇幅，探索了为什么能"管"出幸福，"管"出幸福意味着什么，如何"管"出幸福等一系列重大理论和现实问题，主题重大，内容丰富，现实针对性强。该书从国际国内历史和现实情况出发，以马克思列宁主义、毛泽东思想和中国特色社会主义理论体系为指导，按照科学发展观的要求，论述"管"出幸福的一系列问题，内容沉稳大气，观点辩证犀利，创新性强。比如，提出在维护中央权威的前提下，平衡和界定"管"出幸福的多元主体权力，使之相互制约；提出不能简单地弱化、取缔或强化某种手段，而是科学界定"管"出幸福多元手段各自的适用范围，使之在合理合法的范围内运用；提出实现善治是我国"管"出幸福的基础价值取向，实现好、维护好、发展好人民根本利益是"管"出幸福的核心价值取向，维护社会公正是"管"出幸福的根本价值取向，实现社会和谐进步是"管"出幸福的目标价值取向；提出协调培育个人心理和社会心理，进而构建与时俱进的科学理论体系，打造健康向上的社会精神文化，是"管"出幸福的必然要求；提出要积极稳妥推进社会管理体制改革，优化权力配置、维护中央和各级党政权威，激发社会活力、不断提升社会创造力，协调利益关系、增进人民团结和睦，维护社会秩序、保持社会和谐稳定；等等。该书对于我们党和国家在新形势下更好地推动社会建设，加强和创新社会管理，增进人民福祉，会起到一定的参谋咨询作用。

徐珂同志已出版的专著《政府执行力》，被网上评为"对当今中国政府甚至是社会分析最透彻的著作"；在《"管"出幸福》中，他继续沿用这一风格，把自己在行政体制改革、经济政治社会文化等方面的政策研究，以及政府决策咨询等方面的多年经验进行了提炼，既有历史的沧桑感、责任感和使命感，又有现实的忧患意识、乐观情怀和决心信心，还有对未来的美好憧憬和必胜信念。该书不流于抽象的理论演绎，而是在占有大量材料的基础上，选取生动鲜活的事例、案例加以深入浅出的剖析，既有学术理论的深度和广度，又能通俗易懂，使人读来既饶有兴趣，又从中获得许多启迪，是一部难得的佳作。

我愿将此书推荐给广大读者，以启迪思路，凝聚力量，奋力投身于中国特色社会主义宏伟事业，积极贡献自己的智慧和力量，为不断增进人民福祉而不懈奋斗！

加强干部教育培训内容和方式创新

——《推进主体功能区建设》*序言

（二○一一年十一月）

  干部教育培训是建设高素质干部队伍的先导性、基础性、战略性工程，是加强党的执政能力建设和先进性建设的重要途径，是推动科学发展、促进社会和谐的重要保证，在建设和发展中国特色社会主义事业中具有不可替代的地位和作用。党中央高度重视干部教育培训工作包括教材体系建设，2006年颁发了《干部教育培训工作条例（试行）》，2010年又颁布了《2010—2020年干部教育培训改革纲要》（以下简称《纲要》）。这两个重要的纲领性文件都对加强干部教育培训教材建设作出明确规定。《纲要》要求，加强干部教育培训内容和方式创新，加强干部教育培训学科、课程和教材体系建设，打造品牌培训项目，实施精品课程和精品教材工程。

  国家行政学院是我国高中级公务员教育培训的主阵地，是社会科学研究特别是公共行政领域和政府管理创新研究的重要基地，是中央决策的重要思想库。国家行政学院自成立以来，坚持围绕中心、服务大局，每年围绕党和政府中心工作和重点任务，举办数期省部级领导干部专题研讨班。这些班次学制一般在10天左右，培训方式突出学员的主体地位和研讨特色，综合运用专题讲授、案例教学、经验介绍、学员论坛、分组研讨、全班交流、现场教学等多种培训方法，参与授课的大多是中央国家机关业务主管部门的负责同志和该领域的知名专家学者。尤其重要的是，几乎每一期班都会邀请党中央或国务院分管领导同志出席研讨班的结业式或学员座谈会，听取学员的学习成果汇报并作重要讲话。这样，围绕研讨班的主题，既有主管部门负责同志对政策的权威解读、对形势的分析和判断、对工作的安排和要求，又有专家学者对基本理论、基本知识的传授，对国内外经验的介绍；既有政策和理论

---

* 《推进主体功能区建设》，国家行政学院进修部编，国家行政学院出版社2011年12月第1版。

的学习，又有对现实问题的深入剖析和工作经验的广泛交流；既有课堂的学习，又有实地考察；既有教师与学员的互动，又有学员之间的交流。党中央、国务院领导同志在听取学员汇报后所作的重要讲话，是中央方针政策和决策部署的权威阐释，有很强的针对性、政策性和指导性，对推动相关领域的工作有重要的指导意义。学员围绕办班主题，研讨实际工作中亟待解决的重点、难点问题，提出很多有价值的政策建议，我们在办班后都认真归纳整理，向党中央、国务院报告，有的提供给有关部门作参考。这些研讨成果得到党中央、国务院领导的高度重视，很多报告得到领导的批示，在实际工作中发挥了重要的决策咨询作用。国家行政学院举办的省部级领导干部专题研讨班得到党中央、国务院领导的充分肯定，得到中央教育培训主管部门和合作办班单位的高度评价，得到广大学员的褒扬赞许。可以说，省部级领导干部专题研讨班已经成为国家行政学院的重要品牌班次，彰显了国家行政学院教学培训、科学研究、决策咨询三位一体的办学格局特色。

研讨班讨论的专题都是党和国家工作中的重点任务。要推进这些工作，必须进行更大范围和更大规模的干部培训。为充分发挥省部级领导干部专题研讨班的辐射和带动作用，扩大培训成果，从今年起，承担办班任务的国家行政学院进修部选择部分班次，由该班专职班主任对有关培训资料进行编辑和整理，汇编成册，包括党中央、国务院领导的讲话、授课讲稿、学员研讨意见和建议、总结报告等，部分教学活动配备音像资料，以供更多人员阅读参考，也可作为相关培训班的辅助教材。本书为省部级领导干部推进主体功能区建设专题研讨班成果的结集。我相信，这套省部级领导干部研讨班成果系列丛书的陆续出版，一定会在干部教育培训中发挥更大的作用。

重视预期理论在宏观经济中的作用

——《预期理论在宏观经济中的应用》*序言

（二〇一二年二月）

宏观经济的运行同微观经济活动一样，很难摆脱人们预期的作用和影响。预期普遍地存在于宏观经济运行中。它是人们对未来经济变量变化趋势的主观判断和估计。预期的正确引导对于防止宏观经济的剧烈波动，保持国民经济持续、快速、健康发展有着非常重要的作用。

预期理论在宏观经济中的应用，是指在宏观经济中预期是如何产生、发展和起作用的。预期理论包括静态预期、外推型预期、适应性预期、理性预期和孔明预期等，此外，还有黏性预期理论、准理性预期理论或亚理性预期理论等分支。这些预期理论在人们的经济活动尤其在宏观经济运行中产生不同程度的作用。预期影响着人们的投资、消费、储蓄和进出口行为。所有重要的宏观经济决策，实质上都包含着对未来不确定性结果的预期。由投资、消费、储蓄和进出口构成的社会总供求变化中无不受预期的作用和影响。政府制定和实施宏观经济政策时不得不考虑人们对之进行的预期如何变化。如果政府对预期引导得当，宏观经济政策的实施效果是很明显的。反之，宏观调控的效率则是很低的，有时甚至是无效的。例如，有预期作用和影响的 LS 曲线会比没有预期作用和影响的 LS 曲线要陡峭得多。如果没有预期的作用和影响而使 LS 曲线较平坦，那么，政府较小的宏观经济政策调整都会产生较大的实施效应。现在，几乎每一个国家在进行宏观调控时都不得不考虑到预期的作用和影响。理性预期在经济理论中的应用，使之不仅只是作为一种经济理论本身，而更重要的是作为一种方法论渗透到微观经济学和宏观经济学的各个领域。到目前为止，我们已经很难找到未受预期方法影响的经济思想领域和经济活动了。

---

*　《预期理论在宏观经济中的应用》，江世银著，人民出版社 2012 年 2 月出版。

不少西方经济学家认为,预期理论是20世纪80年代的宏观经济学理论。虽然国内外早就对宏观经济中的预期理论与预期问题有研究并取得了较为丰硕的成果,但从其对预期理论在宏观经济中的应用的研究来看,有两点是肯定的。第一,没有一本像这样系统地研究各种预期理论与预期问题的专著。虽然有的研究成果十分完善如理性预期在宏观经济中的应用,但大量的非理性预期在宏观经济中的应用涉及较少。不仅如此,他们几乎都是将预期作为影响宏观经济运行的一个方面或一个部分,但对预期理论在宏观经济中的地位和作用缺乏科学地分析。要么夸大了它的作用,要么忽视了它的作用。第二,多半都是结合理性预期而进行宏观经济分析的。事实上,在宏观经济中,除了理性预期外,还存在大量的非理性预期如适应性预期、准理性预期、亚理性预期和黏性预期等。此外,孔明预期也是一个不能忽视的方面。这些不同的预期理论在宏观经济中都有不同的应用。可以说,学术界对此的探索大多针对在通货膨胀时期人们形成的通货膨胀预期入手,而对通货紧缩时期的通货紧缩预期考察较少。凯恩斯进行了投资预期与消费预期的分析,却没有明确阐述未来的预期对现时消费的影响。对就业预期与失业预期、收支预期的分析,在理论界还基本上是空白。然而,现代宏观经济运行中的就业预期与失业预期、收支预期正发挥着越来越大的作用。这在客观上非常需要进行理论分析和应用研究,使人们能更好地进行预期,从而有利于经济的持续、快速、健康发展。

研究预期理论及其应用,犹如有的经济学家所说的,既是一个吸引人的课题,又是一个折磨人的课题。它吸引人,是说预期可以同许多经济变量相结合,有各种不同的表现、特点和影响。预期理论在宏观经济中有广泛的应用。它折磨人,是说预期理论在西方较为成熟,在国内尚无定论,预期涉及许多高深的数学知识,没有深厚的数学功底,就很难理解透彻。正是如此,预期作为一种心理活动,不能直接进行测量,这只有借助于一些经济变量间接地测量预期作用的大小。尽管预期理论与预期问题探索折磨人,但潜心进行研究的中共四川省委党校二级教授江世银博士不仅发表了30多篇有关预期理论及其应用的学术论文,而且出版了《中国资本市场预期》(商务印书馆2005年)、《预期理论史考察——从理性预期到孔明预期》(经济科学出版社2008年)、《预期作用于金融宏观调控的效率》(中国金融出版社2010年)和《预期理论在宏观经济中的应用》(人民出版社2012年)四部个人专著。这已引起学界同行的关注。

研究预期理论在宏观经济中的应用，也可以说是考察宏观经济模型中经济理论处理预期形成的方式，并引申出随之而表现的宏观经济政策含义。宏观经济理论所需要的正是能够使预期内生于模型变化而随之进行调整的模型构建方法。通过构建宏观经济中的预期模型，我们可以更清楚地知道预期是如何在宏观经济中得到应用的。由于预期广泛地存在于宏观经济运行中，加之它的复杂性，研究预期理论在宏观经济中的广泛应用，其内容十分丰富。本书进行的创新性研究主要表现在：第一，它将各种不同的预期理论应用于宏观经济中，已大大超出了新古典宏观经济学的最新认识。虽然新古典宏观经济学在上个世纪已经达到了预期理论的最高峰，但是，由于内外经济环境和条件的变化，预期也在不断地变化。本书较为详细地论述了静态预期理论、外推型预期理论、适应性预期理论、理性预期理论和孔明预期理论，并对这些理论在宏观经济中的应用进行了较为系统的探索。虽然这种探索还是初步的，但它毕竟是开创性的，由此获得了不少新的认识。第二，这是到目前为止唯一较为完整地研究预期理论在宏观经济中应用的著作。本书较为深入地分析了宏观经济运行中客观存在的各种不同的预期。在借鉴国内外最新成果的基础上，本书完善了通货膨胀与通货紧缩的适应性预期模型、理性预期模型、粘性预期模型并建立了孔明预期模型。此外，本书还丰富了准理性预期理论、亚理性预期理论并建立了相应的数学模型。这是作者长期以来对预期理论与预期问题研究的一个总结。第三，它进一步阐述了孔明预期理论并对孔明预期理论在宏观经济中的应用进行了深入分析。尽管还有诸多不足，但仍不失为对预期理论的一大贡献。

预期理论在宏观经济中的广泛应用，除了书中提到的静态预期理论、外推型预期理论、适应性预期理论、理性预期理论、准理性预期理论、亚理性预期理论、黏性预期理论和孔明预期理论等预期理论外，或许还有其他预期理论；除了本书所分析的投资预期、消费预期、通货膨胀预期与通货紧缩预期、失业预期与就业预期、收入预期与支出预期外，或许还有更多的应用。这样，更多的预期理论在宏观经济中的应用有待人们今后去思考和探索。

中国经济学的创新发展任重道远

——《中国财富分配的革命》[*]序言

（二〇一二年五月）

作为张茉楠博士的博士后导师，我欣然命笔第二次为她的书作序。2009年6月由人民出版社出版的《创业型经济论》，作为国内第一本系统阐述创业型经济基础理论和发展模式的专著，在经济界获得了广泛的好评。《中国财富分配的革命》这本书是张茉楠最近两年的心血之作，我相信它同样会在她成长的道路上留下深深的印迹。

2008年爆发、至今尚未结束的全球金融危机，给当今世界经济带来的冲击是前所未有的。在经济理论、政策和实践上，很少有经验可以遵循，这就给世界经济，特别给处于大开放、大变革之中的中国经济带来了更为严峻的挑战，而这也恰恰为经济学者提供了一个研究理论、施展才华的舞台。

张茉楠在这次金融危机和债务危机的初始，就准确、超前地预测、预判了危机的性质、演变、发展及未来走向，并被事实所印证。

《中国财富分配的革命》一书，对国际金融体系、美国债务本位制和美欧中产阶级沉沦等诸多热点问题都作了深入分析，从而以一个全新的角度揭示了本次全球性危机——无论是美国次贷危机，还是欧债危机，在很大程度上都与财富分配失衡相关。事实上，谈到失衡，不仅表现为部分国家储蓄与消费失衡、贸易收支失衡，更表现为世界财富分配的失衡。财富分配失衡才是一切危机之根源。当前经济学家们一直在过分强调全球储蓄与消费失衡，但却忽视了这一表象背后更深层的失衡问题——世界财富分配失衡。其实，从某种程度上说，管理财富比创造财富更为重要。

在对金融危机以来各国政府和央行应对危机的政策梳理之后，张茉楠指出：用赤字财政和货币扩张来创造有效需求的方式并非完全有效，这种刺激

---

* 《中国财富分配的革命》，张茉楠著，电子工业出版社 2012 年 6 月出版。

之于全球失衡以及根植于各经济体内多年"顽疾"的应对效果十分有限。当前全球开始步入"还债期",发达国家要还"高福利债",新兴经济体要付出"高投资"的代价(尽管目前金砖国家还能支撑较高水平增长,但已经难以持续),这是以往30年经济透支后的"大调整"。随着这个"大调整"时期的到来,全球经济会不断经历大大小小的"震荡",有的甚至会演变为新的危机。解决危机从来就没有"速效药",各国需要的不是一次又一次的政策刺激,而是一场漫长且异常痛苦的经济结构重建。

2010年中国人均GDP已经达到4400多美元,正迈向"中等收入国家"行列。在谈到"中等收入陷阱"风险时,张茉楠认为,关键是通过产业升级、技术升级和消费升级铸造跨越"中等收入陷阱"的价值链,才能摆脱低水平徘徊,只有推动社会转型才能更有成效地推动经济转型。

近些年来,研究人民币国际化问题的文章汗牛充栋,但没有人能一针见血地指出:国际货币体系实质上是美元霸权主导下的国际分工格局和国际利益格局的划分体系。人民币汇率问题的根本不在于自由化,而在于定价权和主导权问题。只有人民币在全球贸易结算和计价中的占比大大提高,才能保证人民币在全球范围内可持续增长的需求,才能真正建立人民币国际化稳固而坚实的物质基础,才能与中国高度发展的经济相匹配。

在创新思维的统领下,张茉楠跨学科、跨领域地融合了微观经济学、宏观经济学、国际经济学、制度经济学、政治经济学等多元理论,通过数理统计和广泛调研,以独特的视角去剖析矛盾,揭示现实。很多研究报告及政策建议得到了国家领导人和相关部门的重视和批示,并获得采纳。特别是在《中国改革开放丛书(1978—2008):理论篇》收录的"国际资本流动背景下中国资本开放的挑战和转型"一文中提出的"中国要从商品输出走向资本输出、从资本积聚到资本辐射"的战略构想;2009年提出的从"藏汇于国"到"藏汇于民";2010年提出的要让"资本回归实体"、让"金融回归实体"的观点主张,都在国家后续宏观政策实践中得以体现,真正践行着一个经济学者"经世济民"的理想。

在整个全球危机的演变过程中,张茉楠密切跟踪研判世界和中国经济形势与难点问题。有些新观点都由其首次提出,并被媒体及受众聚焦,不少文章被海内外媒体广泛转载。她的论点和文章让世界了解了中国,也让中国了解了世界,增强了中国经济与世界经济发展的沟通和互动。其发出的"人民币应跳出被动应对模式"、"到底是谁在操纵汇率"、"必须全面看待中美经济失衡"等声音，也受到了美国政府的关注。这本《中国财富分配的革命》一书中，张茉楠用朴实的文字，对繁杂的经济问题深入浅出，娓娓道来，相信很多人愿意花时间去读它，也定会从中受益。

事实上，每次世界重大经济危机的来临都预示着经济学革命的展开。当前，全球经济正在经历着一场深刻的变革，不仅面临着重大的经济结构转型，也面临着经济理论创新和政策创新。这是经济学家大有作为的时代，这是一个造就经济学大家的时代，这是一个最大程度发挥经济学家作用的时代。在中国由大国走向强国的历史进程中，中国经济学的创新发展既紧迫又任重道远。我希望张茉楠博士在探讨经济学理论的实践中不断耕耘，为创新和完善中国经济学理论体系添砖加瓦。

渤海海峡跨海通道研究的新成果

——《渤海海峡跨海通道建设与蓝色经济发展》*序言

（二〇一二年八月）

2011 年 1 月 4 日，国务院批复《山东半岛蓝色经济区发展规划》（国函〔2011〕1 号），这是山东省在"十二五"规划开局之年第一个获批的国家发展战略，也是我国第一个以海洋经济为主题的区域发展战略。这一规划明确要求"开展渤海海峡跨海通道研究工作"，这标志着建设渤海海峡跨海通道首次被纳入了国家战略。与此同时，渤海海峡跨海通道研究相继被列入山东省、辽宁省国民经济和社会发展的第十二个五年规划中。这个重要决策，距离 1992 年渤海海峡跨海通道设想的最初提出，已经有 20 个年头。

时光飞逝，白驹过隙。20 年前，我还在原国家计委任副秘书长，应课题组全体同志之邀，担任渤海海峡跨海通道研究课题组组长。那时，没有几个人知道渤海海峡跨海通道是怎么回事，它为什么提出，它的目的何在，它的用途几何。而时至今日，这一工程赫然进入国家决策和地方发展规划，举国瞩目，人尽皆知。20 年来，不知经过多少风风雨雨、世事变迁，许许多多事情渐行渐远、了无痕迹，但关于课题研究的起伏开阖却始终刻骨铭心、难以忘怀。不久前，课题组几个主要成员相聚一起，谈起一些往事，令人唏嘘不已。

最初接触这一研究课题时，让我感到惊讶的是，这一旷世设想竟然是烟台市政府办公室的几位名不见经传的年轻人提出的，在地方工作而能提出带有国家发展全局性的重大战略课题着实难能可贵。而其中起决定作用的几个人 20 年来不顾某些人的无端指责、一些人的飞短流长，甘坐冷板凳，苦心孤诣、埋头研究，从 20 多岁风华正茂的青年到年过半百、两鬓斑白的中老年，可谓矢志不渝、皓首穷经。正是他们的执着和投入精神深深影响了我。20

---

* 《渤海海峡跨海通道建设与蓝色经济发展》，刘良忠、柳新华著，经济科学出版社 2012 年 8 月出版。

年来，我的工作虽然几经变动，从国家计委到中央财经领导小组办公室，到国务院研究室，再到现在的国家行政学院，但始终对这一重大课题研究不离不弃，坚持与课题组一起不断推进研究工作。能够主持这样一项利国利民的重大课题，在我心里始终有一份人民幸福、国家富强、民族振兴的使命感、责任感和紧迫感，使我欲罢不能，欲止难休。课题组的几位核心成员，20年来工作单位、工作岗位也在不断变化。戴桂英同志从最初的国家计委政策研究室到国务院西部开发办公室、到国家发改委西部开发司，再到中国西部人才开发基金会工作；柳新华同志从烟台市政府办公室到高等院校工作；宋长虹同志由烟台市政府办公室到烟台市政府法治办公室，再到烟台市政协工作。这几位同志也都和我一样，工作单位改变了，信念没有变，而且越来越坚定了；工作岗位变动了，调研没有停，而且越来越深入。特别是柳新华同志到鲁东大学工作以后，尽管担任行政领导职务，但仍在繁忙的公务之余，千方百计挤出时间，以极大的热情投入研究工作中去，并在鲁东大学创立了环渤海发展研究院，为课题研究搭建起扎实有效的工作机制和依托平台，凝聚了一批倾注这一课题研究的专家学者，诸如孙峰华、刘良忠、宋克志、李世秦、吴爱华、魏一、孙海燕、刘婧等人，近年不断推出创新性的研究成果。课题组成员的所作所为印证了两句话：只有持之以恒才有可能达到预想的目标；每走一步都迈向一个终究要达到的目标，每一步都有价值。

有一次特殊经历，使我终生难忘。那是2000年8月，为了考察渤海海峡跨海通道线路的设想方案，我和课题组的十几位同志商定先赴蓬莱市，再由蓬莱市经长岛县到大连市旅顺口区进行实地考察，然后在旅顺召开课题组工作会议。8月1日课题组成员在蓬莱集中后，考察了最先论证中的跨海通道入海口——蓬莱市抹直口，当时风和日丽、风平浪静，从蓬莱阁北望黄渤海交界处，但见海不扬波、海天一色，令人心旷神怡。次日乘船顺利进入长岛县，考察了长岛县的主岛南长山岛和北长山岛，之后中午用餐，再次登船准备向大连旅顺方向进发，登船时稍有风浪，大家毫不在意，不时欢歌笑语。随着船向深海驶去，风浪越来越大，开到长岛通往旅顺的必经海路大风口时，海风呼啸、大浪滔天，茫茫大海上，偌大的一艘船就像一片树叶在海中飘摇，开始个别人出现晕船反应，随着时间的延长和风浪的加大，绝大多数同志被颠簸得坐卧不宁、呕吐不止、面如土灰。考察无法继续进行，只好将船就近停泊位于渤海海峡中间的砣矶岛避风，盼望风停后再继续北上旅顺。哪知登上砣矶岛，大风一刮就是三天，十几个人面对大海真正是前进不得，后退无路。而当地干部群众对我们讲，这种情况在渤海海峡并非罕见，有时会被风浪困在岛上半个多月动弹不得，直至菜尽粮绝。我们只得将原本要到旅顺召开的课题组会议，临时改在砣矶岛举行了。此时北京来电，催我回京参加重要会议，这可如何是好？正在束手无策之际，老天开眼，大风在刮了三天后终于停了下来。但此时已经没有北上旅顺的时间了，我们一行只好乘船由砣矶岛返回蓬莱转乘飞机再返北京及各地，匆忙中结束了这次半途而废的"跨海之旅"。曾提出"伏贴式"隧道方案的海军工程设计研究院的何益寿同志半开玩笑、半认真地说，回去后一定加紧推进研究，早日建好跨海通道，下次再来就不怕大风大浪了。而今，11年过去了，何益寿同志却于2007年6月溘然长逝，留下未酬的壮志，令人痛心不已。这件事使大家认识到，做任何事情不会总是一帆风顺的，必然有风浪、有曲折、有风险，就看能不能控制它、征服它、战胜它，不经历风雨，怎么能见到彩虹？渤海海峡跨海通道这样的跨世纪工程，从论证到实施只能是一条漫漫长路，没有一种奉献精神和坚韧不拔的毅力是走不到底的。

近几年，渤海海峡跨海通道研究成果引起中央领导及社会各方关注，相继被纳入国家战略规划和有关省市发展规划，这一方面是渤海海峡跨海通道课题组全体研究人员二十年如一日持续不断研究的结果，也是各级领导高度重视的结果，是国内外社会各界热切关注的结果。20年来，党和国家领导人对研究工作多次作出重要批示。特别是在2008年底，国务院领导同志再次批示，要求国家有关部门加强该项目的研究。根据国务院领导同志的意见，国家发改委、交通运输部、铁道部等部委以及辽宁省、山东省、大连市、烟台市成立了渤海海峡跨海通道研究协调小组，同时，由国家发改委、交通运输部、铁道部所属规划设计单位以及有关高等院校科研机构成立了渤海海峡跨海通道战略规划研究小组，协调制订渤海海峡跨海通道战略规划方案。近年来，国家发改委、山东省、辽宁省、山东省发改委、大连市委、青岛市政协、大连市政协、烟台市等各级领导或作出批示，或通过全国人大、政协会议提交议案或提案，积极推动渤海海峡跨海通道研究工作纵深展开。中宣部全国哲学社会科学基金规划办公室、科技部、山东省政府、山东省发改委、烟台市政府等党政部门将渤海海峡跨海通道课题立项为特别委托项目、科技攻关项目和地方研究重大项目予以支持。国内许多专家学者不仅积极参与研究工作，而且多方呼吁帮助。中国科学院院士、中国工程院院士陆大道、李坪、钱七虎、王梦恕等人不仅亲自动手研究有关重大问题，而且对课题研究给予精心指导，并积极推动研究成果进入国家决策。众人拾柴火焰高。没有这么多各级领导的关心和支持，没有这么多有识之士的积极参与和热情帮助，很难想象渤海海峡跨海通道研究能够走到今天，能够取得如此令人瞩目的成果。

又是一年金秋至，又是一年硕果丰。当神州涌动蓝色经济大潮之时，渤海海峡跨海通道研究又一新的成果结集出版面世，为波澜壮阔的蓝色潮头助风增力。课题组将研究文集取名为《渤海海峡跨海通道建设与蓝色经济发展》，顾名思义，既是与研究蓝色经济发展密切相关的渤海海峡跨海通道研究的新论证、新思路、新建议，为山东半岛蓝色经济区跨区域重大基础设施和国内海洋经济地区发展探索道路、拓展领域，又是面向蓝色经济发展和蓝色经济区建设的独特研究视角的结晶，是渤海海峡跨海通道系列研究的最新成果之一。这是课题组研究人员继《渤海海峡跨海通道研究》、《世界跨海通道比较研究》、《渤海海峡跨海通道若干重大问题研究》、《渤海海峡跨海通道对环渤海经济发展及振兴东北老工业基地的影响研究》等专著之后推出的第五部专著。可以相信，此书的问世，不仅可以为山东省各级党委和政府建设山东半岛蓝色经济区决策提供新的依据，发挥很好的智力支持作用，而且必将对渤海海峡跨海通道研究与建设产生积极而深远的影响。

一位哲人讲过，一个人若是没有热情，他将一事无成，而热情的基点正是责任感。责任感常常会纠正人的狭隘性，当我们徘徊于迷途的时候，它会成为可靠的向导。面对国内外飞速发展的新形势、新任务、新要求，渤海海峡跨海通道研究下一步将何去何从？有哪些关键领域应该进一步实现重点突破？有哪些重大问题没有涉及或必须引起重视？还有哪些宏观和微观层面仍需深入探讨和研究？这些都是课题组成员以及各有关单位的重大责任和需要深入思考研究的诸多问题。我期待着课题组成员能够继续执着深入研究下去，期待国家以及山东、辽宁两省的相关研究机构全面展开工作，期待各级领导、社会各界继续关注支持这一研究，同时，也期待有更多的有识之士投身其中，用我们的智慧和汗水，加快推进21世纪这一特别重大工程的研究，为实现国家现代化和中华民族的伟大复兴贡献力量！

为深化行政体制改革提供智力支持

——"中外政府管理比较丛书"*总序

（二〇一二年十二月）

"中外政府管理比较丛书"经过作者们的长期学术积累和勤奋努力，今天和读者见面了。这是一项重要的研究成果，值得称道和庆贺。

邓小平曾经指出："社会主义要赢得与资本主义相比较的优势，就必须大胆吸收和借鉴人类社会创造的一切文明成果，吸收和借鉴当今世界各国包括资本主义发达国家的一切反映现代社会化生产规律的先进经营方式、管理方法。"（《邓小平文选》第三卷第 373 页）该丛书以中外政府管理的视角，从比较中精选，从实践中探求规律，为提高我国政府管理水平提供智力支持。这无疑是行政理论研究者的一项重要任务。

该丛书具有以下优点和特点：

第一，视野开阔，资料新颖。该丛书放眼世界，追踪研究外国尤其是发达国家的新做法、新动向、新趋势，研究吸收外国政府管理的文明成果，为我国加强和创新政府管理提供有益启示。

第二，探索规律，着眼未来。该丛书研究政府管理一般规律，致力于解决面临的共同矛盾和问题，体现前沿性、前瞻性，既服务于现实问题的解决，又放眼于未来的发展。

第三，简明生动，可读性强。该丛书文字简明，通俗易懂，突出典型案例，突出量化数据，以增强可读性、可信度和说服力。

该丛书选题符合国家行政学院的性质与任务，对促进教学、科研、咨询三位一体的全面发展，建设国际一流行政学院，将会发挥积极作用。

---

* "中外政府管理比较丛书"，徐鸿武、张占斌编，国家行政学院出版社 2012 年 12 月出版。

中外政府管理内容十分广泛，此次出版内容仅是这一重大课题研究成果的一部分，也仅是一个阶段性成果。希望作者以坚强的毅力把这方面研究继续下去，以期取得更好更多的成果，为深化我国行政体制改革、建设现代化政府作出更大的贡献。

大力加强公共服务建设

——《中国公共服务年鉴（2012）》*序言

（二〇一三年一月）

经过国家行政学院多位学者的积极努力，《中国公共服务年鉴（2012）》（简称《年鉴》），现在出版面世了。这是推动公共行政科学发展的重要研究成果，值得称道和祝贺。

"鉴"字在古汉语中作审察解，如鉴定、鉴别、引以为鉴等。宋代司马光主编《资治通鉴》，意为"鉴于往事，有资于治道"，即治理国家的历史借鉴。此书规模宏大，共 294 卷，编纂历时 19 年。在马克思主义思想史上也曾有过年鉴先例，马克思在 1843—1844 年间，曾创刊《德法年鉴》，对既存政治制度进行无情批判，为无产阶级革命斗争指明方向。

党的十八大报告指出，要大力加强公共服务建设。本《年鉴》的重要意义在于：以国家法律法规和政策文件为依据，以权威统计数据和典型案例为标志，展现我国 2011 年度公共服务取得的伟大成就和历史进程。本《年鉴》的主要特点是：

第一，综合性。 本《年鉴》不同于某一部门的年鉴，而是力求覆盖公共服务的有关部门，其内容主要包括七个部分：教育、医疗卫生、收入分配、社会保障、公共文化、公共安全、环境保护等，以此较为全面地反映公共服务领域的发展概况和发展过程。

第二，权威性。 本《年鉴》有国家法律法规和相关政策措施。书中所引用数据和典型案例都由政府有关部门发布或提供。

第三，学术性。 本《年鉴》有公共服务领域的国际比较（包括主要发达

---

* 《中国公共服务年鉴（2012）》，徐鸿武、孙晓莉著，国家行政学院出版社 2013 年 1 月出版。

国家和部分发展中国家），有重要学术观点摘编。这些内容增强了《年鉴》的学术内涵。

毋庸讳言，本期《年鉴》（2012）是创刊号，可能不少方面还不够成熟，不足之处在所难免。诚望专家和读者批评指正，以期逐年提高和完善。

加强社会预期管理研究意义重大

——《社会预期管理论》*序言

（二〇一三年三月）

　　当今世界各国的经济社会发展越来越表明，人类社会正在经历空前广泛和深刻的大变革和大变动时期。在这个时期，社会管理显得越来越重要。伴随加强和创新社会管理的需要，社会预期管理正越来越受到社会各界的高度关注。社会预期是社会主体基于一定的社会利益对社会变化趋势的看法、判断或估计。有时，社会预期不利于社会的良性运行和协调发展。这就需要进行社会预期管理。社会预期管理是社会管理部门利用所掌握的各种工具对公众的社会预期形成和变化进行引导和调节的过程。进行社会预期管理研究不仅具有重大的理论意义，而且也具有重大的现实意义。它可以丰富社会管理理论和预期理论，对更好地进行社会管理具有重要的参考价值和现实指导性。在实践中产生和发展的社会预期管理理论本身就拓展了社会管理理论和预期理论空间，进行社会预期引导和调节本身就是一种实践。近年来，江世银教授在预期理论与预期问题研究的基础上将预期引入社会管理研究中，这是一种重大创新。这本专著《社会预期管理论》是江世银教授在所完成的国家社科基金西部项目《在创新社会管理中加强社会预期管理研究》基础上修改而成的。

　　预期从心理学中引进到经济学中，预期理论大大向前发展了，罗伯特·卢卡斯和托马斯·J.萨金特两位经济学大师获得了诺贝尔经济学奖。预期从经济学中引进到社会管理中，其理论又大大向前发展了。社会预期管理研究具有重要的学术价值。它已引起学术界的关注，并拓宽了学术研究领域，社会预期管理研究更具有综合性的特征。不仅如此，它还引起了学术界的争鸣，如社会预期管理有无用处和有多大的用处，社会预期在社会管理中的地

---

* 《社会预期管理论》，江世银著，中国社会科学出版社 2013 年 3 月出版。

位与作用如何，如何进行社会预期管理，如何处理好传统社会管理与进行社会预期管理的关系等等。可见，《社会预期管理论》具有重要的学术价值。

社会预期管理研究还具有重要的应用价值。任何社会决策和社会管理特别是现代社会管理要想做到现实可行和有预见性，就必须详尽、准确地了解社会预期，从而在此基础上作出顺乎民意、合乎现实的正确决策或管理来。要了解社会预期，就必须研究社会预期，进而为社会预期管理提供科学的依据。本书的研究价值正是如此。它可以应用于社会预期管理，特别是指导社会预期管理实践。创新社会管理，需要进行社会预期管理。在创新社会管理中进行这方面的研究可以引起有关社会管理部门对社会预期引导的重视。有时，社会预期引导比采取强有力的"管控卡压"措施更重要。"管控卡压"只能解决暂时的问题，不能从根本上消除引起社会不稳定的因素，是治标不治本的管理。进行社会预期管理研究，可以更好地指导社会管理实践。在社会管理中，在预期形成前管理者需要为社会预期管理做好准备。在社会预期形成过程中，往往是公众对将要实施的政策变化形成预期，于是，政府对公众所可能作出的预期进行预期，从而引导公众顺应社会管理政策的预期并弱化其相逆的预期。在预期形成后确保公众的正面预期是在社会管理目标达到后的社会预期管理。可见，《社会预期管理论》具有重要的应用价值。

——**可以创新社会管理理论**。社会管理理论是随着社会管理实践的产生而产生的，并随着社会管理的创新而不断地得到丰富和发展。传统的社会管理主要进行的是一种硬管理，采取软管理的心理预期引导和调节则很少。现代的社会管理主要进行的是一种软管理，采取硬管理的办法和措施越来越少。现代的社会软管理正在取代传统的社会硬管理。创新社会管理非常需要加强社会预期引导和调节。通过社会预期引导和调节实践，大大丰富了社会管理理论。

——**可以丰富预期理论**。随着社会实践的发展，预期被引入社会管理中，变成社会预期理论而得到了丰富和发展。在本书中所总结出的社会管理中的社会预期管理理论和方法，是对预期理论和方法的丰富和发展。丰富和发展预期理论就需要进行社会预期管理，从社会管理中总结出经验教训，由此上升到理论高度。本书所进行的社会预期管理研究不仅为实际工作部门提供了一个社会预期管理框架，而且为国内外社会管理科学带来了新的理论素材。进行社会预期管理研究是丰富和发展预期理论的需要。越进行社会预期管理，预期理论越得到丰富和发展。

——**可以指导社会管理实践。**《社会预期管理论》对于社会管理实践具有很强的现实指导性。书中所提出的在社会管理实践中，在预期形成前管理者需要为社会预期管理做好准备；在预期形成过程中，恰当地进行社会预期管理；在预期形成后确保公众的正面预期是在社会管理目标达到后的社会预期管理，这是很重要的观点，对当前正在进行的社会管理实践具有很强的现实指导意义。这也为越来越需要加强和创新社会管理的国家提供了参考和借鉴。

努力提供更好的优秀研究成果

——《转型期的中国——挑战与应对》*序言

（二〇一三年三月）

近日，我指导的博士后蒲实拿着她的研究文集过来，请为之作序，我欣然应允。

我应允不只因为她是我的学生，更高兴的是，她作为年轻的研究人员，工作时间不长，却能紧紧围绕我国发展与改革面临的全局性、战略性、前瞻性问题和热点、难点问题，深入思考，积极探索。这种昂扬向上、锐意进取的精神，值得肯定和鼓励。

过去的30多年，我国经济社会快速发展，取得了举世瞩目的巨大成就。同时，也经历一路风雨。体制改革和发展方式转变中的中国，机遇与挑战并存。在这样的时代背景下，蒲实同志相继完成的34篇研究报告，涉及面广，既有对房地产调控、城市规划等宏观政策的思考，也有对"三农"理论和政策的研究；既有统筹城乡发展的政策建议，也有汶川地震灾后重建的具体措施建言等。总的看来，研究的时效性和针对性较强，不少研究成果得到了党中央、国务院领导的重视，作出重要批示，服务领导决策，实属难得。

党的十八大为我国全面建成小康社会作出了新的决策部署。目前，改革进入攻坚阶段，发展处于转型期，面临许多前所未有的新情况、新问题、新挑战。紧紧围绕党和国家工作大局和中心任务，深入研究改革发展中的全局性、战略性问题和人民群众关心的热点、难点、重点问题，这既是决策咨询工作者以天下事为己任的使命，也是充分发挥自己聪明才智、实现人生价值的时机。希望蒲实同志再接再厉，戒骄戒躁，进一步增强责任意识、精品意识，坚持质量第一、精益求精，不断提高决策咨询研究的质量

---

* 《转型期的中国——挑战与应对》，蒲实著，中国言实出版社 2013 年 5 月出版。

和水平，提供更多高质量、有价值的优秀研究成果，为党和人民事业发展作出积极的贡献。

"天行健，君子以自强不息；地势坤，君子以厚德载物。"志存高远，包容并蓄，自强不息，常勤精进，即是成功之路！愿以这些人生箴言共勉之。

是为序。

大力发展低碳绿色经济

——《低碳化：中国的出路与对策》*序言

（二〇一三年四月）

作为怀铁铮同志的博士导师，我非常高兴为他的新著《低碳化：中国的出路与对策》作序。2005 年，怀铁铮在其博士学位论文基础上修订出版了《信息化：中国的出路与对策》一书，对中国特色信息化的道路、发展战略和动力机制进行了深入的研究和探索，获得了广泛的好评。近年来，随着气候变化、能源安全、环境保护等全球性挑战日趋凸显，推进绿色发展、低碳发展成为世界各国应对挑战和实现经济社会可持续发展的共同选择，低碳经济和低碳发展也成为全球可持续发展领域新的研究课题。怀铁铮同志在进入这个新领域后很快在对策研究上取得进步并出版新书，其努力和收获让人感到欣喜。

《低碳化：中国的出路与对策》一书，围绕中国崛起的主题，对中国如何应对低碳革命的浪潮、发展低碳经济进行了系统的研究，论证了中国低碳化发展的必然趋势，探讨了低碳发展的应对之策。该书没有局限于"低碳经济"首倡者的概念和模式，而是在充分研究中国国情和发展阶段的基础上，主张把低碳发展融入中国的工业化和城镇化进程，作为加快转变经济发展方式的重要内容，坚持中国作为发展中国家所拥有的公平的发展权利，坚持共同但有区别的责任原则，坚持因地制宜地发展绿色低碳经济，坚持自主决定低碳经济转型的路径和进程。该书从人类文明进步的视角考察能源领域的重大技术进步对经济发展和社会进步的推动作用，并推论低碳革命的到来，也为我们从容面对未来提供了重要的参考。

1972 年召开的首次人类环境会议通过了《人类环境宣言》，开启了人类社会可持续发展的新纪元。1992 年的联合国环境与发展大会，首次把经济发展与

---

* 《低碳化：中国的出路与对策》，怀铁铮著，人民出版社 2013 年 4 月出版。

环境保护结合起来，提出了可持续发展战略。《联合国气候变化框架公约》以及"共同但有区别的责任"原则，也是在这次会议上通过和确立的。经过 40 多年的可持续发展实践，人类社会对环境问题的认识不断深化，应对全球性挑战的能力也在不断增强。实施可持续发展战略，就要处理好经济发展与环境保护的关系，大力发展绿色经济。近年来，随着全球气候变化问题日趋尖锐，低碳经济和低碳发展的概念也被提出，并得到世界各国的积极响应，逐渐成为全球的共识和潮流。但不容否认的是，低碳经济和低碳发展具有"双刃性"，即对于没有准备好的经济体而言，低碳可能推高能源成本，影响经济发展；对于部分国家，低碳经济则意味着经济增长的新动力和发展的新机遇。因此，世界各国必须依据本国的实际情况设计和规划如何发展低碳经济。只有这样，才能促进低碳经济的良性发展，实现经济和社会的可持续发展。

我国政府高度重视可持续发展问题，把节约资源、保护环境确立为基本国策，把可持续发展战略上升为国家战略。进入新世纪，我国将科学发展观确立为经济社会发展的重要指导思想，其基本要求是坚持以人为本、实现全面协调可持续发展。中国作为一个负责任的发展中大国，把积极应对气候变化作为中国经济社会发展的重大战略和长期任务，采取了一系列政策措施。2009 年 11 月，我国政府郑重宣布了到 2020 年控制温室气体排放行动目标，其中包括二氧化碳排放强度比 2005 年下降 40%—45%。这些减排目标作为约束性指标已经被列入国民经济和社会发展的中长期规划，保证承诺的执行受到法律和舆论的监督。从"十一五"规划时期开始，我国部署开展节能减排工作，具体落实中长期规划中确定的约束性指标。2010 年，我国在部分省（直辖市）启动了低碳经济试点工作，探索符合中国国情的低碳发展模式。

把保护资源环境、实现永续发展作为立足当代、面对未来的必然选择，体现了我国政府和人民与世界同担当，对子孙后代负责任的决心。然而，我们也要深刻认识我国在推进可持续发展进程中面临的一系列问题和挑战，例如人口众多、人均资源短缺、工业化和城镇化任务艰巨、生产力发展水平还不高，目前还有 1.22 亿贫困人口。当代中国仍属于发展中国家的基本国情没有改变，实现可持续发展任重道远。我们要清醒认识国情，积极探索，坚持不懈地走符合我国国情特点的绿色发展、低碳发展的道路。

这方面的理论和政策研究工作还很繁重，我们希望有更多的专家学者加入，产生出更多的高质量研究成果。

深化政务公开改革要处理好五大关系

——《我国县级政务公开试点改革
跟踪研究》*代序言

（二〇一三年五月）

深化政务公开、加强政务服务，对于推进行政体制改革、加强对行政权力监督制约、从源头上防治腐败和提供高效便民服务，具有重要意义。党的十六大以来，在党中央、国务院坚强领导下，政务公开不断深化，政府信息公开、行政权力公开运行、公共企事业单位办事公开全方位推进，政务（行政）服务中心（以下简称服务中心）发展迅速，服务群众功能不断完善。但是，工作中也还存在一些问题：政务公开方面，有的存在重形式轻内容现象，有的公开内容不全面、程序不规范，有的不能妥善处理信息公开与保守秘密的关系，政府信息共享机制不够健全；政务服务方面，服务体系建设不够完善，服务中心运行缺乏明确规范，公开办理的行政审批和服务事项不能满足群众需求等。针对存在的这些问题，鉴于政务公开和政务服务工作的基础性和重要性，2011年6月8日中共中央办公厅、国务院办公厅出台了《关于进一步深化政务公开加强政务服务工作的意见》（中办发〔2011〕22号，以下简称《意见》）。《意见》提出，各地区各部门要高度重视解决这些问题，切实保障人民群众的知情权和监督权，加大推进政务公开力度，把公开透明的要求贯穿于政务服务各个环节，以政务公开促进政务服务水平的提高，创造条件保障人民群众更好地了解和监督政府工作。

为落实《意见》精神，全国政务公开领导小组制定了《关于开展依托电子政务平台加强县级政府政务公开和政务服务试点工作的通知》，2011年9月13日国务院办公厅以国办函的形式给予了转发（国办函〔2011〕99

---

* 《我国县级政务公开试点改革跟踪研究》，胡仙芝、姜秀谦、王君琦等著，华夏出版社2014年2月出版。

号，以下简称《通知》）。《通知》以附件的形式同时下发了试点县（市、区）名额分配表和县级政府依托电子政务平台开展政务公开和政务服务事项基本目录，在全国范围内启动了开展依托电子政务平台加强县级政府政务公开和政务服务的改革试点工作。2012年1月4日，国家预防腐败局办公室、全国政务公开领导小组办公室发布了《关于公布依托电子政务平台加强县级政府政务公开和政务服务试点单位的通知》（国预办发〔2012〕1号），全国100个县级政府开展了依托电子政务平台加强县级政府政务公开和政务服务的试点工作。

试点出经验，试点出创新。面对全国100个县（市、区）的政务公开试点改革，中国行政体制改革研究会在2012年度资助课题中将"我国县级政务公开试点情况跟踪研究"列为该年度的重点研究课题，并计划收集和编选《县级政务公开试点改革案例精选》，以期为下一步的深化改革和推广试点经验做些前期研究，为我国政务公开和行政服务建设的深化和规范发挥应有的参谋咨询作用。

依托电子政务平台，加强县级政府政务公开和政务服务，是我国当前和下一阶段面向基层重点要推开的改革部署。之所以把它列为一个重要改革抓手，主要因为：一是全国政务服务中心发展迅速。据不完全统计，31个省（区、市）共设立政务（行政）服务中心2842个，其中省级中心10个、市（地）级356个、县（市）级2476个。政务服务中心已经成为服务型政府建设的重要载体，也成为政府服务于民的重要窗口。二是政务服务载体日渐多样。各地区以政务服务中心为主要载体，不断拓宽政务服务渠道，提升政务服务质量。政府网站、服务热线、电子政务、电子监察发展态势良好，在线办事和服务功能不断完善，实体和虚拟大厅相互促进。同时，政务服务逐步向农村、社区延伸，服务功能下沉。全国有24849个乡镇（街道）建立了便民服务中心，占总数的57.5%。三是以《政府信息公开条例》、《关于进一步推行政务公开的意见》等为基本规范的制度体系逐步建立。政府信息公开、行政权力公开透明运行全方位推行，政务公开成为各级政府施政的一项基本制度。四是政务服务中心契合政府治理的要素，是提升政府治理能力的重要切入点和现实着力点。当然，正如调研报告中所指出的，课题调研中也清醒地看到了当前电子政务平台、行政服务机构建设以及政务公开制度推进中存在的问题。例如，职能定位不清晰；信息化程度有待提高；派出机构对审批窗口的授权不到位；职能部门与政务服务中心授权不协调；中心对外服务与内部管理存在诸多问题；改革试点中也出现了一些管理失范等问题。随着我国经济社会快速发展和社会主义民主进程的不断推进，人民群众对政务服务和政府行政能力的要求会越来越高，迫切需要加强对政务公开和政府服务机构的发展研究。这里，重点探讨深化政务公开改革重点要处理好的几大关系。

一要处理好推进政务公开、行政服务改革与服务型政府建设、深化行政体制改革之间的关系。

当前和今后一个时期，推进政务公开、行政服务改革，必须深入贯彻落实科学发展观，按照党的十八大和十八届二中、三中全会精神要求，以深化行政管理体制改革和加快政府职能转变为契机，加快调整部门内部职能，规范行政审批管理，推进集中审批模式，努力打造三级紧密联动、资源共享、运作规范、管理科学、便民利商、廉洁高效的全国统一的行政服务体系，为经济社会发展创造良好的政务环境。建设服务型政府是我国在深化行政体制改革中提出的一种政府改革目标模式。其内涵是：坚持以人为本的核心理念，以创造良好的发展环境为主要任务，以满足社会和公众的需求为目标导向，以提高行政效率和效能为基本原则，推动政府职能由管制型向服务型转变，由全能型向有限型转变，成为一个有限政府、责任政府、法治政府、高效政府。这就必须推行政务公开，加强公共服务，实行绩效管理。而政务服务机构建设则是有力的抓手。它不仅可以成为政务公开工作的一个有力的载体，而且是提升公共服务、方便社会和百姓的直接窗口，更是规范行政审批程序、优化政府环境的有力举措。为此，要大力推进政务服务机构建设，以最大限度地服务社会为根本出发点，使其成为全方位、全过程满足社会公共需求的"服务中心"。

二要处理好电子政务平台建设中的硬件建设与政务公开和行政审批的软件建设关系。

依托电子政务平台发展行政服务，是被实践证明十分有效的宝贵经验，也是国际政务发展大趋势。政务公开和行政服务建设不能脱离电子政务而独立发展。从内部来看，电子政务的发展有助于优化政府组织结构、整合业务流程和创造新型的组织文化，使组织机构的沟通与合作更为便捷，提高行政效率。从外部来看，电子政务的发展有利于使公民和社会可以享受"一体化"

的公共服务，从而提高行政服务的"一站式"办事效率。通过网上平台实现政府信息公开，还可以扩大公众的民主参与度，形成公共服务与公民间的互动。因此，要加大电子政务建设的力度，构建基于信息化时代的政务公开和行政服务体系，不仅要加强政务服务中心规范化建设，建设政务中心大厅、大楼、电脑设备，更要重视开发适合政务中心服务内容和流程的软件系统，在网上建构政务中心与部门、部门与部门的顺畅业务流程，使政务服务中心不仅成为政府各部门办事的集中场所，而且成为政府门户网站的业务综合处理平台。要重点通过信息技术解决各窗口之间、各部门之间的资源共享问题，实现互联互通和并联审批。要研究开发管理软件，加强对中心工作人员在考勤、办件、窗口纪律、服务对象、评议等方面的考核，加快实现政务服务中心管理的信息化和网络化。

三要处理好行政审批窗口与派出机构、行政服务机构与各职能部门之间的配合关系。

加快政府职能转变，建立职能科学、流程优化、运转高效、便民利民的行政服务体系，必须解决行政审批窗口与派出机构之间的扯皮现象、政务服务中心与各职能部门之间不畅通等问题。为此，要致力于构建两个良性关系：一是构建行政审批机构内设处室和窗口的良性关系。行政审批窗口化办理是一个趋势，要统一界定行政审批项目，推行新的行政审批服务模式，实行一个窗口对外，简化和优化审批程序，确保审批到位，确保现场办结率。部门内部不再行使行政审批职能的处室，应切实履行调查研究、制定规划、行业指导、现场检查、执法监督等职责，积极配合开展行政审批工作，通过行政审批制度的改革来促进行政服务能力的提升。二是构建优化政务服务中心部门协作关系，实现政务服务中心运行和管理的创新。这里包括横向的协作机制与纵向的协作机制。在横向协作机制方面，应实行不同部门之间的"联合办理制"，有效解决办理项目过程中进驻政务服务中心的不同职能部门之间的内部协作与横向沟通问题；在纵向协作机制方面，进驻政务服务中心的职能部门，可采用"两章制"和"局长接待日"等方式来解决政府部门内部纵向沟通与协调问题。有些行政审批或服务项目需要不同层级政府间的沟通与协同运作，应理顺上下级关系，建立省级政府部门与市县间的多级联动机制，在纵向上延伸政务服务中心的服务链条，通过联网技术，形成"省—市—县"和"市—县—镇"的"三级联动"的纵向服务网络，实现基层政务服务中心与上级有关部门的整体衔接。

四要处理好电子政务平台和行政服务机构的外部服务与内部管理之间的关系。

政务公开、行政服务的核心内容，是面向公众提供服务，而服务公众的主体是政府或行政服务机构的人员。如果没有有效的人员管理机制，服务公众的理念就会流于形式。行政服务机构进驻窗口的工作人员在管理上具有双重性，他们的人事关系仍然隶属于原单位。因此，行政服务机构对于进驻窗口的工作人员的管理需要更加科学、规范，应通过创新人员管理机制来提升行政服务能力。一是行政服务机构对进驻窗口工作人员的管理权限应该立足于日常考核，并且具有一定的处罚权限。二是行政服务机构人员的考核机制应该包括一个完善的考核制度与一套科学的考核指标，要做到文本化与常态化，同时，考核指标的设定要做到全面、准确、量化。三是重视行政服务机构人员的业务培训以及服务培训，重视团队训练，培养不同部门工作人员间的团队精神与合作意愿。四是对行政服务机构工作人员开展行政伦理、业务素质、公关礼仪等方面的教育与培训，使工作人员具有爱民情、责任心、亲和力；要通过制度规范、服务质量评估及评选优秀等，激发工作人员的积极性与创造力，持续改进工作质量，转变工作作风。要加强行政文化建设，通过开展各种活动增强凝聚力，使行政服务机构形成以人为本的服务理念、依法行政的行为规范、高效透明的工作机制，塑造全心全意为人民服务的服务文化和对外形象。

五要处理好解决急迫问题与建设长效机制的关系。

任何事物都是在不断地解决问题的过程中发展的。针对我国政务公开、行政服务机构当前面临的诸多问题，我们要分析造成这些问题的原因，找出其中的关键问题和制约因素。应当说，行政管理体制不合理是根本原因；政务服务机构职能不清晰、机构整合不到位和人员素质不高是直接原因。针对这些原因，首先，抓紧建章立制，制定政务公开及行政服务机构的各类管理制度；其次，加快推进行政管理体制改革，建立长效机制。只有这样，才能不断深化政务公开，构建行政服务体系，全面提升行政服务效能。

总之，深化政务公开，构建政务服务体系，提升行政服务能力，是建设服务型政府的一个重要方面。政务公开改革需要来自理论界和实践方面的共同努力。以胡仙芝、姜秀谦、王君琦为组长的"我国县级政务公开试点情况跟踪研究"课题组在一年的时间里，分别对一批县（市、区）的试点改革情况进行跟踪调研，形成了比较有分量的评估报告和调研报告，还精选了 10 个改革案例。这些报告中提出的建议和案例中总结的创新经验，对我国政务公开改革、电子政务建设和行政服务的创新发展会发挥积极的作用。

干部教育最好的"教材"源于生活

——《走进义乌：现场教学基地教案集萃》*序言

（二〇一三年八月）

义乌是一座充满传奇的城市。

改革开放以来，义乌从"鸡毛换糖"、"马路市场"起步，演绎了一个被习近平同志誉为"莫名其妙"、"无中生有"、"点石成金"的发展奇迹。2011年3月，经国务院批复，义乌开展国际贸易综合改革试点。两年多来，义乌以改革开放为动力，确立市场采购这一新型贸易方式，多项贸易便利化政策相继出台，贸易展示、产业发展、交通物流平台建设全面加快，国际贸易体制创新取得重大进展，改革红利持续释放。义乌，正日益成为全国开放型经济体系中的一个战略节点，成为市场转型带动产业转型的重要平台。

立足鲜活的改革开放实践，义乌市行政学院以发掘"义乌精神"的基本内涵，揭示魅力义乌、活力义乌的真谛所在为主线，积极开展教学创新，不断深化科研活动，走出了一条基层行政学院创新干部教育培训的新路子。从2003年至今，已承办包括中央党校民族班、国家行政学院厅级干部专题研讨班、中组部中西部地区处级干部培训班等在内的全国各地各级党政干部培训班668期，培训学员52200余名，成为宣传推介义乌经验的重要窗口、提升干部能力素质的重要基地。

《走进义乌：现场教学基地教案集萃》一书，以教学、科研一体化的思路，以实证研究的方法，深入分析了义乌市场、农村、企业、政府机关等各个领域涌现出来的典型案例，提炼了义乌经济社会发展的成功经验，有助于"现场变课堂、素材变教材、实践者变教育者"，是义乌市行政学院创新教学培训模式、发挥本地特殊资源优势的生动探索。

---

* 《走进义乌：现场教学基地教案集萃》，胡国富主编、吴伟华副主编，国家行政学院出版社2013年12月出版。

　　干部教育最好的"教材"源于生活。现场教学基地的开发、运用，对基层行政学院创新发展的意义重大。希望以此书编写为契机，进一步贴近"中心"、深入实际，进一步接好"地气"、增强底气，进一步彰显基层特色、实践特色、教研特色，更好地发挥干部教育培训主阵地、主渠道、主力军的作用，在深化改革开放、服务党委政府工作中再创佳绩。

　　诚祝义乌市行政学院越办越好！

天道酬勤　春华秋实

——《中国改革与发展热点问题研究（2013）》*序言

（二〇一三年十一月）

这本书是我的部分博士研究生就当前中国改革与发展热点问题研究成果的结集，也是学子们精心策划送给我步入稀龄之年的礼物。

改革开放35年来，我一直在党中央、国务院综合部门工作，主要从事国家宏观管理和政策研究。在认真履行本职工作的同时，从1993年开始，相继在中国人民大学、北京师范大学、国家行政学院兼任教授和博士生导师，至今指导了博士研究生和博士后50多名。学子们大多供职于中央部委、地方政府、金融机构，也有的在科研单位、高等院校和企业工作，有些逐渐成长为所在机关、单位的负责人或骨干力量。

近年来，我们常常聚集一堂，就中国改革与发展的热点问题进行讨论和交流。今年早些时候，一些同志再次相聚，商议将近期研究成果进行提炼、公开出版，以资社会共享和作为念物。经过一段时间整理，将我国经济社会发展进程中人们普遍关注的热点问题，包括推动中国经济转型升级、深化财政金融体制改革、加强公共风险治理、推进社会建设和社会管理创新等方面内容，汇编成册。这些文章是学子们辛勤付出的研究成果，其中有些观点可能还不够成熟，但也显现了他们以天下事为己任、为党和国家事业献计献策的赤诚之心。学子们自觉围绕中国改革与发展中的全局性、战略性和长远性问题进行积极的探索，这种心系百姓、报效国家的精神和情怀，值得称道和鼓励。

当前，中国特色社会主义伟大事业正以磅礴之势向前推进，全面建成小康社会、实现国家现代化的宏伟目标激励着全国各族人民昂扬奋斗。在前进道路上，一定会有层出不穷的新创造、新事物，也一定会面临前所未有的新

---

* 《中国改革与发展热点问题研究（2013）》，魏礼群主编，时事出版社2013年12月出版。

矛盾、新问题。密切关注和及时研究经济社会发展中的新情况、新问题、新挑战，发表真知灼见，建言献策，是我们应尽的责任和义务，需要持之以恒地做下去。

借此机会，我想对学子们提出几点希望：

——**坚定理想，胸怀天下**。"天下兴亡，匹夫有责。"希望你们秉持"先天下之忧而忧，后天下之乐而乐"的人生理念，胸怀祖国，心系人民，始终把国家富强、民族振兴、人民幸福作为崇高使命，为全面建成小康社会、加快社会主义现代化进程、实现中华民族伟大复兴的中国梦而不懈奋斗。

——**勤奋学习，善于思考**。学习是成长进步的基础和阶梯。希望你们博览群书，做到"博学而笃志，切问而近思"，善于掌握和运用科学的新思想、新知识、新经验，努力提高战略思维、创新思维、辩证思维的能力，崇尚真理，积极探索，敢于创新。

——**知行合一，睿智笃行**。"口能言之，身能行之，国之宝也。"希望你们始终坚持理论与实践相结合、言与行相统一，找准自身优势和国家发展的结合点，牢牢把握国情，注重调查研究，着力提高研究问题、分析问题、解决问题的能力，勇于实践，积极探索。

——**自强不息，厚德载物**。永不懈怠，追崇高尚。希望你们勤勉敬业，积极进取，砥砺品质，立德立行，拥有真才实学，练就过硬本领，甘于奉献，追求卓越，创造一流业绩，成为国家栋梁之材，谱写精彩人生。

——**团结友爱，相互帮助**。真诚相处，相得益彰。希望你们无论在哪里，都铭记相知情谊，保持互联互通，相助相帮，共同奋斗，携手前进。

我国改革开放和社会主义现代化建设的火热进程，为每一个有志于服务国家、创新创造、成就事业者提供着施展才华的广阔舞台。期望学子们以敢为人先的锐气，以上下求索的执着，以兼修天下的胸怀，得风气之智，开风气之先，力争不断有所发现、有所建树，发时代之声，立人民之言，敢说新话，善说新话，为发展中国特色社会主义伟大事业、实现中华民族伟大复兴的中国梦作出积极贡献。

天道酬勤，春华秋实。本书即将付梓之际，写下这些文字，共勉之。

坚持不懈推进渤海海峡跨海通道建设研究

——《渤海海峡跨海通道建设推进研讨会

成果汇编》*序言

（二〇一三年十二月）

2013年9月1日，由中国国际经济交流中心、中国行政体制改革研究会主办的"渤海海峡跨海通道建设推进研讨会"在山东省烟台市举办。中宣部、中央财经领导小组、国家发改委、交通运输部、科技部、国家海洋局、国家铁路局、中国铁路总公司等有关部门和单位，山东省、辽宁省、烟台市、大连市等地方政府及相关部门，全国部分科研机构，以及解放军海军、总后勤部等单位的80多名领导、专家、学者参加了会议。会议在多方共同努力下，取得了极大成功，会议成果得到党和国家领导人的重要批示。

自从1992年开展渤海海峡跨海通道研究以来，课题组根据研究工作需要不定期召开过10多次专题会议，每次会议都取得丰硕的成果。这一次研讨会规格之高、范围之广、层面之多是前所未有的，智库和相关部门、地方共同参与，科研专家学者与实际工作者共聚一堂，合力研讨，共商大计，尤为难能可贵。国家发改委主任徐绍史对会议的召开表示支持；交通运输部部长杨传堂专门致函表达了对会议的关注，并委派交通运输部规划院副院长、总工程师关昌余参加会议并发言。山东省委、省政府和辽宁省委、省政府领导对这次会议高度重视，多次作出重要指示，并亲临会议指导、致辞，提出重要建设性意见。

这是一次承前启后、推动未来的重要会议，这次会议的意义体现在四个方面：一是，顺应了实现中国梦的需要。党的十八大以来，习近平总书记站在历史和时代的高度，提出实现中华民族伟大复兴的中国梦，

---

* 《渤海海峡跨海通道建设推进研讨会成果汇编》，渤海海峡跨海通道研究课题组，经济科学出版社2013年12月出版。

这是新一届中央领导集体继往开来、高瞻远瞩的战略决策，体现了对国家对民族对人民的责任担当。加快推进渤海海峡跨海通道研究、规划和建设，有利于实现我们党提出的"两个一百年"和中国梦的宏伟目标。二是，服务环渤海地区发展的需要。2013年6月8日，李克强总理在环渤海省份经济工作座谈会上明确指出，要统筹规划环渤海经济带发展，以基础设施互联互通等为重点，努力形成一个打破行政分割的区域，把环渤海地区打造成为我国经济增长和转型升级的新引擎。而渤海海峡跨海通道作为连接环渤海地区一个特别重大的基础设施项目，应该抓住机遇进一步加快研究、规划和建设步伐。三是，发挥智库作用的需要。党的十八大强调，要坚持科学决策、民主决策、依法决策，健全决策机制和程序，发挥思想库作用。党的十八大以来，习近平总书记、李克强总理都更加重视智库的作用，明确提出按照服务决策、适度超前的原则建设高质量的智库，并要求采取有效措施，引导各类智库加强自身建设，积极建言献策。中国国际经济交流中心和中国行政体制改革研究会这两个全国性社团组织，都紧紧围绕党和国家中心任务，服务工作大局，致力于建设国家一流智库。在国家对渤海海峡跨海通道建设作出重大决策之前，由民间智库组织召开专题研讨会，汇集思想智慧、凝聚社会共识，有助于领导科学决策，也有助于正确引导社会舆论。四是，深入推进通道研究的需要。渤海海峡跨海通道研究从提出至今天，已经风风雨雨走过了20多年。近年来，由于全国两会人大代表、政协委员的呼吁，引起社会各界的普遍关注，引发了众多议论，召开这次会议，总结前期研究工作，深入研讨相关问题，可以推进深化研究，更好地服务领导科学决策，从而加快这个世界级特大工程项目的规划和建设进程。

会议回顾总结了渤海海峡跨海通道前期研究工作，广泛交流了渤海海峡跨海通道最新研究成果，进一步探讨了如何推进深度研究和成果转化，为国家和地方提供决策咨询服务。围绕渤海海峡跨海通道的战略意义、建设的可行性、迫切性等中心议题，从不同视角、不同层面，进行了全方位多领域探讨研究，取得一系列高水平成果。与会领导、专家、学者一致认为，早日实施这一重大工程，对促进环渤海区域发展，为东部沿海地区经济发展增添强大动力，推动全国经济社会持续健康发展，实现十八大提出的"两个一百年"目标和中国梦，具有重大而深远的意义。

会议一致认为，经过 35 年的改革开放，我国综合国力显著增强，为实现中国梦提供了坚实的基础；中国特色社会主义道路，为实现中国梦指明了方向。在中国特色社会主义道路上，我们创造了世界大国发展史上无与伦比的惊人奇迹，今天的中华民族越来越走向世界舞台的显著位置，赢得越来越多的民族荣耀与尊严，兴建渤海海峡跨海通道面临着大好机遇。2013 年 7 月 30 日，习近平总书记在中共中央政治局第八次集体学习时强调："要进一步关心海洋、认识海洋、经略海洋，推动我国海洋强国建设不断取得新成就。"进入 21 世纪以来，世界跨海通道建设呈现蓬勃发展的新态势。主要临海国家相继制定或调整海洋发展战略、发展规划和发展目标，跨海通道事业在一个国家海洋整体开发战略中的作用日益突出，跨海通道建设活动对人类文明和社会进步的影响进一步增强。为了应对这一国际形势，建设渤海海峡跨海通道无疑是我国实施海洋战略、推进海洋经济转型的重大举措，也是显著提升国家综合国力的重要战略工程。

为了充分反映会议取得的成果，为渤海海峡跨海通道的深入研究留下可供借鉴的资料，课题组委托鲁东大学环渤海发展研究院将会议研讨材料加以整理，同时，将专家学者提供会议的大量书面论文加以筛选，形成此本《渤海海峡跨海通道建设推进研讨会成果汇编》。本书在编辑过程中，鲁东大学及环渤海发展研究院的领导和老师做了大量工作，我们在此一并表示衷心感谢！

"我愿平东海，身沉心不改。"蓦然回首，渤海海峡跨海通道研究已走过 20 多年历程，20 年来，课题组全体成员戮力同心、艰难跋涉、克服一个又一个困难，解决一个又一个难题，将课题研究一步一步推向深入，取得一个又一个令人惊叹的研究成果。展望未来，渤海海峡跨海通道日渐走近，日渐清晰，日渐相伴国家和民族的发展步伐让人憧憬与期待。历史潮流，浩浩荡荡。实现中国现代化和"中国梦"的宏伟蓝图，需要我们有逢山开路、遇水架桥的进取精神，不断有所发现、有所创造、有所前进；需要我们凝聚团结奋斗的强大合力和树立攻坚克难的顽强斗志；需要我们以求真务实的态度做好每一件好事实事大事。在全面建成小康社会、实现中国梦的新航程上，我们坚信，我们国家和民族必将以坚实有力的步伐迈向更加辉煌的未来，我们的渤海海峡跨海通道建设的希望与梦想也必将随之得以实现。我们课题组全体成员愿意与各有关部门、地方和单位一道，与各位专家学者和实际工作者携起手来，为加快推进渤海海峡跨海通道的研究、规划和建设做持续不懈的努力，为早日实现党中央提出的"两个一百年"的战略目标和中华民族伟大复兴的中国梦作出我们应有的贡献！

深入开展社会治理创新研究

——"新时代创新社会治理研究"
系列丛书*总序

（二〇一三年十二月）

加强社会建设和管理，创新社会治理体制，是党中央在新的历史条件下作出的重大战略决策部署，具有极大的重要性和紧迫性。这既是适应我国经济社会发展新形势的迫切需要，又是发展中国特色社会主义事业和实现全面建成小康社会目标的必然选择。

社会管（治）理，是指党委和政府以及其他社会主体，运用法律、法规、制度、政策、道德、价值等社会规范体系，直接或间接地对社会不同领域和各个环节进行服务、协调、组织、管控的过程和活动。它通过规范社会行为、协调社会关系、促进社会认同、解决社会问题，化解社会矛盾，维护社会安全，应对社会风险，为经济社会发展创造良好的社会秩序和社会环境。

我们党和政府历来高度重视社会管（治）理，为形成和发展适合国情的社会管理制度进行了不懈探索和实践，取得了显著成就，积累了宝贵经验。同时，也要看到，随着经济社会不断发展、经济体制深刻变革、利益格局深刻调整、思想观念深刻变化，社会活力显著增强，社会结构、社会组织形式和社会管理环境已经并将继续发生深刻变化，过去行之有效的管理理念、管理制度、管理方式、管理方法难以完全适应新形势的需要，加强和创新社会管理任务繁重而艰巨。我们必须从维护最广大人民根本利益和国家长治久安的高度，深入研究社会管（治）理问题，既要加强社会管（治）理，也要创新社会管（治）理，着力提高社会管（治）理科学化水平。

2010 年 11 月，经国务院领导同意，由国家行政学院牵头成立的"加强

---

* "新时代创新社会治理研究"系列丛书，魏礼群主编、龚维斌副主编，云南出版集团公司、云南教育出版社 2014 年 6 月出版。此丛书被评为 2015 年西部地区优秀图书一等奖。

和创新社会管理研究"重大课题正式启动，我担任课题组组长。该重大课题设立 19 个分课题和 9 个地方专项研究课题，取得了一大批有较高价值的研究成果。课题组前期已陆续出版了 5 部著作，公开发表了 80 多篇理论文章，撰写了 30 多篇政策咨询研究报告。其中，《加强和创新社会管理讲座》、《社会管理创新案例选编》（上、中、下）等著作产生了广泛的社会影响，不少成果成为党和政府决策的重要参考，为深化社会管理研究提供了重要支撑。此次，课题组再从 28 个课题成果中精选 7 个成果，形成 7 本书，汇编成《新时代创新社会治理研究》系列论丛，以为社会领域理论界和实际工作者提供参考和借鉴。

加强和创新社会管（治）理研究是一项长期性的基础工程。党的十八届三中全会提出了新形势下全面深化改革的总目标，就是完善中国特色社会主义制度，推进国家治理体系和治理能力现代化。这对加强和创新社会管（治）理提出了新的要求，也赋予社会管理新内涵、新任务。"社会治理"是国际学术界比较流行的一个概念，也是当前世界社会管理的发展趋势。将"社会治理"正式列入中央文献中，这是我们党对社会发展和社会管理规律认识的新飞跃，实现了我国社会建设理论和实践的与时俱进。这就要求加快推进社会治理体制创新，改进社会治理方式，激发社会组织活力，有效推动从"社会管理"研究向"社会治理"研究的转变，实现政府治理和社会自我调节、居民自治良性互动的多元共治格局。针对社会领域一系列基础性、全局性、前沿性的重大战略问题进行深入系统研究，将大大有助于促进我国社会治理体制创新和实践发展。从这个角度来讲，本套丛书的出版，不仅是对已有社会管理研究成果的系统性梳理、总结、提炼和升华，而且也是贯彻落实党的十八大和十八届二中、三中全会精神的实际行动和具体体现。希望本套丛书的出版，能够对我国社会治理理论创新和实践创新有所裨益。

探索创新智库建设意义重大

——《建设智库之路》*序言

（二〇一四年五月）

智库，也称智囊团、思想库，是创造和提供思想产品的机构。智库的水平，是国家软实力的重要标志。当今世界，各国各类智库在影响国家决策、引导社会舆论、服务公共外交、体现国家软实力等方面发挥着重要作用。党中央、国务院高度重视智库建设。党的十八届三中全会要求："加强中国特色新型智库建设，建立健全决策咨询制度。"近年来，中央领导多次提出，要建设高质量智库，充分发挥智库作用。加强智库建设，既是推进国家治理体系和治理能力现代化的迫切需要，也是实现中国社会主义现代化和提升国家软实力的重大任务。因此，探索创新智库建设，意义重大。

改革开放30多年来，我一直从事政策研究和决策咨询工作，领导或参与多个智库建设与管理。20世纪70年代末至90年代末，我在原国家计委和中央财经领导小组办公室工作20年之后，又先后在国务院研究室、国家行政学院以及中国行政体制改革研究会、中国国际经济交流中心、北京师范大学中国社会管理研究院等不同类型智库中任职，对多个智库的特点、定位、职能、作用以及自身建设等，都做过力所能及的探索，积累了一些认识和体会。这本《建设智库之路》，汇集了2001年以来我在不同智库建设中的一些思考和实践，也可以说是我探索智库建设之路的一个缩影。

不同类型的智库，有着不同的职能任务、组织形式、管理体制、运行机制。收入本书的讲话、文章时间跨度较长，写作的时间、涉及的智库类型不同。为清晰反映自己探索和思考智库建设走过的路程，本书在编排上以我先后工作过的单位为序，共分为五个部分：（一）在国务院研究室期间；（二）在国家行政学院期间；（三）在中国行政体制改革研究会期间；（四）在中国

---

* 《建设智库之路》，魏礼群著，人民出版社2014年8月出版。

国际经济交流中心期间；（五）在北京师范大学中国社会管理研究院期间。
每一部分编排又以文稿形成的时间为序。主要内容是反映各类智库的性质特
点、职能任务、运作机制、产品成果、队伍建设和作用发挥等。这次汇编出
版，除了作某些文字改动外，文章主要内容和基本观点都保持了原貌，这既
是尊重历史，也可以如实地反映自己的经历和认识过程。

  本书收录了本人在几个单位工作期间有关建设智库方面的部分讲话、文
章、工作报告，其中的一些文稿已经公开发表，多数文稿尚属首次面世，惟
愿对蔚然兴起的中国特色新型智库建设能有所裨益。书中如有不妥之处，欢
迎指正。

创新高校人才培养机制

——《亚洲企业实践——中国西部 MBA 案例建设集萃》*序言

（二〇一四年七月）

生活中，很多人喜爱栽种花木，栽花便要定期浇花。有人选择把水洒在枝叶上，乍看之下，枝叶青翠欲滴，干净了，漂亮了，但一阵风吹来，或一股热浪袭来，便枯萎了。更多人选择把水浇在根上，根部水足，花木自主吸收，哪怕大风来了，高温来了，照样郁郁葱葱，蓬勃生长。栽花种花是如此，培养人才也是如此。

"根"理念，是中国西部人才开发基金会的三大理念之一。长期以来，我们致力于西部地区人才开发的能力建设、平台建设、机制建设，支持受助方得到长期可持续发展。在中共中央政治局委员、国务院副总理马凯同志的关心下，中国西部人才开发基金会积极参与支持"中国 MBA 师资开发及办学能力建设计划"。2011 年至 2014 年，累计资助 360 万元人民币，用于四川大学、重庆大学、云南大学、广西大学、内蒙古大学、贵州大学、新疆财经大学、兰州理工大学、兰州交通大学 9 所西部院校接受新加坡国立大学、南洋理工大学、复旦大学、上海财经大学和北京大学的援助活动。

党的十八届三中全会《决定》指出，要"创新高校人才培养机制，促进高校办出特色争创一流"。如何"创新"？我们和全国 MBA 教育指导委员会、新加坡淡马锡基金会所共同倡导和践行的中国东西部地区、国内外协同交流合作机制，就是一种创新。这一项目层次之高，涉及范围之广，社会影响之大，在国内高等教育界是不多见的。"特色"、"一流"从何而来？还是要从"根"本上来，从能力提升而来。通过交流学习，西部院校的院长、教师的

---

* 《亚洲企业实践——中国西部 MBA 案例建设集萃》，赵纯均主编，机械工业出版社 2014 年 7 月出版。

视野更开阔了，理念更创新了，思路更清晰了，能力提升更快了。这种资助能力建设的效应是长期的、可持续的，我们的成果不仅体现在提升了一批校（院）长和教师的素质和能力，更体现在他们将要培养出一批又一批工商管理人才，以及西部地区 MBA 办学整体水平的提升上。作为资助的重要成果之一，《亚洲企业实践——中国西部 MBA 案例建设集萃》的出版，将有力提升国内尤其是西部地区商学院的案例教学水平，真正为高校办出特色、争创一流作出贡献。

今天，我们"把水浇在根上"，为西部人才输送更多养分，让他们安心扎根西部，建设西部；明天，西部的事业必将枝繁叶茂，欣欣向荣。衷心祝愿"中国 MBA 师资开发及办学能力建设计划"实施得越来越好！

丰富和发展中国特色社会保障理论

——《加强社会保障管理体制研究》（上、中、下）*序言

（二〇一四年七月）

改革开放以来，我国经济社会发展取得了举世瞩目的巨大成就。在这场伟大的历史变革中，经济体制改革一直是主要的方面和重要的推动力。特别是我们较好地处理了政府和市场的关系。20世纪70年代末，我国改革开放总设计师邓小平提出了社会主义也可以搞市场经济，可以把市场经济当作发展生产力的方法。这一论述，实际上成为我国开启改革开放伟大历程的重要指导思想。20世纪80年代中叶，我们党又提出了建立"国家调节市场，市场引导企业"的社会主义有计划商品经济体制，转变了以计划经济为主的思想，进一步突出了市场的作用。1992年，党的十四大明确提出建立社会主义市场经济体制的改革目标，"就是要使市场在社会主义国家宏观调控下对资源配置起基础性作用"。2013年11月，党的十八届三中全会进一步提出，经济体制改革是全面深化改革的重点，核心问题是处理好政府和市场的关系，使市场在资源配置中起决定性作用和更好发挥政府作用，从而为进一步深化经济体制改革指明了方向。

回首改革开放历程，可以说，与经济体制改革所取得的重大进展相比，我国的行政体制改革相对滞后。30多年来，我们在逐步重视市场重要功能和作用的同时，没有充分认识到市场调节存在的自发性、盲目性、局限性等不足方面；我们在逐步加强政府自身改革，简政放权，强调政府不再干"不该干的事情"的同时，却没有充分强调政府"该干的事情"。这使得政府在行使社会管理、公共服务、环境保护、社会建设、维护社会公平正义，在实现基本公共服务均等化、避免收入两极分化等方面的职能做得不够好。行政体制中的一些问题也日益突出，成为制约我国进一步深化改革和经济社会健康

---

* 《加强社会保障管理体制研究》（上、中、下），郑秉文著，人民出版社2016年12月出版。

发展的重要因素。

进入 21 世纪以来，党中央提出了以人为本的科学发展观，并制定了构建社会主义和谐社会的宏伟目标。这要求我们既要突出市场在资源配置中起决定性作用，又要强调更好地发挥政府作用。行政体制改革已经被置于十分重要的地位。要按照推动政府职能向创造良好发展环境、提供优质公共服务、维护社会公平正义转变的要求，加快行政体制改革步伐，切实转变政府职能，创新行政管理方式，增强政府公信力和执行力，建设法治政府、服务型政府。现代化服务型政府应该在提供公共产品和公共服务上发挥更加积极和更为重要的作用，而完善社会保障体制则是其中的重要任务。

我国社会保障制度改革经历了一个不断探索的过程，逐步从政府大包大揽的传统国家（单位）保障制度模式转变为以社会保险为主体的现代社会保障制度模式。我国社会保障制度基本框架体系已经确立，随着社会保障体系的不断完善、社会保障项目的增多、参保人数和受益人数的快速增长，社会保障经办管理任务更为复杂、更为艰巨。这就要求我们必须将社会保障管理体制问题研究放在更为重要的位置。

作为行政体制改革的重要组成部分，我国社会保障管理体制改革已经取得明显的进展。主要表现在：政府仍保持主导地位；用人单位、个人、社会机构等各种市场力量、社会力量的作用得到逐渐强化；政府和市场二者在社会保障管理体制中的关系逐步理顺。然而，与快速发展的社会保障事业所要实现的目标相比，我国目前的社会保障管理体制仍存在不少矛盾和问题。包括：一些政府部门职能重叠或界定模糊，经办管理机构人员配置不合理和缺乏有效的激励机制，信息管理体系建设薄弱，社会力量和市场力量难以有效地参与相关活动，等等。这些已经成为影响社会保障事业发展的重要因素。

《加强社会保障管理体制研究》（上、中、下）一书是郑秉文教授领衔的科研团队对我国社会保障管理体制改革进行深入探讨的著作，是一项重要研究成果。该项成果的突出贡献，是为社会保障管理体制研究提供了一个好的框架。该书的上篇，涵盖了社会保障管理体制的主要领域，将理论论证与解决突出问题相结合，针对社会保障管理体制改革中的一系列重大问题提出了独到的观点和解决办法；中篇，集中探讨了社会保障项目管理中的主要问题，突出了不同项目管理之间的差异性，所提出的政策建议针对性较强，也有可操作性；下篇，由很有分量的调研报告构成，并附有详细的调研日志，使得项目研究更为贴近我国社会保障管理体制的现实状况，提出的观点和政策建议更加符合中国国情，因而也就有了更强的可实践性。

这本书具有重要的理论价值，不仅有助于丰富和发展中国特色社会保障制度的理论，而且对于公共产品理论乃至服务型政府理论的研究都具有借鉴意义。这本书也具有重要的实践价值，有助于提高社会保障管理的效率，使有限的资源得到更好的配置，促进社会保障制度更好运行发展，向广大人民群众提供更多的优质服务，更好地发挥社会保障制度促进社会公平与社会和谐的功能作用。

建立和完善中国特色社会保障管理体制是一个十分复杂的问题，既要正确认识和处理政府和市场的关系这一体制改革中的核心问题，也要全面考虑我国社会保障制度改革的整体状况与特殊国情。因此，还有不少的问题需要探讨。这本书可以被看作是对中国特色社会管理体制进行深入研究的重要起点。可以相信，郑秉文教授领衔的科研团队也会在该项重要成果的基础上继续推进这个领域的研究工作，并取得更多的优秀科研成果。

稳步推进人民币国际化

——《货币优势与银行国际化》*序言

（二〇一四年七月）

推进人民币国际化，正在深刻地影响和改变着中国与世界。

首先，推进人民币国际化，是中国新一轮金融改革开放的重要组成部分。从改革的角度来看，人民币国际化对加快推进我国的金融体制改革，包括利率市场化、汇率弹性化、资本项目可兑换等提出了更加紧迫的要求。从开放的角度来看，人民币国际化意味着中国的开放正在由商品、服务、资本等实体经济"走出去"，逐步迈向虚拟经济及其交易规则"走出去"的新阶段。中国货币制度改革与国际化将为中国经济长期增长奠定坚实的基础，但面临的困难与风险也不容小觑。

其次，推进人民币国际化，将改变中国国际经济金融发展环境。人民币国际化的核心是人民币作为可自由兑换的货币在国际商品及金融交易中被广泛使用。一方面，人民币在国际市场流通的范围越广、规模越大、效率越高，中国企业面临的汇率风险就越小、投融资成本就越低，中国参与全球市场的整体交易费用或将相应下降。另一方面，人民币国际化水平的提升，也意味着中国也将承受更大的来自外部的贸易、金融的冲击，如果在危机监测、预警与处置方面缺乏经验，以及政策工具与资源运用失当，人民币国际化的成果可能被变革带来的风险所反噬。

第三，推进人民币国际化，为国际货币金融体系改革提供了新动力。2008年美国次贷危机引发的国际金融危机，暴露了以美元为中心的现行国际货币和金融体系存在缺陷和不足，人民币国际化的推进为国际社会合作建立稳定、可靠、多元的国际储备货币体系提供了新的选择，这将有助于改革和完

---

* 《货币优势与银行国际化》，王雪磊著，中国金融出版社 2014 年 9 月出版，此文为作者与李晓西合作撰写。

善国际货币金融体系的进程。但国际货币体系的改革是一个掺杂着复杂的利益关系与权力博弈的国际政治经济秩序重构的过程。人民币国际化水平提升的本质，是获取更大金融话语权的大国货币竞争的过程。在此过程中，人民币流通领域的扩张同时也意味着其他国际货币特别是美元流通领域的相对缩小。因此，对人民币国际化导致国际货币体系改革进程的复杂性，尤其是来自美国等既得利益集团或明或暗的挤压应有充分的考虑。

无论是适应人民币国际化的经济与金融体制改革，还是伴随人民币国际化进程而逐渐展开的要素与规则的对外"溢出"，抑或是促成人民币在国际货币体系中扮演更重要的角色，其有效性或成功的程度，在相当意义上取决于执行的载体。载体执行得力，抓住了人民币国际化带来的机会，将货币崛起的优势充分发挥出来，不仅能提升自身的能力与效率，反过来还能遏制货币国际化过程中的风险，促成人民币国际化的平稳有效推进。反过来说，如果载体行为失当，对人民币国际化的机遇缺乏洞察力，人民币国际化的利好政策就难以落地，人民币国际化进程中风险的一面也容易凸显出来。

王雪磊同志的新著——《货币优势与银行国际化》，系由其博士论文几番批阅增删而成。该书在国内外相关研究前沿动态的基础上，采用多种理论和研究分析方法，准确地把握住了大型商业银行这一核心载体，从人民币国际化和商业银行国际化二者关系研究为立足点，系统分析了国际货币体系历次改革对储备货币发行国银行国际化发展的推动作用，总结了发达国家跨国银行国际化战略的经验和教训；对我国大型商业银行国际化发展的现状和存在的问题进行了深入分析，以"货币优势"的理论概念解释了银行国际化的动因，探讨了推动银行国际化的各种因素，揭示了人民币国际化是影响未来我国大型商业银行国际竞争力的决定性因素；将人民币国际化划分为四个阶段，得出建设离岸人民币中心是提升我国大型商业银行国际竞争力的关键阶段的结论。该书最后提出了我国大型商业银行的国际化战略定位、整体布局和路径选择，以及与之相配套的国际化经营策略和管理策略，并从争夺国际金融市场人民币定价权、维护我国金融稳定和安全的国家战略层面出发，提出了支持我国大型商业银行加快国际化步伐的政策建议。

书中提出的"货币优势"理论和"人民币国际化决定未来我国大型商业银行的国际竞争力"等主要论断，虽然并非完全没有可以商榷的地方，但就书中自身的逻辑来看是能自圆其说的，论证是较为全面和充分的，论据也比较扎实，资料翔实丰富。

2002年，在北京师范大学经济资源管理研究院初创之时，王雪磊同志是进院的第一届硕士生。三年来，他除了完成研究生学业外，还对研究院的建设和发展作出了积极的贡献。此后，他进入中国人民银行、中国建设银行等中国重要金融部门工作，积累了金融政策制定与银行运营管理的知识和经验。2010年王雪磊回到母校攻读博士学位。学习期间，他并没有因工作繁忙而放松研究任务的要求，而是抓住这一机会，把工作实践中遇到的问题纳入学术研究中思考，深入研究理论或理想状态的规律如何更好地指导金融工作的实践。尽管阐发的问题具备明显的实践意义，但没有降低对论文理论性的追求。完成博士论文的过程中，他也没有局限于工作的对象来写作，没有用工作文档来堆砌。在谋篇布局上也跳出了行业的局限，能够以国家的战略利益为出发点。这些都是值得称道并应当在以后的学习和工作中坚持的地方。

就社会科学而论，永远没有完美或终止的研究。王雪磊同志的论著吸纳了工作实践的经验，只是"一家之言"。梁启超先生曾说过，"不惜以今日之我，攻昨日之我"。如果说20年后，王雪磊若感到"悔其少作"，我也不会吃惊。对刚刚获得博士学位的年轻人来说，学习仍然是最重要的，而写作是最好的学习。希望王雪磊在工作之中把学习永远坚持下去，努力做到工作学习化、学习工作化，始终牢记：学习求知是人生进步的阶梯和走向光辉顶点之路。

江山代有才人出

——《中国改革与发展热点问题
研究（2015）》*序言

（二〇一四年十月）

改革开放 36 年来，中国经济和社会发展取得了举世瞩目的巨大成就，按世界银行的标准已进入中等收入国家行列，我国已经成为名副其实的经济大国。这样的伟大进步是世界发展史上的奇迹。同时，多年来，制约和影响中国经济持续稳定健康发展的问题也相伴而生，包括：经济快速发展中的结构性矛盾突出，部分产能严重过剩，创新驱动力不强，资源消耗过多，生态环境恶化，房地产、金融领域风险积聚，城乡收入分配差距较大，社会建设滞后等。现在，改革正处于攻坚期，结构调整正值阵痛期，各种矛盾错综复杂。改革发展稳定任务之重前所未有，前进路上的挑战风险也前所未有。国内外有识之士现在都密切关注中国改革发展形势的变化，对中国改革发展稳定中的难点、热点、重点问题进行跟踪研究，提出许多真知灼见，对领导决策和影响社会舆论发挥了很好的参考作用。

从 1994 年起，我在中国人民大学、国家信息中心、国家行政学院、北京师范大学、中国国际经济交流中心等单位担任博士生导师，已指导了 50 多名博士、博士后。近年来，我从领导岗位退下来以后，有更多的时间与学子们一起研讨交流，经常就中国改革发展中的问题进行深入讨论，研讨中不乏富有价值的新观点、新见识。去年，在我稀龄之年时，学子们商议将部分研究成果汇编成书，交由时事出版社出版。新书面世之后，收到始料不及的效果，社会广泛予以好评。这是一种极大的激励，我当然也十分乐见其成。因此，今年一些学子们继续围绕当前中国改革与发展的热点、难点问题，结合各自工作实际，进行思考与研究，形成文章后再次结集出版，既以此就教于社会

* 《中国改革与发展热点问题研究（2015）》，魏礼群主编，商务印书馆 2014 年 12 月出版。

各界，也为我国改革开放和现代化事业作出自己的一些贡献。

这本书大体上有四个方面的内容。一是"推动经济健康发展"，主要讨论改革国民收入核算体系、化解严重过剩产能、推进重点生态功能区建设、促进城镇化健康发展等问题。二是"深化财税金融改革"，主要讨论加快财政税收改革、完善股票发行体制、推动人民币国际化、实行银行综合化经营等问题。三是"创新公共管理方式"，主要讨论建立政府权力清单、优化行政区划、推进依法治国、促进京津冀协同发展等问题。四是"促进社会治理现代化"，主要讨论完善社会组织体制、加强城市管理、推动文化建设，以及促进养老事业发展等问题。这些都是中国改革发展中的重要问题，很值得进行认真深入的研究。

参与研讨问题的学子们，有些毕业多年，已成为所在单位的领导或骨干力量，在自己的工作领域有一定影响；有些走上工作岗位不久，正在发愤图强、努力进取；有些还在攻读学业、勤奋思考。把这些不同工作领域和年龄段的作者文章汇集一起，一方面是为了促进他们之间的相互学习交流，另一方面也有利于从多角度多层面研讨问题，以丰富和深化对相关问题的认识。

现在，中国特色社会主义伟大事业正以磅礴之势向前发展。在中国特色社会主义道路上实现中华民族伟大复兴之梦，需要每一个中国人贡献自己的智慧、才干和力量。新的伟大时代为一切有志于服务国家、奉献社会、成就事业者提供了大有作为的广阔舞台。"江山代有才人出"、"雏凤清于老凤声"。我诚恳希望学子们：始终坚持正确的政治方向，解放思想，与时俱进，秉持"路漫漫其修远兮，吾将上下而求索"的执着进取精神，勤于学习，善于思考，勇于探索，敢于实践，努力为党和人民的事业不懈奋斗。

本文集付梓之时，草成以上文字。是为序。

深化行政体制改革中的重大课题

——《新型城镇化进程中的行政层级与行政区划改革研究》*序言

（二〇一四年十二月）

党的十八大报告提出，要"深化行政体制改革"；并明确提出，"优化行政层级和行政区划设置，有条件的地方可探索省直接管理县（市）改革，深化乡镇行政体制改革"。这是着眼于党和国家事业发展全局，全面推进改革，完善和发展中国特色社会主义，全面建成小康社会作出的重要决策部署。

行政体制是国家体制的重要组成部分。深化行政体制改革是推动上层建筑适应经济基础的必然要求。改革开放以来，我国经济社会发生了广泛而深刻的变化，与此相适应，行政体制改革也取得了重要进展。但总的来看，现行行政体制与经济体制、政治体制、文化体制、社会体制、生态文明体制之间还不完全相适应，包括中央与地方之间的权责划分不清晰、行政层级多、行政区划设置不合理等，需要进行深入研究，为党和政府决策提供咨询建议。

国家行政学院是行政体制改革研究的重要力量，多年来在推动政府职能转变、简政放权、推进省直管县改革等方面，提出过许多有重要价值的建议，产生了积极的影响。近年来，国家行政学院经济学教研部有关人员受中国国际经济交流中心委托，针对新时期我国行政层级与行政区划问题进行了比较深入的研究，取得了预期成果。现在，他们将研究成果汇集成书，作为研究成果的转化形式。这是应当予以支持的。

统览全书，主要有以下方面的特点：

一是创新性。古往今来，影响我国行政层级和行政区划的因素是多方面、多角度的，并且处于不断发展变化之中。本书在对影响我国行政层级和行政

---

* 《新型城镇化进程中的行政层级与行政区划改革研究》，冯俏彬、安森东等著，商务印书馆2015 年 11 月出版。

区划的因素进行历史考察的基础上，基于对中国经济社会发展特别是新型城镇化趋势的分析，认为推动行政层级和行政区划变革的最大因素，是改革开放以来我国史无前例的、规模巨大的城镇化进程。这一判断是符合当代中国的实际情况的，对当前行政层级和行政区划中许多问题的阐释很有穿透力，也很有针对性和说服力。可以说，从经济基础决定上层建筑这一角度深入研究行政层级和行政区划问题，是本书最鲜明的一个亮点，有助于丰富理论基础、凝聚改革共识。

二是借鉴性。"他山之石，可以攻玉。"比较而言，西方一些发达国家已走完了工业化和城市化历程，他们在这一过程中调整优化行政层级和行政区划的做法，对我国有一定的借鉴意义。本书选择了世界上几个大国进行比较研究，从中发现不少有益的启示。例如，法国的"大区"制、英国的地方自治、美国和加拿大的大都市区改革等，都在某种程度上折射出我国经济社会发展特定阶段对行政区划调整提出的客观要求。这对于探寻我国相关问题的解决思路，形成可行的政策措施有一定的启示作用。

三是全面性。我国现有中央、省、市、县、乡五个政府层级。本书分别对省、市、县、乡进行了比较全面的研究，并提出了一些相应的改革建议。在省一级行政区划改革中，提出了不同的改革方案。在"县改市"问题上，认为可先将一些经济强县纳入改革范围，并提出了"新设市"的若干标准。在"省直管县"问题方面，专门研究了其中的司法体制改革问题。在乡镇行政体制改革方面，提出了一方面要将一些经济强镇改设为市，另一方面通过综合行政体制改革加强公共服务和社会管理职能，强化基层治理。这些都是针对行政层级和行政区划改革中的现实问题得出的研究结论，有一定的决策参考价值。

四是前瞻性。随着我国城镇化进程的加快，一系列区域性公共问题随之产生。例如，"行政区经济"、区域基础设施建设与管理、区域环境生态建设与保护、应急处置协作、流域水污染防控以及基本公共服务均等化等，需要加强区域协作，打破行政分割的藩篱。本书前瞻性地研究了跨区域行政体制的问题，提出了建立区域协作机制的几个关键方面，包括建立有约束力的法律或制度，成立联通上下左右的专职机构，推进各方协作的系列政策工具，平衡各方面利益的区域公共财政等。这些颇有见地。

合理、协调的行政层级和行政区划是国家有效推进行政管理的重要基础，是国家行政权力顺畅、高效运行的重要条件。要通过推进相关改革，合理确定中央与地方政府的权限和责任范围，科学界定省以下不同层级地方政府职能与权责关系，充分发挥中央与地方各级政府的积极性。要按照有利于促进科学发展、有利于优化配置资源、有利于提高社会管理水平和更好提供公共服务的原则，适时适度调整行政区划。要有区别地、适当地简化行政管理层级，适时调整行政区划的规模和管理幅度，使行政体制与经济体制、政治体制、文化体制和社会体制、生态文明体制之间相适应、相协调。

优化行政层级和行政区划设置是一个大问题，具有高度的综合性和复杂性，需要从不同方面、不同角度进行深入研究。同时，这方面改革又具有相当的敏感性，涉及方方面面的利益调整，因此，研究推进这方面的改革既要积极又要稳妥。希望作者"百尺竿头、更进一步"，继续深入学习科学理论，广泛进行调查研究，为推动行政体制改革、优化行政层级和行政区划提出更高质量的智力支持和科研成果，为完善和发展中国特色社会主义、实现中华民族伟大复兴的中国梦，作出自己的贡献。

是为序。

继承中华民族优秀传统文化

——《千字文国学启蒙亲子读本》*序言

（二〇一四年十二月）

习近平总书记提出："要系统梳理传统文化资源"，让"书写在古籍里的文字都活起来"，"继承优秀传统文化"，为实现中华民族伟大复兴的中国梦凝聚智慧和力量。为响应习近平总书记的号召，我们组织编写了这套《千字文国学启蒙亲子读本》。

一、《千字文》的历史价值

《千字文》，是《次韵王羲之书千字》的通用简化名称，内容为由一千个字组成的韵文。作者为周兴嗣，生活在南朝宋、齐、梁、陈的萧梁时期（公元502年—557年），梁武帝时官拜员外散骑侍郎。

唐朝姚思廉撰《梁书·周兴嗣传》说："自是《铜表铭》、《栅塘碣》、《北伐檄》、《次韵王羲之书千字》，并使兴嗣为文，每奏，高祖辄称善，加赐金帛。"

唐朝李绰撰《尚书故实》载文："梁武教诸王书，令殷铁石于大王（指王羲之）书中搨一千字不重者，每字片纸，杂碎无序。武帝召兴嗣谓：'卿有才思，为我韵之。'兴嗣一夕编缀进上，鬓发皆白，而赏赐甚厚。右军孙智永禅师，自临八百本散与人间，江南诸寺各留一本。"

周兴嗣于521年去世，南朝梁武帝萧衍于502—549年在位，可推断《千字文》流传至今已有1500年了。

---

* 《千字文国学启蒙亲子读本》，魏礼群主编，王亚、孙健副主编，中国矿业大学出版社2015年7月出版。该书入选教育部"2016年全国中小学图书馆（室）推荐书目"。

《千字文》共 250 个短句,四字一句,字不重复,隔句押韵,以"天地玄黄,宇宙洪荒"开头,"谓语助者,焉哉乎也"结尾。《千字文》以儒家义理为主干、以道家思想为补充,弘扬中国传统文化。《千字文》涉及的人生学问,包括人伦道德、修身养性、人生体验、做人态度和追求等;其中穿插诸多常识,涉及天文、地理、自然、历史、社会、政治、军事、经济、教育、音乐、农耕、园艺、祭祀、科技、饮食起居、养生保健等各方面,简直就是一部小型百科全书。

《千字文》主旨积极,情绪欢快,言简意赅,妙语连珠,押韵合辙,朗朗上口,融知识性、可读性和教化性于一体,适于儿童诵读。《千字文》从编出后即盛行不衰,自唐代至清末为儿童识字课本,是中国也是世界上流传较久、影响较大的启蒙教材之一。

《千字文》所缀集的千字本无重复,但由于中国大陆简化汉字、归并异体字,使简体字版《千字文》出现七个重字,但繁体字版《千字文》没有重字。所涉及的简、繁体字对照为:洁一女慕贞洁(絜)、纨扇圆洁(潔);发一周发(發)殷汤、盖此身发(髮);巨一剑号巨阙、巨(鉅)野洞庭;并一百郡秦并(併)、并(竝)皆佳妙;昆一玉出昆(崑)冈、昆池碣石;戚一戚(慼)谢欢招、亲戚故旧;云一云(雲)腾致雨、禅主云亭。

《千字文》因王羲之的书法而创作,创作后成为传承书法经典的重要载体。南朝梁以后的历代书法家,临摹创新,留下各种书体的《千字文》书法作品。《千字文》书法,是中国书法史的重要组成部分。

二、《千字文国学启蒙亲子读本》的编写

(一)编写读本的社会需求

家庭教育,主要是亲子教育,即父母亲对孩子的教育,是学校教育与社会教育的基础。家长对孩子成长的影响不可替代、不可忽视,父母是孩子一生的老师,好的亲子教育是孩子成才的根本保证。

目前社会上存在的普遍现象是:父母有意识努力为孩子提供良好的家庭教育,想让孩子接触优秀的传统文化,想教给孩子系统的文化知识和伦理知识,却苦于找不到合适的读物。为此,本编写组精心编写了本套《千字文国

学启蒙亲子读本》，借助《千字文》，融自然学科和人文社会学科知识于一体，内容全面系统，理论联系实际，力求做到讲解深入浅出、通俗易懂。

（二）读本的编写方向、体例、方法

本套《千字文国学启蒙亲子读本》的编写，整体上沿着几个方向：一、面向现代化，面向世界，面向未来。二、青少年"四个学会"，即学会学习，学会生存，学会发展，学会与人相处。三、进行"三道教育"，即为生之道，为人之道，为学之道。

《千字文》包罗万象，中华传统文化也需要系统整理，要去伪存真、正本清源，取其精华、去其糟粕。本套读本按照上述方向编写，对涉及内容的注解，力求做到准确无误。对涉及内容的扩展，力求保证深刻实用。既要言简意赅，又要把事理说明讲透。

本套《千字文国学启蒙亲子读本》，共上下两册。上册是前言和对《千字文》第 1—6 段的讲解，以及《千字文》书法欣赏；下册是对《千字文》第 7—14 段的讲解。《千字文》书法欣赏部分，作为对书法艺术的启蒙，介绍隋代书法家智永的《真草千字文》、元代书法家赵孟頫的《行书千字文》。

读本体例上设置"译文"、"注释"、"理解"等栏目，讲解《千字文》字词句段的含义、主旨；设置"父母导读"、"知识扩展"等栏目讲解《千字文》字词句段的出处和涉及的历史、地理、人物掌故、遗址、科学道理等；设置"历史传说"栏目，讲述有关历史或传说；设置"成语故事"栏目，讲述关联成语的含义、出处和故事。为保证读本内容的科学性、丰富性和趣味性，各栏目对相关史料或古籍记载、民间传说的内容予以注明，列举主要遗迹。

《千字文》成书于南朝萧梁时期，隋、唐、宋、元、明、清等后续朝代不可能涉及，但本读本在编写相关内容时，把讲解内容延伸至明清。

《千字文》涉及大量历史典故、人物，编写组查阅了大量历史资料，力求保证《千字文国学启蒙亲子读本》的准确性。去粗取精，博采众长，对有争议的尽量不写或列明争议；对《千字文》字词句段的解释，不仅参考文史类的注解，对有疑问处也吸收了社会各类专业人士的研究成果。

本套读本在涉及天文、地理、历史文物、遗迹、动物、植物和讲解科学道理时，配插高清彩图，力求图文并茂，以达到直观、感性和联系实际

的效果。

（三）专家评审读本的过程

编写组潜心研究，历时三年有余才将本套读本汇编成册。成书样后，邀请江苏师范大学的徐放鸣、赵兴勤、朱存明、陈延斌、王健、傅岩六位教授组成专家评审委员会，对本套读本进行评审。专家评审委员会总体认为："内容丰富，颇有深度，尚属罕见，令人震惊。"六位教授各自就美学、文学、历史学、教育学、伦理学、国学等专业视角进行评审，指出存在的问题，给出许多具体的、宝贵的意见和修改建议，并对本套《千字文国学启蒙亲子读本》的问世和发挥作用充满了期待！

专家评审后，编写组根据评审的意见和建议，从读本的定位、体例和科学性三个方面，再次全面整理，尽可能做到精益求精，打造完美！

三、《千字文国学启蒙亲子读本》的应用

本套读本，广泛适用于 3—15 岁的儿童、青少年。家长可利用闲暇时间，和孩子共同读诵研讨，在建立亲子之间良好关系的同时，将孩子逐步带入《千字文》及其涉及的知识殿堂。

本套读本不仅可以启发孩子识字明理，还可以帮助孩子开发兴趣专长。既可以帮助孩子打开探索世界的多棱视角，也可以培养孩子追求新事物的细心和耐心；不仅可以系统地教给孩子文化知识，还可以引导孩子承继中华传统美德，使孩子从小牢固树立正确的人生观、世界观、价值观，长学识、会做人、能做事。

"新常态"意味着经济发展新机遇

——《中国经济"新常态"案例选编》*序言

(二〇一五年三月)

2014 年，习近平总书记提出并多次强调我国经济发展进入新常态的重要论述。这一论述高瞻远瞩、寓意深刻，是对我国经济发展所处的阶段性新特征作出的科学论断。2014 年 12 月召开的中央经济工作会议，进一步概括了经济发展新常态的九大特征，为我国经济健康发展指明了方向。"新常态"意味着发展的机遇与新的增长，也意味着经济发展可能会出现的风险与挑战。我国经济发展能否在新常态下实现新的目标，走向可持续发展的良性循环，是一个值得关注和研究的新问题。

适应新常态，必须正确认识新挑战。改革开放以来，我国经济持续高速增长，目前已开始转向中高速增长，发展方式正从规模粗放型增长转向质量集约型增长，结构调整正从增量扩能为主转向存量与增量并进的深度调整，发展动力正从传统增长点转向新的增长点。这一时期既充满新机遇，也充满新挑战。现在，经济处于增长速度换挡期、结构调整阵痛期，各种矛盾和问题相互交织，这既需要政策调整，更需要全面深化改革。高投入、高消耗、高污染的发展方式难以为继，必须依靠创新驱动、绿色发展。这不仅需要时间成本，而且需要巨大的物质成本。改革进入攻坚期，必须通过改革化解经济发展中的结构性矛盾，理顺政府与市场关系，通过技术创新与产业升级推动经济发展提质增效。这需要下更大气力和决心。面对这些挑战，我们要有清醒认识，积极适应发展新常态，戒除焦虑心理和烦躁情绪，保持战略上的定力和发展的平常心态，聚焦发展问题，认真练好内功，为推进经济持续健康发展奠定坚实基础。

---

* 《中国经济"新常态"案例选编》，范迪军、杨刚勇主编，国家行政学院出版社 2015 年 3 月出版。

适应新常态，必须努力把握新机遇。中央经济工作会议分别从消费需求、投资需求、出口和国际收支、生产能力和产业组织方式、生产要素、市场竞争、资源环境约束、经济风险积累和化解、资源配置模式和宏观调控方式九个方面，对我国经济新常态作出全面、系统和准确的概括。可以说，这九种特征反映了经济发展新常态的全貌，也是新常态面临的重要机遇。目前，经济增长虽然下行压力很大，但仍然处在中高速增长状态。不断推进新型工业化、信息化、城镇化和农业现代化，不仅会创造出更多、更新的市场需求，还会带来更全面、更深刻的产业结构调整和需求结构再平衡，为我国经济提供巨大潜力和发展空间。从我国经济发展的阶段来看，结构调整、转变方式、创新驱动都孕育着新的机遇。从区域发展来看，我国幅员辽阔，区域发展回旋空间较大。随着"一带一路"、京津冀协同发展、长江经济带发展三大战略的全面推进，必将助力新一轮经济发展。因此，我们要辩证看待新常态，把压力变动力，把潜力变活力，咬定青山不放松，一心一意谋发展，推动经济转型升级、提质增效。

适应新常态，必须创新发展新思维。长期以来，我们习惯于追求高速增长；习惯于高投入、高消耗的粗放型发展模式，能源消耗严重，资源消耗严重，环境污染严重；习惯于政府主导，依靠政府政策红利，开小灶，开绿灯，大包大揽促发展。要适应发展新常态，必须从传统发展思维中解放出来，在发展思路、发展模式、发展方式上尽快实现新转变。要从以往的盲目追求速度型向质量效益型转变，努力构建"资源节约型、环境友好型"社会，实现可持续发展；要从注重要素投入驱动向科技创新驱动转变，依靠科技进步，增强企业的科技创新能力，提高科技含量；要正确处理政府与市场的关系，使市场在配置资源中发挥决定性作用，同时改进政府治理方式，更好发挥政府的作用。

适应新常态，必须实现改革新突破。要破解发展中面临的难题，化解来自各方面的风险挑战，推动经济社会持续健康发展，关键在于全面深化改革。改革是一项系统工程，制约经济发展的不少体制机制障碍亟待突破，包括：进一步简政放权，深化行政体制改革，解决市场秩序不规范、规则不统一、竞争不充分的问题；坚持和完善基本经济制度，增强国有经济活力、控制力、影响力，同时落实引导、鼓励和支持非公有制经济健康发展的政策的问题；深化财税体制改革，促进各级政府财权事权合理划分的问题。这些都关系到经济能否实现更有效率、更加公平、更可持续的发展。适应新常态，必须全面深化改革，努力在各个重要领域和关键环节取得新突破，使各方面改革协同推进、形成合力，将改革开放不断推向深入。

适应新常态，必须乘势而上有新作为。 无论是应对挑战还是用好机遇，无论是深化改革还是创新驱动，关键要靠实干。事业是干出来的，等靠要不行，不作为、慢作为也不行。适应新常态，必须乘势而上，顺应新常态，敢于担当，有新的作为，有更大的作为。适应新常态，需要有勇于开拓创新的进取精神，主动作为，需要有敢于啃硬骨头、敢于涉险滩、敢于过深水区的改革勇气，不回避矛盾。当前，要坚决克服畏难情绪，破除观望心态，纠正一切不适应新常态的思想意识，切实改变一些干部不作为、慢作为和懒作为的现象。否则，改革畏首畏尾，发展瞻前顾后，必然影响经济改革发展既定目标的顺利实现。

适应新常态，实现新发展，任重道远，需要方方面面共同努力。国家行政学院范迪军同志和深圳龙岗行政学院杨刚勇同志合作汇编的《中国经济"新常态"案例选编》，是以实际行动响应习近平总书记关于引领经济发展新常态重要论述的成果。书中的案例主要从全国行政学院系统征集和遴选，许多案例来自基层一线，体现了改革探索的精神，是推动经济发展新常态的生动写照。希望这些案例能够为经济理论研究和实务工作者提供有益的启迪与借鉴。

加强政策理论研究　探索质检改革之路

——《改革之路——质检改革重点问题研究课题报告》*序言

（二〇一五年四月）

　　科学理论是实践的指南，深化改革是发展的动力。党的十八大以来，以习近平同志为核心的党中央，高举中国特色社会主义伟大旗帜，作出了全面深化改革的重大决定，开启了我国深化改革的新征程。以往30多年的改革开放，创造了综合国力大幅跃升、人民生活显著改善的"中国奇迹"，开辟出加快走向国家现代化的崭新道路。继续坚定不移地深化改革，是实现中华民族复兴伟业的根本选择，也是适应形势发展变化的必然要求。

　　质检工作是中国特色社会主义事业的重要组成部分。质量、计量、标准化、认证认可、特种设备安全、纤维检验和进出口商品检验、国境卫生检疫、进出境动植物检疫、进出口食品安全等工作，是国家经济社会发展的重要保障。我们要坚定不移走中国特色质检之路。当前，质检改革进入攻坚期和深水区，体制改革和机制创新的影响之深、范围之广前所未有，改革发展任务之重、责任之大前所未有，必须以强烈的历史使命感，敢于啃硬骨头，敢于涉险滩，以更大决心冲破传统思想观念的束缚、突破局部利益固化的藩篱。同时，也必须加强政策理论研究，增强改革的自觉性和坚定性，更好推动中国特色质检工作体系的完善和发展。

　　《改革之路——质检改革重点问题研究课题报告》，是由质检总局办公厅牵头，质检系统12个单位的180多位同志共同研究的重要成果。报告既对质检体制改革和机制创新的全局性问题进行深入研究，也突出总结典型案例，充分归纳吸收基层的成功经验。同时，报告紧紧围绕质量安全市场监管、质

---

* 《改革之路——质检改革重点问题研究课题报告》，国家质检总局办公厅编，中国质检出版社 2015 年 4 月出版。

监系统分级管理、检验检疫监管机制、检验检测认证机构整合、技术标准体系建设、社会信用代码制度建设、事业单位分类改革，以及欧盟主要成员国质检政策措施等重点问题，深入分析质检改革的特点、规律和面临的形势任务，研究提出了推进质检各领域发展改革工作的主要内容、基本思路和措施建议，既适应了质检改革发展的总体要求，又突出了质检改革重点方面，既有宏观理论阐述，又有微观方法研究。这是一部关于质检领域改革顶层设计研究和基层改革案例荟萃的重要读物，对于推进质检事业改革发展，完善中国特色质检工作体系，具有重要的理论价值和实践意义。

质检领域改革是一项复杂的系统工程，既要注重顶层设计，也要发挥基层探索作用；既要突出阶段性重点，又要通盘考虑各个环节的衔接配套。本书着眼于质检改革的顶层设计，从增强改革的科学性、系统性、协调性角度出发，着力突破改革的瓶颈环节，总结了基层单位敢闯敢冒、先行先试的经验，探索形成一些可复制、可推广的工作模式，既符合国家改革的总体要求，又充分体现质检改革的特点；既有理论高度、理论思维，又有实践经验、创新做法，为全面深化质检改革，集中力量进行突破，实现以点带面、激发改革活力，提供了有益的借鉴，值得推介。

改革的根本目的是要解放和发展生产力，增进人民的利益和福祉。发展永无止境，改革也不会一劳永逸。我们相信，质检系统在"人民质检、质检为民"的价值理念指引下，一定会始终站在人民群众的立场感受质量安全，始终把维护人民群众的质量安全利益作为质检工作的出发点和落脚点，坚持全面深化质检改革，努力提升我国质量安全水平，不断满足人民群众日益增长的质量安全需求，为人民群众把好质量关口、守住安全底线，当好人民群众的忠诚质检员。

改革开放使中国发展道路越走越宽

——深入学习领会习近平总书记关于改革开放的重要论述——《改革论集》*代序言

（二〇一五年十月）

刚刚闭幕的党的十八届五中全会，站在新的历史起点上，作出了夺取全面建成小康社会决胜阶段伟大胜利的战略决策和战略部署。这就必须通过继续全面深化改革激发发展的强大动力。历史和现实充分证明，立足中国国情、顺应时代潮流的中国发展道路是一条成功之路，是中国实现现代化的必由之路；正是改革开放使我们走上了这条成功之路，也是改革开放使这条道路越走越宽广。

一、改革开放是中国发展道路最鲜明的特点

道路问题是个根本问题。道路关乎国家前途、民族命运、人民幸福。正是我们党坚持从基本国情出发，选择了一条正确的发展道路，才创造了人类经济社会发展史上的"奇迹"。我国经济总量连续跃上几个大台阶，综合国力大幅提升，全国人民总体上过上小康生活，城乡面貌焕然一新。同时，我国政治建设、文化建设、社会建设取得举世瞩目的成就，中国国际地位越来越高、影响力越来越大。实践充分证明，只有社会主义才能救中国，只有中国特色社会主义才能发展中国。

中国发展道路，就是中国特色社会主义道路。党的十八大对这条发展道路作出了科学概括。这条道路的基本内涵，就是坚定不移全面贯彻党在社会主义初级阶段的基本路线，既坚持以经济建设为中心，又全面推进经济建设、政治建设、文化建设、社会建设、生态文明建设以及其他各方面建设；既坚

---

* 《改革论集》，魏礼群著，人民出版社 2016 年 9 月出版。

持四项基本原则，又坚持改革开放；既不断解放和发展生产力，又逐步实现全体人民共同富裕，促进人的全面发展。这条道路是实现我国社会主义现代化的康庄大道，是创造人民美好生活的必由之路。

这条发展道路，承载着几代中国共产党人的理想和探索，凝聚着全国各族人民的奋斗和实践，是近代以来中国社会发展的必然选择。新中国成立之后，以毛泽东同志为代表的党的第一代中央领导集体，带领全国各族人民艰苦奋斗、艰辛探索，取得了新民主主义革命的胜利，建立了社会主义基本制度，为当代中国一切发展进步奠定了根本政治前提和制度基础，也为新的时期开创中国特色社会主义新局面提供了宝贵经验、理论准备和物质基础。改革开放以来，我们党历届中央领导集体一以贯之地接力探索，在新的历史条件下坚持改革开放，奋力开创、始终坚持和不断发展中国特色社会主义，从根本上改变了中国人民和中华民族的前途命运。

从根本上说，改革开放是中国特色社会主义道路最鲜明的特点。1978年底，我们党召开了具有重大历史意义的十一届三中全会，开启了改革开放的新时期。改革开放是党在新的时代条件下带领人民进行的新的伟大革命，目的就是要解放和发展生产力，实现国家现代化，让中国人民富裕起来；就是要推动我国社会主义制度自我完善和发展，赋予社会主义新的生机活力。回顾改革开放的历史进程，我们锐意推进改革，从农村到城市、从经济领域到其他各个领域，成功实现了从高度集中的计划经济体制到充满活力的社会主义市场经济体制的伟大历史性转变；我们不断扩大对外开放，从建立经济特区到开放沿海、沿江、沿边、内陆地区，再到加入世界贸易组织，从大规模"引进来"到大踏步"走出去"，成功实现了从封闭半封闭到全方位开放的伟大历史性转变；我们在深化经济体制改革的同时，不断深化政治体制、文化体制、社会体制、生态文明体制改革，在推进国家治理体系和治理能力现代化方面迈出了新的步伐。

改革开放极大地调动了亿万人民群众的积极性、创造性，极大地解放和发展了社会生产力。中国特色社会主义道路之所以成功，之所以能够不断为经济社会发展提供强大动力，使之始终具有蓬勃生机和活力，就在于实行和坚持了改革开放。没有改革开放，就没有中国的今天。改革开放是当代中国发展进步的动力之源，是党和人民事业大步赶上时代前进步伐的重要法宝，是实现国家现代化和中华民族伟大复兴的关键抉择。我们必须坚定不移地坚持改革开放，为中国发展道路开拓更为广阔的前景。

二、"十二五"特别是党的十八大以来改革开放的新进展新经验

"十二五"时期是我国发展很不平凡的五年。特别是党的十八大以来，以习近平同志为核心的党中央毫不动摇坚持和发展中国特色社会主义，勇于实践、善于创新，深化对共产党执政规律、社会主义建设规律、人类社会发展规律的认识，形成一系列治国理政新理念新思想新战略，为在新的历史条件下深化改革开放、加快推进社会主义现代化提供了科学理论指导和行动指南。面对错综复杂的国际环境和艰巨繁重的国内改革发展稳定任务，党中央保持战略定力，紧紧抓住发展这个党执政兴国的第一要务，全面深化改革开放，深入推动科学发展，协同推进经济建设、政治建设、文化建设、社会建设、生态文明建设和党的建设，开创了中国特色社会主义事业的新境界、新局面。经济总量显著增加，发展质量稳步提升，人民生活明显改善，社会各项事业全面进步，从严治党成效显著，整个现代化事业蓬勃发展。这些成绩来之不易，积累的经验弥足珍贵。

更加注重改革开放顶层设计、整体谋划。深化改革开放是一项极为复杂的系统工程，既涉及生产力和生产关系，又涉及经济基础和上层建筑，特别是在攻坚克难阶段，任务复杂艰巨。这就需要搞好顶层设计、整体谋划和统筹协调，加强各项改革的关联性、系统性和协调性。为了搞好改革开放的总体设计和整体谋划，党的十八届三中全会通过了《中共中央关于全面深化改革若干重大问题的决定》，提出了全面深化改革开放的战略目标、重大原则、主要任务、重要举措以及路线图、时间表。为了更好发挥党总揽全局的领导核心作用，保证改革顺利推进和各项改革任务落实，中央成立了以习近平总书记为组长的全面深化改革领导小组，这在我国改革史上尚属首次。领导小组统一部署全国性重大改革，统筹推进各领域改革，协调各方力量形成推进合力，加强督促检查，从而确保我们党更加有力地领导和推进全面深化改革的伟大事业。

更加注重改革开放的全面性、协调性。全面深化改革的工程极为宏大，是各领域、各层次、各环节改革的系统推进，不仅要注重思想方法、设计

方法、操作方法，还要注重推进方法。在这两年的改革中，一方面在领导方法和思想方法上，注重处理好解放思想与实事求是的关系、整体推进与重点突破的关系、顶层设计与摸着石头过河的关系、胆子大与步子稳的关系、改革发展稳定的关系；另一方面在推进方法上，注重把握好整体政策安排与某一具体政策的关系、系统政策链条与某一政策的关系、政策顶层设计与政策分层对接的关系、政策统一性与政策差异性的关系、长期性政策与阶段性政策的关系。正确处理这些关系，体现了全面深化改革的方向指引、力度掌控、顺序理清、重点把握、能动性发挥有机统一，从而确保全面深化改革有力、有序、有效地推进，并促进社会主义现代化建设全面、协调、扎实向前发展。

更加注重问题导向、攻坚克难。改革是由问题倒逼而产生，又在不断解决问题中深化。全面深化改革的显著特点是，坚持问题导向，正视问题、找准问题进而解决问题，尤其是注重解决我国发展面临的突出矛盾和问题。正如习近平总书记要求的：改革面临的矛盾越多、难度越大，越要坚定与时俱进、攻坚克难的信心，越要有"明知山有虎，偏向虎山行"的勇气，敢于啃硬骨头、敢于涉险滩。行政体制改革是整个改革的关键环节，也是难啃的硬骨头。两年多来，在党的统一领导下，各级政府围绕转变政府职能、简政放权，以壮士断腕的决心和勇气来推进改革，国务院部门分8批共取消和下放了586项行政审批事项，提前两年完成本届政府预定的目标，表明了敢于改革攻坚的坚强决心。这方面改革不断向纵深推进，对激发人民群众的创业创新热情、释放企业改革发展活力、促进经济转型升级，发挥着重要作用。

更加注重以开放促改革、促发展。随着经济全球化深入发展，中国经济与世界经济的联系越来越紧密，相互依存日益加深。这就要求我国在广度和深度上提高对外开放水平，并以全方位、高水平的对外开放促进国内改革和发展。近两年，全面深化改革的一个重要战略方针，是通过加大开放力度来推动体制机制改革，提升国家治理现代化水平，促进稳增长、转方式、调结构、增效益。这方面极具创新意义的是，通过建立自由贸易试验区，推动政府职能转变，推进外资管理体制改革，实行负面清单制度，扩大服务业领域对外开放，促进国内外生产要素自由流动、市场深度融合、资源高效配置。特别是提出"一带一路"倡议，设立亚洲基础设施投资银行等举措，既是在新的历史条件下推进全方位开放，又是全面深化改革从而推动我国经济转型升级的战略部署，已经并将继续产生积极成效。与此同时，我国更加积极有为、主动参与全球经济分工体系，参与国际组织的治理机制改革，参与WTO多边化进程，有效扩大了在区域经济合作中的影响力。

三、在新形势下坚定不移地全面推进改革开放

"十三五"时期，在我国发展史上具有特殊重要的意义。这是我国实现第一个百年奋斗目标，即全面建成小康社会的决胜阶段，也是为实现第二个百年奋斗目标，即建成富强民主文明和谐美丽的社会主义现代化国家奠定基础的关键时期。我们必须按照习近平总书记关于"四个全面"战略布局的要求，在已经取得历史性成就的基础上，坚定不移地推进改革开放的伟大事业，为中国发展道路开辟更为广阔的前景。

紧紧围绕全面建成小康社会目标，革除发展中的体制机制障碍。党的十八大提出，到2020年实现全面建成小康社会的奋斗目标，并提出了相应的新要求，包括经济持续健康发展、人民民主不断扩大、文化软实力显著增强、人民生活水平全面提高、资源节约型环境友好型社会建设取得重大进展。这是我们党对全国人民作出的庄严承诺和肩负的重大使命。实现既定的目标，时间紧迫，任务艰巨。要紧紧抓住全面深化改革这个关键，坚决革除阻碍科学发展的体制机制弊端。以改革开放为动力，着力创新体制机制，积极适应和引领经济发展新常态，促进经济中高速增长，迈向中高端水平。更加注重加快转变经济发展方式，推动结构优化升级，实现创新驱动发展和持续健康发展，全面推动新型工业化、信息化、城镇化、农业现代化，着力补发展短板，加强薄弱环节，使各方面互联互动、协调推进，确保如期完成全面建成小康社会的目标任务。

紧紧围绕推进国家治理现代化，突出重点改革任务。要按照完善和发展中国特色社会主义制度、推进国家治理体系和治理能力现代化的总目标，坚定方向、抓住重点、全面推进，不失时机地在重要领域和关键环节取得决定性成果。在经济体制改革方面，要紧紧围绕使市场在资源配置中起决定性作用和更好发挥政府作用来推进，坚持和完善公有制为主体、多种所有制经济共同发展的基本经济制度，加快完善现代市场体系、宏观调控体系、开放型

经济体系，加快转变经济发展方式，加快建设创新型国家，推动经济更有效率、更加公平、更可持续发展。在政治体制改革方面，要紧紧围绕坚持党的领导、人民当家作主、依法治国有机统一来推进，加快推进社会主义民主政治制度化、规范化、程序化，建设社会主义法治国家，发展更加广泛、更加充分、更加健全的人民民主。在文化体制改革方面，要紧紧围绕建设社会主义核心价值体系、社会主义文化强国来推进，加快完善文化管理体制和文化生产经营机制，建立健全公共文化体系、现代文化市场体系，推动社会主义文化大发展、大繁荣。在社会体制改革方面，要紧紧围绕更好保障和改善民生、促进社会公平正义来推进，改革收入分配制度，推进社会领域制度创新，推进基本公共服务均等化，加快形成科学有效的社会治理体制。在生态文明体制改革方面，要紧紧围绕建设美丽中国来推进，加快建立生态文明制度，健全国土空间开发、资源节约利用、生态环境保护的体制机制，推动形成人与自然和谐发展的现代化建设新格局。在党的建设制度改革方面，要紧紧围绕提高科学执政、民主执政、依法执政水平来推进，加强民主集中制建设，完善党的领导体制和执政方式，保持党的先进性和纯洁性，为改革开放和社会主义现代化建设提供坚强的政治保证。

紧紧围绕构建开放型经济新体制，进一步提高对外开放水平。中共中央、国务院《关于构建开放型经济新体制的若干意见》，提出了新时期扩大对外开放的新要求。当前，要适应经济全球化新形势，加快培育国际合作和竞争新优势，更加积极地促进内需和外需平衡、进口和出口平衡、引进外资和对外投资平衡，逐步实现国际收支基本平衡，形成全方位开放新格局，实现开放型经济治理体系和治理能力现代化，在扩大开放中树立正确义利观，切实维护国家利益，保障国家安全，推动我国与世界各国共同发展，构建互利共赢、多元平衡、安全高效的开放型经济新体制，努力为我国开拓更为广阔的发展空间。统筹好国内国际两个大局，进一步扩大开放的范围和深度，实现"引进来"和"走出去"双向互动，放宽投资准入，推进金融、教育、文化、医疗、旅游等服务业领域有序开放。扩大企业和个人对外投资，着力推动标准、技术、服务走出去。加快实施自贸区战略，构建以周边为基础、面向全球的高标准自由贸易区网络。扩大内陆沿边开放，积极实施"一带一路"倡议，积极参与全球经济规则和贸易投资治理机制改革。同时，要高度重视提高抵御国际经济风险能力，维护国家经济安全。

　　紧紧围绕构建完备成熟的制度体系和法治体系，坚持深化改革开放。推进改革开放，既要解决具体实际问题，更要注重制度化建设和法治化建设。这是因为，制度问题更带有根本性、全局性、稳定性和长期性，法治体系是国家治理体系和治理能力现代化的重要依托和重要标志。当前摆在我们面前的一项重大历史任务，就是完善和发展中国特色社会主义制度，建设社会主义法治国家，为党和国家事业发展、为人民幸福安康、为社会和谐稳定、为国家长治久安提供一整套系统完备、科学规范、运行有效的制度体系，使中国特色社会主义各方面制度更加成熟、更加定型。"十三五"时期，我们要紧紧围绕这一历史任务，着力健全中国特色社会主义法治体系，强化在法治的轨道上推进改革、发展、稳定，发挥法治在中国特色社会主义事业中的引领和保障作用。只有在构建更加完备、更加稳定、更加管用的制度体系和法治体系上下大功夫、用大力气，才能使中国特色社会主义制度越来越完善，也才能使中国特色社会主义道路越走越宽广，为顺利实现"两个一百年"奋斗目标和中华民族伟大复兴的中国梦提供强有力的制度保障和法治保障。

增强问题意识　提出真知灼见

——《中国改革与发展热点问题
研究（2016）》[*]序言

（二〇一五年十一月）

改革开放 37 年来，中国经济和社会发展取得了历史上从没有过的辉煌成就，成为世界发展史上的伟大奇迹。在实现历史性巨大进步的同时，一些始料不及的问题和难以完全避免的问题也相伴而生甚至积聚起来。现在，中国经济发展进入新常态，全面改革处于攻坚期，结构调整正值阵痛时，各种矛盾错综复杂，改革发展稳定任务之重前所未有，前进道路上的挑战风险也前所未有。在中国发展的新形势新阶段，亟待研究解决许多新问题、新矛盾。

本书是中国行政体制改革研究会 2015 年度重点研究课题的成果之一。全书围绕"十三五"时期国内外政治经济发展环境和变动趋势，聚焦研讨改革和发展中的热点、难点、重点问题。一是"十三五"时期的全球大势与我国战略选择，主要讨论世界经济趋势、中美经贸关系、区域经济合作、财政体制改革、"一带一路"战略等问题。二是"十三五"时期我国经济改革热点，主要讨论经济发展新常态下的改革任务、产业结构升级、城镇化创新发展、土地管理改革、企业公司治理等问题。三是"十三五"时期我国行政改革热点，主要讨论简政放权、放管结合，"为官不为、懒政怠政"治理，政府职能转变、执行力提升，中央与地方关系等问题。四是"十三五"时期我国社会体制改革热点，主要讨论社会事业改革、基层社会治理现代化、社会组织内部治理、老年人社会服务、社会风险管理等问题。通览诸篇，本书有以下几个突出特点：

一是问题导向性。书中所涉及改革发展中的问题，包括农业"走出去"、

---

* 《中国改革与发展热点问题研究（2016）》，魏礼群主编，商务印书馆 2015 年 12 月出版。

国防工业发展、金融改革、国企改革、土地改革、简政放权、老龄化等，都是中国面临的突出问题，也是正在深入推进的改革任务。论文作者从不同角度进行了深入研究，其中一些观点富有创新。

二是建言前瞻性。有些文章对现实问题进行了深入的调研分析，在此基础上展望未来趋势，提出了富有超前性解决问题的对策建议，其中一些建言颇有见地。

三是内容综合性。本书分为四大板块，涉及国家战略选择以及经济、行政、社会领域的改革发展，不仅有对国内问题的探究，也有对国际形势的研判，涉及广泛，内容丰富，颇有深度。

作为中国行政改革智库研究成果的一个名牌，《中国改革与发展热点问题研究》已经连续出版了两年结集本，社会各界对每本文集都给予了充分肯定和热情点赞。今年的文集编撰工作，受到了部分知名专家、学者的关注，他们不仅积极参与文稿的审校工作，而且还奉献出自己的最新研究成果。这说明，研究解决中国改革与发展中的热点问题，越来越受到人们的重视和支持。

刚刚闭幕的党的十八届五中全会，审议通过了中共中央关于制定"十三五"规划的建议，描绘了未来五年国民经济和社会发展的宏伟蓝图，提出了一系列重大的新观点、新论断、新思想、新任务、新举措。我们要认真学习贯彻五中全会精神，深入研究"十三五"时期经济社会发展和改革开放中的新课题。

"天下兴亡，匹夫有责。"我们要以国家兴盛为己任，坚持以中国特色社会主义理论为指引，认真贯彻习近平总书记系列重要讲话精神，坚持围绕中心、服务大局，增强问题意识，运用战略思维、创新思维、辩证思维，独立思考，大胆探索，提出真知灼见。当今中国这样一个伟大的时代，为人生出彩提供了广阔舞台。每一个有志者都应当弘扬"先天下之忧而忧，后天下之乐而乐"的奉献精神，自觉地把服务于国家富强、民族振兴、人民幸福作为神圣职责和崇高使命，积极地为全面建成小康社会、加快社会主义现代化、实现中华民族伟大复兴的中国梦而不懈努力奋斗！

本书付梓之时，草成以上文字。是为序。

深入研究和把握改革的逻辑

——《循着改革的逻辑——

一个经济学人的时事观察》*序言

（二〇一五年十一月）

　　改革开放是决定当代中国命运的关键抉择，是党和人民事业大踏步赶上时代潮流的重要法宝，也是实现中华民族伟大复兴的中国梦的必由之路。党的十八大以后，中国改革开放大业进入新的发展阶段。党的十八届三中全会明确了全面深化改革的主要任务以及路线图和时间表，给步入新常态下的中国经济社会发展注入了新的动力。这样一个伟大的变革年代，为各方面人才提供了报效祖国的难得历史机遇。关注、参与和推动改革开放，深入研究新阶段改革的内在逻辑和运行规律，坚持不懈地为全面深化改革呐喊、献策和助力，既是当代中青年经济学人需要着力把握的重要机遇，也是应当承担的历史责任和光荣使命。国家行政学院研究员胡敏同志新近出版的专著《循着改革的逻辑——一个经济学人的时事观察》，就是负载着这样一种责任、洋溢着这样一种激情，以一位中青年经济学人的朴实眼光，认真观察和思考着一系列纷繁复杂的改革现实和问题，努力发掘和研究改革表象后的内在逻辑，为当下的中国改革作出力所能及的注解和阐释。从这个角度说，这本书是顺时应势之作。

　　中国改革是一个极为宏大的主题，也有着基于中国国情的内在逻辑。准确把握中国改革的逻辑，就必须坚持立足于当代世情、国情和党情，深刻分析改革的机理和规律，树立正确的改革理念，坚定正确的改革方向，研究可行的改革路径和改革策略，明晰推进改革的主体和动力，设定改革风险防范和成败得失的评价标准，还要理清改革与经济运行、社会治理、文化建设、

* 《循着改革的逻辑——一个经济学人的时事观察》，胡敏著，国家行政学院出版社 2016 年 6 月出版。

制度规范、法治建构等范畴的内在联系，等等。改革开放 37 年来，我们实际上正是循着一条既探究和尊重客观经济规律、又紧扣中国发展阶段性特征和人民群众基本诉求的思路来推进改革事业的，并通过不断总结经验，逐步上升为可以指导实践并越来越成熟的改革理论。改革激发了人民的创造力，得到了广大群众的支持，改革成果也不断为全体人民所共享。

面对当今国际国内错综复杂的环境，中国改革处于一个重要的历史关口，改革发展的任务更加艰巨。以习近平同志为核心的党中央站在时代的高度，按照完善和发展中国特色社会主义制度、推进国家治理体系和治理能力现代化的总目标，从着力解决我国经济社会发展面临的突出问题入手，从实际问题出发推进改革，加快完善各方面体制机制，推进全面深化改革，改革更加富有系统性、协调性、针对性和可操作性。与此同时，这也要求理论工作者更加深刻地认识我国改革的艰巨性长期性和深化改革对经济社会发展的重要性，坚持不懈地按照社会主义市场经济的改革方向献计献策。

应该说，这本书的作者也正是按照这样的思路来谋篇布局的。通读全书，可以发现，这本书是作者近几年在国家级报刊公开发表的文章的结集，全书收录了他撰写的 150 多篇文章、近 50 万字。虽然这本书不是一本纯学术理论著作，但每篇文章充盈着理论联系实际的学术精神，具有较强的问题意识和现实针对性。该书名定为《循着改革的逻辑——一个经济学人的时事观察》，既渗透着浓浓的时代气息，也彰显了该书的问题意识，充分体现了作者对当今改革所涉猎的方方面面现实问题的深入思考。总体来说，本书具有以下几个特点：

一是视野广。全书以反映现实改革为主题，以分析改革运行中的矛盾和问题为着眼点，全书四个篇章涉及经济改革、政治改革、社会改革、文化改革、生态文明制度改革，乃至党建和反腐倡廉制度建设，覆盖面很广，但又是以改革这条主线串起了经济社会发展的方方面面，遵循了改革的内在逻辑，反映了全面深化改革的指导思想、原则方法、重点任务和动力基础。

二是文风新。全书收录的文章，大部分是作者对经济社会发展中热点焦点问题的观察分析和评述，这些文章多是以提出问题引入分析，以逻辑分析推演解决方案，具有比较好的理论美、结构美和形式美，做到了通俗易懂，文风清新流畅。这与作者长期在中央党报工作并担任党报评论员和理论版主编的实践经历直接相关。

三是思考深。本书收录的文章，多是针对我国经济社会发展面临的难点重点问题。作者通过对党和政府大政方针的学习理解，结合自己的理论研究和判断，进行了比较深入的独立思考，对不少问题还提出了富有建设性的对策建议，既体现了一个中青年经济学人的社会责任，也反映出作者具有比较扎实的经济学理论功底和比较宽广的学术视野。

胡敏同志是中国人民大学国民经济系的博士，专业方向是宏观经济政策研究。2009 年初从《经济日报》社评论理论部副主任岗位上调到国家行政学院研究室工作，一开始从事学院重要文稿的起草和一些课题研究工作，后来由于学院发展的需要，主要参与创办学院新闻中心，这既很好发挥了他多年在中央新闻单位工作历练出来的专长，也顺应了学院开拓新闻宣传工作的形势要求。不论在哪个工作岗位上，胡敏同志都能兢兢业业、任劳任怨，并能主动进取、开拓创新。经过几年的辛勤努力，他带领几位同志搭建了学院新闻宣传工作平台，疏通了学院与中央新闻媒体紧密联系的桥梁，特别是开创性地策划制播了近150期的学院内部电视节目《学院新闻播报》，很好地展示了学院对外形象和品牌美誉度，其工作是卓有成效的，受到了各方面的肯定和好评。在工作之余，胡敏同志挤出时间潜心学习，通过给中央报刊撰写经济时评文章，不断提升自己对时局的观察能力和分析能力，不断增强自己的学术素养和文字水平。同时，他还积极投身国家行政学院这个国家重要的智库建设中，主动参与一些重大决策咨询课题研究，这方面也取得了不少重要成果。从本书收录的文章，包括他主动为学院教学培训主题班撰写的一系列纪实通讯，可以看出他是一个对待工作和事业充满责任心的人，也是一个在学术研究领域勤于耕耘的人。

本书付梓之前，胡敏同志给我送来书的样本并请我写个序。作为他的师长，我乐见年轻人对事业的勤勉、对学术的追求和对国家改革事业的担当，所以写下以上文字。祝愿胡敏同志能够继续笔耕不辍，勤于思考，为中国的改革事业作出应有的贡献。

是以为序。

不忘本来才能开辟未来

——《睢宁县乡村地名文化人物志》*序言

（二○一五年十二月）

　　我的故乡江苏睢宁，历史悠久，文化源远流长。社会不断发展，时代瞬息变迁。新中国成立以后特别是改革开放37年来，睢宁大地百业俱兴，沧桑巨变，经济社会发展日新月异，城乡面貌焕然一新。家乡变强了，变富了，变美了，这是我们长期客居他乡的游子最值得骄傲和高兴的事。

　　睢宁地处黄淮平原腹地，全境1769平方公里，地域不大却文明久远，有文字记载的历史始于先秦奚仲迁都下邳，至今已四千余年。这里向称山川形胜，为古代水陆之要冲，沂武交流，睢泗汤汤，童乌入陂，故黄河横贯西东，襟山带湖，山环水抱，四季分明。明代翰林院编修诗人公家臣在《晚过睢宁》一诗中写道："山辉水映树层层，野辟烟稠户舍增。百里民歌声不断，停舟相问是兰陵。"

　　这里藏龙卧虎，钟灵毓秀，豪杰辈出，是历代兵家必争之地；这里也是帝王将相潜心抱道、韬光养晦、积精蓄锐、守望中原、控扼淮岱的理想之地。车正奚仲，成侯邹忌，圯上老人黄石公，三杰之首张良，下邳四代王刘衍、刘成、刘意、刘宜，出生于下邳的孙权、韩信、陶谦、笮融、宋武帝刘裕等等，都曾在这里留下谈兵论道、逐鹿中原、运筹帷幄、决胜千里的身影。

　　这里山川秀丽，水网发达，交通方便，商贾云集，人文荟萃，文化积淀深厚，名胜古迹繁多。古有挂剑台、青陵台、古圯桥、戚姬苑、白门楼、葛洪井、石崇墓、陈琳墓等，都带着历史风云人物和动人故事载入史册。由于交通便利，环境优美，包括高湛、李白、李商隐、温庭筠、苏轼、文天祥、高启、杨士奇、王世贞、冯梦龙、申其学、石枝玫、陈铎、李枝翘、吴逢之、

---

* 《睢宁县乡村地名文化人物志》，睢宁县乡村地名文化人物志编委会编纂，商务印书馆2016年12月出版。

周谊、柳亚子、周祥骏等迁客骚人多会于此。这里不仅留下了他们的身影和足迹，还留下了大量咏史怀古的诗文歌赋。

白驹过隙，时代万变，神州大地正从传统社会文明向现代社会文明转变，民众居住形态从传统的族群村落向新型城镇化转型。古老的睢宁也日渐发生了广泛而深刻的变革。根植于农耕文明的传统文化，子承父业、口传心授的民间手工艺，修身齐家的乡规民约，散落群星般的古街名巷、封丘古墓、碑碣刻石等，都将随着时代变迁而远去。如何在社会变迁中将传统文化得到保护与传承，让人们永远记住乡愁？近些年来，睢宁县两届县委、县政府认识到位，高度重视，政协主席刘礼春同志利用业余时间，在两年内不辞辛苦踏遍全县大地进行实地考察，并亲自挂帅组织编纂了《睢宁县乡村地名文化人物志》这部浩繁巨著，他们对传统文化的保护传承意识与自觉行为令我欣慰。他们以乡村为经纬，组织 2000 余人，共襄盛举，历时三年抢救性挖掘整理全县域乡村地名文化人物信息，完成了 800 余万字《睢宁乡村地名文化人物志》的编写工作。这部巨著记载了 1769 平方公里范围内，136 万人口的 23 个镇（园区）、400 个行政村（社区）、2763 个自然庄、5000 余个乡村人物；详细记述了村庄的名称、历史变迁、所处经纬、民族构成、姓氏由来、村容庄貌、自然生态、名胜古迹、人物经纶。分门别类，图文并茂，多角度全方位展现了各地的风土、风物、风俗、风情、民间文化及其特定土壤之上生发成长起来的厚重、辉煌的历史。

《睢宁县乡村地名文化人物志》，对入《志》的"乡村人物"，以严格的道德标尺衡量，体现其导向性、公益性、启迪性。无论是中央委员、省长、部长、将军、厅局长，还是大学教授、中学高级教师、医疗卫技能手、身怀绝技的农民，工农商学兵政党，三百六十行，只要尽心尽力为国家、为人民工作而又卓有贡献，都赫然在列。这部《志》中，既有往古帝王将相、历代英雄豪杰，更有当代才俊；既有带领村民致富的"五星村书记"，又有百姓道德楷模——全国道德模范获得者；既有享誉苏鲁豫皖、名震四方的大鼓说唱、琴书艺人，又有历史悠久的贡品、特产、绝技、艺术传承者……

历史孕育了现在，现在是未来的起点。编纂地方志类图书，是一项重要的文化建设。《睢宁县乡村地名文化人物志》，记载翔实，叙述有序，精细入微，构成了一幅多视角的立体画面，让睢宁这块热土之上的自然生态、乡村社情、群体风骨、精神崇尚，跃然纸上。它给仍生活在这里的人们展现了一幅幅生动的景象，让远离家乡的游子铭记乡愁，为后来者架起了一道穿越历史走向未来的桥梁。这是一部丰厚的、弥足珍贵的文化建设遗产，其广泛性、史料性、独创性的特点，具有重要的历史价值、教育价值、人文价值。

"不忘本来才能开辟未来。"《睢宁县乡村地名文化人物志》这部巨著，将成为睢宁地方子孙后代研究睢宁历史的乡土教材。感谢为本书作出辛勤劳动和贡献的所有编纂人员。时任睢宁县政协主席刘礼春提出并组织编纂这部鸿篇巨制，功莫大焉！

近些年来，睢宁政协准确把握时代脉搏，聚焦传统文化的挖掘与整理，以可贵的文化自觉、文化自信和文化担当，凭借特有的政协人才资源优势，组织精干的写作队伍，整理编纂了一大批文史资料。他们在编纂《睢宁县乡村地名文化人物志》过程中，还专门派人来京征求我的意见和看法，可见他们对编纂工程的用心、用情与重视。新年前夕，在这部历史性巨制编纂告竣之时，刘礼春同志专程来京请我为该书作序，我很高兴，遂欣然命笔，写了以上对本书编写和出版的感受，谨以为序。

促进旅游业健康发展

——《原群论旅游》*序言

（二〇一五年十二月）

不久前，原群同志送我一部题为《原群论旅游》的书稿，请我作序。此书稿字里行间，折射出作者理性的思辨和优美的文风。我被作者的理念和情怀所触动，感慨之余，欣然命笔。

旅游业作为关联度大的综合性产业行业，对经济社会发展全局具有重要意义，既是硬实力的体现，也是软实力的标志。党和国家高度重视旅游业的发展。习近平总书记强调：旅游是传播文明、交流文化、增进友谊的桥梁，是人民生活水平提高的一个重要指标，要大力发展旅游业。李克强总理要求：要发挥旅游在扩内需、稳增长、增就业、减贫困、惠民生中的独特作用，着力创新旅游管理体制，着力依法规范旅游市场，着力推进现代旅游产业发展，着力培育旅游经济增长点，让旅游更安全、更便利、更文明、更舒心。随着我国经济发展水平的不断提升和逐步进入发展新常态，旅游业的地位和作用更加重要。大力发展旅游业，是我国全面建成小康社会和实现现代化的重大任务。

旅游发展，规划先行。该书作为一本旅游规划专业用书，在理论与实践、内容与形式的结合上，独辟蹊径，别出心裁，足见作者之用力、用智和用心。这本书无论是主题，还是透过案例所诠释出的旅游规划理念，都符合我国经济发展新常态下的绿色化、生态化，旅游理念和"旅游+"新业态，颇具时代感和现实意义，对促进旅游业发展及研究旅游业发展规划都具有借鉴作用。

---

* 《原群论旅游》，原群著，旅游教育出版社 2016 年 4 月出版。该书是系列丛书，共有《旅游规划与策划：创新与思辨》、《旅游规划与策划全真案例》和《导游技巧与导游词策划》三册。

原群同志将红色文化精神运用到旅游经济中，关注于红色旅游理论与实践。我注意到，不少案例中包含红色旅游项目和产品，都是红色文化与旅游业结合的生动体现。其笔力所及，规划所至，主要特点有二：

其一，对红色文化在旅游实践中的挖掘和拓展。红色文化一般指在革命战争年代，由中国共产党人、先进分子和人民群众共同创造并极具中国特色的先进文化，蕴含着丰富的革命精神和厚重的历史文化内涵。红色旅游主要是以红色文化的纪念地、标志物为载体，以其所承载的革命历史、革命事迹和革命精神为内涵，开展缅怀学习、参观游览的主题性旅游活动。该书的规划案例中，对红色旅游概念作了生动的诠释和解读，但并没有局限于单纯的"红色"，而是在红色内涵上发掘、延伸，从而使红色文化与大众旅游很好对接，有效拓宽了红色旅游项目和产品。

在作者的红色旅游规划中，"红色"不仅代表革命、勇气、成功与光荣，还与古老的民族"图腾"有关，并蕴含着"求吉"思想。中国人的"红色情结"与生俱来，它流淌在民族的血脉里，烙印在民族的基因中。中华民族作为炎黄子孙，炎帝又称赤帝，是中国的太阳神；黄帝氏族也崇拜太阳神和火神，这表明中华民族在远古时代就有强烈的"红色崇拜"。事业开头顺利叫"开门红"，"金榜题名"是红榜……因为喜欢红色，世人更赋予了"红"以美的含义。在西方人眼中，红色即是中国的"国色"。总之，红色文化集历史印证价值、文明传承价值、政治教育价值、经济开发价值于一体。作者正是抓住了红色文化的丰富内蕴，以及闪光点和聚焦点，才对其进行了新的阐释和活化，并与现代旅游业有机嫁接。

其二，对"红色"与"绿色"相结合的创新理念。红色旅游既不能一味地迎合市场行为，也不能脱离市场需求，旅游规划说到底还要考虑旅游主体——旅游者的需求。现代休闲旅游，红色文化作为一种重要元素，不可或缺，但却不是唯一的，"红色"与"绿色"的结合乃是当今旅游发展之必然。"红色"是文化，"绿色"是自然，是生态，如果说"红色"文化是核心和精神，那么"绿色"生态就是基底和载体，这如同那句老话——"红花还需绿叶衬"。

该书中的诸多规划案例，大都是自然环境和人文历史的有机结合，优势互补，而对于红色文化，则注重了以红带绿、以绿托红、红绿相映，并将绿色发展、循环发展、低碳发展的理念贯穿始终。

原群是旅游规划界不可多得的智者。此前，《原群论旅游》系列丛书已出版三册，涉及旅游理论、策划和导游词创作，而这次出版的书目大都是旅游规划案例，更是躬身力行的结果。我们需要这类富有真知灼见的图书，希望旅游界有识之士锐意创新，勇于实践，创作出更多更好的旅游著作，推动我们的旅游实践，促进中国旅游业健康发展。

全面推进政务大厅服务标准化

——《〈政务服务中心运行规范〉等 七项国家标准释义读本》*序言

(二〇一六年三月)

由全国政务大厅服务标准化工作组牵头组织编写的《〈政务服务中心运行规范〉等七项国家标准释义读本》，正式结集公开出版。这是在当前全面深化改革、推进政务服务标准化的大背景下，我国首个指导各级政务服务中心建设、管理、运行的简明读物，也是全国政务大厅服务标准化工作组成立以来取得的首项重要成果，对于各级政务服务中心加快推进标准化建设，具有重要的现实指导意义。

政务服务中心是伴随着我国行政审批制度改革和服务型政府建设而出现的一种新型行政运作体系和政务服务机构，经过多年的实践，呈现出多样化、规范化、科学化发展态势，涌现出了服务大厅、便民服务中心等各种服务载体，服务功能从最初的投资项目审批，逐步扩展到便民服务、电子政务、公共资源交易等直接面向社会公众的政务服务领域，成为集行政权力运行、政务公开、便民服务、政民互动等于一体的综合性政务服务平台。特别是党的十八大以来，党中央、国务院坚持"放、管、服"三管齐下，一方面推进简政放权，大幅取消下放审批权力；另一方面推进政府职能转变，不断规范行政行为、优化服务供给。各级政务服务中心作为综合性政务服务机构，已成为促进改革举措落实、检验简政放权改革成效、落实改革红利的最佳实践平台。

政府治理现代化是国家治理现代化的重要组成部分。政府治理标准化很大一部分体现在政务服务标准化上。实践证明，推进政务服务标准化，能够

---

* 《〈政务服务中心运行规范〉等七项国家标准释义读本》，全国政务大厅服务标准化工作组组织编著，中国标准出版社 2016 年 6 月出版。

有效提升行政效能、管理水平和服务质量。首先，通过制定标准，有利于规范内部运行、打破部门壁垒、推进事项协同办理和集成服务；其次，通过组织实施标准，有利于学习借鉴、传播推广政务服务中心最佳实践经验，提升政务服务工作水平；第三，通过实施全过程标准化管理，使行政权力、服务行为、服务质量更加透明、规范，有利于打通为民服务的"最后一公里"，建设群众满意的政府。从全国范围来看，当前在政务服务中心标准化建设中，还存在着标准化理念普及不够、理论研究深度不够、实践工作总结不够、相关国家标准建设不够等问题。为顺应改革发展趋势，规范和指导各级政务服务中心有序推进标准化建设，国家标准化管理委员会于 2010 年、2011 年分别下达国家标准修订项目计划，确定由新泰市政务服务中心、国家行政学院电子政务研究中心、山东省质监局、山东省标准化研究院、泰安市质监局、新泰市质监局、北京市西城区综合政务服务中心、福建省龙岩市行政服务中心、安徽省广德县人民政府政务服务中心共同承担《政务服务中心标准化工作指南》《政务服务中心运行规范》两大系列六项国家标准起草制定任务，由中国标准化研究院现代服务标准化发展研究中心与江苏省镇江市行政服务中心共同承担《政务服务中心网上服务规范》国家标准起草制定任务。各参与起草单位在总结各自标准化工作实践经验基础上，共同制定了 GB/T 32170《政务服务中心标准化工作指南》、GB/T 32169《政务服务中心运行规范》系列以及 GB/T 32168《政务服务中心网上服务规范》国家标准。该系列国家标准是我国在政务服务层面推出的首批国家标准，开创了我国政务服务标准化建设的新局面。

与七项国家标准发布同步，全国政务大厅服务标准化工作组于 2015 年 10 月经国标委正式批复成立。工作组成立以来，在研究、推广、普及政务服务中心服务标准化建设方面，做了大量卓有成效的工作。为了便于各级政务服务中心标准化实践者更好地理解和把握七项国家标准，帮助标准使用者特别是各地政务服务中心准确运用国家标准内容，按照国家标准化管理委员会的要求，全国政务大厅标准化工作组组织相关人员编写了本读本。该读本共分八个章节，全面系统阐述了我国政务服务中心历史沿革、发展现状、发展趋势，以及标准化原理和方法在政务服务中心的运用、标准体系建设、标准制定等内容。无论在理论阐释还是在实践建议上，都富有创新性和普适性，集中展现了近 20 年来我国推进政府职能转变、深化行政审批制度改革的生动画卷，是我国政务服务中心及其标准化建设的史料汇编，非常值得各级政府工作人员和广大政务服务工作者研读。

希望全国政务大厅服务标准化工作组以七大政务服务标准的颁布实施和此书的结集出版为契机，全面推进政务大厅服务标准化工作，为加快服务型政府建设、提升政府治理现代化提供高质量的标准支撑，推动全国政务服务标准化建设工作取得更加丰硕的成果。

放飞梦想　善于思考

——《中国口岸开放的政治经济学分析》[*]序言

（二〇一六年五月）

对外开放是国家繁荣发展的必由之路，是我国的基本国策，也是当代中国发展道路最鲜明的特点。实行改革开放30多年来，中国取得了前所未有的辉煌成就，经济总量跃居世界第二位，成为世界发展史上当之无愧的伟大奇迹。事实证明，改革开放使中国的发展道路越走越宽广。中国已经成为全球第一货物贸易国、最大的外汇储备国和主要对外投资大国，吸引外资和对外投资都居于世界前列，我国经济和世界经济已经深度融合，形成了你中有我、我中有你的发展格局。

开放带来进步，封闭导致落后。这已经为世界和我国发展实践所证实。党的十八大以来，习近平总书记多次强调指出，发展依然是当代中国的第一要务，中国发展的根本出路在于改革，中国开放的大门永远不会关上。这为当前和今后中国全面深化改革、全面提高开放型经济水平指明了正确方向。作为一个国家、一个地区改革开放的门户和窗口，无论过去、现在还是将来，口岸对外开放都是国家对外开放的重要组成部分。就这个意义上说，一个国家、一个地区对外开放和发展实践的历史，也必将是口岸对外开放和发展实践的历史。

历史是过去的现实，现实是未来的历史。当前，运用马克思主义政治经济学基本原理和方法，围绕国家战略需求，以历史的眼光、宽广的视野来研究口岸开放和发展问题，有助于通过中国口岸的兴衰变化达到知古鉴今、古为今用的目的，从中汲取历史智慧和营养，在现实工作中发挥以史为镜应有的积极作用；有助于更好地服务我国深化口岸开放，完善对外开放布局，实现陆海空内外联动、东中西全面开放，更好地服务、促进丝绸之路经济带和

---

[*]《中国口岸开放的政治经济学分析》，朱振著，中国经济出版社2016年5月出版。

21 世纪海上丝绸之路建设；有助于践行创新、协调、绿色、开放、共享的新发展理念，顺应我国经济深度融合世界经济的趋势，推动全方位对外开放，深化国际合作与交流，积极参与全球经济治理体系和全球经贸规则变革，努力提升中国在全球经济中的话语权和主导权，争取赢得更大的发展空间和更多的国家利益，加快发展更高层次的开放型经济。

朱振同志的新著《中国口岸开放的政治经济学分析》，系由其博士论文几番披阅增补、丰富而成。该书在回顾总结国内外口岸开放研究成果的基础上，系统总结了我国远自秦汉、近至目前时间跨度长达 2000 多年间对外开放口岸的基本情况；运用理论阐述和实证研究的方法，较好地分析了口岸开放与区域产业、口岸城市及所在区域的关联性问题；以水运口岸为例，系统分析了港口集群和区域口岸之间的竞争与合作关系；深入分析了各省域口岸进出境运量的空间布局和平面统计状况；同时，还对中国口岸开放机制和管理体制进行了国际比较分析，并有针对性提出了富有建设性的政策建议。总体来看，该书资料翔实丰富、论证较为充分，这部结合工作实践苦心耕耘的新作，凝聚了作者多年对中国口岸开放和发展问题的深度思考，很值得一读。该书给我们带来不少启迪和思考，我们有理由对这部著作问世表示祝贺。希望本书作为口岸开放和发展研究领域的一项新探索，带动更多的理论工作者和实务工作者共同深入研究，为中国口岸事业的进一步开放和发展作出应有的贡献。

社会实践没有止境，改革创新没有止境，科学研究也没有止境。当今中国是一个放飞梦想的伟大时代，为每个人梦想提供了广阔空间。希望朱振同志继续坚持自觉学习、主动学习、终身学习，善于结合工作实践思考研究，把握科学的思想方法和工作方法，不断提高战略思维、历史思维、辩证思维、创新思维和底线思维能力，努力做到工作学习化、学习工作化，在学习中思考，在思考中学习，始终牢记学习求知与善于思考是人生进步的阶梯和走向光辉顶点之路。

值此朱振同志的《中国口岸开放的政治经济学分析》一书付梓之际，应邀撰文。是为序。

积极应对人口老龄化

——《老年人的"留"与"流"：我国城镇化进程中特殊老年群体研究》*序言

（二〇一六年七月）

人口老龄化是经济社会发展进步的产物，也是 21 世纪全球面临的共同问题。党和国家高度重视老龄工作。党的十八大和十八届三中、四中、五中全会、国家"十三五"规划纲要都提出了积极应对人口老龄化的战略任务。

我国于 1999 年迈入老龄社会，人口老龄化迅猛发展。2015 年年底，60 周岁以上老年人口已达 2.22 亿，约占总人口的 16.1%。据预测，到本世纪末，人口老龄化都在高位运行。人口老龄化不仅带来老年人的赡养、医疗、照护、精神生活等方面的问题，而且带来全社会的政治、经济、社会、文化、生态等方面的问题。因此，应对人口老龄化的成效，"事关国家发展全局，事关百姓福祉"。

"十三五"时期，是全面建成小康社会的决胜阶段，也是推动老龄事业改革发展的重要战略机遇期。当前和今后一个时期，应对人口老龄化，要紧紧围绕党和国家中心任务，切实抓好以下几个方面的工作。

第一，树立新理念和新思维。一是全社会树立全生命周期养老准备的意识。从个体来看，前老年时期积累的健康、经济、人脉、生育等养老资源，是老年人应对老年期问题最重要的个人资源和社会资源，是老年人的养老本钱。从社会整体来看，全生命周期的过程涵盖各年龄人口群体，基于代际公平和全人口视角为老龄化做准备。如养老金的准备通过提高年轻人的劳动生产率和老年人的经济参与率来进行，老年人的医疗保健支出通过对全人口的

---

* 《老年人的"留"与"流"：我国城镇化进程中特殊老年群体研究》，李芳著，中国社会科学出版社 2016 年 12 月出版。

健康投资来改善。**二是全社会树立健康老龄化观念。**健康老龄化，不仅指身体健康，还有更丰富的内涵，既包括身体、心理和道德三方面有机组合的生命健康，也包括生存环境、遗传基因和生活方式三因素有机组合的生态健康，还包括全人口的全民健康。健康是自理自立的基础，意义十分重大，既可以减少人口老龄化条件下经济社会运行的成本，还是人力资源有效开发的保障。**三是全社会树立积极应对老龄化思想。**要积极看待老龄社会，积极看待老年人和老年生活，努力挖掘人口老龄化给国家发展带来的活力和机遇。积极应对老龄化，对老年人个体来说，就是实现老有所为、老有所用、老有所成；对社会来说，则是积累老年人力资本、开发老年人力资源、收获老年人口红利。积极应对老龄化表达了一种新的老年观，态度积极、身心健康、有一定知识、技能和经验的老年人，始终是社会和家庭的宝贵财富，不能把老年人口完全看作是负担、包袱和问题。

　　第二，坚持把立足国情与借鉴国外经验统一起来。人口老龄化是世界性问题。2011 年联合国报告指出，65 岁及以上老年人口比例超过 7% 的国家有 76 个，到 2050 年则可能超过 150 个，人类社会将全面进入老龄化阶段。我国正处于快速人口老龄化阶段，现有的诸多问题还只是老龄社会矛盾的"冰山一角"。欧美日等发达地区和国家进入老龄社会早，也面临诸多问题。可以说，迄今为止，全世界还没有一个美好、理想的应对老龄化社会样板，仍需要全人类共同努力去探索。我国应对人口老龄化，必须把立足国情和借鉴国外经验统一起来。一是正确把握我国的人口国情。其中，有四个方面尤为值得重视：（1）绝对数量多。预计到 2053 年时，我国老年人口总数比发达国家老年人口的总和还要多出 1 亿人。（2）发展速度快。我国人口老龄化程度从 10% 提高到 30% 约用 41 年，走完欧美发达地区和国家上百年才走完的人口老龄化历程。（3）传统养老文化。我国爱老敬老、养儿防老的文化传统与西方文化迥异，成为破解老龄社会问题的文化力。（4）未富先老、未备先老。这些特殊的人口国情，是我国应对人口老龄化必须充分考虑的，也是研究借鉴国外经验时必须充分考虑的。二是充分利用后发优势，加强与国际对话。密切关注全球迈入老龄化时代发达国家面临老龄化风险的形势；全面分析发达国家人口老龄化的过程，正确评估各个时期的关键应对之策，以汲取其经验和教训。探索在全世界范围内合理分散我国老龄化风险的有效对策。

　　第三，在统筹贯彻"五位一体"总体布局中抓好关键工作。中国特色社会主义是全面发展的社会主义，要促进现代化事业各方面协调发展。人口老龄化意味着我国现代化建设的人口结构会发生根本性变化，将给现代化建设的各个方面带来深刻影响。因此，在"五位一体"总体布局中抓好关键工作，是推动人口老龄化条件下中国可持续发展的必由之路。

在政治建设领域。日益增多的老年人形成基于年龄的庞大群体，会对国家职能、政党制度、政治参与、政治力量格局等产生不容忽视的影响。因此，要做好三项关键工作：一要建立权威的常态统筹机构。整合人口计生、民政、公安、卫生、人力资源与社会保障等部门的相关职能和资源，为统筹应对人口老龄化提供重要的体制、组织和资金保障，切实提高顶层设计水平和统筹谋划力量。二要完善党委领导、政府主导、社会参与、全民行动的老龄工作机制。厘清党委、政府、社会、市场、家庭、老年人各主体的责任边界，其中最重要的是发挥政府的主导作用，同时各主体协同参与、凝聚合力。三要加强老龄工作法治建设。注重和善于运用法治思维和法治方式推动老龄工作；从法律上进一步丰富、充实积极应对人口老龄化的相关内容，进一步强化老年公民基本权利的法律保障；认真贯彻落实《老年人权益保障法》，加快配套法规制度的制定和实施，建立比较完备的老龄法治体系。

在经济建设领域。人口老龄化对我国经济增长潜力与活力、经济运行成本、宏观经济安全等会形成冲击。因此，一要深入研究人口老龄化对经济发展带来的全面而动态的影响；探索人口老龄化条件下的经济结构优化和持续经济发展之路。二要大力发展老龄产业。我国老龄产业市场潜力巨大，但基础薄弱。要重点发展健康、宜居、金融、文化等主体产业；高度重视研发核心老龄科技，抢占全球老龄产业市场份额；提高老年人支付能力，完善老龄产业发展环境，精准扶持重点产业，优化老龄产业结构，推动老龄产业健康快速发展。三要开发大龄和老年人力资源，将低龄健康老年人力资源开发纳入人才强国战略。老年人力资源是老龄化社会赖以发展的重要资源。通过加强老年教育和继续教育，创造良好的政策环境和社会氛围，为老年人的社会参与搭建广阔平台，帮助他们实现自我价值，释放老年人口红利，促进经济社会健康发展。

在社会建设领域。人口老龄化带来老年型人口结构与年轻型社会结构的失衡，对家庭结构、文化教育结构、社会治理结构等形成冲击，还会弱化家庭功能、加剧代际矛盾，加重社会保障和公共服务负担等。因此，一要完善养老、医疗保障制度，重点建立长期照护社会保障制度，以应对个体老年期的贫困、疾病和失能风险。充分利用2025年前的战略机遇期，建立和完善养老、医疗和长期照护三项制度，确保适应中重度老龄社会的要求。二要构建居家为基础、社区为依托、机构为补充、医养融合的养老服务体系；发挥社区养老服务对居家养老的支持功能，建立完善居家养老的支持政策；养老服务应该包括相当比例的福利供给和公益服务，彰显社会主义本质，也包括一定比例的市场选择的老龄产业，"政府之手"托底救急，"市场之手"优化供给，二者形成互补共赢格局。三要完善家庭养老支持政策。进一步巩固家庭养老的基础性地位；探索建立以家庭为中心的基本公共服务体系，通过税收、津贴、弹性就业、住房等优惠政策支持家庭养老，减轻家庭养老负担；鼓励和支持老年人随子女迁移或流动，一方面完善户籍政策，适当放宽父母投靠子女的落户条件，另一方面对于没有迁移户籍的流动老人，可纳入流入地社区管理对象，开展针对特殊困难的流动老人家庭的帮扶服务；加强家庭美德教育，促进互敬、互爱、互助家庭氛围的形成。四要推进代际关系和顺。统筹解决好未成年人、成年人和老年人三大年龄群体间的主要问题，建立科学有效的代际利益协调机制、矛盾调处机制、权益保障机制，促进不同年龄群体平等分享社会资源，共享社会权利，共担社会责任。五要加强老年群体的社会治理，推进人口老龄化条件下社会治理体系和治理能力的现代化。六要加强老年宜居环境建设。按照老年友好型建筑设施要求进行居住环境的适老性改造，以及开展新的城乡建设规划。

在文化建设领域。人口老龄化条件下代际文化冲突不断加剧，弘扬养老文化和孝文化面临诸多困难，文化服务体系也面临诸多压力。因此，一要培养与科学老龄观相适应的积极老龄文化。重点培养适应老龄社会和战胜相关风险的正向社会心理。二要把弘扬孝亲敬老纳入社会主义核心价值观宣传教育，建设具有民族特色、时代特征的孝亲敬老文化。三要繁荣和发展老龄文化。重点为老年群体提供质优量多的文化设施和文化产品，吸引老年人积极参与文化活动，繁荣社会主义文化。

在生态建设领域。生态环境对人的健康影响很大。历经粗放发展期生态破坏的全体人口在老年期面临的疾病风险会在人口老龄化条件下不断放大。因此，一要建立国民健康体质监测体系，对主要由生态问题引起的常见老年疾病建立研发、预防和治疗的支撑体系。二要树立绿色发展理念，治理环境污染，建设生态文明，使全体人口尽可能享有更长的健康老年时期。

夕阳无限好，人间重晚晴。面对人口老龄化给国家发展带来的机遇与挑战，要着眼全局，谋划长远，加强研究，科学决策，聚智聚力，确保人口老龄化条件下我国经济社会的可持续发展，为全面建成小康社会，加快社会主义现代化，实现中华民族伟大复兴的中国梦奠定坚实基础。

李芳在北京师范大学做博士后时关注留守老人问题研究，出站后延续这一研究论题，从城镇化视角研究留守老人和流动老人这对具有一定关联性的特殊老年群体。作为李芳的博士后合作导师，我非常高兴地看到这一凝结她多年研究成果和心血的著作顺利出版，也希望她继续发扬博士后工作期间勤奋努力、潜心研究、勇于创新的精神，多出科研成果，出更好的科研成果。

本书付梓之际，应李芳之邀，我欣然写下以上这些文字。是为序。

创新基层治理模式　提升基层治理效能

——《治理之变：龙城街道"文明型街道"建设研究》*序言

（二〇一六年七月）

　　深圳是个创造奇迹的城市。作为改革开放排头兵，深圳人在过去30多年中"杀出一条血路"，创造了无数个全国第一，展现了无数个奇迹，为我国改革开放的全面深入开展探了路，提供了弥足宝贵的经验，自身也取得了举世瞩目的成就。所以，新一届中央领导集体成立以来，习近平总书记第一站就南下视察深圳，向世界和全国人民展示了中国继续深化改革开放的决心，对新形势下深圳的发展提出了新的要求。

　　由于工作的缘故，我对深圳的发展进行了长期而深入的观察和思考。作为改革创新之城，深圳的改革创新来源于实践的要求并为未来发展提供动力。同时，这些改革创新也亟须从理论上加以深入探索、提炼提升，以从深层次上为改革创新实践提供理论指导。所以，实践理论化和理论实践化是一体两面、相辅相成的基础性工程，应该得到充分的重视。摆在我面前的《治理之变：龙城街道"文明型街道"研究》就是这样一本实践与理论高度结合的著作。

　　对我而言，深圳特区并不陌生，尤其是龙岗区。这几年来，中国行政体制改革研究会与龙岗区联系较多，龙岗区还被中国行政体制改革研究会列入了地方观察点，合作开展了一些课题的研究。可以说，龙岗区这些年在改革创新方面做了很多工作，取得了不少引人瞩目的成绩，一些成果也引起了国家有关部门和广东省的高度关注。而这本书更是让我能够进一步深入观察和思索龙岗区在基层治理方面所开展的一些最新实践探索。虽然龙城仅是龙岗

---

* 《治理之变：龙城街道"文明型街道"建设研究》，李永清、张永会、吴晓琪著，中国社会科学出版社 2016 年 7 月出版。

的一个街道，但也是龙岗这些年来改革创新发展的一个精彩缩影。通过这本书可喜地看到，这几年龙城经历了"脱胎换骨"式的惊人变化，实现了华丽转身，政务环境优良、经济形态高端、社会稳定和谐、人文素质提升、城市功能完善、生态优美宜人，已初步发展成为一座非常富有活力、具有魅力、极有品质的现代化、国际化先进城区。近年来，龙城获得国家、省、市、区荣誉奖项近 400 项。而这样的"蝶变"原因何在？这本书作者将此归于 2012 年启动的 "文明型街道"建设。从该书可看到，龙城的"文明型街道"建设涵盖了政治文明、经济文明、社会文明、文化文明和城市文明等领域，内容全面、内涵明确、指向明晰，各领域的措施有针对性并随着每年形势的变化而提出新要求。"五个文明"既具有各自领域的内容、建设规律和地位作用，又相互支撑、辩证统一、不可分割，共同支撑起"文明型街道"的建设实践，全方位推动龙城面貌发生根本性变化。

龙城"文明型街道"能够取得巨大成功，分析主要原因和做法：一是在各领域建设中坚持"文明"导向和要求。这保证了建设的方向和效果的正向性，符合经济社会发展的规律性要求和人民群众对于更美好健康生活的向往。比如，经济建设中坚持"文明"因素，就可以避免忽视环境保护、高投入、高耗能、低产出的粗放式发展，提升经济发展的质量和可持续性。二是全面文明协调发展。龙城"文明型街道"建设是政治文明为先导，"五个文明"一起抓，协调发展，齐头并进的科学发展之路。均衡、协调的发展追求，使得整个经济社会各领域发展呈现出和谐美满状态。三是文明建设中的"人民性"价值追求。龙城"文明型街道"建设始终贯彻宗旨意识，时时处处从人民利益出发并推进各方面工作，最终实现了街区民众的理解和大力支持，自身也获得更好的发展，实现了多赢的理想状态。

在我看来，龙城的这种"文明型街道"建设模式具有创新性，至少有两方面是比较明显的：首先，它是对街道职能作用的再定义。在我国特殊的转型背景下，街道的职能定位与实际履职随着时空转换而存在着极大的差异性变化，这在深圳也不例外。因而，"街道到底要做什么"，无论是在"党"的层面还是"政"的层面实际上是一个存在很大弹性的问题。龙城街道"五个文明"建设从自身建设、经济促进、社会管理到文化提升与城市管理全覆盖，这固然加重了街道的负担，但是一个全面又相互支撑的职能体系对于辖区面貌的全面提升显然是有正向作用的。其次，它是对治理体系和治理能力现代化的基层探索。要实现党的十八届三中全会提出的"推进治理体系和治理能力现代化"的全面改革总目标，必然需要顶层治理设计与基层治理实践的相互结合，顶层设计为基层实践提供方向和指导，而基层实践则为顶层设计提供鲜活实践经验。就基层治理而言，首先是治理主体的"多元化"，其次是治理客体或内容的"多领域"，只有这样才会最终实现治理效果的良性提升。"五个文明"五位一体的"龙城模式"显然符合这一点。所以，龙城的"文明型街道"建设为基层治理的实践提供了鲜活的样本，值得研究。

龙城的"文明型街道"建设具有极大的理论探索价值和实践推广价值。这本书的作者显然具有这方面的学术敏感性：首先，对龙城街道"蝶变"背后的原因提出了"文明型街道"建设的观点；然后，从理论和方法论层面对"文明型街道"进行了系统的梳理和总结；随后，在具体分析龙城治理困境与解决之道的基础上，对"五个文明"建设进行了详尽的理论分析和实践总结；最后，在总体上对龙城"文明型街道"进行了价值提炼、特点概括和经验总结，并结合政策要求和实践走向对深入推动"文明型街道"建设从法治化、精细化、常态化、协同化、项目化、网格化以及品牌化等诸方面提供了详细的对策建议。全书结构合理、逻辑严密、论证充分、叙述流畅，理论阐述与实践总结结合紧密。我相信，本书的出版会引起更多人对"龙城模式"的关注和研究。

伟大的时代必然伴随着波澜壮阔、丰富多彩的实践活动，并在理论层面显现出来。我们正处于这样一个宏伟的变迁时代。在这个时代，深圳具有得天独厚的优势，其"与生俱来"的改革创新"因子"必然会诞生更多如龙城这样的创新性成果并惠及于民，实现经济社会文化等全面协调发展。在这个意义上，衷心希望龙城"文明型街道"建设实践和经验能够被更多街区所借鉴、吸收并充分发挥作用，为基层治理实现善治作出贡献。

最后，我真诚祝愿龙城街道能够再接再厉，巩固提高，明天更文明更美好。

持续深入研究热点问题
助力全面建成小康社会

——《中国改革与发展热点问题研究（2017）》*序言

（二〇一六年十月）

在 2016 年 3 月召开的第十二届全国人大四次会议上，审议通过了《中华人民共和国国民经济和社会发展第十三个五年规划纲要》。《纲要》明确提出了我国"十三五"时期的发展目标、主要任务和政策措施。从今年开始，我国已进入决胜全面建成小康社会的冲刺阶段。

在决胜全面小康社会的历史时期，我们既面临着诸多重要机遇，也面临着不少严峻挑战，任务繁重而艰巨，有许多矛盾和问题需要探索和破解。《中国改革与发展热点问题研究（2017）》一书，是一些专家学者以"十三五"规划的实施为大背景，聚焦全面建成小康社会的主题，从不同的层面和角度，深入研究分析当前经济社会发展和改革开放进程中的问题，并提出富有建设性的重要观点和政策建议，不少观点和建议颇有见地。

全书大体分为经济发展、社会建设、体制改革等三大板块。**经济发展板块**的内容涉及全面小康建设、经济转型发展、"一带一路"倡议推进、供给侧结构性改革、农业发展方式转变、精准扶贫、资本市场发展、人民币均衡汇率、金融风险防控、口岸开放，国民经济核算方法改革、中国新商业精神建设等方面。**社会建设板块**涉及创新社会治理、社会建设创新、社会组织发展、生态文明和环境保护、大学毕业生就业、药品安全、养老保障、社区志愿服务、家庭教育等方面。**体制改革板块**涉及行政体制改革、行政审批制度改革、行政层级优化、中央与地方协同机制、公共服务统筹、城市群治理、京津冀协同立法、中央与地方关系，以及公民参与、城管价值等方面。这些研究成果既有顶层设计的宏观思考，也有寻幽探微的微观发现，既有街谈巷

---

* 《中国改革与发展热点问题研究（2017）》，魏礼群主编，商务印书馆 2016 年 12 月出版。

议社会热点，也有初次公开的潜在问题。而这些研究成果共性的一面，是都围绕破解决胜全面建成小康社会的问题，力求服务于"十三五"规划目标的实现。这是今年本书的一大特点。

当今中国，正处于一个社会大变革的时代。习近平总书记2016年5月17日在哲学社会科学工作座谈会上的重要讲话中指出："历史表明，社会大变革的时代，一定是哲学社会科学大发展的时代。当代中国正经历着我国历史上最为广泛而深刻的社会变革，也正在进行着人类历史上最为宏大而独特的实践创新。这种前无古人的伟大实践，必将给理论创新、学术繁荣提供强大动力和广阔空间。这是一个需要理论而且一定能够产生理论的时代，这是一个需要思想而且一定能够产生思想的时代。我们不能辜负了这个时代。一切有理想、有抱负的哲学社会科学工作者都应该立时代之潮头，通古今之变化、发思想之先声，积极为党和人民述学立论、建言献策，担负起历史赋予的光荣使命。"新时代需要大智慧、大思路、大手笔，同时也需要小智慧、小思路、小建言，这些努力无论在理论上和政策上的推动力有多大，都具有积极的建设性的意义。众多的点滴突破和推动如涓涓细流，最终必然汇聚成江河之势，成为推动社会发展的重要力量。正是这样，本书研究者努力为国家兴盛、人民幸福、民族振兴贡献智慧的精神，值得赞许。

本书的作者，有正在高校和科研机构供职的，潜心研究热点问题；多数是在实务部门工作的，坚持多年勤奋研究，希望更加聚焦中国经济社会发展和改革开放中的热点、重点、难点问题，深入研究与思考，写出更多有价值、高质量的精品力作。

本书付梓之际，感慨系之，因以为序。

记录中国当代社会变迁历史

——《当代中国社会大事典（1978—2015）》*总序

（二〇一七年一月）

1978 年底召开的中国共产党十一届三中全会，开启了中国当代改革开放和社会进步的历史新时期。为了全面、系统地反映改革开放进程中社会领域的理论创新、体制创新、政策创新和实践创新成果，真实记录这一时期社会领域改革发展的演变脉络、重大事件和辉煌成就，以铭记当代中国社会变迁历史，弘扬改革创新精神，持续推进社会主义现代化建设，我们组织编写了大型文献图书——《当代中国社会大事典（1978—2015）》（以下简称《大事典》）。

编写主旨与特征

组织编写《大事典》，主要有三个方面的考虑：一是国内外已出版一系列反映中国改革开放以来历史进程和主要变化的鸿篇巨制，但多为经济领域的，社会领域的还较少。特别是尚无以"事典"这种特殊体例全面、系统地反映改革开放以来中国社会领域历史演变与伟大成就的大型图书。二是社会领域改革发展迫切需要一部集史料性与研究性于一体的、对当代中国社会演变作出全面汇总和阐释的书籍，以指导和推动科研、教学和决策咨询服务工作。三是编写《大事典》是北京师范大学承担的国家社科基金特别委托重大项目"中国社会管理创新研究信息库建设"的重要内容。

明确"当代中国社会"的内涵和边界，是编写这部《大事典》首先需要解决的问题。"当代中国"，一般指新中国成立以后的社会历史阶段，考虑到改革开放以来社会领域史料比较容易收集，也便于实际操作，所以决定先编

---

* 《当代中国社会大事典（1978—2015）》，魏礼群主编，商务印书馆 2017 年 12 月出版。

写从 1978 年改革开放开始到 2015 年第十二个五年规划完成这 30 多年社会改革发展中的大事要事。本书所谓"中国社会"大体包括了以下几个方面的内容：社会结构和社会形态演变；民主法治和社会规范建设；以民生为重点的社会建设和社会事业发展；社会关系、社会体制、社会管理、社会运行机制创新；社会保障制度、社会治理体系和治理能力建设；社会信用、公共安全和国家安全。

按照这些内容，《大事典》共分为 12 章。全书兼具学术理论创新、实践经验总结、体制制度变迁综述等多方面特征，读者可以全方位领略到改革开放以来中国社会改革发展的生动画卷和壮观景象。

观察中国社会改革特征

从这部《大事典》纵观改革开放以来我国社会领域的改革发展，可以看出以下四个鲜明特征：

以保障改善民生为主线。我们党始终将保障改善民生作为立党之本、执政之基、力量之源。改革开放以来，特别是新世纪以来，党和国家提出加强社会建设，一个根本着眼点就是对改善民生的深度关切。习近平总书记一贯强调，要坚持以人民为中心的发展思想，把解决民生问题作为全面建成小康社会的重中之重，不仅要让贫困群众真正过上幸福生活、实现全部脱贫，而且要让广大人民享有良好的教育、稳定的就业、公正的收入分配、安全的社会保障网、健康的生活环境、自由平等的发展空间，乃至民主的政治、文明的法治、个人的尊严与体面生活。

以体制机制创新为动力。通过对政府管理部门的调整和职能转变，促进全国社会事业不断发展；通过大力推动事业单位分类改革，优化事业单位的构成，强化公益类事业单位基本公共服务属性；通过建立和推广政府购买公共服务制度，撬动和激活了公共服务市场，使得公共服务的提供和传送更为高效、便捷和低成本。通过不断深化社会领域体制改革和管理创新，有力地推动了全国社会建设和社会发展。

以法律制度建设为保障。改革开放以来，特别是 20 世纪 90 年代中期以来，党和政府越来越重视运用法治思维和法治方式加强社会建设、创新社会治理，在教育、就业、收入分配、社会保障、社会组织、社区建设、医疗卫生、食品安全、扶贫、慈善、社会救助和妇女儿童、老年人、残疾人合法权益保护等领域制定了大量法律，还制定和实施了一系列的政策法规和规范性文件，有力地保障了我国社会领域改革发展的顺利推进。

以公平正义为价值导向。改革开放以来，党和国家把维护社会公平正义提高到社会主义本质的高度，作为发展和完善中国特色社会主义的根本思想。在建立和完善社会主义市场经济体制的条件下，强调正确处理按劳分配为主体和实行多种分配方式的关系，先后提出了"效率优先，兼顾公平"的原则，以及"注重社会公平，合理调整国民收入分配格局"的要求，公平正义日益成为我国社会变革和发展的核心价值导向。

社会领域改革发展的宝贵经验

这部《大事典》还记录了我国社会领域改革发展的宝贵经验。

坚持从中国基本国情出发。推进社会领域变革和建设，必须充分考虑我国当代社会政治制度的本质要求，必须充分考虑中国社会历史文化发展的优势和不足，必须充分考虑更好保障人民主体地位和权益，必须充分考虑社会建设规模和速度要与经济建设和国力水平相适应、相协调，必须充分考虑、正确处理改革发展稳定关系，确保社会安定、国家长治久安。

坚持中国特色社会主义根本方向。加强社会建设、创新社会治理、推进社会领域改革和发展，必须始终坚持中国特色社会主义的根本方向，坚持与社会主义市场经济改革发展相适应。要以世界眼光和宽广胸怀学习与借鉴外国在社会建设中的一切有益做法，但必须自觉抵制各种错误思想和主张的影响，确保社会领域改革发展始终沿着中国特色社会主义道路前进。

坚持解放思想和理论创新。改革开放以来，我国社会改革发展取得的举世瞩目成就，都得益于不断地推进党的社会发展理论创新，特别是摆脱了许多传统思想上的禁锢，正确认识在发展社会主义市场经济、社会主义民主政治、社会主义先进文化的条件下政府、市场和社会三者之间的关系。

坚持问题意识和制度导向。社会建设中与群众利益密切相关的问题比较突出，解决这些问题就是人民的期盼、时代的声音。这就要求必须树立强烈的问题意识，提出有针对性和有效的解决问题的思路与办法，坚持标本兼治，强化制度导向，着眼于建立和完善相关制度机制，采取改革措施，注重加强制度建设。

坚持立足中国国情和借鉴国际经验。既要高度重视继承和弘扬中国传统的社会建设优秀文明成果，又要高度重视继承和发扬我们党在推动社会建设中长期形成的鲜明的政治优势、制度优势、组织优势以及群众工作优势。同时，应站在国家富强、人民幸福和民族复兴的高度，以战略眼光认清世界发展潮流，立足中国国情，善于学习和借鉴人类社会发展文明的一切优秀成果，做到古为今用、外为中用。

坚持顶层设计和基层探索相结合。要从整体上系统研究社会改革发展的基本目标、任务、路线图和时间表，注重社会领域改革发展的系统性、整体性、协同性。要以更大的勇气、更多的智慧和更强的能力攻坚克难。要继续鼓励地方大胆试验、勇于创新、敢于突破，充分尊重基层和群众的首创精神。要善于总结和推广社会改革发展创新中丰富的实践创造，及时推广新鲜经验。

坚持中国共产党的坚强领导。加强党的领导是包括社会领域改革发展在内的中国特色社会主义现代化事业的根本保证。要始终坚持加强和改善党的领导，充分发挥党的领导核心作用，并以党的执政能力建设和先进性建设推动社会改革发展，以昂扬的改革创新精神不断开创社会改革发展新局面。

坚定不移推进改革开放
实现中华民族伟大复兴

——"复兴之路——中国改革开放40年
回顾与展望"丛书*总序

（二〇一七年七月）

    实现中华民族伟大复兴，是中华民族近代以来最伟大的梦想。这个梦想，凝聚了几代中国人的夙愿，体现了中华民族和中国人民的整体利益，是每一个中华儿女的共同期盼。为了实现中华民族伟大复兴的中国梦，中国共产党人进行了长期不懈奋斗和极为艰辛的探索。经过深刻总结历史经验，科学认识中国国情，顺应时代发展潮流，终于找到了一条正确道路。这条道路，就是中国特色社会主义，而改革开放则是中国特色社会主义道路最鲜明的特征。

    1978年底，中国共产党召开具有重大历史意义的十一届三中全会，开启了改革开放的伟大征程。改革开放是我们党在新的时代条件下带领人民进行的新的伟大革命，目的就是要解放和发展生产力，加快推进国家现代化；就是要推动我国社会主义制度自我完善和发展，赋予社会主义新的生机活力；就是要在坚持和发展中国特色社会主义的伟大事业中，实现国家富强、人民幸福、民族振兴。回顾改革开放的历史进程，我们党和人民锐意推进改革，从农村到城市、从经济领域到其他各个领域，成功实现了从高度集中的计划经济体制到充满活力的社会主义市场经济体制的伟大历史性转变；我们不断

---

* "复兴之路——中国改革开放四十年回顾与展望"丛书共13本，包括《绿色抉择》、《市场决定的历史突破》、《先行者的探索》、《构建现代治理基础》、《构建服务型政府》、《构建开放型经济新体制》、《所有制改革与创新》、《大国大金融》、《大国根基》、《伟大的历程》、《从计划到市场》、《筑牢文化自信之基》、《构建共享型社会》，魏礼群为丛书编委会主任，广东经济出版社2018年出版。

扩大对外开放，从建立经济特区到开放沿海、沿江、沿边、内陆地区，再到加入世界贸易组织、主动参与经济全球化和实施"一带一路"倡议，从大规模"引进来"到大踏步"走出去"，成功实现了从封闭半封闭到全方位开放的伟大历史性转变。我们在深化经济体制改革的同时，不断深化政治体制、行政体制、文化体制、社会体制、生态文明体制改革和党的建设制度改革，在推进国家治理体系和治理能力现代化方面不断迈出新的步伐。

改革开放以来，我国经济社会发展创造了人类史上的伟大奇迹，经济总量连续跃上几个大台阶，综合国力大幅跃升，全国人民总体上过上小康生活，城乡面貌焕然一新；同时，我国政治建设、文化建设、社会建设、生态文明建设等各领域各方面都取得了举世公认的巨大成就，中国国际地位越来越高，影响力越来越大。现在，我们比历史上任何时期都更接近中华民族伟大复兴的目标。实践充分证明，改革开放是当代中国一切发展进步的动力之源，是全国人民大踏步赶上时代潮流的重要法宝，是坚持和发展中国特色社会主义的必由之路，是实现国家现代化和中华民族伟大复兴中国梦的关键抉择。

习近平总书记指出："改革开放只有进行时，没有完成时。没有改革开放，就没有中国的今天，也就没有中国的明天。"这是对我国改革开放以来走过道路的深刻总结，也是实现未来更加美好目标的根本遵循。无论过去、现在和将来，坚持和发展中国特色社会主义，都必须坚定不移地依靠改革开放。具有重大历史意义的中国共产党第十九次全国代表大会即将隆重召开。这是在全面建成小康社会决胜阶段召开的一次十分重要的大会。当前，我国不仅处于全面建成小康社会、实现第一个百年奋斗目标的决胜阶段，还处于为实现第二个百年奋斗目标，即建成社会主义现代化强国奠定基础的关键时期，我们必须按照习近平总书记治国理政新理念新思想新战略，在已经取得历史性成就的基础上，不忘初心，继往开来，坚定不移地推进改革开放的伟大事业，为我国未来发展道路开辟更为广阔的前景，继续沿着中华民族伟大复兴的康庄大道奋勇前进。

明年，我国将迎来改革开放40周年。为此，广东经济出版社、中国（海南）改革发展研究院联袂策划并组织出版"复兴之路——中国改革开放四十年回顾与展望"丛书（以下简称丛书），献礼党的十九大，献礼我国改革开放40周年。这套丛书，共13本，分别就行政体制改革、计划投资体制改革、现代市场体系建设、所有制结构改革、农村改革、财税体制改革、金融体制改革、对外开放、社会体制改革、文化体制改革、环保体制改革等重点领域，从不同角度客观记录我国改革开放40年的历史进程，并展望改革开放的未来趋势。

本书主编和作者大多是相关领域知名的专家学者，也是我国改革开放的亲历者、见证者，丛书集结了他们长期亲历和研究我国改革开放的重要成果，凝聚了他们对改革开放伟大事业的一腔热情。广东经济出版社对丛书出版给予了全力支持；作为以直谏中国改革为己任的改革智库——中国（海南）改革发展研究院为此书的策划、出版作重要贡献。作为编委会主任，我对为丛书付出艰辛努力的各位编委会成员、作者，对出版社的领导、编辑表示由衷的感谢！

这套丛书跨越多个领域，并力图客观地反映改革开放伟大历程中的理论探索和实践经验，意义重大却又任务艰巨，难免有不足之处，欢迎读者批评指正。

继承优良传统　继续建功立业

——《北京师范大学历史学科教职工、学生名录（1902—1949）》*序言

（二〇一七年八月）

2017 年，北京师范大学迎来 115 周年校庆。在这 115 年的奋斗历程中，北师大历史学科（历史系、历史学院）为祖国培养出一批又一批的杰出人才。他们为中华文化的传承与创新，为国家独立和民族解放，为民族的复兴贡献了青春、智慧，乃至生命！我们将继承北师大历史学院的优良传统，在中华民族伟大复兴的历史新征程中，继续建功立业。

值此校庆 115 周年之际，北京师范大学校友会历史学院分会组织力量编写了《北京师范大学历史学科教职工、学生名录（1902—1949）》、《北京师范大学历史学科（历史系）历届毕业生合影集（1949—2017）》、《北京师范大学历史学院（历史系）校友风采录》等，就是为了用图像、文字等形式记录 115 年来北师大历史人的风采。编写组通过档案搜集、资料录入、对照核实等辛苦工作，最终将上述三部资料集呈现。因时间仓促、历史资料不全，此三辑校友资料可能存在各种不足，敬请谅解，并希知悉详情者提供资料，给予佐证，以便进一步增补修订。

校友是学校最宝贵的财富，校友文化是学校文化的重要组成部分，校友的每一点成就都是学校的无上荣光。今天，我们回顾、铭记校友的事迹，就是要继承前辈的优良传统，宣传校友的奋斗事迹，激励后辈学子刻苦学习、奋发进取，谱写出无悔于时代、无悔于祖国的美好乐章！

---

* 《北京师范大学历史学科教职工、学生名录（1902—1949）》，北京师范大学校友会历史学院分会 2017 年编。

书写中国智库发展的精彩篇章

——《2016中国智库年度发展报告》*序言

（二〇一七年九月）

近40年波澜壮阔的改革开放，使中国特色社会主义道路越走越宽广，经济社会取得举世公认的伟大成就。这是中国共产党带领全国人民不懈勇辟新径、共创历史辉煌的雄伟画卷，也闪耀着社会各界凝聚共识、迸发智慧的思想光辉。

习近平总书记深刻指出："我们进行治国理政，必须善于集中各方面智慧、凝聚最广泛力量。改革发展任务越是艰巨繁重，越需要强大的智力支持。"在新的历史时期和新的国际国内形势下，对科学民主决策、推进国家治理体系和治理能力现代化提出了更为迫切的要求。放眼全球，国际政治经济局势风云变幻，全球治理面临一系列新风险、新问题；从国内看，现代化建设任务繁重艰巨，面临许多新的机遇和挑战，深化改革、推进发展仍应攻坚克难；尤其是随着信息化和互联网、大数据技术的迅速发展，经济社会活动更加错综复杂、瞬息万变，新情况和新事物层出不穷。所有这些，对治国理政和公共决策都提出了新课题、新任务、新要求。

党的十八大以来，以习近平同志为核心的党中央更加重视智库作用，把智库建设作为党和政府科学民主依法决策的重要支撑、国家治理体系和治理能力现代化的重要内容、国家软实力的重要组成部分，为中国特色新型智库建设提供了顶层设计和制度保障。从《关于加强中国特色新型智库建设的意见》的发布，到国家高端智库建设试点工作的开展，从习近平总书记对智库建设的多次深刻阐述和殷切期望，到各类智库牢记使命、奋发进取的决心与行动，从偏重追求形式数量型增长，到注重内涵发展的质量型提升，都彰显着中国智库业界积极有序、健康发展的良好态势。

---

* 《2016中国智库年度发展报告》，王斯敏主编，人民出版社2017年12月出版。

　　党的十九大，是在全面建成小康社会决胜阶段、中国特色社会主义发展关键时期召开的一次十分重要的大会，对全面建成小康社会、全面推进社会主义现代化事业作出新的重大决策部署。面对决胜全面建成小康社会和全面推进现代化建设的繁重任务，面对全面深化改革中的深层次矛盾和问题，面对复杂多变的国际局势，各类智库必须紧密联系党和国家发展实际，聚焦重点领域、明确主攻方向、抓住关键环节，围绕落实党中央提出的重大思想观点、重大战略部署、重大工作举措，来确定研究重点和任务，积极有效地承担时代责任，在全社会凝聚思想共识和行动力量，更好为党和人民事业建真知之言，发睿智之声。

　　一个智库能否实现高质量发展，不断产出优秀成果，各项工作能否顺畅运行、持续健康发展，取决于自身的体质特别是内部治理结构和体制机制建设。因此，对于智库建设本身的研究，也越来越重要，已成为人们研究工作的着力点所在。作为长期从事不同类型智库建设的工作者，我对智库研究领域一直保持密切关注。令人欣喜的是，在党中央指引、国家政策指导和智库业界自觉的共同作用下，一批倾力于智库研究的队伍正在成长，一种助力智库良性发展的智库研究业态逐步形成。

　　特别是光明日报近年来的智库建设与研究工作，让我印象深刻、耳目一新。2014年12月，《智库》版创刊，成为全国第一家以"智库"命名的平面媒体，带动起全国媒体发布智库成果、报道智库动态的热烈氛围；2015年5月，光明日报智库研究与发布中心正式成立，在智库调研、智库评价、智库信息化建设等方面产出诸多品牌性成果，在全国智库界具有颇高的知名度与美誉度。

　　2016年9月28日，我和其他32位同志受聘担任光明日报智库研究与发布中心学术委员，使我与光明日报智库建设的联系更为紧密。2017年4月18日，对光明日报智力资源具有更强涵摄力和聚合力的"光明智库"成立，报社编委会邀请我担任新组建的"光明智库"学术委员会主任，更深切感受到光明日报社主动适应新形势新要求，积极打造新型主流媒体、巩固壮大主流舆论、建设新型智库的高度自觉和使命担当。

　　在履职尽责的过程中，我对光明日报近年的智库成果与活动，都有不同程度的参与和了解。中国智库年度报告、中国智库年度治理论坛、年度"十大"评选、中国智库索引……无不倾注着这支年轻智库队伍的心血与汗水。

即将付梓的这本《2016 中国智库年度发展报告》，是该团队撰写的中国智库年度报告系列的第二本。与上一本相比，研究团队对 2016 年中国智库建设与发展的总结阐析有了新的突破，内容更为全面，材料更为翔实，梳理更为清晰，体例上也有新的探索。报告坚持既有定位，以 2016 年全年中国智库建设与研究的总体状况为研究对象，对其发展过程中的一些重大问题、突出现象进行挖掘、梳理与剖析，对其发展过程中存在的问题进行客观评价与理论分析。相信该报告的出版，能为中国智库发展描下浓墨重彩的一笔，书写真实而精彩的篇章。

当代中国正经历着我国历史上最为广泛而深刻的社会变革，也正在进行着人类历史上最为宏大而独特的实践创新。这些都给广大智库工作者提供了强大动力和广阔空间。智库界的实务工作者和研究者要乘此东风，洞察时代风云，把握前进方向，以强烈事业心和高度责任感，积极为党和人民述学立论、建言献策，担负起历史赋予的光荣使命，为实现"两个一百年"奋斗目标，实现中华民族伟大复兴的中国梦提供智力支持与业界担当。"行动诠释实践，业绩见证辉煌。"让我们共同期待着，行动着！

面向新时代　助力新征程——
学习党的十九大精神的体会

——《中国改革与发展热点问题研究（2018）》*代序言

（二〇一七年十一月）

　　不久前闭幕的党的十九大，站在当代中国历史发展的制高点上，高举中国特色社会主义伟大旗帜，作出"中国特色社会主义进入了新时代"的重大政治判断，并把习近平新时代中国特色社会主义思想确立为党必须长期坚持的指导思想，提出了新时代坚持和发展中国特色社会主义的基本方略和战略部署，深刻回答了新时代坚持和发展中国特色社会主义一系列重大理论和实践问题，为我们党和国家事业在新时代的发展指明了前进的方向。"新时代"，成为当代中国发展变革的新特征和时代发展的新坐标。作为理论研究特别是智库研究工作者，必须认真学习贯彻党的十九大精神，认清新时代、面向新时代，按照新时代的使命和要求做好研究工作，推动新发展，助力新征程。

　　认清时代，至关重要。"时代"，是指历史上经济、政治、文化、社会等状态发生全面性深刻变革的时期，是发展历史方位的标志性显示。它决定着和规定了社会发展的方向、目标、任务和路径。每个历史时代都有标志性特征和运行规律，正所谓"历史车轮滚滚向前，时代潮流浩浩荡荡"，顺之者昌，逆之者亡。审时度势，顺应时代潮流，才能把握历史机遇，大有作为，取得事业成功。一个国家如此，一个机构乃至一个人也是这样。

　　"中国特色社会主义进入了新时代"，是对我国发展新的历史方位的科学判断。这表明，在新中国成立以来特别是改革开放以来取得重大成就的基础上，我国发展站到新的历史起点上，中国特色社会主义进入新的发展阶段。这个新的发展阶段，既同改革开放近40年来的历史进展一脉相承，又有很大的不同，包括党和国家事业发展从指导思想、理念思路、方针政策、体制机

---

* 《中国改革与发展热点问题研究（2018）》，魏礼群主编，商务印书馆 2018 年 2 月出版。

制、根本保证到社会主要矛盾、社会环境、外部条件等各方面都发生了显著变化，呈现与时俱进的新时代特征。特别是在新的伟大实践中形成了习近平新时代中国特色社会主义思想，实现了马克思主义中国化的又一次新飞跃；我国社会主要矛盾已经转化为人民日益增长的美好生活需要和不平衡不充分的发展之间的矛盾，这对党和国家事业发展提出了许多新要求；在即将决胜全面建成小康社会之后，中国未来发展进步又有了新目标。我们党全面审视和把握这些新的时代特征，作出了我们国家迈进"新时代"的重大政治论断，是十分及时的、完全正确的。这对于我们准确认识和把握中国特色社会主义发展阶段、发展现状、发展方向、发展任务、发展要求有着十分重要的意义，也为我们党制定大政方针和行动纲领提供了根本依据。我们要深刻认识这一重大判断的主要依据、丰富内涵、标志性意义，主动适应新时代的发展要求，倍加珍惜新时代的历史机遇，勇敢面对新时代的责任担当，为新时代中国特色社会主义谱写新篇章、创造新辉煌，积极贡献智慧和力量！

面向新时代，助力新征程，最为重要的，是深刻认识中国特色社会主义的本质特征、发展规律和建设路径，准确把握新时代坚持和发展什么样的中国特色社会主义、怎样坚持和发展中国特色社会主义这个重大时代课题，以更好的精神状态，勇立时代潮头，锐意开拓创新，在进行伟大斗争、建设伟大工程、推进伟大事业、实现伟大梦想中，积极为党和人民述学立论、建言献策，多提供有价值、高质量的研究成果。为此，需要着力做到以下几点。

（一）加强理论武装，把握核心要义，学深悟透习近平新时代中国特色社会主义思想。党的十九大把习近平新时代中国特色社会主义思想确立为我们党的行动指南，实现了党的指导思想的又一次与时俱进，具有划时代的重大意义。学习贯彻这一重大思想，对于提高政治站位和思想理论水平，对于明确前进方向和时代要求，对于更好服务于党和国家事业发展，都极为重要。习近平新时代中国特色社会主义思想的突出特征，是继承性、创新性和时代性，核心要义是坚持和发展中国特色社会主义，从理论和实践结合上系统回答了新时代坚持和发展什么样的中国特色社会主义、怎样坚持和发展中国特色社会主义这个重大时代课题。对坚持什么样的中国特色社会主义，习近平总书记从理论渊源、历史根据、本质特征、独特优势、强大生命力等多方位多角度作出了系统阐述和深刻回答。强调中国特色社会主义是社会主义而不是其他什么主义，中国特色社会主义是既坚持科学社会主义基本原理，又具有鲜明实践特色、理论特色、时代特色的社会主义，是植根于中国大地、反映中国人民意愿、适应中国国情和时代发展进步要求的社会主义。对怎样坚持和发展中国特色社会主义，习近平总书记用一系列战略性、前瞻性、创造性的观点，全面阐述和深刻回答了新时代坚持和发展中国特色社会主义的总目标、总任务、总体布局、战略布局和发展方向等基本问题。这些重大创新的思想观点，最重要、最核心的内容就是党的十九大报告概括的"八个明确"。习近平新时代中国特色社会主义思想是新时代条件下坚持和发展中国特色社会主义的科学理论指引和根本遵循，开辟了马克思主义新境界，开辟了中国特色社会主义新境界，开辟了治国理政和管党治党新境界。我们要深入理解和把握这一重大思想的时代背景、科学体系、精神实质、丰富内涵、理论特色和实践要求，自觉地运用这一重大思想武装头脑、指导实践、推动工作。同时，要深化对习近平新时代中国特色社会主义思想的研究和阐释，不断推出有深度、有说服力的研究成果，帮助人们深入领会和理解这一重大科学理论的精神实质和核心要义，自觉地为实现新时代的各项任务努力奋斗！

（二）树立问题意识，聆听时代呼声，直面矛盾和深入研究问题。马克思说："问题就是公开的、无畏的、左右一切个人的时代声音。问题就是时代的口号，是它表现自己精神状态的最实际的呼声。"习近平总书记强调："问题是时代的声音，人心是最大的政治。推进党和国家各项工作，必须坚持问题导向，倾听人民呼声。"事实也证明，只有立足于时代去发现、研究解决面临的问题，才能推动这个时代的社会发展进步。改革开放的历程，就是不断倾听时代的声音，不断发现和解决问题的过程。中国特色社会主义的不断发展，实际上是我们党倾听时代声音、顺应历史潮流，根据发现问题作出解决问题的正确决策的结果。树立问题意识，强化问题导向，更是党的十八大以来以习近平同志为核心的党中央治国理政、开辟社会主义新时代的一个鲜明特点和一条成功的经验。在过去五年里，我们党解决了许多长期想解决而没有解决的难题，办成了许多过去想办而没有办成的大事，面对重大风险考验和党内存在的突出问题，以顽强意志品质正风肃纪、反腐惩恶，消除了党和国家内部存在的严重隐患，推动党和国家事业发生历史性变革，这些都是针对存在的问题，直面研究和解决问题所取得的。我们要面向新时代，助力新征程，必须树立强烈的问题意识，善于聆听时代的声音，这是理论研究和智库研究活力和动力的源头。我国当前和今后时期面临的问题不少，大致可以归结为三个方面：

一是长期积累下来尚未完全解决的问题。改革开放以来，中国特色社会主义事业取得的巨大成就世所公认，不容置疑。同时，也毋庸讳言，在一段时间和一些领域存在着这样或那样的许多问题，前进中付出的代价很大。例如，发展中不平衡不协调不可持续的问题十分突出，经济建设与社会建设一条腿长、一条腿短，物质文明建设和精神文明建设一手硬、一手软，许多社会问题和社会矛盾交织叠加，城乡、区域和居民收入差距持续扩大，环境污染严重，生态建设滞后，社会文明水平亟待提高，特别是一度弱化党的领导、管党治党宽松软，造成严重后果。尽管近五年已解决不少问题，也取得了明显成效，但有些问题是"冰冻三尺，非一日之寒"，彻底解决也绝非易事。因此，需要本着实事求是的科学态度，深入总结正反经验，坚持正确的、加强不足的、修正错误的，既发扬成绩，又吸取教训，更好推动多年积累下来的问题继续得到有效解决。

二是已经遇到和可能遇到的困难和挑战。当前，国内外形势正在发生深刻复杂变化，我国发展仍处于重要战略机遇期，前景十分光明，各种困难和挑战也十分严峻，已经遇到、将要遇到、可能遇到和难以预料的新情况新矛盾新风险都需要妥善应对。在国内，由于经济结构加速调整升级，全面改革仍处于深水区、攻坚期，各种社会矛盾错综复杂，面临不少重大风险挑战。在国际，世界多极化、经济全球化、社会信息化、文化多样化深入发展，全球治理体系和国际秩序变革加速推进。世界面临的不稳定不确定因素突出，对我国改革发展稳定也会造成直接或间接的影响。许多困难和挑战不可回避，而必须勇敢面对。迎接一切重大挑战、战胜各种重大困难，必须准备有力有效之策。

三是人民群众对美好生活向往提出的新问题。习近平总书记反复强调，"人民对美好生活的向往，就是我们的奋斗目标"。解决好人民群众最关心最直接最现实的利益问题，并满足人民日益增长的美好生活需要，是我们党的使命所在，也是新时代的奋斗目标。人民群众既要求补上民生领域的不少短板，保障基本生活，又期待有更好的教育、更稳定的工作、更满意的收入、更可靠的社会保障、更高水平的医疗卫生服务、更舒适的居住条件，提高生活质量，不仅对物质文化生活提出了更高要求，而且在民主、法治、公平、正义、安全、环境等方面的要求日益增长。这就要求，应当围绕解决人民群众生活面临的问题和对美好生活的向往，发现新问题，研究新问题，包括发展不平衡不充分的问题，也包括破除一切不合时宜的思想观念和体制机制弊端，积极推动改革发展各方面问题的解决。

（三）**服务战略部署，助推重大决策实施，开展新时代发展前瞻性储备性对策性研究**。党的十九大根据新时代中国特色社会主义的历史方位及其要求，在综合分析国际国内形势和我国条件的基础上，对决胜全面建成小康社会、开启全面建设社会主义现代化国家新征程作出了重大战略决策和部署。从现在到 2020 年，是全面建成小康社会决胜期；从十九大到二十大，是"两个一百年"奋斗目标的历史交汇期；在全面建成小康社会的基础上，分两步走到本世纪中叶全面建成社会主义现代化强国。这是新时代中国特色社会主义的战略安排，并提出了一系列与之相应的战略任务和战略举措。制定重大战略决策、绘制宏伟蓝图，确实不易，这是吸收全党全国各方面智慧的结晶。而要实施好既定的重大决策部署和宏伟蓝图，更不容易，需要坚定不移进行伟大斗争、建设伟大工程、推进伟大事业，需要全党全国人民作坚忍不拔、锲而不舍的努力奋斗，也需要深入研究和妥善解决一系列重大问题，包括研究世界政治、经济、科技未来发展趋势以及国际局势深刻变革对全球和我国的影响，研究更好统筹推进"五位一体"总体布局和协调推进"四个全面"战略布局，研究实施好各领域各方面的战略部署、战略任务和战略举措。在贯彻落实既定的战略决策和部署过程中，还会不断出现许多新情况、新矛盾、新问题，都需要及时发现和深入研究，提出正确有效的对策。也就是说，实施好决策部署，同样需要充分发挥和汇聚各方面的智慧和力量。这样，才能使既定的各项重大决策和部署真正得到实现，使精心绘就的美好蓝图变成活生生的美好现实。我们理论研究特别是智库研究工作者应当有主动服务党和国家战略决策部署的高度自觉和使命担当。

（四）**坚持立足国情，保持新时代政治定力，勇于探索研究坚持和发展中国特色社会主义这个重大课题**。坚持和发展中国特色社会主义，是改革开放以来我们党全部理论和实践的鲜明主题。党的十八大以来，以习近平同志为核心的党中央的全部理论和实践探索都是围绕这个主题来展开、深化和拓展的，使中国特色社会主义的理论和实践达到了前所未有的新高度。应当看到，中国特色社会主义是不断发展、不断前进的，坚持和发展中国特色社会主义依然任重道远。事业越前进、越发展，新情况新问题就会越多。现在，世界每时每刻都在发生变化，中国也每时每刻都在发生变化，我们必须坚持以习近平新时代中国特色社会主义思想为根本遵循，不断研究和认识规律，不断研究和推进理论创新、实践创新、制度创新、文化创新以及其他各方面创新，让中国特色社会主义在新时代展现出更多的优越性和更强大的生命力。这一切，都需要我们在新时代的实践中大胆探索、深化研究。

在探索研究过程中，最为重要的，是必须牢牢把握两点：一是始终坚持立足国情，坚定走自己的路，这是最根本的问题。我国有独特的国情、独特的历史、独特的文化，这就决定了中国发展的独特道路。这是我们党解放思想、实事求是、与时俱进，历经艰难曲折，付出巨大代价，在伟大实践中得出来的基本结论。一切重大理论和制度创新研究，都必须充分考虑是否符合国情。二是始终保持政治定力，坚定中国特色社会主义方向。中国特色社会主义是植根于中国大地、反映中国人民意愿、适应中国和时代发展进步要求的科学社会主义，也是历史的结论、人民的选择。要时刻保持清醒头脑，按照既不走封闭僵化的老路，也不走改旗易帜的邪路的要求，坚持正确道路开拓创新，大胆探索研究，决不为任何风险所惧，也不为任何干扰所惑，真正做到"咬定青山不放松"。

习近平总书记在党的十九大报告结束时有一段铿锵有力的话："站在九百六十多万平方公里的广袤土地上，吸吮着五千多年中华民族漫长奋斗积累的文化养分，拥有十三亿多中国人民聚合的磅礴之力，我们走中国特色社会主义道路，具有无比广阔的时代舞台，具有无比深厚的历史底蕴，具有无比强大的前进定力。"这是对中国基本国情的深刻洞察和对中国特色社会主义方向的坚定自信，振聋发聩。我们一定要牢记基本国情，结合新时代特点，坚定不移地全面贯彻党的基本理论、基本路线、基本方略，坚定不移坚持和发展中国特色社会主义，坚定不移增强道路自信、理论自信、制度自信、文化自信。我们要以党和国家正在做的事情为中心，从新时代中国特色社会主义发展的实践中，发现新事物，总结新经验，研究新问题，敢于和善于提炼出有学理性的新理论、新观点，提供富有真知灼见的新见解新建议，更好服务于坚持和发展新时代中国特色社会主义。

同时，在当代中国同当今世界的联系和互动空前广泛而紧密的情况下，要更加密切关注国际形势发展变化，围绕我国和世界发展面临的重大问题，研究提出能够体现中国立场、中国智慧、中国价值的理念、主张，为解决世界性问题，构建人类命运共同体，提供中国思路和中国方案，努力为人类文明进步作出中国贡献。

《中国改革与发展热点问题研究 2018》一书的编写和出版，是作为国家高端智库重要组成部分的中国行政体制改革研究会这个智库研究成果的展示，也是一个重要品牌丛书。此书已连续汇辑出版 4 年，每一年新书问世都受到读者热情肯定和好评。这说明研究中国改革与发展中的热点问题及对此类问题研究的深度，越来越受到人们的关注。今年此书编撰，主要是围绕迎接、学习贯彻和研究阐释党的十九大精神，重点回顾和总结党的十八大以来新时代中国特色社会主义的新进展，研究分析当前改革发展中的热点、重点和难点问题，提出思想观点和决策咨询建议。参与此书研究撰写的，有知名专家学者，也有理论研究和智库研究的后起之秀。全书涉及面广，内容丰富，不少文章颇有深度，较好地体现了热点问题导向、决策需求导向和问题研究的前瞻性与应用性。

本书付梓之际，写出以上学习党的十九大精神的体会，作为代序言，与大家分享交流。

在新起点抒写　为新时代建言

——《光明智库》电子期刊*发刊词

（二〇一七年十一月）

即将过去的 2017 年是极不平凡的一年：有值得庆祝的历史纪念日——香港回归 20 周年、中国人民解放军建军 90 周年；有圆满成功的重要主场外交活动——"一带一路"国际合作高峰论坛、金砖国家领导人第九次会晤；更有举世瞩目、铭刻史册的历史性大会——党的十九大顺利召开。

党的十九大，是在全面建成小康社会决胜阶段、中国特色社会主义进入新时代的关键时期召开的一次十分重要的大会，对于中国与世界而言，都有着重要而特别的意义。大会确立了习近平新时代中国特色社会主义思想的历史地位，作出了"中国特色社会主义进入了新时代"、我国社会主要矛盾发生转化等重大判断，进一步指明了党和国家事业的前进方向和战略步骤，使社会主义现代化强国和中华民族伟大复兴的光明前景更加清晰可见。中国在新时代的成功发展，将进一步拓展发展中国家走向现代化的途径，为解决人类问题贡献中国智慧和中国方案。

在为这些辉煌成就鼓与呼的同时，我们也要清醒地认识到，新的历史方位带来了新的机遇与挑战。这对智库人来说，既是施展才华、报效国家的难得良机，又是应对难题、自我突破的能力考验。党的十九大报告指出，"深化马克思主义理论研究和建设，加快构建中国特色哲学社会科学，加强中国特色新型智库建设"。身为新时代的智库人，我们必须不忘初心、牢记使命，紧密联系党和国家发展实际，聚焦重点领域、明确主攻方向、抓住关键环节，围绕落实党中央提出的重大思想观点、重大战略部署、重大工作举措，来确定研究重点任务，积极有效地承担时代责任，在全社会凝聚思想共识和行动

---

* 《光明智库》电子期刊（半月刊）是光明日报社于 2018 年 1 月创设的以 APP 为载体的线上智库类学术期刊。

力量。

长期从事智库事业，我有幸见证了中国智库的成长，特别是党的十八大以来中国智库从数量增长到质量提升的建设发展进程，令人欣喜。党的十九大顺利召开以后，众多智库机构与智库学者积极主动地聚焦十九大精神，阐释政策热点、回应民众关切，展现出智库界高度的从业热情和良好的专业素养。

肩负使命、心怀担当，《光明智库》电子期刊在这样的背景下与大家见面了。这是厚积薄发的"有备应战"，是光明智库谱系历经多年发展，自觉服务智库建设、拓展智库研究与发布平台的新的探索。

回首过去，2014年12月，光明日报《智库》版创刊，开拓了全国第一个以"智库"命名的平面媒体专刊平台，带动起全国媒体关注智库、建设智库的热烈氛围；2015年5月，光明日报智库研究与发布中心正式成立，在智库调研、智库评价、智库信息化建设等方面产出诸多品牌性成果，在全国智库界具有很高的知名度与美誉度；2016年9月28日，我和其他32位同志受聘担任光明日报智库研究与发布中心学术委员，使我与光明日报智库建设的联系更为紧密。2017年4月18日，对光明日报智力资源具有更强涵摄力和聚合力的"光明智库"成立，报社编委会邀请我担任新组建的"光明智库"学术委员会主任。在履职尽责的过程中，我对光明日报近年的智库成果与活动印象深刻：编写中国智库年度报告、举办中国智库年度治理论坛、发起中国智库年度"十大"人物评选、建设中国智库索引数据库……这些充分表明了光明日报社主动适应新形势新要求，积极打造新型主流媒体、巩固壮大主流舆论、建设新型高端智库的高度自觉和使命担当。

当前，步入新媒体时代，大数据、人工智能等技术迅猛发展，传播渠道丰富多元，对智库的咨政研究、成果发布、舆论引领等工作带来了新的机遇与挑战。《光明智库》电子期刊乘势而上，遵从读者新的阅读习惯，通过手机APP软件将智库成果与资讯送到读者的"掌心""指尖"。我认为这是非常值得赞赏的探索，不仅是适应新形势、探索新平台的主动作为，而且能够与《智库》版相互托举，形成合力并行的良好态势。如果说三年前创办《智库》版就像种下一株希望的幼苗，那么今天光明智库多平台、多维度的立体布局，让人看到这棵小树抽枝长叶、挺拔向上的勃勃生机。当然，要成长为各方倚重的参天栋梁，还需要各界的关爱和培养。

期待《光明智库》电子期刊为中国发展提供更多更好的建议与方案。步入新时代、立于新起点，也诚挚邀请各位共同携手，为全面建成小康社会、建设社会主义现代化强国贡献智慧与力量！

新时代：积极推动中国公共外交迈上新台阶

——《公共外交：多元理论与舆论战略研究》*序言

（二〇一七年十二月）

中国共产党第十九次全国代表大会把习近平新时代中国特色社会主义思想确立为党的指导思想，对我们党和国家事业的发展具有极其重大的历史意义。党的十九大站在新的历史起点上，为新时代中国特色社会主义发展描绘了宏伟蓝图，吹响了建设社会主义现代化强国的时代号角。我们一定要深刻领会新时代的精神实质和丰富内涵，把智慧和力量凝聚到落实党的十九大提出的各项任务上来，积极推动新时代中国公共外交迈上新台阶，为实现中华民族伟大复兴的中国梦作出新的更大贡献。

党的十八大以来，在以习近平同志为核心的党中央坚强领导下，中国外交开拓进取、攻坚克难，在世界乱象中维护我国发展的良好外部环境，在国际变局中提升我国国际地位和影响，坚定地走一条与历史上传统大国不同的强国之路，开创了中国特色大国外交新局面。习近平总书记高度重视国家软实力建设，强调要讲好中国故事，加强中外人文交流，做好对外宣传，展现真实、立体、全面的中国。他在出访、出席多边会议、接待外国领导人访华期间，通过公开演讲、接受采访、发表文章、与社会各界交流等多种方式，积极向国际社会宣介我国的社会制度、发展道路和价值理念，推动构建人类命运共同体。这些公共外交治国理政的思想和行动在世界上引起强烈反响，共同创造人类美好未来的理念越来越多地成为国际共识。

新时代，我国面临着前所未有、极为复杂的新形势新任务。从国际看，世界正处于大发展、大变革、大调整时期，可谓是风云变幻、跌宕起伏。世界多极化、经济全球化、社会信息化、文化多样化深入发展，全球治理体系和国际秩序变革加速推进，各国相互联系和依存日益加深。我国日益走近世

---

* 《公共外交：多元理论与舆论战略研究》，王莉丽著，中国社会科学出版社 2018 年 3 月出版。

界舞台中央，但是对全球及各个领域的经济、社会、政治和文化等方面的公共外交能力却严重不足。从国内看，随着经济发展转入新常态，工业化、信息化、城镇化、市场化、国际化深入发展，现代化建设面临许多新机遇和新挑战。随着全面建成小康社会进入决战期，"四个全面"战略布局加快实施，"五位一体"总体布局全方位推进，激发着一系列新的深刻社会变革。我们要积极贯彻习近平外交思想，大力推进公共外交和人文交流，统筹国内国际两个舆论场，全面阐释中国发展理念，准确阐述中国对外政策，引导国际社会形成客观公正的中国观。通过多元化公共外交，展现中华文明深厚底蕴，彰显中国特色社会主义道路自信、理论自信、制度自信、文化自信，树立开放、包容、合作的良好形象。

王莉丽博士多年来一直致力于公共外交、智库建设、舆论传播等相关领域的研究。她撰写的《旋转门——美国思想库研究》和《智力资本—中国智库核心竞争力》两部著作，对中国智库发展和思想创新产生了积极的促进作用。我很高兴看到她的最新专著《公共外交：多元理论与舆论战略研究》一书出版。王莉丽博士在此书中，运用多学科理论方法，以开阔的视野和战略思维对公共外交进行了较为全面的理论分析与舆论战略研究，提出并建构了"多元公共外交"概念与理论框架，对舆论与公共外交、智库与公共外交、中美关系与公共外交等进行了系统论述。

《公共外交：多元理论与舆论战略研究》一书中明确提出，智库作为多元公共外交系统中的重要行动主体，是极具公信力的行为主体，也是公共外交系统的重要思想源泉。智库公共外交的核心是智库的思想创新与交流，智库公共外交的作用是加深理解、促进和平，根本目的是通过交流与对话，增强本国的文化吸引力和政治影响力，塑造有利于本国发展的国际舆论环境，促进和平和发展。这些重要观点颇有见地。我非常赞同王莉丽博士对智库公共外交的论述，当今中国正站在世界历史发展的重大关头，正处于中华民族伟大复兴的关键时期。我们要更好应对和战胜各种挑战，包括破解新的历史条件下治国理政可以预见和难以预见的难题，也包括应对复杂多变的全球性问题，都迫切需要大力加强智库建设和推进公共外交。

新时代，中国外交正站在新的历史起点上。展望未来，国际形势正经历数百年未有之大变局，人类和平与发展事业面临新的机遇和挑战。进入新时代，我们国家正在决胜全面建成小康社会，开启全面建设社会主义现代化新征程，新时代的指导思想和基本方略所承载的中国发展的价值理念，是当今人类社会最具有时代意义的价值观，它不仅代表着中国先进文化的前进方向，也是对全人类价值追求的巨大贡献，更昭示着世界范围内进一步升华和塑造新的价值观和追求现代文明体系的必然趋势。

因此，我们要自觉运用习近平外交思想武装头脑、指导实践，坚持稳中求进，积极主动作为，奋力谱写中国特色大国外交新篇章，为实现中华民族伟大复兴的中国梦，为推进世界和平与发展事业、打造人类命运共同体作出应有的贡献。我相信，《公共外交：多元理论与舆论战略研究》一书的出版，对于理论界和外交界进行理论和战略思维都会产生积极的影响。

我和郑新立共同经历的改革岁月

——《郑新立学术自传》*序言

（二〇一八年三月）

我和郑新立相识是在 1984 年。当时由国家计委副主任宋邵文主持在哈尔滨召开计划体制改革研讨会，我在国家计委政策研究室，新立在中央书记处研究室，我们对计划体制改革都很关注，而且他读研究生时的论文指导老师桂世镛在计委研究室担任领导工作，我们对桂世镛同志的学问和对年轻人的指导都很钦佩，所以相谈甚欢。

1987 年，中央书记处研究室撤销，郑新立分配到国家计委下属的国家信息中心工作。1989 年在房维中、桂世镛领导下由我负责抽调人员组建国民经济和社会发展"八五"计划起草小组，新立同志参加，从此开始了共同参加中共中央、国务院和国家计委各种文稿的起草工作，一直到我们退休。在我们共同参加起草的文件中，有三个类型印象最深：

一是关于五年计划和规划以及每年由国家计委主任向全国人大所做的国民经济和社会发展计划报告的起草工作。"八五"计划以满足居民对吃穿用的需求、稳定市场价格为主要任务；"九五"计划主要是推动经济增长方式和经济体制转变，实现第二步发展战略的任务。每个五年计划经全国人大批准实施后，我们又积极撰写阐释的文章和读本，宣传中央作出的重大战略决策和方针政策。

二是起草关于中央金融工作会议的文件。上世纪 90 年代中期，国民经济中出现了"乱集资、乱拆借、乱设金融机构"和"房地产热、开发区热"等现象。在中共中央政治局常委、国务院副总理朱镕基直接领导下，对这种混乱现象进行清理整顿和深化金融体制改革。经过充分调查研究，中央决定召

* 《郑新立学术自传》，郑新立著，该书系"改革开放进程中的经济学家学术自传"丛书之一，广东经济出版社 2019 年 10 月出版。

开全国金融工作会议。我当时在中央财经领导小组办公室担任副主任，负责为会议准备文件。郑新立参加了这项工作。当时我们对金融都不熟悉，为了把文件写好，可以说是不遗余力。我们虚心向熟悉业务的同志学习，向实践学习，通过起草中央文件，增加了关于金融方面的知识。以后我负责的全国金融工作会议文件起草又进行了二次，新立同志都参加了。这三次会议及相关文件对金融改革发展、促进经济稳定发展发挥了重要作用。

三是起草政府工作报告。我从中财办调到国务院研究室以后，每年主持政府工作报告起草工作，包括朱镕基同志和温家宝同志担任国务院总理时期，新立同志大都参与其中。两位总理对政府工作报告要求都很高，我们在起草中十分认真，不敢有半点懈怠和马虎。每次报告得到"两会"中人大代表和政协委员好的评价，我们才算松一口气。

退休之后，我们都到中国国际经济交流中心这个智库工作，在曾培炎理事长领导下为建设新型智库继续发挥余热。

回顾我们30多年的共事和合作，我感觉郑新立最大的特点，就是对我们党、国家和社会主义真挚的热爱和为之不懈奋斗的情怀，由此产生出忘我的工作精神。我们常常彻夜加班毫无怨言。虽然工作苦点累点，但是我们觉得这和常年在土地上劳作的父辈和农民相比，算不了什么，并以有机会参与如此重要的文稿起草等活动感到自豪和荣幸。新立同志热衷学习新的知识，注重全面了解经济情况，善于提出建设性意见，他观点鲜明，思路清晰，喜欢讨论问题，敢于在困难的情况下提出解决问题的办法。

在改革开放迎来40周年的时候，回顾我们共同度过的日日夜夜，心情激动。写下上述文字，以作为郑新立同志传记的序言。

风险社会财政基础理论的执着探索

——《公共风险论》*序言

（二〇一八年四月）

　　习近平总书记在 2016 年哲学社会科学工作座谈会上强调："要按照立足中国、借鉴国外，挖掘历史、把握当代，关怀人类、面向未来的思路，着力构建中国特色哲学社会科学，在指导思想、学科体系、学术体系、话语体系等方面充分体现中国特色、中国风格、中国气派。"这为中国特色社会科学繁荣发展指明了根本方向。中国特色、中国风格、中国气派体现在中国改革开放的伟大进程当中。改革开放以来的 40 年是中国历史发展光辉灿烂的 40 年，是向中华民族伟大复兴砥砺奋进的 40 年。从人类文明发展的角度来看，中国改革开放以来的 40 年是世界历史发展中的重大事件，是值得浓墨重彩、大书特书的 40 年。这 40 年，中国一跃成为全球第二大经济体，创造了人类社会发展的奇迹；这 40 年，中国日益走近世界舞台中央，成为全球治理的重要主体。

　　从财政角度看，中国特色社会主义财政改革充分体现了"民本"思想，坚持改革为了人民、改革依靠人民。财政改革把满足人民群众日益增长的各层次需求、满足人民对美好生活的向往、化解人民群众面临的各类公共风险作为改革的出发点。例如，40 年前，在历史的十字路口，我国面临着"文化大革命"带来的严重局面。中国面临着被"开除球籍"的危险。当时最大的问题是"短缺"，包括物质经济的"短缺"和各方面的"短缺"。解决问题的根本办法是通过改革调动各方面的积极性。在这种背景下，财政改革成为经济改革的突破口。财政 "放权让利"，一方面通过扩大地方配置资源的权力，调动各级地方政府的积极性，释放创新空间；另一方面，通过调整国民收入分配格局，促进多元化市场主体形成。再如，20 年前，随着社会主义市场经

---

* 《公共风险论》，刘尚希著，人民出版社 2018 年 4 月出版。

济体制改革的不断深化，经济社会主体和城乡关系发生了深刻的变化，生产要素、人口流动日益频繁。原财政体制难以适应新的所有制关系和社会变革的要求。正是在这一背景下，财政改革大力度推进，改革重点转向财政支出领域，通过财政改革推动社会改革。在这一时期正式提出了加快建立公共财政框架的目标任务，强调财政要突出公共性、公平性、公益性和法治性。财政改革坚持"以民为本"，着力化解面临的各种公共风险，推动经济发展和社会全面进步。不同发展阶段的不确定性、公共风险是不一样的，财政要解决的问题、应对的风险也不一样，这些因素推动了财政的改革和发展。

现在，中国特色社会主义进入新时代，我国社会主要矛盾发生了变化，已经转化为人民日益增长的美好生活需要和不平衡不充分的发展之间的矛盾。现代财政的新使命是解决发展不平衡、不充分的问题，实际上就是解决新时代面临的公共风险。党的十九大报告强调，要"更加自觉地防范各种风险，坚决战胜一切在政治、经济、文化、社会等领域和自然界出现的困难和挑战"，全面建成小康社会要坚决打好"防范化解重大风险"等攻坚战，要"增强驾驭风险本领，健全各方面风险防控机制，善于处理各种复杂矛盾，勇于战胜前进道路上的各种艰难险阻，牢牢把握工作主动权"。显然，研究风险防范理论和实践问题对于全面建成小康社会和实现全面建设社会主义现代化强国的目标任务，具有十分重要的意义。

财政是国家治理的基础，是各种利益的交汇点，往往牵一发而动全身，具有四两拨千斤的功效。财政改革也具有杠杆效应，这一点往往是我们先前理解财政改革时所忽略的。世界的本质是不确定性，而财政改革的目的就是应对各种不确定性，防范和化解公共风险。财政改革的杠杆效应和功能体现在两个方面：一是财政改革作为总体改革的组成部分，预防和化解经济社会运行过程中内生的公共风险；二是财政改革可以化解总体改革过程中产生的公共风险，为总体改革承担成本，并巩固改革的成果。对于人民群众来说，不同层次的需求并不是先后的关系，而是同时存在的，但在不同的情况下，重要性和需求的具体内容可能存在差别。因此，在不同的阶段会形成不同的需求，产生不同的风险组合，这些需求和风险推动着财政改革。各个维度的财政改革交叉融合，推动着中国财政改革波浪式前进。

改革开放以来，中国财政经历了波澜壮阔的改革进程，积累了丰富的宝贵经验。与此同时，理论界也进行了深入的思考和探索，寻求构建符合中国特色的财政理论体系。作为财政科研工作者，中国财政科学研究院刘尚希研究员紧密结合中国财政改革发展实践，坚持进行理论思考，笔耕不辍，形成了大量理论研究成果，特别是提出并不断完善以"公共风险论"为核心的财政基础理论。这些研究成果对揭示财政的运行逻辑，阐述财政本质和解释为什么财政是国家治理的基础和重要支柱，都有很强的理论指导性和实践说服力。

党的十九大报告指出："中国特色社会主义进入新时代"，"意味着中国特色社会主义道路、理论、制度、文化不断发展，拓展了发展中国家走向现代化的途径，给世界上那些既希望加快发展又希望保持自身独立性的国家和民族提供了全新选择，为解决人类问题贡献了中国智慧和中国方案。"可以说，刘尚希研究员的"公共风险论"，不仅对中国的改革和发展具有积极意义，也为人类命运共同体应对全球公共风险贡献了中国学者的智慧。

加快构建公共安全治理新格局

——"公共安全治理新格局丛书"*总序

（二〇一八年五月）

公共安全是社会安定、社会秩序良好的重要体现，是人民安居乐业的重要保障。我国公共安全事件易发多发，公共安全问题处理得好不好，直接关系到人民生命财产安全、社会和谐稳定以至国家安全。正如习近平总书记强调的，"公共安全连着千家万户，确保公共安全事关人民群众生命财产安全，事关改革发展稳定大局"。

党的十八大以来，以习近平同志为核心的党中央把维护公共安全摆在更加突出的位置，作出了一系列部署。党的十八大提出要加强公共安全体系建设，十八届三中全会围绕健全公共安全体系提出了食品药品安全、安全生产、防灾减灾救灾、社会治安防控等方面体制机制改革任务，十八届四中全会提出了加强公共安全立法、推进公共安全法治化的要求。十八届中央政治局第二十三次集体学习专门讨论了公共安全问题。党的十九大又进一步重申"树立安全发展理念，弘扬生命至上、安全第一的思想，健全公共安全体系，完善安全生产责任制，坚决遏制重特大安全事故，提升防灾减灾救灾能力"。此外，党中央和习近平总书记就公共安全各领域工作作出了一系列新的部署。可以说，我国公共安全治理的新格局正在逐步形成。

"公共安全治理新格局丛书"，是阐释构建公共安全治理新格局的新理念、新战略、新政策、新措施、新方法的一套著作。丛书由国内相关领域的资深作者撰写，首批共包括六个分册：

---

* "公共安全治理新格局丛书"，魏礼群主编，共6本，包括《食品安全治理新格局》、《中国特色公共安全之路》、《网络安全治理新格局》、《防灾减灾救灾新格局》、《生态安全治理新格局》、《社会安全治理新格局》，国家行政学院出版社2018年出版。

第一分册，《中国特色公共安全之路》。深入阐释习近平总书记关于"健全公共安全体系""加快构建全方位、立体化的公共安全网"等战略思想，集中阐释我国公共安全治理新的总体理念、总体战略、总体政策，是全套丛书的总论部分。

第二分册，《防灾减灾救灾新格局》。围绕防灾减灾救灾是"衡量执政党领导力、检验政府执行力、评判国家动员力、体现民族凝聚力的一个重要方面"等论述，全面阐释自然灾害应对领域新的战略思想与战略布局，以及各级党委、政府应当落实的新工作格局。

第三分册，《生态安全治理新格局》。从"坚决筑牢国家生态安全屏障"的高度，系统阐释生态安全的新理念、新战略、新思路。

第四分册，《食品安全治理新格局》。以落实"最严谨的标准、最严格的监管、最严厉的处罚、最严肃的问责"的思路，系统阐述食品安全治理体系，以及健全从农田到餐桌的每一道防线的工作机制。

第五分册，《社会安全治理新格局》。以落实"系统治理、依法治理、综合治理、源头治理"的总体思路，深入阐释社会安全风险治理的系统工作思路。

第六分册，《网络安全治理新格局》。全面阐释习近平总书记关于"要树立正确的网络安全观，加快构建关键信息基础设施安全保障体系，全天候全方位感知网络安全态势，增强网络安全防御能力和威慑能力"的要求，系统讲述各级党委、政府抓好网络安全新的思路、方法与策略。

本套丛书具有如下特点：

第一，**高端权威性**。全面、深入阐释党中央关于公共安全治理的理念、战略与政策，为各级领导干部抓好公共安全工作提供权威的参考指南。

第二，**思路创新性**。着眼于国家治理现代化和全面深化改革的思路，各专题著作都在论述公共安全治理理念、战略、政策的基础上，对公共安全问题加以深度剖析，凝练核心概念，总括工作思路，前瞻性地阐发创新公共安全治理的思路与布局。

第三，**实践应用性**。本套丛书以各级党政领导和专业部门领导干部为主要读者对象，以领导干部工作需要为切入点，努力将思路、政策、策略、方法等提纲挈领地清晰表述，使丛书成为好用、管用的工作指导读本。

第四，内容可读性。本套丛书以读者为中心，努力成为读者友好型读物，在行文表述上力求表述生动、图文并茂、以案释理，成为好读、好用的政务参考书。

深入研究中国走向全球化的进程

——《中国走向全球化》*序言

（二〇一八年六月）

　　1978 年底召开的党的十一届三中全会，开启中国改革开放的伟大征程，从此进入中国特色社会主义事业继往开来、蓬勃发展的重要时期。2018 年是改革开放 40 周年，中国特色社会主义事业取得了举世瞩目的辉煌成就；同时，在走向世界、融入世界的开放历史上谱写了新的华章。

　　最近由新华出版社出版的《中国走向全球化》一书，收录了李罗莎同志从 1998 年至 2016 年间，参与研究或独立研究与我国对外开放问题相关的文章，主要是对国家对外开放若干方面的重大战略和经贸政策进行了阐述。全书围绕中国如何提高对外开放水平，在对问题深入调研分析的基础上，聚焦破解难点问题，既有顶层设计的战略思考，也有微观分析的具体措施，重点就加快建立中国特色社会主义对外开放新体制，提出了相关的战略和政策建议。特别是 2010 年至 2016 年期间的文章，围绕实行新一轮对外开放战略，构建开放型经济新体制，全面提升对外开放水平，积极参与全球经济治理，推动互利共赢的开放战略，构建更广泛的利益共同体等方面内容，不仅反映了国家对外开放的新格局和新发展，也体现了作者在从事对外开放政策研究工作过程中，不断加深对实行对外开放的基本国策深入理解和思考。

　　全书收录的文章清晰显示出中国对外开放、融入世界的历史轨迹，提供了弥足珍贵的启示。这就是：中国坚持对外开放基本国策，已成功实现从封闭半封闭到全方位开放的伟大转折；从引进来、走出去到推动产业链再造和价值链提升，促进中国产业迈向全球价值链的中高端；从加入世贸组织到倡导共建"一带一路"，走同舟共济、融通共赢之路；从反对保护主义、推动贸易和投资自由化便利化到坚持维护开放公平的多边贸易体系；

---

* 《中国走向全球化》，李罗莎著，新华出版社 2018 年 8 月出版。

从加强二十国集团、亚太经合组织等多边框架内合作到积极主动参与全球治理体系建设，反对冷战思维、倡导人类命运共同体。以上这些都具有一定的现实意义。总体来说，作者从不同角度所作的研究，很多政策建议都具有参考借鉴价值。

本书中有些文章已在《全球化》、《新华文摘》、《瞭望》、《中国日报》等报刊杂志上发表过，也有一些尚属首次公开。其中，《中美 FTA 是我国应对 TPP 和构建中美新型大国关系的战略抓手》和《中美双边投资协定（BIT）负面清单谈判研究与政策建议》两篇报告撰写的内参，获得过国务院领导的批示；同时，前一篇报告还获得"中国国际经济交流中心 2013 年度优秀内参成果二等奖"。值得一提的是《关于 TPP 问题研究》，作者对 TPP 问题进行了独立深入的研究，研究成果得到中央有关部门的肯定。其中的对策建议，对当时制定国家主办"2014 年 APEC 峰会"议程，发挥了重要参考作用。

本书作者李罗莎同志曾长期在国务院宏观经济和重要综合部门工作，直接或间接地参与了我国对外开放若干重大活动和相关研究工作，对近十几年国家对外开放若干重大战略和经贸政策问题，进行过较深入思考和积极探索，体现了强烈问题意识、责任担当和家国情怀。所选文章，都如实反映了作者自己工作实践和思想认识发展进程。

习近平总书记指出：当今中国"这是一个需要理论而且一定能够产生理论的时代，这是一个需要思想而且一定能够产生思想的时代。"希望更多的人积极为党和人民述学立论、建言献策，为全面建成小康社会、全面建设社会主义现代化国家，实现中华民族伟大复兴的中国梦，奉献自己的智慧和力量。

钟情翰墨　笔耕不辍

——《艰难与辉煌——谢明干改革发展文选》*序言

（二〇一八年七月）

谢明干同志著作《艰难与辉煌——谢明干改革发展文选》，即将出版。这是他向我国改革开放 40 周年奉献的礼物。我高兴地应邀为之作序。

改革开放是当代中国一场伟大的社会革命，既深刻地改变了国家的面貌，也为有志者成就美丽人生提供了广大舞台。谢明干同志作为我国著名的经济学家，从事经济理论研究和实际经济工作 60 年，特别是在伟大的改革开放历史时期奋发进取、顽强拼搏，为中国特色社会主义事业发展作出了重要的贡献，也书写着人生美好的篇章。

我与谢明干同志相识、相交已有 40 年。早在 1978 年 2 月，我从内蒙古牙克石林区调到北京工作之后，就与他经常在一起参加党和国家有关会议重要文件或领导人重要讲话的起草工作；同时，由于他当时供职于原国家经委调研室，我在原国家计委政策研究室工作，两个人工作性质和职责相近，更是来往密切。谢明干同志比我大 10 岁，又是多年在中央经济部门工作，经济理论知识和实际工作经验都比我多，所以我经常向他讨教，同他一起研究经济领域的问题，还与他合作撰写过几篇经济形势和政策分析方面的文章。于是，我们之间成为了好朋友。斗转星移，岁月流逝，如今我们都到了耄耋之年。抚今追昔，许多往事历历在目。

在与谢明干同志交往中，他给我留下了许多深刻的印象。最为突出的：一是为人热情、正直、坦诚；二是政治清醒、成熟、坚定；三是治学勤奋、扎实、严谨。正是这样，我从他身上学到了许多东西，在人生道路的抉择时刻，常常相互支持、磋商。1988 年初，国务院机构改革中，新任物资部

---

* 《艰难与辉煌——谢明干改革发展文选》，共 4 卷，谢明干著，国家行政学院出版社 2018 年 11 月出版。

部长的柳随年同志希望我去担任物资部政策研究室主任，由于国家计委主要领导不放我走，我就向柳随年部长推荐说：谢明干同志的能力比我强，让他去对物资部工作更有利。在我的举荐下，谢明干同志担任了物资部政策研究室主任。1992 年，他快到退休年龄时，国家有关部门让他去香港担任《经济导报》社社长。在这个岗位上履职既要思想政治强，又要专业本领高。他向我征求意见，我支持他去香港赴任。此后，他为办好《经济导报》发挥了重要作用。

也正是谢明干同志这样的为人做事风格，深受组织上和有关部门领导人的信任。早在 20 世纪 80 年代，他就多次参加党中央、国务院一系列重要文件起草工作，包括参加 1984 年 10 月党的十二届三中全会上通过的《中共中央关于经济体制改革的决定》和几次国务院总理在全国人大会议上作《政府工作报告》的起草。在他退休后，还担任国务院发展研究中心世界发展研究所研究员，兼任《中国经贸》杂志总编辑；2003 年参加全国政协原副主席陈锦华主编的《论社会主义与市场经济兼容》一书的撰写工作；2007 年又担任国务院前总理朱镕基有关著作编写组组长。谢明干同志长期从事这些重要工作，为党和国家事业发展作出了难能可贵的贡献。

谢明干同志无论在履职之际，还是在退休以后，一直钟情翰墨，笔耕不辍，撰写了大量的各类文章和研究成果。几十年来，曾在报刊上发表关于经济问题的各类文章 500 多篇，在国内作过有关经济改革发展的报告或发言 400多次，还在美国、新加坡和中国香港等地作过多次专题演讲，出版了 20 多部经济方面的著作。这次收录《艰难与辉煌——谢明干改革发展文选》一书中的文章有 200 多篇。其中，从文章内容看，既有论述改革开放，又有阐述经济发展；既有研究宏观经济问题，又有探讨中观经济和微观经济问题；既有城市建设研究，又有环境和人口分析；既有观察港澳经济，又有纵论国际经济。从文章种类看，既有理论研究、学术探讨，又有政策分析和咨询建议，有的是为改革开放鸣锣开道，有的是为党和政府建言献策。统揽全书，内容相当丰富，纪实史迹突出，真知灼见颇多。这些文字从不同侧面生动记述了我国改革开放从发轫到滚滚向前、势不可挡的历史进程，也清晰反映了作者与时俱进、砥砺前行的不凡历程和精神风貌。

习近平总书记说："历史是最好的教科书，也是最好的清醒剂和最好的营养剂。"我相信，谢明干同志这部记录了改革开放主要历程的著作问世，一定会有助于人们加深对改革开放40年来的伟大历程、辉煌成就的认知，有助于各方面总结研究历史的经验教训，有助于我们更加自觉和坚定地走中国特色社会主义道路，有助于各级干部提高推动改革开放和经济社会发展的水平，不忘初心，牢记使命，为决胜全面建成小康社会、进而全面建设社会主义现代化强国而奋斗。

加强和创新中国特色社会治理学科建设

——《中国社会治理通论》*序言

（二〇一八年十一月）

党的十八大以来，中国特色社会主义进入新时代。党的十九大报告提出，要加强和创新社会治理，打造共建共治共享的社会治理格局。社会治理是国家治理的重要领域，社会治理现代化建设是国家治理体系和治理能力现代化建设的应有之义。习近平总书记指出："社会治理是一门科学。"这个重要论断，深刻揭示了社会治理的内涵和社会治理现代化建设的方向，也为创新社会治理学科建设提出了明确要求。

当代中国正在经历着空前广泛而深刻的社会变革，正在进行着人类历史上最为宏大而独特的实践创新。这种伟大变革实践，给理论创新、学科发展、学术繁荣提供了强大动力和广阔空间。几十年来，我国社会治理理论创新和实践创新全面深入推进，在取得一系列重大成就和丰富经验的同时，社会治理领域也不断出现新矛盾、新问题，迫切需要深化社会治理理论研究和创新社会治理学科建设。在这种历史背景下，我们经过深入研究，决定编写《中国社会治理通论》。

编写《中国社会治理通论》的主旨有三个方面。**一是加强社会治理学科建设**。习近平总书记在 2016 年 5 月 17 日主持召开的哲学社会科学工作座谈会上的讲话中指出："学科体系同教材体系密不可分。学科体系建设上不去，教材体系就上不去；反过来，教材体系上不去，学科体系就没有后劲。""培养出好的哲学社会科学有用之才，就要有好的教材。"2016 年 12 月，习近平总书记又在全国高校思想政治工作会议上指出："要加快构建中国特色哲学社会科学学科体系和教材体系，推出更多高水平教材，创新学术话语体系，建立科学权威、公开透明的哲学社会科学成果评价体系，努力构建全方位、

---

* 《中国社会治理通论》，魏礼群主编，北京师范大学出版社 2019 年 8 月出版。

全领域、全要素的哲学社会科学体系。"这些深刻论断，为我们开展社会治理研究、创建社会治理学科、加强社会治理教材建设提出了方向性指引。建设世界一流大学、一流学科，加强学科建设也必须加强教材建设。近年来，国内各界对社会治理理论和实践进行了大量探索，但还缺乏全面、系统的社会治理专业图书。社会治理学科建设迫切需要专业性、通论性的专业图书。因此，组织编写《中国社会治理通论》成为加强社会治理学科建设的重要任务。**二是培养高素质社会治理人才。**我国社会治理人才匮乏，必须大力培养。而培养高素质的社会治理人才，需要有科学理论和高质量专业图书。高质量专业图书能够塑造学生专业价值和专业理念，能够为学生提供完整的理论体系和研究方法，能够指导学生科学认识现实、观察社会，能够帮助学生更好地参与社会治理实践。**三是构建交叉学科建设理论基础。**推进交叉学科创新是国家提出的要求和部署。社会治理涉及社会学、政治学、法学、历史学、管理学等多学科领域知识，需要组织社会学与政治学、历史学、管理学等多学科合作。编写《中国社会治理通论》是加强交叉学科建设的重要举措，也是努力探索为社会治理交叉学科建设构建理论框架。

"通论"，即通达之论，是关于某一学科的全面性和整体性的论述。本书采用"通论"体例，主要出于三个方面的考虑。**首先，社会治理是一门新兴交叉学科，具有跨学科性质。**任何单一学科都不足以承载社会治理全部的学理知识体系，必须以跨学科视角，汲取多学科的知识营养和丰富智慧。因此，我们应通过打通学科界限和壁垒来构建社会治理学科体系框架。**其次，社会治理知识是人类社会文明演进过程中综合积淀的成果。**人类社会发展积累了丰富的社会治理经验和智慧。创新社会治理学科建设必须融通古今、借鉴中外社会治理知识，做到古为今用、洋为中用。**最后，社会治理活动是理论和实践的辩证统一体。**社会治理既是理论问题也是实践问题，社会治理学科建设必须坚持学术创新、理论创新和实践创新有机统一、相互贯通。"凡贵通者，贵其能用之也。"《中国社会治理通论》力求引导学术探索、理论研究和实践创新。

"万事开头难"，创新更不易。我们本着不畏艰难的创新精神，致力于创新社会治理学科建设。按照学科建设的要求，本书力求全面、系统地阐释社会治理的一般知识、基础原理、基本规则和主要方法，力图从理论、经验、政策、实践等不同角度阐述和分析社会治理的内涵与精髓、理论与经验、方法与视角、政策与实践、体制制度与系统体系、主体领域与发展态势，融思想性、理论性、知识性、实践性于一体。全书分为十二章。**第一章，社会治理内涵与功能。**这一章系统阐述社会治理的概念由来、社会治理的决定因素以及社会治理的功能与目标、地位与作用。**第二章，中国社会治理基础理论。**这一章主要阐释马克思主义社会治理思想、毛泽东社会治理思想和中国特色社会主义社会治理思想，特别是习近平总书记关于社会治理的重要论述。**第三章，中国传统社会治理思想。**这一章简要阐述中国古代和近代的社会治理思想。**第四章，中国社会治理变革。**这一章主要解析中国社会治理的制度创新、丰富实践及其经验启示，展现中国社会治理变迁和改革创新的历史进程。**第五章，中国社会治理体制。**这一章主要阐述社会制度与社会治理体制的基本内涵及其相互关系，在此基础上论述社会治理体制的主体框架及支撑这一框架的国家、市场、社会关系。**第六章，中国社会治理基础制度。**这一章系统论述社会治理的基础性制度，包括人口制度、户籍制度、就业制度、土地制度、教育制度、医疗卫生制度、社会保障制度、收入分配制度。**第七章，中国社会治理体系。**这一章着重阐述社会治理的主要体系，包括社会组织体系、公共服务体系、公共安全体系、社会治安防控体系、防灾减灾救灾体系、环境安全体系、应急管理体系、社会信用体系、社会心理服务体系。**第八章，国家安全建设。**这一章重点阐述国家安全建设的重要意义，总体国家安全观的基本内涵，以及国家安全制度和任务。**第九章，中国社会治理场域。**这一章着重阐述社会治理的主要场域，包括家庭治理、社区治理、农村治理、城市社会治理、网络社会治理。**第十章，中国社会治理方式。**这一章着重阐述社会治理方式的主要方面，包括依法治理、道德治理、文化治理、科技治理。**第十一章，中国社会治理能力建设。**这一章主要阐述社会治理能力的内涵及其提升路径。**第十二章，社会治理发展趋势。**这一章着重阐述中国社会主义现代化发展趋势和全球治理发展趋势，以及中国对全球治理的贡献。

本书编写的重要特色和创新之处在于：对中国社会治理进行总体性、系统性、全景性阐述。全书的结构体系和主要内容，围绕着推进社会治理体系和治理能力现代化建设的主线，构筑了"四大支柱"——理论之柱、经验之柱、政策之柱、实践之柱。

理论之柱。全书对社会治理理论具有较为深入的研究和探索。但对理论的探讨，并不局限于从理论到理论的纯粹演绎和阐释，而是着眼于从历史、思想、理论、制度之间的相互联系的角度来构建中国特色社会治理学科理论。这个理论的阐述，以马克思主义社会治理思想及其中国化成果为基础，既参考借鉴国外有代表性的社会治理理论，又总结汲取中国以往社会治理智慧的营养，打通古今中外理论脉络的社会治理理论体系。本书第一章至第三章主要阐述的是社会治理的理论之柱的构建问题。

经验之柱。全书对社会治理经验具有较为清晰的认识和总结。社会治理经验，既来源于社会治理的改革创新实践，又受益于社会治理的政策法规和制度设计。社会治理经验，主要有四个来源：一是中国传统社会治理智慧结晶及其经验；二是中国当代社会治理创新的实践经验；三是国外社会治理做法的经验；四是人类社会共享的社会治理经验。本书各个章节，尤其是第四章至第六章都贯穿和体现了社会治理的经验分析，并着力构建走向社会治理现代化的"中国路径"。

政策之柱。全书对社会治理政策具有较为系统的梳理和分析。社会治理现代化的关键在于制度现代化。这就意味着社会治理研究，离不开对政策制度的密切关注和剖析。社会治理实践创新和制度创新都与社会治理政策有直接而密切的关系。本书第七章至第十章集中探讨和分析了我国社会治理各个体系、各个场域、各个方式中的政策构成及其制度安排。

实践之柱。全书对社会治理实践具有较为强烈的观照和阐释。社会治理实践，并不是抽象笼统的，而是具体实在的。这种实践，既嵌入中国社会发展内部特定的场景，同时，又放眼人类社会共通性发展的大势。由于我国社会治理理论与实践之间的相互关系，社会实践本身成为构建中国社会治理理论、政策体系的重要之源。不仅在社会治理的各个场域，如家庭治理、社区治理、农村治理、城市治理、网络社会治理等，都不断涌现出各种社会治理创新实践，而且在社会治理的各个体系，比如社会组织、社会工作、社会信用、社会治安、应急管理、公共服务、公共安全、国家安全等都在产生着各种治理的技巧、策略、经验和智慧。本书第五章及以后各章都探讨了社会治理实践对政策演变和理论发展的促进作用。

全书围绕中国社会治理这条主线进行阐述，环绕"四大支柱"，形成了一个总体性的研究格局和逻辑体系，着力回答和处理四个基本关系。**一是理论与实践的关系**。这个维度反映的是"社会治理理论"与"社会治理实践"之间的关系。社会治理理论既指导和推动社会治理实践的开展，同时社会治理实践又创造和催生新的社会治理理论要素。**二是政策与经验的关系**。这个维度反映的是"社会治理政策"与"社会治理经验"之间的关系。治理政策，既是治理经验的表现形式，又是治理经验升华的结果。治理经验，既是治理政策的制定依据，又是治理政策的实现过程。**三是历史与现实的关系**。这个维度反映的是"传统社会治理"与"现代社会治理"之间的关系。传统社会治理能够为现代社会治理提供有益的治理经验和智慧，现代社会治理是传统社会治理思想的传承和发扬。正是在传统与现代的联结中，孕育和形成了独具一格的当代中国社会治理。**四是国外与本土的关系**。这个维度反映的是"国外社会治理"与"中国社会治理"之间的关系。中国社会治理既有对国外社会治理理论和实践的研究借鉴，更是基于中国国情的理论创新和实践创新。

学习本书，应达到四个目标。一是掌握社会治理学科的范畴、原理、规则、内涵等基本知识，努力把握社会治理学科的特征和规律。二是掌握社会治理的基本规范、制度、体系、政策等，努力把握社会治理运行方式。三是掌握中国社会治理历史演变和现实状况，努力把握中国社会治理的进展和趋势。四是掌握社会治理研究的方法，努力把握科学的思维方式，提高研究和推进社会治理现代化的自觉性，增强观察、分析和解决社会治理领域问题的能力。

最后，我们期望读者通过学习本书，能够领悟社会治理研究的四个方法论原则。**一是坚持理论探索与经验分析相结合**。社会治理研究具有"理论和经验"的双重品格，要求我们既着眼于从现实的鲜活实践中凝练和提取社会治理的真问题，又要在经验研究的基础上着力探索和构建中国特色社会治理理论体系。**二是坚持多元学科与交叉学科相结合**。既要通过不同的学科视角来审视社会治理问题，形成各自相对独立自主的学术知识体系；同时，又要实现跨学科交叉视角的聚焦，寻找不同学科之间在社会治理问题上的"最大公约数"。**三是坚持宏观视角与微观视角相结合**。社会治理在实践运作中就是一个从微观到宏观的连续统一。只有将宏观视野和微观视野相融合，才能在学术和实践双重意义上解决社会治理面临的难题。**四是坚持学术研究与政策研究相结合。**社会治理研究要通过基础学理与政策探讨紧密结合，实现从"学理"到"政策"、从"政策"到"学理"的双向往复、螺旋式上升，进而不断推进理论创新、学术创新和实践创新。

加快产业转型升级　推动经济高质量发展

——《创意·设计·服务》*序言

（二〇一九年二月）

党的十九届五中全会明确指出："十四五"时期是我国全面建成小康社会、开启全面建设社会主义现代化国家新征程的历史新时期，我国经济由高速增长转入高质量发展的新阶段，我们要坚持以创新、开放、绿色、协调、共享的新发展理念为引领，构建国内大循环为主体、国内国际双循环相互促进的新发展格局。从现代产业体系看，我国已经进入服务经济时代，服务业发展的质量和水平，将是实现高质量发展的重要影响因素，在贯彻新发展理念、构建新发展格局中发挥关键性作用。创新是服务业的核心与灵魂，研发设计、文化创意、信息技术等都是服务业的重要组成部分，也是自主创新的主要驱动力。我国是世界制造业规模最大的国家，生产性服务业则是实现由传统制造业向服务型制造转型，实现制造业增值和提升价值链水平的主要驱动力，只有科技、金融、物流供应链、专业服务、信息服务、电子商务、市场营销等服务业的强有力支撑，才能实现工业的优化升级和农业现代化发展。与此同时，我国消费结构不断升级，人民对美好生活的新期待，为生活性服务业发展提供了广阔市场，也对旅游、文化、体育、康养、休闲、娱乐、餐饮、购物等服务业的高质量发展提出了更高要求。尤其是数字技术引领的新一轮科技革命和产业变革蓬勃发展，全球数字经济强势崛起，不断推动传统产业向网络化、数字化、智能化转型，正在构建数字经济驱动的全球产业发展新版图，也成为我国经济高质量发展的强大引擎。因此，数字经济发展水平是我国提升产业国际竞争力的决定因素，无论是数字产业化，还是产业数字化，信息技术服务业都将在其中扮演关键性角色。

王晓红教授长期从事服务业领域的研究，尤其在工业设计、服务外包、

---

* 《创意·设计·服务》，王晓红著，中国经济出版社 2019 年 12 月出版。

生产性服务业、文化创意等方面颇有建树和开创性，是业内具有一定影响力的专家。《创意、设计、服务》一书收录了她多年公开发表的论文，这本专著的出版将为我国服务业理论创新和政策研究增添新的思想活力。作者长期在智库工作，围绕服务国家战略，以宽广的国际视野，追踪理论前沿，注重实际调研，善于捕捉和发现新业态、新模式。因此，这些论文既有丰富的理论探索，又有来自一线鲜活生动的案例研究，对于服务国家决策发挥了重要作用。

例如，在《产业转型条件的制造业与服务业融合》一文中提出，应从扩大需求与供给层面加快制造业与服务业融合，推动制造业与服务业融合发展模式和组织模式创新，把发展生产性服务业作为提升制造业竞争力的关键支撑，加大财税、金融等优惠政策扶持，制定人才战略，推动生产性服务业体制改革和对外开放。又如，在《当前制造业与服务业融合发展趋势及特点的研究》一文中提出，随着全球服务经济时代的到来，制造业与服务业融合发展呈现出的特点和趋势主要表现在：制造业服务化成为产业融合的主流趋势，服务业制造化倾向在产业融合中逐步显现，服务外包成为产业融合的主要方式，集聚化、配套化成为产业融合的产业组织形式，全产业链发展成为产业融合的增长模式，信息化成为产业融合的主要技术载体。正确认识与把握这些趋势，对于推动经济结构战略性调整，促进制造业转型升级，加快现代服务业发展具有重要意义。再如，在《建立完善公平开放的生产性服务业市场准入制度》一文中提出，要积极推进垄断行业改革，培育多元化的市场主体；积极消除地方壁垒，构建统一的全国生产性服务业市场；进一步放宽外资市场准入，提高生产性服务业对外开放程度；鼓励民营经济进入生产性服务业；加快制定新兴服务业的市场准入条件；加快制定生产性服务业规范和标准，健全相关法律制度，加强行业协会在市场准入方面的作用等。这些论述对于促进我国生产性服务业健康发展具有积极作用。

作者长期专注于工业设计领域的研究，提出了许多富有创新、对决策具有重要参考价值的建议。例如，在《寻求适合国情的创新模式》一文中提出，工业设计创造品牌、创造产品高附加值，直接影响企业技术创新能力，要把工业设计纳入中小企业技术创新服务体系建设，为中小企业搭建工业设计服务平台。又如，在《推动创新设计实现新产业革命下跨越发展》一文中提出，创新设计已经成为引领和支撑网络信息时代新产业革命发展的主要动力，也是现代设计的历史性重大飞跃，要着力提升重点产业领域的创新设计能力，发挥创新设计在产业价值链中的核心作用，大力提高企业创新设计竞争力，实施创新设计人才战略，加快创新设计共性关键技术研发和公共服务平台建设，加强财政金融政策扶持，营造良好的创新设计发展环境等。再如，在《关于建设粤港澳大湾区创新设计圈的建议》一文中提出，建设粤港澳大湾区创新设计圈将为构建大湾区产业创新体系，为深化内地与港澳合作的体制创新提供实践。应围绕推动大湾区成为全球制造业创新中心、自主品牌集聚区、国际化设计人才集聚地和具有全球影响力的创新设计集群，构建产业、人才、文化、体制深度融合的大湾区创新设计生态体系。所有这些，都颇有见地。

总之，这部专著记述了作者对于服务业发展的真知灼见，也反映了作者长期耕耘的辛勤付出与可喜收获。服务业涉及领域广泛，内容丰富，博大精深，尤其是数字技术的飞跃发展将大大提高服务效率，提升服务贸易数字化水平，推动新业态新模式不断涌现。同时，也对专家学者们提出了更多的新机遇新挑战，要求我们不断拓展空间，进行更具前瞻性的理论探索，为数字经济时代服务业高质量发展提供更多富有创见的研究成果。我也期待王晓红教授有更多的新成果问世，为我国服务业更大发展建言献策，贡献更多的智慧。

历史是最好的老师

——《新视角读"二十六史"》*序言

（二〇一九年三月）

习近平总书记指出："历史是最好的老师，它忠实地记录下每一个国家走过的足迹，也给每一个国家未来的发展提供启示。""领导干部要多读一点历史，从历史中汲取更多精神营养。"

历史是人民创造的。历史经验是社会发展规律的体现和反映，是人类长期生活的总结和升华，是现代人们用来对照的一面明镜。欲知大道，必先知史。学习历史，可以观成败、鉴是非、知兴替、明规律，可以以史资政、修身励志、汲取力量、创造人生。

我们党历来重视历史，从毛泽东到习近平，我党历代领导人都善于把历史经验运用到中国革命、建设和改革的实践当中，都强调领导干部要多学习一些历史知识。在新的历史时期，要实现中华民族伟大复兴的中国梦，更需要我们用好历史这个最好的老师，遵循规律、明确方向、坚定道路、凝聚共识，去书写新的历史，创造新的辉煌。

尊重历史也是中华民族的优良传统。中国历史源远流长，旷古悠久。从黄帝时代开始，中华民族有着五千多年的文明史，经历了若干个朝代。一般来说，每个朝代都有为前一个朝代撰修史书的传统，经过官方撰修或认可的史书称为正史。清朝乾隆皇帝将《史记》、《汉书》、《后汉书》、《三国志》、《晋书》、《宋书》、《南齐书》、《梁书》、《陈书》、《魏书》、《北齐书》、《周书》、《隋书》、《南史》、《北史》、《旧唐书》、《新唐书》、《旧五代史》、《新五代史》、《宋史》、《辽史》、《金史》、《元史》、《明史》等二十四部史书钦定为"二十四史"。民国时期，大总统徐世昌又把《新元史》列入正史，形成了"二十五史"。但"二十五史"只写到明代，如果加上记载清

---

* 《新视角读"二十六史"》，宋玉山著，中国文史出版社 2023 年 10 月出版。

代历史的《清史稿》，就应该是"二十六史"。"二十六史"是由官方修撰或认可，尤其是由后一个朝代完成的，史料比较全，真实性比较强，史实价值比较高，因而是历史研究中的主要参考依据。人们学历史，主要应该学习这些正史。但是，由于"二十六史"数量繁多，语言晦涩，除了专业人员外，很少有人能够通读下来。

《新视角读"二十六史"》，对这些数量繁多的史书，作了精心挑选和简化概括，并有作者读史后的认识和体会，创作形成了一篇篇简明扼要的故事，这就以新的形式呈现给读者。这些故事，既独立成章，又相互连贯、脉络清晰，能使人们大体了解历史进程、重大事件和主要人物。该书语言简练，通俗易懂，适合大部分人群，中学生阅读也没有问题。特别是，该书站在现代社会的角度，以新的视角分析看待历史，有许多新观点、新见解，能够给人以启发和借鉴。因此，我认为，撰写《新视角读"二十六史"》，是一项很有意义的工作。

我感觉，《新视角读"二十六史"》的基本特点，是"忠于原著，丰富史料。以史为鉴，启迪人生"。

所谓"忠于原著，丰富史料"，是指作者撰写的每一篇历史故事，都是根据原著的记载写成的，都有史料依据，没有进行虚构。为了增强可读性，在语言细节方面作了适当的文字加工，但主要内容都是原著所提供的。同时，在忠于原著的基础上，为了使一些历史事件和历史人物更加丰满，也适当增加了一些其他史料，增添的史料也是有依据的。该书一个显著特点，就是史料丰富、知识点多、信息量大，能够让人开阔视野，增长知识。

所谓"以史为鉴，启迪人生"，是指作者创作历史故事的目的，是为了借鉴历史经验，服务于现代社会。所以，作者站在历史唯物主义和辩证唯物主义的立场上，辩证地、一分为二地看待历史现象，并且在记述故事的过程中，或者在故事的结尾，往往有着哲理性的评论和观点，给人以有益的启迪。人们学历史的目的，不仅是要了解历史知识，更重要的，是要通过汲取历史经验和教训，对我们的工作和生活有所启发和借鉴。该书较好地做到了这一点，这也是该书另一个显著的特点。

作者曾经是我得力的部下，我对他十分熟悉和了解。作者勤奋好学，长期从事政策研究和文字工作，理论素养和文字功底较好；先后在乡、县、市、省、国家五个层级工作过，有着丰富的阅历和实践经验；做事严谨，为人厚道，工作勤勉。尤为难能可贵的是，他把退休作为第二生命的开始，退而不休，锲而不舍，继续为社会做贡献，其志可贵，精神可嘉！

希望该书能够使人借鉴历史经验，起到以史为镜、激励人生的作用。

是为序。

"一带一路"：世界和平与发展的康庄大道

——《一带一路》（全球华文读本）*序言

（二〇一九年三月）

"一带一路"倡议的提出，是对当今世界发展与未来趋势的深刻把握，反映着中华民族向世界奉献中国智慧的高瞻远瞩与深远情怀，谱写着世界和平与发展的新篇章。

大道之行也，天下为公。 2013 年，中华人民共和国国家主席习近平提出共同建设"丝绸之路经济带"和"21 世纪海上丝绸之路"的重大倡议。"一带一路"倡议的提出和实施，标志着中国进入双向性、全方位、高水平开放的新阶段，体现了中国共产党人面向世界、面向未来、面向构筑"人类命运共同体"的睿智、创新和担当。"一带一路"走进世界视野，中国人民和世界人民一道开启穿越时空、缔造和平与共赢发展的新征程。

"一带一路"倡议，这一跨越时空的宏伟构想，高举和平与发展旗帜，从历史深处走来，融通古今、连接中外、惠及全球，顺应时代潮流，赋予古老丝绸之路以崭新的时代内涵，承载着丝绸之路沿线各国共同发展与繁荣的梦想。"一带一路"建设秉承共商共建共享原则，全面体现全球"休戚相关、命运与共"的理念，弘扬开放包容、互学互鉴精神，坚持互利共赢、共同发展目标，奉行以人为本、造福于民的宗旨，着力推动政策沟通、道路连通、贸易畅通、货币流通、民心相通，大力促动沿线国家和地区经济发展与社会进步，为沿线各国人民带来实实在在的利益和福祉。

以所有易所无，以所工易所拙。 经济贸易和文化交流是人类社会发展的内在需求，这种内在需求已经转化为"一带一路"所蕴涵的"共商、共建、共赢"精神内核。从而，"一带一路"建设已成为世界人民共同发展的新动力、新源泉。近年来，在世界经济复苏乏力、逆经济全球化思潮涌动的复杂形势下，"一

---

* 《一带一路》（全球华文读本），胡正塬著，香港和平出版社 2019 年 10 月出版。

带一路"倡议的实施，不仅为世界经济走出危困阴霾、实现持续复苏发展提供了新思路，而且为推动经济全球化发展注入新活力。五年多来，已经有109个国家和国际组织积极回应支持、140多个国家和国际组织同中国签署合作协议，一系列重大项目落地开花，带动了相关国家经济发展，创造了大量就业机会。在中国主办的"一带一路"国际合作高峰论坛，以及为践行"一带一路"倡议，由中国政府首开世界之先河所举办的中国国际进口博览会，都将成为中国主场外交一张亮丽的名片，也必将成为我国与其他国家共同解决当前世界经济和区域经济发展所面临的一系列根本问题和新生棘手问题的新举措，为实现开放、包容、公平、公正、共赢式发展注入强大的新动能。

全球和平与共赢发展新平台、世界公平与公正建设新路径。"一带一路"倡议气势宏伟，意义非同凡响，内涵十分丰富，蕴义博大精深，需要持续深入阐释、研究、宣介和推动，更需要沿线国家和地区以及世界人民科学的谋划、大胆的创新与践行。五年来的实践证明，令世人瞩目的"一带一路"是一条为沿线国家和世界人民带来新发展新境界的康庄大道，"一带一路"是一条为国际社会和全球带来新和平新繁荣的金光大道。无疑，"一带一路"将成为开放融通、互利共赢的繁荣之路，"一带一路"将成为深度融合东西方智慧与文明、共创人类命运共同体的合作升级之路。

胡正塬博士所著《一带一路》（全球华文读本）一书，对"一带一路"理论的提出和实施作了系统深入的研究。从当前国际和国内新情势出发，深刻解析历史缘起、区域新经济、生态新文明、金融新平台、国内"新泵站"、发展新思路、国际新格局及其相关政策和发展重点布局，全面阐述中国与"一带一路"沿线国家和地区及其世界人民，协同共建全球新秩序；全景式展现"一带一路"作为"全球和平与共赢发展新平台、世界公平与公正建设新路径"以及"全球发展共同愿景"这一伟大使命，关乎中国和"一带一路"沿线国家和地区的共同发展、关乎中华民族与世界人民的共同进步与繁荣。

胡正塬博士作为国家高端智库资深学者，视野恢弘，思路开阔，对"一带一路"倡议及"人类命运共同体"作了潜心研究，该读本阐释全面、逻辑严谨、资料翔实，为广大读者深化、研究和实施"一带一路"建设提供了有益的参考和启迪，为相关决策者提供了有益的思考方法和决策依据。

在此书付梓之际，应邀写下上述文字。是为序。

大力实施乡村振兴战略

——《新时代乡村振兴战略：理论、政策与实践》*序言

（二〇一九年四月）

乡村文明从中国漫长的历史隧道深处走来。广袤乡村，积淀着千百年的农耕文化，浓缩了中华文明的变迁历史。自周代开始的"籍田"礼，发端于汉代的"劝农"等，都是执政者勉励人们以农为本、及时耕作的生动写照。中国历代执政者都把乡村发展视作治国理政大事，在他们所处的时代建立了各种支持乡村发展的制度和政策，一代一代接力推动乡村进步，一直走到今天。

乡村衰落是一个世界性难题。其中以拉丁美洲式的乡村衰落最为典型。拉丁美洲国家独立后城市化速度明显超过工业化速度，城市人口过度增长，城市无法为居民提供充分就业机会和必要生活条件，带来严重的"城市病"，同时也带来乡村严重衰落破败。在中国，改革开放创造了经济社会快速发展的人间奇迹。2.6 亿农民工进城务工，城乡人口流动在一定程度上改变着中国的社会结构，空巢村、老人村、留守儿童村和贫困村等一系列亟待解决的问题由此产生。

乡村振兴事关国计民生。乡村兴则国家兴，乡村衰则国家衰，乡村与国家命运相通、血脉相连。新时代、新起点，我们应该清醒地认识到，我国人民日益增长的美好生活需要和不平衡不充分的发展之间的矛盾在乡村最为突出。全面建成小康社会和全面建设社会主义现代化强国，最艰巨最繁重的任务在农村，最广泛最深厚的基础在农村，最大的潜力和后劲也在农村。正如习近平总书记多次强调的那样：中国要强，农业必须强；中国要美，农村

---

* 《新时代乡村振兴战略：理论、政策与实践》，蒲实著，国家行政学院出版社 2019 年 10 月出版。

必须美；中国要富，农民必须富。

党中央决定实施乡村振兴战略，高瞻远瞩，恰逢其时。乡村振兴战略是以习近平同志为核心的党中央着眼党和国家事业全局，深刻把握现代化建设规律和城乡关系变化特征，顺应亿万农民对美好生活的期待作出的重大决策部署，是中国特色社会主义进入新时代做好"三农"工作的总抓手，是解决新时代我国社会主要矛盾、实现"两个百年"奋斗目标和中华民族伟大复兴中国梦的必然要求。

中国农村正在经历着数千年未有之巨变。建设什么样的乡村、怎样建设乡村、走什么样的乡村振兴道路，是中华民族面临的一个重大历史性课题。蒲实教授以自己的视角和观察，潜心研究乡村振兴战略的重大理论和政策，从乡村振兴的历史背景、逻辑演变入手，坚持理论探索与实践应用相结合、学术研究与政策建议相结合，不仅对影响中国乡村乃至整个经济社会发展的重大问题进行深入思考，也对"三农"工作全局定位进行了宏观阐释，《新时代乡村振兴战略：理论、政策与实践》是系统研究、深入论述乡村振兴战略的颇有分量的专著。

农，天下之大业也。重农固本，是安民富民之基、治国理政之要。作为蒲实教授的博士后导师，我衷心希望她再接再厉，持续对乡村振兴问题进行更深入细致的研究，为推动中国农业农村农民的现代化，提出更多、更有价值的见解。

是为序。

新型智库建设的认知与实践

——《新型智库——知与行》*序言

（二〇一九年七月）

2012 年 11 月党的十八大之后，中国特色社会主义进入新时代，也开启了中国智库建设的新征程。党的十八届三中全会明确提出："建设中国特色新型智库，建立健全决策咨询制度。"习近平总书记对建设中国特色新型智库作出了一系列重要指示，要求"把中国特色新型智库建设作为一项重大而紧迫的任务切实抓好"。中共中央办公厅、国务院办公厅专门印发了《关于加强中国特色新型智库建设的意见》，就全面推进中国特色新型智库建设作出了全面部署。这些表明，中国智库建设进入了新的发展阶段。

我曾长期在党中央、国务院重要部门履职，党的十八大以后退出领导岗位，应邀在几个不同类型智库发挥余热，全身心投入中国特色新型智库建设的思考与实践。这部《新型智库——知与行》结集了我在党的十八大以来从事新型智库工作的部分文章、讲话、报告、建言等，从一个侧面记述了我对新型智库的探索认知和实践行动。

"知为行之始，行为知之成。"真正做到知与行相统一，绝非易事。我秉持探知与践行并进的原则，致力于中国特色新型智库建设。为了比较清楚地反映我在新型智库建设之路上的知与行，本书在编排结构上力求体现新型智库的内涵、功能和特色，共分为七个部分：（一）新型智库纵论，主要是阐述新型智库的理论和认知；（二）建设新型智库，主要是在几个智库中抓好自身建设的情况；（三）决策咨询建言，主要是在新型智库工作中部分建言献策的优质成果；（四）引导社会舆论，主要是反映在新型智库中的述学立论；（五）提供社会服务，主要是在新型智库中服务社会的行动；（六）参与公共外交，主要是记述在新型智库里涉外的活动；（七）培养高端人才，主

---

* 《新型智库——知与行》，魏礼群著，人民出版社 2019 年 7 月出版。

要是折射新型智库育人的功能。每一部分编排又以文稿形成的时间为序。这次汇辑出版的文章，有些已公开发表，多数首次问世。

2014 年，人民出版社出版过我的一部文集——《建设智库之路》。此次汇辑的文集作为续编，唯愿助推新时代中国特色新型智库建设与发展。书中如有不妥之处，欢迎批评指正。

共同拥抱人工智能时代

——《人工智能读本》*序言

（二〇一九年七月）

    2015 年 4 月，中国行政体制改革研究会承担了国家社科基金特别委托项目"大数据治国战略研究"。我作为首席专家带领课题组遵循立项规划，按照《国家社会科学基金项目资金管理办法》及其他有关规定的要求，积极开展研究工作，取得重要成果。其中，《大数据领导干部读本》发行 10 多万册，为推动大数据治国战略的制定和施行发挥了重要作用；为推广普及大数据知识、传播大数据治国理念、深化大数据理论和学术研究发挥了引领作用。这里推出的《人工智能读本》一书，是课题组进一步深化的又一重要成果。

    人工智能这个概念是在 1956 年出现的，当年在美国的达特茅斯学院召开的一个学术会议的主题是：用机器来模仿人类学习以及其他方面的智能。人工智能概念提出 60 多年来，全球人工智能发展经历了数次浪潮。本次浪潮由大数据、机器学习、高速网络、资本市场等多重因素共同推动，呈现出跨界融合、人机协同、自主操控等新特征。近年来，全球范围信息技术迅猛发展，人工智能革命方兴未艾、大放异彩。世界各国纷纷出台指导战略，相继投入大量资源开发和应用人工智能技术。毋庸置疑，人工智能从广度和深度上对经济社会的影响将超过以往历次技术革命，并将重塑全球经济竞争格局，揭开人类一个新时代的帷幕。

    党中央、国务院高度重视人工智能技术的发展与应用。2018 年 10 月，中共中央政治局专门就人工智能发展现状和趋势举行集体学习，习近平总书记强调：人工智能是新一轮科技革命和产业变革的重要驱动力量，加快发展新一代人工智能是事关我国能否抓住新一轮科技革命和产业变革机遇的战

---

* 《人工智能读本》，王露、王海峰主编，人民出版社 2019 年 7 月出版。

略问题。李克强总理在2018年《政府工作报告》中提出，要加强新一代人工智能研发应用；在2019年《政府工作报告》中提出了拓展"智能+"为制造业转型升级赋能的要求。"智能+"已经开始接棒"互联网+"，人工智能正成为今后改造传统产业的新抓手。近年来，我国人工智能发展迅速，人工智能技术在经济社会发展、公共服务、社会治理和人民生活等多个方面得到广泛应用。

人工智能决定着生产方式和数字经济的发展壮大。人工智能的深入应用，可以形成新动能。人工智能与实体经济的融合发展，特别是与制造业的深度融合发展，可以推动传统产业转型升级，还可以形成新产业新业态。人工智能颠覆着社会生产方式与思维认知，有力地驱动着社会向智能化、智慧化方向发展，是诸多行业发展的新引擎。人工智能代表着数字技术发展的新阶段和新维度，人工智能与产业的融合将成为我国经济发展的大趋势。人工智能的进一步发展将在很大程度上决定着新一代信息技术、高端装备、生物医药、新能源汽车、新材料等新兴产业的发展，也决定着数字经济的发展壮大。

人工智能影响我国社会生活的各领域。中国特色社会主义进入新时代，我国社会主要矛盾已经转化为人民日益增长的美好生活需要和不平衡不充分的发展之间的矛盾，人民美好生活需要日益广泛，不仅对物质文化生活提出了更高要求，而且在民主、法治、公平、正义、安全、环境等方面的要求日益增长。人工智能对社会生活领域的各个方面都会产生巨大的影响力。在房产、汽车、金融、教育、医疗等行业，运用人工智能，可以大幅提高智能化水平。伴随人工智能技术的不断成熟和广泛应用，为政府治理提供科学、高效、可靠的新方法和新路径，智慧治理将成为政府治理现代化的新标志。总之，人工智能将更多更好地造福人民。

同时，人工智能的发展也将对社会生产和社会生活带来一些新问题。人工智能作为具有颠覆性的新技术，对社会发展模式会产生重大影响，也会对网络安全带来风险与威胁。世界经济论坛发布的《工作的未来》报告指出："2025年，人类完成的工时将从现在的71%下降到48%，而剩下的52%将由机器和算法去完成。"在人工智能技术的影响下，传统工业化时代重要的人口红利很可能成为新型经济模式下的"不良资产"。人工智能时代国家治理格局需要根据经济基础的变化进行调整，作为大工业时代产物的科层制管理体系应该如何适应人工智能技术发展的要求，将成为影响国家政治和社会稳定的重要因素。人工智能技术的运用还会进一步拉大国家间的战略设计与战略执行能力的差距，人工智能技术的潜力一旦得到更大释放，将使得国际竞争格局发生更加深刻的变革，人工智能技术在政府治理过程中，也会产生一些行政伦理问题和个人信息安全保护的难题。

人工智能是一个复杂的系统问题，涉及国家治理、经济、技术、法律等多个层面，也涉及社会发展和家庭建设。人工智能国家战略的实施还会受制于技术、人才、体制、环境等许多因素。实施人工智能战略涉及范围极广、影响程度极深，需要多方面参与，形成合力，也需要广泛凝聚社会共识。

推进人工智能国家战略对领导干部和普通群众都提出了新的要求。对于广大干部来说，运用人工智能推动经济社会健康发展与有效治理，是提升领导能力的基本要求，必须解决好人工智能技术怎么用、怎么做的问题。对于广大群众来说，由于人工智能日益渗透到金融、交通、医疗、教育等与百姓日常生活密切相关的诸多领域，也需要了解人工智能知识、用好人工智能技术，消除对人工智能的恐惧和错误认识。

为了普及人工智能知识，也为了引起社会各界的关注，共同助力国家人工智能战略发挥积极作用，我们"大数据治国战略研究"课题组组织专家队伍编写了这部《人工智能读本》。本书以习近平新时代中国特色社会主义思想为指导，以国家顶层设计和战略部署为背景，将理论知识和实践经验相结合，通过生动的案例和图文并茂的方式，对人工智能的历史发展，我国人工智能的国家战略，人工智能在经济发展、民生改善、政府治理等方面的广泛应用和重大意义，对我国主要城市及重点地区人工智能产业创新状况进行深入介绍，对国外主要国家人工智能的实践和启示，以及人工智能对就业、法律制度、伦理道德等社会发展所带来的挑战和应对，作了简明通俗的阐释，旨在助力人工智能的普及工作。该书内容丰富，适读群体广泛，实用性强。期望此书能够成为广大干部和读者掌握人工智能知识、更好拥抱人工智能时代到来作出积极的贡献。让我们共同拥抱人工智能时代，迎接人类社会更加美好的未来！

推进中国社会治理现代化的思考与探索

——《中国社会治理现代化之路》*自序

（二〇一九年九月）

中国共产党第十八次全国代表大会之后，中国特色社会主义进入新时代，全面深化改革也转向新阶段，总目标是完善和发展中国特色社会主义制度，推进国家治理体系和治理能力现代化。其中，推进社会治理现代化是实现全面深化改革总目标的重要方面和必然要求。

推进中国社会治理现代化，是一个巨大和复杂的社会系统工程。既需要以科学理论为指导，又需要勇于进行实践创新；既需要做好宏观社会治理设计，又需要鼓励微观社会治理探索；既需要深化各方面社会系统变革，又需要发挥各类社会主体的积极作用；既需要推进社会治理体系现代化，又需要推进社会治理能力现代化。同时，必须做到理论与实践相统一、宏观设计与微观探索相统一、社会治理主体与客体相统一、治理体系与治理能力相统一。显然，实现中国社会治理现代化，是我们应当为之奋斗的正确方向和追求，但这是一个十分艰巨的任务，也是一个需要相当长时间才能达到的宏大目标。

党的十八大以来，我围绕推进中国社会治理现代化，从多方面、多层次、多角度进行了思考和探索，形成了一些研究成果，此次结集形成《中国社会治理现代化之路》一书。这本书，既反映了我对走向中国社会治理现代化之路的认知与实践，也从一个侧面折射了中国在新时代社会治理变革的轨迹与趋势。期望本书能为关注中国社会治理现代化建设的人们提供参考与帮助。

---

* 《中国社会治理现代化之路》，魏礼群著，社会科学文献出版社 2019 年 9 月出版。

构建社会治理共同体的有益探索

——《回天社区治理经验交流集》*序言

（二〇一九年十二月）

党的十九届四中全会在科学总结以往理论创新和实践经验的基础上，全面把握坚持和发展中国特色社会主义制度的基本要求，深刻认识中国特色社会治理现代化建设的特点和规律，与时俱进地丰富了推进社会治理现代化的内涵，作出了许多新决策新部署，特别是在社会治理制度、社会治理体系、社会治理新境界方面，提出了重大创新性要求，为我们加强和创新社会治理、推进社会治理现代化、提高社会治理效能和水平提供了行动遵循。全会第一次明确提出"建设人人有责、人人尽责、人人享有的社会治理共同体"，强调健全党组织领导的自治、法治、德治相结合的城乡基层治理体系，加快推进市域社会治理现代化。

回龙观天通苑地区，是超大社区的典型代表，超大城市病在该区域集中体现。同时，该地区也是城市化快速发展进程中，有着显著的城乡转化、城乡结合区域治理中的问题。因此，加强回天地区社会治理的研究与实践，对基层治理现代化和治理超大型社区、解决大城市病都具有非常重要的现实意义。

北京市委、市政府高度重视回龙观天通苑地区的社会治理，蔡奇书记先后8次深入回天地区调查研究，市政府专门印发了《优化提升回龙观天通苑地区公共服务和基础设施三年行动计划（2018—2020年）》，紧紧围绕回龙观、天通苑地区居民最关心、最直接、最现实的民生问题，尤其是该地区近年来交通拥堵、公共服务配套不足等居民反映强烈的问题，着力优化提升该地区公共服务和基础设施，补齐发展短板，有效解决城市发展中的痛点。除了加大政府投入，推动城市有机修补更新，"回天有我"社区服务活动也开展得

---

* 《回天社区治理经验交流集》，杨积堂主编，研究出版社 2019 年 12 月出版。

有声有色，各级党组织上下联动齐齐发力，人人动手建设家园，个个努力扮靓家园，形成了超大社区很有影响力的社区服务品牌。在这样的背景下，由北京联合大学首都法治研究中心牵头，与北京市经济与社会发展研究所"回天有我"社会服务联合创新实验室、中国人民大学国家发展与战略研究院社会转型与法治研究中心、华北电力大学回天治理研究院共同联合主办了"回天治理论坛"第三期，以"学习贯彻四中全会精神，构建回天社区治理共同体"为主题，组织政府官员、专家学者、参与回天地区社会治理实践的社会组织负责人以及回天地区社区居民代表，一起探讨回天地区社会治理中行之有效的理念、方法和路径，构建回天社区"人人有责、人人尽责、人人享有的社会治理共同体"。这样的论坛举办得非常及时，也非常有实践意义。

　　一次论坛，现场交流的受众毕竟是有限的，还有更多基层政府、社区组织、社会组织和社区居民等关注回天治理，希望共同探索回天治理的方法、路径，希望参与回天治理实践。本次论坛主办方将论坛上大家的发言，记录整理，公开出版，让论坛上的成果在更广的范围内进行交流，这是一种很好的分享，也体现了"回天治理论坛"的开放性。衷心希望这个论坛能够越办越好，能够通过论坛，聚集各方智慧，引导更多的主体关心社会治理、思索社会治理、研究社会治理，推动社会治理实践，真正构建起"人人有责、人人尽责、人人享有的社会治理共同体"，我们的美好幸福家园才能够实现。

　　是为序。

中国企业海外投资风险与防控机制的重要探索

——《中国企业海外投资风险与防控机制研究
——基于"一带一路"视角》*序言

（二○二○年一月）

回顾改革开放历史进程，我们不断扩大对外开放，从建立经济特区到开放沿海、沿江、沿边、内陆地区，再到加入世界贸易组织、主动参与经济全球化和实施"一带一路"倡议，从大规模"引进来"到大踏步"走出去"，成功实现了从封闭半封闭到全方位开放的伟大历史转变。从全球维度看，当今世界正处于百年未有之大变局，各国经济社会发展联系日益紧密，经济全球化和开放合作依然是不可逆转的历史大势。具有深厚历史渊源和人文基础的"一带一路"倡议的提出，顺应了时代要求和沿线国家加快发展的共同愿望，已经成为我国在新的历史条件下实行全方位对外开放的重大举措、实现互利共赢的重要平台。

"相通则共进，相闭则各退。"自 2013 年"一带一路"倡议提出以来，中国坚持互利共赢原则，致力于"促进基础设施建设和互联互通，对接各国政策和发展战略，深化务实合作，促进协调联动发展，实现共同繁荣"。通过与"一带一路"沿线国家的务实合作，完成了"一带一路"的总体布局，结成了穿越非洲、环连亚欧、延伸拉美—加勒比的广阔"朋友圈"；中国与"一带一路"沿线国家投资合作深入发展，中国企业在沿线国家投资金额逐年增长，投资范围逐步扩大，为沿线国家和世界经济发展注入了强劲动能，同时也为企业自身实现产业转型升级、走高质量发展道路带来了新的机遇。

对于"一带一路"倡议，国内赞歌此起彼伏，欧美多方挑剔不断，东

---

* 《中国企业海外投资风险与防控机制研究——基于"一带一路"视角》，郭周明著，人民出版社 2020 年 1 月出版

道国众说纷纭、褒贬不一。从历史维度看，共建"一带一路"，功在千秋，泽被世界；同时不可否认，包括投资合作在内的"一带一路"建设也存在诸多不确定性和多重风险挑战。理性研判、科学分析和有效防范各类风险，确保中国企业在"一带一路"沿线国家和地区的投资实现互利共赢和可持续发展，对于保障"一带一路"倡议的稳健实施具有重要战略意义和实践指导价值。

郭周明同志的专著《中国企业海外投资风险与防控机制研究——基于"一带一路"视角》，从保障"一带一路"倡议可持续推进的战略高度提出问题，布局全面、结构合理、观点明确、论证清晰、图表得当，具有较高的理论价值、学术价值与实践价值。全书对涉及"一带一路"投资有关理论作了全景式扫描和深入评析，对"一带一路"倡议提出以后企业海外投资的总体规模、结构、行业、主体进行了对比分析，研究对象涵盖国有企业和民营企业，论证过程严谨翔实，对风险的分析归类吸收借鉴了不同来源的成果，并运用典型案例进行了深入分析，有些案例还结合了作者在海外的实地调研，使得对外直接投资风险防范机制的构建既有系统的理论基础，又有深接地气的实践支撑。

学风问题，是对待马克思主义的根本态度问题，即究竟是从本本出发，还是从马克思主义的立场观点方法来研究和解决中国的现实问题。中国国际经济交流中心作为国家高端智库，自成立以来，一直秉承"服务国家发展、增进人民福祉、促进交流合作"的宗旨和"创新、求实、睿智、兼容"的理念。从某种意义上说，周明同志这部专著作为他博士后科研工作的一个总结，反映了中国国际经济交流中心博士后科研工作站国家高端智库人才培养的目标定位和研以致用的价值取向。应该说，周明同志的专著理论深厚，论述充分，数据翔实，对策得当，不仅体现出了扎实严谨的学术素养和功底，还反映了理论与实践结合、学以致用的强烈问题意识和咨政意识，而这种研以致用的学风对周明同志未来的学习和工作也将继续产生深刻影响。

时势造英雄，沃土结硕果。我们正处在新一轮改革开放的伟大时代，日新月异的民族复兴大业为青年人提供了广阔的舞台和机遇。当前，共建"一带一路"倡议处于从"大写意"转向"工笔画"的关键阶段，需要学者和智库研究贡献更多的智慧。周明同志作为中国商务出版社社长，工学兼顾，在中国国际经济交流中心进行博士后科研工作，让我看到了青年学者积极进取、以学为乐的蓬勃朝气和向上锐气。作为周明同志博士后答辩委员会主席，在新书付梓之际，倍感欣慰，很乐意为之作序。希望周明同志能勤确谦抑、戒骄戒躁，在未来有更多的精品力作；也期待本书的出版能够为相关理论研究和企业海外投资实践提供有益的参考。

努力为我国社会信用体系建设多作贡献

——《信用蓝皮书：社会信用体系建设

年度报告（2019）》*序言

（二〇二〇年三月）

2019 年是新中国成立 70 周年。70 年来，我国逐步从传统社会向现代社会转变，社会领域发生着根本性的变革，现代社会治理制度和社会治理体系初步建立。社会信用体系是现代社会治理制度和社会治理体系的重要组成部分，是经济社会发展的重要基础。大力推进社会信用体系建设，有利于转变政府职能、创新监管机制、提高监管能力和水平；有利于促进社会资源优化配置、优化城市营商环境、激发市场主体活力；有利于不断完善社会主义市场经济体制，推动社会主义市场经济健康发展，推进信用经济形成和信用社会建设。

党中央、国务院高度重视社会信用体系建设工作。早在 2002 年党的十六大报告中就提出："健全现代市场经济的社会信用体系。"2014 年，国务院颁布《社会信用体系建设规划纲要（2014—2020 年）》，开启了社会信用体系建设的新阶段，引导和推进社会信用体系得以前所未有的发展，社会信用体系建设步入快车道并取得了显著成效。国家社会信用标准体系初步建立，统一社会信用代码制度全面实施，地方信用立法工作获得重大进展，各级信用信息共享平台不断完善，信用联合奖惩成效逐渐显现。2019 年国务院办公厅出台的《关于加快推进社会信用体系建设构建以信用为基础的新型监管机制的指导意见》，加强了以信用为基础的新型监管机制的构建，有力推动着经济高质量发展。

随着全国社会信用体系建设不断向纵深推进，各部门、各地方、各行业、各领域越来越多的工作者投入社会信用建设的大潮中。社会各界迫切需要一

---

* 《信用蓝皮书：社会信用体系建设年度报告（2019），厦门国信信用大数据创新研究院编著，中国市场出版社 2019 年 12 月出版。

部能快速、准确、有效地掌握社会信用体系建设成效及趋势的读物，以利于政策制定、咨询服务、科学研究和教学等工作。目前国内虽然有一些社会信用建设的书籍，但多聚焦在某一个或某几个细分领域，还缺乏从整体上涵盖社会信用体系建设各方面的书籍。厦门国信信用大数据创新研究院（以下简称国信研究院）编著的《信用蓝皮书：社会信用体系建设年度报告（2019）》，集知识性、研究性与实操性为一体，是一部能给人们带来思考和启发的出版物。蓝皮书以总体篇、平台篇、城市篇、专题篇四个篇章，全面、系统、准确地展现了我国社会信用体系建设现状以及2019年各项工作取得的创新性成果，集中反映了我国社会信用体系建设发展脉络，分析了当前社会信用体系建设存在的问题，从学术角度和实用方面为推进我国社会信用体系建设提供了有价值的思考与建议。

厦门国信研究院是集"产、学、研、用、资"为一体的核心应用创新平台，在国家公共信用信息中心和厦门市发展和改革委员会直接指导下，聚焦信用大数据领域，敢为天下先，勇于探索，大胆创新，开拓前进，在服务全国社会信用体系建设、推动信用大数据创新应用、建设信用高端智库等方面做了大量工作，取得了明显成绩，虽然建院时间不长，但开局良好。本书是国信研究院组织编撰出版的第一本信用蓝皮书，从平台构建、城市信用、专题分析等多方面汇集了理论探索和实践创新的成果，这里凝聚了国内信用领域众多专家和实务工作者的心血和智慧。尽管此书中还存在一些有待深入探讨的方面，但总体来说这是一部理论和实践密切结合、知识性和实用性兼具的研究社会信用体系的重要读物，能为广大干部群众特别是信用工作者提供重要参考。我作为国信研究院专家委员会主任，对本书的出版感到欣慰。

中国社会信用体系已进入全面建设的时期，必将随着我国社会主义市场经济不断发展和社会治理现代化不断推进而快速发展，社会信用建设大有可为，前景不可限量。我相信，国信研究院一定会再接再厉，奋发进取，取得更多的学术创新、理论创新和实践创新的优质成果，为我国社会信用体系建设作出应有的贡献。

在《信用蓝皮书：社会信用体系建设年度报告（2019）》即将问世之际，应约写了以上这些文字。是为序。

新时代实现保险业的更大作为

——《保险业改革发展新思考》*序言

（二〇二〇年四月）

改革开放以来，我国经济保持了持续高速增长，创造了人类历史的奇迹。保险业是国民经济中发展最快的行业之一。自1980年恢复国内保险业务以来，保费收入和资产规模保持了近30%的年均增长速度，为经济社会发展作出了积极贡献。改革发展始终是保险业的核心议题，发展是目的，改革是动力。回顾过去保险业走过的道路，可以说正是一条在党和政府的坚强领导下，不断攻坚克难、砥砺奋进的改革之路。

金融是经济的血脉，是现代经济的核心。当前，我国经济正处于高质量发展的重要战略机遇期，供给侧改革从经济领域深入金融领域。2019年2月，习近平总书记在主持中共中央政治局集体学习时指出，深化金融供给侧结构性改革必须贯彻落实新发展理念，强化金融服务功能，找准金融服务重点，以服务实体经济、服务人民生活为本。要以金融体系结构调整优化为重点，优化融资结构和金融机构体系、市场体系、产品体系，为实体经济发展提供更高质量、更有效率的金融服务。

中国经济发展进入新常态，保险业站在了新的起点上，作为金融的主力军，如何实现行业转型升级，服务实体经济高质量发展，做好金融和经济的"减震器"和"稳定器"，面临着一系列新机遇新挑战。新时代背景下，如何通过继续深化改革，创新体制机制，激发市场活力，实现保险业的更大作为？我们可以从延礼同志的新书中找到答案。

本书分为理论探讨篇、论坛访谈篇、调研报告篇三部分，汇集了作者近些年对保险业的观察和思考，既有国际保险监管经验的总结，也有国内保险改革创新的回顾；既有对责任保险、健康保险等传统领域的观察，也有对金

---

* 《保险业改革发展新思考》，周延礼著，新华出版社2020年5月出版。

融科技、互联网金融等前沿领域的思考。涉及内容，无一不是当前和今后一段时期保险业改革发展的热点焦点问题。作者通过亲身接触和广泛了解，掌握了大量丰富翔实的第一手资料，并在此基础上作了分析综合，提出了不少真知灼见和独到见解，其中有的意见建议已经为中央决策提供了重要参考。

延礼同志是中国保险业改革发展的见证者、亲历者，也是保险"国十条"等诸多重要决策的推动者、参与者，具有扎实的理论功底、开阔的金融视野和丰富的监管实践经验。如今，虽然身在全国政协、国务院参事室，却依然关心和关注着金融及保险业的改革发展，站在国家经济发展的宏观层面审视金融及保险的重点难点问题，为金融及保险业供给侧结构性改革建言献策。相信本书的出版，能为广大关心中国保险业发展的人士提供有益的启发和帮助，也能为政府相关部门科学决策提供理论和实务参考。

新时代需要新作为，新作为要有新成效。希望保险业保持持续健康发展态势，不断满足人民群众的保险需求，实现从保险大国到保险强国的历史性转变，为新时代我国经济实现高质量发展发挥更大的作用。

做好社会调查工作　传承中国社会学百年文脉

——"京师社会调查丛书"*总序

（二○二○年十月）

在现代社会科学体系中，社会学是基础性、综合性学科，也是具有极强实践性、应用性的学科。社会学必须直面社会实践中凝练出的重大理论问题。中国特色社会主义社会学是对社会主义社会运行特点和规律的揭示与阐释，也是对社会主义社会实践的理性认识，是在这个基础上对社会学基本理论的创新性发展。以马克思主义的认识论和方法论研究社会变迁的实践，是中国社会学学科发展的源头活水；而中国的社会发展、社会建设、社会治理，也离不开社会学理论与时俱进、创新发展与有力支撑。

社会调查研究是社会学研究非常重要的方面。一直以来，社会调查都是中国社会学界的一个优良传统。中国社会学在近百年发展的历程中，一代代社会学人作实地调查、以实证性实验的科学精神和研究方法，立足国情、扎根本土，探索和发展中国特色社会学理论和研究方法，从而使中国社会学孕育、形成、发展为比较完整的学科体系、学术体系和人才培养体系。

一

马克思主义认为，全部社会生活在本质上是实践的，只有人们的社会实践，才是人们对外界认识的真理性的标准。实践是理论的基础，实践高于（理论的）认识，因为它不但有普遍性的品格，而且还有直接现实性的品格；实践是理论的出发点和归宿点，对理论起决定作用，理论必须与实践紧密结合，理论也必须接受实践的检验，并随着实践的发展而发展。社会学是从变动着的社会系统整体出发，通过人们的社会关系和社会行为来研究社会的形态、

---

* "京师社会调查丛书"，董磊明等著，社会科学文献出版社 2021 年 1 月出版。

结构、功能、演变规律。正是人类丰富的社会实践，尤其是工业革命以来经济社会和文化心理变迁催生、滋养了社会学。社会学拥有悠久深厚的社会调查传统。正确、有效的社会调查，是我们认识社会、发展社会学学科的不二法门。

中国的社会学学科发展和中国的革命实践一样，都是遵循着从实践的感性认知出发，进而跃升为理性认知，再回到实践去检验这样的正确认知路径。

20世纪上半叶，中国社会和中华民族陷入深重的灾难，许多革命家和知识分子投身于救国的大潮之中，力求准确把握和深刻认识变化中的中国社会，致力于探索国家救亡图存和民族振兴发展之道。以毛泽东为代表的中国共产党人，从社会革命的高度，开展了大量的社会调查，写出了影响深远的《中国社会各阶级的分析》、《湖南农民运动考察报告》、《寻乌调查》、《兴国调查》等一系列著名的调查报告，有力地引领了中国革命的走向，这些都是社会学的经典文献。就是在那个时期，以李景汉、陶孟和、吴文藻、费孝通为代表的中国老一辈社会学家深入开展社会调查，产生了一大批优秀的社会调查研究成果。这固然在于他们受过系统严格的社会学训练，更在于他们有着正确的认识论和方法论——他们深入农村社会内部了解农民的生活实践，洞悉农村社会结构，把握社会前行的实际逻辑。

一边是革命家，一边是学院派；一边是社会调查与理论政策研究，一边是社会学调查与学理学术研究，两路人马有着鲜明的区别，然而都取得了巨大成功。他们的成功有着相同的原因。首先，他们的调查与研究目的都不是为了玩智力游戏，也不是简单地为了进行理论建构，他们都有着社会责任的历史担当，都是为了深刻认识中国社会、拯救中华民族于水火。其次，他们的研究都是从中国农村的实践出发，而不是把经典理论作为教条。再次，他们的研究都没有停留在感性认识的层面，没有简单地淹没于支离破碎的经验碎片之中。革命家是基于对社会现实和历史的全面分析，提炼出了中国社会革命的战略与策略，学院派则是在经验研究的基础上进行了有益的理论抽绎与建构。最后，他们的研究又都回归于社会实践进行了检验，并不同程度地引导着和影响着中国社会实践。

新中国成立后的一段时期，中国社会学学科没有得到应有的发展。实行改革开放之后，中国经济快速发展，社会发生深刻变革，社会学学科得到了迅速恢复和发展。中国社会学界紧扣时代脉搏，作出了一系列卓有成效的社会调查，例如费孝通的小城镇调查、雷洁琼的家庭调查、陆学艺主持的"百县市调查"，以及中国人民大学的"中国综合社会调查"（CGSS）、中国社会科学院的"中国社会状况综合调查"（CSS）、北京大学的中国家庭追踪调查（CFPS），近些年来北京师范大学的"百村社会治理调查"；等等。这些社会调查不仅有力地推动了中国社会学的理论建设、学科发展，也在不同程度上影响了国家决策和相关政策的制定与实施。

历史和现实深刻表明，社会大变革时代，一定是社会学科大发展的时代。当今世界正经历着百年未有之大变局；当代中国正进行着历史上最为广泛而深刻的社会变革，正经历着人类历史上最为宏大而独特的社会实践创新。这些都给包括社会学在内的社会科学繁荣发展提供了强大动力和广阔空间。如此巨大规模的世界变局，如此深刻的社会变革，如此丰富的社会实践，如此庞杂的社会问题，既是我们中国社会学人重大的学术研究和创新机遇，也是应尽的社会责任和历史担当。

二

社会学研究必须直面社会变迁中的真问题，社会调查也必须围绕社会变迁中的实际问题而展开。社会调查的范围涉及社会生产、生活的方方面面。当前和未来一段时期，以下方面尤其值得高度重视：

新一轮科技革命对人类社会的广泛和深刻影响。随着互联网、大数据、人工智能等新技术的兴起，社会生产方式、产业结构、产业形态、利益分配格局、生活模式、社会行为与社会运行状态、社会治理机制都在发生着深刻的变化。对这些问题展开深入调查，是我们面临的重要课题。

乡村社会变迁与乡村治理。改革开放尤其是进入 21 世纪以来，农民的生计模式发生了巨大变化，劳动力主要投放于非农就业，其对家庭的经济贡献占据主导地位。这使得农民的价值观念、家庭内部关系、农户之间关系、农村基层的建设状况，以及国家与乡村社会关系和乡村治理体系已经并将继续发生深刻的变化，如何完善相关的体制、制度、政策，如何推进农业农村现代化发展和深入实施乡村振兴战略等，都亟待调查研究。

城镇化与城市社会发展。在中国快速城镇化的进程中，城市的社会结构、社会组织、社会群体、人口流动、社会治理、社会行为、社会问题、生活方式、社会心理、社会关系，以及社会发展规律等方面，都迫切需要进行深入调查和研究。

单位、企业与劳工关系。传统单位制的变化与社会影响、企业与政府关系、企业与市场关系、企业与社区关系、企业内部运行机制、利益分配与保障体系、就业状况、新兴行业与新兴职业等，都需要调查研究。

家庭、婚姻、人口问题。在经济社会和文化价值体系深刻变化的情况下，家庭的规模与结构、代际关系、夫妻关系的变动，需要引起关注，尤其是生育意愿与生育行为、婚恋模式、同性恋、家庭暴力、家庭家教家风和婚姻的稳定性、抚养与教育、老龄社会治理、老龄人口养护等，都值得深入调查研究。

教育、医疗、健康、公共服务。这些是保障和改善民生的重点，也是推动基本公共服务均等化的重要内容；民生需求变化和改善供给结构、脱贫攻坚成果的巩固提升、相对贫困的治理等，都需要作为重要课题。

此外，城乡基层民主、法治、安全、诚信、环保、公平、正义等方面的问题和制度建设，以及优秀传统文化传承、智能社会发展与治理等，这些也都应该高度重视调查研究。

三

社会学人不仅仅是社会的生活者、观察者，还是思考者和理论的建构者。社会学的社会调查具有学术性、探索性，不仅仅是见闻的搜集、资料的获取、社会现状的了解，还要深入研究社会运行与发展的过程、逻辑与机理。因此，社会调查需要掌握科学方法。

树立问题意识。要围绕问题调查和搜集资料。资料看似搜集得丰富，但如果繁复琐碎，主次不分，"只见树木不见森林"，这样的资料用途有限，甚至可能是无效的信息，因为信息只有纳入一定的社会事实的范畴内来思考和体悟才是有价值的。正是基于此，对于较大规模的调研，调查人员与项目设计者要做到认知的同构，并做到把调查与研究结合起来；否则，调查者便可能沦为"学术炮灰"，仅仅是个资料搜集员，主观能动性无法得到发挥，而研究者得到的仅仅是二手资料，缺乏厚重的质性感受，这样研究效果会大打折扣。

坚持整体性观念。社会生活的不同面向之间彼此交织、相互关联影响，从而构成一个社会的整体。任何一个系统只是更大系统中的子系统，只有在更大的系统中了解各个子系统之间的相互联系，才能对整个系统有深刻的理解，发现各个部分之间的张力与悖论，能使我们迸发出知识与思想的火花。单从某一个方面切入可能会"盲人摸象"或过度阐释。因此，当我们带着具体的问题、任务进行社会调查时，必须尽可能对相关的场域有整体性的理解；面对杂乱无章的现象，要善于抽丝剥茧、溯本求源、去伪存真、拂尘见金，深刻认识社会内部各部分之间的有机联系。80多年前，著名社会学家费孝通先生在江村做调研时，就成功地使用了这样的方法，这对于今天的社会调查研究仍有着很强的启迪意义。

解剖麻雀与全局分析。解剖麻雀就是进行典型个案调查，是要获得这一案例的全方面的知识，以求取得一个深入认识。在具体深入个案作性质判断的时候，可对其进行深描，以理解行动者背后的复杂动机。但是，解剖麻雀的最终目的是认识全局，以利于"解决问题"，调查就像"十月怀胎"，解决问题就像"一朝分娩"。如果我们只局限于个案的认识，就很难获得全局知识，甚至有可能出现"攻其一点、不及其余"的毛病。因此，在全面解剖麻雀的基础上，需要展开全局分析。在从个案调查到全局分析的过程中，理论指导非常关键。毛泽东同志进行农村调查，之所以能够把握农村全局，很重要的就是善于运用马克思主义的理论来解剖不同村庄的材料，让理论和具体实践有机结合起来。社会科学调查，之所以不同于一般社会调查，也在于它能够将社会科学理论运用于调查实践中，在具体个案调查中展开全局分析，从而见微知著、以小见大。

定性方法和定量方法。定性调查方法，主要是调查人员对调查对象作深入访谈来获取资料。这种调查方法的优点是，可以对调查对象进行详细、全面的深入了解，并根据具体情况及时调整访谈内容，在与调查对象的互动过程中展开深入调查思考。召开调查会的方法，是一种典型的定性调查。要做"讨论式"调查，就是调查人员和调查对象之间进行深度交流，让调查对象来帮助调查人员完成对事物的分析和认识。定性调查的缺点是，在有限时间内，只能对有限的人员进行访谈，并获取调查资料；同时，定性调查在资料汇总以后，在分析总结阶段对调查人员的素质要求很高，需要既能够掌握大量资料，又能从具体资料中归纳分析出普遍性的认知。定量方法往往需要以扎实的定性研究为预研究。定量研究主要是在获得质性感受的基础上，通过发放调查问卷和研究表格，从被调查对象收集资料，并进行集中分析和研究的方法。这种方法的优点是，能够进行大规模的标准化、规范化调查；其缺点是，只能收集到有限的数据和信息，很难根据不同调查对象随机应变和进行调整；同时，对调查人员和调查对象的知识水平等要求也较高。

此外，随着科学技术的发展，大数据等信息化技术成为调查研究的重要手段、技术。运用大数据作为社会调查的重要方法，可以对数据进行收集整理、分类识别、清洗净化，进而对诸多复杂社会问题展开分析研究。运用大数据等新技术进行调查研究的做法会越来越多。

四

北京师范大学社会学学科发端于 20 世纪初，底蕴深厚，大家云集。1919 年，我们党的创始人之一李大钊同志就在北京高等师范学校开设社会学课程。1930 年，学校成立社会学系；后来并入北京师范大学的辅仁大学，在 1943 年也设立了社会学系。北京师范大学和辅仁大学的社会学学科聚集了一批名家，也培养了大量的优秀人才。曾经在两校社会学系任教的名家还有李达、黎锦熙、许德珩、黄凌霜、施存统、马哲民、李景汉、朱亦松、钟敬文、袁方等，这些名师大家先后为北京师范大学社会学学科打造了创立和发展的基础。

改革开放以来，中国社会学恢复重建，北京师范大学社会学学科也迎来了建设发展的历史机遇。1981 年，学校设立民俗学博士点；2001 年学校将原哲学院改建为哲学与社会学学院，成立社会学系，设立社会学硕士点和社会工作本科；2011 年，学校成立中国社会管理研究院；2015 年，学校将哲学与社会学学院的社会学系、文学院民俗学方向相关资源整合，成立社会学院，与中国社会管理研究院实行两个牌子、一套班子，致力于建设国家社会治理新型高端智库和社会学一流学术重镇；2017 年，国务院学位委员会批准北京师范大学社会学院为社会学一级学科博士点；2019 年，人力资源和社会保障部、全国博士后管理委员会批准北京师范大学在中国社会管理研究院 / 社会学院设立社会学博士后流动站；2020 年初，中国社会管理研究院 / 社会学院成为国家批准的北京师范大学国家高端智库主要组成部分。

　　多年以来，北京师范大学中国社会管理研究院/社会学院的师生们，一方面阅读社会学及人文社会科学的经典理论，掌握基本知识、理论和方法；另一方面，深入农村、城市调研，产生了诸多科研成果。为了持续汇集和展示北京师范大学社会学教研人员和社会治理智库人员的社会调研成果，我们特编辑出版"京师社会调查丛书"。近年来，董磊明教授带领学生在深入农村调研的基础上完成了三本具有较高学术水平的著作，作为首批"京师社会调查丛书"出版。我们期待着有更多优质调查研究成果在此系列丛书中不断出版。我们也谨以此套丛书参与中国社会学、中国社会治理以及中国社会科学繁荣发展的进程之中，奉献给所有关心、关注中国社会发展与进步的人们。

经济学教育要从孩子抓起

——《经济学教育要从孩子抓起》*序言

（二〇二〇年十月）

经济学被誉为"社会科学皇冠上璀璨的明珠"。近几十年来中国改革开放取得的重大进展，经济社会发展取得的巨大成就，要部分归功于中国经济学理论的不断创新和发展，这使得经济学在中国一度成为显学。事实说明，经济学是一门极为重要的、十分有用的学问，中国建设社会主义现代化需要经济学创新发展和越来越多真正的经济学家。

孩子是一个国家的未来，中国经济学的繁荣发展也寄托在孩子们身上，经济学教育应当从孩子抓起。

有人曾说过：如果一个人能够正确地认识金钱，他们生命中很多其他的事情都会迎刃而解。西方教育不仅包括对孩子的智商和情商教育，而且包括所谓"财商"教育。西方发达国家对孩子的经济学教育十分重视。例如，英国要求5—7岁的孩子要懂得金钱的来源和用途；7岁的孩子开始学习管理自己的零花钱；11岁要学习提高自己的理财能力；14岁要学习理财工具和金融服务。又如，美国早在20世纪60年代开始针对少年儿童进行经济学教育，教学大纲涵盖了从幼儿园到高中需要学习的经济学基本概念，要求中小学生尝试回答下述一类问题：为什么市中心的餐馆价格更贵？为什么不同超市的巧克力价格不一样？如果钱很有用，为什么不能多印一些？为什么不能把想要的东西全部买回家？美国的孩子们从小就要用所学的经济学知识来组建"公司"，做"生意"，参加"市场日"以及其他商业实践活动。发达国家经济之所以发达，绝非偶然，与重视对孩子的经济学教育庶乎有关。

我国对孩子的经济学教育相对比较落后。这不仅表现在只有极少数小学

---

* 《经济学教育要从孩子抓起》，马传景著，将由中信出版集团出版。

开设了经济学课程，还表现在几乎没有适合孩子们读的经济学读物。现在市面上流行的经济学教科书和著作要么晦涩艰深、枯燥乏味；要么一味数学化，充满了模型和公式，不仅孩子们不愿读、读不懂，没有一定数学基础的成年人也只能敬而远之。针对这种状况，近年来一些经济学家进行了经济学通俗化的努力，但仍然是写给成年人的读物，孩子们愿意读、能读懂的经济学读物仍然近乎空白。

马传景同志是我在国务院研究室工作时多年的同事。他是"文革"后第一批经济学专业毕业生，科班出身。他曾经在中共中央理论刊物《求是》杂志社从事过十几年经济理论编辑和研究工作，以后近20年间从事经济政策咨询工作和企业决策管理实务，具有比较扎实的经济学学术修养和丰富的实际业务知识。长期以来，他对经济学理论通俗化有浓厚兴趣并进行了尝试，20世纪八九十年代一批文章在中央权威报刊上发表。最近，马传景同志完成了这本写给孩子们的经济学读物。这是一本主要通过讲故事来介绍经济学基本概念和原理的书，关于概念和原理的理论表达只有寥寥数语，画龙点睛。这本书读来妙趣横生、引人入胜，不仅可以获得经济学基本知识，阅读本身也变成了轻松有趣、身心愉悦的过程。对孩子进行经济学教育意义重大，马传景同志愿意为少儿经济学教育尽一份力量，其心其志可嘉。完成这件工作要比写一本经济学专著付出更多艰苦努力。

衡量一本以讲故事面貌出现的通俗学术读物是否成功，要看是否达到了三个方面的要求：一是对基本概念和基本原理的理解把握要准确，这是任何一本成功的书的灵魂，更是成为好的通俗学术读物的关键；二是选取的故事要有趣，对孩子们有磁铁般的吸引力，而且能够准确传达书中的概念和原理；三是选取的题目要包括一个学科的基本内容，不能有重大遗漏。这本书基本上达到了上述三个方面的要求，应该算是一本比较好的通俗学术读物。

诚如作者自序中所说，本书内容包含的只是经济学的关键词，只是构成了现代经济学的骨架。读了这本书，对于经济学顶多算是初步入门。真正要成为经济学家，还需要系统学习经济学著作。尽管如此，如果通过读这本书，能够激发更多孩子学习经济学的兴趣，并进一步登堂入室，最终成为经济学家甚至经济大家，那么马传景同志为此付出的努力就很值得，就不失为一件功德事。

在本书付梓之际，作者邀请我作序，便欣然应允。是为序。

盛世建祠　兴家报国

——《睢宁魏氏纪念册》*序言

（二〇二〇年十二月）

　　一、宗祠文化，历史悠久，文明徽印，中华基因。中华文明源远流长，在人类发展进程中有着独特的文明印记和内涵基因。宗祠文化，伴随着多元一体的中华文明蓬勃发展而产生、延续。她是中华文明历史长河中一支血脉川流，一枚独特的中华文明徽印。她伴随着中华文明长河绵延数千载，山重水复，奔流不息。据史料记载，宗祠肇始于周代，规范于宋代，兴盛于明、清。在过往的数千年岁月里，中华大地上的宗祠文化，历经沧海桑田的文明淬炼，犹如神州大地的满园春色，繁花似锦、争奇斗艳。更加难能可贵的是，宗祠文化的本质属性逐渐凝聚、淬火成钢，这种本质属性就是 "链接世代族众血源根脉、传递爱国勤善务本美德"。正因为如此，宗祠文化才历经漫长岁月的洗礼，成长为中华文明的一枚 "正能量基因"，汇入了推动中华文明生生不息的动力渊源，到达了 "千淘万漉虽辛苦，吹尽狂沙始到金" 的文明境界。

　　二、宗祠作用，因世而变，淬炼洗礼，历久弥新。站在中华文明发展演进的历史高度审视，宗祠的作用从来不是孤立圈束家族的工具。宗祠，是国人心中血脉根源的圣殿，记录着家族的传承与辉煌，是弘扬良好家风、维系友爱亲情的纽带，堪称一方方独特的 "中国印"。微观地看，宗祠大都崇尚 "慎终追远、教化后世、重本务实、修身齐家"。历史地看，"有国才有家"，是千百年来世人从血与火洗礼中得出的结论。宗祠总是系于国运，从浩若星瀚、各具家风的宗祠，到凌烟阁上灿若明珠、世人顶礼的前贤志士祠堂，莫不如此。发展地看，伴随着波澜壮阔的中华民族伟大复兴进程，1949 年新中国成立特别是改革开放以来，我国以惊人的意志和智慧，经过几代人艰苦卓

---

*　《睢宁魏氏》第 4 期（建祠纪念册），睢宁魏氏宗亲联谊会，2020 年 12 月编印。

绝奋斗，实现了从站起来、富起来到强起来的历史性跨越，全面建成了小康社会，开启了全面建设社会主义现代化强国的伟大征程；与此相伴，我国宗祠发展进入了一个新的历史阶段，突出特征是以宗祠为纽带，召唤海内外华人和游子，回乡寻根问祖、共建美好家园、分享国家快速发展机遇。这种盛况，超越了汉唐盛世，成为当今世界"百川归海"的历史性浪潮。这正是新时代各地兴建、复建宗祠的正确导向和强大动力源泉。正所谓"厚积美德成正气，遍溢清香了无痕"。

三、魏氏宗族，血脉渊远，家国情怀，仁人辈出。中华魏氏，源流久远绵长。《诗·魏风谱》：魏者，虞舜、夏禹所都之地也。《禹贡》记载，在冀州雷首之北、析城之西，周以封同姓焉。《广韵》记载："本自周武王母弟受封于毕，至毕万，仕晋封魏城，后因氏焉。据史料记载，毕万在晋献公时因战功卓著，于公元前661年封为大夫。此后，从其国名（封邑）为魏氏。"由此可知，毕万为魏氏之始祖。自此，其支脉为姬姓魏氏。公元前445年传至八世孙魏文侯都，列为诸侯。直至战国结束，作为诸侯国的魏国延续242年之久，共历"两侯七王"。战国末期，信陵君魏无忌之孙魏无知参加反秦，在刘邦手下谋事并荐举了陈平，被封为"高梁侯"（今临汾西北）。魏无知后裔中的一支迁徙至此。后人魏云成为江苏睢宁魏氏先祖。据传，明洪武六年（1373年）山、林、树、木兄弟四人奉旨由山西洪洞大槐树迁至睢宁。四祖后世子孙渐繁，各自诗书传家、耕读为业，继承先辈光荣传统，精忠报国，勤勉持家。魏氏一族，古往今来，仁人志士辈出。一些远祖前贤，汇入了群星闪耀的历史天空。这些璀璨的群星昭示后人，"寄意苍生无今古，境界脱俗为仁人"。

四、魏氏宗祠，盛世兴建，缅怀先辈，导引来人。当今，我国正处于比以往任何时候都更接近实现中华民族伟大复兴的历史关头，正在以巨人的神采快速接近世界舞台中央。太平盛世，国家繁荣，家族兴旺，修建宗祠，旨在弘扬中华民族传统美德，不忘先人创业之艰辛，崇宗祀祖，端行修德，孝亲敬长。近年来，在当地人民政府的关怀支持下，兴建了具有传统风格又有时代特征的"魏氏宗祠"。这里是祭祀祖先、缅怀先贤、探寻文化血脉的场所，是魏氏家族的纪念馆；这里是外出游子维系亲情、眷恋故土的精神家园；这里是传承、是期待、是希望。我作为当代中国在京城国家中枢机构工作的魏氏一员，谨记先贤嘉言懿行，清廉勤政，忠于职守，夙夜在公，退岗不休，建设智库，报效国家长达 40 余年，回望岁月，俯仰不愧。我衷心希望：兴祠此举愈加激励具有悠久光荣历史的魏氏家族，勿忘缅怀先人、砥砺继往开来、传承导引后世，在新时代历史大潮中，以更加发奋有为的精神风貌、自强不息的坚强意志，传承好"济世为怀、家国一体、勤勉务本、崇德向善"的祖传家风，充分利用好宗祠文化资源，保证宗祠活动健康进行，让"魏氏宗祠"为助力中华民族伟大复兴、国家繁荣强盛、家乡美丽富饶、邻里安居乐业，发挥应有的积极作用。

积德行善为根本，报国济民当铭心。以此寄语后代、共勉传承。

明察世界变局　展望中国未来

——《预见未来：2049 中国综合国力研究》*序言

（二○二○年十二月）

历史，大踏步迈进 21 世纪第 20 个年头，71 年砥砺奋进，71 年春华秋实。中华人民共和国成立以来的 71 年，是不断创造伟大奇迹、彻底改变中华民族前途命运的 71 年。往者可鉴，来者可追。回望新中国 71 年不平凡的历程，我们能得到许多宝贵的历史启示，引导我们开启更为光辉的历程、创造更为伟大的奇迹。

2012 年，党的十八大描绘了到 2020 年实现全面建成小康社会、加快推进社会主义现代化的宏伟蓝图。

2017 年，党的十九大又明确规划了到本世纪中叶全面建成社会主义现代化强国的战略目标以及实现这一目标的战略步骤、战略任务，这是党中央高瞻远瞩、统筹规划国家未来发展大计的重大部署。全面建成社会主义现代化强国，成为全国各族人民共同的奋斗目标。

知之愈明，则行之愈笃；行之愈笃，则知之益明。上一个百年是风云变幻的百年，人类经历沧桑巨变，形成了西方发达国家占据主导地位的国际格局。如今，我们看到世界正处于百年未有之大变局。面对这个大变局，我们需要认清变局的广度深度和总体趋势，明察世界在"变什么"、"怎么变"；还需要把中国放在大变局中来思考，认清自己的定位。在近两个世纪的历史跨度里，中国经历了世所罕见的苦难，也创造了举世瞩目的"中国奇迹"。如今，中华民族伟大复兴的时代画卷已然铺陈展开。正如习近平总书记所指出的，当前，我国处于近代以来最好的发展时期，世界处于百年未有之大变局，两者同步交织、相互激荡。我们既要有宏大深邃的视野，也要有落实落细的视角，从而认清世界和中国发展大势，找准历史坐标，把握战略定力，

---

* 《预见未来：2049 中国综合国力研究》，易昌良著，中信出版集团 2020 年 12 月出版。

作出正确抉择。

综合国力是一个国家所拥有的生存、发展以及对外部施加影响的各种资源、力量和条件的总和，包括经济、政治、科技、军事、外交、文化、精神等实力，以及其赖以存在的地理环境、自然资源、人口等基础实力。综合国力，既包括自然因素，又包括社会因素；既包括物质因素，又包括精神因素，是各种因素、各个领域的总和，也是物质力量与精神力量的统一。

综合国力的强弱，反映着一个国家的发展水平，决定着它满足国民需求、解决国内问题的能力；同时，也在根本上决定着它在国际上的地位和作用。所以，每个国家，都不能不以增强自己的综合国力为追求的目标，也总是用各种方式，尽最大努力发展自己的综合国力。

综合国力是动态变化的。随着历史条件、内外环境的变化，都在不断地发生变化；综合国力由潜在形式向现实形式转化的情况不同，因而在一定时期综合国力的表现也就不同；综合国力的作用范围也经常变动，因而其构成和状态也有所不同。由于这种变动性，综合国力也是相对的。纵向，相对于国家自身不同的历史时期；横向，相对于特定时期国际体系中的其他国家。

当今世界，综合国力强弱的基础和条件往往突出地表现在国际竞争力上。所以，国际上已经比较普遍地重视对国际竞争力的测定，相应地，愈加重视国际竞争力的增强问题。

在不同的历史条件下，综合国力竞争的方式、规模、程度有不同的特点。随着经济全球化的迅猛发展，科学技术的日新月异，交通工具的日益发达，通信手段的不断改进，各个国家和民族之间的联系越来越紧密。一个国家的利益已经不仅仅限于自己的国境线之内，而是越来越多地表现在与外部世界的联系之中，包括经济的联系、政治的联系、科技的联系、文化的联系、军事的联系等等。不同国家常常在这种相互联系中体现和实现着自己的利益。

在经济全球化时代，尽管世界仍然存有旧势力和旧思维，但人类文明必将继续前进而绝不能倒退。所以，不断增强本国的综合国力，必须以推动建立人类命运共同体为总体目标，妥善处理好国内发展与国际交往两者的关系。

中国的综合国力及其在世界上的排位，经历了复杂的历史变迁过程。在以往相当长的历史时期内，一直是比较强的，但遇到国内动荡和外敌入侵，也会受到很大影响。近代以后一段时期，由于封建专制制度的衰朽和外国列强的侵略，中国的综合国力大大落后于世界其他发达国家。

新中国成立后，国家迅速集中全国的资源，着力加快工业化发展，经济实力快速上升，军事力量不断增强。尤其是1978年以后，改革开放决策迅速解放和发展了生产力，综合国力得到显著增强。国内生产总值由1978年的3679亿元增长到2019年的99.09万亿元。全国居民人均可支配收入由171元增加到30733元。进入新时代的中国，经济实力、科技实力和文化软实力大幅提升，我们比历史上任何时期都更接近、更有信心和能力实现中华民族伟大复兴的目标。中国日益走近世界舞台中央，成为世界和平的建设者、全球发展的贡献者、国际秩序的维护者。

易昌良博士在中央国家机关工作，行政事务繁忙，但他仍坚持进行学术研究，笔耕不辍，著述颇丰。《预见未来：2049中国综合国力研究》是他的新著，他站在新的历史方位上诠释综合国力，揭示中国综合国力的显著优势和独特魅力，并在前人研究成果基础上构建了适合中国国情的综合国力测算模型，对2049年中国综合国力做了预测分析和总体展望，对未来30年中国综合国力目标实现的制约因素做了详细分析，并就如何提升硬实力、软实力和巧实力等提出了对策建议，为我们搭建了丰富立体的"2049中国综合国力"研究框架。全书逻辑严谨、文字平实，彰显了大变局时代推进变革的张力和伟力，也有利于我们更好地了解中国综合国力、总结经验教训、明晰未来目标，推动经济高质量发展。

这是一个创新的时代，我们正在改革中解难题、求发展；这是伟大的时代，全面深化改革正在书写画卷、唱响强音。闲来读读此书，让我们更深入了解中国国情，认真思考我们从哪里来，我们将走向何方。

中国进入新时代，全体中华儿女勠力同心，凝聚成共筑中国梦的磅礴力量，终将到达民族伟大复兴的光辉彼岸。21世纪中叶，中国特色社会主义现代化强国建成之日，也就是中华民族伟大复兴的中国梦实现之时。

祝愿昌良在工作实践和理论研究两个方面都取得更大成就。

是为序。

不断提升应急管理科学化水平

——《中国应急管理发展研究（2020）》*序言

（二〇二〇年十二月）

加强各类突发事件的应对和处置能力，全面提升应急管理的科学化水平是当今各国政府必须面对的一个重大课题。2003年以来，党中央、国务院在深刻总结历史经验、科学分析我国公共安全形势的基础上，围绕各类突发事件的监测预警、信息报送、应急响应、应急处置、恢复重建等环节不断加强我国应急管理工作建设。经过多年努力，我国应急管理工作取得了重大进展，应急管理体系不断完善，应急管理能力不断提升，有效保障了经济社会运行的良性发展，维护了社会稳定大局。

然而，当下我国仍然处于发展的重要战略机遇期和社会矛盾凸显期，国内外环境发生了很大的变化，面临的风险态势也发生了很大的变化，呈现出各种风险复杂多样、连锁联动、极端风险更加凸显等特点。正如习近平总书记在讲话中提出的："各种矛盾风险挑战源、各类矛盾风险挑战点是相互交织、相互作用的。如果防范不及、应对不力，就会传导、叠加、演变、升级，使小的矛盾风险挑战发展成大的矛盾风险挑战，局部的矛盾风险挑战发展成系统的矛盾风险挑战，国际上的矛盾风险挑战演变为国内的矛盾风险挑战，经济、社会、文化、生态领域的矛盾风险挑战转化为政治矛盾风险挑战，最终危及党的执政地位、危及国家安全。"因此，我国应急管理工作仍然任重而道远。

加强应急管理领域的科学研究，是推进应急管理科学化、现代化发展的必然要求。清华大学公共安全研究院是2003年SARS之后成立的跨院系科研机构，凝聚清华大学公共安全学科群和各院系公共安全科技研究共14

---

* 《中国应急管理发展研究（2020）》，本书系应急管理系列丛书之一，许欢、魏娜著，应急管理出版社2021年2月出版。

个科研实体，致力公共安全科学理论、方法学、防控与应急管理及其综合集成关键技术研究。研究院通过建设公共安全综合开放式研究平台，构建公共安全科学理论、技术创新和学科体系，形成对国家应急管理的综合支撑能力。通过多年发展，研究院现已成为国际一流的公共安全与应急科学研究基地，是国家公共安全与综合应急的重要战略思想库。

为总结我国应急管理体制机制的发展沿革，分析我国应急管理面临的新形势与新挑战，推进我国应急管理现代化建设发展的理论创新和实践创新，为新时代应急管理高质量发展做出有益探索，清华大学公共安全研究院研究团队组织撰写了《中国应急管理发展研究（2020）》一书，这本书紧扣新时代特征，对应急管理体制机制、技术、产业、文化、实践等开展了多角度研究，由六个篇章构成，分别是发展改革篇、创新研发篇、融合协同篇、国际经验篇、案例实践篇和趋势研判篇。

发展改革篇，系统论述了我国应急管理体制机制建设的沿革与阶段性特色，结合国内外发展环境分析了新时代我国应急管理面临的机遇与挑战，并从健全应急管理体系的四大方面和提升应急管理五大能力入手探讨了应急管理体系和现代化的能力路径。

创新研发篇，聚焦应急科技发展体系，从应急技术研发与创新、应急装备科研攻关和应急技术与云计算、大数据、物联网、人工智能等信息技术的融合发展、应急技术成果转化等维度探索应急科技支撑和服务的创新路径。

融合协同篇，结合"政产学研金"五位一体运行模式，提出助推应急产业健康、集聚、创新发展的相应策略。

国际经验篇，从国际应急管理模式及应用、国际应急管理技术创新、国际应急管理培训及安全文化教育三个维度出发，梳理国外应急管理有益做法，为我国应急管理的发展提供参考和借鉴。

案例实践篇，介绍了部分地方和行业关于应急管理的优秀实践案例，将客观理性认识和科学经验总结寓于实例描述之中，系统呈现应急管理实践的"中国经验"与"中国方案"。

趋势研判篇，立足我国应急管理发展的新形势、新挑战、新目标、新要求，从应急管理的体制机制、标准规范、技术创新、产业发展、文化建设等方面提出五大发展趋势。

应急管理在我国是一个跨学科的新兴研究领域，而且随着制度、环境的变化，应急管理实践发展也会进行相应的调试和变迁。在新的时代背景下，应急管理的理论研究和实践经验积累会在探索中不断前行，希望本书的出版，对我国应急管理工作的推进有所裨益。

推动社会信用体系建设高质量发展
取得更大成效

——《信用蓝皮书：社会信用体系建设规划纲要（2014—2020 年）实施回顾及展望》*序言

（二〇二一年一月）

2014 年 6 月，国务院印发《社会信用体系建设规划纲要（2014—2020 年）》，对社会信用体系建设的总体思路和重点任务作出了整体规划。社会信用体系是社会主义市场经济体制和社会治理体制的重要组成部分。加快社会信用体系建设是建设高水平社会主义市场经济体制、提高社会治理现代化水平的重要方面。这有利于规范市场经济秩序、改善市场信用环境、降低交易成本、防范经济社会风险，有利于促进资源优化配置、扩大内需、促进结构优化升级，有利于增强社会诚信、增进社会互信、减少社会矛盾，有利于深化国际合作与交往、树立国际品牌和声誉、降低对外交易成本、提升国家软实力和国际影响力。总之，具有多方面重要意义。

六年来，在党中央、国务院的高度重视下，各地区、各部门结合实际，认真贯彻落实社会信用体系建设各项决策部署，不断探索、大胆创新、积极实践、扎实推进，谱写了新时代社会信用体系建设的崭新篇章。一是信用法治化建设取得积极进展。上海、天津、河南、山东等省市和厦门、南京、宿迁已出台地方社会信用条例，重庆、贵州、广东、江苏、陕西、吉林等省市和福州、哈尔滨、大连等地也在加紧制定社会信用条例。二是统一社会信用代码全面覆盖，全国信用信息共享平台、信用中国网站建成运行。平台联通 44 个部门、32 个省（自治区、直辖市）和 70 余家市场机构，归集信息逾 500

---

* 《信用蓝皮书：社会信用体系建设规划纲要（2014—2020 年）实施回顾及展望》，厦门国信信用大数据创新研究院编著，中国市场出版社 2021 年 6 月出版。

亿条，实现了信用信息在全国范围内跨部门、跨地区的共享共用。三是信用建设已作为推动政府"放管服"改革、商事制度改革、完善社会治理、提升治理能力的重要抓手，以信用为基础的贯穿事前、事中、事后全生命周期的监管机制逐步建立。四是积极构建守信联合激励和失信联合惩戒大格局。建立多渠道选树诚信典型、大力推介诚信市场主体、探索建立行政审批"绿色通道"、优先提供公共服务便利、优化诚信企业行政监管安排、降低市场交易成本等六项褒扬和激励诚信行为机制，城市信用分以及"信易贷"、"信易租"、"信易批"、"信易医"等"信易+"场景应用让守信主体获得更舒适便利的服务，实实在在地感受到诚信有价、诚信有感、诚信有益。多个部委联合签署51个联合奖惩备忘录，明确22类失信联合惩戒对象名单，跨地区、跨部门、跨领域的失信联合惩戒机制持续推进。五是城市信用建设水平不断提升，城市营商环境逐渐优化，2018年、2019年先后有两批共28个城市被列入社会信用体系建设示范城市（区），为社会信用体系建设工作提供了创新实践和先进经验。六是政务诚信、商务诚信、社会诚信、司法公信等重点领域重点行业信用体系建设取得重要突破，交通、税务、海关等多行业领域信用建设卓有成效。七是"诚信建设万里行"、"诚信之星"荣誉称号评选等诚信教育及诚信宣传活动深入开展，全民诚信意识普遍增强，诚信观念渐入人心。社会信用体系建设对弘扬诚信文化、营造诚信社会和提高社会文明程度日益发挥重要作用。

总体看来，当前我国社会信用体系建设正进入全面发力、全面加速、全面提升的关键时期。进一步做好社会信用体系建设，必须坚持以习近平新时代中国特色社会主义思想为指导，按照党的十九大和十九届五中全会精神，全面提高社会信用体系建设工作水平，推动社会信用体系建设高质量发展取得更大成效。为此，需要着力做好以下工作。一是着力健全信用法律法规和标准体系，加快出台国家社会信用体系建设的系列法律法规和政策文件，推进信用标准化建设。二是着力拓展守信联合激励，在加大失信联合惩戒力度的同时，重点完善"让守信者处处受益"的体制机制，大力推动信用惠民便企。三是着力构建以信用为基础的新型监管机制，做到对违法失信者"利剑高悬"，对诚信守法者"无事不扰"，大幅提升社会治理水平和社会诚信水平。四是着力培育信用服务市场，充分发挥政府的组织、引导、推动和示范作用，注重发挥市场机制作用，以"政府推动、社会共建"相结合的方式完善信用服务市场体系。五是着力强化市场主体权益保护机制，严格保护个人隐私和企业商业秘密，为非主观故意和轻微或一般失信行为的失信主体提供信用修复渠道。

社会信用体系建设是一项庞大的、覆盖全社会的诚信系统工程，在国务院印发《社会信用体系建设规划纲要（2014—2020 年）》实施收官之际，有必要对社会信用体系建设的阶段性进展、成效进行回顾和总结。厦门国信信用大数据创新研究院充分发挥社会信用高端智库的角色，邀请全国 50 余位信用领域专家学者共同编撰《信用蓝皮书：社会信用体系建设规划纲要（2014—2020 年）实施回顾及展望》，与已出版的《信用蓝皮书：社会信用体系建设年度报告（2019）》，共同全面展现了我国近些年社会信用体系建设发展的状况，反映了各行业、市场机构、城市群区域的社会信用体系建设实践成果，分析了社会信用体系建设面临的难题与挑战，展望了未来五年社会信用体系建设的发展趋势。全书结构合理、思路清晰、内容翔实，具有较强的可读性和实用性，可为各级党政部门、信用服务机构、研究机构和企事业单位提供有益参考，也可作为知识性普及读物，让社会公众对社会信用体系建设有更多的认识。

中国社会信用体系建设正处于深化整合、全面推进的关键阶段，希望各方携手努力，共同推进信用文化和诚信社会建设不断取得新成效。

中国经济改革和发展研究

——《魏礼群经济文集》（上、中、下）*自序

（二○二一年二月）

2017年6月，为了迎接中国改革开放40周年，由我国著名经济学家张卓元、高培勇提出，组织推选在改革开放进程中比较有影响力的经济学家，以及编辑出版"改革开放进程中的经济学家学术自传"丛书。我有幸被推选为经济学家并作为学术自传丛书编辑委员会委员，撰写学术自传。之后，由广东经济出版社出版了《魏礼群学术自传》。

在撰写个人学术自传过程中，我比较全面、系统地收集、整理了在经济领域的研究成果，包括论文、研究报告、演讲、书评等。这既是对我国改革开放历程的回望，也是对自己多年经济研究工作的总结。将主要研究成果结集起来，便形成了这部经济文集。

鉴于这次结集的经济研究成果形成时间较长，又涉及40年来经济发展和改革开放各个时期、各个方面，为了便于清晰地反映自己的写作历程，本书在编排上采取以文稿形成时间的先后为序；同时，本着尊重历史的原则，此次结集出版只对个别文章作必要的文字校正、修改，各篇文章的基本观点和主要内容都保持了原样。这样做，既是如实折射中国改革开放在不同时期的历史轨迹，也是真切记述自己在不同历史时期的认知过程。

---

* 《魏礼群经济文集》（上、中、下），魏礼群著，中国言实出版社2021年4月出版。

媒体深度融合发展是大势所趋时代所向

——《新时代媒体深度融合理论和
实践路径研究》*序言

（二○二一年四月）

做好新闻舆论工作，事关旗帜和道路，事关贯彻落实党的理论和路线方针政策，事关顺利推进党和国家各项事业，事关全党全国各族人民凝聚力和向心力，事关党和国家前途命运。推动媒体融合发展是新闻舆论工作的重要组成部分，地位十分突出。党的十八大以来，习近平总书记围绕推进媒体融合发展提出了一系列重要论述，作出了一系列重要指示，为新形势下推动媒体深度融合发展、构建全媒体传播体系提供了根本遵循。特别是 2019 年 1 月 25 日，中共中央政治局专门以全媒体时代和媒体融合发展为主题举行了第十二次集体学习，习近平总书记主持学习并发表重要讲话。他强调："推动媒体融合发展、建设全媒体成为我们面临的一项紧迫课题。要运用信息革命成果，推动媒体融合向纵深发展，做大做强主流舆论，巩固全党全国人民团结奋斗的共同思想基础，为实现'两个一百年'奋斗目标、实现中华民族伟大复兴的中国梦提供强大精神力量和舆论支持。"2020 年 9 月，中共中央办公厅、国务院办公厅印发了《关于加快推进媒体深度融合发展的意见》，从重要意义、目标任务、工作原则三个方面明确了媒体深度融合发展的总体要求，为推动这项工作提供了制度依据。

当今世界，互联网继续蓬勃发展，正在媒体领域催生一场前所未有的变革。信息无处不在、无所不及、无人不用，全程媒体、全息媒体、全员媒体、全效媒体开始出现，导致舆论生态、媒体格局、传播方式发生深刻变化，给新闻舆论工作带来新的挑战和机遇。全媒体时代已经来临，媒体融合发展已

---

* 《新时代媒体深度融合理论和实践路径研究》，丁茂战主编，中国言实出版社 2021 年 4 月出版。

经不是愿不愿意的问题，而是必须要作出高水平的问题。可以说，媒体深度融合发展是一场不容回避的媒体自我革命，是不以人的意志为转移的大趋势，是时代潮流，适者生存、不适者被淘汰。在这场变革中，谁反应快、行动快，谁就能占据主动；谁犹豫不决、麻木不仁，谁就会被边缘化甚至被时代抛弃。简言之，媒体深度融合发展是大势所趋、时代所向。

我们要因势而谋、应势而动、顺势而为，深刻认识全媒体时代推进媒体深度融合发展的重要性紧迫性，坚持正能量是总要求、管得住是硬道理、用得好是真本事，坚持正确方向，坚持一体发展、移动优先、科学布局，坚持改革创新，推动传统媒体和新兴媒体在体制机制、政策措施、流程管理、人才技术等方面加快融合步伐，尽快建成一批具有强大影响力和竞争力的新型主流媒体，逐步构建网上网下一体、内宣外宣联动的主流舆论格局，建立以内容建设为根本、先进技术为支撑、创新管理为保障的全媒体传播体系。

我们要推动主力军全面挺进主战场，以互联网思维优化资源配置，做大做强网络平台，占领新兴传播阵地。要坚持以人民为中心的工作导向，走好全媒体时代群众路线，强化媒体与受众的连接，以开放平台吸引广大用户参与信息生产传播；要以先进技术引领驱动融合发展，用好5G、大数据、云计算、物联网、区块链、人工智能等信息技术革命成果，加强新技术在新闻传播领域的前瞻性研究和应用，推动关键核心技术自主创新；要更加注重网络内容建设，始终保持内容定力，专注内容质量，扩大优质内容产能，创新内容表现形式，提升内容传播效果。同时，要深化主流媒体体制机制改革，建立适应全媒体生产传播的一体化组织架构，构建新型采编流程，形成集约高效的内容生产体系和传播链条；充分发挥市场机制作用，增强主流媒体的市场竞争意识和能力，探索运营模式，创新媒体投融资政策，增强自我造血机能；要按照资源集约、结构合理、差异发展、协同高效的原则，完善中央媒体、省级媒体、市级媒体和县级融媒体中心四级融合发展布局。还要大力培养全媒体人才，优化人才队伍结构，实行更加积极、开放、有效的人才引进政策，提高主流媒体人才吸引力和竞争力。

本书主编丁茂战长期从事咨询研究工作，先后担任原国家行政学院研究室主任、信息技术部主任、中央党校（国家行政学院）报刊社总编辑等职务，对媒体深度融合发展具有比较深入的研究和把握。此书是中国行政体制改革研究会行政改革研究基金课题《习近平关于媒体深度融合论述和实践路径研究》的结项成果。全书围绕习近平总书记关于媒体深度融合发展的系列重要讲话精神，分别从媒体深度融合发展的意义、背景、现状、问题、实践路径等方面进行了深入阐述，对巩固壮大主流思想舆论、构建全媒体对外传播格局、展望 5G 时代融媒体景象等问题进行了深入分析，内容充实、语言流畅，是对媒体融合发展领域研究的重要探索成果。

本书即将付梓之际，应邀写了以上文字。是为序。

大力提高数字政府建设水平

——《数字政府建设》*序言

（二〇二一年四月）

当今世界，人类社会信息化进程加快，将迎来数字时代。以数字化、网络化、智能化为特征的大数据、云计算、区块链、物联网技术快速发展，推动数字经济、数字社会蓬勃兴起。数据成为一种新资源、新要素。一个国家拥有数据多寡、数据利用水平决定着该国家的创造力和竞争力。在这种形势下，世界主要发达国家纷纷将数字技术广泛应用于政府管理服务，并制定实施推动政府数字化转型的战略和规划，从而加速了数字政府建设。数字政府是政府运用数字技术，各种智能终端、移动网络通信、人工智能等现代信息技术，对政务服务、经济发展、社会治理、生态保护等各个领域广泛获取信息、科学处理信息、充分利用信息，推动政府形成"用数据说话、用数据决策、用数据服务、用数据创新"的现代化治理模式。这是行政领域一场广泛而深刻的变革，是推进政府治理现代化的必经之路。

党中央、国务院高度重视信息化工作。特别是党的十八大以来，习近平总书记更加重视信息化和数字政府建设。2016 年 4 月 19 日，习近平总书记在网络安全和信息化工作座谈会上明确指出："信息是国家治理的重要依据。要以信息化推进国家治理体系和治理能力现代化。"在习近平总书记关于信息化建设和数字治理重要论述指引下，党中央、国务院及相关部门出台了一系列政策文件。2017 年 5 月，国务院办公厅印发《政务信息系统整合共享实施方案》；2017 年 12 月，中央网信办、国家发展改革委、工业和信息化部联合印发《关于开展国家电子政务综合试点的通知》；2018 年 6 月，国务院办公厅印发《进一步深化"互联网＋政务服务"推进政务服务"一网、一门、一次"改革实施方案》；2018 年 7 月，国务院印发《关于加快推进全国一体

---

* 《数字政府建设》，王露、李海鹏主编，人民出版社 2021 年 5 月出版。

化在线政务服务平台建设的指导意见》等文件，都对推进数字政府建设提出了具体要求。党的十九大进一步提出了建设"网络强国、数字中国、智慧社会"的战略部署。党的十九届四中全会更加明确地提出："建立健全运用互联网、大数据、人工智能等技术手段进行行政管理的制度规则。推进数字政府建设。"特别是党的十九届五中全会提出："加强数字社会、数字政府建设，提升公共服务、社会治理等数字化智能化水平。"不久前颁布的《中华人民共和国国民经济和社会发展第十四个五年规划和2035年远景目标纲要》，专门单设一篇 "加快数字化发展，建设数字中国"，更加明确地提出："迎接数字时代，激活数据要素潜能，推进网络强国建设，加快建设数字经济、数字社会、数字政府，以数字化转型整体驱动生产方式、生活方式和治理方式变革。"这些都清楚表明，我们党和政府对数字政府建设的认识不断深化，决策部署不断提出新要求。

近些年来，我国数字政府建设取得积极进展，各级政府都重视对数据的获取和统筹管理，努力发挥数据的作用。不少地方提出了数字政府建设指导文件和规划，在推进数字政府建设方面采取了有力举措，积极推进政务云、政务大数据、城市大脑等数字政府类项目建设。有些地方政府实现了从业务上网到服务上网的转变，不仅把政府的权力清单、事项实施清单、负面清单晒到网上，而且扎实推动数字政务服务。不论是"最多跑一次改革"的审批提速，还是"一网通办"的服务增效，都显示数字政府建设取得明显成效。

加快数字政府建设具有多方面意义。将数字技术广泛应用于政府管理和服务，有利于政府数据汇聚、共享和应用，实现办公自动化、政务公开化、运行程序规范化、决策科学化，大幅提升政府管理服务的效率和水平，公众足不出户就可以完成到政府部门的办事过程；有利于推动营商环境优化、引导制造业数字化转型，改进和加强市场监管，是推动经济社会高质量发展的重要抓手和引擎；有利于提升社会治理效能，可以快速发现和处置各种突发事件，做到社会治理精细化、现代化。数字政府建设还有利于全面准确掌握生态环境建设状况和发展趋势，推动"绿水青山就是金山银山"理念的落实，助力生态文明建设。总之，加强数字政府建设是实施信息化战略的重中之重，在推进国家治理体系和治理能力现代化方面发挥着十分重要的作用。

目前，与世界发达国家相比，我国数字政府建设起步较晚，还没有充分发挥数据在提升政府治理中应有的作用。受行政体制及政务服务专业化不同的影响，我国公共治理数据融合程度不高，还存在"数据孤岛"现象。不论是横向部门之间，还是纵向层级之间，都缺乏打通数据融合通道的驱动力。尽管不少地方成立了大数据机构，但职能职责不统一，运行机制不健全。一些地方政务系统建成后的实际运行与设计初衷存在差距。一些地方的城市大脑应用范围有限，仅局限在交通、社区管理等方面，对公共服务、产业发展、市场监管等领域涉及较少。数字政府知识普及不够，数字政府建设人才不足，影响着数字政府建设的进展和成效。

新发展阶段中提高数字政府建设水平，必须牢牢抓住数据生产力这个关乎全局的战略问题。要加快推动大数据与政府治理多方面的深度融合，通过政府带头数字化，对政务流程、组织架构、功能模块等进行数字化重塑，系统引领、推动经济调节、市场监管、社会管理、公共服务、环境治理、政府运行等方面的数字化转型。建设数字政府必须坚持"以人民为中心"的思想，要把建设人民满意的服务型政府作为数字政府建设的根本出发点和落脚点，从用户体验的视角优化政府服务的流程和顶层设计，充分反映公众的需求和社会期待，在建设数字政府过程中广泛听取公众意见和建议。要建立健全国家公共数据资源体系，确保公共数据安全，推进数据跨部门、跨层级、跨地区汇聚融合，构建整体性的信息网络，坚持"联网为原则，不联网为例外"，推动网络通、系统通、证照通、业务通、数据通，实现各层级、各区域、各系统、各部门信息的共建共用，消除信息孤岛。要强化体制机制创新和管理创新、业务创新。要从政府机构设置、治理体系变革、资源配置机制等方面推进政府治理模式创新发展。要改变传统纵向管理组织模式和横向协调配合管理模式，建立跨区域、跨部门、跨层级、跨业务的一体化、一站式协同治理体系，全面推进政府运行方式、业务流程和服务模式数字化智能化，提高数字政府服务效能。

习近平总书记指出：善于获取数据、分析数据、运用数据，是领导干部做好工作的基本功。广大干部和政府公务人员是数字政府建设的践行者、推进者，建设数字政府离不开各级政府及其工作人员的共同努力。建设数字政府不是简单的技术问题，而是如何运用权力的问题。数字政府建设要求领导干部和政府工作人员具有数字治理意识，具备"用数据说话、用数据决策、用数据管理、用数据创新"的能力，具有数据共享、纵览全局、分析预见的能力，具有事前服务、事前防范，确保数据安全保障的能力。各级领导干部要加强学习，提高对大数据知识和发展规律的把握能力。

编写《数字政府建设》的目的，就是让广大干部和社会各界人士更好了解数字政府建设的基本知识、重大意义和实施路径，提高数字政府建设水平。该书紧密结合党和国家数字政府建设的战略安排，介绍数字政府建设的基本知识，特别是重点介绍数字政府建设对经济发展、政务服务、公共服务、社会治理、生态文明建设等方面的重要功能，全面展示数字政府建设对统筹推进"五位一体"总体布局和协同推进"四个全面"战略布局的重大意义。同时，该书还对如何建设数字政府、建设数字政府的条件和安全保障等作出通俗的阐释。该书对数字政府建设基本知识的介绍与成功实践案例的对照紧密结合，便于广大读者理解和认知数字政府，也有利于广大干部和人民群众形成推动数字政府建设的共识和合力。如果这本书能在普及数字政府知识、加强数字政府建设方面发挥一些作用，就是该书编写者为全社会做的一件十分有意义的事。我们相信，在以习近平同志为核心的党中央坚强领导下，在各部门、各地方和社会各界积极参与和共同努力下，我国数字政府建设一定能够取得更大成效，为推动政府治理体系和治理能力现代化发挥更大的作用。

中国社会改革和发展研究

——《魏礼群社会文集》（上、中、下册）*自序

（二〇二一年十月）

1978 年底实行改革开放政策以后，我国进入了中国特色社会主义不断发展和完善的历史新时期。这个时期的重要标志，是经济和社会发展全面推进，社会主义现代化建设取得了举世瞩目的辉煌成就。在 40 年来改革开放的伟大进程中，我由于工作岗位和职责所系，既从事大量的经济理论和经济政策研究，产生了一系列经济领域研究成果，又进行大量的社会理论和社会政策研究，特别是从现职领导岗位退下来后，主要致力于社会领域的理论研究、学术研究、决策咨询研究，也形成了一批研究成果。无论是经济领域研究成果还是社会领域研究成果，都从一个侧面反映了我国改革开放历史的伟大进程，也都从一个侧面记述了本人学习和工作的亲身经历。

2017 年、2018 年，为应邀撰写《改革开放进程中的经济学家学术自传》丛书，我比较全面、系统地收集、整理了 40 年来在经济领域研究的主要成果，已形成并出版了一套经济文集；同时，我也比较全面、系统地收集、整理了 40 年来在社会领域研究的主要成果，形成了这套社会文集。将在社会领域研究的成果结集出来，既是对改革开放历程的回望，也是对自己从事社会理论研究、学术研究、政策研究工作的总结。

鉴于这次结集的社会领域研究成果形成时间较长，又涉及改革开放以来多个时期、多个社会领域改革发展，为了方便又清晰地反映自己的写作历程，本书在编排上采取以文稿形成时间的先后为序；同时，本着尊重历史的原则，此次结集出版只对个别文章作必要的校正、修改，各篇文章的基本观点和内容都保持了原样。这样做，既是如实折射中国改革开放在不同时期的历史进程，也是真切记述自己在不同历史时期的认知过程。

---

* 《魏礼群社会文集》（上、中、下册），魏礼群著，中国言实出版社 2021 年 10 月出版。

采取适应性发展举措　应对气候变化挑战

——《适应性发展导论》*序言

（二〇二一年十一月）

　　地球温度升高速度超过预期，气候问题受到全球广泛关注。应对气候变化是当今世界最重要的议题之一。2015 年，中国国家主席习近平在气候变化巴黎大会开幕式上指出：中国一直是全球应对气候变化事业的积极参与者，把应对气候变化融入国家经济社会发展中长期规划，坚持减缓和适应气候变化并重，通过法律、行政、技术、市场等多种手段，全力推进各项工作。2021年 4 月第九届世界气候峰会上，习近平主席进一步指出：气候变化、生物多样性丧失、荒漠化加剧、极端气候事件频发，给人类生存和发展带来严峻挑战，面对全球环境治理前所未有的困难，国际社会要以前所未有的雄心和行动，勇于担当，勠力同心，共同构建人与自然生命共同体。这是中国领导人对全球气候变化给人类社会带来严峻挑战的深刻判断，以及应对全球气候变化的鲜明主张。

　　应对全球气候变化既要有"减缓之方"，也需要"适应之法"。早在 20世纪 90 年代，《联合国气候变化框架公约》和 IPCC 报告就提出"减缓"和"适应"两大应对气候变化战略。减缓举措力图"将大气中温室气体浓度稳定在防止发生由人类活动引起的、危险的气候变化水平上"，但由于气候变化具有巨大惯性，是一个持续的长过程，即使人类将温室气体的排放量降到工业化之前的水平，气候变化的不利影响在短期内也无法完全消除。人类必须采取适应性举措，通过调整人类和自然系统以应对已经发生或未来将会发生的气候变化或影响。将气候变化适应与发展联系在一起，可实现降低气候变化风险和提升可持续发展水平的双赢。各行业各领域及相关主体如何运用"适应之法"，在气候治理、生态保护、经济发展的"加减乘除"中求得最优

---

* 《适应性发展导论》，王宏新、邵俊霖、宋敏著，中国城市出版社 2021 年 11 月出版。

解呢？"适应性发展"正是解答这些问题必要的和积极的探索。

自从世界提出应对气候变化的战略后，"适应性发展"便逐渐成为气候变化领域的国际研究前沿，众多学者在理论体系构建方面进行了大量探索，国家、地区及社区等不同空间尺度中也均有应用实践，取得了一定的经济、社会和生态成效。然而，目前为止，国内尚无适应性发展的系统研究成果。在相关领域专家学者支持下，北京师范大学全球共同发展研究院院长王宏新教授领衔撰写了《适应性发展导论》，从自然科学和社会科学相融合的视角出发，围绕"适应性发展"主线，系统梳理了适应性发展的基础理论和在关键领域的应用。

全书共分为基础理论篇、资源与产业篇、城市与区域篇、公共服务篇和多元主体篇共五个篇章，具体包括 20 个章节。其中：基础理论篇，阐释了适应性发展的背景、内涵、相关指标和行动主体等；资源与产业篇，从水资源、生物多样性、农业、能源、金融五个方面论述了相应的适应性发展举措；城市与区域篇，分区域介绍了城市、沿海地区等应对气候变化时的适应行动；公共服务篇，则涉及财政、技术、教育、文化、健康等领域的适应性发展举措；多元主体篇，强调了企业、社区、青年等在推动适应性发展时的主体作用。

应对全球气候变化，关系世界人民福祉和发展。作为国内首部系统介绍适应性发展理论及其应用的专著，该书内容丰富，研究全面，应用广泛，不仅为因"领域"制宜、精"行业"施策提供了"科学指南"，更指出了气候变化应对和适应性发展等领域的前沿问题，为跨行业、跨部门、跨学科开放合作提供了基础。相信本书的出版，可以有效推动适应性发展理论与实践的研究，为应对全球气候变化这一人类面临的巨大挑战作出积极贡献。

在本书付梓之际，应邀写出上述文字。是为序。

薪火相承　砥砺前行——祝愿
李集中学的明天更加美好

——《睢宁县李集中学70年校志
（1952—2022）》*序言

（二〇二一年十二月）

时光荏苒，春秋代序。岁月峥嵘，薪火相承。新中国成立后之初创建的李集中学，栉风沐雨，走过了70年非凡历程。

70年披荆斩棘、沧桑巨变。李集中学的70年，是筚路蓝缕奠基立业、成就辉煌的70年。回望过往的路，母校与新中国同行，走过了艰辛而又光荣的历程。自1952年建校以来，母校的历任校领导风雨兼程，砥砺前行，数万师生齐心协力，艰苦奋斗，努力提升办学新层次，不断开创学校发展新局面。从"县重点中学"、"市合格高中"到"江苏省重点高中"，从"江苏省三星级普通高中"到晋升为"江苏省四星级普通高中"，跻身江苏省中学名校之林——累累硕果中凝聚着李集中学几代人的心血，承载着睢宁人民的殷切希望。

70年弦歌励耘，春华秋实。李集中学的70年，厚德树人，桃李芳菲，栋梁遍中华。母校培育的万千学子，活跃在政界、经济界、教育界、科技界、文化界，奋斗在城市、农村、边疆、基层，他们在各自的岗位上辛勤付出，建功立业，真诚奉献，以突出的成就和良好的精神风貌，为国家建设、改革和发展作出了重要的贡献，也为母校——李集中学赢得了崇高的荣誉。他们是母校的骄傲。

"看似寻常最奇崛，成如容易却艰辛。"这些巨大成就，是李集中学历届领导人励精图治的结果，是70年全体李中人砥砺创新的结果。

---

* 《睢宁县李集中学70年校志（1952—2022）》，江苏省睢宁县李集中学校志编辑委员会编。

我作为李集中学培养的一名老学子，为母校取得的辉煌成就感到高兴和欣慰。我是 1957 年 9 月考入李集中学的。1960 年 7 月初中毕业后，又在李集中学继续读了三年高中。1963 年 7 月考入北京师范大学。在母校的六年里，我们既经历了国家和李集中学大发展的美好时期，也度过了国家和李集中学最为困难的年月。全校师生同心同德、砥砺奋进、共建校园、共渡难关。学校领导还为一些家庭特别困难的学生提供了特殊帮助。我那时候，在温饱难以为继的情况下，是学校、老师、同学给予了特殊关爱才完成了学业。因此，我对母校对老师对同学一直怀有感恩之心、感激之情。各位师长的谆谆教诲，同窗学友的亲密相处，许多感人的情景，几十年来一直珍藏在我的内心深处。

中学阶段是人生成长奠定基石、掌握基础知识和学习方法的重要时期，也是形成正确世界观、人生观、价值观的重要阶段。我始终牢记，母校全面贯彻党的教育方针，悉心教书育人，注重立德立行，着力营造质朴、坚毅、严谨、求实、勤奋的校风。始终牢记，母校对学生进行知识、志向和品格全方位教育，提升我们报效祖国、服务人民的素质和本领，使我们这些莘莘学子受益终生。始终牢记，母校不仅使我们受到了良好的知识教育，更在信仰确立、能力培养、作风养成等方面，给予了深刻影响，这种影响如春风化雨、潜移默化、历久弥新，成为我们受用终身的宝贵精神财富。

李集中学是我几十年魂牵梦绕的地方，70 年来，我每一次回忆母校，眼前就会浮现出老师和同学那温暖的笑容；每一次回到母校，总想找寻那些熟悉的印迹，想起那已往的艰苦、快乐而又充满激情的中学时代。

现在，我们国家发展进入了新时代，开启全面建设社会主义现代化强国的新征程。百年大计，教育为本，学校教育任重道远。习近平总书记指出，教育必须把"立德树人"作为根本任务，把服务中华民族伟大复兴作为教育的重要使命。李集中学在过去的 70 年里丹心励耘，滋兰树惠，基业铸就；衷心期盼母校在新时代新征程昂扬奋进、再创辉煌。

"以史为镜，可以知兴替。"历史是一面镜子，可以映照现实、远观未来，从中得到启迪，得到定力。此次修志就是续写历史，让人们牢记使命，以史为鉴，以史明志，继往开来。为此，我想在这里提出几点希望：

——希望母校认真总结办学经验，发扬学校优良传统，紧紧围绕立德树人的时代使命和任务，以办好人民满意教育为目标，以高质量发展为主题，进一步解放思想，与时俱进，坚持改革创新，注重素质教育，提高教育质量，追求卓越标准，勇创一流业绩。

——希望老师们坚定理想信念，忠诚教育事业，践行为人师表，勤勉敬业、乐于奉献，更好地肩负起人民教师的光荣使命，成为学生健康成长的指导者和引路人。

——希望广大青年学子珍惜美好年华，志存高远、厚德励志；勤奋学习、知行合一，在学习中加强修身，在奋斗中砥砺品格，在实践中提高能力，增强服务家乡报效祖国回报社会的素质和本领。

——希望广大校友一如既往地关心李集中学的建设和发展，加强与母校的联系，在各自岗位上尽其所能，反哺和服务母校，积极为母校提供多方面的支持和帮助。

——我也希望各级党委、政府和社会各界，进一步重视教育、关心支持教育、大力促进教育公平，更加关心教师的工作和生活，为李集中学和全县教育事业更大发展创造良好的环境。

修志是一项非常重要而又十分辛苦的工作。借此机会，向为此次修志付出辛勤工作的各位同志表示敬意，向为修志提供各种支持的各界朋友表示衷心感谢。

提升资政建言质量和水平
推动智库建设与学科建设一体化发展

——《社会治理资政建言录》*序言

（二〇二一年十二月）

    十年耕耘，十年收获。北京师范大学中国社会管理研究院成立于 2011 年 5 月、社会学院成立于 2015 年 3 月，都是顺应中国社会发展大势和国家重大战略需求成立的，也都是北京师范大学发展史上的"首创"。社会学院成立后，与中国社会管理研究院实行"一个实体、两个牌子、双轮驱动、智库建设与学科建设一体化"的办院体制模式，致力于建设成国家高端社会治理智库、一流社会学学术重镇和社会领域高层次专门人才的培养基地。10 年来，我们坚持用改革方法办院，努力探索高等学校新型智库建设与学科建设密切结合、相互促进、协同发展的新路子。我们秉持北京师范大学"学为人师、行为世范"的校训和"厚德、唯实、创新、卓越"的院训，全面履行"咨政、科研、育人、合作"四位一体职能。经过艰辛探索和持续努力，取得了一系列令人瞩目的重大进展和丰硕成果，决策影响力、学术影响力、社会影响力和国际影响力不断增强，已经成为知名度较高、影响力较大的新型社会治理智库和社会学学科发展基地。

    中国社会管理研究院作为北京师范大学国家高端智库建设试点单位的重要组成，坚定不移履行新型智库的主要职能，即服务党和国家决策，积极咨政建言。始终围绕加强社会建设和创新社会治理进行研究，着力把握全局性、战略性、长远性、针对性问题，注重决策导向、问题导向，提出决策咨询建议。10 年来，获得各级领导批示和被采纳研究成果 220 余项，其中，党和国家领导人作出批示的研究成果达 100 多项；还发表了一批论文，出版了系列著作。这些成果里，有些成为社会治理决策的重要参考、推动了实际工

---

* 《社会治理资政建言录》，魏礼群著，中国言实出版社 2021 年 11 月出版。

作，有些产生了广泛的社会影响。

为了回顾总结 10 年来在社会治理领域研究和服务领导决策的历程与成果，我们把以多种形式报送党中央、国务院领导和有关部门、地方的部分咨政建言成果汇辑出版，形成这部《社会治理咨政建言录》。全书共分为十个部分：习近平社会治理重要论述研究与建言、社会治理战略和规划研究与建言、学科建设和人才培养研究与建言、法治社会和诚信社会建设研究与建言、社会组织和志愿服务研究与建言、健康中国研究与建言、社会保障和老龄化研究与建言、乡村治理研究与建言、基层社会治理研究与建言、新冠疫情防控研究与建言。每部分文章按时间先后排序。

老骥伏枥志千里，暮年报国心不已。我作为北京师范大学的校友，从领导岗位退下来后应邀担任这两个院"首创"院长。回顾在北京师范大学 10 年岁月，感到十分欣慰。这是因为 10 年来，中国社会管理研究院 / 社会学院产生了大量有质量、有价值的咨政建言成果，为党和国家事业发展提供了智力支持，而且培养和锻炼了教研人员作决策咨询研究和撰写智库研究成果的能力，一批善于智库研究的人才快速成长起来；同时，还探索了在我国高等学校将智库建设与学科建设和人才培养紧密结合、互相促进、相得益彰的办学新路，这对推进世界一流大学建设也具启迪意义。

本书的结集，李建军、鹿生伟、赵秋雁、陈炜、朱瑞、王焱、朱泽荣、石若楠等做了文章收集和编辑工作，付出了心智与辛劳，中国言实出版社对本书的出版给予大力支持。在此，一并表示感谢。

今年是中国共产党成立 100 周年，谨以此书献礼党的百年华诞！

共建"一带一路" 推动高水平对外开放

——《关通天下:"一带一路"建设与
口岸和海关》*序言

(二〇二一年十二月)

2013 年 9 月和 10 月,习近平总书记分别提出建设"丝绸之路经济带"和"21 世纪海上丝绸之路"的合作倡议。"一带一路"建设,是在新的国际国内形势下,推动我国高水平对外开放的重大新举措。习近平总书记指出:"今天的中国,已经站在新的历史起点上。这个新起点,就是中国全面深化改革、增加经济社会发展新动力的新起点,就是中国适应经济发展新常态、转变经济发展方式的新起点,就是中国同世界深度互动、向世界深度开放的新起点。我们有信心、有能力保持经济中高速增长,继续在实现自身发展的同时为世界带来更多发展机遇。"这里,深刻阐述了"一带一路"建设的历史背景和重大意义。

习近平总书记强调:"丝绸之路是历史留给我们的财富。'一带一路'倡议是中国根据古丝绸之路留下的宝贵启示,着眼于各国人民追求和平与发展的共同梦想,为世界提供的一项充满东方智慧的共同繁荣发展的方案。""我们以共商、共建、共享为'一带一路'建设的原则,以和平合作、开放包容、互学互鉴、互利共赢的丝绸之路精神为指引,以打造命运共同体和利益共同体为合作目标,得到沿线国家广泛认同。""我们的朋友圈越来越广,'一带一路'建设逐渐成为沿线各国人民共同的梦想。"这里,指明了提出建设"一带一路"的着眼点和重要原则,以及对世界发展的影响。

"一带一路"建设的构想,根植历史、面向未来,源于中国、属于世界,作为和平之路、繁荣之路、开放之路、创新之路、文明之路,它连接历史与现实,承载追求与梦想,唤醒了沿线国家共同的历史记忆,赋予了古丝绸之

---

* 《关通天下:"一带一路"建设与口岸和海关》,朱振著,商务印书馆 2023 年 7 月出版。

路全新的时代内涵，展现了中国作为全球负责任大国的使命担当，契合了人类追求幸福生活的美好愿景，开启了推动世界共同繁荣发展的新征程。

共建"一带一路"作为广受欢迎的国际公共产品，自 2013 年提出至今，秉承共商、共建、共享原则，不断寻求各国合作的"最大公约数"，以政策沟通、设施联通、贸易畅通、资金融通、民心相通为主要内容，正在加速从理念转化为行动、从愿景转变为现实，六廊、六路、多国、多港的国际合作格局基本形成，铁路、公路、港口、机场等基础设施项目合作稳步推进，中欧班列、西部陆海新通道等跨境运输大通道建设富有成效，一大批跨境互联互通项目成功落地，众多国家共建"一带一路"，为实现人类命运共同体提供了新动力。

口岸作为一个国家（地区）对外开放的重要窗口和跨境互联互通的重要平台，口岸开放是实现跨境互联互通的重要途径。海关作为国家进出境监督管理机关，一直以来处于对外开放的最前沿，在加快推进贸易畅通等方面发挥着重要作用。口岸和海关联通天下，是"一带一路"建设的重要纽带和通道。

朱振同志在做好本职工作之余，坚持学习和思考，重视学以修身、习以养德、研以成文，把学习研究作为一种追求、一种爱好、一种健康的生活方式，坚持理论联系实际，不断加强学习和研究，努力做到在干中学、学中干，务求实现学以致用、用以促学、学用相长。多年来，孜孜钻研，笔耕不辍，结合工作学习心得撰写发表了一些研究文章，出版了个人专著。这部《关通天下："一带一路"建设与口岸和海关》新著，经过多年打磨，将由商务印书馆出版。

通读书稿，我总体感觉结构清晰、内容丰富、资料翔实、分析深入、论断恰当、文字精练，这是一部下了功夫的力作。在共建"一带一路"框架下研究口岸和海关如何实现关通天下和全球互联互通，具有重大的理论意义和现实意义。本书研究视角、研究方法、计量手段等方面，也有创新之处。

希望朱振同志以新作出版为新起点，在今后的工作、生活中，继续保持勤于学习和思考的良好习惯，坚持高标准、高质量，持之以恒，努力做到工作学习化、学习工作化，把工作、学习、治学、做事紧密结合起来，放飞梦想，躬身践行，争取创造更多优异成绩报效国家、服务人民。

在此书付梓之际，应邀写了以上文字。是为序。

坚定不移走共同富裕道路

——《中国共产党共同富裕思想史》*序言

（二〇二二年二月）

改革开放后，我们党深刻总结正反两方面历史经验，认识到贫穷不是社会主义，打破传统体制束缚，允许一部分人、一部分地区先富起来，推动解放和发展社会生产力。党的十八大以来，以习近平同志为核心的党中央把握发展阶段新变化，把逐步实现全体人民共同富裕摆在更加重要的位置上。坚持走中国特色社会主义道路，必须把促进全体人民共同富裕作为为人民谋幸福的着力点，扎实推动共同富裕。应浙江教育出版社之约请，中央党校（国家行政学院）马克思主义学院院长张占斌教授组织十几位专家学者，共同创作了《中国共产党共同富裕思想史》。据了解，关于共同富裕方面的书过去出版过一些，但很少，而关于中国共产党共同富裕思想史过去还没有出版过，因此本书的出版有着特别重要的意义。在本书出版之际，我重点围绕"坚定不移走共同富裕道路"这个主题，谈几点认识，作为序言。

一、共同富裕体现社会主义的本质

所谓共同富裕，是指在生产力发展的基础上，逐步实现全体社会成员的普遍富裕，使人人共享发展成果。我们说的共同富裕是全体人民共同富裕，是人民群众物质生活和精神生活都富裕。

共同富裕是我们党矢志不渝的追求。江山就是人民、人民就是江山。中国共产党打江山、守江山，守的是人民的心，党的百年奋斗史就是一部推动共同富裕的历史。中国共产党自诞生之日起，就以马克思主义为指导思想，

---

* 《中国共产党共同富裕思想史》，张占斌等著，浙江教育出版社 2023 年 12 月出版。

不断推进马克思主义中国化时代化，创造性地提出毛泽东思想、邓小平理论、"三个代表"重要思想、科学发展观、习近平新时代中国特色社会主义思想，为中国人民谋幸福、为中华民族谋复兴的初心使命一脉相承、一以贯之。邓小平指出，社会主义最大的优越性就是共同富裕，这是体现社会主义本质的一个东西。他还将社会主义本质表述为"解放生产力，发展生产力，消灭剥削，消除两极分化，最终达到共同富裕"。党的十八大以来，把"必须坚持走共同富裕道路"、"扎实推动共同富裕"作为在新时代夺取中国特色社会主义新胜利的一个基本要求。早在 2012 年新一届中共中央政治局常委同中外记者见面时，习近平总书记就郑重承诺：人民对美好生活的向往就是我们的奋斗目标，我们的责任就是要团结带领全党全国各族人民，继续解放思想，坚持改革开放，不断解放和发展社会生产力，努力解决群众的生产生活困难，坚定不移走共同富裕的道路。习近平总书记强调，共同富裕是社会主义的本质要求，是中国式现代化的重要特征，这反映了全党全国各族人民的共同愿望，是全面建设社会主义现代化国家和中华民族伟大复兴中国梦的根本要求。

推动共同富裕取得了显著的成就。新中国的成立、社会主义制度的建立，为实现共同富裕创造了基本前提与制度保证。党的十一届三中全会实行改革开放伟大决策之后，我们党反复强调，实现我国社会主义现代化，必须坚持走共同富裕道路。改革开放以来，特别是党的十八大以来，通过不断解放和发展生产力，社会主义现代化建设各项事业取得举世瞩目的成就，社会生产力、综合国力不断迈上新台阶。在生产力发展的基础上，通过改革经济体制和调整收入分配格局，正确处理先富、后富和共富的关系，全国人民生活水平得到了大幅提高，实现了从温饱不足到全面建成小康社会的历史性跨越。城乡居民拥有财富不断增加，居民生活质量显著改善。覆盖城乡的社会保障体系基本建成，保障标准逐步提高。我们党高度重视扶贫工作，制定和实施反贫困发展战略，在迎来中国共产党成立一百周年的重要时刻，我国脱贫攻坚战取得了全面胜利，现行标准下 9899 万农村贫困人口全部脱贫，832 个贫困县全部摘帽，12.8 万个贫困村全部出列，区域性整体贫困得到解决，完成了消除绝对贫困的艰巨任务，创造了又一个彪炳史册的人间奇迹！这生动地说明，新中国成立以后特别是改革开放以来，我国向逐步实现共同富裕的目标迈出了重大步伐。这是古今中外无与伦比的巨大发展成就和社会进步。事实雄辩地证明，中国特色社会主义制度具有无可比拟的优越性。

二、实现共同富裕还需要付出长期艰苦的努力

作为有着14亿多人口的国家，中国用几十年的时间走完了发达国家几百年走过的发展历程，无疑是值得骄傲和自豪的。但我们必须清醒认识到，要让14亿多人都过上富裕、美好的生活还任重道远，仍需要作长期艰苦的努力奋斗。这是由我国现阶段基本国情决定的，也是我国现在仍处于并将长期处于社会主义初级阶段决定的。社会主义初级阶段是一个长期动态的发展过程，在这个阶段，我国经济、政治、文化、社会、生态各方面存在着种种矛盾，但我国社会主要矛盾已经转化为人民日益增长的美好生活需要和不平衡不充分的发展之间的矛盾。这个主要矛盾贯穿于我国社会主义初级阶段的整个过程和社会生活的各个方面，因此实现全体人民共同富裕的目标，必然是一个长期奋斗的过程。从我国现实状况看，我国发展不平衡不充分问题仍然突出。主要表现为三个方面。

一是社会生产力总体水平不高。人口众多、不发达，是中国最大国情。尽管经过改革开放40多年的发展，我国取得了显著的经济社会发展成就，已经成为经济大国，但还不是经济强国，没有从根本上摆脱不发达状态。我国经济总量位居世界第二，许多工农业产品产量指标也稳居世界最高水平，但世界上衡量富裕程度，不仅看一个国家或地区的经济总量和某些生产指标总水平，而且看人均占有量的多少。据国际货币基金组织统计，2021年我国人均国内生产总值为12551美元，与发达国家动辄4万多美元甚至6万多美元的水平相比，差距还比较大，人均国内生产总值和主要产品产量指标在世界排名仍然靠后。我国经济总量不算小，但不仅人均占有量偏低，而且经济发展质量不高、结构不合理，经济增长主要靠工业带动，科学技术含量低。农业基础薄弱，基本上还是"靠天吃饭"，农业科技进步贡献率比发达国家低了约20个百分点。服务业水平是现代化程度的重要标志，我国目前服务业增加值占国内生产总值的比重将近60%，与世界发达国家70%甚至80%的水平相距甚远。经济增长过于依赖物质资源和土地、劳动力等要素的投入，科技含量、数字化水平都不是很高。科技创新能力不强，缺乏核心技术和知名

品牌，"卡脖子"难题有待解决，价值链处于"微笑曲线"的中低端。据统计，中国出口商品中 90%是贴牌生产，每部手机售价的 20%、每台计算机售价的 30%、每台数控机床售价的 20%—40%，都要支付给国外专利持有者。总之，与发达国家相比，我国经济质量和积累的社会财富差距都相当大。

二是城乡和区域发展不平衡。城乡发展不平衡，城镇化水平总体不高。2021 年我国常住人口城镇化率为 64.7%，户籍人口城镇化率只有 46%左右，不仅远低于发达国家 80%的平均水平，也低于人均收入与我国相近的发展中国家 60%的平均水平。城镇化发展不平衡，中西部地区相对滞后。2020年上海、北京、广东的城镇化率分别达到 89.3%、87.6%、74.2%，而宁夏、青海为 65%、60.1%，甘肃只有 52.2%。2020 年，城镇居民人均可支配收入为 43834 元，农村居民人均可支配收入为 17131 元，前者是后者的近 2.6倍。农村基础设施和公共服务仍然薄弱，数字化在农村地区的应用仍不十分广泛。区域发展也不平衡。我国东部部分发达省市的经济总量和人均国内生产总值已经接近或超过世界上中等发达国家的水平，2020 年北京、上海的人均国内生产总值分别为 23905 美元、22583 美元，这个数值已接近或超过一些中等发达国家的水平；但排名相对靠后的云南、贵州、甘肃人均国内生产总值分别只有 7535 美元、6708 美元、5218 美元。不仅是区域经济失衡，就是从区域内部来看，也存在发展严重不平衡的问题。例如，广东的珠三角地区与粤北地区、江苏的苏南和苏北地区之间，存在很大的差距。城乡差距、区域差距是由多种因素并且是历史长期形成的，缩小这些差距势必要经过长期艰苦的努力。

三是低收入群体还有相当数量。尽管我国已经打赢精准脱贫攻坚战，消灭了绝对贫困，但是相对贫困问题仍然存在。2019 年我国城乡低保人口有4316 万多人，靠领取最低生活保障金过日子。每年城镇新增劳动力有 1000多万人，几亿农村劳动力需要转移就业和落户城镇，进城务工人员中有 2亿多人还没有真正享受到城市居民的公共服务。2022 年有 1076 万大学生毕业，就业压力十分突出。即使在北京、上海等较为发达的地方，也存在着一些生活困难的群众，住房拥挤，棚户区亟待改造。上学难、看病难、就业难等关系老百姓切身利益的问题仍比较突出。这说明，目前相当部分人口生活质量不够高。

因此，在我们这个人口众多、不发达、发展又不平衡不充分的特殊国度里，实现共同富裕必然是一个长期的历史过程，让14亿多人都过上富裕幸福的好日子还有很长的路要走。

三、逐步向全体人民共同富裕的目标迈进

实现共同富裕是一场攻坚战与持久战，必须立足现实，着眼长远，深化改革，统筹谋划，综合施策。

坚持把解放和发展社会生产力作为根本任务。共同富裕，只有在生产力高度发达的基础上才能充分实现。我国人口多、底子薄、发展不平衡不充分，只有紧紧抓住经济建设这个中心不动摇，不断解放和发展生产力，推动经济社会高质量发展，才能不断满足人民日益增长的物质文化需要，不断改善人民生活，逐步实现共同富裕。按照马克思主义的基本原理，生产是整个经济活动的起点并居于支配地位，它决定消费。因此，首先要做大社会财富的"蛋糕"。没有发达的生产力作为基础，社会财富的"蛋糕"做不大，全体人民的共同富裕就无从谈起。走共同富裕道路，让14亿多人都能过上更好的日子，必须立足社会主义初级阶段这个实际，在改革开放中大力解放和发展生产力，特别要立足新发展阶段、贯彻新发展理念、构建新发展格局，推动高质量发展，在生产发展和经济效益提高的基础上逐步提高人民群众生活水平，筑牢共同富裕的物质基础。脱离现实客观条件，提出超越发展阶段的目标和水平，结果只会适得其反。在这方面，我们过去是吃过苦头的，历史的教训必须牢记。

坚持完善社会主义基本经济制度。人类社会发展史表明，在生产资料私有制的条件下，必然产生贫富悬殊、两极分化的问题。要坚持和完善公有制为主体、多种所有制经济共同发展，按劳分配为主体、多种分配方式并存，社会主义市场经济体制等社会主义基本经济制度，这体现了社会主义制度优越性，又同我国社会主义初级阶段社会生产力发展水平相适应，是党和人民的伟大创造。走共同富裕道路，要坚持和完善公有制为主体、多种所有制经济共同发展的经济制度。只有坚持公有制经济的主体地位，才能从根本上防止两极分化，让广大人民共享发展成果。因此，我们要毫不动摇地巩固和发展公有制经济，充分发挥公有制经济对国民经济的主导作用；同时，要毫不动摇地鼓励、支持和引导非公有制经济发展，充分发挥多种所有制经济参与

市场竞争、激发社会创造活力的重要作用。走共同富裕道路，要坚持和完善按劳分配为主体、多种分配方式并存的分配制度。既要做大"蛋糕"，也要分好"蛋糕"，要深化收入分配制度改革，调整国民收入分配格局。党的十八大提出，初次分配和再分配都要兼顾效率和公平，再分配更加注重公平，加大再分配调节力度，着力解决收入分配差距较大问题。这些论述为在新的历史条件下深化收入分配制度改革、正确处理效率与公平的关系，提供了明确遵循。走共同富裕道路，既要注重效率，体现收入差距，充分调动经济活动参与者的积极性，促进经济持续增长，更要注重公平，让发展成果惠及全体人民。走共同富裕道路，要坚持和完善社会主义市场经济体制。社会主义市场经济体制回答了如何使社会主义市场经济更加健康、良性运转，是做大"蛋糕"和分好"蛋糕"的重要助力。当然，共同富裕绝不等于也不可能是同等富裕，不可能是所有社会成员在同一时间以同等水平富裕起来。如果把共同富裕简单理解为同等富裕和同步富裕，不但难以做到，更重要的是会抑制人们的创造与创业精神，抑制社会发展活力。

坚持实施缩小城乡区域差距的重要方针。城乡差距、区域差距是我国社会主义现代化建设中的突出矛盾，也是实现共同富裕必须破解的最大难题。逐步缩小这两个差距，必须加大统筹城乡发展力度，在积极稳步提高城镇化水平的同时，坚持工业反哺农业、城市支持农村和多予少取放活方针，优先发展农业农村，全面推进乡村振兴，加大强农惠农富农政策力度，大力推进农业现代化，建立健全促进农民收入持续较快增长的有效机制，加快农村公共服务体系建设，推动城乡发展一体化，促进城乡协调发展、共同繁荣，让广大农民平等参与现代化进程、共同分享现代化成果。要更好实施区域发展总体战略，特别要深入推进西部大开发、全面振兴东北地区等老工业基地，大力促进中部地区崛起，支持东部地区率先发展，促进区域协调发展。做好巩固拓展脱贫攻坚成果同乡村振兴有效衔接各项工作，进一步创新制度和增加投入，加大对相对贫困群体和地区的扶持力度。特别要加快促进基本公共服务均等化，逐步提高社会保障水平。

坚持树立长期艰苦奋斗的精神。艰苦奋斗，勤俭节约，是中华民族的优良传统和美德，也是我国人均资源相对不足的基本国情所决定的。要使全国人民都懂得，我国真正富强起来需要经过长期的艰苦奋斗，其中包括长期执行厉行节约、反对浪费这样一个勤俭建国的方针。在我国社会主义初级阶段的基本路线中，把"艰苦创业"作为重要内容，就是要求全党全国人民始终发扬艰苦奋斗精神，坚持勤俭建国、勤俭办一切事情。今后一个相当长时期，我们都将处于社会主义现代化的创业时期；人民生活的改善只能建立在生产发展的基础上，不能要求过急过高。同时，在我国这样一个大国中推进现代化，处理好积累与消费、建设与生活的关系，解决前进中的矛盾和困难，十分重要的，就是要千方百计节约一切可以节约的财力、物力和各种资源。只有发扬艰苦奋斗精神，才能做到兢兢业业、实干苦干，才能切实厉行节约、反对浪费。一个时期以来，社会上追求奢侈、挥霍浪费的现象严重，任其发展下去，势必危害社会主义现代化事业。党的十八大以来，以习近平同志为核心的党中央树立执政新风，大力反对享乐主义和奢靡之风，反腐败斗争取得压倒性胜利，全面从严治党取得重大成果，受到广大人民群众的真心拥护与支持。习近平总书记强调：要坚持勤俭办一切事情，坚决反对讲排场比阔气，坚决抵制享乐主义和奢靡之风。这一重要指示，既切中时弊，又意义深远，必须认真贯彻落实。我们一定要在全社会大力弘扬厉行节约、艰苦奋斗的精神，这是实现国家现代化和伟大中国梦的内在要求，也是全体人民走向共同富裕的必然选择。

加强和改进国有企业党的建设工作
推动国有企业做强做优做大

——《逐梦与铸魂——新时代中央地勘企业大党建探索与实践》*序言

（二〇二二年二月）

新中国成立以来，特别是改革开放以来，国有企业发展取得巨大成就，为经济社会发展、科技进步、国防建设、民生改善和全面建成小康社会作出了历史性贡献，功勋卓著，功不可没。2016 年 10 月，习近平总书记在全国国有企业党的建设工作会议上提出，国有企业是中国特色社会主义的重要物质基础和政治基础，是我们党执政兴国的重要支柱和依靠力量，要加强和完善党对国有企业的领导、加强和改进国有企业党的建设，坚定不移把国有企业做强做优做大，为新时代国资国企工作指明了前进方向、提供了根本遵循。

国有企业是我们党执政兴国的重要支柱

国有企业具有政治功能。国有企业是生产资料归全体人民共同所有的企业。我国国有企业最初是由国家政权力量没收和改造官僚资本归全民所有建立起来的，以后是由国家投资新建，有些国有企业还是由原来政府部门转变过来的。国有企业体现着国家利益和意志，直接为国家的政治发展服务。国有企业作为国有经济重要组成部分，对于发挥社会主义制度优越性起着关键作用，具有明显的政治功能。

---

* 《逐梦与铸魂——新时代中央地勘企业大党建探索与实践》，赵平编著，中共中央党校出版社 2022 年 5 月出版。

国有企业彰显责任担当。习近平总书记在全国国有企业党的建设工作会议发表重要讲话五年来，国有企业深入学习贯彻习近平新时代中国特色社会主义思想，毫不动摇坚持党的领导，持续加强党的建设，引领推动高质量发展，有力彰显大国重器"顶梁柱"的责任担当。

有效落实"两个维护"。五年来，国有企业全面建立学习贯彻习近平总书记重要指示批示精神"首要责任"、"第一议题"制度，不断提高政治判断力、政治领悟力、政治执行力，把"两个维护"体现在工作中、落实到行动上，党中央决策部署到哪里，改革发展就聚焦到哪里。

持续加强"三基建设"。五年来，国有企业聚焦基本组织、基本队伍、基本制度建设，仅国资央企即累计新增党组织 3.1 万个，新配增配基层党组织书记近 10 万名，新发展党员近 50 万名，全面打造基层坚强战斗堡垒，为做强做优做大国有企业提供坚强组织保证。

国有企业是国民经济的主导力量

持续推进国有企业改革发展。五年来，国有企业全面贯彻落实两个"一以贯之"，按照中国特色现代企业制度要求，持续深化国资国企改革，发展质量效益显著提升，国有资本布局结构显著改善，国有经济竞争力、创新力、控制力、影响力、抗风险能力显著增强，为全面建设社会主义现代化国家、实现中华民族伟大复兴的中国梦提供坚实物质基础。

完善优化公司治理结构。五年来，国有企业持续推动加强党的领导和完善公司治理相统一，通过推进"党建入章"、"双向进入、交叉任职"和党委（党组）书记、董事长"一肩挑"等，有效发挥企业党委（党组）把方向、管大局、促落实的领导作用，党的建设有机融入公司治理体系，制度优势不断转化为治理效能。

充分发挥重要战略保障作用。国有企业心怀"国之大者"，着力在落实国家战略、服务经济社会发展大局上发挥重要战略性、基础性保障作用。国有企业保障了煤电油气等基础能源供给，电信、铁路、航空等基础网络运营，以及基础设施、民生工程和关系国民经济命脉的重大工程项目。作为科技创新的国家队，国有企业坚决贯彻创新驱动发展战略，在关键核心技术攻关新型举国体制中发挥中流砥柱作用。作为我国生产力发展水平和综合国力的重要体现，国有企业勇当现代产业链的"链长"，为保障我国产业安全和国家安全，着力打造自主可控、安全可靠的产业链、供应链。

有力带动国民经济健康发展。"十三五"时期，全国国资系统监管企业累计实现增加值 59.5 万亿元，约占同期全国 GDP 的 1/8；资产总额、营业收入、利润总额年均增速分别为 12.7%、7.4%、10.7%，均高于同期全国 GDP 和规模以上工业企业有关指标增速。国有企业有效发挥国有经济战略支撑作用，成为畅通国民经济循环、培育完整内需体系、促进高水平对外开放的中坚力量。

国有企业是逐步实现共同富裕的坚实保障

助力脱贫攻坚圆满收官。党的十八大以来，习近平总书记向全党发出坚决打赢脱贫攻坚战的伟大号召，并多次指示国有企业要在脱贫攻坚中发挥重要作用。经过八年多的努力，国资央企通过产业扶贫、就业扶贫、消费扶贫等多种方式，全面开展脱贫攻坚，定点帮扶的 248 个国家扶贫开发工作重点县全部脱贫摘帽，累计在贫困地区直接投入和引进各类资金超过千亿元，其中无偿帮扶资金超过 540 亿元，圆满完成各项扶贫任务，帮助贫困地区广大群众走上康庄大道。

保障人民生命财产安全。国有企业始终坚持人民至上、生命至上，在抗击新冠疫情斗争中，国有企业在专门医院建设、防疫物资保障、生活商品供应、疫苗药物研发等方面作出了突出贡献，在危急关头、关键时刻再次展现大国重器的责任担当，有力保障人民生命财产安全。

助力共同富裕更大进展。在新时代实现共同富裕的新征程上，作为增进和维护人民共同利益的重要力量，国有企业将把企业改革发展同满足人民对美好生活的需要紧密结合起来，在增进民生福祉上更好发挥基础性、公益性、保障性的重要作用，有效助推全体人民共同富裕取得更为明显的实质性进展。

人民性是国有企业的根本属性，一切以人民利益为重是国有企业的政治本色和价值追求，发展壮大国有经济是坚持和发展中国特色社会主义的必然要求，坚持党的领导、加强党的建设是国有企业的独特优势、光荣传统、力量所在。通过持续加强和完善党对国有企业的领导、加强和改进国有企业党的建设，国有企业必将成为党和国家强大的可信赖的依靠力量，成为贯彻新发展理念、全面深化改革、形成新发展格局、实现高质量发展的重要力量，成为壮大综合国力、促进经济社会发展、保障和改善民生的重要力量，成为我们党赢得具有许多新的历史特点伟大斗争胜利的重要力量！

作为国资央企负责人，五年来，赵平同志带领中国煤炭地质总局党委以习近平新时代中国特色社会主义思想为根本遵循，深入学习贯彻习近平总书记关于国有企业改革发展和党的建设的重要论述，不断探索实践，在国企特色党建、行业转型发展、国资国企改革、勇担社会责任等诸多方面取得了一系列的丰硕成果。本书是赵平同志带领中国煤炭地质总局党委立足行业特点，结合企业实际，创新提出并经过实践总结得出的新时代国企大党建工作思路，对国资央企，特别是地勘行业国有企业党建工作具有很好的学习和借鉴意义。为此，我欣然为本书作序，并希望共同探讨研究国企党建如何更好引领保障企业高质量发展，从而为经济社会发展做出新的更大贡献。

在此，也衷心祝愿中国煤炭地质总局党委在习近平新时代中国特色社会主义思想指引下，立足新发展阶段、贯彻新发展理念、融入新发展格局，不断取得新的更大发展！

一部反映新中国扶贫脱贫历史进程和
伟大成就的力作

——《中国扶贫脱贫史》*序言

（二〇二二年三月）

在 2021 年庆祝中国共产党成立 100 周年大会上，习近平总书记代表党和人民庄严宣告："经过全党全国各族人民持续奋斗，我们实现了第一个百年奋斗目标，在中华大地上全面建成了小康社会，历史性地解决了绝对贫困问题，正在意气风发向着全面建成社会主义现代化强国的第二个百年奋斗目标迈进。"

中华民族与贫困作了长久的斗争。中华人民共和国成立以来，特别是改革开放以来，党和国家在推进社会主义建设的同时，坚持不懈地进行反贫困斗争。党的十八大以来，以习近平同志为核心的党中央把扶贫开发摆到治国理政的重要位置，提升到事关全面建成小康社会、实现第一个百年奋斗目标的新高度，打响了一场新的脱贫攻坚战，迎来了历史性的跨越和巨变。

经过长期不懈的努力，到 2020 年底，我国实现了现行标准下农村贫困人口脱贫、贫困县全部摘帽、解决区域性整体贫困的目标任务，基本消除绝对贫困，实现全面建成小康社会的战略目标。这是一个历史性的伟大成就，也是值得在党史、新中国史、改革开放史和中国特色社会主义史上大书特书的一件大事。党的十九届六中全会将这件大事庄严地写在了《中共中央关于党的百年奋斗重大成就和历史经验的决议》中。

在这样的时刻，全面回顾中国扶贫脱贫的历史进程，把中国共产党为此进行的组织和领导，把全国人民展开的奋斗和奉献，把贫困地区和贫困人口的坚韧和顽强，把各行各业和各地区各部门给予的支持和援助，完整、系统地记录下来，铭刻历史，展示辉煌，总结经验，激励人民，昭告世界，是非

---

* 《中国扶贫脱贫史》，李忠杰著，东方出版社 2022 年 3 月出版。

常必要的。

我在国务院研究室和国家行政学院的领导岗位上，曾经深度参与过党和国家扶贫脱贫的很多工作和决策，参与研究和制定过扶贫脱贫的有关文件和政策，对扶贫脱贫的历史过程比较熟悉，对党和国家取得如此巨大的成就，深感来之不易，也深感把这样的历史记录下来非常必要。因此，当我得知李忠杰同志撰写了《中国扶贫脱贫史》一书时，非常高兴。

李忠杰同志的这本《中国扶贫脱贫史》，系统地回顾了中国历史上的贫困问题，全面梳理和介绍了中华人民共和国成立以来党和国家坚持开展贫困治理、全力扶贫脱贫的历史进程，重点反映了党的十八大以来以习近平同志为核心的党中央领导脱贫攻坚的历史壮举。既记录了党和国家的一系列重大决策、方针政策和具体措施，又介绍了各个地区各个部门所做的各项工作、进展状况和实际成效。既有理论，又有实践；既有历史，又有现实。视野开阔，场面宏大，材料翔实，内容丰富，兼顾到方方面面，充分展示了中国共产党以贫困治理为重要抓手，切实为中国人民谋幸福、为中华民族谋复兴的伟大历史贡献，充分展示了独具特色的中国扶贫开发道路和伟大成就，初步总结了中国扶贫脱贫的宝贵经验，具有很高的学术价值、史料价值和宣传价值。

从内容来看，作者以宽广的视野，用80多万字的篇幅，将中华人民共和国成立以来，特别是改革开放之后尤其是党的十八大以来，几个不同阶段党和国家扶贫脱贫的历史进程，系统、完整地记录了下来。每一个阶段，都全面介绍了党和国家扶贫脱贫的重大决策、方针政策、具体措施、各项工作、实际效果、进展状况。主题鲜明，脉络清楚，内容丰富，材料翔实。一书在手，就可以了解我们党和国家为扶贫脱贫而不懈奋斗的全部过程，也可以为今后进一步深化对扶贫脱贫的研究打下良好的基础。

从政治意义和社会价值来看，本书用历史和事实说话，充分展示了中国共产党以贫困治理为重要抓手，切实为中国人民谋幸福的历史贡献，充分展示了独具特色的中国扶贫开发道路和伟大成就，深入总结了中国扶贫脱贫的成功方式和宝贵经验，彰显了中国共产党的领导和中国特色社会主义制度的政治优势。通过本书，不仅可以向国内广大读者和人民群众展示中国共产党治国理政的伟大成就，而且可以更加深入和清楚地向世界介绍贫困治理的中国方式、中国经验和中国智慧，回应世界不同地区的人们对中国扶贫脱贫的关切。

从作者及其写作状况来看，李忠杰同志是中央马克思主义理论研究和建设工程咨询委员会委员、原中央党史研究室副主任，对党史、新中国史、改革开放史和社会主义发展史都有深入的研究，著作等身，是我国知名的理论家、历史学家。作者这本潜心力作，笔力深厚，才思横溢，内容准确、全面和权威。而且在叙述历史过程中，还提出了不少理论的分析和观点，很有价值。特别是总结人类贫困问题产生的十大基本原因，非常全面和深刻，是独创性的见解。

《中国扶贫脱贫史》一书，第一次将中国共产党和中华人民共和国扶贫脱贫的伟大事业和成就完整地记录下来，不仅能够为中国扶贫脱贫的历史进程树碑立传，而且也能为党和国家总结脱贫攻坚的历程、成就和经验发挥重要的作用；不仅能让广大读者和群众更多地了解扶贫脱贫的宏大面貌和伟大成就，而且能让世界更多地知道中国反贫困斗争的方式、经验和智慧。本书填补了国内系统研究扶贫脱贫历史的空白，其规模、容量、完整性和系统性，使其成为我国反映新中国扶贫脱贫历史进程和伟大成就的奠基之作。

努力推动我国社会建设现代化
不断取得新进展

——《中国社会建设现代化之路》*序言

（二〇二二年四月）

宋贵伦同志新著即将出版，可喜可贺！

第一，我与宋贵伦同志交往多年，知道此书是一部厚积薄发的新成果。 贵伦同志 1983 年从北京师范大学毕业后，多年在党中央和北京市宣传理论部门工作。2007 年党的十七大召开后，他走上北京市委社会工作委员会书记、北京市社会建设工作办公室主任岗位，直到 2018 年底，达 11 年之久。这些年，贵伦同志为北京社会建设事业发展作出了突出贡献，在社会建设理论研究和创新实践方面多有成绩。2009 年和 2011 年，按照中宣部的统一部署，中央媒体曾两轮集中宣传北京市社会建设先进经验。2014 年 2 月，习近平总书记在视察北京工作讲话中，对北京市"大力加强社会建设"给予充分肯定。这些成绩的取得，与贵伦同志的个人努力是分不开的。这些年，贵伦同志结合社会建设实践探索潜心研究，发表了许多文章，出版了多部著作。比如，他主持编著的《北京社会建设概论》，荣获北京市哲学社会科学优秀成果奖一等奖；专著《十年磨一"建"：社会建设理论体系与实践路径研究》（上、下册）、《回归社会建设：40 年理论与实践研究》出版后，产生了良好反响。这些年，我与贵伦同志从相识、合作到共事，有非常密切而愉快的交往。特别是 2011 年我应聘到北京师范大学兼任中国社会管理研究院／社会学院院长后，我们交往合作更加密切。他从 2011 年就担任中国社会管理研究院咨询委员会副主任。我主持的中国社会治理（管理）论坛已先后举办十届，他所主持的北京市委社会工作委员会、北京市社会建设促进会一直都是合作举办单位。2018 年底，贵伦同志作为领军人才被引进北京师范大学国家

---

* 《中国社会建设现代化之路》，宋贵伦著，中国人民大学出版社 2022 年 4 月出版。

高端智库工作，我们又成为同事，共同在母校从事社会建设研究和教学工作。这部著作，就是他近三年的研究成果，凝聚着他多年的心血，是厚积薄发的新成果。

第二，读过书稿，我认为这是一部很有价值的新成果。这部著作的主题是我国"十四五"规划与社会建设现代化研究。全书主题鲜明、主线突出，集理论创新性、实践探索性和决策参考性于一体。大家知道，智库研究在理论与实践相结合方面要求比较高，不仅要求有较强的理论性、有必要的学理支撑，还要求有较强的实践性，能提供科学、管用的决策参考。这部著作体现了这些特点、达到了这样的要求。首先，这是一部理论性较强的著作。本书以习近平总书记关于社会建设的重要论述为指导，对我国社会建设理论体系和实践路径进行了深入研究，提出了许多新观点，比如，关于新时代中国社会建设理论体系框架的概括，关于"十四五"时期我国现代社会治理体系的论述，关于建党百年社会工作经验的总结，关于我国社会建设现代化路径的研究，等等，都颇有见地。本书的构架，就有一定的理论学术创新性。本书从三个视域研究我国社会建设现代化：一是从宏观视域研究社会建设现代化顶层设计；二是从中观视域研究社会建设现代化运行机制；三是从微观视域研究社会建设现代化创新实践。这个研究视角让人耳目一新，提出的观点给人以启发。比如，关于将"民主协商"、"科技支撑"纳入社会治理体系表述的重要性、关于加快推进市域社会治理现代化的必要性、关于实施"大学生社工"计划加快推进社区工作者专业化专职化的紧迫性、关于河北雄安新区社会建设创新路径，等等，都是很有见地的。据我所知，其中许多观点也被中央和地方有关部门所采纳。从中不难看出，作者对社会建设理论和实践是有深入思考和系统研究的。

第三，我多年参与、从事国家中长期规划的研究制定、社会建设和治理研究工作，对此部著作主题很有兴趣、多有思考，认为加强社会建设现代化研究很有必要。中国社会主义现代化建设是不断向前发展的历史进程。以2021年实施"十四五"规划为开端，我国进入了一个新的发展阶段。这个阶段是全面建设社会主义现代化国家、实现中华民族伟大复兴的关键时期，在新阶段新征程上推进社会建设现代化需要面对和研究许多重大课题。一是面对世界百年未有之大变局的深刻影响，如何做到预为之谋和化险为夷，维护国家安全、社会安定，是我国推进社会建设现代化需要高度重视和深入研究的重大课题。二是面对新一轮科技革命和产业革命深入发展的深刻影响，如何实现更加充分、更高质量的就业，健全全覆盖、可持续的社保体系，完善公共卫生和疾控体系，促进人口长期均衡发展，化解社会矛盾，维护社会稳定，协调社会关系，是我国推进社会建设现代化需要高度重视和深入研究的重大课题。三是面对我国进入新发展阶段、贯彻新发展理念的深刻影响，如何适应新形势新任务新要求，是推进我国社会建设现代化需要高度重视和深入研究的重大课题。四是面对新老矛盾交织叠加的深刻影响，如何迎接挑战、化危为机，是推进我国社会建设现代化需要高度重视和深入研究的重大课题。这就要求我们，必须增强推进社会建设现代化的自觉性，必须增强推进社会建设现代化的全面性，必须增强推进社会建设现代化的协同性，必须增强推进社会建设现代化的创新性，必须增强推进社会建设现代化的系统性，必须增强推进社会建设现代化的效能性，深入研究这一系列重大课题。

推进我国社会建设现代化任重道远。当前和未来时期尤其需要抓好以下主要任务，采取更为有力的举措。一是坚持以加强党的全面领导为统领，确保社会建设现代化的正确方向。二是坚持以保障和改善民生为根本，着力增强人民群众的获得感、幸福感、安全感。三是坚持以创新和完善制度为保障，拓展共建共治共享的社会建设新局面。四是坚持以推进深化改革为动力，加快完善社会建设现代化体制机制。五是坚持以加强和创新基层社会治理为重点，全面夯实社会建设基础。六是坚持以加强和创新市域社会治理现代化为重要抓手，着力完善城乡社会建设现代化体系。七是坚持以数字社会建设为战略任务，全面提升社会建设现代化水平。八是坚持以加强精准化服务、精细化管理为关键，全面增强社会建设现代化整体效能。

总之，我们要以习近平新时代中国特色社会主义思想为指导，将理论学习、学术发展与研究解决实际问题密切结合起来，以全面建设社会主义现代化国家为奋斗目标，努力推动我国社会建设现代化不断取得理论研究和实践创造新成果，为实现中华民族伟大复兴作出积极贡献！

在本部著作付梓之际，应邀写上这些文字。是为序。

探索我国经济新的发展路径和建设模式

——《中国开发区发展报告（2022）
——党的十八大以来中国开发区建设与区域发展》*序言

（二〇二二年五月）

开发区建设，是我国改革开放中的创新探索和成功实践。开发区承担着国家创新驱动战略任务和创新发展的使命，在促进体制机制改革、改善投资环境、引导产业集聚、推动自主创新、发展开放型经济等方面发挥了不可替代的重要作用，为我国走出一条具有中国特色的发展国民经济新路子、增强国家综合实力和国际竞争力作出了重大的贡献。

党的十八大以来，在应对世界百年未有之大变局新形势新挑战中，我国各类开发区贯彻新发展理念、促进高质量发展，进一步发挥先行先试、示范引领和辐射带动的作用，奋力在社会主义现代化新征程中走在前列、作出表率，为立足新发展阶段、构建新发展格局、建设高水平开放经济、促进国民经济稳定持续健康发展，建立了新功，取得了举世瞩目的新成就。

目前，全国的国家级开发区已达 600 多家，省级开发区 2000 多家，各类开发区的经济总量，已经拥有全国经济的半壁江山。从某种意义上说，开发区建设和发展，提升了中国在世界经济舞台上的大国地位，为发展中国家经济发展探索出了一条新的发展路径和建设模式。开发区由对内改革的"试验田"变成为"高产田"，由对外开放的重要窗口变成为主要阵地。正如习近平总书记所说："先行先试变成了示范引领，探索创新成为了创新引领。"各类开发区已经成为我国建设现代化经济体系的重要载体和依托平台，为自主创新和经济发展提供了有力支撑。

---

* 《中国开发区发展报告（2022）——党的十八大以来中国开发区建设与区域发展》，魏礼群为该书总顾问，梁盛平主编，人民出版社 2022 年 5 月出版。

历史成就不可低估，未来发展更加可期。在全面建设社会主义现代化国家的新征程中，我国开发区建设将进入新阶段，面临着新任务新使命新要求。各类开发区必须在产业转型升级、新动能培育转换、发展方式转变、科技自主创新、体制机制变革等方面作出更大的努力，关键要坚持以深化改革为强大动力、以提高开放水平为基本方向、以创新驱动为永恒主题，进一步把开发区建设成为新型工业化和新业态发展的引领区、优质营商环境的示范区、开放型经济和体制创新的先行区，为实现国家高质量发展、加快社会主义现代化建设步伐作出更大贡献。

回报母校　深耕励耘

——《情系北师大——十年耕耘纪实》*自序

（二〇二二年七月）

北京师范大学是我的母校，也是我几十年来魂牵梦萦的地方。这不仅因为她是中国历史上第一所师范大学，有着悠久辉煌的历史，也不仅因为她是当代中国教育领域的"排头兵"，担当着创办具有中国特色世界一流大学的历史责任。而是因为北京师范大学使我得到了终身受益的良好教育和情缘，形塑了我的人生走向和轨迹，奠定了我为党和国家贡献才智的基础，为成就一生事业垒石固本。"学为人师，教化从容；行为世范，砥砺无穷。"母校为我做人、从政、治学提供了丰厚滋养、智慧和力量。我为自己曾是北师大的学人而深感自豪，更为自己晚年有机会回报母校，助力北师大发展而感到无上荣光。

1963年，我从苏北偏僻的农村考入北京师范大学历史系读书，在校园里度过五年多青春时光。遥想当年，教室里，宿舍中，操场上，小道旁，都留下行动足迹和欢声笑语。光阴似箭，岁月峥嵘，转瞬间已经过去半个世纪。50多年来，我一直心向母校、情系北师大。无论是身处祖国边疆大兴安岭莽莽林海，还是履职中央国家机关和领导决策中枢中南海，都一往情深，关注和关心母校的发展。十年前，在我即将从领导岗位退下来时，应北京师范大学党政领导班子邀请，回到母校发挥余热，先后创建了北京师范大学中国社会管理研究院和社会学院，成为"两院"的创始院长。

"老牛亦解韶光贵，不待扬鞭自奋蹄。"十年来，一片丹心，深耕励耘。2011年，顺应党和国家加强和创新社会治理的战略要求，我在全国率先建立以资政、科研、育人和合作为主要职能的北京师大中国社会管理研究院，创办中国特色新型社会治理智库。经过十多年的不懈努力和创新发展，产生了

---

* 《情系北师大——十年耕耘纪实》，魏礼群著，北京师范大学出版社2022年12月出版。

一系列丰硕成果，有力地助推了我国社会治理理论、政策和实践的发展，为推进国家社会治理体系和治理能力现代化作出了积极贡献。同时，顺应党和国家加强社会建设的战略要求，着眼于建设社会学学术重镇，创新中国社会学学科发展，加快社会建设人才培养，于 2015 年创立了北京师大历史上具有独立建制的社会学院，并快速形成了社会学本科和硕士、博士研究生一体化的人才培养体系，取得良好开局，使北京师大百年社会学学科建设进入了新阶段。

一分耕耘，一分收获。十年来，在创建中国社会管理研究院和社会学院过程中，经过全体师生的共同努力，主要取得了三个方面的重大成果：一是服务党和国家战略与决策，为党中央、国务院和有关部门、地方提供了 100 多件有重要价值的决策咨询建议，产生出了一批有重要社会影响的理论和学术研究成果。二是立足北京师大学校实际，探索了一条智库建设与学科发展和人才培养有机融合、相互促进、协同发展的新路，积累了宝贵认知和经验。三是吸引和汇聚了一批优秀人才，包括一些青年才俊，锻炼出了一支能干事会创业的团队，特别是培养了一支既能从事决策咨询研究又善于教学科研的人才队伍。所有这些，有力提升了中国社会管理研究院、社会学院的决策影响力、学术影响力、社会影响力，为北京师范大学建设中国特色世界一流大学贡献了智慧和力量。

回首这十年，我倍感欣慰，不仅开拓了退出领导岗位后一段新的人生历程和新的事业，为党、为国家、为人民做了一些有益的事情，也对培育过我的母校作出了回报。这部《情系北师大——十年耕耘纪实》一书，则以全景纪实的写法、图文并茂的形式，真实地记述了我对北京师范大学的真挚情怀和在退休后回报母校的部分工作历程与主要活动。全书共分为五章。第一章师大情缘，主要追忆了我在北京师大求学的经历和感悟，以及为母校建设和发展所做的一些往事。第二章智库建设，主要记述我十年来在创建中国特色新型社会治理智库所开展的工作和取得的成效。第三章励教育人，主要反映我在社会学学科建设和人才培养方面作出的努力和贡献。第四章开放办院，主要呈现我在开展国内外合作和社会服务方面的活动与成效。第五章助推母校其他事业发展，主要记录了我关心和支持学校其他方面工作的经历。这些真实的记录、回忆和感悟，既是我在北京师范大学学习、生活和工作的生动缩影，是收藏于心底的美好记忆；于中国社会管理研究院和社会学院，也是创建中风雨路程的写照，是未来踔厉奋发的历史积淀。

　　本书的编写，北京师范大学社会学院和中国社会管理研究院的朱瑞、陈炜、李放、王焱等同志作了资料收集、照片遴选和编辑工作，李建军、鹿生伟、赵秋雁同志指导编写并审阅书稿，都付出了大量心智和辛劳；北京师范大学出版集团给予了大力支持和帮助。在此，一并表示诚挚的感谢。

　　今年9月，正逢北京师范大学120华诞，谨以此书礼颂我亲爱的母校。

砥砺创新　成果丰硕

——《木铎新语——在北京师范大学十年探索》*自序

（二○二二年七月）

巍巍师大，历久弥新；木铎金声，弦歌不辍。北京师范大学具有鲜明的红色基因和光荣的革命传统。一代代北师大人弘扬"爱国进步，敢为人先"的优秀品质，秉承"学为人师，行为世范"的校训精神，顶天立地胸怀"国之大者"，治学修身志在兼济天下，慎思而笃行，继往以开来，成为中华民族伟大复兴征程中的创造者和奋斗者。

1963年9月，我进入北京师范大学历史系学习，是北京师大的一名老校友，母校以丰厚的底蕴滋养过我，以卓越的学识和高尚的师德教育过我。对于母校的培育之恩，我念兹在兹，始终铭记。1968年毕业以后，我经历了多个地方、多个岗位，由祖国北部边陲的大兴安岭，到国家决策中枢的中南海，无论走到哪里，无论做什么工作，都在心底里热望北师大，情系北师大。特别是从领导岗位退下来以后，我分别于2011年和2015年应学校之邀，创办了北京师范大学中国社会管理研究院和社会学院，兼任两院院长，担负起统筹社会治理智库建设和社会学学科发展的历史使命。

随着中国特色社会主义进入新时代，北京师范大学进一步明确了建设"综合性、研究型、教师教育领先的中国特色、世界一流大学"的办学定位和发展战略，学校发展迈出新的重要步伐。在这种背景下，我把创办和建设社会治理智库和社会学学科作为报效国家、回报母校的新的事业。十年来，辛勤付出，殚精竭虑，致力于三个方面的创新探索。一是探索在高校中建设新型智库。按照国家建设新型智库的要求，创建了以加强和创新社会治理为主要任务的新型智库，全面履行智库的理论创新、咨政建言、舆论引导、社会服务和公共外交等职能，取得了丰硕成果，为北京师范大学获批国家高端

---

* 《木铎新语——在北京师范大学十年探索》，魏礼群著，北京师范大学出版社即将出版。

智库试点单位作出了重要贡献。二是探索新形势下创新社会学学科发展。推动学校成立独立的社会学院，形成了社会学本科和硕士、博士研究生一体化的人才培养体系，使北京师范大学百年社会学学科发展进入新阶段。三是探索社会治理智库建设、社会学学科发展和人才培养有机融合、相互促进的新路子，积累了建设综合性、研究型大学的新鲜经验。这些创新探索，为助推北京师范大学建设中国特色、世界一流大学贡献了智慧和力量，也为推动中国社会建设创新和社会治理现代化发挥了积极的重要作用。

十年探索，砥砺创新，硕果累累，意味深长。这本书收录了十年来我在北京师大工作期间关于社会建设、社会治理理论创新、学术创新和实践创新的探索，以及建设新型智库进行决策咨询研究、学术理论研究和教学育人研究的成果。这些探索和研究凝结着我作为一名兼职教授的一些新认识、新观点和新论述，因而书名取为《木铎新语——在北京师范大学十年探索》。

本书分为六篇。第一篇，"双轮驱动——社会治理智库建设与社会学学科发展"，为综合篇，是对新时代以来我国社会治理现代化进展和社会学学科发展的研究与论述；第二篇，"引导舆论——社会治理理论创新与实践升华"，从理论逻辑、政策逻辑和实践逻辑有机结合上，论述了十年来我国社会管理和社会治理的变革与进展；第三篇，"咨政建言——服务党政决策与政策制定"，渗透着我对推进社会治理现代化、深入开展中国特色社会主义社会学研究等问题的思考和论述；第四篇，"学科建设——助力国家社会学科建设与学校社会学发展"，是我力推中国社会学学科发展的心路历程和代表性研究成果；第五篇，"人才培养——毕业生寄语与在校生劝学"，全景记录了我对青年学生的求学勉励和寄予的厚望；第六篇，"开放交流——扩展国际交流与加强国内联系"，汇集了十年来我在学校工作期间进行国内外合作交流和社会服务活动中的见地与实践。

十年探索，是我生命长河中一段不可磨灭的记忆，是回报母校、开掘我人生价值的美好旅程，更是铭记于心、时时回味的精神财富。汇集出版这十年来的研究成果，是对我国进入新时代社会建设和社会治理理论创新与推进历程的礼颂，也是对自己应聘回报母校十年岁月的守望。鉴于这次结集的研究成果时间跨度较大，又涉及智库建设、学科发展、理论创新、咨政建言、人才培养、开放交流等多个领域，为了方便又真实地反映客观历程，本书六个篇章均以成稿时间为序排列；为尊重历史，这次出版只对个别文章文字作了必要的校改，全书基本观点、研究脉络和论述风格都保持原貌。这样，既能客观真实反映历史发展的轨迹，也能如实记述自己在不同阶段的理性思考和认识的深化。收录于本书的文章大多已公开发表，也有一些是首次公开面世。

本书的结集出版，北京师范大学社会学院和中国社会管理研究院的陈炜、朱瑞、李放、王焱等同志作了文稿收集、照片遴选和编辑工作，李建军、鹿生伟、赵秋雁同志指导本书编写并审阅书稿，都付出了大量心智和辛劳；北京师范大学出版集团给予热情关心、大力支持。在此，一并致以诚挚谢忱。

今年 9 月，正逢北京师范大学 120 华诞，谨以此书致敬我亲爱的母校。

铭记改革开放历史　奋进新时代新征程

——"中国改革开放史料丛书"*总序言

（二〇二二年七月）

　　历史是一面镜子，也是一部教科书。重视历史，研究历史，借鉴历史，是中华几千年文明的一个优良传统。当代中国是历史中国的延续和发展，也书写着中国人民和中华民族不懈奋斗的历史篇章。历史的无穷魅力在于包涵了大量丰富的史料。史料是保存历史、记述历史、再现历史的基本素材和重要依据。重视历史学习、研究和传承，必须重视史料的收集、整理、汇辑。

　　改革开放是中国人民和中华民族发展史上一次伟大革命，正是这场伟大革命推动了中国特色社会主义事业的伟大飞跃。1978 年底，我们党召开具有重大历史意义的十一届三中全会，开启了改革开放历史新时期。从那时以来，我们党带领全国人民以一往无前的进取精神和波澜壮阔的创新实践，谱写了壮丽史诗。改革开放 40 年来，从农村到城市、从生产到投资、流通、分配、消费，从所有制结构到企业形式，从经济领域到生产关系和上层建筑的某些环节，都进行了系统和全面改革，成功实现了从高度集中的计划经济体制到充满活力的社会主义市场经济体制的伟大历史性转变；对外开放从建立经济特区到沿海、沿江、沿边，从东部地区到中西部地区，再到加入世界贸易组织，从大规模"引进来"到大踏步"走出去"，成功实现了从封闭半封闭到全方位开放的伟大历史性转变。我们在深化经济体制改革的同时，不断深化政治体制、文化体制、社会体制、生态文明体制改革和其他领域改革，不断推进国家治理体系和治理能力现代化。在改革开放推动下，我国经济和社会发展取得了举世瞩目的辉煌成就，实现了人民生活由温饱不足到小康宽裕的

---

　* "中国改革开放史料丛书"，魏礼群总主编，中国工人出版社，各卷分别于 2023 年、2024 年陆续出版。

伟大历史性转变。事实雄辩地证明，改革开放是决定当代中国前途命运的关键一招，是当代中国发展进步的动力之源，是大踏步赶上时代前进步伐的重要法宝，为实现中华民族伟大复兴提供了充满新活力的体制保障和快速发展的物质条件，中华民族迎来了从站起来、富起来到强起来的伟大飞跃。

现在，我国在广袤大地上全面建成了小康社会，正阔步迈向全面建设社会主义现代化国家的新征程。在庆祝中国共产党成立100周年大会上，习近平总书记强调，"以史为鉴，可以知兴替。我们要用历史映照现实、远观未来，从中国共产党的百年奋斗中看清楚过去我们为什么能够成功、弄明白未来我们怎样才能继续成功，从而在新的征程上更加坚定、更加自觉地牢记初心使命、开创美好未来"。改革开放以来的历史将彪炳于中华民族发展的壮丽史册。40多年来，我们党从理论到实践的伟大创造，探索和积累的宝贵经验是党和人民弥足珍贵的精神财富，对于新时代坚持和发展中国特色社会主义有着极为重要的指导意义，应当倍加珍惜。

2022年，党的二十大即将召开；2023年，我们将迎来改革开放45周年。为了铭记改革开放以来的光辉历史过程，收集、保存、传承40多年的宝贵历史资料，也为了以实际行动落实党中央关于加强改革开放史教育的部署要求、展示改革开放历史的史料价值，中国（海南）改革发展研究院与中国工人出版社联合策划编纂"中国改革开放史料丛书"，献礼党的二十大，献礼改革开放45周年，奋进新时代新征程。

这套丛书首批共有二十卷。分别是：《中国社会主义市场经济体制形成与发展》、《计划投资体制改革》、《农业体制改革》、《对外开放历程》、《行政体制改革》、《财税体制改革》、《价格体制改革》、《经济特区改革》、《城市改革发展》、《国有企业改革》、《金融体制改革》、《教育体制改革》、《收入分配体制改革》、《科技体制改革》、《外贸体制改革》、《市场体系改革》、《就业体制改革》、《社会保障改革》、《民营经济发展》、《中国改革开放大事记》。这些卷书力求从不同领域不同角度，全面、系统、客观记录我国改革开放40年的历史进程，重点收录具有重要价值的史料，特别是历史文献、重要人物和事件、实物和口述史料，以期在服务全面深化改革开放事业、加强改革开放史研究和教育中提供参考、发挥作用。

这套丛书的各卷主编和作者大多是相关领域知名的专家学者，也是我国改革开放的亲历者、见证者，丛书集结了他们长期亲历和研究我国改革开放的重要成果，凝聚了他们对改革开放伟大事业的深厚情怀和责任担当。中国工人出版社对这套丛书的出版给予了大力支持，集全社之力，不舍昼夜，为本书如期付梓不辞辛劳；中国（海南）改革发展研究院作为30多年如一日勇立改革开放潮头、以建言改革为己任的改革智库，为此书的策划、组织和出版作出了重要贡献，彰显出改革智库记录好、传播好改革开放历史的初心使命。我作为这套丛书的编委会主任，在此向为本套丛书付出艰辛努力的各位编委会成员、作者，对中国工人出版社的领导、编辑表示由衷的敬意和感谢！

这套丛书内容时间跨度大，涉及领域多，涵盖方面广，力图史料全面、翔实、精练，任务艰巨。由于时间较紧，如有不足之处，恳请读者批评指正。

秉承校训精神　赓续历史学人优良传统

——《桃李不言　下自成蹊——北京师范大学历史学院（系）历届毕业生合影集和校友录》*序言

（二〇二二年七月）

巍巍师大，历久弥新。芳华百廿，弦歌不辍。2022 年北京师范大学喜迎 120 周年校庆。在 120 年奋斗历程中，具有悠久历史和丰厚学术积累的北京师范大学历史学科，与时俱进，守正创新，始终走在前列，为国家和民族培养出一批又一批的各类人才。莘莘学子继承和弘扬中华优秀传统文化，秉承北京师范大学"学为人师，行为世范"的校训精神，为国家独立、人民解放和社会主义现代化事业作出宝贵贡献！我们将赓续北京师范大学历史学人的优良传统，在新时代新征程中，继往开来，建功立业。

值此 120 周年校庆之际，为更好传承北京师范大学历史学人的优秀品质和光荣传统，凝聚校友力量，我们历史学院第一届校友会和历史学院组织编写了《桃李不言　下自成蹊——北京师范大学历史学院（系）校友录》。全书共分为校友名录和校友合影集两部分，以图片、文字等形式记录 120 年来一代代北京师范大学历史学人的独特风采。编写组通过档案整理、资料录入、对照核实等艰苦细致工作，最终编纂出这一部较为全面、完整的资料文集。

百廿芳华，栉风沐雨，校友精神，薪火如炬。校友精神是学校文化的重要组成部分，校友的成就更是学校的无上荣光。今天，我们回望、铭记校友的历史足迹，旨在继承和弘扬前辈的优良传统，激励后辈学子刻苦学习、自强不息，踔厉奋发，勇毅前行，为全面建成社会主义现代化强国、实现中华民族伟大复兴作出自己的贡献，谱写出无悔于时代、无愧于母校的辉煌业绩！

《桃李不言　下自成蹊——北京师范大学历史学院（系）校友录》是北京

---

* 《桃李不言　下自成蹊——北京师范大学历史学院（系）历届毕业生合影集和校友录》，北京师范大学历史学院编，商务印书馆 2022 年 9 月出版。

师范大学成立以来历届历史学人留下的集体足迹和影像，也是一代代历史学人奋斗历程的记录和缩影，十分宝贵，值得珍藏。历史学院党委书记耿向东、院长张皓和院领导班子，历史学院退休教师、校友会副秘书长刘淑玲等做了大量具体工作，付出了巨大辛劳，这里特别予以致谢！

由于时间仓促、历史资料不全，此资料集可能存在诸多疏漏、差错，敬请谅解，并切盼知悉详情者提供资料，给予佐证，以便进一步增补修订。

高度重视粮食安全　确保国家长治久安

——《全球粮食危机——人口大国如何应对》*序言

（二〇二二年九月）

"悠悠万事，吃饭为大。"

"食为政首，粮安天下。"

粮食安全是"国之大者"，保障粮食安全，须臾松懈不得，更不能有半点马虎。

—

马克思主义认为，人们为了继续创造历史，首先必须吃、喝、住、穿，然后才能从事政治、科学、艺术、宗教等等。吃饭，是维持人们生命和健康第一需要。解决好吃饭问题，始终是治国理政的头等大事。只有吃饭问题解决了，整个国家经济社会发展和安全稳定大局才会有基础性、根本性保障。

中国是人口众多的大国，粮食需求大，解决吃饭问题的任务更加繁重。新中国成立以来，党和国家始终高度重视解决全国人民吃饭问题，把粮食生产作为发展农业的首要任务。特别是改革开放以来，我国农业和粮食生产取得了举世瞩目的伟大成就，成功解决了中国人民的吃饭问题，为全面建成小康社会提供了坚实的基础，也对国际社会解决粮食问题作出了宝贵的贡献。更为重要的是，党的十八大以来，以习近平同志为核心的党中央把粮食安全作为治国理政的头等大事，提出了"确保谷物基本自给、口粮绝对安全"的新粮食安全观，确立了以我为主、立足国内、确保产能、适度进口、科技支撑的国家粮食安全战略，走出了一条中国特色粮食安全之路。这是统筹国内国际两个大局作出的重大战略决策，是完全正确的。

---

* 《全球粮食危机——人口大国如何应对》，魏礼群主编，东方出版社 2022 年 9 月出版。

二

统观当今世界，综合分析各种因素，可以清楚地看到，保障我国粮食安全问题，面临着新的形势，任务更加艰巨，必须始终绷紧粮食安全这根弦。从国际看，百年大变局和世纪大疫情交织叠加，再加上一系列地缘政治因素，世界进入了动荡变革期，各种不确定因素明显增多，全球经济持续低迷，许多国家由于劳动力短缺、食品供应紧张以及交通运输成本上升等因素，粮食安全日趋严峻。特别是今年2月发生的俄乌冲突，对全球粮食供应体系造成较大冲击，国际粮价出现大幅波动。伴随着石油、天然气等原材料以及化肥农资价格的上涨，种粮成本明显增加。防止出现粮食危机，保障粮食安全问题更加受到各国的普遍重视，有识之士更为关注。

从国内看，尽管多年来粮食安全保障工作取得重要进展，但是保障粮食安全压力不断扩大。14亿多人口的巨大消费需求和持续推进的现代化建设对粮食需求也不断增加，必须提供稳定的粮食供给。而粮食生产能力受到各种因素制约，包括资源环境支撑能力下降，种粮动力和科技创新能力不足，粮食规模经营主体和现代化水平不高。因此，我国今后一个相当长时期粮食供求都会处于"紧平衡"状态。历史经验警示我们，像中国这样的大国，粮食供给不可能指望依靠国际市场来解决。我们一定要居安思危，防患于未然。正如习近平总书记所指出的，"中国人的饭碗任何时候都要牢牢端在自己手中，饭碗主要装中国粮"，"决不能在吃饭这一基本生存问题上让别人卡住我们的脖子"。确保粮食安全，是实现经济持续发展、保持社会和谐稳定、维护国家安全运行的重要基础，是新发展阶段全面建设社会主义现代化国家的有力保障。我们必须把保障粮食安全作为一个永恒的课题和十分重大的任务。

三

构筑坚固的粮食安全保障，必须从多方面努力。对于保障我国粮食安全，习近平总书记作出过一系列重要论述和重要指示。其中包括：把确保重要农产品特别是粮食供给作为首要任务，把提高农业综合生产能力放在更加突出的位置。保障粮食安全，关键在于落实藏粮于地、藏粮于技战略，要害是种子和耕地。要把种源安全提升到关系国家安全的战略高度，实现种源自主可控，加强种质资源保护和利用，加强种子库建设，有序推进生物育种产业化应用，开展种源"卡脖子"技术攻关。要优化和稳定粮食生产格局，牢牢守住18亿亩耕地红线，要规范耕地占补平衡，坚决遏制耕地"非农化"、防止"非粮化"，确保18亿亩耕地实至名归。要建设国家粮食安全产业带，加强高标准农田建设，加强农田水利建设，实施国家黑土地保护工程，加强农业面源污染治理。要提高和保护农民种粮积极性，发展适度规模经营，让农民能够获利、多得利。要节约粮食，推动建设节约型社会。要树立大食物观，在确保粮食供给的同时，保障各类食物有效供给。这些重要论述内容丰富，思想深刻，针对性和指导性都很强，应深入学习领会、认真贯彻落实。

正是在以习近平同志为核心的党中央正确领导下，新冠疫情发生两年多以来，我国粮食供给保障体系经受住了巨大考验，特殊之年的大国粮仓基础更加牢固。同时，也要看到我国粮食安全的内部矛盾和外部风险相互交织，国内外环境条件正发生着深刻变化，这对未来保障国家粮食安全提出了更高的要求。

为了全面认识我国粮食安全保障所面临的新形势，深入研究保障粮食安全的有效之策，东方出版社出版了《全球粮食危机中——人口大国如何应对》一书。本书分为"百年变局与疫情震荡交织下的世界粮食危机"、"影响我国中长期粮食安全的新趋势与新问题"、"内外统筹以我为主，走中国特色粮食安全之路"、"以大食物观，构建更高层次国家粮食安全保障体系"四个专题，精选了一些权威学者相关重要文章。这些文章围绕学习领会习近平总书记有关粮食安全的重要讲话精神，对我国粮食安全面临的问题、形成原因与防范风险、路径和对策等，作了深入分析和阐述，给人以思考启示。

本书编选时间仓促，所选文章可能挂一漏万。在此，向所有提供文章的作者表示感谢。期望本书对关注和研究粮食安全问题的理论工作者和实际工作者有所裨益。

加快完善社会信用体系　全面服务高质量发展

——《信用蓝皮书：社会信用体系建设年度报告（2021—2022）》*序言

（二○二二年十月）

社会信用体系建设是加快完善社会主义市场经济体制的重要基础，是提升社会治理能力和治理体系现代化水平的重要手段，是提升监管效能、维护公平竞争、降低市场交易成本的关键方式，是推动经济和社会高质量发展的基本保障。党中央、国务院高度重视社会信用体系建设。习近平总书记指出："要完善社会信用体系，建立健全以信用为基础的新型监管机制"，"完善守法诚信褒奖机制和违法失信行为惩戒机制"，"倡导遵纪守法、诚实守信的社会风尚"。李克强总理多次在国务院常务会议和全国深化"放管服"电视电话会议上强调，要通过推进社会信用体系建设，营造公平诚信的市场环境和社会环境。这些为加快社会信用体系建设提供了重要遵循。

2021—2022年是"十四五"开局之年，是全面建设社会主义现代化国家、全面开启社会信用体系建设新征程之年。2022年3月，中共中央、国务院印发的《关于加快建设全国统一大市场的意见》明确了社会信用制度是市场的重要基础制度和规则，要求加快推进社会信用立法，形成覆盖全部信用主体、所有信用信息类别、全国所有区域的信用信息网络，建立健全以信用为基础的新型监管机制。同月，中办、国办联合印发《关于推进社会信用体系建设高质量发展促进形成新发展格局的意见》，基于国内大循环、国内国际双循环新发展格局，坚持全局意识和系统思维，坚持问题、目标和结果导向，紧扣当前经济社会发展各领域各环节的难点、痛点、堵点，从信用理念、信用

* 《信用蓝皮书：社会信用体系建设年度报告（2021—2022）》，厦门国信信用大数据创新研究院编著，中国市场出版社2022年12月出版。

制度、信用手段等方面全面系统地提出了高质量推进社会信用体系建设的具体措施和实施路径。

近年来，各地区、各部门严格落实党中央、国务院的决策部署，勇于开拓、推陈出新，从强化顶层设计、夯实数据基础、优化信用监管、助力企业融资、创新信用服务等方面，努力推进社会信用体系法治化、规范化、高质量发展，取得显著成效，促使信用成为政府开展市场监管的"内核"，成为企业发展壮大的"硬通货"，成为人民美好生活的"通行证"。

为更好服务经济社会发展，必须始终坚持与时俱进，守正创新。要以党的二十大精神为指引，坚持高站位、高标准，加快建设符合中国国情的、符合时代发展的社会信用体系。在建设过程中需要着力做好三个方面：一是健全法律法规体系，加强信用上位法的立法研究，为下位法和地方立法提供基本法律支撑，确保社会信用体系建设的各个环节都于法有据。二是紧扣数字经济发展，将数据作为信用建设的基础，加强信用信息共享、融合、开放、流通，以数据支撑信用体系建设。三是提升社会信用感知。坚持信用监管和信用服务双轮驱动，以信用赋能消费主导型经济发展，赋能产业链和供应链安全管理及金融创新，拓展信用应用场景，推进信用理念与国民经济体系各方面各环节深度融合。

厦门国信信用大数据创新研究院以建设国内一流的社会信用体系高端智库为目标，充分发挥研究院"产、学、研、用、资"平台优势，深入信用基础理论研究、信用数据应用研究、研究成果转化、信用场景孵化，建立起一套系统、科学，兼具前瞻性、理论性与实操性的研究服务体系。《信用蓝皮书》系列是国信研究院的重要图书品牌，是国信研究院展现智库服务能力的重要渠道，今年已是连续第三次组织编辑和出版。这部图书作为全面展现我国社会信用体系建设成效和趋势的知识性普及读物，受到广大信用工作者的肯定和好评。今年此书主要以 2021 年至 2022 年为时间节点，总结和回顾社会信用体系建设取得的新进展，分析研究当前社会信用体系建设存在的主要问题，提出未来一段时间内社会信用体系建设的趋势和重点工作。本书邀请到全国近 50 个信用领域知名专家和地方信用建设部门参与编写，分为总报告、理论篇、地方篇、专题篇、创新篇五个篇章；同时，将信用建设典型创新案例和境外信用建设进展作为附录。全书内容全面、丰富，兼具理论高度和实践深度，较好展现了近两年社会信用体系建设的主要情况和基本内容。在新时代社会信用体系建设的新征程中，相信国信研究院将再接再厉，奋勇向前，坚持不懈地向全国信用建设单位和信用工作者提供更多更好更精准的智库服务。

在《信用蓝皮书：社会信用体系建设年度报告（2021—2022）》付梓之际，写了以上文字作为序言，与大家分享交流。

努力为拓展中国式现代化提供思想和智力支持

——《拓展中国式现代化新道路》*序言

（二〇二二年十二月）

现代化是人类文明与进步的标志，是世界各国追求的共同目标。现代化建设是人类社会从传统农业文明走向工业文明以及信息文明的历史过程，也是发展中国家追赶先行发达国家的奋进历程。世界现代化起源于资本主义国家，资本主义现代化推动了生产力革命和全方位社会变革，推进了全球化和世界历史的进程。资本主义现代化既创造了"现代性文明"，又产生了一系列"现代性问题"，弊端十分明显：资本的本性逻辑支配着经济、政治、文化、社会的运行，决定着社会生产、生活、交往的规则；造成拜金主义、唯利是图现象盛行，不可避免出现资本主义经济危机，造成贫富分化加剧、社会公平正义缺失、社会动荡冲突不断。马克思主义认为，资本主义生产关系的变革虽然开启了现代化的进程，但社会主义现代化必将彰显于世界。社会主义现代化是高于资本主义现代化的崭新的现代化形态。关于实行社会主义制度的国家如何实现社会主义现代化的问题，马克思主义经典作家没有也不可能给出直接答案。社会主义现代化是在实践中不断探索前进和不断发展的。

一部中国近现代史，就是一部中国人民追求现代化的奋斗史。一部中国共产党的历史，也是一部中国共产党带领全国人民追求现代化的奋斗史。一百多年来，中国共产党团结带领中国人民所进行的一切奋斗，就是为了把我国建设成为现代化强国，实现中华民族伟大复兴。在这个过程中，我们党对建设社会主义现代化国家在认识上不断深化、在战略上不断成熟、在实践上不断丰富，开创了中国式现代化道路。社会主义革命和建设时期，我们党提出努力把我国逐步建设成为一个具有现代农业、现代工业、现代国防和现代

* 《拓展中国式现代化新道路》，魏礼群编著，中共中央党校出版社 2023 年 3 月出版。

科学技术的社会主义强国目标。改革开放和社会主义现代化建设新时期，我们党提出"中国式的现代化"论断，制定了到21世纪中叶分三步走、基本实现社会主义现代化的发展战略。党的十八大以来，中国特色社会主义进入新时代，以习近平同志为核心的党中央团结带领全党全国各族人民全面建成小康社会，如期实现了第一个百年奋斗目标，为实现第二个百年奋斗目标、实现中华民族伟大复兴奠定了更为坚实的发展基础。我们站在更高历史起点上开启了全面建设社会主义现代化国家新征程，实现中华民族伟大复兴进入了不可逆转的历史进程。中国共产党之所以能够团结带领中国人民迎来中华民族从站起来、富起来到强起来的伟大飞跃，最根本原因是找到了一条适合中国国情的现代化道路。

中国共产党第二十次全国代表大会是在全党全国各族人民迈上全面建设社会主义现代化国家新征程、向第二个百年奋斗目标进军的关键时刻召开的一次十分重要的大会。习近平总书记在大会上所作的报告中指出："在新中国成立特别是改革开放以来的长期探索和实践基础上，经过十八大以来在理论和实践上的创新突破，我们党成功推进和拓展了中国式现代化。"并且深刻阐述了中国式现代化的科学内涵、中国特色和本质要求，擘画了中国式现代化的宏伟蓝图，提出了全面建设社会主义现代化国家的历史任务。这个报告是以中国式现代化全面推进中华民族伟大复兴的行动纲领。中国式现代化是中国共产党领导的社会主义现代化，是具有中国特色、符合自己国情的现代化，是实现全体人民共同富裕的现代化，是实现中华民族伟大复兴的光明大道。党的二十大必将作为推进和拓展中国式现代化发展、实现中华民族伟大复兴历史进程的重要里程碑而载入史册。

发展中国特色社会主义、实现社会主义现代化是一项长期的艰巨的历史任务，我们必须始终坚持、与时俱进地发展中国特色社会主义，持续推进和拓展中国式现代化。党的十八大以来，以习近平同志为核心的党中央高举中国特色社会主义伟大旗帜，对中国式现代化作出一系列重要论述，科学回答了坚持和发展中国特色社会主义、建设社会主义现代化国家的一系列重大时代课题，丰富发展了党的现代化理论。广大哲学社会科学工作者也响应时代的呼唤，积极深入开展中国特色社会主义和社会主义现代化的理论与实践研究，取得了许多有价值的研究成果。

我作为一个长期从事中国特色社会主义和社会主义现代化理论研究与

实际工作者、作为中央马克思主义理论研究和建设工程咨询委员会委员，经常承担国家重大研究课题。2016年，中央宣传部委托中国行政体制改革研究会为管理单位，我为第一首席专家，龚维斌、张占斌、王满传为首席专家，承担"中国特色社会主义与实现社会主义现代化强国目标研究"项目。2020年，又委托我们承担"新时代中国特色社会主义与国家治理体系和治理能力现代化研究"项目。这两个项目的核心主题都是研究现代化问题。作为首席专家，我深感项目研究责任重大，组建了由中国行政体制改革研究会、中共中央党校（国家行政学院）、北京师范大学等单位的专家学者参加的课题组。我们按照委托项目的研究要求，深入研究新时代发展中国特色社会主义、全面建成社会主义现代化强国目标、推进国家治理体系和治理能力现代化等问题，既开展重大理论问题研究，也开展重大现实问题研究，努力提出重大理论观点和重大战略决策建议，形成了一批有价值的研究成果，达到了预期目标，也积累了一些深化中国式现代化研究的认识和体会。

第一，要坚持以习近平新时代中国特色社会主义思想为指引，把握和运用好贯穿其中的立场、观点和方法。习近平新时代中国特色社会主义思想中蕴含着坚持人民至上、坚持自信自立、坚持守正创新、坚持问题导向、坚持系统观念、坚持胸怀天下等马克思主义立场观点方法，为以中国式现代化全面推进中华民族伟大复兴提供科学理论指引，为深化中国式现代化研究提供了科学方法论。只有坚持以习近平新时代中国特色社会主义思想为指导深化中国式现代化研究，才能以时代高度、历史高度、战略高度，站高、望远、想深、务实，坚持以宽阔思维、辩证思维、创新思维提出有理论价值、实践价值的新论断、新见解、新举措。习近平新时代中国特色社会主义思想中关于在新的历史条件下坚持和发展中国特色社会主义、关于中国式现代化道路、关于国家治理现代化、关于政府治理现代化、关于社会治理现代化等方面作出了全面、系统的阐述。坚持以习近平新时代中国特色社会主义思想为指导深化中国式现代化研究，要求对习近平新时代中国特色社会主义思想的全面学习、深刻把握，特别是要对习近平总书记关于中国式现代化一系列重要论述作深入研究，把握精神实质和核心要义。

第二，要深化对中国特色社会主义以及建成社会主义现代化强国的理论基础、实践经验、战略布局、主要路径等重大理论问题和实际问题的研究。

要深入研究中国特色社会主义与马克思主义、世界社会主义运动的关系，深入研究世界社会主义理论和实践发展的历程与现状，总结中国特色社会主义实践的经验和教训，在横向和纵向比较的视角下，深化对中国特色社会主义的深刻内涵和鲜明特色的认识。要深入研究中国特色社会主义与社会主义现代化强国的关系，明晰建设社会主义现代化国家必须坚持中国特色社会主义的基本原理、基本要求。要深入研究社会主义现代化强国的目标体系，把握中国式现代化的本质特征和实践要求。现代化强国目标体系引导国家发展的实践行动，决定实行什么样的发展战略和大政方针，影响着国家的历史进程。因此，应从我国现阶段国情出发，深刻认识和研判未来国内外形势变化，构建需要与可能相统一的社会主义现代化强国目标体系及体现或衡量目标体系的指标体系。

第三，要深化对国家治理现代化基本理论，以及国家治理现代化与中国式现代化关系的研究。党的十八大以来，理论界对国家治理的理论内涵，对中国国家治理现代化的价值意蕴、重大意义，对国家治理现代化的马克思主义、中国传统文化和西方治理经验的理论资源，对新中国成立以来国家制度和国家治理发展的历史进程和正反两方面经验，对国家治理现代化的历史任务和实现路径等一系列问题作深入研究，取得了丰硕成果，回应了"什么是国家治理现代化、为什么要推进国家治理现代化和怎样推进国家治理现代化"的重大问题。但是，还有一些问题需要进一步深化研究。要深入研究坚持完善国家制度和推进国家治理现代化的科学内涵、价值意蕴，深刻认识国家治理现代化是对马克思主义国家学说的运用和创造性发展，全面建成社会主义现代化强国是以健全制度为基础的国家治理体系和治理能力的现代化，本质上是推动上层建筑现代化。要深入研究国家治理现代化与新时代中国特色社会主义的关系，坚持和完善中国特色社会主义制度为推进国家治理现代化提供了正确方向，也是国家治理现代化的根本保障。推进国家治理现代化是新时代中国特色社会主义的重要内容，是坚持和完善中国特色社会主义制度的必然要求。要深入研究国家治理现代化与推进和拓展中国式现代化的关系，以及新中国成立以来国家制度和国家治理发展完善的历史进程、推进社会主义现代化建设的经验教训，深化认识国家治理体系和治理能力现代化对于推进和拓展中国式现代化的重大意义。此外，还要深入研究国家治理现代化进程中坚持和加强党的全面领导，实现国家治理各领域协同联动改革，更好地把国家制度优势转化为国家治理效能等问题。

第四，要深化对社会主义现代化强国建设的战略环境、战略阶段、战略任务、战略要求和战略路径等重大现实问题的研究。 要坚持系统观念，深入研究全面建设社会主义现代化国家面临的新的战略机遇、新的战略环境，分析影响中国社会主义现代化建设的外部环境变化，包括主要有利和不利因素，把发展中国特色社会主义和建设社会主义现代化国家纳入宽广的时空背景。要坚持问题导向，在深入研究社会主义现代化建设基础条件、外部环境、风险挑战等问题的基础上，深刻认识全面建设社会主义现代化国家的艰巨性和复杂性。要有战略思维，深入研究未来时期世界形势发展变化趋势，提出贯彻落实好新战略阶段各方面现代化建设任务的要求和方略路径。

我们在开展课题研究的过程中，聚焦重大理论和现实问题，形成了包括理论著作、学术文章、决策咨询报告等不同形式的系列研究成果，较好发挥了课题研究服务决策咨询、深化理论研究、引导社会舆论等方面的积极作用。课题组成员在人民出版社、中共中央党校出版社出版著作10余部，其中许耀桐教授等著的《社会主义在世界和中国的发展》获评"人民出版社百年百种重点图书"。在《求是》、《中国高校社会科学》、《中共党史研究》、《马克思主义研究》、《中国行政管理》等权威期刊发表60多篇理论性和宣传性文章，提出了一些具有创新性的理论观点。撰写的多篇重大理论和现实问题决策咨询报告获得党中央领导人重要批示。课题组成员还通过授课、撰文、接受采访等各种成果形式助力中国式现代化的研究和阐释。

习近平总书记所作的党的二十大报告，实现了我们党现代化理论的新发展。实践没有止境，理论创新也没有止境，我们要坚持以习近平新时代中国特色社会主义思想为指导，继续推进实践基础上的理论创新。中国式现代化是人类社会发展规律的必然产物，要深入研究中国式现代化的理论基础、实践逻辑，全面把握中国式现代化的中国特色、本质要求和必须牢牢把握的重大原则，深刻理解中国式现代化理论和全面建设社会主义现代化国家战略布局的关系，深刻理解全面建设社会主义现代化国家战略布局的科学性和必然性。要深入研究中国式现代化与人类文明新形态的深刻意蕴和丰富内涵。中国式现代化是马克思主义基本原理同中国具体实际和中华优秀传统文化相结合的实践场域，要研究中华优秀传统文化的创造性转化对中国式现代化的重要意义。中国式现代化是对西方资本主义现代化模式和苏联社会主义现代化模式的超越，要深入研究中国式现代化的世界意义。

中国式现代化既是中国的，也有世界各国的共同特征。推进和拓展中国式现代化，还必须拓宽世界眼光，深入研究世界现代化发展普遍规律和各国推进现代化的有益经验，深刻洞察人类社会发展进步的潮流，积极回应各国人民普遍关切，为解决人类面临的公共问题作出贡献，以海纳百川的宽阔胸襟借鉴吸收人类一切优秀文明成果，丰富中国式现代化思想和智慧。

值此深入学习贯彻落实党的二十大精神之际，我们将课题组产生的部分研究成果汇编成册，公开出版，以期扩大深化交流。由于我们所研究问题主题重大，内涵丰富深刻，有关理论和实践在不断发展的进程中，已有的研究成果也不够完善。我们将进一步深化拓展中国式现代化研究，为以中国式现代化助推全面建成社会主义现代化强国、全面实现中华民族伟大复兴提供更多的思想和智力支持。

以高质量发展全面推进中国式现代化

——《高质量发展：典型案例（一）》[*]序言

（二〇二三年二月）

习近平总书记在党的二十大报告中明确提出，实现高质量发展是中国式现代化的本质要求之一，"高质量发展是全面建设社会主义现代化国家的首要任务"。这是在深入分析我国发展新的历史条件和战略阶段、全面认识和把握我国现代化建设客观进程以及各国现代化建设一般规律的基础上，作出的一个具有全局性、长远性和战略性意义的重大判断。在全面建设社会主义现代化国家新征程中，必须以高质量发展全面推进中国式现代化，这也是新时代全面建成社会主义现代化强国的重大理论和实践命题。

实现现代化是中华民族孜孜不倦的追求。改革开放以来，对现代化的追求贯穿了经济社会发展提升全过程。新时代的发展已经从高速增长阶段转向高质量发展阶段，这是我们党坚持转变发展理念和不断推进实践创新的结果。新时代新征程，我们要认真学习领会高质量发展的历史逻辑、深刻内涵和实践要求，全面贯彻习近平新时代中国特色社会主义思想，坚定不移把思想和行动统一到以习近平同志为核心的党中央决策部署上来，切实把推动高质量发展贯彻到经济社会发展的全过程各领域，让经济、政治、社会、文化、生态等各方面都体现高质量发展的内涵要求。

近日，庞清辉教授和王忠宏社长主编的《高质量发展：典型案例（一）》一书，可谓恰逢其时。这本书坚持政治性、前沿性，又注重实用性、可操作性，不仅对高质量发展的时代背景与内涵认知进行深入阐释，还选取地方和企业实践案例为高质量发展作出生动注解。尤为重要的是，本书关于高质量发展的"七点启示"和"七大建议"，对于深刻理解高质量发展的全局和长远意义，认真贯彻落实推动高质量发展的战略部署，不断开创经济社会发展

---

[*] 《高质量发展：典型案例（一）》，庞清辉、王忠宏主编，中国发展出版社 2023 年 3 月出版。

新局面，具有重要借鉴意义。

首先，贯彻党的二十大精神，聆听时代呼声，坚定不移走高质量发展之路是时代主题。党的十八大以来，以习近平同志为核心的党中央立足新发展阶段，明确提出了全面贯彻新发展理念、加快构建新发展格局、实现高质量发展的重大思想。党的二十大报告对推动高质量发展作出战略部署，要求构建高水平社会主义市场经济体制、建设现代化产业体系、全面推进乡村振兴、促进区域协调发展、推进高水平对外开放。高质量发展是"十四五"乃至更长时期我国经济社会发展的主题，关系我国社会主义现代化建设全局。奋进新征程，必须把发展质量问题摆在更为突出的位置，着力提升发展质量和效益，把思想和行动统一到党的二十大决策部署上来，以中国式现代化全面推进中华民族伟大复兴。

其次，精准选取案例，解析发展规律，推广有特色高质量发展方案。在新时代 10 年推动高质量发展的进程中，形成和积累了很多弥足珍贵的实践经验，其中企业和地方政府是践行我国高质量发展的重要主体，是实施发展的关键执行层，它们对高质量发展的践行决定了我国高质量发展的总体水平。本书为我国高质量发展调研选取了一些可供参考借鉴的典型案例，通过对这些案例的深入剖析为其他地区和企业推动高质量发展提供有益借鉴，为解决高质量发展中的难题提供更多具有特色的方案。

最后，服务战略部署，助推决策实施，积极开展前瞻性、对策性研究。高质量发展是一项复杂的系统工程，近年来地方和企业的实践为进一步推进高质量发展带来了深刻启示。按照党中央决策部署和高质量发展面临的实际问题，需要我们进一步厘清思路，找准发展中面临的矛盾，坚持问题导向、目标导向，加强调查研究，务实开展工作，加快推动各方面工作转入高质量发展轨道。推动经济实现质的有效提升和量的合理增长，必须全面深化改革，把实施扩大内需战略同深化供给侧结构性改革有机结合起来，增强国内大循环内生动力和可靠性，提升国际循环质量和水平，加快建设现代化经济体系，着力提高全要素生产率，着力提升产业链供应链韧性和安全水平，着力推进城乡融合和区域协调发展。让创新成为第一动力、协调成为内生特点、绿色成为普遍形态、开放成为必由之路、共享成为根本目的。

　　《高质量发展：典型案例（一）》一书，内容丰富、结构严谨、条理明晰，是一部兼具理论性和实践性的著作。该书对于如何把高质量发展贯穿经济社会发展的各个方面和各个环节，全面推动高质量发展，具有重要借鉴意义。

坚持深化改革开放　应对百年未有大变局

——《经济数字化与国际税收变革》*序言

（二〇二三年二月）

当今世界正处于百年未有之大变局。由于地缘政治、新冠疫情等多种因素的共同影响，经济全球化遭遇逆流，单边主义、保护主义、霸权主义对世界和平与发展构成威胁，全球进入动荡变革期，不确定不稳定性显著增强。特别是以数字化、智能化为代表的新一轮科技革命带来的深度变革及其在世界各国之间发展的不均衡，引发了一些新的经济社会政治问题，增加了国家治理的复杂程度，也加剧了国家之间的矛盾冲突。因此，党的二十大作出了"我国发展进入战略机遇和风险挑战并存、不确定难预料因素增多的时期"的新论断。面对世界大变局的深刻影响，如何做到预为之谋和化险为夷，妥善处理好发展与安全的关系，是推进中国式现代化需要高度重视和深入研究的重大课题。

习近平总书记在庆祝中国共产党成立100周年大会上的讲话中强调指出，"改革开放是决定当代中国前途命运的关键一招"。40多年来，正是由于坚定不移推进改革开放，战胜来自各方面的风险挑战，开创和发展中国特色社会主义，从而实现了从高度集中的计划经济体制到充满活力的社会主义市场经济体制、从封闭半封闭到全方位开放的历史性转变，实现了从生产力相对落后的状况到经济总量跃居世界第二的历史性突破，实现了人民生活从温饱不足到全面小康的历史性跨越，为实现中华民族伟大复兴提供了充满活力的体制保证和快速发展的物质条件。改革开放成为当代中国最显著的特征、最壮丽的气象，极大地改变了中国面貌、中华民族的面貌、中国人民的面貌。实践充分证明，改革开放是我国大踏步赶上时代的重要法宝，是实现高质量发展、推进中国式现代化、实现中华民族伟大复兴的必由之路。面对世界不

---

* 《经济数字化与国际税收变革》，谭崇钧著，中国财政经济出版社2023年4月出版。

断演进的大变局，必须继续坚定不移将改革开放推向前进。

为了应对日趋复杂的国际环境，党中央及时作出了"把握新发展阶段，贯彻新发展理念，构建新发展格局"的战略决策。在世界大变局加速演进的情况下，我国要实现"在危机中育先机、于变局中开新局"，就必须加速构建新发展格局，着力提高国家治理现代化水平，积极推进全球治理。

一方面，我们要全面深化改革，大力推进高水平开放，优化治理体系，改善营商环境，提振发展信心。要坚持全面深化改革。坚决破除深层次体制机制障碍，进一步优化资源配置，激发市场活力和社会创造力。要着力构建高水平社会主义市场经济体制，处理好国家与企业、政府与市场、中央与地方的关系；从法律和制度上采取有力措施，切实增强企业家的安全感和信心度，深化简政放权、放管结合、优化服务改革，推动有为政府和有效市场的更好结合；进一步理顺中央与地方的关系，正确有效地发挥中央和地方两个积极性。要持续改善营商环境。加强知识产权保护与产权保护并重，加快建立完善的产权保护制度；强化竞争政策的基础性地位，加强与国际经贸规则对接，创造各类市场主体公平竞争的市场环境，使各类企业平等获得资源要素，强化市场监管机构对经济政策的公平竞争审查。要坚持扩大高水平开放。既要持续深化商品、服务、资金、人才等要素流动型开放，又要稳步拓展规则、规制、管理、标准等制度型开放；积极主动扩大进口，显著降低进口环节制度性成本，以高水平开放推动中国市场与世界市场的深度融合。

另一方面，我们要积极参加国际交流和对话，推动完善全球治理体系，建设合作共赢的开放型世界经济体系。坚持以构建人类命运共同体为目标，高举多边主义旗帜，坚决反对单边主义和贸易保护主义，推动经济全球化朝着更加开放、包容、普惠、平衡、共赢的方向发展。近年来，《区域全面经济伙伴关系协定》（RCEP）达成并实施，全面与进步跨太平洋伙伴关系协定（CPTPP）的申请加入，无不展现了中国进一步扩大开放的坚定决心，也是中国助力推进经济全球化和完善全球治理体系的重要举措。

国际税收规则是全球治理的重要一环。近年来，世界经济，特别是数字经济发展的不平衡、不充分问题以及长期以来大型跨国企业通过激进税收筹划侵蚀各国税基问题，引发了大多数国家对现行国际税收规则的不满，改革的呼声日渐高涨。一些国家更是试图通过单边措施扩大自身征税权，引发了双重乃至多重征税的风险，给本已疲弱的世界经济又笼罩上了一层阴霾。为此，G20、OECD 和联合国等多边国际组织担负起了重塑国际税收规则的使命；中国高举多边主义旗帜，坚决反对单边主义，在国际舞台上积极呼吁，推动国际税收规则向着更加开放、包容、公平的方向发展。

在国际社会的共同努力下，"双支柱"规则逐渐成形，尽管并不完美，但在当前纷纷扰扰的国际环境下，能够在代表着世界上绝大多数人口和经济总量的 137 个国家间取得共识，本身就已难能可贵。当然，"双支柱"国际税收规则的逐步落地，只是新一轮国际税收规则改革的开始，还需要密切跟踪各国进展和动态，相应优化国内税制及相关法律制度。

本书在技术演进和产业革命背景下，对数字经济征税权之争的来龙去脉进行了深入浅出的介绍，详述了"双支柱"方案的形成过程、主要内容和可能影响，对于读者全面了解国际税收领域百年未有之大变局颇有裨益。本书在系统分析数字化与国际税收变革的基础上，将一些国家、组织、机构、产业代表的不同观点作了系统性的梳理和展示，对于国内学者以更加丰富多元的视角研究问题也会有所帮助。希望本书的出版，能够对我国政产学研各界更加深入参与国际规则的研究和制订发挥积极作用。

是为序。

赓续中华文明　展现时代风采

——《相望长河》*序言

（二〇二三年二月）

　　读了陈恒礼的长篇报告文学《相望长河》书稿，我很惊喜。这是一部对我的家乡睢宁时代变化的笔酣墨饱之作，有温度，有高度，有哲理，有情怀。读了这些平实质朴的文字，仿佛又回到了故土，听到了熟悉的乡音。家乡的变化，亲眼所见是一种感受；读到描写她的文字，呈现接地气、有人缘的画卷，又是另一种感受，往往会更加强烈，这也许是我对家乡的眷恋吧。

　　我是睢宁县原朱集乡魏圩村人。这篇报告文学作品，勾起我的回忆。我于1963年8月考入北京师范大学读书，毕业后响应国家面向基层、面向农村、面向边疆的号召，被分配到祖国北部边疆内蒙古牙克石林业管理局，在茫茫林海中艰苦历练了10年后，被调入国家计划委员会，以后又奉调中央领导决策中枢的中南海，先后在中央财经领导小组办公室、国务院研究室服务高层，又到国家行政学院主持工作，从领导岗位退下来之后，创建几个国家新型智库。离开故土到现在已60年了，整整一个甲子轮回。对家乡的情更切、意更浓。《相望长河》这篇作品以充满情感的笔触，描写了家乡的巨大变化、生活场景与人物故事。看到这些独有乡土气息的文字，如同饮尽一杯浓烈醇厚的乡酒。

　　据现任睢宁县人大常委会副主任的艾丹介绍，陈恒礼是睢宁的本土作家。《相望长河》是他提议作者创作的反映古黄河两岸家乡风采和父老乡亲风采，弘扬民族优秀文化，在社会主义核心价值观的引领之下，拥抱新时代，开启新生活，创造新乡村的一部作品。这其中既有旧村庄的蜕变，也有与旧习俗的决裂；既有人的精神世界的升华，更有对古黄河的呈现和相望。是阳

---

* 《相望长河》，陈恒礼著，该书于2023年入选"十万里山河壮阔——中国式现代化江苏新实践新图景"系列丛书。该部作品将于2024年上半年由江苏人民出版社重点出版发行。

光照耀下的乡村，也是春风和煦里的乡人。

在家乡睢宁，有一条河流叫古黄河，也称黄河故道或明清黄河。睢宁这个名字，起于金兴定二年（公元 1218 年），取意"睢水安宁"。1194 年古黄河侵淮河夺泗水，至清咸丰五年，也就是公元 1855 年，在睢宁这块土地上肆虐了 661 年。它的到来，滋养了两岸五谷，但也因桀骜不驯，横冲直撞，长期泛滥成灾，给两岸人民带来无尽的苦难。经过新中国成立以后几十年的治理和开发，而今它碧水微澜，成了睢宁人的一条生命河。这条河流也造就了两岸人民的性格：不怕困难，百折不挠，自强不息，重情重义。这种性格，在岁月变迁中熠熠生辉，成为睢宁人最真挚、最深刻的人文印记。《相望长河》中的"长河"，作者指的就是这条河流。

我离开睢宁以后，对家乡一往情深，始终牵挂着那里的一草一木、一点一滴的变化，为她高兴，为她激动，为她祈福，为她牵挂，一直与家乡人民保持着亲密联系。故乡，总与一个人的生命有着割舍不下的脉系。睢宁之所以叫睢宁，寓"睢水安宁"之意。睢水，广义讲是指睢宁全境之水，狭义讲是指那条古睢水。我是在李集中学读的初中和高中，六年生活在这条河流旁，古睢水流经李集，出现了码头，带来了商贸繁荣，故此李集有"小南京"之称。人杰地灵，世事沧桑，生生不息。人与长河相望相守。我作为家乡的一员，对那条古黄河，又何尝不是相望相守、以身相许呢？

我的故乡睢宁，历史悠久，文化厚重，钟灵毓秀，豪杰辈出，也是历代兵家必争之地。车正奚仲，成侯邹忌，圯上老人黄石公，汉初三杰之一张良，下邳四代刘衍、刘成、刘意、刘宜，出生于下邳的孙权、韩信、陶谦、笮融、宋武帝刘裕等，都曾在这里留下积精蓄锐、谈兵论道、运筹帷幄、决胜千里的身影。还有圯桥进履、季札挂剑、邹忌封邑、刘备屯军、吕布缢死、辕门射戟、葛洪炼丹等历史故事和风云人物足迹。李白、李商隐、苏轼、文天祥、冯梦龙、周谊、柳亚子、周祥骏等迁客骚人多会于此，留下大量咏史怀古的诗文歌赋。春秋代序，岁月峥嵘。如今的古老睢宁，已从传统社会文明向现代社会文明转变，在深厚的土壤上，谱写出富有中国气派、时代精神、地方特色的辉煌历史。

我与作者未曾谋面，后来知道他以敏感的文学触角，在《中国淘宝第一村》中，如实地记述了睢宁农民，放下锄头摸起鼠标，自发在全国率先做起了电商，将农民智慧和互联网技术融为一体，从而改变了贫穷落后的村庄——一个被互联网改变的村庄，由此获得江苏省紫金山文学奖。这篇作品描述睢宁县沙集镇兴办网络商品的故事，我是亲身经历过。那是 2011 年 2 月 5 日，农历大年初三，我带着家人回家乡过春节期间，在县委县政府领导人陪同下，赴沙集电商市场考察、调研，这一天虽然是家家在过年，但看到一群家庭妇女抱着孩子还在网上销售家具等商品，热闹非凡，有一位女电商说："我们是买全国（商品）、卖全国（商品）。"察看后颇受启发，认为这是社会主义新农村建设中的新生事物，应当支持，我让县领导组织电商带头人给国务院领导写个汇报信，报送"沙集网络"宣传册。2 月 10 日，我回到北京后，即当面向国务院主要领导人作了汇报，并转送汇报信和宣传册，立即受到国务院主要领导人的重视，并给商务部、江苏省领导作出批示。之后，在有关部门和地方支持下，这个电商市场得以快速发展，成为中国淘宝第一村。作家捕捉到了实施乡村振兴战略后的家乡崛起，在《苏北花开》、《决胜故道》中，忠实记录下划时代的乡村巨变，双双获得了江苏省报告文学奖。《决胜故道》这篇作品，也源自我主持过的《明清黄河故道综合整治和开发》重大课题研究成果。这个课题研究报告，我报送国务院领导，受到重视并作出批示后，使黄河故道开发上升为国家战略，并列入国家"十三五"规划。陈恒礼是中国作家协会会员，一直坚持书写自己家乡的农村与农民，被称为是写报告文学的有情怀的农民作家。

《相望长河》这部作品，首卷为《河之初》，开宗明义，直接写出了村庄与河流的血脉依存联系，让人感受到河流对村庄人性格的形成，发挥着无法替代的作用。人在精神力量的激励下，迸发出新的豪情与斗志，在家乡古黄河两岸创造了新的历史伟业。在卷二中，作者写出了消失的社场，以及社员对社场的寄托、喜欢和迷惘。社场，是一个时代的缩影，社员，是一个时代的记忆。作者不是简单地记述社场的存在与消失的过程，而是用古黄河的语言，艺术地描绘出它的不同的场景细节，力图引起人们的思索和探寻，寻找个中村强民富的真谛存在，那就是为人民创造更加美好的生活。在"磨道漫漫"中，写出了岁月对"古黄河人"的磨难和欢乐。石磨，磨的是人的坚韧与顽强，是人的不息与善良，是人的追求与向往，是对"社场"的补充与丰富。读了这些文字，你就会理解，这里的人们，为什么会成为"古黄河人"，他们的身上具有特殊的鲜明时代特质。

在该作品中，作者重点写了近几十年来成长的三位普通又绝不普通的睢宁"古黄河人"典型代表：老杜如槐的杜长胜，子债父还，被誉为"信义老爹"，成为全国道德模范；岠山柏花的周云鹏，守山护林，27年不变初心，是"中国好人"；楝花灿霞的朱永，儿童画辅导教师，一生坚守乡村，视生如子，出国授艺，让世界儿童爱上中国，成绩斐然，被评为全国优秀共产党员和先进工作者。这是本部作品的重中之重，作者倾注的感情和笔墨也最为集中。这让我读到了家乡"古黄河人"身上所闪耀着的美德和可贵精神，为此而感动。然而作者并非是先为这些典型人物贴上金灿灿的标签或抹上绚美的油彩，而是通过了细腻并带有感情的文字，写出了他们的一举一动，一言一行，让他们立体地带着古黄河的气息，站在你的面前，与你相视一笑，做心灵上的交流。你会感到，中华优秀传统文化，源远流长，绵绵不绝，波澜壮阔，在今天被"古黄河人"注入了新时代的内容和力量，奔腾得更加自信和流畅。我们要感谢本部作品的作者，用心用情地把他们介绍给了更多的人们。

有了人的奉献和创造，汗水和智慧给了乡村以新生。在这部作品里，我们看到了曾经的破落乡村，成了美丽、富裕的鲤鱼山庄，成了诗村大官庄，成了麦绿农场黄河新村。这些地方，有的我曾亲眼看过，见到了历史的真实和生活的真实。新的奋进年代，必然会谱写出新的杰出篇章。这些都是以往不敢想象的画面。它揭示了人与村庄命运的神奇联系。我们在这里听到了古黄河两岸的欢歌。作品在结束之前，又回到了"古黄河人"的身上，通过他们，让读者再次回望长河，看站在岸边的人，相望相守，奔向更美好的远方。

党的二十大提出："全面建设社会主义现代化国家，必须坚持中国特色社会主义文化发展道路，增强文化自信，围绕举旗帜、聚民心、育新人、兴文化、展形象建设社会主义文化强国，发展面向现代化、面向世界、面向未来的，民族的科学的大众的社会主义文化，激发全民族文化创新创造活力，增强实现中华民族伟大复兴的精神力量。"实现中华民族伟大复兴的中国梦，物质财富要极大丰富，精神财富也要极大丰富。我们必须继续加强社会主义精神文明建设，为人民不断前进提供坚强的思想保证、强大的精神力量、丰富的道德滋养。

2022年8月13日，习近平总书记给安徽黄山风景区工作人员李培生、胡晓春回信，对他们继续发挥"中国好人"榜样作用，提出殷切期望。

习近平总书记在信中说："'中国好人'最可贵的地方就是在平凡工作中创造不平凡的业绩。希望你们继续发挥好榜样作用，积极传播真善美、传递正能量，带动更多身边人向上向善，弘扬社会主义核心价值观，争做社会的好公民、单位的好员工、家庭的好成员，为实现中华民族伟大复兴奉献自己的光和热。"在新时代全面建设社会主义现代化国家的新征程中，大力宣传学习"好人"精神，发挥先进典型的榜样作用，这样就会凝聚全社会向上向善的磅礴精神力量，显著提升现代化社会的文明程度。

《相望长河》这部作品，用古黄河浇灌的文字，对我的家乡"古黄河人"作了深情回望和书写，很好地诠释了"古黄河人"的丰厚内涵，展现出了他们身上"实现中华民族伟大复兴的精神力量"。这部作品的出版，是一件可喜可贺的事情。我们有理由相信，它会给读者带来新的喜悦和有益的感悟，更加坚定自己的自信与信仰。祝愿作者继续努力，写好"古黄河人"新境界新作为，奉献给我们这个伟大的新时代。

在这部作品即将问世之际，应邀写了以上文字。是以为序。

坚持走中国特色发展之路

——《循着发展的逻辑——一个经济学人的时事观察（2016—2020）》*序言

（二〇二三年二月）

　　发展始终是我们党执政兴国的第一要务。中华人民共和国成立以来，特别是改革开放以来我们党团结带领全国各族人民聚精会神搞建设、一心一意谋发展，我国取得了世所罕见的经济快速发展奇迹和社会长期稳定奇迹。可以说，我国取得的一切重大历史成就和重大历史变革，都是在中国共产党坚强领导下依靠全国人民不懈奋斗、通过持续向前发展所取得的。

　　正是依靠持之以恒、一步一个台阶不断推动经济社会发展，我们党在中国特色社会主义新时代实现了全面建成小康社会这个中华民族的千年梦想，打赢了人类历史上规模最大的脱贫攻坚战，历史性地解决了绝对贫困问题，为全球减贫事业作出了重大贡献。也正是依靠全党全国人民解放思想，推动科学发展、创新发展，我国经济实力、综合国力、人民生活水平才与日俱增，走到世界前列。发展已成为解决中国一切矛盾和问题的关键，成为满足人民日益增长的对美好生活需要的基石。今天，我国的发展站在了更高的历史起点上，高质量发展成为时代的主旋律，实现中华民族伟大复兴进入了不可逆转的历史进程，全面建设社会主义现代化强国迎来更加光明的前景。

　　一个有着十几亿人口规模的大国能够在70多年时间里取得如此巨大的发展成就，还要面向未来持续向前发展，这本身就是值得研究的大学问，发展问题也自然是广大哲学社会科学工作者需要不断研究的重大时代课题。

　　党的二十大报告指出："从现在起，中国共产党的中心任务就是团结带领全国各族人民全面建设社会主义现代化强国、实现第二个百年奋斗目标，

---

*　《循着发展的逻辑——一个经济学人的时事观察（2016—2020）》，胡敏著，全书共3册，经济管理出版社2023年2月出版。

以中国式现代化全面推进中华民族伟大复兴。"正如全面建成小康社会、实现第一个百年奋斗目标这一伟大进程一样，全面建设社会主义现代化国家，也必将是一项伟大而艰巨的事业。面对当今世界百年未有之大变局和实现中华民族伟大复兴的战略全局，我们需要更加深刻认识新时代新征程的前进道路上我国发展阶段、发展环境、发展条件、发展机遇、发展格局等正在发生的深刻变化，需要在经济社会发展的历史行进中深刻总结过去我国发展为什么能够成功、未来我国在更高发展阶段怎样继续成功的宝贵经验和重要启示，需要在应变局、开新局中深刻理解适应新发展阶段、完整准确全面贯彻新发展理念、加快构建新发展格局、着力推动高质量发展的重大而深远的现实意义和基本路径，需要在顺应时代大变局中深入研究发展规律、深刻把握发展逻辑、努力揭示发展趋势。

对已经走过的每一个发展阶段的轨迹甚至每一年发展的进程，我们都要能够把握脉络、清醒认知、心中有数，真正掌握我国快速发展背后的基本规律和基本逻辑，正所谓以史为鉴、知时明势，才能开创未来。这对保持党和国家事业持续健康发展是十分重要的。

要做到这一点，既需要决策者高瞻远瞩、尊重规律、知史明理、审时度势、统筹谋划，也需要有一批既具有学术功底又善于洞察时势，同时胸有家国情怀、心有报国之志、有理想有担当有作为的知识分子去贴近现实、贴近生活、贴近群众，深入观察和研究国情世情民情，通过剖析纷繁复杂的现实生活，由表及里、去伪存真，由现象到本质，细微地体察时代变迁，真实地记录国家发展进程，认真地研究发展规律，专业而勤恳地科学论证，在感知时代脉动中探究发展趋势，在顺应时代变革中演绎发展逻辑，努力将论文写在祖国大地上，这样才能为党和国家事业发展多提供一些有价值的决策参考、多提供一些源于实际的真知灼见。曾任国家行政学院研究室副巡视员的胡敏同志近日出版的新书《循着发展的逻辑——一个经济学人的时事观察（2016—2020）》就是以这样的视角，用这样的情怀来关注我国发展、记述我国发展进程、研究我国发展逻辑，体现了一个经济研究工作者应该有的价值追求和责任担当。

翻阅这部书，可以看到该书收录了胡敏在2016—2020年期间，在报刊和国家级重点网站公开刊发的400多篇理论分析、时事述评、经济观察、媒体访谈等多种题材的著述文章，共有100多万字，读下来我有三点感触：

首先，该书拿起来的确是沉甸甸的。这不仅是指该作品的厚度，更是指该书整理汇集的文章涵盖了近些年我国经济政治发展和社会生活变迁的方方面面，不仅有许多文章对我国经济运行态势和走向进行了横切面式的追踪分析，对不少重大经济政策、重要理论和实践问题进行了研究阐释，也有不少文章对党的创新理论、执政方略、体制改革、社会治理等重要问题作出了评述。一个国家的发展本来就是一个大系统，社会经济运行也是一个万花筒，只有从经济、政治、文化、社会等多个层面动态地、多维度地去观察、去研究、去分析，才可能还原一个立体世界的本真、才可能发现现实生活的多姿多彩，才可能梳理出国家发展的自在逻辑。

其次，该书在体例上是按照年序（从2016年至2020年这五年）进行编排的。全书分列五个时间版块或单元，通过一系列文章演绎了我国"十三五"时期经济社会发展的运行轨迹，用专业视角循序渐进地予以跟踪、观察、剖析，客观上形成了对这一阶段我国发展重大事件的历史叙事。而这样的一种历史叙事方式，通过文章前后贯通起来、通过立意上下综合起来，真实反映出了我国发展的现实风貌，呈现出滚滚洪流中我国发展的生动图景，而其中蕴含的我国发展的基本逻辑、由量变到质变的历史发展规律就跃然纸上了，这也成为该作品一个突出亮点。

最后，该作品中每一篇文章的文风都是清新的。胡敏同志多年来在中央党报从事理论评论工作，后来又在国家研究部门从事决策咨询工作，现在又从事传媒出版领域工作，可以说一直在与文字和研究打交道。其文章不论是短篇还是稍长的篇幅，都能做到逻辑清晰、政策有据、数据翔实、分析入理、相互承接，既立足政治高度，又注重选材的时效，始终体现了一个党的经济研究工作者正确的政治立场、求真务实的治学作风和良好的文字素养。

记得2015年末，胡敏让我给他的文集作品《循着改革的逻辑——一个经济学人的时事观察（2009—2015）》题序，这部书分上下卷，有70多万字。当时他就告诉我一个想法，就是每过几年就能出版一个文集，将平时撰写的一些在公开媒体发表的时事评述文章和研究成果集辑出版，目的不在于出书，而是要以此督促自己能够坚持不懈地加强学习、勤勤恳恳地坚持写作、不断跟上时代发展的步伐，从而保持住一个研究工作者的思想敏锐度和形势观察力、时事判断力。对此，我予以充分的鼓励与肯定，并开导他，不论位于什么样的工作岗位，不论面对怎样的人生际遇，多思多想、善写善干，既是一个经济学人的应有品质，也是一个治学人最好的工作生活方式。世事纷繁，唯有坚持才能坚韧，唯有行稳才能致远。几年之后的今天，胡敏同志拿出了这部文集作品《循着发展的逻辑——一个经济学人的时事观察（2016—2020）》并于近期付梓，接下来还有一本《循着现代化的逻辑——一个经济学人的时事观察》也已经整理完成，他希望我都能为其作序。"改革"、"发展"、"现代化"都是我们这个时代的关键词，反映了我们的时代主题。这三部作品以"逻辑"贯通，成为一个丛书系列，这个创意非常好，我乐见其成，表示祝贺。

胡敏同志按照夙愿能够坚持这十几年，的确难能可贵。我继续鼓励他不断学习、不断研究，不断有收获。只要持之以恒、坚韧不拔、善作善成，人生自然精彩，人生就有价值，人生自带光芒。

当然，改革也好、发展也好、现代化也好，这几个方面侧重点不同，但也是相互贯通、相互支撑的。要揭示出其中的科学逻辑，还需要下更大的研究功夫。时代是出卷人，我们都是答卷人，在全面建设社会主义现代化强国的时代洪流中，在以中国式现代化全面推进中华民族伟大复兴的历史征程中，需要我们每一个人都能踔厉奋发、笃行不怠、不负时代。

谨此共勉，也以此为序。

支持数字乡村建设　促进城乡融合发展

——《数字乡村——县域发展新引擎》*序言

（二〇二三年三月）

　　新世纪以来，随着信息技术与数字经济的蓬勃发展，我国城乡二元结构快速演变。据统计，截至 2022 年 12 月，全国网民规模为 10.67 亿，其中农村网民规模达 3.08 亿，占网民整体的 28.9%。全国累计建设开通了 5G 基站 231 万个，实现了"县县通 5G"，全国行政村已实现"村村通宽带"。城乡差距持续缩小，数字鸿沟加速消弭，推动了信息、资本、人口等要素在城乡之间的新配置。电子商务模式的普及，更加多元化、低门槛、去中心化的平台与技术的出现，使得数字乡村大量涌现，为乡村振兴战略的实施开拓了一条切实可行的新路径。可以说，数字乡村是乡村振兴的新引擎、新阶段、新形态，是中国式现代化的新动能、新拓展、新景象！

　　发展数字乡村，主体在县域。县域是城乡融合发展的重要场域和关键支撑，以县域为主体的乡村信息基础设施建设，以及教育、医疗、养老、文化等方面公共服务设施建设是加快数字乡村建设的基本保障。

　　《数字乡村：县域发展新引擎》一书，集中了众多地方政府和专家的智慧，是对当前中国数字乡村发展比较全面、丰富、生动的总结和展示。以县域经验为主体，是这本书最大的特色。全书精选了全国 30 多个县域的数字乡村建设典型案例，涵盖了产业振兴、人才振兴、文化振兴、生态振兴等多方面类型，呈现了品牌驱动、农文旅结合、企业帮扶、东西部协作、乡村振兴特派员等多种振兴模式，内容精彩纷呈，同时很接地气，各个地方的实干精神和创新智慧跃然纸上。在这些案例中，我很高兴看到了我的家乡——江苏省睢宁县。这座苏北小县城首创沙集电商模式，进而催生县域数字经济，走出了一条"农村电商化、产业数字化"的新路子，快速改变了昔日乡村贫穷

---

*　《数字乡村——县域发展新引擎》，阿里研究院编著，中国商务出版社 2023 年 3 月出版。

落后的面貌。

我们常说，"榜样的力量是无穷的"。这本书中典型案例的主要做法与创新举措，能够给予广大乡村地区以巨大的启示。

这本书的编写出版，对于全国众多致力于发展数字经济、渴望搭上互联网快车的乡村地区，无疑是一本不可多得的读物。应阿里研究院的编著者之邀，欣然命笔，写了一点感言。是为序！

于方寸间讴歌不朽功绩

——《红色印迹》*序言

（二〇二三年六月）

《红色印迹》一书，是傅瑞珉花费三年多时间，在认真研究了中共中央在延安 13 年的历史后，以刀为笔，以石为纸，潜心篆刻百余方印章的雅集。

延安，是中国革命的圣地、新中国的摇篮。延安是落脚点，1935 年 10 月，中共中央率领陕甘支队到达陕北吴起镇，二万五千里长征在这里落脚并胜利结束；延安又是出发点，全民族抗战时期，这里是中国人民抗日战争的政治指导中心和中国人民解放战争的总后方。延安见证了中国革命事业从低潮走向高潮、实现历史性转折的光辉历程。中共中央在延安的 13 年，培育和形成了延安精神，是我们要代代传承下去的宝贵精神财富。

《红色印迹》一书将中国共产党在延安 13 年的光辉历程，按照到达陕北、延安岁月、转战陕北三个阶段，将延安时期的一些重要事件、重要文献、重要人物、重要地点、重大战役等十分巧妙地通过印章的形式呈现出来。每一方印章都配有当时的历史事件文字注释，于方寸间讴歌不朽功绩，可以帮助读者认识到中国共产党筚路蓝缕、披荆斩棘、艰苦创业、砥砺前行的奋斗精神、崇高使命和辉煌成就，理解到"革命理想高于天"的伟大情怀，体会到对共产主义理想信念"九死不悔"的执着品格。

《红色印迹》一书是以篆刻来展现中国共产党在延安 13 年的历史，手法新颖，可谓内容与形式俱佳，具有很高的文化价值以及欣赏性、艺术性。

《红色印迹》一书中的每枚印章，都是这段历史的珍珠，方寸之间蕴含着傅瑞珉同志对党、对国家、对人民的拳拳之心和殷殷之情。

傅瑞珉同志邀请我为其《红色印迹》作序，很高兴应允，写上一些感言，与读者共勉。

---

* 《红色印迹》，傅瑞珉编，中共中央党校出版社、国家行政学院出版社 2023 年 6 月出版。

提高调查研究能力和本领
扎实做好调查研究工作

——《名家谈调查研究》*序言

（二〇二三年八月）

一

调查研究是马克思主义世界观和方法论的集中体现，是我们党的一项重要领导制度和工作方法，贯穿我们党的百年奋斗史。从新民主主义革命到社会主义革命和建设的艰辛探索和伟大胜利，从改革开放和社会主义现代化建设的开拓奋进和伟大成就，到中国特色社会主义新时代取得的历史性成就和发生的历史性变革，都是我们党通过务实有效的调查研究，发现和坚持真理，检视和修正错误，作出科学正确决策的结果。重视和善于调查研究是我们党从弱小走向强大，不断创造辉煌胜利的"成功秘诀"、重要法宝。

我们党的主要领导人，毛泽东、邓小平、江泽民、胡锦涛等同志都高度注重调查研究工作，并身体力行、率先垂范。习近平总书记是我们党重视调查研究、善于调查研究的光辉典范。

从习近平同志的从政经历看，他总是在深入调研的基础上认识、考虑问题和作决策——

在河北正定工作期间，他跑遍全县 25 个乡镇、221 个村；在福建宁德，他到任 3 个月就走遍 9 个县；赴任浙江后，他用 1 年多时间跑遍全省 90 个县市区；在上海仅 7 个月，他到过全市 19 个区县；担任我们党的总书记以来，他的足迹更是遍布大江南北。2012 年 12 月底，刚刚当选中共中央总书记不久的习近平同志顶风踏雪入太行，吹响脱贫攻坚的号角。此后，他先后

* 《名家谈调查研究》，魏礼群主编，东方出版社 2023 年 8 月出版。

7 次主持召开中央扶贫工作座谈会、50 多次深入贫困地区作调研，走遍了 14 个集中连片特困地区。"精准扶贫"战略，是他在湖南十八洞村调研时首次提出的；首次公开将"全面从严治党"与全面建成小康社会、全面深化改革、全面推进依法治国一并提出，是在江苏调研之时；"构建新发展格局"的战略选择，与在浙江调研时的考察密不可分……

可以说，中国特色社会主义新时代的十多年来，习近平总书记正是在深入调研和深邃思考基础上，提出了一系列治国理政新理念新思想新战略，采取了一系列创新性重大举措，实现了一系列突破性进展，取得了一系列标志性成果。习近平总书记强调指出：调查研究是谋事之基、成事之道，没有调查就没有发言权，没有调查就没有决策权；正确的决策离不开调查研究，正确的贯彻落实同样也离不开调查研究；调查研究是获得真知灼见的源头活水，是做好工作的基本功；要在全党大兴调查研究之风。

二

2023 年 3 月，中共中央办公厅印发了《关于在全党大兴调查研究的工作方案》（下称《方案》），深刻阐明新时代新征程上在全党大兴调查研究之风的重要意义、总体要求、调研内容、方法步骤和工作要求。《方案》是在我国迈上全面建设社会主义现代化国家新征程，在全面贯彻党的二十大精神开局之年，党中央对党员干部提出的明确要求，同时为党员干部做好调查研究工作提供了科学指引。

《方案》指出，当前，我国发展面临新的战略机遇、新的战略任务、新的战略阶段、新的战略要求、新的战略环境。世界百年未有之大变局加速演进，不确定、难预料因素增多，国内改革发展稳定面临不少深层次矛盾躲不开、绕不过，各种风险挑战、困难问题比以往更加严峻复杂。《方案》聚焦党和国家事业发展全局，紧扣人民群众急难愁盼和经济社会发展的实际，系统梳理了 12 个方面的重点问题、具体问题、老大难问题，要求直奔问题去，实行问题大梳理、难题大排查，着力打通贯彻执行中的堵点、淤点、难点。

为了贯彻落实好党中央关于大兴调查研究的部署和要求，提高领导干部调查研究的能力和本领，扎扎实实做好调查研究工作，给广大读者提供一些体验性、方法性交流，我们应出版社要求，选编了这本《名家谈调查研究》。

　　本书辑录文章的20位作者,大多具有扎实丰富的调查研究的理论基础与实践经验,既有中央国家机关多年从事调查研究工作的领导干部,也有长期在基层工作的人员。文章涵盖面广,涉及为什么要大兴调查研究之风、怎样制定调研方案、怎样深入群众调研、怎样选择恰当的调研方法、怎样写好调研报告、怎样通过调研解决实际问题等方方面面,以至于怎样和群众说话交流,怎样分辨调研对象话语的真伪等,均有所涉猎。

　　本书主题鲜明、内容充实、见解独到,既有明确的问题导向,具有很强的现实针对性,又有可贵的现身说法,富有很好的应用指导性。阅读本书,如果能从文章作者们的调查研究认知和体验中,找到适合自己的思路和方法;同时,对调查研究提高认识、提升能力、把握基本功有所裨益,我们编选此书的初衷就达到了。在此,我们向本书所有作者致敬,也对参与本书编选的各位领导和专家的赐稿支持表示感谢。

推进中国特色社会主义社会学繁荣发展

——《中国特色社会主义社会学》*序言

（二〇二三年九月）

社会大变革的时代，一定是哲学社会科学大发展的时代。当代中国正经历着我国历史上最为广泛而深刻的社会变革，也正在进行着人类历史上最为宏大而独特的实践创新。这种前无古人的伟大实践，为理论创造、学术繁荣提供了强大动力和广阔空间。

2020 年 8 月，习近平总书记在经济社会领域专家座谈会上指出："新时代改革开放和社会主义现代化建设的丰富实践是理论和政策研究的'富矿'，我国经济社会领域理论工作者大有可为。…… 一是从国情出发，从中国实践中来、到中国实践中去，把论文写在祖国大地上，使理论和政策创新符合中国实际、具有中国特色，不断发展中国特色社会主义政治经济学、社会学。……"这里，习近平总书记明确提出了发展中国特色社会主义社会学的重大任务。

我们组织编写《中国特色社会主义社会学》一书，就是落实习近平总书记关于发展中国特色社会主义社会学重要指示的具体行动。要发展中国特色社会主义社会学，就必须深入研究中国特色社会主义社会学产生的历史条件和主要依据，探究其基本内涵、整体框架、理论逻辑和发展过程，为不断发展中国特色社会主义社会学研究明确方向、任务、路径和方法。

本书的编写，力求体现理论性、实践性和创新性：

（1）理论性。就是运用马克思主义立场、观点、方法，基于社会学的基本原理，对中国特色社会主义伟大实践进行理论总结和提炼，以形成中国特色社会主义社会学的主要概念、基本范畴和框架结构。

社会学是现代社会科学体系中的一门基础性、综合性学科，它是研究和

---

* 《中国特色社会主义社会学》，魏礼群主编，北京师范大学出版社 2023 年 9 月出版。

揭示社会运行特点和规律的学科。社会学从变动着的社会系统整体出发，来研究社会的形态、结构、功能和演变趋势。社会学也是一门有极强实践性、应用性的学科，它主要观察和解释社会现象，分析和处理社会矛盾，面对和解决社会问题，探索社会治理途径、手段和方法，促进社会良性运行，从而推动社会进步。中国特色社会主义社会学概括和阐述了中国特色社会主义运行的特点和规律，以及化解社会矛盾和解决社会问题的理论与方式，初步形成了中国特色社会主义社会学的理论体系。本书力求概述和阐释中国特色社会主义社会学的概念体系、框架体系、学术体系和话语体系。

（2）实践性。 就是着眼总结、分析、研究中国特色社会主义的宏伟实践，反映中国特色社会主义社会学的形成和发展历程，并阐述主要内容，为中国未来社会发展提供思路和启示。

从根本上说，中国特色社会主义伟大事业是从 1978 年底党的十一届三中全会开始的。在这次全会上，党中央作出了把党的工作重心转移到经济建设上来，实行改革开放的伟大决策。40 多年来，中国特色社会主义事业取得了举世瞩目的伟大成就，最显著的标志是实现了国民经济长期持续快速增长，社会大局保持长期持续稳定发展。改革开放成为当代中国最鲜明的特征、最壮丽的气象，极大地改变了中国的面貌、中华民族的面貌、中国人民的面貌，为实现中华民族伟大复兴提供了充满新的活力的体制保证和快速发展的物质条件。在建设和发展中国特色社会主义的伟大实践中，产生和发展了中国特色社会主义社会学，并取得了重大进步。中国特色社会主义社会学的产生、发展和进步，也有力地推动了中国改革开放和社会主义现代化建设。本书力求揭示和阐释改革开放以来开创和发展中国特色社会主义的实践对中国特色社会主义社会学产生和发展的过程，以及中国特色社会主义社会学对社会实践的积极作用。

（3）创新性。 就是以社会学的视角，对中国实行改革开放以来的丰富实践进行创新性的解读和提炼，力求形成一些具有原创性的理论概念和命题。同时，对中国特色社会主义社会学研究框架、研究思路、研究逻辑、研究方法作一些尝试性的探索与创新。理论的生命力在于创新。创新是哲学社会科学发展的永恒主题，也是社会发展、实践深化、历史前进对哲学社会科学的必然要求。

经过 40 多年的实践、探索和创新,我国社会学研究建设取得了重要进展,但是,仍然面临原创性不足的问题,在提出新理论、研究新问题、运用新方法等方面都尚有很大空间。当然,创新可大可小,揭示一条规律是创新,提出一种学说是创新,阐明一个道理是创新,创造一种解决问题的方法也是创新。因此,在本书编写过程中,我们特别注重对相关论断、分析、阐述有所创新、创造,形成自身特色,从总体框架的设计,到具体问题的分析,都力求具有一定创新性和创造性。

为了对中国特色社会主义社会学体系的形成、发展和主要构架作一个比较全面、系统的勾勒,本书共由 8 章组成。第一章,全书导论。主要阐述中国特色社会主义社会学产生和发展的时代背景、历史渊源、基本内涵,以及发展中国特色社会主义社会学的基本原则、主要路径、研究方法和重要意义等。第二章,社会价值论。主要阐释中国特色社会主义社会学的本质特征和核心价值理念,包括人民当家作主、以人民为中心、共同富裕、公平正义、社会主义核心价值观、人的全面发展与社会全面进步、人与自然和谐共生等社会价值理念。第三章,社会发展论。主要论述中国特色社会主义社会发展的理论基础、重点方面、实施路径和重要意义。第四章,社会改革论。主要展现中国特色社会主义社会发展和运行的动力和重点改革的领域,包括深化社会体制改革、户籍制度改革、社会保障制度改革、住房制度改革、收入分配制度改革、农村经济社会改革、城市社会改革等。第五章,社会结构论。主要阐发中国特色社会主义社会的社会结构演变,包括所有制结构、城乡结构、就业结构、人口结构、社会阶层结构、组织结构和家庭结构的基本特征和变动趋势。第六章,社会建设论。主要解析中国特色社会主义的社会建设现代化战略和主要方面,包括社会主义民主政治建设、社会主义精神文明建设、社会主义和谐社会建设、法治社会建设、健康中国建设、平安社会建设、美丽中国建设以及数字中国建设。第七章,社会治理论。主要叙述社会治理的内涵与意义、目标与任务、制度保障、社会治理体系和治理能力现代化建设。第八章,全球治理论。主要阐述人类社会发展趋势,坚守和弘扬全人类共同价值,构建人类命运共同体,彰显中国特色社会主义社会学的世界意蕴。

学习本书,应坚持以下原则和方法。

一是原理学习与专论学习相结合。本书一方面对中国特色社会主义社会学的基本原理展开叙述,同时也按照专论的方式组织了有关章节。因此,在学习本书的过程中，应该坚持基本原理学习和专论学习相结合，不仅应掌握中国特色社会主义社会学的一些基本理论和基本原理，还应该结合社会学的一些一般原理和理论进行学习；在专论学习中，各章基本是一个相对完整的专题叙述，但也应该同时结合其他一些专题性研究展开学习。

二是历史认知与未来把握相结合。本书具有很强的实践性和现实性，系统阐述了历史发展、方针政策和实践经验，反映了社会发展的历史轨迹。虽然在内容上主要是对中国特色社会主义伟大实践历史进程和现实状况的叙述分析，但实际上对未来发展趋势也具有很强的针对性和启示性。因此，在学习本书的过程中，必须既要注重认知历史过程和现实状况，又要看准未来趋势，审时度势，与时俱进。

三是理论思考与实践总结相结合。理论联系实际既是优良学风，也是一种重要的学习方法。本书涉及中国特色社会主义实践和社会学发展的诸多重要方面，是中国大地已经和正在发生的经验的阶段性总结和呈现，以及所进行的理论概括和升华。实践是十分丰富多彩、极为鲜活生动的，这要求我们必须不断将理论思考与实践总结结合起来，以深化和丰富理论和认识。

最后，需要指出的是，实践永无止境，研究也永无止境。本书对中国特色社会主义社会学的研究，仍然是一项探索中的成果，诸多内容还略显生涩，需要学界同仁一起共同努力，继续不断完善和深化研究。我们置身的新时代是一个需要理论而且一定能够产生理论的时代，是一个需要思想而且一定能够产生思想的时代。我们不能辜负了这个时代。面向现代化，面向世界，面向未来，中国特色社会主义社会学将随着中国特色社会主义伟大实践的深入推进而持续发展，不断丰富，日臻完善。

全面推进乡村振兴　助力实现中国式现代化

——"中国式现代化与乡村振兴"丛书*总序

（二〇二三年十一月）

以习近平同志为核心的党中央高度重视"三农"工作。随着脱贫攻坚战的圆满收官，我国解决了绝对贫困问题，全面建成小康社会，实现了第一个百年奋斗目标，已迈入第二个百年奋斗目标的新征程。党的二十大报告提出，到本世纪中叶，全面建成社会主义现代化强国。而全面建设社会主义现代化国家，最艰巨最繁重的任务依然在农村。要坚持农业农村优先发展，坚持城乡融合发展，畅通城乡要素流动，加快建设农业强国，扎实推动乡村产业、人才、文化、生态、组织振兴。全面推进乡村振兴，是新时代新征程推进和拓展中国式现代化的重大任务。

2023 年是贯彻落实党的二十大精神的开局之年。中央 1 号文件强调，要抓好两个底线任务，扎实推进乡村发展、乡村建设、乡村治理等乡村振兴重点工作，建设宜居宜业和美乡村，为全面建设社会主义现代化国家开好局起好步打下坚实基础。

任务既定，重在落实。进入"十四五"以来，党中央、国务院围绕保障粮食安全、巩固拓展脱贫攻坚成果、防止规模性返贫和全面推进乡村振兴重点工作，出台了一系列政策文件和法律法规，"三农"发展方向、发展目标、重点任务更加明确，工作机制、工作体系、工作方法更加完善，为乡村振兴战略推进奠定了基础。但是，由于"三农"工作是一个系统工程，涉及乡村经济、社会各个领域、各个环节、各类主体，仍然可能面临不少理论和实践问题。例如，如何处理农民与土地的关系、新型农业经营主体与小农户的关系、粮食安全与农民增收的关系、乡村发展与乡村建设的关系等等。全面推

---

*　"中国式现代化与乡村振兴"丛书，魏礼群主编，丛书共 6 本，包括《夯实粮食安全根基》、《加快乡村产业振兴》、《构建现代农业经营体系》、《推动农民农村共同富裕》、《促进农户合作共赢》、《建设宜居宜业和美乡村》，研究出版社 2024 年 1 月出版。

动乡村振兴工作的落实落地，需要深入研究解决许多问题和困难挑战。

习近平总书记指出，问题是时代的声音，回答并指导解决问题是理论研究的根本任务。理论工作者要增强问题意识，聚焦实践遇到的新问题、改革发展稳定存在的深层次问题、人民群众急难愁盼问题、国际变局中的重大问题、党的建设面临的突出问题，不断提出有效解决问题的新理念新思路新办法。

我们欣喜地看到，近年来，有些"三农"领域的理论工作者已经开始站在实现中国式现代化的新高度，加快推进农业强国建设，开展相关的理论研究和实践探索工作，并形成了一批成果。本套丛书的出版，可以说就是一次有益的尝试。丛书全套分六册，其中：

《夯实粮食安全根基》，系统介绍了粮食安全相关的基础知识和保障粮食安全涉及的粮食生产、储备、流通、贸易等多方面政策，通俗易懂地解答了人们普遍关心的粮食安全领域热点难点民生问题。

《加快乡村产业振兴》，结合乡村产业发展涉及的产业布局优化、产业融合发展、绿色化品牌化发展、产业创新发展，分门别类地就热点问题进行了概念解读、理论分析和政策阐释，并结合部分先进地区的发展经验，提供了部分可资借鉴的发展模式和案例。

《构建现代农业经营体系》，在阐释相关理论和政策、明晰相关概念和定义的基础上，回答了现代农业经营体系建设相关工作思路的形成过程、支持鼓励和保障性政策的主要内容、各项政策推出的背景和意义、政策落实的关键措施、主要参与主体、发展模式等问题。

《推动农民农村共同富裕》，围绕农民就业增收、经营增效增收、就业权益保障、挖掘增收潜力等多个方面，详细介绍了促进农民收入增长的政策、路径和方法。

《促进农户合作共赢》，通过对农民专业合作社的设立、组织机构、财务管理、产品认证、生产经营、年度报告、扶持政策等内容进行全面的解读，为成立农民专业合作社过程中在经营管理、财务管理、政策扶持等方面有疑问的读者提供了参考建议。

《建设宜居宜业和美乡村》，在系统梳理宜居宜业和美乡村建设已有做法、经验的基础上，全面介绍了农村厕所革命、农村生活污水治理、农村生活垃圾治理、村容村貌提升、农业废弃物资源化利用、乡村治理等领域的基础知识、基本情况、政策要求、技术路径、方法要领和典型模式，以及发达国家的做法经验。

六册丛书以乡村发展为主，同时涵盖了乡村建设和乡村治理两个领域，具有重要参考价值和指导意义。各册内容总体上分章节形式，体现清晰的逻辑思路；在章节内采取一问一答形式，便于使用者精准找到自己想要的问题答案。有的书册节录了部分法律和政策文件，可供实际操作人员查阅参考。

在丛书的选题以及编写过程中，各位作者得到了研究出版社社长赵卜慧、责任编辑朱唯唯等的大力支持和帮助，在此一并致谢！同时，由于水平所限，书中如存在问题和不足之处，请予以指正。

本套丛书付梓之际，应邀写了以上文字。是为序。

推进基层治理现代化的有益探索

——《基层治理现代化案例100》*序言

（二〇二四年一月）

　　基层是改革发展稳定的第一线，是各种矛盾和问题的聚集地。基层也是党的执政之基，力量之源。习近平总书记高度重视加强基层建设，强调指出："基层强则国家强，基层安则天下安，必须抓好基层治理现代化这项基础性工作"，并对推进基层治理现代化作出一系列重要论述，提出明确要求。

　　2021年7月，中共中央、国务院专门印发《关于加强基层治理体系和治理能力现代化建设的意见》，对加强基层治理体系和治理能力现代化建设作出了重要部署，明确指出，"基层治理是国家治理的基石，统筹推进乡镇（街道）和城乡社区治理，是实现国家治理体系和治理能力现代化的基础工程"。党的二十大进一步强调指出：积极发展基层民主，完善社会治理体系。推进基层治理现代化越来越重要，越来越受到党和国家以及社会各界的重视。

　　当然，怎么抓基层，如何推进基层治理现代化，还需要作深入研究。这是因为，基层工作本身十分庞杂。所谓"上面千条线，下面一根针"，基层就是那根针，方方面面的工作都得从这针眼里过。如此看来，基层治理似乎无所不包，抓基层治理重点应该抓什么、怎么抓，就成了一个值得思考和需要回答的重大课题。

一

　　首先需要明确的问题，基层治理的核心和重点任务究竟是什么？

　　基层治理涉及方方面面，既包括与群众息息相关的各项民生服务和基本

---

*　《基层治理现代化案例100》，叶俊东主编，中国言实出版社2024年1月出版。

公共服务体系建设，如教育、医疗、养老、托幼、物业、环境卫生、文体活动，等等；也包括中央各项决策部署在基层的落地实践，如移风易俗、维护治安、秸秆禁烧、调解纠纷、拆除私搭乱建，等等；还包括基层民主和法治建设。这些都属于基层治理的内容。

从根本上说，基层治理的核心，是把服务人民群众、造福人民群众作为出发点和落脚点，快速有效回应基层群众的各种诉求，高质高效把上级各项决策部署落实到基层，通过不断增强人民群众的获得感、幸福感、安全感，赢得群众对党和国家的信任和拥护，以巩固党在基层的执政地位。也就是说，基层治理更强调理念、目的和方法，注重治理体系和治理能力建设。围绕人民群众更好实现美好生活，巩固基层政权，快速有效回应人民群众的诉求，高质高效落实党和政府工作部署，这应该是基层治理工作的重点任务，也是推进基层治理现代化的着力点。

更进一步来看，基层治理的关键在于——诉求与回应。如何及时精准把握群众日益多元化的诉求？如何梳理整合个体多样复杂的诉求？如何引导群众的诉求预期？如何以尽量低的成本满足尽量多的合理诉求？如何配置资源以更高效满足群众诉求？如何统筹各方力量共同参与诉求回应？如何协调不同诉求之间的利益关系？等等。由此也可以理解，基层治理为何越来越受重视？因为这些问题都涉及广大人民群众的切身利益和美好生活需要。

党的十九大报告指出："中国特色社会主义进入新时代，我国社会主要矛盾已经转化为人民日益增长的美好生活需要和不平衡不充分的发展之间的矛盾。"美好生活的内容十分广泛，人民群众不仅对物质文化生活提出了更高要求，而且在民主、法治、公平、正义、安全、环境等方面的要求日益增长。由此，一些过去不那么强烈的诉求愈发强烈了，一些过去不那么凸显的问题凸显出来了。这样对社会治理也就提出了许多新的要求。

从现实看，城市社区服务不足、公共空间匮乏、小区环境脏乱、民意表达不畅、利益协调缺少平台、公共协作缺乏组织、物业矛盾频发、陋习难改，数字技术治理"赋能"与"负能"同时存在，等等，这些问题虽然日常而琐细，但因为日积月累、反复出现，已成为影响人民群众追求美好生活的严重障碍。以有效的、低成本的、群众认可度高的方式和途径，及时回应这些诉求、解决相关问题，是广大人民群众的迫切需要，也是推进基层治理现代化的重要任务。

二

毫无疑问，近年来各地越来越重视抓基层治理。重视当然是好事，但若重视而不得其法，基层治理现代化就可能走入误区，不仅不能取得预期的效果，甚至可能适得其反。从一些地方基层治理的做法看，显然出现了偏差和问题。

例如，加强统筹性是推进基层治理现代化的必然要求，许多地方基层治理也从过去多中心目标，切换到现在统筹多重目标，这是需要的。然而，在此过程中，也出现了基层承担的各项任务越发繁重，目标打架、多头重复下达任务、层层加码等乱象。

又如，基层治理越发讲究规范和精细，各地普遍加强了对治理过程的合规化管理。一些地方在强调坚持问题导向、结果导向的同时，还提出了"过程导向"。然而，在基层治理实践中，由于过于强调其中一方过程，反而相互干扰，滋生出"唯过程主义"等虚风。

再如，规范化和标准化是加强科学管理、推进工作提质增效的重要手段，也是基层治理现代化的内在要求。然而，规范化、标准化在一些地方却走了形变了味，基层干部心思全花在"描眉画眼"上，基层干部手脚被捆死，基层治理失去了应有的弹性和活力。

此外，提升基层政府服务能力，是推进基层治理现代化的重要内容。但是，部分地方一提服务型政府，就陷入包办思维，大包大揽，吊高群众胃口。部分群众也因此一味把政府当保姆，啥事都找政府，政府不办，就祭出信访等手段，给基层治理增添了难度。

还有，基层治理现代化需要通过网络收集诉求，通过大数据分析民意，通过社交软件传达任务……这些方法对于基层治理很有必要，但一些地方"为了信息化而信息化"，导致系统功能同质化严重，不仅没有为治理增效，反而成了"数字负担"。

类似种种现实问题表明，推进基层治理现代化不能生搬硬套，不能刻舟求剑，需要把握基层治理的特点，找到基层治理的正确方法，才能获得人民群众的认同和支持。

基层治理处理的常常是日常而琐细的问题，要防止用力过猛的操作，避免速战速决的倾向，不能把推进大项目、大工程那一套直接照搬过来；基层治理是一项综合性、系统性极强的工作，各部门必须统筹协调，防止单兵突进，各自为政；基层治理还是一项群众性、互动性极强的工作，很多时候，它不仅需要在业务上去处理问题，更需要在情感上去赢得信任、获得认同……总之，对于基层治理，光有重视还远远不够，必须要根据各地具体实际探寻适合自己情况的路径和方法。

三

这里展现在人们面前的《基层治理现代化案例100》一书，是一个关于基层治理方法的文章汇编。书内文章全部选自有"中华第一刊"之称的《半月谈》的公开报道。

《半月谈》是国内最早系统调研报道基层治理的媒体。自1980年创刊以来，《半月谈》的定位始终是"面向基层"，对基层新问题新动向比较敏感。早在2017年，《半月谈》即开设"基层治理现代化"专栏，每期刊发数篇稿件，直击基层干部的痛点，剖析基层治理的难点，反映群众身边的堵点，挖掘基层探索的亮点。相关报道舆论反响很大，主流媒体和社会各界纷纷跟进讨论，基层治理话题开始进入大众视野，受到越来越多的关注。

本书精选《半月谈》关于各地基层治理探索的100个案例，对更好理解基层治理的实质、掌握基层治理的方法，富有针对性和启发性。案例内容涉及面广，从以下三个方面重点把握，或可有更多收获。

一是党建引领。"以党建引领基层治理"不仅是由我国政治体制所决定，也因为党的组织在承担这一任务上具有天然优势。一方面，党的组织便于统筹和协调各方面资源，回应群众需求、解决基层难题；另一方面，党的组织又联系广大群众，覆盖面广，有各种正式和非正式途径深入群众开展基层治理。当然，党建引领不是事无巨细都由党委政府管起来，而是要在基层治理的重点领域、关键环节发力——在抓改革、建机制上发力，在统筹整合资源上发力，在动员组织群众上发力，在建强组织、培养人才上发力……让党建优势切实转化为治理效能。

二是群众参与。基层事务繁琐复杂，居民需求细碎多样，而公共投入总有限度，工作人员精力、能力也有限度，仅仅依靠党委政府，管不了也管不好。基层治理需要多元化力量的参与，而群众参与是共建、共治、共享的关键。历史上，我们党有非常丰富的群众工作经验，这个好传统到任何时候都不能丢。新时代，需要建立更多民事民议、民事民决的群众参与平台，识别、组织、支持群众里的热心肠、智多星、多面手发展群众自治组织，丰富群众参与基层治理的途径，不断提升动员群众、组织群众参与基层治理的广度和深度。

三是放权赋能。基层一线离群众最近，最能够把握群众的所思所想，最能够及时化解群众的难点堵点。只有把更多社会资源、管理权限和民生服务下放到基层，人力物力财力投放到基层，增强基层管理、服务、执法等方面能力，才能发挥基层情况熟、反应快的优势。因此，向基层放权、为基层赋能，推动治理重心下移，是近年来各地探索基层治理改革的重要方向。当然，放权赋能有学问，哪些放哪些不放、如何放基层才接得住、赋能怎样找准关键点，等等，这些问题仍然需要在实践中摸索回答。

他山之石，可以攻玉。本书所选案例，是近些年来中国推进基层治理现代化的有益探索、典型经验，对于其他地方而言，一定能有所启发、有所借鉴。

在此书付梓之际，应中国言实出版社之邀，写了以上文字。是为序。

评论篇

开拓社区经济理论与实践新领域

——《社区经济论》*读后感言

（一九九九年一月）

　　社区的产生由来已久。然而，将社区作为一种利益共同体并重视社区的发展，则是现代社会的事，特别是本世纪 50 年代联合国倡导社区发展运动后，世界各国的社区发展运动如火如荼，方兴未艾。相比之下，我国的社区意识却萌发较晚，在传统计划经济体制的束缚下，人们对社区存在不少模糊认识。就社区成员而言，人们只知有单位而不知有社区，只把社区当作单纯的居住场所，而很少将其看作社区成员的一种利益共同体予以关心和关注；就政府和社会组织层面而言，社区只有服务功能和社会控制、管理职能，至于社区经济与社会发展则是国家和政府部门的事，社区本身则不可能有所作为。

　　改革开放以来，尤其是90年代以后，这种状况有了很大改观。许多地方在建立社会主义市场经济体制的过程中，打破单位、部门的条块分割状态，重视社区整体发展，发挥社区的整合优势，取得了显著成绩。摆在我们面前的这部《社区经济论》，正是作者进行社区经济实践和理论探索的结晶。

　　本书在对社区和社区经济进行科学界定与国际比较的基础上，从中国国情出发，对我国社区经济和社区发展提出了自己独到的思路和见解。作者认为，在国家财力有限的情况下，社区的发展必须依靠自身的力量，打破所有制、隶属关系以及行政区域等多重局限，主要通过市场手段优化资源配置，使社区成为紧密联系、互惠互利、共存俱荣的利益共同体，由此建立起一种新型的具有社区特色的经济社会发展模式，并唤醒社区成员的社区意识，调动他们参加社区建设的积极性。围绕这一思路，作者对社区经济的基本结构、社区经济与可持续发展等问题进行了深入的理论探讨。

---

* 《社区经济论》，叶金生著，企业管理出版社 1997 年 9 月出版。

　　与进行单纯的社区发展理论研究不同，《社区经济论》一书研究思路更加开阔，更具有明显的实践指导意义。作者以邓小平理论为指导，充分吸收和借鉴现代社会科学前沿知识，着眼于社区，但又不局限于社区本身，使社区经济建设的理论建立在深厚而广阔的现代经济学、社会学及城市学理论基础之上。作者既有着扎实的理论功底和渊博知识，又有较为丰富的社区实际工作经验，这使他在社区经济的认识和研究方面具备了独特的优势。理论与实践相互交融，形成了本书的显著特色。例如，书中在谈到社区经济发展中所遇到的各种矛盾时，因为其中有作者的甘苦体验，所以分析得鞭辟入里，是一般作经济研究的学者所不及的。在论述社区经济中的政府职能时，同样很有见地。他十分强调政府对社区的市场设计、引导、协调、整合等职能，显然也是带有经验总结性质而又不乏理论智慧的精辟之论。

　　社区经济，对于我国来说是一个全新的经济活动领域。社区经济研究，在我国学术界还是一块未被开垦的处女地。我们寄希望于作者在社区经济这块处女地里耕耘不辍，使这一理论体系更臻完善，成果更丰硕，为发展和建设有中国特色社会主义的政治、经济、文化事业服务。

加强理论和实践创新　推动社会建设不断发展

——在"中国社会建设理论与实践"研讨会暨

《北京社会建设60年》*出版发布会上的讲话

（二〇〇八年十一月）

很高兴参加今天的会议。首先，祝贺《北京社会建设60年》一书出版发行。社会建设是国民经济和社会发展的重要组成部分，党的十七大将我国现代化建设的总体布局由社会主义经济建设、政治建设、文化建设三位一体，发展为社会主义经济建设、政治建设、文化建设、社会建设四位一体，这是我们党对中国特色社会主义事业的新认识、新概括，在理论和实践上都具有重大意义。加强社会建设体现了中国特色社会主义的本质要求，体现了深入贯彻落实科学发展观、构建社会主义和谐社会的必然要求，也体现了实现全面建成小康社会奋斗目标的迫切要求。

加强社会建设，就要加强对社会领域重大问题的调查研究和理论研究，包括加强对社会结构发展变化的调查研究，深刻认识和分析阶层结构、城乡结构、区域结构、人口结构、就业结构、社会组织结构等方面情况的发展变化和发展趋势，以利于正确把握在发展社会主义市场经济和对外开放的条件下我国社会发展的特点和规律，更好地推进社会建设和管理。要加强对社会利益关系发展变化的调查研究，深刻认识和分析我国社会利益结构、利益关系等方面情况的发展变化和发展趋势，以利于不断完善政策措施，更好地统筹各方面的利益关系和利益诉求。要加强对维护社会稳定问题的调查研究，深刻认识和分析公共安全、社会治安等方面情况的发展变化和发展趋势，以利于健全维护社会稳定的有效机制，更好地推进社会建设和管理，保证广大人民群众安居乐业和国家长治久安。

做好任何一项工作都离不开理论指导。与社会主义经济、政治、文化建

---

* 《北京社会建设60年》，陆学艺主编，科学出版社2008年10月出版。

设一样，我们对社会主义社会建设的理论研究和实践探索还有大量工作要做，尤其需要在实践的基础上推进理论创新。要加强马克思列宁主义、毛泽东思想、中国特色社会主义理论体系中关于社会建设理论的研究，并用来指导我们构建社会主义和谐社会的各项工作。要通过深入系统的理论研究，深化社会建设特点和规律的认识，使我们推进中国特色社会主义的伟大事业更加富有成效。

今天，呈现在我们面前的《北京社会建设 60 年》一书，就是对北京社会建设进行全面、系统调查研究的重要成果。在陆学艺教授的带领下，北京工业大学人文学院学术团队经过两年多细致的深入调查，严谨的学术思考，推出了这部力作。这部著作从社会结构、社会事业等诸多方面，对北京社会建设 60 年历程进行回顾和总结，不仅指出了北京在社会建设中取得的巨大成就和积累的宝贵经验，也指出了北京社会建设面临的严峻挑战和繁重任务，并提出了相关的政策建议。这部著作不仅是对北京多年来社会建设的重要总结，同时对于总结和推进全国社会建设具有重要借鉴意义。

当前我国处于改革发展的关键时期，经济体制深刻变革，社会结构深刻变动，利益格局深刻调整，思想观念深刻变化。这种空前的社会变革，给我国发展进步带来巨大活力，也必然带来这样那样的矛盾和问题。随着工业化、信息化、城镇化、市场化、国际化、现代化深入发展，我国各项事业发展面临着一系列新课题。人民群众对经济社会发展提出了新要求新期待，社会建设和社会管理面临许多新任务。正是这样，我们党在十七大上提出了全面建设小康社会目标的新要求，特别是强调加快推进以改善民生为重点的社会建设。我衷心地希望北京工业大学人文学院这支富有活力的学术团队继续加强社会建设方面的研究，深入研究北京社会建设方面的问题，同时进一步拓展研究领域，加强全国社会建设方面的研究，为推动科学发展、促进社会和谐，为形成和发展中国特色的社会学理论，夺取改革开放和社会主义现代化事业的新胜利，作出更大的贡献。

最后，预祝大会圆满成功。

回顾十年奋斗历程　坚持推进西部大开发

—— 在曾培炎《西部大开发决策回顾》*一书
发布会上的发言

（二〇一〇年三月）

实施西部大开发战略，是党中央、国务院十年以前作出的一项重大决策。十年来，西部大开发既谱写了西部地区加快发展的辉煌篇章，又为全国经济社会发展开拓了广阔空间，作出了重大贡献。

回顾西部大开发的决策过程和走过的道路，总结西部大开发的经验和有益启示，探讨继续推进西部大开发的方略和举措，很有意义。近十年来，我有幸在国务院研究室的岗位上工作了八年，也就是中央酝酿、提出和正式实施西部大开发的阶段，我直接或者间接地为西部大开发决策的制定、实施做了一些应该做的工作。

西部大开发战略实施的一系列决策和工作部署，历历在目，感受颇深。我深深感到，西部大开发的战略决策和一系列重要方针、重点任务和重大工程，都是党中央、国务院领导同志深入基层调查研究后确定的。

我刚才与原西部大开发办公室负责人王志宝同志一起回顾了参与西部开发工作的一些往事。从退耕还林、退牧还草的方针，到西部大开发重点任务的提出、完善，都是国务院领导深入大西北、大西南地区进行调查研究之后确定下来的。我记得一件印象深刻的事儿，就是朱镕基总理在云南进行调查研究之后，为了及时发表一篇新闻稿，我与有关人员从晚上9点一直写到第二天早晨6点。那一篇新闻稿，朱镕基总理将西部大开发重点任务和重要部署，都明确地提出来了。当然，还有很多往事，我就不再一一列举了。

我们感到非常高兴的是，在中央实施西部大开发战略十周年之际，国务院原副总理、中国国际经济交流中心理事长曾培炎同志编写了《西部大开发

* 《西部大开发决策回顾》，曾培炎著，中共党史出版社、新华出版社 2010 年 3 月出版。

决策回顾》一书，这是十分有意义的事，书中记述了实施西部大开发的许多往事。这两天我有幸先睹为快，已经拜读了这部大作，它是具有历史文献意义的著作，很受启发。

回顾和展望西部大开发，我认为可以得出四点基本认识：一是成效显著；二是经验丰富；三是任重道远；四是前景广阔。

第一，成效显著。党中央、国务院高度重视实施西部大开发战略，采取了一系列战略部署和举措。朱镕基总理、温家宝总理多次主持西部大开发领导小组会议，多次召开全国西部大开发会议，作出工作总结和部署。我昨天晚上看电视，温家宝总理再次主持西部大开发领导小组会议，研究今年西部大开发的工作部署和进一步实施西部大开发战略的意见。这十几年里，国家在规划指导、政策扶持、资金投入、项目安排、人才交流等方面不断加大对西部地区的支持力度，西部大开发展现出一幅幅壮观的画卷，取得了举世瞩目的成就。刚才培炎同志做了非常全面、准确的概括。我认为最重要的标志就是西部地区进入快速发展时期，综合经济实力大幅度增强，基础设施建设全面推进，取得多方面重大突破。优势产业加快发展，特色经济方兴未艾，生态环境保护得到加强，重点生态工程积极推进，各项改革深入推进，对外开放不断扩大，社会事业全面进步，人民生活明显改善。这些成绩不仅为西部地区加快经济社会发展，缩小同东部地区发展的差距奠定了基础，也为进一步扩大国内有效需求，推进改革开放和现代化建设开拓了更为广阔的空间。

第二，经验丰富。西部大开发在完成艰巨任务的过程中，也积累了很多宝贵的经验。刚才，培炎同志进行了非常深刻的阐述。我完全赞同他的概括。我认为在西部大开发过程中，坚持统筹规划、合理布局，全面推进、重点突破，发挥优势、扬长避短，深化改革、扩大开放，政府引导、市场运作，自力更生、多方参与。这些都是非常宝贵的经验。在波澜壮阔的伟大实践中，获得了深入推进西部大开发的重要启示，包括要准确把握国内外发展的大势，构筑经济社会发展的新格局；要发挥社会主义的政治优势，办好事关全局的大事；要树立科学发展理念，妥善解决突出问题；要保持政策的连续性和稳定性，着力提高政府的公信力和执行力。这些启示应当高度重视，倍加珍惜。

第三，任重道远。西部大开发第一个十年取得了良好开局，打下了坚实基础，但是由于历史、自然、地理等因素，西部地区发展的基础还十分薄弱，特别是结构性、体制性问题突出，内生活力和动力不足，矛盾和困难依然很多，同东部地区的差距还很大。我们国家要实现全面建成小康社会的奋斗目标，在西部大开发方面应该有四个"必须更加"：就是必须更加深刻地认识继续实施西部大开发的必要性和重要性，必须更加充分地估计西部大开发的长期性和艰巨性，必须更加自觉地把西部大开发放到十分突出的战略位置，必须更加切实地把推进西部大开发作为重大的历史任务。

前两天，胡锦涛总书记在宁夏考察时提出，要以更大的决心、更强的力度、更有效的措施，推动西部地区又好又快发展。要进一步加强规划指导，进一步完善扶持政策，进一步加大资金投入，进一步在新上项目方面倾斜，进一步扩大人才交流，进一步深化改革开放。我认为这六个"进一步"，是全面开创西部大开发新局面所必需的。只有这样，西部大开发才能够再上一个新台阶，提高到新水平，也才能协调推动中国社会主义现代化事业的伟大进程。

第四，前景广阔。中国西部地区已经进入全面开发、开放的新阶段。我们相信，在党中央、国务院的坚强领导下，在全国各方面的大力支持下，经过持之以恒的艰苦奋斗，到本世纪中叶，全国基本实现现代化时，一定会把广袤的西部大地建设成为一个经济繁荣、政治稳定、文化兴旺、民族团结、人民富裕、社会安定、山川秀丽的美好地区。

为构建中国特色应急管理体系积累经验

——在《中国应急管理报告（2010）》[*]编委会座谈会上的讲话

（二〇一一年三月）

《中国应急管理报告（2010）》（以下简称《报告》）一书，作为中国应急管理领域第一部白皮书性质的年度《报告》正式出版发行之际，今天我们召开《中国应急管理报告》编委会座谈会，回顾总结去年工作，研究商议今年任务，很有意义。首先，我代表《报告》编委会，对《中国应急管理报告（2010）》的顺利出版，表示热烈的祝贺！对尹力副部长及各位编委在百忙中抽出时间参加今天的座谈会，表示诚挚的欢迎！借此机会，对积极参与《报告》编写、出版、发行的有关部委、地方政府、应急管理部门领导同志和所有工作人员，表示衷心的感谢！

当今世界，各种危机和突发事件频发。切实加强应急管理，有效预防、应对、处置各种危机和突发事件，成为世界各国和人民面临的共同课题。中国是世界上各种危机和突发事件多发的国家之一。一部中华文明发展史，从一定意义上讲，就是不断应对各种灾害、战胜各种灾难的奋斗史。新中国成立以来，特别是近些年来，党中央、国务院高度重视应急管理问题，全面推进应急管理工作，在全力应对各类重特大突发事件中，不断总结经验、探索规律，使我国应急管理综合能力有了显著提升，在有效应对近年来发生的南方部分地区低温雨雪冰冻灾害、四川汶川和青海玉树特大地震、甲型 H1N1 流感疫情、西南地区干旱、山西王家岭矿难、甘肃舟曲特大山洪泥石流等各类重大突发事件中，在成功举办北京奥运会、上海世博会、广东亚运会等各类重大活动中，取得了令世人瞩目的成绩，对"十一五"期间我国经济社会发展发挥了重要作用。

---

* 《中国应急管理报告（2010）》，魏礼群主编，红旗出版社 2011 年 3 月出版。

由于我国特殊的地理气候条件、自然环境和人口众多等，加上目前我国正处于工业化、信息化、城镇化、市场化、国际化快速发展时期，我们面临的各种矛盾和问题前所未有，应对各种危机和突发事件任务的艰巨性、复杂性、繁重性世所罕见，不断总结经验教训，全面加强应急管理工作，大力推进应急管理能力和水平的提升，成为"十二五"乃至今后很长一段时期，我们面临的一项十分重大而紧迫的战略任务。

正是基于上述考虑，我们在筹建国家应急管理人员培训基地过程中，感到有必要通过组织编写中国应急管理年度报告的形式，汇聚各方面的智慧和力量，对每年的应急管理工作进行全面回顾总结。为构建和完善中国特色应急管理体系积累经验，为不断改进应急管理工作、全面提升应急管理能力提供帮助和借鉴，为全面推进应急管理教学培训、科学研究、决策咨询和国际交流合作等提供服务平台，为促进科学发展、和谐发展，实现"十二五"时期经济社会发展目标任务提供支撑。我们的这一设想，得到了马凯国务委员的赞成和国务院应急办的大力支持，也得到了民政部、卫生部、安全监管总局等部门和一些地方政府及应急管理部门的积极响应。国务院应急办领导多次审阅修改《报告》编写方案，反复修改审定《报告》全书，并责成相关处、派出专门人员自始至终指导、参与这项工作，从框架的确定、材料的组织、案例的提供等各方面给予了全面指导和支持。民政部、卫生部、安全监管总局等部门派出精兵强将，参与框架的讨论修改、材料的组织撰写以及修改完善。北京、广东、江苏、山东、四川、陕西、吉林等地方政府和应急管理部门在典型经验和案例材料的提供等方面也给予了积极配合。作为《报告》组织编写的牵头单位，国家行政学院更是积极主动地履行自己的职责，学院应急管理培训中心抽调专门力量，组成专门的编辑部，负责从方案设计、内容整合到修改出版等一系列工作。可以说，《中国应急管理报告（2010）》一书是大家协调配合、共同努力的结果，凝聚了各方面的智慧和力量。

统观《报告》全书，与国内已出版的同类书相比，具有以下三个显著特点：**一是权威性、客观性。** 参与《报告》组织编写的都是我国应急管理领域的权威部门和机构，是应对各类重特大突发事件的主管部门和处置机构，也是各类突发事件管理法律法规和政策的制定部门和机构。为本书所提供的数据、案例、材料和情况等，既全面客观，又准确权威。特别是《报告》的整个组织编写工作，自始至终是在国务院应急办直接指导和参与下进行的，每一个数据、每一个案例、每一份材料都进行了反复的审核、斟酌和修改，其准确性、客观性和权威性非一般《报告》所能比拟。**二是全面性、系统性。**《报告》既有全国应急管理工作的总体概况，又有分类分析；既有地方政府应急管理工作经验介绍，又有各行各业应急管理工作创新专题分析；既有年度重特大应急管理典型案例，又有应急管理工作年度大事记；既有应急管理工作成功做法和经验的总结介绍，也有存在问题的全面分析和相关对策建议，全面性、系统性非常强。一册在手，可总揽全年应急管理情况，是从事应急管理理论研究不可多得的资料数据库，也是从事应急管理实际工作不可缺少的工具书。**三是创新性、指导性。**《报告》通篇贯穿了应急管理工作创新这一主线。无论是全国应急管理工作总体概况的介绍，还是分类综述；无论是地方应急管理工作的典型介绍，还是分专题分析；无论是典型案例的选择，还是大事记的编写，都突出了应急管理工作创新这一主线。可以说，《报告》是年度应急管理工作创新的系统总结和集中反映。同时，《报告》始终坚持将指导应急管理实际工作作为编写的根本出发点和落脚点，无论是框架的设计还是内容的编排；无论是文字的表述，还是角度的选择，都突出强调对应急管理实际工作的指导性。应急管理实际工作者认为，《报告》的指导性非常强，从中不仅可以了解全国的应急管理情况，而且能学到许多成功的做法和经验。

当然，由于是第一次组织编写，加上时间仓促，《报告》也还有不尽完善的地方。比如，出于保密等因素的考虑，《报告》中缺少社会安全和管理方面的内容；由于启动时间晚，《报告》反映的是 2009 年的应急管理工作，显得有些滞后等。这些都有待于我们在今后的《报告》编写中加以改进。

组织编写中国应急管理年度《报告》，是一项政治性、政策性、业务性都非常强的工作。做好这项工作，意义重大。既需要紧紧围绕党和国家工作大局来谋划和推进，也需要从应急管理工作实际出发来组织和落实。借此机会，我想就进一步组织编写好和使用好中国应急管理年度《报告》，提出四点建议：

第一，提高认识，加强领导。要把组织编写好和使用好中国应急管理年度《报告》，同深入学习贯彻胡锦涛总书记等中央领导最近在省部级主要领导干部社会管理及其创新专题研讨班开班式上的重要讲话精神结合起来；同学习贯彻全国"两会"精神结合起来；同加强和创新社会管理，提高社会管理科学化水平结合起来；同最大限度激发社会活力、最大限度增加和谐因素，最大限度减少不和谐因素，促进社会和谐稳定和公平正义，为实现"十二五"时期经济社会发展目标任务凝聚强大力量结合起来；同进一步加强和改进应急管理工作，建立健全中国特色应急管理体系结合起来。要站在全面建成小康社会、实现国家现代化的高度，充分认识做好这项工作的必要性和重要性，积极投入这项工作。

第二，丰富内容，完善体系。要在全面总结去年编写《报告》经验的基础上，不断丰富内容，包括增加"应急管理权威论述"、"应急管理政策、法律、法规"、"应急预防与风险管理"等内容，特别要加强与公安、政法、维稳等部门的沟通协调，争取补上社会安全和管理等方面的内容。要进一步全面总结和反映各级地方政府和社会各行各业应急管理的创新做法和经验，增加上海世博会、广东亚运会等各类重大活动的成功经验和运行模式等内容，突出我国的政治优势和体制优越性。要采取各种切实有效的措施，不断增强《报告》的权威性、客观性、全面性和可读性，今年编写时可适当增加图表、图片、相关链接资料和英文目录等，也可做成多媒体检索光盘，以进一步丰富内容、完善体系。

第三，加强协调，提高质量。国家行政学院作为《报告》组织编写的牵头单位，要主动承担责任，切实加强与国务院应急办、民政部、卫生部、公安部、中央政法委、中央维稳办、军队和武警部队等单位和部门的沟通协调，争取他们的指导和支持。要为《报告》的组织编写和出版提供良好条件，要严把选题、编写、编辑和出版质量关。编委会各成员单位之间也要进一步加强协调配合，做好资料、案例的收集整理等工作，不断提高《报告》编写质量。从今年开始，我们要建立健全编委会主任会议、编委会单位联络人会议及编辑部人员会议等制度，定期沟通交流情况，及时研究解决编写过程中遇到的各种困难和问题。力争每年的5月份形成《报告》初稿、6月份出版发行。

第四，加强宣传，扩大影响。《报告》出版后，争取每年举行一次首发式，邀请社会各界人士参加，以加大宣传力度。同时，定期召开《报告》编写、出版、发行、使用座谈会，认真听取社会各界对《报告》编写出版的意见建议，交流编写、出版、发行、使用《报告》的经验和体会。编委会各成员单位要率先在本部门、本系统做好《报告》组稿、宣传、学习、发行等工作，要把组稿、宣传、学习、使用《报告》同总结、改进本部门本系统应急管理工作，提高应急管理能力水平有机结合起来。《报告》编委会可通过开展读、评、用《报告》座谈会、经验交流会、评选中国应急管理创新奖等多种形式，对组稿、宣传、发行、使用《报告》工作做得好的部门和单位给予适当表彰和奖励。条件成熟的话，也可同时出英文版《报告》，以扩大影响，发挥《报告》的作用。

我相信，有党中央、国务院的坚强领导，有国务院应急办的大力指导和支持，有编委会各成员单位的积极配合和共同努力，我们一定能把中国应急管理年度《报告》打造成在国内外有影响力的品牌，一定能为构建和完善中国特色应急管理体系，促进经济社会科学发展，实现全面建成小康社会的宏伟目标作出积极的贡献。

努力扩大消费　促进经济社会协调发展

——在迟福林主编的《消费主导：中国转型大战略》*一书首发仪式上的讲话

（二〇一二年二月）

首先，祝贺迟福林同志又一部力作问世。我非常高兴参加今天这个座谈会，主要原因有两个。一是《消费主导》这部大作具有非常重要的意义，它涉及我们国家发展的一个大战略。二是，改革开放以来，我一直在关注和研究积累与消费关系问题。早在我国改革开放之初，我们国家进行经济结构调整，最突出的是积累和消费关系严重失调。当时国家计委领导给我一个任务，就是研究积累和消费的关系，积累率的杠杠划在哪里合适？我从理论和实践的结合上作了系统、全面的研究，为中央决策提出了有重要参考价值的建议。至今印象很深。

下面，我谈三点认识。

一

我认为这本书有三个鲜明特点。

第一，主题重大。它抓住我们国家当前发展战略中至关重要的命题，也是我们国家经济社会发展中的突出矛盾，就是要调整投资和消费关系严重失调的问题。要扩大消费，明显提高消费占 GDP 的比重，主题非常鲜明。

第二，思路开阔。从历史到现实，从国外到国内，从生产到消费，从发展到改革，从各个角度、各个方面研究问题，思路是开阔的。

第三，方法科学。既有理论的分析、研究，又有实证性研究，把定性和

＊《消费主导：中国转型大战略》，迟福林主编，中国经济出版社 2012 年 2 月出版。

定量很好地结合起来。采取两步走，把消费提高到 60% 以上，这是有定量的分析。

总之，这三大特点凸显了中国（海南）改革发展研究院作为我们国家重要智库的显著特点。作为智库，就是要研究国家的大战略，而且能够提出可供领导选择的决策思路。这是我谈的第一点认识。

二

对于扩大消费，我的基本观点是：

第一，我认为当前研究扩大消费问题，提高消费在 GDP 中所占比重，关系我国经济社会发展全局，重大意义不言而喻。

第二，必须弄清基本的理论问题，比如生产和消费的关系问题。这是马克思主义政治经济学的基本知识。生产决定消费，消费反作用于生产，也可以说，没生产就没有消费，没有消费也不能再生产，这是基本理论问题。生产和消费关系协调，经济才能良性循环。上个世纪 80 年代，调整积累和消费关系，伴随着一场重大的理论研讨，就是要遵循社会主义基本经济规律，开展了社会主义生产的目的的大讨论。我认为，社会主义基本经济规律没有过时，社会主义生产的目的是为了满足人民不断增长的物质文化生活的需要，这个不能变。理论上清晰，行动上才能坚定。应当大力提倡从基本理论上弄清楚投资与消费的关系。

第三，从我们党和国家决策部署来看，已经把调整投资和消费的关系作为重大方针。坚持科学发展是主题，转变发展方式是主线，已经作为我们党和国家重大的战略问题和指导思想。抓住调整投资和消费关系这个重要环节，就可以把当前一些问题很好地解决。党的十七大报告和最近中央一系列决策特别强调这个方面，把协调投资与消费关系、转变经济发展方式作为重要任务，形成消费、投资、出口共同拉动经济增长的新格局。这是我谈的第二点认识。

三

第三点认识，这本书论述了解决投资消费关系失调的问题，特别是在提高消费所占比重方面，并提出了一些创新性的观点、创新性的思路，很有思想启迪的作用。

第一，明确强调消费主导。这在当前投资消费关系严重失调的状况下，是在大声疾呼，也是符合加快转变经济发展方式要求的。中央早已明确提出转变经济发展方式的要求，但在实践上还没有真正走上轨道。

第二，明确提出调整投资结构。多年来既有投资规模过大的问题，也有投资结构不合理的问题。投资结构决定了生产结构、产业结构，从而影响投资和消费关系，要把投资更多用到社会建设和生态环境建设方面。

第三，强调深化改革。必须推动投融资体制、分配体制、行政体制、社会体制、文化体制各方面的配套改革，这样才能解决经济发展中的深层次问题。

第四，强调政府职能转变。这是关键性的。尽管这些年政府职能转变做了大量工作，但还有许多问题需要进一步解决。要坚定不移地把行政体制改革和创新推向前进。

始终坚持改革创新精神

—— 在高尚全从事经济工作 60 年暨《中国改革新论》*、《人民本位论》*出版发行座谈会上的发言

（二○一二年十一月）

今天，参加"高尚全同志从事经济工作 60 年暨《中国改革新论》、《人民本位论》出版发行座谈会"，感到非常高兴。

首先，我对尚全同志从事经济工作 60 年表示敬意，对两本大作问世表示祝贺！今天举行这个座谈会和这两本书出版发布会议，既是对尚全同志的敬重，也为我们提供了向尚全同志学习的机会。在座的不少同志，和尚全同志共事时间比我长，相识、相知比我深。我从 1984 年就和尚全同志相识，有不少工作上的接触，也近 30 年了。这些年来，我从尚全同志身上学到很多东西，特别是尚全同志经济改革理论功底深厚，实践经验丰富，对我工作有过多方面帮助。改革开放是党在新的时代条件下带领人民进行的新的伟大革命，是发展中国特色社会主义、实现国家现代化和中华民族伟大复兴的必由之路，改革开放 30 多年来取得了举世瞩目的巨大成就。这是全党全国人民共同奋斗的结果，是经济理论界和实际工作者奋力探索创新的结果。尚全同志以其经济改革理论研究和实际工作创造的显著成绩，为改革开放伟大事业深入推进和成功开拓作出了积极的贡献。尚全同志对我国经济改革理论研究、一系列改革方案制定和政策措施的形成发挥了重要作用。这是有目共睹的，刚才大家也讲过了。我想借此机会，谈谈自己印象最突出的几点：

（一）**尚全同志始终坚持昂扬的改革精神。**1984 年第一次相识，是在研究计划体制改革方案中，他对计划体制的种种弊端看得深，提出坚决改；以后他担任经济体制改革委员会领导职务，更是大力推进改革；从领导岗位退

---

* 《中国改革新论》，高尚全著，人民出版社 2012 年 12 月出版。

* 《人民本位论》，高尚全、傅治平著，人民出版社 2012 年 11 月出版。

下来后，还是锐意进行改革理论和实践的探索。尚全同志长期担任中国经济体制改革研究会和中国（海南）改革发展研究院领导职务，为中国经济体制改革研究会和中国（海南）改革发展研究院的创立和发展作出了突出的贡献。今年 6 月 17 日，中国行政体制改革研究会举办的第三届中国行政改革论坛，我邀请他参加。尚全同志不顾高龄、冒着酷暑参加会议，还发表了"改革攻坚必须不动摇"的演讲，不遗余力地为推进改革鼓与呼。这种执着的改革精神令人钦佩。

（二）**始终坚持改革的市场化方向。**这是建立和完善社会主义市场经济体制改革的基本方向。尚全同志从政企分开到培育市场体系，特别是发展劳动力市场，以及完善宏观调控体系都有理论建树和政策主张。他经常强调要坚持社会主义市场经济改革方向；从撰写文章到提出决策咨询建议，都鲜明地坚持改革的市场化取向。这些对坚持改革的正确方向起到了很好促进作用。

（三）**始终坚持全面推进改革。**在经济体制改革领域作出突出成绩，在行政体制改革领域也多有睿智之言、务实之策。最有影响的是出版大作《政府转型》，系统地提出了转变政府职能的理论和举措。行政体制改革是整个体制改革的中心环节和关键所在，是政治体制改革的重要内容。坚持和发展中国特色社会主义，必须全面深化改革。

（四）**始终坚持改革理论与实践相结合。**尚全同志既有改革理论建树，又有改革实际工作经验，做过多年经济体制改革委员会领导工作。在研究工作中理论联系实际，数十次向中央建言献策，不少建议得到党中央、国务院领导和有关部门的重视，作为决策参考和依据。他多次参加党代会报告和中央全会重要文件起草，发表过不少重要观点和意见，有些被吸收在中央的决策部署中。

尊老敬贤是我国人民的优良传统。今天座谈会不仅是纪念尚全同志从事经济工作 60 年，也不仅是庆贺两部大作出版，更是宣传学习尚全同志的改革创新精神。党的十八大报告的主线，是坚持和发展中国特色社会主义，提出了全面建成小康社会和全面深化改革开放的目标；作出了加快完善社会主义市场经济体制和加快转变经济发展方式的部署。实现党的十八大确定的目标任务，必须学习尚全同志的改革创新精神，深入研究改革开放攻坚阶段的理论创新和实践创新问题，为推进改革开放大业，为建立完善的社会主义市场经济体制、全面建成小康社会，作出我们自己的贡献。

积极推进社会治理体制创新

——在第四届中国社会治理论坛暨《社会体制改革报告（2014）》*发布会上的致辞

（二○一四年四月）

今天我们在这里举办新闻发布会，有两项重要内容：第一项是第四届中国社会治理论坛预告新闻发布会，前三届是叫中国社会管理论坛，这一次根据党的十八届三中全会精神，我们把"中国社会管理论坛"改为"中国社会治理论坛"；第二项重要内容是举办第二本《社会体制蓝皮书》发布会，去年举行了《社会体制改革报告（2013）》发布会，今年举行《社会体制改革报告（2014）》发布会。首先，我代表主办方，向莅临发布会的各位嘉宾、新闻媒体朋友们表示热烈的欢迎和衷心的感谢！

2014年，是深入贯彻落实党的十八届三中全会精神、全面深化改革的开局之年，是完成"十二五"规划的关键之年。为推动社会治理理论与实践创新，第四届中国社会治理论坛以"创新社会治理体制"为主题，将于2014年5月18日在北京师范大学举行。

举办论坛，是中国社会管理研究院持续建设的重要品牌活动之一，也是中国社会管理研究院面向现代化、面向世界、面向未来，建设中国特色的、新型的、一流的智库的重要依托。中国社会管理研究院成立大会当天就举办了首届中国社会管理论坛，历届论坛有关领导和知名专家云集，成果丰硕，社会影响广泛。本届论坛由北京师范大学中国社会管理研究院、中共北京市委社会工作委员会、中国社会科学院社会学研究所、中国社会工作协会和清华大学社会科学学院共同主办。这次论坛主题重大，内容丰富，层次更高，可以说这五家主办方是代表当前中国社会管理研究的重要单位，我们将凭借

---

* 《社会体制改革报告（2014）》，龚维斌主编、赵秋雁副主编，社会科学文献出版社2014年4月出版。

论坛优势，更加彰显特色。

本届论坛根据党的十八届三中全会提出的全面深化改革的总目标，推进国家社会治理体系和社会治理能力现代化，围绕创新社会治理体制、加强法治社会建设、改进社会治理方式、激发社会组织活力、健全公共安全体系、完善社会保障制度，这些都是人民群众最直接、最关心、最现实的热点、难点和焦点问题，邀请国家有关部门、国内外专家学者作理论探讨和经验总结，涉及社会治理的理论问题、政策问题和实践问题。这一次将是一个社会治理领域思想的盛宴、智慧的大餐，会吸引更多的嘉宾和朋友参加。

今天举行论坛新闻发布会，同时举办《社会体制蓝皮书》发布会。这部书是由国家社会科学基金特别委托重大项目"中国社会管理创新研究信息库"和中国行政体制改革研究会行政改革基金资助，国家行政学院社会治理研究中心和北京师范大学中国社会管理研究院组织编写。全书有总报告、基本公共服务篇、社会管理体制篇、现代社会组织体制篇、社会管理机制篇和社会创新案例篇、大事记七个部分构成，从不同方面反映了2013年我国社会体制改革的进展情况，取得的成绩以及存在的问题分析。同时对2014年社会体制的改革进行了研究和探讨。这部书资料翔实，有理有据，论述平实流畅，可读性强。不少作者是相关领域的领导干部、专家学者，具有较高的权威性。

最后，祝贺《社会体制改革报告（2014）》成功问世，期待5月18日第四届中国社会治理论坛顺利召开。预祝第四届中国社会治理论坛暨《社会体制蓝皮书》新闻发布会圆满成功！

正确处理市场决定与政府有为的关系

——在《市场决定：十八届三中全会后的改革大考》* 新书发布会上的发言

（二○一四年五月）

今年是党的十八届三中全会作出全面深化改革战略部署后的开局之年。新年伊始，很高兴看到由中国（海南）改革发展研究院院长迟福林教授领衔主编的《市场决定：十八届三中全会后的改革大考》（以下简称《市场决定》）出版。该书从我国的基本国情和现实状况出发，系统阐述了市场决定资源配置对新阶段改革的重大理论和现实意义，不仅给出了市场决定资源配置的改革路线图，也给出了一个政府有为的改革路线图，为全面正确发挥市场和政府两者的作用进行了积极探索。

一、市场在资源配置中起决定性作用是政府与市场关系的重大理论突破

政府与市场关系是多年来困扰经济体制改革的一大难题。经济体制在方方面面的关系理不顺，主要在于政府与市场的关系没有理顺。我很赞同《市场决定》中的判断，就是党的十八届三中全会提出的"紧紧围绕使市场在资源配置中起决定性作用深化经济体制改革"是最大亮点，更是改革理论与实践的重大突破。

我国建立社会主义市场经济体制改革目标提出后的20多年来，相当一段时期，各方面都认为市场在资源配置中应起"基础性作用"。但不少人在强调这个"基础性作用"的时候，同时强调"政府的主导性作用"。就是说，虽然都认同市场对资源配置的"基础性作用"，但是分歧却很大，政府和市

---

* 《市场决定：十八届三中全会后的改革大考》，迟福林主编，中国经济出版社2014年2月出版。

场可以有很大的弹性，两者关系是很模糊的。从实践上看，实际上是政府主导资源配置，使经济社会发展中的问题越来越大，不仅投资消费失衡、产能过剩，而且资源环境破坏严重、付出的代价太大，甚至是加剧寻租腐败。从体制改革的角度看，在政府主导资源配置的条件下，政企关系、政事关系、政资关系等都难以理顺，政府和市场的功能不能有效发挥。

党的十八届三中全会提出"使市场在资源配置中起决定性作用"，应当说准确把握了政府与市场关系这个经济体制改革的核心问题，也是抓住了诸多棘手问题的关键，给出了解决问题的鲜明答案。

二、切实发挥市场在资源配置中的决定性作用

市场决定资源配置是市场经济的一般规律，也是全面深化经济体制改革的重要任务。本书全方位地给出了"市场在资源配置中起决定性作用"的改革路线图，为新阶段经济体制改革进一步提供了框架性的对策建议：第一，市场决定资源配置，不仅决定资源性产品、利率、汇率价格，还应当包括土地、文化产业领域的资源配置、公共资源配置等；第二，市场决定资源配置，需要明确界定国有资本的功能，积极发展混合所有制经济，完善基本经济制度，保证各类所有制企业公平竞争；第三，市场决定资源配置，需要赋予农民更多财产权利，使农民成为平等参与的市场主体；第四，市场决定资源配置，需要以服务业对内对外开放为重点，加快形成对外开放新格局；第五，市场决定资源配置，需要用法治来保障，扩大公民参与市场的自由权，限制政府干预市场的自由裁量权；第六，市场决定资源配置，需要追求公平的市场经济，推进城乡要素平等交换和公共资源均衡配置，建立公平可持续的社会保障制度，保障橄榄型社会新格局的形成。

三、政府有为有赖于行政体制改革的新突破

从改革实践看，解决政府与市场关系，行政体制改革是关键，政府有为更有赖于行政体制改革的新突破。《市场决定》给出了一个市场决定资源配置条件下建设有为政府的改革路线图。

第一，建立公平竞争导向的科学宏观调控体系。宏观调控必须建立在

尊重市场经济规律、充分发挥市场作用的基础上，而不能违背市场规律、取代市场。这就需要把营造公平竞争的市场环境作为健全宏观调控体系的重要目标。

第二，从主要由事前审批转为主要进行事后监管。目前前置性审批过多、过滥，既会抑制市场活力，又难以形成规范的公平竞争的市场秩序。这就需要以事后监管为主克服微观活动的"市场失灵"，形成微观规制的基本框架。

第三，界定负面清单与权力清单。多年来政府与市场关系"剪不断、理还乱"，根源在于政府对自己"非禁即准"，对企业和社会"非准即禁"。打造有为政府，关键在于改变这种错位管理格局。

第四，地方政府注重履行公共服务职能。当前，如果竞争性地方政府没有实质性改观，不仅经济转型难以实现，还会导致更大的危机与风险。这就需要把地方政府由市场竞争主体转向公共服务主体作为新阶段行政体制改革的重大任务。

第五，实行有效的政府治理。新阶段深化行政体制改革，需要服从于国家治理体系和治理能力现代化的改革总体目标，关键是推进以公共服务型政府建设为重点的政府治理。这就要求围绕"放权"、"分权"、"限权"，推进公共服务建设的政府转型，形成有效的政府治理结构。

当前，我国改革正处于深水区、攻坚期，需要在诸多方面突破利益固化的藩篱，在理顺政府与市场关系上形成新的突破。这就需要在行政体制改革上敢于担当，敢于啃硬骨头，敢于涉险滩，真正闯出一条深化全面改革的新路子。

准确理解改革和转型两大主题

——在张卓元新著《十八大后经济改革与转型》*
新书发布会上的发言

（二〇一四年七月）

很高兴参加今天这个新书发布会。首先，对张卓元教授新著《十八大后经济改革与转型》问世，表示热烈祝贺！

我与张卓元教授接触较多，经常向他求教，现在他还是我主持的中国国际经济交流中心学术委员会副主任，对他比较了解。张卓元教授是我国著名的马克思主义经济学家，不仅经济论著丰硕，经济学造诣深厚，经济学术观点持重，为经济学界所称道，而且注重理论与实践结合，积极服务高层决策，经常参与中央重要文献起草，包括党的十五大、十六大、十七大报告起草和几次中央全会作出体制改革决定的起草（十四届三中全会、十六届三中全会、十八届三中全会）。他的一些学术观点和思想见解对党和国家的一些重大决策发挥了重要作用。应当说，他这种集经济学家与决策参与者于一身的，在我们国家近 30 年来的历史上不多见。

张卓元教授新著《十八大后经济改革与转型》，充分体现了他多年一贯的经济学界大家风范，紧紧围绕我国经济领域两大历史性课题，或者说两条主线，即经济体制改革和经济发展转型，作了全面、系统、精辟的阐释与论述。这两大课题和主线贯穿于改革开放以来特别是 1995 年十四届五中全会以来的党中央关于经济重大决策之中。正如该书中所指出：1995 年党中央关于"九五"计划的《建议》就明确指出：要实行两个具有全局意义的根本性转变，一是经济体制从传统的计划经济体制向社会主义市场经济体制转变，二是经济增长方式从粗放型向集约型转变。这个重大指导方针，提出了近 20 年，也取得了一些重要进展，但并没有达到预想的效果，由于种种原因，

---

* 《十八大后经济改革与转型》，张卓元著，中国人民大学出版社 2014 年 6 月出版。

至今仍然是有待继续破解的重大课题。这部新著具有重大的理论意义和实践意义。

我认为，这本新著有四大特点：一是"新"、二是"深"、三是"准"、四是"实"。

——所谓**"新"**，就是这部大作主要内容充分体现了党的十八大以后特别是十八届三中全会我们党对发展中国特色社会主义的新思想、新观点、新决策、新部署、新举措。深度解读了十八届三中全会的新精神，包括阐释了三中全会决定中关于"经济体制改革的十三大亮点"等。

——所谓**"深"**，就是本书收集的无论是文章还是接受记者采访，对改革发展的重大问题，特别是对十八大报告将奋斗目标从"全面建设小康社会"改为"全面建成小康社会"，一字之差的论述深刻；也深刻论述了实行社会主义市场经济改革不断拓展和深化的过程；对解读"混合所有制经济是基本经济制度的主要实现形式"等，都颇有深度。

——所谓**"准"**，就是无论对中央关于经济体制改革的新决策部署，还是对经济转型的新要求，都作出了比较精准的论述。例如，他在"论混合所有制的活力与贡献"一文中指出："对以公有制为主体，有两种差距较大的认识，都是不完全的"；对政府和市场关系的认识，既强调市场在资源配置中起决定性作用的"三个指向"，又强调"更好发挥政府的作用"等等。又如，在论述经济转型时，强调"经济转型"是"从资源低效滥用粗放扩张型，转变为资源节约集约高效利用质量效益型。""经济转型这个坎是必须迈过去的，否则便容易跌入'中等收入陷阱'，并难以实现全面现代化这一雄伟目标"。这个认识是符合中央的要求和现实情况的，不能把经济发展方式转变的内涵泛化，应当突出经济"提质增效升级"。

——所谓**"实"**，就是在论述重大理论和重大决策中，注重用事实说话。例如，论述从 1992 年确立社会主义市场经济体制改革以来的重要进展，列出了六大方面的事实和数据；讲到从 2003 年以来改革进展缓慢的现象，也列举了四个方面的事实。又如，对所有制结构变化、收入分配中存在的问题，都以数据为证。

我相信张卓元教授这部新著的出版发行，对于全面、完整、准确领会和贯彻党的十八大以来特别是三中全会的"决定"，会有积极的推动作用，对于我们深化经济理论研究也会有着重要的启迪意义。

祝愿张卓元教授有更多的新书佳作问世。

老骥伏枥　志在千里

—— 在《曾培炎论发展与改革》*一书座谈会上的发言

（二〇一四年九月）

期盼已久的《曾培炎论发展与改革》一书，今天正式出版发行。这是我国社会科学界、经济界、出版界的一件大事。首先，我热烈祝贺这部具有重要历史文献价值的鸿篇巨著的面世。

培炎同志是我们党和国家的一位重要领导人，并在多个重要部门担任领导工作。《曾培炎论改革与发展》一书，结集了培炎同志长达 27 年的重要活动讲话、报告和文章，这是培炎同志长期从事和领导经济发展与改革事业的真实记录，是培炎同志经济思想和精神风范的集中体现，也是我国改革开放和现代化建设历程的精彩缩影。人民出版社编辑出版这部著作，使广大读者有机会更多地了解和学习培炎同志的经济思想和对国家发展与改革的重要贡献，也给中国特色社会主义理论体系宝库中增添了宝贵的内容。

培炎同志是我多个工作单位的领导人，我有幸长期在他直接领导下工作，包括先后在原国家计委、中央财经领导小组办公室、国务院研究室以及现在的中国国际经济交流中心工作，都得到他的耳提面示、谆谆教诲。这部著作中的许多文章，我早就学习研读过，两年前样书出来后，我又遵嘱学习研读过本书全部文章，可谓先睹为快。

在多年的接触和相处中，我深深感受到，培炎同志领导经济工作和进行决策咨询有两个最显著的特点：一是他善于从政治和战略高度提出与思考问题；二是他富有务实求真、实事求是的精神，对经济工作中的重大问题、重要情况都亲自组织调查研究。《曾培炎论发展与改革》这部大作内容十分丰富，我所知道的和印象尤为突出的，是记录他在上个世纪 90 年代主持中央财经领导小组办公室工作期间的重要活动和重要论著。他亲自主持了一系列具有全

---

* 《曾培炎论发展与改革》，曾培炎著，人民出版社 2014 年 9 月出版。

局性、战略性和创新性的决策和咨询工作。特别是以下几个方面：

一是关于构建社会主义市场经济体制框架的调研和论述。 中国特色社会主义最鲜明的标志，就是把社会主义与市场经济有机结合起来，这是我们党的伟大创举。实行社会主义市场经济体制经历了艰辛探索的过程。1992年10月，党的十四大将我国经济体制改革的目标确立为建立社会主义市场经济体制之后，培炎同志随即主持做好建立社会主义市场经济体制若干问题的调研活动，并主持党的十四届三中全会文件起草组与专题调研组工作；亲自在中共中央党校举办的省部级主要领导干部理论研讨班上作文件起草和专题调研报告，并对涉及社会主义市场经济体制框架的现代企业制度等难点问题向中央提出建议，从而为《中共中央制定关于建立社会主义市场经济体制若干问题的决定》提供了重要决策依据。此后，培炎同志又组织电视专题讲座、多次作专题报告，还专门撰文从所有制结构、国有企业改革、计划体制改革、收入分配制度改革等方面作了深刻论述。可以说，培炎同志为我国构建社会主义市场经济体制的基本框架作出了积极贡献。

二是关于对邓小平经济理论的研究和阐释。 1996年，受中央宣传部委托，曾培炎同志主持中央财经领导小组办公室开展邓小平经济理论研究，并出版《邓小平经济理论（摘编）》和《邓小平经济理论学习纲要》等，我协助他做这些工作。经中央领导批准，中共中央办公厅专门发文要求全党学习《邓小平经济理论学习纲要》。这不仅推动了全党学习邓小平经济理论的活动，而且为有关部门组织编写邓小平理论其他部分，提供了经验和范本。之后，培炎同志发表多篇文章对邓小平经济理论科学体系和主要精神进行深入阐释和论述，对推动学习宣传邓小平经济理论起到了重要作用。

三是关于经济工作重大理论和方针的研究和论述。 集中反映在培炎同志撰写的《关键在于实现两个根本性转变》、《"十二大关系"是对社会主义现代化建设规律的新认识》、《建设有中国特色社会主义经济》、《经济工作要按经济规律办事》等重要文章。这些文章是在党的十四届五中全会期间和之后形成的。特别是"十二大关系"的重要思想和论述，是培炎同意并指导我组织力量作精心研究，为当时党的主要领导人在十四届五中全会闭幕会上作重要讲话作了重要准备。这篇重要讲话深刻总结了我国社会主义建设特别是改革开放17年的历史经验，系统、全面阐述了在社会主义市场经济条件下推进现代化建设带有全局性的十二个重大关系，标志着我们党对社会主义现代化建设规律认识的新飞跃。

四是提出深入、系统地开展维护国家经济安全战略研究。他亲自部署和实施金融安全、能源安全、矿产安全、土地安全、粮食安全、水安全、信息产业安全等重大专题调查研究，并取得一系列有价值的重要研究成果，有些专题研究成果提交中央财经领导小组会议后形成中央重大决策，对指导全国经济发展与改革工作产生了重要影响。这是改革开放以后中央第一次组织如此大规模、有成效的进行维护经济安全的调研活动。

五是为筹备召开全国金融工作会议组织调查研究和提出决策咨询建议。1997年初，中央决定召开全国金融工作会议，我协助培炎同志负责会议文件起草工作，组织几个专题调研组赴各省市区和有关部门作调研，针对当时金融领域中的许多突出问题和风险，提出了有力的对策建议，为党中央召开第一次全国金融工作会议作出整顿金融秩序、深化金融改革、防范金融风险等历史性重大决策，提供了重要决策依据。

在我的心目中，培炎同志集国家领导人、专家学者和长者风范于一身。作为领导人，他长期在党中央、国务院参与领导国家经济工作，以及主持多个重要部门工作；作为专家学者，他以深厚的理论功底、丰富的专业知识和规范的学术要求，亲自撰写了一大批高质量的研究成果，为改革开放和经济社会发展增添了重要智力支持；作为长者，我与培炎同志20多年接触、相处中，对他的勤勉敬业、谦虚谨慎，对他的诚恳待人、平易近人，对他的民主作风和处事周全，都有深刻的印象。我在几个工作单位都得到他许多宝贵的指导、关照和帮助！我是非常感激的！

"老骥伏枥，志在千里。烈士暮年，壮心不已。"培炎同志从党和国家领导人岗位退下来之后，仍心系党和国家的崇高事业，亲自创办和领导了中国国际经济交流中心这个国家级高端智库，并已产生了一大批有价值、高质量的研究成果，为中央、地方、企业提供了许多重要的决策咨询服务，这些成果都凝聚了培炎同志的巨大精力和大量心血！在庆贺培炎同志著作出版之际，我要好好学习培炎同志的思想品格和精神风范，为党和人民的事业穷尽绵薄余力！

关于建设中国特色高质量新型智库的再思考

——在"中国梦与智库建设"暨《建设智库之路》[*]出版研讨会上的讲话

<small>（二〇一四年十月）</small>

　　首先，感谢诸位牺牲休息时间、冒着严重的雾霾，前来参加"中国梦与智库建设"暨《建设智库之路》一书出版研讨会！这是几家重要智库的领导、专家的聚会。党的十八大以来，在以习近平同志为核心的党中央坚强领导下，全国各族人民以雄健的步伐朝着伟大的中国梦而奋勇前进。中国梦是实现国家富强、民族振兴、人民幸福的伟大理想和美好愿景。实现中国梦，必须汇聚中国各方面力量，其中十分重要的方面，是充分发挥各类智库的力量。因此，我们相聚在一起，研讨中国梦与智库建设，具有重要的现实意义和深远意义。同时，我的《建设智库之路》一书也刚刚出版问世。这部书之所以能够顺利出版，得益于多方面人士的关心和帮助。在这里，我要向他们表示衷心的感谢！感谢中国行政体制改革研究会、国家行政学院有关同志的帮助；感谢人民出版社领导特别是辛广伟总编辑和张振明等同志为本书出版付出的辛劳；感谢中国行政体制改革研究会和人民出版社共同举办这次发布会。

　　刚才，大家从多个角度、多个层面研讨了中国梦与智库建设问题，发表了许多真知灼见，使我很受启发。同时，对我的这本书进行了一些解读和评论，给予了充分肯定和很多的溢美之词。"盛名之下，其实难副。"

　　这本《建设智库之路》，汇集了我于2001年以来先后在国务院研究室、国家行政学院、中国行政体制改革研究会、中国国际经济交流中心和北京师范大学社会管理研究院五个不同智库中工作的一些实践和思考，也可以说是我探索智库建设之路的一个缩影。主要内容是反映各类智库的定位特点、职能任务、产出成果、体制机制、队伍建设和作用发挥等，以及我在这些机构

＊《建设智库之路》，魏礼群著，人民出版社2014年8月出版。

中就智库建设工作的所思所想所为。

我简要讲讲为什么结集出版这本书。2012 年 11 月，党的十八大之后，新一届中央领导集体上任以来，习近平总书记首次提出并在多个重要场合反复阐述中国梦，揭示了中国梦的内涵和实现路径，提出了一个催人奋进的重大命题，并强调实现中华民族伟大复兴的中国梦，必须凝聚中国力量。中国梦的实现必将成为人类历史上规模最为庞大、影响最为深远的社会变革。当前，中华民族比历史上任何时候都更接近伟大复兴的目标，同时，面临的形势异常复杂，遇到的问题异常艰难，面临的挑战异常严峻，需要举全社会之力共同应对。而这其中的一个重要方面，就是要加快建设高质量、高水平的中国特色新型智库，为实现中国梦提供高质量的思想产品与智力支持。智库是一个国家、一个民族最重要的智力资源，是"软实力"和"话语权"的核心组成部分。2013 年 11 月，党的十八届三中全会提出："建设中国特色新型智库，建立健全决策咨询制度。"习近平总书记多次强调加强高质量智库建设、充分发挥智库作用，对我国智库建设提出了新定位、新任务、新要求。这表明，加强中国特色新型智库建设，已成为实现中国梦、推进国家治理体系和治理能力现代化的重大任务。从实现中华民族伟大复兴中国梦的角度来看，建设中国特色新型智库，不仅意义重大，而且时不我待、命运攸关。

建设智库，既要学习借鉴外国智库建设的做法，更要认真总结我们自己建设智库的经验。

应当说，我的人生经历是非常幸运的，这就是赶上了一个崭新的社会、一个伟大的时代，更是我们党给了我多次重要机会和岗位。我于 1968 年从北京师范大学毕业，走上工作岗位后，由于国家事业发展的需要和形势的变化，我从祖国边疆的基层企业到国家最大的宏观综合部门——原国家计委，又到直接为党中央、国务院领导服务的中央重要机构，由原来学习历史专业到以后工作扩展到涉及经济学、政治学、管理学和社会学等多个领域。每一次工作转岗对我而言都是一个学习和提高的过程。具体说来，上世纪 70 年代末至 90 年代末，我有幸在原国家计委和中央财经领导小组办公室工作 20 年之后，又先后在不同类型智库机构中工作，对多个智库的特点、定位、职能、作用以及自身建设等，都作过力所能及的认知和探索，积累了一些感悟和体会。《建设智库之路》这部书，记录了近 10 多年来我本人在五个不同类型智库机构工作的不同经历和认识。在结集出版这部书过程中，促使我对建设有中国特色的高水平的新型智库问题又作了一些深入思考。主要是以下几个方面：

一要始终坚持正确政治方向。 一个国家的智库，必然要植根于本国国情、社会制度、思想文化、价值体系等。中国特色新型智库建设，最根本的是要充分体现中国国情、中国精神、中国气派、中国风格。在当代中国，就是要服务于中国特色社会主义的完善和发展，这既是政治方向，又是政治原则。中国特色社会主义是中国人民团结的旗帜、奋进的旗帜、胜利的旗帜。我们要加快推进社会主义现代化，实现中华民族伟大复兴的中国梦，必须坚定不移完善和发展中国特色社会主义。进一步来说，坚持正确的政治方向，就要主动服务党和国家工作大局，在大局下思考、行动。无论是哪一类智库，都应该坚守这个政治方向和政治原则，都应当紧紧围绕党和国家工作大局出思想、出成果。这样，智库的建设和发展才不会迷失方向，才可能大有作为。

二要着力提供高质量思想产品。 质量是企业的生命、城市的生命，更是智库的生命。智库是生产和提供思想产品与智力支持的机构，是智囊团、思想库，主要发挥领导科学决策的"外脑"职能、解读评估公共政策、影响社会舆论的平台功能。能否深入研究解答重大理论和实践问题，并提出高质量、有价值、可操作的思想产品和研究成果，是衡量每个智库水平的主要标准。这就要求特别要注重提高研究成果的质量，这是各类智库的生命力和竞争力的根本所在。为此，研究问题需要真正做到"顶天立地"："顶天"，就是洞察和把握国际国内发展大势，紧紧围绕党和政府的决策需求；"立地"，就是坚持深入实际，搞好调查研究，紧密接触地气。要坚持问题导向，加强对国家发展全局性、战略性、前瞻性问题研究，加强战略研究、决策研究、政策研究，加强经济社会发展中的重点、热点、难点问题研究，特别是倾向性、苗头性、潜在性问题的研究，力求用新思想、新观点、新方法研究新情况、新问题。要坚持解放思想、实事求是、与时俱进的思想路线，运用创新思维，独立思考，勇于创新，敢于想别人所未想，敢于讲别人所未讲；要全面贯彻党的"一个中心、两个基本点"的基本路线，既不僵化，也不搞自由化，反对各种错误政治倾向。建言献策要求真务实，提供真知灼见，察实情、讲真话，不说空话、大话，更不能说假话甚至错误的话，要以有价值、高质量的研究成果服务于党和政府的决策，服务于社会发展和进步。只有这样，智库才能为改革开放和经济社会发展作出积极贡献。同时，智库要做好公共政策的解读和评估工作，正确引导和影响社会舆论，综合发挥智库的决策影响力、学术影响力、社会影响力和国际影响力。

三要充分发挥各自独特优势。不同类型的智库，有着不同的性质、定位、功能、任务、要求和相应的环境、条件。从体制模式来看，我国智库建设主要呈现出党政机关智库、社会科学院系统智库、党校行政学院智库、高校智库、企业智库和社会智库的多元化发展格局。从功能定位来看，有综合型，也有专业型、项目型；从规模来看，有大、中、小之分。每个智库都有自身特点和运作规律，这就要求既坚持体现中国特色，又充分展现自己特点，最大限度地发挥各类智库独特的优势和长处，着力彰显不同智库各自的特征。这样，才能扬长避短，做到有特色、高质量、高水平。

四要敢于创新运作体制机制。建设中国特色新型智库，必须推进体制机制创新。一般而言，要从有利于凝聚人才资源，充分释放智能，加强智库内部的整合机制、准入机制、培育机制、竞争机制、供给机制、转化机制、共享机制和评价机制的建设，构建科学、灵活、高效、规范的内部运作体制机制。这样，智库才能形成强大的创造活力和创新能力。

五要切实加强一流队伍建设。智库建设的关键，在于拥有一批优秀的研究型、专家型的高素质人才。同时，要有合理的人才队伍结构。需要有领导型人才、专业型研究人才，更需要多学科、多领域复合型研究人才。既需要有专职研究人才，也需要有兼职研究人才；既需要有研究型专业人才，也需要有管理型人才、辅助型人才；既需要有中青年人才，也需要有经验的老年人才，做到老、中、青结合，搞好传、帮、带。总之，要由各方面人才组成强大有力、和谐相处的团队，既可以做到博采众长，集思广益，也可以优势互补，各显其能。要创造良好的智库制度安排和生态环境，加强智库队伍教育培训，不断提升基本素质；既要有过硬的工作能力和水平，更要有忠于职守的思想境界和良好作风。大力培育和营造不同类型智库的文化。智库应多吸引人才、多培养人才、多输送人才。这样，才能增强智库的凝聚力、吸引力、战斗力、公信力。

以上几点，是我个人的一些看法和思考，在此与大家一起交流分享。出版这部书，如能对发展中国特色新型智库有所帮助，如能对从事智库工作的人们有所裨益，就是我的最大心愿。这部书中，也可能有一些错误和不妥之处，希望大家予以批评指正。

最后，再次诚挚感谢各位参加今天的研讨会！

适应新常态　推动新发展

——在"新常态、新发展"研讨会暨《中国改革与发展热点问题研究（2015）》[*]发布会上的总结讲话

（二〇一四年十二月）

大家好！会议已经超时了，但作为会议主办方，我想简单谈几点意见。

我认为，这次由中国行政体制改革研究会和北京师范大学中国社会管理研究院以及商务印书馆联合主办的研讨会很有必要，会议开得很好！

本次研讨会实际上是一次对习近平总书记系列重要讲话和中央经济工作会议精神再学习、再领会的会议，是对新常态、新发展重大战略思想的深入研讨会，也是《中国改革与发展热点问题研究（2015）》一书的发布会，同时还是一次智库服务中央决策、引导舆论更好发挥作用的展示会。刚才，大家发表了不少真知灼见，研讨会可谓是一次智慧的盛宴。我们常说，"天下兴亡，匹夫有责"。今天我们就是在讨论天下大事，国家大事。我相信本次会议一定对大家会有所启发和帮助！感谢商务印书馆领导对新书出版的高度重视和大力支持！感谢大家参与今天的研讨会！在座有的专家、学者是不远千里来参加这个会议的，谢谢你们！

既然是一个学术研讨会，所以思想的交锋、思想的发散性、思想的创新性就非常突出地体现出来了，这对我也有很大的启发。刚才杨克勤同志站在党中央决策的高度，站在经济发展的高度，站在国家智库建设的高度作了讲话，讲得非常好，我都完全同意。在此，我还想就发展新常态、新发展问题讲几点认识，供大家参考。

---

* 《中国改革与发展热点问题研究（2015）》，魏礼群主编，商务印书馆 2015 年 1 月出版。

一、深刻认识发展新常态、新发展的内涵和重大意义

我认为，发展新常态是一个重大战略思想，是一个重大的判断、重大的决策和重大的部署，是我们党在理论创新、实践创新上的重大突破。今年7月以来，习近平总书记的系列重要讲话中至少有四次讲到新常态，他开始讲新常态是立足于我们经济发展的阶段性特征，要求保持决策的战略性，后面还有三次全面深刻的论述。我认为，新常态就是正常状态，和过去的常态相比是新的，和变态相比它是正常的，和错误的相比它是正确的，从原来的状态发展到新的状态是一个进步。目前，我们国家进入"四个全面"时期，即全面建成小康社会、全面深化改革、全面推进依法治国、全面从严治党的时期。在这样的大背景下，新常态的论断是习近平总书记审时度势，站在历史的新高度，对中国发展进入新阶段所作出的一个新的科学判断，体现了中央近些年坚持既积极进取又稳步推进、务求实效、稳中求进的总基调、总方针，反映了以习近平同志为核心的党中央新的执政理念、新的执政风格和新的执政要求。

新常态的主要特征或者基本特征是什么？现在有这样几种概括：一是经济增长速度换挡减速，这是新常态很重要的背景，也是重要的特征；二是要进行结构性改革，中央领导同志最近一年来多次提到结构性改革，结构性改革比一般的改革更有深意；三是新常态是要更多地惠及民生。关于主要特征是什么，还需要再进行深入的研究。

新常态的要义是什么？我赞成刚才大家讲的，我们的经济发展和其他方面的发展都要遵循客观规律。过去我们也讲要尊重客观规律，改革开放以后胡乔木同志就写过一篇文章，专门阐述经济工作要尊重经济规律。我认为，新常态特别强调了对客观规律的认识和尊重，就是要实现科学发展、创新发展、全面发展、包容性发展、可持续发展，就是要达到这样一个要求。

从实质上来看，新常态就是要稳定增长，转型升级，提质增效，使经济向更高形态、更高质量、更高效率、更加公平的方向发展，使我们的制度更加成熟、更加定型，使我们党的治国理政更加科学、更加法治化。

从时间跨度看，新常态不是三五年的时间，当然也不是很长的历史阶段，而是一个比较长的时期，起码贯穿于小康社会建成的这个阶段。这是因为，

我们的经济发展是一个阶段走向另一个新的阶段，这个阶段需要经过一个比较长的时间。

从内容上来看，现在人们更多的是把新常态理解为经济发展新常态。我认为，除了经济以外，新常态还要包括中国特色社会主义的"五位一体"，经济、政治、文化、社会、生态文明建设都应该纳入到发展新常态之中。

从形态上来看，新常态是动态的，而不是固定的，是有波动的。从世界范围内来看，现在中国经济会影响世界，世界也会影响中国经济。受国内外客观环境的影响，我认为我国 GDP 7% 的增长速度不是固定不变的，也可能是 8%，也可能是 5% 或 6%，是中高速度，我认为应有这样一个动态的区间幅度。

作为战略思想和战略决策，发展新常态的提出，有三个方面的依据：一是有科学的理论基础，有强大的理论穿透力，完全符合马克思主义、毛泽东思想、中国特色社会主义理论体系；二是有现实需要的基础，有强大的实践穿透力；三是有实践经验的基础，有强大的历史穿透力。改革开放以来，我国经济发展是波浪式的而不是直线上升的，经济发展到一定程度以后就需要有一个调整、整顿和提升的过程。

发展新常态战略思想的重大意义是需要好好研究的。我认为这一重大战略思想的提出有"三个有利于"：在理论上有利于丰富中国特色社会主义理论体系；在实践上有利于中国经济走出发展的新路子，特别是改革开放和现代化建设的新路子；在决策上有利于党、国家和人民保持战略定力，坚定决心，增强信心，继往开来，不动摇、不懈怠、不折腾。现在有些人、有些地方存在着动摇、懈怠、折腾，要保持新常态的发展，就要坚持不动摇、不懈怠和不折腾。

二、主动适应新常态、推动新发展需要深化一些问题的认识

适应新常态，首先要树立新观念、新思维，要改变以往片面追求高速度的理念，改变高投入、高消耗、高污染的发展方式。其次，我们党领导经济工作的方式、方法要与时俱进，要实现制度化、法治化，宏观调控要创新。再次，要全面改革，全面法治，扩大开放，要实现创新驱动。

我们要深入研究新常态条件下的新机遇、新挑战、新问题、新风险，要

深入研究哪些是关键性问题，哪些是潜在性问题，哪些是显露出来的问题。我认为，至少有15个方面的问题需要深入研究：1.如何保持经济必要的合理增长速度？经济换挡调速必须保持必要的合理的增长速度。伴随经济增速下调，各类隐性的风险逐步显性化，这是中央经济工作会议提出的。中国经济现在不能掉下来，这不仅仅是经济问题，还是政治问题，因为发展是硬道理。2.如何解决政策的碎片化、市场的分割化？前些年，中国的经济政策出现碎片化，到处搞规划，到处搞开发区，到处搞市场割裂化，这是中国经济最大的风险。3.如何处理好提升传统产业与开发新兴产业的关系，促进传统产业与新兴产业协调发展？4.如何处理好调整速度与消化产能过剩的关系？5.如何在调整增长速度的同时又保证就业增长，提高就业质量和水平？6.在稳增长、调结构中怎样化解房地产风险，促进房地产健康发展？7.如何推进金融业改革发展，防范和化解金融风险，处理好金融乱象？8.财政收支会发生怎样的变化，财税手段如何发挥重要作用？9.如何把握货币政策和货币手段的运用，既要防止通货膨胀，又要防止通缩紧缩？我认为，现在防止通货紧缩也应该引起关注。10.如何把握新型城镇化进程、布局和处理好新型农村建设的关系？11.如何推进社会治理创新，确保社会和谐稳定？12.如何缩小城乡、区域及个人收入之间的差距，促进社会公平，逐步走共同富裕道路？13.怎样调整和完善我国利用外资和对外投资政策？14.如何确保人民生活水平不断改善，生活质量不断提高？15.如何处理好改革、发展、稳定三者之间的关系，确保如期建成小康社会？这些问题我只是点点题，需要大家深入研究。

最近，中央颁发了关于加快新型智库建设的意见，对新型智库的定位、功能和要求都做了明确的部署。中国行政体制改革研究会、北京师范大学中国社会管理研究院要努力建设成为高质量的智库。

主动适应经济新常态的转型与改革

——评《转型抉择——
2020：中国经济转型升级的趋势与挑战》[*]

（二〇一五年五月）

当代中国正发生新的大变革，发展转向新常态，改革进入深水区，社会处于矛盾凸显期。在这个特定背景下，面对的改革发展稳定任务之重前所未有，矛盾风险挑战之多也前所未有。适应新常态，认识新常态，引领新常态，需要深入研究新机遇、新挑战、新问题、新风险。很高兴地看到，由中改院院长迟福林教授领衔主编的《转型抉择——2020：中国经济转型升级的趋势与挑战》出版。在我看来，对2020年我国经济转型升级的新趋势、新机遇、新问题的前瞻研判和以转型创新为主线的改革攻坚进行比较深入和系统地探讨，是本书的一个突出特点。

主动适应新常态、推动新常态重在把握经济转型升级的新趋势。当前，面对经济下行的压力，我国经济增长前景与经济转型升级越来越受到各方面的高度关注。经济转型升级是个复杂的、艰巨的、长期的过程，不可能在短时间内实现，但需要认清发展趋势。本书提出了到2020年经济转型升级的三大趋势：一是从中国制造走向中国智造的工业转型升级大趋势，实现这一转型的关键在于发展智能工厂、智能制造、智能物流，或者统称生产性服务业；二是从规模型土地城镇化走向质量型人口城镇化的城镇化转型升级大趋势，实现这一转型的关键是基本实现农民工市民化，继续转移农业富余劳动力；三是从物质型消费走向服务型消费的消费结构转型升级大趋势，实现这一转型的关键在于加快形成服务业主导的经济结构。我赞同对"十三五"时期经济转型升级大趋势的研判，这为我们准确把握经济新常态的核心内涵，牢牢

---

[*]《转型抉择——2020：中国经济转型升级的趋势与挑战》，迟福林主编，中国经济出版社2015年2月出版。

把握经济发展机遇，因势利导，顺势而为，具有重要的参考作用。

形成服务业主导的经济结构事关经济强国目标的实现。一般认为，一个具有高度化产业结构的经济强国，服务业产值占 GDP 的比重应在 70％左右。2012 年美国、日本、德国、法国的服务业产值占 GDP 比重分别达到 79.7％、71.4％、71.1％、79.8％。2014 年我国的服务业产值占比仅为 48.2％。从服务业产值占比来看我国与经济强国地位，的确还有相当的差距。应当说，推动服务业特别是现代服务业发展壮大，推动新兴产业、先进制造业等产业发展，培育一批跨国企业和世界知名品牌，是我国未来产业结构调整的战略方向。在 2020 年这个战略节点上，我国能不能基本形成服务业主导的经济结构，事关我国能否实现由"中国制造"向"中国智造"、由经济大国向经济强国的历史性转变。本书的一条主线就是"2020：形成服务业主导的经济结构"。实现这一转型，既可以在结构升级的基础上实现 7% 左右的经济增长，又能够为跨越中等收入陷阱、进入高收入国家创造有利条件。为此，到 2020 年基本形成服务业主导的经济结构，应成为"十三五"经济转型升级的重要目标和历史性任务。

适应经济新常态需要正确认识和处理好政府与市场关系。正确认识和处理好政府与市场关系，一直是贯穿于我国改革开放进程中的重大课题。党的十八届三中全会提出："经济体制改革是全面深化改革的重点，核心问题是处理好政府和市场的关系，使市场在资源配置中起决定性作用和更好发挥政府作用。"这既是对我国过去几十年改革发展历史经验的高度概括，也为今后深化经济体制改革和行政体制改革，进一步处理好政府与市场的关系确定了方向。市场是配置资源最有效率的机制，是发展社会生产力和实现现代化的必然途径。市场决定资源配置是市场经济的一般规律，市场经济本质上就是市场决定资源配置的经济。"使市场在资源配置中起决定性作用"，其实质就是让价值规律、竞争规律和供求规律等市场经济规律在资源配置中起决定性作用，这有利于推动我国经济发展更有活力、更有效率和更有效益。本书第八章提出"深化以简政放权为重点的政府改革"，把政府改革作为"十三五"全面深化改革的关键环节。行政审批是行政管理的一种重要方式，也是政府履行职能的一种重要形式。改革行政审批制度，是转变政府职能、改革行政体制的重点任务，是推进国家治理体系和治理能力现代化的必然要求，也是当前全面深化改革的关键环节。2014 年，推进简政放权、深化行政审批制度改革取得显著成效，但改革任务依然繁重而艰巨，必须下更大的决心、用更大的气力，不断有新作为、新突破。

本书关于政府角色转变的一个鲜明观点：推进法治市场经济进程。要使市场在资源配置中发挥决定性作用和更好地发挥政府作用，关键在于实现资源配置方式从政府主导向市场决定的转变。这就需要依法厘清政府与市场的边界，实现政府与市场、政府与企业关系的定型化、制度化。我认为这抓住了处理好政府与市场关系的一个关键点。切实转变政府职能，创新行政管理方式，增强政府公信力和执行力，首要的任务是建设法治政府，从而真正做到市场、企业、社会活动有序，经济社会持续健康发展。

2015 年是"十二五"收官之年，从中央到地方开始谋划"十三五"。在这个承上启下的关键时期，《转型抉择》这份研究报告出版得很及时。总的感觉是，这份研究报告，既有改革发展的全局意识，又抓住了关键问题；既有战略谋划，又有行动方案；既可以为改革决策提供比较好的参考，也可为有关部门和地方制定"十三五"规划提供智力支持。为此，我很乐意向大家推荐这本书。

加强智库建设　担当时代使命

—— 在"'十三五':决胜全面小康社会与智库使命担当"研讨会暨《中国改革与发展热点问题研究（2016）》*发布会上的讲话

（二〇一五年十二月）

这次由中国行政体制改革研究会和商务印书馆联合主办的"'十三五':决胜全面小康社会与智库使命担当"研讨会暨《中国改革与发展热点问题研究（2016）》发布会，开得很及时，也开得很好。不久前党的十八届五中全会审议通过的《关于制定国民经济和社会发展第十三个五年规划的建议》，确定了今后五年我国经济社会发展的目标、思路、主要任务，提出了推动我国发展的新理念新举措新要求。刚刚闭幕的中央经济工作会议对做好明年的经济工作做出了重大部署。当前，全国各地各部门都在深入学习贯彻十八届五中全会精神和中央经济工作会议精神。我们这个会议实际上是学习、领会这两个重要会议精神和习近平总书记系列重要讲话精神的会议，也是我们研究会一项重要研究成果，即《中国改革与发展热点问题研究（2016）》一书的发布会。刚才，杨克勤同志就贯彻落实中央会议精神，服务党和国家中心工作，对智库建设提出了希望和要求，讲得很深刻、很有指导性。商务印书馆的陈小文同志以及各位专家学者的发言也很精彩，提出了不少有深度、有见地的观点，给我很多启发。在此，感谢商务印书馆对我们工作的长期支持！感谢各位在年末岁尾的百忙之中前来参加会议！

下面，围绕本次研讨会的主题，结合学习中央会议精神的体会，讲几点看法，与大家一起交流。

---

* 《中国改革与发展热点问题研究（2016）》，魏礼群主编，商务印书馆 2015 年 12 月出版。

一、深刻把握"十三五"时期的形势和任务

"十三五"时期，将是我国全面建成小康社会的决胜阶段，也是实现"第一个百年"目标的最后一个五年规划时期。中央的《建议》站在历史和时代的制高点，着眼于党和国家事业发展全局，对未来五年我国经济社会发展作出全面部署，描绘了到 2020 年我国全面建成小康社会的宏伟蓝图和美好前景，充分体现了以习近平同志为核心的党中央提出的一系列治国理政新理念新思想新战略，集中体现了"全面建成小康社会、全面深化改革、全面依法治国、全面从严治党"四个全面的战略布局，为我国"十三五"时期改革发展指明了方向。按照中央《建议》制定的"十三五"规划，将是协调推进"四个全面"战略布局，科学谋划中国到 2020 年发展的行动纲领。

统观全局，从 2016 到 2020 这五年，是中国发展历史上极为重要的五年。第一，这五年是我国两大战略阶段承上启下的关键时期，既是实现我们党确定的第一个百年奋斗目标、全面建成小康社会的最后冲刺阶段，又是为实现第二个百年目标、建成社会主义现代化国家奠定基础的关键阶段。今后五年搞得好不好，直接决定着能否顺利实现全面建成小康社会的目标，能否为实现第二个百年目标打下更加坚实的基础。第二，这五年是协调推进"四个全面"战略布局的关键时期。"四个全面"战略布局是党的十八大以来以习近平同志为核心的党中央治国理政的创造性战略思想和总体方略。全面建成小康社会是核心目标，全面深化改革是根本动力，全面依法治国是制度保障，全面从严治党是政治保证。这"四个全面"有机联系、相辅相成、相互促进。近两年，"四个全面"战略布局已经展开，都有了系统的设计和周密的部署。今后五年搞得好不好，直接关系"四个全面"战略布局能否协调和顺利推进，对完善和发展中国特色社会主义将产生重大影响。第三，这五年还是我国社会主义现代化建设爬坡过坎、跨越"中等收入陷阱"的关键时期。目前，中国已处于中高等收入发展阶段，既面临前所未有的向高收入国家行列跃升的发展机遇，也面临落入"中等收入陷阱"的危险。在我国经济发展进入新常态的情况下，能否成功转换动力机制，转变发展方式，推进经济转型升级，很大程度上决定着我国现代化建设的进程。经过今后五年的努力，顺利实现《建议》提出的目标任务，我们就可以成功地跨越"中等收入陷阱"，这是中华民族伟大复兴进程中的又一个里程碑。迄今为止，全球还没有一个 10 亿以

上人口的国家成为高收入国家，所以也将是具有世界历史意义的大事。

应当看到，今后五年这段历史时期承载的目标任务极为繁重艰巨。从面临的环境看，我国发展仍处于可以大有作为的重要战略机遇期，有着很多有利条件，包括和平与发展的时代主题没有变，我国物质基础雄厚，人力资本丰富，市场空间广阔，发展潜力巨大；同时也面临诸多矛盾叠加、风险隐患增多的严峻挑战。国际金融危机深层次影响在相当长时期仍然存在，外部环境中不稳定不确定因素增多。国内未来五年发展也存在不少制约因素，主要是：发展不平衡、不协调、不可持续的问题仍然突出，发展方式粗放，创新能力不强，重大结构失衡，资源约束趋紧，生态环境形势严峻，收入差距较大，社会治理体系和能力建设滞后，社会治安问题比较多，诸多风险隐患增加。所有这些，都直接或间接地影响着、制约着我国的持续发展。因此，必须全面把握机遇，有效应对风险挑战。

从目标要求看，中央《建议》根据我国经济社会发展的趋势，与时俱进地提出了"十三五"时期实现全面建成小康社会决胜阶段新的奋斗目标要求。这就是：经济保持中高速增长、产业迈向中高端水平；人民生活水平和质量普遍提高，收入差距缩小，全部实现脱贫；国民素质和社会文明程度显著提高，中华文化影响持续扩大；生态环境质量总体改善，生产方式和生活方式绿色、低碳水平上升；各方面制度更加成熟更加定型，国家治理体系和治理能力现代化取得重大进展。实现这些奋斗目标，既要大力发展经济，又要明显改善民生；既要持续发展社会生产力，又要不断完善生产关系和上层建筑；既要推进物质文明建设，又要加强精神文明建设；既要全方位推进各领域建设，又要着力补齐短板；既要充实薄弱环节，又要增加发展后劲。也就是说，必须全方位高质量推进国民经济和社会发展，全面协调推进经济、政治、文化、社会、生态文明领域的建设和改革。

从主要任务看，在发展方面，到2020年，在提高发展平衡性、包容性、可持续性的基础上，实现国内生产总值和城乡居民人均收入比2010年翻一番，很不容易，特别是要补齐多年造成的发展短板，包括消除贫困、治理生态环境、加快社会事业发展等方面，都需要打好攻坚战、持久战。这些是我们党已经向人民、向历史作出的庄严承诺，没有退路，时间紧，任务重。同时，调整和优化结构，推动经济转型升级，又是一个难以完全回避的充满阵痛、十分艰难的过程。其他方面发展任务，包括构建产业新体系、推动城乡地区协调发展、缩小收入差距、增加就业创业等，也不是轻而易举的。在全面深化改革、全面依法治国、全面从严治党方面，我们党也都明确作出了到2020年需要完成的具体部署，这些既是全面建成小康社会的战略举措，也是全面建成小康社会目标的重要任务，并且制定了路线图、时间表。实现既定的任务，必须适应经济发展新常态、把握新常态、引领新常态，使国民经济和社会发展转入全面持续健康发展的轨道；必须大力推进一系列相互联系的战略布局和艰巨复杂的改革发展任务。显然，实现既定的目标任务，需要付出极大的努力。

实现"十三五"时期奋斗目标任务，最为重要的，必须紧紧抓住发展主线，牢固树立和切实贯彻五大新发展理念，就是创新发展、协调发展、绿色发展、开放发展、共享发展。创新是引领发展的第一动力，必须切实把发展基点放在创新上，形成大力促进创新的体制机制，打造更加依靠创新驱动、更多发挥先发优势的引领型发展，着力提高发展质量和效益。协调是持续发展的内在要求，必须正确处理发展中的重大关系，重点促进区域城乡协调发展、经济社会协调发展，增强发展的平衡性、整体性，开拓更加广阔的发展空间。绿色是永续发展的必要条件和人民对美好生活追求的重要体现，必须坚定走生产发展、生活富裕、生态良好的文明发展之路，形成人与自然和谐发展的现代化建设新格局。开放是国家繁荣发展的必由之路，必须发展更高层次的开放型经济，积极参与全球经济治理和公共产品供给，构建广泛的利益共同体。共享是中国特色社会主义的本质要求，必须按照人人参与、人人尽力、人人享有的要求，作出更加有效的制度安排，使全体人民共同迈入全面小康社会，朝着共同富裕的方向稳步前进。创新、协调、绿色、开放、共享五大发展理念，相互贯通、相互促进，是内在相联的有机体，反映了时代的要求、人民的意愿，具有极端重要的指导意义。这五大发展理念，是今后五年乃至更长时期发展思路、发展方向、发展布局、发展方式的集中体现，是破解发展难题、开辟发展新境界的根本之策，必须贯穿和融入"四个全面"战略布局和"五位一体"总体布局之中。推进这五大发展，是关系我国发展全局的一场深刻变革，包括发展理念的变革、发展体制的变革、发展方式的变革，需要切实增强贯彻落实的自觉性、主动性、创造性，用五大发展理念来规划发展、引领发展、推动发展。这样，才能全面开创我国发展的新局面，也才能完全打赢全面建成小康社会的决胜一战。

在如此特殊重要的五年，完成如此繁重艰巨的历史任务，是对我们党执政能力和领导能力的重大考验，我们有充分的依据，相信我们党一定能够经受住这场重大考验，带领全国人民勇敢战胜各种风险挑战，如期完成既定的目标任务。

二、充分认识时代赋予智库的重大使命

纵观世界各国现代化进程，不难发现，智库在改善国家治理、促进经济和社会发展、维护国家利益等方面发挥着重要作用。伟大的时代赋予伟大的使命。"十三五"时期，作为我国全面建成小康社会、实现"第一个百年"目标的决胜阶段，赋予中国特色新型智库光荣而伟大的使命。如期实现"十三五"规划确定的经济社会发展目标，协调推进"四个全面"战略布局，顺利完成"十三五"时期乃至今后更长时期改革发展的各项重大任务，推进国家治理体系和治理能力现代化，迫切要求各类智库充分发挥作用。各级各类智库，责无旁贷，必须担当时代使命，助力"十三五"规划蓝图的实现。

一是要服务党政决策。根据党和政府的决策需求，开展前瞻性、战略性、应用性、储备性政策研究，提出高水平、建设性、切实管用的政策建议，积极建言献策，为决策提供依据。

二是要推进理论创新。新的实践孕育新的理论，也呼唤新的理论。提供创新思想，是智库的核心所在。要总结我国改革开放以来，特别是党的十八大以来党和政府治国理政、谋划推动改革发展的丰富实践经验，学习吸收人类先进文明成果，根据"十三五"时期的形势任务和面临的难点、重点问题，提出有价值、有影响的新理念、新判断、新概括、新观点、新思想，为研判形势、谋划战略、制定政策提供科学理论或方法，推进理论创新、学术创新、方法创新。

三是要引导社会舆论。深入阐释党的科学理论，解读党和国家的大政方针、决策部署和公共政策，研判社会舆情，正确引导社会舆论，凝聚社会共识。

四是要提供社会服务。接受社会有关方面委托的咨询任务，承担各类咨询项目，开展第三方评估，提供智力服务。

五是要参与公共外交。智库是国家软实力的重要组成部分，在树立中国良好形象、推动公共外交与文化互鉴、增强我国国际影响力与话语权等方面发挥着越来越重要的作用。要开展多种形式的对外交流活动，加强与国外智库和有关研究机构的合作交流，在国际舞台上发出中国声音，讲好中国故事，提出中国方案，推动中华文化走向世界。

六是要集贤育人。智库是知识密集、人才密集的机构，汇聚了大量的高端人才，也可以说智库是人才库。智库出思想、出成果与出人才密不可分，相互促进、相辅相成，智库是培养、造就治国理政人才的重要阵地，可以通过交流轮岗，为党政部门、企事业单位输送优秀人才。这六个方面都做到，很不容易，但这些是建设新型高质量智库不可或缺的，要全面和正确地发挥应有作用。

三、全面提升智库担当使命的能力

"十三五"期间，智库建设一定要积极响应党中央关于加强中国特色新型智库建设号召，助力"十三五"经济社会发展，从而发展壮大自己。具体而言，主要要抓好以下五个方面：

一要创新体制机制。要落实创新发展的理念，通过创新促智库发展。要按照中央下发的《关于加强中国特色新型智库建设的指导意见》的精神以及中宣部、国家社科规划办最近下发的关于高端智库管理办法，以改革创新的精神办智库、管智库。要创新组织形式和运行模式，广泛集聚、整合和运用各方面资源，探索适合不同性质、身份和特点的各类智库的组织形式、运行模式、发展路径；要创新内部管理体制、运行机制，完善治理结构。

二要善于选择研究课题项目。咨政建言，这是智库研究的根本特征。当前和"十三五"期间公共决策中，有许多重大理论问题和实践问题需要作深入研究。要善于在"十三五"规划建议和"十三五规划"中，发现新课题，寻找新项目。例如：如何正确把握我国发展新特征，深刻认识、主动适应和引领经济发展新常态，坚持发展第一要务，保持战略定力，加快转变经济发展方式，实现更高质量、更有效率、更加公平、更可持续的发展；如何深刻领会和牢固树立发展新理念，推动创新发展、协调发展、绿色发展、开放发展、共享发展，使我国真正走出一条发展的新路；如何解决好全面建成小康社会中的难点和"短板"问题，特别是打赢扶贫攻坚战、加快农村改革发展、推进新型城镇化、增加公共服务和治理生态环境，确保如期全面建成小康社会；如何解决好全面深化改革中的深层次问题，创新发展体制机制，有效推进国家治理体系和治理能力现代化，全面提高经济社会治理水平；如何深化行政体制改革，进一步转变政府职能，持续推进简政放权、放管结合、优化服务，提高政府效能，激发市场活力和社会创造力；如何调整国民收入分配格局，缩小收入差距，促进区域城乡协调发展，朝着共同富裕目标稳步前进；如何加快建设中国特色社会主义法治体系，加快建设法治经济和法治社会，把经济社会发展纳入法治轨道；如何发展更高层次的开放型经济，既要更加对外开放，又要重视维护国家权益和安全；再比如，到 2020 年，我国全面建成小康社会之时，国家面貌、城乡面貌会发生怎样的变化，人民群众的生活质量和社会文明程度会有怎样的提高；等等。要围绕"十三五"时期发展改革难点、重点、热点问题，按照党和政府的决策需求，围绕人民群众的愿望和关切，提出真知灼见和切实管用的建议。当然，不同层级、不同类型的智库，可以对研究问题的范围、角度、内容、方法提出不同的方案或建议。

三要着力提高研究成果质量。研究成果的质量是智库生存发展的根本。提高研究成果质量应把握五个重要方面：一是把握方向性。主动服务党和国家工作大局，在大局下思考、谋划、行动，这样拿出的成果才可能是建设性的、管用的。二是富有前瞻性。站高望远，顺应时代进步潮流，把握国内外发展大势，正确把握和运用发展规律，敢于出主意、早出主意、出大主意，做到先见、先知、先谋。三是问题导向性。从实际问题出发，要善于观察和发现问题，特别是要重视倾向性、苗头性、潜在性问题的研究；四是材料真实性。深入调查研究，了解真实情况，掌握第一手材料，做到求真务实。既要调查，又要研究，善于分析，去伪存真，去粗取精。五是见解创新性。运用创新思维、辩证思维、底线思维，独立思考，揭示问题的本质，提出创新性、可操作的方案或见解。六是注重特色性。各展其长，充分发挥自身优势。要找准各个智库的定位，最大限度地发挥自身优势和长处。每个智库都有自己的性质定位、专业领域、机构状况、队伍组成等方面特点。这就要从自己的实际情况出发，善于对自己智库研究的领域作全面研究、系统研究、跟踪研究、长期研究，不断拓宽研究的广度和深度，努力形成自己的特色和品牌。

要充分发挥高校学科门类齐全、基础研究实力雄厚，人才培养和对外交流广泛的优势，着力推动理论创新和跨学科研究，着力推进研究方法、政策分析工具和技术手段创新，为决策咨询提供学理支撑和方法支撑。

四要注重研究成果转化应用。智库研究成果要体现多样性和时效性。研究成果的价值，不仅要体现高质量，还要体现在时效性上。一项颇有价值的研究成果，如果不能适时地为决策者提供参考，其价值作用就会大打折扣；或者由于时过境迁，派不上用场。所以应分批次、多形式、及时地提交有关研究成果。要拓展成果应用渠道，有些研究成果可以通过内部刊物直接向党政领导和有关部门报送，不涉及国家秘密的，可以通过举办论坛、召开研讨会等方式，发布、推介研究成果，还可以出版系列研究报告。总之，研究成果不能只追求洋洋大观的厚本子，那样的研究成果往往会被束之高阁。要从各个智库实际情况出发，建立灵活有效、形式多样的研究成果转化体制机制。目前，大学智库研究成果上报决策机关的渠道不够畅通。各有关机构应当帮助解决这方面问题，最好搭建供需双方的"直通车"。

五要切实打好智库研究的根底。打好智库研究的根底，就是要使研究人员练好智库研究的基本功，从多方面提高素质和本领，而打牢基础性根底至关重要。包括：打好基本理论和政治立场的根底；打好把握国家法律法规和方针政策的根底；打好专业知识和业务能力的根底；打好撰写智库报告建议的技巧功底。这些根底是产生出高质量研究成果的基础性条件。如果智库研究人员不懂得中国特色社会主义理论、不坚定中国特色社会主义道路、制度，不熟悉国家的法律法规和方针政策，就很难提出科学、正确的决策建议；如果智库研究人员不了解相关领域的专业知识和业务工作现状，也不可能提出有针对性、创新性和管用性的政策建议。具体说来，智库要为实现"十三五"时期的历史任务献计出力，就必须首先学懂弄通中央《建议》以及即将制定的"十三五"规划的基本精神和作出的重大部署，必须弄清楚中央提出的新思想、新理念、新论断、新观点、新任务、新举措。如果不学好、吃透新的决策精神，就不可能服务好国家战略需求。智库研究报告与一般学术论文和学术成果的体例、范式和文字表达用语也不相同，不仅应当立论正确、观点鲜明，还应当文字明快、引人入胜、一目了然。

加快推进供给侧结构性改革的新探索

——评《转型闯关——"十三五"：

结构性改革历史挑战》*

（二〇一六年二月）

2016 年是我国转入"十三五"时期、决胜全面建成小康社会的开局之年，也是推进结构性改革的攻坚之年。中央经济工作会议明确提出："推进供给侧结构性改革，是适应和引领经济发展新常态的重大创新，是适应国际金融危机发生后综合国力竞争新形势的主动选择，是适应我国经济发展新常态的必然要求。"这是一个审时度势的深刻论述和重要的决策部署。

新年伊始，很高兴看到由中国（海南）改革发展研究院院长迟福林教授领衔主编的《转型闯关——"十三五"：结构性改革历史挑战》一书出版。这部著作以问题为导向、以深化改革研究为鲜明特征，对经济转型升级进行了全方位的系统剖析，并以加快推进供给侧结构性改革为主线，提出了贯彻落实五大发展新理念、深化结构性改革的清晰思路。应当说，该书立意深远、谋篇布局新颖，在经济转型升级与结构性改革的理论创新上别具一格，同时又提出了一系列具有前瞻性、战略性、实用性的对策建议，是一部理论联系实际、服务发展改革大局的佳品力作。

谋划和推动"十三五"时期我国经济社会发展，必须把适应新常态、把握新常态、引领新常态作为贯穿发展全局和全过程的大逻辑。这是我国经济社会发展阶段性演进的客观要求，也是推进经济转型升级的重大决策。我国改革开放走到今天，随着经济规模不断扩大，经济形态不断演化，经济社会发展遇到一系列新情况、新问题，需要准确把握经济转型升级五大趋势的时代特征：第一，我国的工业化中后期与全球新一轮产业革命历史交汇，凸显

---

* 《转型闯关——"十三五"：结构性改革历史挑战》，迟福林主编，中国工人出版社 2016 年 3 月出版。

了制造业升级、发展战略性新兴产业和现代服务业的重要性。同时，人口城镇化对公共产品和服务供给提出新的要求，走向服务业主导成为产业结构变革的大趋势。第二，人口城镇化的加快发展，城乡二元户籍制度向居住证制度转型成为城镇化结构变革的大趋势。第三，随着中高收入群体的增加，人民生活水平明显提高，特别是需求结构发生深刻变化，由物质型消费为主向服务型消费为主转型成为消费结构变革的大趋势。第四，随着全球服务贸易的快速增长，全面实施自由贸易战略成为开放转型的大趋势。第五，破解经济社会发展中的难题，培育发展的新动力，优化要素配置，提高全要素生产率，提升供给体系质量和效益成为结构性改革的大趋势。

加快经济转型升级，推进供给侧结构性改革，是一个重大的现实性任务。其要义是解放和发展社会生产力，坚持用改革的办法，更加充分地发挥市场对资源配置的决定性作用和更好发挥政府的引导性作用，推进结构调整，特别是供给侧结构性改革。要通过一系列深化改革和调整政策的举措，特别是推动科技创新、体制创新、制度创新，着力解决我国经济发展供给侧存在的问题，重点是促进部分过剩产能有效化解，促进产业结构优化重组，降低企业成本，提高供给结构对需求变化的适应性和灵活性。

加快供给侧结构性改革，实现经济转型升级，特别要注重以"创新、协调、绿色、开放、共享"五大发展新理念为引领，突出抓好以下几个方面：第一，服务业领域供给短缺的矛盾尤为突出，需要把增加公共产品和服务供给作为供给侧结构性改革的重点，破除服务业领域的政策体制束缚，充分释放服务业特别是现代服务业全面快速增长的巨大潜力，形成服务业领域的新供给。第二，加快金融体制改革，既需要着眼于优化资金、资本要素配置，支持实体经济加快创新发展，又需要守住金融不发生系统性风险的底线，维护金融安全。第三，降低税费成本，推行结构性减税政策，这就需要加快财税体制改革，切实降低企业的制度成本。第四，经济转型升级需要创新型和实用型人才，加快推进教育结构调整与改革，对实现数量型人口红利转向质量型人口红利意义重大。第五，以绿色发展开辟供给侧改革新境界，实现绿色、低碳、可持续发展，这是全社会对结构性改革的热切期盼，必须把加快环境治理、加强生态建设摆在结构性改革的突出位置。第六，进一步激活市场、激活企业，这就需要持续推进"放管服"结合的简政放权改革，既要切实减少政府对市场和企业活动的直接干预，又要有效引导经济发展方向和实-

施科学监管。

"十三五"头两年的经济转型升级带有闯关的突出特点，更需要突出结构性改革中的政府作为。在国内外环境深刻复杂变化的特定情景下，经济转型升级面临着供给侧去产能、去库存、去杠杆、降成本、补短板等多方面的艰巨任务。既需要化解多年来累积下来的矛盾和问题，又需要加快培育新的发展动能，尽快形成可持续健康发展的新动力。从这个意义上说，结构性改革更需要爬坡过坎、勇于闯关。尤其要正确认识和处理市场与政府关系，形成支撑经济转型升级和推进供给侧结构性改革的各项政策与制度安排。这就需要按照"五位一体"总体布局和"四个全面"战略布局，以更大的决心和勇气突破利益固化的藩篱，啃下结构性改革的"硬骨头"。

全面深化改革需要发挥新型智库的作用。中改院作为国内外知名的改革智库，成立20多年来坚持服务中央改革决策，注重深化改革研究。近几年先后形成了《第二次转型——处在十字路口的发展方式转变》、《民富优先——二次转型与改革走向》、《消费主导——中国转型大战略》、《改革红利——十八大后的转型与改革》、《转型抉择——2020：中国经济转型升级的趋势与挑战》等一系列著作，及时地、客观地反映我国经济转型升级与全面深化改革的需求，在国际国内都产生了广泛的影响。相信本书的问世，不仅能够产生积极的社会影响，还能够对我国供给侧结构性改革的深入推进起到有益的参考作用。

贯彻新发展理念　服务科学决策

——评《山东省"十三五"规划重大问题研究》*

（二〇一六年十一月）

由山东社会科学院院长张述存研究员主编的《山东省"十三五"规划重大问题研究》一书，日前已出版发行。该书是中国特色新型智库建设进程中涌现出的一部重要资政成果，全书以五大新发展理念为统领，立足世情国情，准确把握地方实际，为服务国家经济社会发展提供了战略性、前瞻性、针对性较强的决策参考。该书具有如下突出特点：

一是坚持科学理论指导，做好结合文章。 该书以中国特色社会主义理论体系，特别是习近平总书记重要讲话精神为遵循，紧扣"创新发展、协调发展、开放发展、绿色发展、共享发展"的时代主题，努力做好理论与实践结合的文章。该书涵盖经济和社会发展诸多领域，贯穿着"四个全面"战略布局和新发展理念，渗透着与时俱进、改革创新的科学品质，尤其在协调推动经济、政治、文化、社会、生态五位一体融合发展方面，在统筹推进国家治理体系和治理能力现代化方面作出了有益贡献。

二是坚持问题导向，聚焦区域发展。 该书紧紧围绕山东省"十三五"时期经济社会发展面临的重大问题，把明确目标与研究问题结合起来，取舍有度，着力解决难题、缩小差距、补齐短板。所做选题，都紧紧围绕实现区域协同创新发展，所提对策建议，都瞄准区域发展实现由"大"变"强"。该书将推动区域发展有效对接和融入国家战略作为研究重点，提出应突出山东半岛的海陆"交汇点"作用，深度对接国家"一带一路"倡议；加速黄河中下游经济隆起，全面对接京津冀一体化；构建现代交通走廊，积极对接长江经济带；加快威海—仁川自由经济区建设，有效对接中韩自贸区战略。这些发展思路处处体现着担当意识和大局意识，对区域发展和全国发展都具有重

---

* 《山东省"十三五"规划重大问题研究》，张述存主编，山东人民出版社 2016 年 1 月出版。

要参考价值。

三是坚持服务决策，彰显智库职责。该书体现了积极适应、把握、引领经济发展新常态的总体部署，具有很强的前瞻性、针对性、对策性。该书注重学术研究和决策咨询并举，突出重大问题研究，统筹研究过程和成果应用一体推进，科学研判形势，深入分析矛盾，精心谋划设计，正确选择路径，很多研究内容和结论都令人耳目一新，尤其在关于对外开放、社会精细化治理、经济增长与经济发展转型关系等方面的研究给决策者提供了值得重视的思考空间，具有很强的科学性、指导性和可操作性，为科学决策提供了重要智力支持和应用参考。

聚焦热点问题　打造精品力作

——在《中国改革与发展热点问题研究（2017）》*
新书发布会暨研讨会结束时的讲话

（二〇一七年二月）

今天，我们在这里召开一部新书发布会，也是一次热点问题研讨会。大家既见证了《中国改革与发展热点问题研究（2017）》一书的面世，也对当前我国改革发展一些难点热点问题进行了深入研讨。这个会议开得很好，超过了会前的预料，既深化了对新著作内容的认识，也探讨了不少新问题，大家分享了研究成果，收获了睿智思想。

下面，我讲三点认识和意见。

一、荣列"好书榜"在于多方共助力

中国行政体制改革研究会从 2013 年开始组织力量，就我国改革发展热点问题开展跟踪研究，并汇编研究成果，第一年委托时事出版社出版《中国改革与发展热点问题研究》，从 2014 年开始委托商务印书馆出版，今年出版的是第四部。《中国改革与发展热点问题研究（2017）》出版不久，就荣列中国出版集团"2017 年第一期中版好书榜"学术文化类书籍榜首。这说明，《中国改革与发展热点问题研究》系列研究成果，质量越来越高，影响越来越大，社会反响越来越好，得到了权威机构的认可。

我觉得，这本书之所以比较成功，是多方共同努力的结果。

首先，这本书不少文章出自名家和新秀，质量比较高。本书以习近平总书记系列重要讲话精神和治国理政新理念新思想新战略为指导，对当前我国改革与发展的一些热点难点问题，进行了深入思考和积极探索。每篇研究的

---

* 《中国改革与发展热点问题研究（2017）》，魏礼群主编，商务印书馆 2016 年 12 月出版。

问题抓得好抓得准，研究成果有深度，文章写得也都不错。今天在座的多位专家学者，都是在某个领域中的名人、大家，不吝赐给自己精心撰写的大作；在座的一些新秀，在一些问题研究中都有自己的真知灼见。正如"中版好书榜"的推荐词所说："书中研究成果既有顶层设计的宏观思考，也有寻幽探微的微观分析；既有街谈巷议的社会热点，也有首次公开的潜在问题。而这些研究成果共性的一面，是都围绕破解决胜全面建成小康社会的问题，力求服务于'十三五'规划目标的实现。"本书的内容体现了强烈的问题意识，关注了当前改革发展中的一些大事要事，不少文章出自名家、新秀之手，立论正确，观点新颖，论述深透，站在了理论研究和实践探索的前沿，反映了公众和社会的关切。刚才，大家对这本书给予肯定和好评。我要向参与本书问题研究和精心写作的专家、同事表示感谢！

其次，权威出版机构真诚合作。本书由商务印书馆出版。商务印书馆已有120年的历史，是我国历史最悠久的出版机构，业内口碑甚佳。纵观近代中国文化史，商务印书馆是我国出版事业发展的重要里程碑和出版界的著名品牌。一个多世纪以来，商务印书馆以"昌明教育，开启民智"为己任，竭力继承中华文化，积极传播海外新知，创造了中国文化出版事业的辉煌。商务印书馆文化底蕴深厚，聚集了一大批高水平的编辑，追求高品质高水平。多年来，中国行政体制改革研究会与商务印书馆建立了良好的合作关系，已连续3年承担编辑出版《中国改革与发展热点问题研究》。正是因为有这样权威的出版机构的精心编辑、高质量印制和及时出版，提升了本书的品质和影响。这本书能够获得好评，商务印书馆同志们付出了辛劳。

再次，新型智库的支持。中国行政体制改革研究会成立以来，致力于建设一流新型社会智库，始终围绕中心，自觉服务大局，主动服务国家改革和发展，通过行政改革研究基金，支持多出高质量研究成果、培养优秀研究人才。多年稳定、持续资助"中国改革与发展热点问题"系列研究，保障了课题研究的深入开展和研究成果的及时出版。近几年来，围绕我国改革发展中热点问题研究，形成了一支相对稳定、水平较高的研究力量，包括邀请一些相关领域知名专家参与研究、撰写文章，他们在相关领域深耕多年，有很高的学术造诣和丰富的实践经验；特别是注意发挥中青年研究人员作用，以老带新，提携后辈才俊。所以，借此机会也对中国行政体制改革研究会表示感谢！

二、坚守定位，突出特色，聚焦热点问题

中国行政体制改革研究会与商务印书馆达成了长期合作的协议，研究会每年都组织力量对我国改革与发展的难点热点问题开展研究，并编写书稿，商务印书馆出版"中国改革与发展热点问题研究"系列丛书，这是本书的定位，也是本书的品牌，要坚持合作下去，越做越好。为此，关键是坚持聚焦国家改革发展中热点重点问题研究。

如何选择热点问题呢？一般说来，可以从几个方面来把握：一是党和国家面临的重大活动、重大事件，需要做前瞻性建言献策研究；二是党中央、国务院已经作出的重大决策部署，需要深入贯彻落实，跟踪研究；三是人民群众和社会热议期待解决的问题，需要进行有针对性的研究；四是国际国内出现的新情况新问题研究。我们要编写好下一年度的《中国改革与发展热点问题研究》，必须把握新一年度的热点重点问题。

就今年来说，党的十九大将隆重召开，这是我们党和国家政治生活中的头等大事；5 月将举办"一带一路"国际合作高峰论坛，也是世人注目的大事。我们要围绕这些大事选好研究课题。同时，要围绕贯彻党中央重要会议精神、贯彻习近平总书记的重要讲话，围绕党和国家各项重点任务，选好研究课题。例如：

（一）**关于服务理论创新研究**。我们要认真梳理、学习、领会、研究党的十八大以来以习近平同志为核心的党中央治国理政新理念新思想新战略，这些是马克思主义中国化的最新理论成果，包括各方面思想理论、理念观点创新的时代背景、科学内涵、精神实质、重大意义等。这应该是 2018 年度出版的热点问题研究一类书的主题主线。

（二）**关于全面建成小康社会之后发展战略研究**。习近平总书记指出，党的十九大，将绘制中国特色社会主义事业发展新的蓝图，这就需要认真总结党的十八大以来党和国家事业发展的新进展新经验，深入研究重大战略问题。以往我国的发展目标大都定在 2020 年，党的十九大需要提出全面建成小康社会之后的发展战略，包括战略目标、战略阶段、战略任务、战

略路径等，这些都值得深入研究。

（三）关于全面创新问题研究。创新是时代的最强音，是最迫切的任务，也是我们国家的根本出路。 我们要实现"两个一百年"奋斗目标，全面建成小康社会、全面建设现代化国家，就必须加快建设创新型国家，这样才能在国际竞争中占据主动地位。对创新的理念、创新的内涵、创新的战略、创新的方式、创新的路径，都需要作深入研究。实施创新驱动发展战略，必须明确提出跻身于世界创新型国家前列的目标。创新是一个系统性、全面性工程，最重要的是要增强自主创新能力，最根本的是要破除体制机制障碍，最关键的是广泛延揽人才，并创造人才能够施展才智的良好环境。这些方面有不少亟待解决的问题。

（四）关于国家治理体系现代化研究。 党的十八届三中全会已明确提出推进国家治理体系和治理能力现代化的改革目标。国家治理体系内容很多，包括中央已决定成立的监察委员会，这既是政治体制改革，又是国家治理体系的改革。这方面还有一些问题需要进行研究。行政体制改革是国家治理体系建设的重要方面，要把行政体制改革作为一个重大课题来研究。按照以往做法，明年春天新一届政府成立之前，要对行政体制改革、政府职能转变、机构设置作出一系列调整和改革，要求降低行政成本、提高行政效能等。大家应围绕这方面改革深入研究。"放管服"是行政体制改革的重要内容。当前，"放管服"改革仍然存在一些问题。需要深入研究如何处理好政府、市场、社会、企业的关系，如何进一步厘清政府与市场、政府与企业、政府与社会的职责，既要激发市场和社会活力，给企业松绑，发挥社会组织作用，又要加快政府自身改革，更好发挥政府作用。

（五）关于世界经济发展和经济全球化走向研究。 全球经济将面临一系列重大的风险和挑战。短期来看，特朗普"新政"、美元加息、英国正式启动脱欧程序、法国和德国政府换届等，都会对国际经济形势和我国经济发展带来许多不确定因素。近年来，一些国家的贸易保护主义抬头和逆全球化思潮上扬，世界经济正处于一个关键档口，经济全球化也面临十字路口，对我国发展可能造成冲击，应做好应对准备。我们一方面要保持战略定力，另一方面，观大势谋长远，助推和引领新型经济全球化发展方向。这方面有许多问题亟待研究。

（六）关于我国经济走势和引领经济发展新常态研究。 2016 年底召开的中央经济工作会议提出一系列重要决策，包括宏观调控目标、财政政策要更加积极有效，货币政策要保持稳健中性，把防控金融风险放在更加重要的位置等。贯彻中央经济工作会议精神需要深入研究一些"两难"问题。2017 年我国经济增长仍面临下行压力。如何把握经济发展新常态的趋势特征、实质、要义？如何主动适应把握引领经济新常态发展，也需要研究不少问题。

（七）关于深化供给侧结构性改革研究。 推进供给侧结构性改革，提升供给体系质量和效率是我国发展的大趋势。如何评估一年多来供给侧结构性改革的进展？如何注重运用市场化和法治化手段推进供给侧结构性改革？如何把握去产能中的当前矛盾与长远发展的关系，去产能行业发展的目标如何把握，去产能中如何解决好债务和安置就业问题？特别要重视研究推进供给侧结构性改革中出现的新情况新问题，提出有力的应对之策。

（八）关于"一带一路"倡议实施研究。 "一带一路"倡议实施三年来取得了积极进展，如何深刻理解党中央提出这个倡议的丰富内涵，如何评估国内外的进展成效？"一带一路"倡议实施中出现哪些新情况、新问题？如何更好实施"一带一路"倡议，特别是处理好国内与国外的关系、硬件建设与软件建设的关系、近期建设与长远建设的关系？

（九）关于打好脱贫攻坚战研究。 2020 年要实现全国脱贫攻坚任务，这是我们党向人民的庄严承诺，各方面都充满期待，时间紧、任务重。近两年工作力度加大，成效明显，值得认真总结经验。但也面临不少新情况、新问题，怎么样使中央的决策能够正确、有效地贯彻落实，做到真脱贫、脱真贫，如何实现既定的目标？这个问题需要作深入实际的调查研究。

（十）关于加强社会建设和创新社会治理研究。 今年的就业压力加大要引起重视。高校毕业生人数再创历史新高，需要安置的去产能分流职工增加，一些长期隐性失业人员将逐步流向市场，如何贯彻就业优先的改革？今年要全面推开公立医院综合改革，这是一个攻坚战，如何使这方面的改革顺利进行？如何加强和创新社会治理，提高整个社会治理水平，党的十八大以来社会治理的一些新理念和政策措施怎么贯彻到基层，也是需要加以研究的。如何推进健康中国建设、推进教育现代化、完善社会保障制度？特别是我国人口结构发生深刻变化，老龄化进程加快，解决老龄社会发展中的问题，是社会建设特别是社会治理带有全局性问题，需要加强战略性、政策性研究。

（十一）关于**雾霾治理和生态环境保护研究**。近年来，重度雾霾频发，地域范围之广、持续时间之长、影响之严重，成为人们热议的问题。治理雾霾现在全国上下都十分关注。什么叫雾霾？雾霾的成因是什么？怎么看待雾霾形势？怎么能够有效地治理雾霾？这些问题都很迫切，应当作为我们研究的一个重点问题。生态环境保护和生态文明建设，关系人民福祉，关乎民族未来，是功在当代、利在千秋的事业。改革开放以来，我国经济发展取得历史性成就的同时，也积累了大量生态环境问题，成为人民群众反映强烈的突出问题。各类环境污染的高发态势必须下大气力扭转。如何清醒认识保护生态环境、治理环境污染的紧迫性和艰巨性，正确处理好经济发展同生态环境保护的关系，牢固树立保护生态环境就是保护生产力、改善生态环境就是发展生产力的理念，更加自觉地推动绿色发展？如何通过制定和实施最严格的制度、最严密的法治、最完善的考核体系，为生态文明建设提供制度保障。要以对人民群众、对子孙后代高度负责的态度和责任，真正下决心把环境污染治理好、把生态环境建设好，努力走向社会主义生态文明新时代，为子孙后代留下天蓝、地绿、水清的生产生活环境，这也是实现中华民族伟大复兴中国梦的重要任务。

以上只是举例提出一些需要研究的重点热点问题，大家还可以从自己的研究领域提出研究的热点重点问题。

三、着力提高研究质量，多出精品力作

《中国改革与发展热点问题研究》已成品牌之作，要珍惜已获得的形象和声誉。必须坚持高标准、高质量、高要求，真正形成名符其实的精品力作。为此，应把握好以下几点。

（一）**选好热点问题**。聚焦热点问题，选好研究题目，这是打造精品力作的首要环节。选好题目需要思维创新，作好文章是施工过程。选题要围绕党和国家中心工作，服务领导决策，着力研究解决改革发展稳定中的突出问题，着力研究事关经济社会发展全局性、战略性的重大问题，以及人民群众关心的热点、难点和重点问题。选择题目要把握好写作重点和角度。可以是学术、理论研究的前沿性内容，可以是重大决策之前超前研究的理论观点和决策需求，可以是重大决策部署之后的评估、跟踪研究，可以是当前社会关

注的焦点、难点问题，也可以根据自己的优势和长处，结合现实的问题选准研究课题。

（二）**坚持正确方向**。要产生高质量的研究成果和优秀文章，必须坚持正确的政治方向和学术方向。最根本的，是围绕坚持和发展推进中国特色社会主义事业，深入学习、贯彻、研究习近平总书记治国理政思想，正确立论，观点鲜明，提供正能量。

（三）**深入调查研究**。深入调查是发现问题和解决问题的重要途径，要深入实际、深入基层、深入群众开展好调查研究。要全面系统地了解真实情况，掌握第一手材料。要倾听群众的呼声，感受群众的疾苦，总结群众的经验，集中群众的智慧。要综合运用归纳与演绎、分析与综合、具体与抽象，对调查中掌握的材料去粗取精、去伪存真、由此及彼、由表及里的深入思考，透过现象把握本质，找到解决问题的有效办法。这也是产生优秀研究成果和高质量文章的有效途径。

（四）**敢于独立思考**。要产生高质量的优秀研究成果和优秀作品，必须敢于创新，要敢于想别人之未想、谋别人之未谋，敢于发表新观点、新思路、新见解、新方法，以服务和推动理论创新、学术创新、实践创新。

（五）**认真撰写文章**。无论调查多么深入、材料多么丰富、研究多么精心，如果写得不好，仍然达不到预期目的，拿不出精品成果。应注意以下两点：一是做好内容和形式的总体把握。从内容上讲，不仅观点要鲜明，而且重点要突出，论证要有力。从形式上讲，布局要合理，论证要严谨，条理要分明，善于画龙点睛。二是文字要简练、生动、准确。不刻意追求深奥，不应过多雕饰，也不应过多老话套话。文章写出来后，要反复修改，努力做到"丰而不余一言，约而不失一辞"，使主题主线更加突出，新思想新观点更加鲜明。

总之，用心选好热点问题深入研究，精心撰写研究成果，就一定会拿出有睿智之言和高质量的文章奉献给社会。期待这套《中国改革与发展热点问题研究》的品牌之作，每一年都有一批优秀研究成果，一年比一年编写出版得更好！

在双向开放中推动和引导新型全球化

——在《二次开放——全球化十字路口的中国选择》* 新书发布会暨研讨会上的讲话

（二〇一七年二月）

当前，部分国家"逆全球化"思潮明显上扬，采取贸易保护主义增多，多边贸易发展面临障碍，经济全球化面临着巨大的不确定性和挑战。世界经济又走到一个关键档口。经济全球化究竟向何处去？这个关乎我国发展乃至世界发展的重大问题，引起国内外各界人士的普遍关注。在这个背景下，2016年12月的中央经济工作会议提出，要"推进更深层次更高水平的双向开放，赢得国内发展和国际竞争的主动"。习近平总书记在达沃斯论坛上也明确指出，"经济全球化是社会生产力发展的客观要求和科技进步的必然结果"，"面对经济全球化带来的机遇和挑战，正确的选择是，充分利用一切机遇，合作应对一切挑战，引导好经济全球化走向"。这向全球表达了中国坚定开放不动摇、引领经济全球化方向不动摇的决心。

在经济全球化处于十字路口的新形势下，需要深入研究如何推进新阶段的对外开放。这也是我近来一直思考的问题，并形成两个基本观点：第一，中国应该坚定不移对外开放，继续推动经济全球化。这是因为：1.实行对外开放是我们的基本国策，是决定中国发展前途命运的关键一招；2.近40多年来，我国经济社会发展取得举世瞩目的巨大成就，是以开放促改革促发展的结果；3.中华文明的历史经验表明，越是开放越是强大，越是强大越是开放，唐朝鼎盛时期也是最为开放的时代；4.当今中国的世界第二大经济体地位和时代责任，推进人类命运共同体建设，也需要推进全球共同发展。第二，中国应该坚定不移参与经济全球化，着力引领新型全球化方向。这是因为，1.经济全球化是社会生产力发展的客观要求和科技进步的必然结

---

* 《二次开放——全球化十字路口的中国选择》，迟福林著，中国工人出版社2017年3月出版。

果，历史已经证明，经济全球化为世界经济增长提供了强劲动力，促进了生产要素流动和各国人民交往；2.经济全球化是历史潮流，任何力量都不可阻挡。黄河九曲十八弯，终归奔腾不息入大海，"青山遮不住，毕竟东流去"；同时，也要看到，经济全球化是一把"双刃剑"，特别是近几十年来西方国家主导的经济全球化，加剧了世界经济发展的矛盾，出现了不少需要解决的问题，经济全球化转型势在必行；我们要审时度势，充分利用一切机遇，合作应对各种挑战，引导好经济全球化走向，关键是要确立新型全球化理念，推动经济全球化朝着开放、包容、均衡、公正、共享的方向发展。

因此，当我拿到中国（海南）改革发展研究院撰写的"中国改革年度报告（2017）"——《二次开放——全球化十字路口的中国选择》时，就很有兴趣，一睹为快。

通览全书后，我认为此书在如何推进双向开放的研究方面下了很大功夫，不仅提出了开放转型的大思路，而且提出了务实的新举措，读后颇为解渴。本书有几个突出特点：一是从当下人们最为关注的问题出发，回答经济全球化究竟怎么了？本书提出了全球化面临逆潮流的挑战但大趋势难以逆转的分析，主张树立开放、公平、包容、共享的新型全球化观，主张用全球结构性改革破解全球层面的结构性矛盾。这些分析很有新意，值得反复琢磨。二是提出了比较完整的开放转型的分析框架。2016年中改院撰写的《转型闯关》，已经提出"二次开放"的命题。在去年研究基础上，又进一步丰富了二次开放的内涵，提出了开放转型的战略思路。从目标到思路再到重点，形成了一个比较完善的分析框架和建议框架。三是在开放转型中突出强调了转型因素。不仅分析我国的对外开放，而且用了相当大笔墨分析我国的经济转型。这是此书的一个特色所在。从双向开放角度分析经济转型的迫切性以及重大任务，反映了我国经济社会发展的新趋势。

总的来看，我认为这本书有新思路、新见解、新对策，既富有新意又比较务实。其中的具体分析，不同的读者未必完全都赞同，甚至可能会有相反的意见。但我认为，这份高质量的报告是可以引起各方的思考和讨论的，值得每一位关注我国发展、开放以及经济全球化重大问题的读者研读和参考。这也是我推荐此书的重要原因。

无论外部环境如何变化，挑战如何变化，关键在于把自己的事情做好，关键在于加快推进经济转型，理顺各种体制关系。其中最为重要的，就是理顺政府与市场关系。因此，我更关注的是，这场新形势下开放变革对体制机制改革提出的现实需求和倒逼压力。尤其是在理顺政府和市场关系这个"牛鼻子"上，我想以下三点很重要：

第一，抓住双向开放中市场决定有效资源配置的难点，集中发力。 更深层次更高水平的双向开放，实质是市场在更大程度上发挥作用。我们通常说的产能全球布局，就是在全球市场配置资源。要实现对外开放的新突破，需要国内市场更加开放。否则，我们很难在对外开放中把握主动权。这几年我国在市场化改革上加大了力度，出台了不少举措，有比较大的进展。但在有些领域还有不少尾巴，甚至有一些机制性堡垒没有攻破。由此又反过来对我国发展带来某些掣肘。因此，新阶段理顺政府与市场关系的重点和攻坚点，应当放在市场开放上，着力打破各类垄断。这是稳定并增强国际社会对我国开放预期的一项重大行动。

第二，抓住双向开放中政府合理有为作用的支点，精准发力。 新形势下的对外开放，对政府更好发挥作用提出更高要求。比如，随着我国双向开放程度的不断提高，如何防范国际经济金融波动的传导，成为摆在我们面前的现实挑战。这几年各级政府简政放权力度比较大，同时也客观上暴露了市场监管不到位的问题，由此加大了某些领域的风险因素。因此，双向开放中政府更要合理有效发挥作用，包括按照引领新型经济全球化方向要求，来调整完善宏观经济政策、规划、准则，尽快完善市场监管体系，尤其是推进金融、反垄断、食品药品等重点领域的监管变革。这是当前转变政府职能重大而迫切的课题。同时，还要主动推动世界经济治理创新，让经济全球化正面积极效应更多更好释放出来。

第三，在双向开放中真正形成政府与市场的合力。 在新的历史条件下，如何更好发挥市场和政府"两只手"各自应有的作用，形成既加快双向开放又完善监管的新格局，这方面不仅考验认知和智慧，而且也考验魄力和本领。这就要严格规范两者的职能边界。切实做到：该由市场发挥作用的，要坚决放开放活，决不留尾巴、不搞变通；该由政府发挥作用的，要坚决管住管好，不松懈、不敷衍。要充分利用双向开放带来的新动力，努力实现灵活有效市场和正确有为政府的有机结合与协调统一。

　　以上是我在通览完《二次开放》后的几点初步思考。当然，更深层次更高水平的双向开放以及引领新型经济全球化走向，还有相当多的课题需要进一步研究。希望包括中改院在内的智库能继续深入研究，为领导决策和社会公众奉献更多有价值的研究成果。

要继续编写好《社会体制蓝皮书》

——在《社会体制蓝皮书：中国社会体制改革报告（2017）》*新闻发布会上的讲话

（二〇一七年三月）

今天我们在这里举行《社会体制蓝皮书：中国社会体制改革报告（2017）》新书发布会。首先，我代表主办方，向莅临发布会的各位嘉宾、新闻媒体的朋友们表示欢迎和感谢！由龚维斌教授任主编、赵秋雁教授任副主编的《社会体制蓝皮书》，2013 年由我倡议组织编写，到现在刚好五年时间，一共出版了 5 本，去年的一本蓝皮书还荣获了"第七届优秀皮书奖"（社会政法类）二等奖。在这么短时间内获得如此殊荣，难能可贵，但还要继续努力，更上一层楼。借此机会，我谈三个认识，与大家一起交流。

一、《社会体制蓝皮书（2017）》的主要特点和成果

从总体上来看，《社会体制蓝皮书（2017）》的编写体现出如下五个"相结合"的特点：

一是理论探索与政策研究相结合。社会体制改革问题是当前我国各方面都非常关注而又亟待深入探讨的重大课题。这本书既着眼于对社会体制及其改革的基础理论问题展开系统深入的探讨，同时也紧密结合现实实践需求对相应的改革举措和方案设计进行政策性的研究，重在实际工作应用转化。

二是研究广度和研究深度相结合。从多个角度来解析和呈现社会体制及其改革的研究领域。包括：总报告，对 2016 年全国社会体制改革的总体状况和进展，以及 2017 年发展趋势进行分析和判断；也有专题报告，就社

---

* 《社会体制蓝皮书：中国社会体制改革报告（2017）》，龚维斌主编、赵秋雁副主编，社会科学文献出版社 2017 年 3 月出版。

会体制改革各个领域的重点、难点和热点问题进行专题深度研究。比如，社会治理体制篇，包括社会治理法治化、户籍制度改革、社区治理创新、互联网治理等问题；基本公共服务篇，包括社会保障、教育体制改革、医疗卫生体制改革、养老等问题；社会组织体制篇，包括群团组织、行业协会改革、社会企业等；应急管理和公共安全篇，包括突发急性传染病、安全生产改革等。

三是专题座谈与深入访谈相结合。根据中央最新决策精神，课题组邀请国内知名专家召开社会体制专题研讨会，汲取智慧；同时，采取多种形式的访谈，来获取不同人群（中央相关部委、地方政府官员、社会组织、普通居民等）对社会体制改革的认识、看法，以实现对社会体制相关问题的贯通性理解。

四是问卷调查与个案解析相结合。通过一些设计问卷调查获取社会体制改革有关数据，比如关于"户籍制度开放度"问题，通过全面的面板数据分析，得出主要城市户籍开放度排名；通过典型个案调查，获取具体细节材料，进而增强和深化对社会现实问题的理解和判断。

五是听取专家学者见解与实务工作者经验相结合。由于社会体制改革问题具有高度的理论复杂性和现实针对性，课题在研究组织上采取了多种类型研究人员的联合攻关。既有高校科研院所的，也有政府部门的，还有社会组织等实务一线的，这使得理论探讨和实际工作经验能够相互融合。

可以说，经过五年的持续编撰和精心建设，《社会体制蓝皮书》已经成为一本在社会领域研究较具影响力和知名度的蓝皮书报告，并逐步积累和形成了如下几方面成果：

一是形成了一个较为成熟的编撰体例。经过五年的连续编撰，逐渐形成了较为成型的编撰风格，形成了"1+4"的蓝皮书体例：即"一个总报告"和"四个专题单元"。由于社会体制改革是一个不断深化和探索的过程，蓝皮书也是在编写过程中不断探索和完善，逐步形成了以"社会治理体制"、"基本公共服务体制"、"现代社会组织体制"和"应急管理和公共安全"为主要内容的框架体系。

二是组成了一支较为稳定的专家队伍。搭建和形成了一支相对稳定的结构合理、素质优良、战斗力强的研究团队。以国家行政学院和北京师范大学部分专家、教师为主体、邀请一些相关单位和社会组织机构的人员承担相关专题报告。这些人员中，既有知名专家，也有青年新秀。

三是构筑了一个较为活跃的研讨平台。《社会体制蓝皮书》的编撰是以课题组的形式进行的。每年课题立项后，课题组会组织多种形式的研讨会。一方面，邀请国内社会研究领域的知名专家研讨，带来最前沿的思想观点，开阔了研究视野和思路；另一方面，课题组内部每个单元的专题报告在付印之前都逐一进行讨论、汇报，大家共同参与把关、提出修改意见，使得报告不断完善。由此，通过编写《社会体制蓝皮书》构筑起一个比较广泛的社会体制改革研究的学术交流网络。

四是彰显了一种较为鲜明的智库研究导向。《社会体制蓝皮书》作为中国社会治理智库丛书的重要组成部分，是由国家社会科学基金特别委托重大项目"中国社会管理创新研究信息库"和致力于建设一流智库的中国行政体制改革研究会行政改革基金资助，国家行政学院社会治理研究中心和北京师范大学中国社会管理研究院两个智库机构共同组织编写，以承载和践行新型治理智库宗旨为使命和担当，全面发挥服务党政决策、推进理论创新、引导社会舆论、提供社会服务、集贤育人的功能。

二、坚守定位，突出特色，打造精品

《社会体制蓝皮书》取得这些成绩，来之不易，但要创造品牌，打造精品，还须不懈努力。要认真总结经验，弘扬改革创新精神，着力提升这部蓝皮书的质量、品牌和声誉。为此，要坚持把握好以下三点：

一是坚守定位。《蓝皮书》的特点，不同于一般的纯粹学术性、理论性研究，而是要求具有较强的政策性、实践性，并兼具一定的理论性。这就要求在蓝皮书编撰的过程中，既要紧扣中央最新决策部署精神，又要密切关注基层实践创新，从而将顶层设计与基层探索紧密结合起来，并切实关注和把握政策实施和政策落地的情况和效果。

二是突出特色。目前，我国社会领域的蓝皮书已有不少，比如中国社科院社会学所主编的《社会蓝皮书：中国社会形势分析与预测》、中共北京市委社会工作委员会等主编的《社会建设蓝皮书：中国社会建设研究报告》、北京国际城市发展研究院主编的《社会管理蓝皮书：中国社会管理创新研究报告》、中国人民大学社会学系主编的《中国社会发展研究报告》等，还有不少以社会组织、社会企业、社区等为主题的专题蓝皮书。在竞争日益激烈的社会蓝皮书领域，《社会体制蓝皮书》要占有一席之地，就必须不断凝练特色、突出特色，在"社会体制改革"上多做文章。

三是精益求精。在蓝皮书系列中，《社会体制蓝皮书》起步较晚，发展则较快。同时，也应当看到，《社会体制蓝皮书》与社会领域的一些老牌子的蓝皮书相比，还有一些差距。这需要追求卓越，提高标准，精益求精，务必出精品、出品牌、出声誉。这就要求紧紧围绕党和国家的战略需求和现实需求，聚焦我国改革发展过程中的重点热点难点问题展开深入研究，并提出切实管用的政策建议。由此，蓝皮书自然就会成为有用之作、有为之作、精品之作。

三、关于 2018 年本蓝皮书重点选题建议

2017 年，是我们党和国家发展进程中十分重要的一年，特别是我们将迎来党的十九大的召开，《社会体制蓝皮书》的编写要围绕迎接党的十九大，认真做好选题，产出高质量成果。为此，我这里提供一些选题建议，供研究参考。

（一）党中央治国理政新理念新思想新战略研究

党的十八大以来，以习近平同志为核心的党中央提出了一系列治国理政新理念新思想新战略，这是马克思主义中国化的最新理论成果，是发展中国特色社会主义、建设社会主义现代化强国的指导思想和行动指南。习近平总书记关于社会建设和社会治理的一系列新理念、新思想、新战略，以及在这些新理念新思想新战略的指导下进行的社会建设和社会治理改革创新实践，是党中央治国理政的重要组成部分，是我们需要认真系统梳理和深入研究的。

（二）完善中国特色社会主义社会治理体系研究

前不久，习近平总书记对加强和创新社会治理作出重要批示，强调"要继续加强和创新社会治理，完善中国特色社会主义社会治理体系，努力建设更高水平的平安中国，进一步增强人民群众安全感"。同时，他强调："要更加注重联动融合、开放共治，更加注重民主法治、科技创新，提高社会治理社会化、法治化、智能化、专业化水平，提高预测预警预防各类风险能力。

要坚持问题导向，把专项治理和系统治理、综合治理、依法治理、源头治理结合起来。要完善社会治安综合治理体制机制，加快建设立体化、信息化社会治安防控体系。"这为我们进一步完善中国特色社会主义社会治理体系、提高社会治理整体水平指明了方向，我们要加强深入研究。

（三）以新发展理念深化社会体制改革研究

深化社会体制改革是一项复杂的系统工程，必须坚持以新发展理念为指引，实现体制变革的新突破和新进展。"创新、协调、绿色、开放、共享"五大发展理念，是新形势下推进社会治理创新、深化社会体制改革必须遵循的基本发展理念。同时，坚持以人民为中心的发展思想则是推进社会治理创新、深化社会体制改革必须贯彻的灵魂主线。在改革进入"深水区"和"攻坚期"阶段，社会体制改革迫切需要创新理念、解放思想，进而实现体制改革的新突破。因此，如何以新发展理念指导社会体制改革需要深入研究。

（四）基层社会治理体制研究

基层社会治理体制是深化社会体制改革的重要组成部分。近年来，中央先后发布多份关于加强基层社会治理体制改革创新的重要文件，比如《关于加强城乡社区治理的意见》、《城乡社区服务体系建设规划（2016—2020）》、《关于加强乡镇政府服务能力建设的意见》；等等。这都要求我们更加重视基层治理在整个社会体制改革中的占位和作用，也需要我们进一步深入研究。

（五）脱贫攻坚和精准扶贫研究

到2020年，农村贫困人口如期脱贫、贫困县全部摘帽、解决区域性整体贫困，是全面建成小康社会的重大任务，是我们党作出的庄严承诺。今后几年，我国脱贫攻坚面临着十分艰巨的任务。要确保在既定时间节点完成脱贫攻坚任务，一方面要对精准扶贫过程中涌现出的好的经验和做法，及时进行总结，更好服务于扶贫工作的有效深入开展；另一方面，要对扶贫工作中出现的各种问题及时发现，全面分析，提出有力有效的对策。

（六）人口老龄化与老龄社会研究

人口老龄化是人类社会面临的全球性问题。中国人口老龄化程度不断加剧，对全面深化改革、经济社会发展正在并将继续产生多方面的深远影响。超快的人口老龄化进程，超大的老年人口规模、超级稳定的老龄社会形态，使得中国成为人口老龄化更为严峻的国家之一。如何有效应对人口老龄化带来的新问题、新挑战，综合提高治理老龄社会的能力和水平，成为党和国家、社会各界共同关注的重大课题。

（七）社会事业改革创新研究

社会事业关系着人民群众的现实利益，也是改革攻坚过程不可回避的重大问题。当前，人民群众对教育、医疗卫生、住房、就业、收入分配、社会保障、食品药品安全等民生问题，比较关注，满意度、获得感、公平感都有待进一步提高。经济新常态下，社会政策如何实现有效托底？这些问题都需要深入研究。

（八）环境保护和雾霾治理研究

良好的生态环境，日益成为当前我国人民群众的重大民生需求。改革开放以来，我国经济发展取得历史性成就的同时，也积累了大量生态环境问题，成为人民群众反映强烈的突出问题。近年来，一些地区和城市重度雾霾频发，不仅严重影响了人民群众的正常健康生活，而且也影响了政府在人民群众心中的责任形象。这就需要清醒认识治理环境污染的紧迫性和艰巨性，加强调查研究，多出治理良策。

开放转型的新思路

——《二次开放——全球化十字路口的中国选择》*简评

（二〇一七年四月）

　　《二次开放——全球化十字路口的中国选择》一书，日前已由中国工人出版社出版。该书提出了我国开放转型的新思路和新举措，在以下几方面进行了较为深入的研究。

　　分析预测经济全球化的前景。当前，全球贸易保护主义抬头、逆全球化势头上扬，经济全球化面临巨大挑战和不确定性。如何看待经济全球化的前景？该书对逆经济全球化现象进行了深入而有新意的分析，得出经济全球化大趋势难以逆转的结论，主张树立开放、公平、包容、共享的新型全球化观，用全球结构性改革破解全球结构性矛盾。

　　提出比较完整的开放转型分析框架。在经济全球化的十字路口，如何推进我国新阶段的对外开放？该书提出了"二次开放"的命题。与前 30 多年的开放相比，新阶段的"二次开放"在开放目标、外部环境、开放重点等诸多方面都发生了重大变化。该书提出了开放转型的战略思路，重点分析阐述了"一带一路"建设、自由贸易区战略、服务贸易战略的意义和内涵，从目标到思路再到重点，形成了一个比较完整的分析框架。

　　从双向开放角度分析开放转型的重要任务。该书不仅分析了我国的对外开放，而且用大量笔墨分析了我国的经济转型，从对内对外双向开放角度分析经济转型的迫切性及其重要任务，反映了我国经济社会发展的新趋势。

---

* 《二次开放——全球化十字路口的中国选择》，迟福林著，中国工人出版社 2017 年 3 月出版。

系统论述中国特色社会主义政治经济学最新发展的力作

——《新时代中国特色社会主义政治经济学》*简评

（二〇一八年一月）

近日，国家行政学院经济学教研部主任张占斌教授组织编著的《新时代中国特色社会主义政治经济学》由人民出版社出版。该书是一部全面系统论述党的十八大以来中国特色社会主义政治经济学最新发展和习近平新时代中国特色社会主义经济思想的著作。

综观全书，具有四个显著特点：一是立足新时代，研究新课题。中国特色社会主义进入新时代，呈现出许多过去未见的新情况、新特征，迫切需要新的理论体系和话语体系的解释和指导。该著作立足新时代，具有强烈的问题意识，研究回答了乡村振兴、扶贫、生态文明建设、现代化经济体系、高质量发展等一系列新的重大问题。二是总结新发展，提出新理论。党的十八大以来，以习近平同志为核心的党中央紧紧围绕新时代中国特色社会主义经济改革和发展重大实践课题，提出一系列治国理政新理念新思想新战略，形成了习近平新时代中国特色社会主义经济思想，这是中国经济发展进入和适应新时代的理论保证。该著作从历史方位论、理论自信论、主要矛盾论、人民中心论、总体布局论、战略布局论、基本制度论、要素分配论、市场经济论、发展阶段论、发展特征论、发展理念论、全面小康论、经济体系论、创新驱动论、"四化同步"论、区域协调论、乡村振兴论、精准扶贫论、生态文明论、宏观调控论、全面改革论、"一带一路"论、全球治理论等 24 个方面，全面系统总结论述了中国特色社会主义政治经济学的最新成果，推动了中国特色、中国风格、中国气派的中国特色社会主义政治经济学的创新发展。

---

* 《新时代中国特色社会主义政治经济学》，国家行政学院经济学教研部编写，人民出版社 2018年 1 月出版。

三是面向新征程，展望新未来。该著作系统总结了新时代实践经验，不仅体现了中国特色社会主义道路自信、理论自信、制度自信、文化自信，也揭示了经济建设的规律性，为新时代中国特色社会主义经济改革与发展提供了科学的理论指引。四是体现中国特色，贡献中国智慧。该著作具有鲜明的中国特色和时代特色，其中阐述的一些重要理论体现着人类共同的价值追求，具有现代经济理论的一般性，为世界经济发展、人类共同进步贡献了中国智慧和中国方案。

牢牢把握高质量发展这个强国之基

—— 在"推动高质量发展的历史跨越"高峰论坛暨《动力变革》*新书发布会上的主旨演讲

（二〇一八年二月）

党的十九大报告明确提出："经过长期努力，中国特色社会主义进入了新时代，这是我国发展新的历史方位。"2017 年 12 月中央经济工作会议再次强调，中国特色社会主义进入了新时代，我国经济发展也进入了新时代，基本特征就是我国经济已由高速增长阶段转向高质量发展阶段。

最近，看到中改院院长迟福林教授主编的"中国改革研究报告（2018）"——《动力变革——推动高质量发展的历史跨越》时，很有兴趣，一睹为快。

通览全书，《动力变革》主张推动我国经济转向高质量发展，不仅要把握国内外环境的变化趋势与历史性机遇，更要大力推动新旧动能转换。这就必须推动经济发展质量变革、效率变革、动力变革，并以动力变革提高全要素生产率，促进并实现质量变革、效率变革。总的看，我认为这本书有新视角、新思路、新观点、新对策。

一、我国经济由高速增长阶段转向高质量发展阶段是进入新时代的基本特征

为什么要转向高质量发展？为什么要动力变革？本书的一个突出特点就是问题导向。随着新时代社会主要矛盾的历史性变化，我国经济已由高速增长阶段转向高质量发展阶段。高质量发展，是以习近平新时代中国特色社会主义思想为指导，以不断满足人民日益增长的美好生活需要为目标的创新发展、绿色发展、包容性发展。高质量发展，已成为新

---

* 《动力变革》，迟福林主编，中国工人出版社 2018 年 2 月出版。

时代经济发展的突出特点和基本追求。

1.中国特色社会主义进入新时代。"中国特色社会主义进入了新时代",是对我国发展新的历史方位的科学判断。这表明,在新中国成立特别是改革开放以来取得重大成就的基础上,我国发展站到新的历史起点上,中国特色社会主义进入新的发展阶段。这个新的发展阶段,既同改革开放近40年来的历史进展一脉相承,又有很大的不同,包括党和国家事业发展从指导思想、理念思路、方针政策、体制机制、根本保证到社会主要矛盾、社会环境、外部条件等各方面都发生了显著变化,呈现与时俱进的新时代特征。

2.社会主要矛盾变化发生历史性变化。党的十九大报告提出,"中国特色社会主义进入新时代,我国社会主要矛盾已经转化为人民日益增长的美好生活需要和不平衡不充分的发展之间的矛盾。"这个判断,符合我国发展的客观趋势。解决好人民群众最关心最直接最现实的利益问题,并满足人民日益增长的美好生活需要,是我们党的使命所在,也是新时代转向高质量发展的基本目标。人民群众既要求补上民生领域的不少短板,又期待有更好的教育、更稳定的工作、更满意的收入、更可靠的社会保障、更高水平的医疗卫生服务、更舒适的居住条件。提高生活质量,不仅对物质文化生活提出了更高要求,而且在民主、法治、公平、正义、安全、环境等方面的要求日益增长。这就要求,应当围绕解决人民群众生活面临的问题和对美好生活的向往,发现新问题,研究新问题,包括发展不平衡不充分的问题,也包括破除一切不合时宜的思想观念和体制机制弊端,积极推动改革发展各方面问题的解决。

3.转向高质量发展的时代要求。进入新时代,面对社会主要矛盾的变化,发展要解决的问题发生重大变化,在继续保持经济一定发展速度的同时,更加注重发展的质量,更加注重"创新、协调、绿色、开放、共享"的新发展理念。例如,在经济效益上,由高成本、低效益向低成本、高效益的方向转变。过去几年,我国创新型国家建设取得重要进展。2016年,我国创新指数名列全球第25位,比2012年提高9位,在中等收入国家中排名首位,大幅领先其他金砖国家。创新成为我国发展的主要动力,并且在某些领域开始从模仿性、跟随型技术创新走向原发性技术。

二、以"三大变革"助推高质量发展

以"三大变革"助推高质量发展，是本书的主线和核心内容。转向高质量发展，需要把握内外部环境的深刻变化，推动经济发展质量变革、效率变革、动力变革，并以动力变革提高全要素生产率，促进并实现质量变革、效率变革。

1. 实现高质量发展的"三大变革"。该书系统论述了"三大变革"的关系。第一，质量变革是主体。质量是经济发展的基本追求。适应新时代人民群众需求变化，加快提升供给体系质量，促进经济迈向中高端水平，推动"中国制造"向"中国智造"、"中国速度"向"中国质量"、"中国产品"向"中国品牌"升级，已成为我国经济实现高质量发展的主要任务。第二，效率变革是重点。效率是经济发展的永恒主题。推动效率变革，就是要填平各种低效率洼地，为高质量发展奠定一个稳固基础。第三，动力变革是关键。动力是经济发展的不竭源泉，是推进经济转型升级的必由之路，是推动质量变革、效率变革的必由之路，是释放资源活力、激发增长新动力的必由之路。

2. 提高全要素生产率是推动"三大变革"的核心目标。破解经济社会发展难题，培育发展新动力，优化要素配置，提高全要素生产率，提升供给体系质量和效率成为供给侧结构性改革的大趋势。提高全要素生产率，就是要把过去过度依赖自然资源的发展方式，转向更多依靠创新、依靠人力资源的发展方式，深化要素市场化配置改革，重点在"破"、"立"、"降"上下功夫。

3. 关键是加快推动动力变革。动力变革既是高质量发展的关键，也是实现质量变革、效率变革的前提条件。实现质量变革，需要推动过度依赖资源环境的发展方式转向更多依靠人力资源与科技进步的发展方式，使创新成为提高供给体系质量的强大动能；实现效率变革，需要依靠体制变革与开放创新，着力发展高水平的实体经济，全面提升要素供给效率。推动高质量发展的"三大变革"，就是要以动力变革来推动效率变革，进而促进质量变革，由此形成质量效益明显提高、稳定性和可持续性明显增强的发展新局面。

三、转向高质量发展的供给侧结构性改革

当前，制约我国经济高质量发展的因素，有周期性、总量性的，但主要是结构性的。结构性问题，供给和需求两侧都有，但矛盾的主要方面在供给侧。要以深化供给侧结构性改革为主线，用改革的办法推进结构调整，减少无效和低端供给，不断提升产品与服务的供给水平，持续释放巨大内需增长潜力。

1. 支持实体经济创新发展。当前，我国经济发展"质量不高"主要反映在实体经济上，不平衡不充分发展的矛盾问题也主要反映在实体经济上。为此，抓住未来几年的历史关键期，在继续坚持"三去一降一补"的同时，要把振兴实体经济作为深化供给侧结构性改革的重大任务，实现振兴实体经济的重大突破。

2. 加快知识产权保护制度化法治化进程。严格保护知识产权既有利于加快经济转型升级，也有利于形成全社会保护创新的大环境。适应知识产权保护国际化的大趋势，实施严格的知识产权保护，全面提升知识产权对外合作水平，推进知识产权保护制度化法治化，为企业创新创业提供法治保障。

3. 以打破垄断为重点优化营商环境。党的十九大报告指出："全面实施市场准入负面清单制度，清理废除妨碍统一市场和公平竞争的各种规定和做法，支持民营企业发展，激发各类市场主体活力。深化商事制度改革，打破行政性垄断，防止市场垄断，加快要素价格市场化改革，放宽服务业准入限制。"以更大的决心和魄力推进市场准入制度创新，实现营商环境国际化、法治化，已经成为当前市场化改革攻坚的重大任务。

4. 深化财税金融体制改革。第一，要打好防范化解重大风险尤其是防控金融风险的攻坚战。例如，金融与实体经济失衡成为制约实体经济发展的重要因素，导致大量资金在金融体系内空转，实体经济面临融资难的突出矛盾。因此，要加大金融与实体经济的融合，切实降低实体经济融资成本，为实现供给侧结构性改革的重大突破创造条件。第二，深化财税体制改革。党的十九大报告明确要求，要"加快建立现代财政制度"。财政是国家治理的基础，是各种利益的交汇点，牵一发而动全身，财政改革的目的就是应对各种不确定性，防范和化解公共风险，为总体改革承担成本，并

巩固改革的成果。

以高质量发展为目标、以动力变革为关键厚植强国之基，还有相当多的课题需要进一步研究。希望包括中改院在内的智库，以习近平新时代中国特色社会主义思想为指引，能继续深入研究，提供富有真知灼见的新见解新建议，更好服务于坚持和发展新时代中国特色社会主义。

新时代社会治理的新部署

—— 在《社会体制蓝皮书：中国社会体制改革
报告（2018）》*发布会暨"新时代的社会体制
改革"研讨会上的讲话

（二〇一八年四月）

今天我们在这里举行《社会体制蓝皮书：中国社会体制改革报告（2018）》新书发布会暨"新时代的社会体制改革"研讨会。首先，我代表主办方，向莅临发布会的各位嘉宾、新闻媒体的朋友们表示欢迎和感谢！由龚维斌教授任主编、赵秋雁教授任副主编的《社会体制蓝皮书》，从 2013 年由我倡议组织编写，到现在连续 6 年出版了 6 本，连续荣获"第七届、第八届优秀皮书奖"二等奖，并连续两年在香港和平书店出版全文繁体版，产生了广泛社会影响。在这么短时间内获得如此殊荣，难能可贵，当然还要继续努力，更上层楼。今天，借此机会，我想结合学习领会党的十九大精神，对 2019 年社会体制蓝皮书的编写，谈一些个人看法，与大家一起交流。

党的十九大报告高度重视社会治理创新和社会体制改革问题，不仅充分肯定了过去 5 年社会治理系统的历史性成就，而且明确指出了社会治理领域存在的问题，并对进一步推进社会治理创新、深化社会体制改革提出新要求、作出新部署。党的十九大对加强和创新社会治理又提出了一系列新思想、新概括、新观点、新任务、新举措，形成了新时代中国特色社会主义社会治理的思想理论体系和基本方略。我认为，集中体现在如下八个方面：

一是更加明确了"民生"与"治理"的关系。党的十九大报告将"提高

---

* 《社会体制蓝皮书：中国社会体制改革报告（2018）》，龚维斌主编、赵秋雁副主编，社会科学文献出版社 2019 年 1 月出版。

保障和改善民生水平"与"加强和创新社会治理"并列作为一大部分论述，体现了两者紧密结合、相互促进的关系。这突显了习近平总书记以人民为中心的治国理政思想和社会治理思想。提高保障和改善民生水平，既是加强和创新社会治理的治本之策，又是加强和创新社会治理的出发点和落脚点。从根本上讲，加强和创新社会治理，就是要不断满足人民日益增长的美好生活需要，不断促进社会公平正义，形成有效的社会治理、良好的社会秩序，使人民获得感、幸福感、安全感更加充实、更有保障、更可持续。

二是首次提出了构建社会治理的新格局。党的十九大报告提出："打造共建共治共享的社会治理格局"，将加强和创新社会治理定格在共建共治共享，深刻表明了社会体制改革创新的关键切入点在于一个"共"字，凸显了社会治理的公共性、多元性、协商性和共生性。所谓"共建"，就是社会多元主体共同参与建设；所谓"共治"，就是社会多元主体共同参与治理；所谓"共享"，就是社会多元主体共同参与分享成果。可以说，共建共治共享三者之间，既相互交融又互为促进，既是加强和创新社会治理的目标要求，也是中国特色社会主义社会治理制度的显著特征。

三是进一步丰富了社会治理体制的内涵。党的十八大报告提出，加快社会体制改革，必须加快形成"党委领导、政府负责、社会协同、公众参与、法治保障的社会管理体制"；党的十九大报告进一步强调了"完善党委领导、政府负责、社会协同、公众参与、法治保障"的"社会治理体制"。这从深层上反映了我们党对社会治理体制和运行规律的理论创新和实践创新，更加准确揭示了社会治理各方主体的职能定位和角色作用。

四是突出强调了社会治理制度建设。党的十九大报告强调："加强社会治理制度建设"，这就要求及时将社会治理创新实践中的重要原则、规则和规律加以制度化乃至法治化。特别是教育、卫生、人口、土地、社会保障、户籍管理、社会信用、民族宗教等制度都是社会治理的重要基础性制度，必须高度重视、不断改革创新，使之更好适应和服务经济社会发展的现实需要和人民群众日益增长的美好生活需要。

五是强化了社会治理的水平提升。相对于之前中央文献中提出的社会治理"科学化"、"精细化"而言，党的十九大报告进一步明确和强化了提高社会治理社会化、法治化、智能化、专业化的重要性和目标要求。所谓社会化，强调依靠社会力量参与社会治理，使其成为重要的社会治理主体；所谓法治化，强调的是法治；所谓智能化，突出强调社会治理要充分运用现代科技进步特别是大数据、移动互联和人工智能等科技成果，依靠科技实现社会治理；所谓专业化，则强调的是要提高社会治理的专业化水平，培养专业人才，打造专业队伍，运用专业知识、技能实现社会治理。

六是确定了社会治理现代化的战略目标。 党的十九大报告从更为长远的战略定位上，结合新时代中国特色社会主义基本实现社会主义现代化的总目标，提出到2035年基本形成现代社会治理格局的战略目标。并明确指出，现代社会治理格局的基本特征是：法治社会基本建成，国家治理体系和治理能力现代化基本实现，社会文明程度达到新的高度，人民生活更为宽裕，社会充满活力又和谐有序，生态环境根本好转，美丽中国目标基本实现。这为推进中国社会治理现代化绘制了具体可期的美好蓝图。

七是部署了新时代社会治理的重点任务。 随着中国特色社会主义进入新时代，社会的主要矛盾发生了明显变化，社会治理面临的任务、预设的目标也有所变化。尤其是在国家的总任务将由全面建成小康社会转变为全面建成社会主义现代化强国之后，党的十九大报告提出了至少以下方面的重点任务：一要加强预防和化解社会矛盾机制建设；二要健全公共安全体系；三要加强社会治安防控体系建设，保护人民人身权、财产权、人格权；四要加强社会心理服务体系建设；五要加强社区治理体系建设，发挥社会组织作用，推动社会治理重心向基层下移；六要健全自治、法治、德治相结合的乡村治理体系；七要推进诚信建设和志愿服务制度化，强化社会责任意识、规则意识、奉献意识；八要健全国家安全体系；九要实施健康中国战略；十要推动构建人类命运共同体。

八是指明了新时代加强和创新社会治理的路径。 强调要抓住人民最关心最直接最现实的利益问题，既尽力而为，又量力而行，一件事情接着一件事情办，一手接着一手干。坚持人人尽责、人人享有；坚持底线、突出重点、完善制度、引导预期；坚持完善公共服务体系，保障人民群众基本生活，不断促进社会公平正义。认真按照这些原则和路径办事，社会治理就会不断取得新成效，社会主义和谐社会建设也会不断取得新进展。党的十八大以来，我们党以全新的视野，深化对共产党执政规律、社会主义建设规律、人类社会发展规律的认识，进行艰辛理论探索，取得重大理论创新成果。党的十九大将"加强和创新社会治理，维护社会和谐稳定"作为习近平新时代中国特色社会主义思想的重要内容。我们要全面领会和把握新时代社会治理的新思想新部署新要求，不断提高加强和创新社会治理、深化社会治理体制的自觉性和责任感。

2018年是全面贯彻党的十九大精神的开局之年，是中国改革开放40周年，也是决胜全面建成小康社会、实施"十三五"规划承上启下的关键一年。《社会体制蓝皮书（2019）》课题组要以党的十九大精神和庆祝改革开放40周年为统领，做好重点选题，产出高质量成果。具体而言，要着力从四个方面认真开展研究工作：

一是认真学习、贯彻落实党的十九大精神，深入研究习近平新时代中国特色社会主义社会治理重要论述。上面讲过，党的十九大对新时代社会治理作出了重要决策部署，《社会体制蓝皮书》课题组要自觉学习、深入领会、准确运用习近平新时代中国特色社会主义思想去研究和推进社会治理创新和社会体制改革，服务推进新时代中国特色社会主义社会治理理论创新，为全面深化社会体制改革、建成现代社会治理格局提供理论指导。实践永无止境，理论创新永无止境。时代是思想之母，实践是理论之源。全面贯彻落实党的十九大提出的加强和创新社会治理、推进社会治理现代化，还需要不断深化现代社会治理的理论研究和探索，我们要以党的十九大精神为统领，提高政治站位、扩展学术视野，系统总结和深入研究习近平新时代社会治理重要论述，这也是我们《社会体制蓝皮书》编写组可以大有作为的研究高地。

二是深入开展、认真总结党的十八大以来社会治理实践创新及其经验。党的十八大以来，中国社会领域发生了一系列历史性变革、取得了重要的历史性成就，社会治理实践创新在全国各地纷纷涌现，遍布城市、乡村、企业、社区、社会组织，社会创造力和社会活力竞相迸发。全面系统梳理和总结各地的社会治理创新实践典型案例和经验做法，十分重要而又必要。北京师范大学中国社会管理研究院已组织开展"百村社会治理调查"项目，对全国典型村庄的治理进行深度调查。《社会体制蓝皮书》课题组应该大力倡导实证社会调查精神，深入基层一线，深入调查研究，充分汇集和反映各地推进社会治理创新的宝贵实践和经验教训。这也会大大提升社会体制蓝皮书的学术品质，使其更加有血有肉、富有深厚的"地气"。

三是认真研究社会领域改革发展中的热点难点问题，提出具有针对性、

操作性、前瞻性的对策建议。《社会体制蓝皮书》在编写上一定要坚持问题导向，着力破解社会治理和社会体制改革领域的一些病疾顽症，特别是针对决胜全面小康社会进程中的"防范化解重大风险、精准脱贫、污染防治"的三大攻坚战，展开深入系统研究，提出及时有效的对策建议。同时，针对党的十九大报告提出的社会治理重点任务进行专项研究，提出具有针对性、时效性、可用管用的政策研究成果。这既是建设新型专业化社会治理智库的内在要求，也是发挥和彰显国家高端智库外脑作用的重要体现。

四是系统梳理、认真总结改革开放 40 周年的辉煌成就和历史经验，全面深刻分析当前面临的形势和任务。习近平总书记在 2018 年新年贺词中指出："2018 年，我们将迎来改革开放 40 周年。改革开放是当代中国发展进步的必由之路，是实现中国梦的必由之路。"《社会体制蓝皮书》的编写，也要紧扣改革开放 40 周年的重大历史契机，从多个角度、多个层次、多个体系，全面系统梳理和总结中国社会治理和社会体制改革的伟大历程、辉煌成就和宝贵经验。在此基础上，进一步全面深刻分析当前我国面临的国内外形势和趋势，提出相应的任务举措和实施路径。由此，《社会体制蓝皮书》或可成为宣传和推介改革开放 40 周年中国社会体制改革经验的一个重要平台和窗口。

最后，预祝《社会体制蓝皮书》编写和出版工作越来越好，发挥越来越大的作用！

著书新时代　奋进新征程

——关于"新时代中国研究"丛书[*]的推荐意见

（二〇一八年七月）

云南教育出版社策划并组织编写的"新时代中国研究"这套丛书，对于社会各界学习贯彻落实党的十九大精神和习近平新时代中国特色社会主义思想，以及全方位、多角度了解新时代背景下中国国情，具有重要的参考价值和辅导作用。本套丛书具有以下几个特点，一是编写及时。党的十九大闭幕不久就组织编写，计划 2018 年年内出版，目前正按序时进度推进。二是选题独特。丛书依据党的十九大报告提出的"建设社会主义法治国家"、"建设平安中国"、"建设美丽中国"、"建设社会主义文化强国"、"实施健康中国战略"、"建设数字中国"等系列决策部署，针对性地研究先期推出第一批 10 册丛书，分别是：《民生中国》、《法治中国》、《平安中国》、《美丽中国》、《文化中国》、《健康中国》、《数字中国》、《开放中国》、《统一中国》、《和平中国》。这是一套伴随新时代新征程的推进，不断丰富、扩展的系列研究性丛书。它的任务是以习近平新时代中国特色社会主义思想为指导，把党的十九大报告所描绘的新时代中国蓝图，分专题、成系列地从理论和实践的结合上，展开深入的研究和思考，以期向读者准确阐述各领域、各方面未来中国蓝图出台的历史背景、重要意义、目标任务、相关理论、方针政策、国际借鉴、现实起点、成就经验、对策措施、未来展望等，为新时代中国的建设提供专业的研究成果。这些成果，不仅对于学习领会党的十九大精神，进一步发挥宣讲作用，而且对于把党的十九大描绘的壮丽蓝图变成现实的实践，具有较高的参考和指导价值。三是作者专业。作者分别来自中央党校（国家行政学院）、

---

* "新时代中国研究"丛书，共 10 本，包括《民生中国》、《法治中国》、《平安中国》、《美丽中国》、《文化中国》、《健康中国》、《数字中国》、《开放中国》、《统一中国》、《和平中国》，周文彰主编，云南教育出版社 2019 年 7 月正式发行。

中国科学院、中国社会科学院、国家部委所属专业研究机构、高等院校，并且他们各自都有多年的研究成果为基础。10 本书的主编，9 位获得博士学位，7 人具有教授、研究员职称，5 人是博士生导师，9 人担任研究院所或教研部室负责人，其中还有 1 位院士。他们在本研究领域都具有扎实的理论功底，都出版过学术专著。主编的阵容就使得这套丛书具有可靠的质量保证和较高的学术水准。

因此，我认为这套丛书值得国家出版基金支持。特此推荐。

回顾改革开放伟大历程
奋进新时代　贡献新作为

——在《中国对外开放 40 年》*新书发布会上的致辞

（二〇一八年十二月）

我作为一个老智库工作者，很高兴与大家相聚一起，共同见证《中国对外开放 40 年》新书的发布。首先，我谨对国家发改委国际合作中心编写这部中宣部 2018 年主题出版重点读物，表示热烈祝贺！

2018 年是中国改革开放 40 周年。今天《中国对外开放 40 年》一书的发布，是对中国 40 年改革开放的献礼和致敬。

40 年前，以党的十一届三中全会为起点，中国开启了改革开放的伟大征程。12 月 18 日，党中央、国务院隆重召开庆祝改革开放 40 周年大会，习近平总书记在重要讲话中全面回顾了改革开放 40 年的光辉历程，深刻总结了改革开放 40 周年党和国家事业取得的伟大成就和宝贵经验，高度赞扬了中国人民为改革开放事业作出的杰出贡献，郑重宣示了改革开放只有进行时没有完成时、改革开放永远在路上，动员全党全国各族人民在新时代继续把改革开放推向前进。我于 1978 年 2 月调入国家计划委员会研究室工作，至今正好 40 年。40 年来，由于工作岗位和职责所系，我有幸亲身经历和见证了党和国家许多重大决策、重大事件以及理论创新和政策制定过程。抚今追昔，我深刻感受到：这 40 年改革开放波澜壮阔的伟大进程，是一场当代中国新的伟大社会变革，是全党全国各族人民真正用勤劳、智慧和勇气，披荆斩棘，风雨兼程，大踏步追赶时代前进步伐，共同谱写的中华民族复兴史册上的辉煌篇章。

在这场新的伟大的社会变革中，实行对外开放，不断扩大对外开放的广度和深度，则是具有特殊的重大意义。正是实行对外开放，既使中国人民看

---

* 《中国对外开放 40 年》，国家发展和改革委员会国际合作中心对外开放课题组著，人民出版社 2018 年 10 月出版。

清了时代激流，开阔了视野，推动了思想解放；又有力地推动了体制改革创新，不断建立和完善社会主义市场经济体制，为经济社会发展注入了强大动力和活力，加快了社会主义现代化建设的进程；同时，我国在国际上的地位显著上升。我国对外开放的历史进程和辉煌成就值得大书特书。

这部《中国对外开放 40 年》很有特点，不仅全面、系统、客观梳理了改革开放 40 年的基本历程、重大政策和主要成就，也深刻总结了在区域开放、国际贸易、利用外资、境外投资、金融开放和参与全球治理等关键领域对外开放的重大进展、历史经验和深刻启示，还提出了新时代实行高水平开放的战略思考、主要任务和重大举措。我看了这本书，不同于许多理论著作或者研究文集，这本书结构简明，图文并茂，形象生动，更多从数据和事实角度来描述中国对外开放 40 年的过程，比较客观真实。我相信这本书可以起到一个回应国际关切，讲好中国故事的作用。据前期了解，这本书中文版尚未出版，就已经被许多国际性出版社看中，签署了英文、阿拉伯文、越南文版的授权出版协议，很受欢迎。这充分体现了当前国际社会对中国改革开放经验和故事的高度关切。我也期待今后能够看到更多类似的高质量出版成果。

在 40 年改革开放进程中，以生产思想产品和决策咨询成果为主的各级各类智库发挥了重要作用，付出了大量辛劳，贡献了智力成果。我多年来在几个智库做研究和组织管理工作，深有体验和感触。建立一个智库比较容易，但建成一个高质量高水平的新型智库比较难，需要有高度的政治意识和使命担当，也需要有大胆探索和勇于开拓的创新精神。

新时代呼唤智库机构的新担当新作为。新时代国际国内形势已经深刻变化，更需要各个智库机构积极发挥主观能动性，主动适应把握各种新机遇和新挑战，脚踏实地，锐意进取，为国家富强、人民幸福建言献策。期待我们的智库和专家学者们未来能有更多高质量的成果产出。我坚信，在中国共产党的坚强领导下，在全体中国人民的共同努力下，中华民族的未来一定会更加光明璀璨。

实现美好宏图　牵手复兴伟业

——读《决胜全面建成小康社会》*

（二〇一九年三月）

小康社会是中华民族自古以来的理想追求。全面建成小康社会是中国共产党向人民、向历史作出的庄严承诺。2017 年 7 月 26 日，习近平总书记在省部级主要领导干部专题研讨班开班式上向全党全国人民发出了"为决胜全面小康社会实现中国梦而奋斗"的伟大号召。随后，党的十九大对决胜全面建成小康社会作出全面部署，吹响了决胜全面建成小康社会的总攻号角。

从千年憧憬到现实目标，从总体小康到全面小康，从全面建设小康到决胜全面建成小康，反映了我们党对小康社会的认识不断丰富和奋斗目标的日益接近。决胜全面建成小康社会，是中国共产党提出的"两个一百年"奋斗目标的第一个百年奋斗目标，是中国特色社会主义进入新时代的重大历史任务，是中华民族伟大复兴进程中的重要里程碑，它的如期顺利实现，必将进一步激发和汇聚实现中华民族伟大复兴的磅礴力量，为开启全面建设社会主义现代化国家新征程打开坚实的前进通道。

当前，决胜全面建成小康社会进入关键时期。为帮助广大干部了解掌握决胜全面建成小康社会的相关理论和政策，夺取决胜全面建成小康社会的伟大胜利，中共中央组织部组织编写了本书。本书由中央党校（国家行政学院）牵头，何毅亭任主编，王东京、张占斌任副主编，组织中央军民融合办、国家发展改革委、中国社会科学院、国务院扶贫办、新华社、北京大学共同编写，全国干部培训教材编审指导委员会审定。全书以全面建成小康社会为目标导向，以理论诠释为思想灵魂，以实践问题为基本线索，以学术语言为表述形式，向广大干部系统全面阐释了决胜全面建成小康社会中的重大理论和

---

* 《决胜全面建成小康社会》，全国干部培训教材编审指导委员会组织编著，人民出版社 2019 年 3 月出版。

实践问题。

统揽全书，有以下三个方面突出特点。

坚持理论性与实践性相结合，以实践性为主要目标导向。决胜全面建成小康社会是一项全新的伟大事业，需要理论的诠释和指导。本书以习近平新时代中国特色社会主义思想为指导，对决胜全面建成小康社会的历史方位、"五位一体"总体布局、新发展理念、防范化解重大风险、精准脱贫、污染防治以及加强党对决胜全面建成小康社会的领导等一系列重大问题进行了理论阐释，力求实践问题理论化。

同时，决胜全面建成小康社会也是一项实践性很强的伟大事业，如何抓重点、补短板、强弱项，特别是如何坚决打好防范化解重大风险、精准脱贫、污染防治的三大攻坚战，如何坚定不移深化供给侧结构性改革，推动经济社会持续健康发展，这些都是决胜全面建成小康社会中需要认真回答的重大现实问题。本书坚持实践需要和问题导向，深入找问题、析原因、求对策，力求帮助广大干部提高认识，增强决胜全面建成小康社会的领导力、决策力和执行力。

坚持政治性与学术性相结合，以学术性为主要表述形式。决胜全面建成小康社会是我们党向全国人民作出的庄严承诺，是必须不折不扣完成的政治任务。本书坚持"用学术讲政治"，用通俗的学术语言讲清如何正确理解和努力实现决胜全面建成小康社会这一伟大政治任务。本书力求系统全面阐释习近平总书记关于决胜全面建成小康社会的重要讲话精神、党的十九大的部署要求和中央相关政策文件，确保表述的准确性、权威性、全面性。

但本书又不是就政治讲政治、就政策讲政策、就文件讲文件，不是讲话、政策、文件的简单搬家和堆砌，而是经过编者的理解、加工、深化、补充、创造，将政策语言转化为学术语言，为政策文件寻求学术支撑，讲出了关于决胜全面建成小康社会的讲话、政策、文件背后的逻辑和理论，讲出了讲话的深度、政策的逻辑和理论的力量。

坚持系统性与专题性相结合，以专题性为主要组合方式。决胜全面建成小康社会既蕴含着真理的光芒，是一套系统的理论体系，又饱含着政策的逻辑，是一套政策体系的集合。

本书立足于理论的系统性和政策的整体性，系统全面阐述了决胜全面建成小康社会的时代背景、奋斗目标、重大意义、总体布局、发展理念、重点任务、战略举措和党的领导，对决胜全面建成小康社会政策的背景、内涵、落实及其内在的理论和逻辑进行了完整的阐释。

　　本书讲求专题性，各章既内在关联，又独立成章。全书共八章，每章都具有相对独立的主题，围绕一个重大问题进行系统阐述，或从理论到实践，或从实践到理论，完整阐述该重大问题的理论、政策和实践逻辑。本书的这种组合方式，既有利于广大干部对决胜全面建成小康社会有更加全面而系统完整的认识，又有利于广大干部对其中专题有深刻而细致入微的把握。

历史是最好的教科书

——在《艰难与辉煌——谢明干改革发展文选》*
出版发行座谈会上的讲话

（二〇一九年六月）

很高兴参加今天下午在这里举办的谢明干同志著的《艰难与辉煌——谢明干改革发展文选》首发式座谈会。首先对谢明干同志文选的出版表示热烈祝贺，同时也对国家行政学院出版社的编辑出版工作表示感谢。

三年前，谢明干同志和江春泽教授联系我，希望在国家行政学院出版社出版明干同志的文选，一个重要的理由就是国家行政学院（那时候党校和行政学院还没有合并）是对干部进行教育和培训的机构，谢明干同志的理论和政策研究文章对于干部教育培训是个很好的教材。

接到他们两位的委托之后，我就请时任国家行政学院出版社的副社长胡敏同志来到我的办公室。我对他说，谢明干同志是著名经济学家，他的理论和政策研究成果很有教育意义。我说，我的书你们可以不出，也要把谢明干同志的著作出版好。胡敏同志表示一定要把这件事情办好。

之后，谢明干同志和春泽同志又给我一个任务，让我写一个前言。前言已发表在这本书前面。因此，这本书我是先睹为快，主要文章我已经阅读过了。我感觉他的著作从一个侧面反映了我国改革开放以来的历史进程。

我和明干同志认识是比较早的，有 40 多年的历史。我是在 1978 年 2 月调到原国家计委研究室工作的，那时和明干同志相识，是与他参加党中央、国务院的一些重要文件起草。当时我在原国家计委政策研究室，明干同志在国家经委调研室，研究任务差不多，所以我们经常在一起交换意见、磋商问题，还共同撰写一些文章，所以这本书的第二卷中有两篇文章是我和明干同志共同撰写

* 《艰难与辉煌——谢明干改革发展文选》，共 4 卷，谢明干著，国家行政学院出版社 2018 年 11 月出版。

的。其中一篇是 1980 年 12 月 5 日在《光明日报》发表的《在调整方针指引下稳步前进》。这篇文章主要是针对党中央决定要对国民经济进行调整以后，有不少人对这个方针不够理解，究竟要不要调整，调整以后速度下来了怎么办？调整和改革的关系怎么摆？这就涉及执行中央决策部署的问题。在这种情况下，明干同志和我在一起撰写了这篇理论政策性文章。还有一篇文章大家也看到了，发表在《技术经济管理研究》杂志 1983 年第 1 期，题目是《努力开创提高经济效益的新局面》。这篇文章也是针对当时在拨乱反正之后，经济建设之路究竟怎么走，围绕端正经济工作的指导思想，抓好企业的整顿和调整、促进科技进步等展开了论述。这期间，我们的合作是很愉快的。

在与明干同志的长期交往中，我对他有很深刻的印象，他为人正直、坦诚，政治上清醒坚定，学术上扎实严谨。从明干同志的著作中可以看到，他长期做经济理论、经济改革和经济政策研究，同时参与了党中央和国务院一些重要文件的起草，包括《中共中央关于经济体制改革的决定》和几次国务院总理的政府工作报告。他退休以后还担任了国务院发展研究中心的研究员，先后发表了关于经济问题的文章 500 多篇，在国内作的有关改革的报告和发言 400 多次，还在美国、新加坡等国做过专题演讲，出版了 20 多部经济方面的著作。

从文章内容来看，有论述改革开放的，也有论述经济发展的；有探讨宏观经济问题的，也有探讨微观经济问题；有观察港澳经济，也有纵横国际经济。从文章总体来看，既有理论研究、学术探讨，又有政策分析和政策建议，有些是为改革开放鸣锣开道，有些是为中央提供决策参考。内容相当丰富，这些文字从不同侧面生动记录了我国改革开放从开始到势不可挡的历史进程，也反映了作者的与时俱进、砥砺前行。

习近平总书记说："历史是最好的教科书，也是最好的清醒剂和最好的营养剂。"现在我们国家正在按照党的十九大部署，全面推进改革开放，全面推进社会主义现代化建设。相信这本书的出版一定会有助于人们加强对改革开放 40 年来伟大历程的认识，也有助于我们深度思考、总结、研究改革开放以来的经验教训。"不忘初心，牢记使命"。从这本书中可以看到我们应该坚定改革的决心、信心，要以改革开放为动力，把我们国家的社会主义现代化建设推向前进。

谢明干同志这部著作，原来是想向改革开放 40 年献礼的，今年是新中国成立 70 年，这部著作也可以说是向新中国 70 周年献礼。在这里，我再次对谢明干同志这部著作出版表示祝贺。

记述新中国经济理论发展的力作

——《亲历中国经济 70 年——郑新立经济理论纪年》[*]出版发布会上的讲话

（二〇一九年九月）

首先，祝贺郑新立同志的新书出版，祝贺中信出版社出版了这部有意义的新书，也非常高兴能见到这么多老朋友。2019 年是新中国成立 70 周年，在这个伟大的时刻，《亲历中国经济 70 年——郑新立经济理论纪年》的出版，让我耳目一新。这本书从内容到设计排版都是别开生面的。郑新立同志既是高级领导干部又是著名经济学家。这本书采用编年体的形式，图文并茂地记录了郑新立同志与中华人民共和国同命运共繁荣的历程，是一本优秀的图书。这本书前面有四个序言，前三位均为长期为党和国家理论作出重要贡献的大家。我和郑新立一样，都被推选为改革开放以来的著名经济学家。在这本自传中，大家可以看到，我和郑新立同志从相识、相知、相交到共事，我们是同龄人也是好同事，共事 30 多年。1984 年在哈尔滨召开计划体制研究会相识，留下了深刻的记忆。后来，经与有关领导同志商议，我们推荐郑新立同志担任中央政策研究室副主任，之后结下了深厚的友谊。郑新立同志是中国国际经济交流中心的主要创始人之一，我们同甘苦共命运，在同一个战壕为党和国家工作，用研究工作贡献力量。在这本书里看到了很多我们共同做的事情，感慨良多。

我觉得郑新立同志在以下五个方面作出了重要贡献：

一是重要文件起草，直接为党中央、国务院服务。在国家计委期间，参加了多个一年的年度计划文本和五年计划文本的起草，还参加过国务院总理政府工作报告的起草。二是建言献策。1997 年亚洲金融危机时，郑新立同志

---

* 《亲历中国经济 70 年——郑新立经济理论纪年》，郑新立、墨白、江媛编著，中信出版社 2019 年 9 月出版。

建议发国债扩大内需；成立亚投行的主要倡导者；经济工作会议提出政策建议。三是经济理论研究深入，著作等身。四是参加各种学术活动，推动了中国经济的研究和发展。五是建立新型智库。退休以后参与创办国经中心，致力于发挥智库作用。

在与郑新立同志共事的过程中，我觉得他有六个突出特点：第一，是忠于事业，政治方向坚定。始终坚持为人民服务，致力于政策和理论研究工作，一以贯之地坚持改革开放和四项基本原则。第二，是敢于创新，与时俱进。第三，是敏于求知，博学多识。由开始学习钢铁专业到企业工作，然后进入中央部门做宏观经济、科技等领域的研究。第四，是长于独立思考，直抒己见。针对国际经济形势及经济结构调整、农村发展等领域，在《人民日报》等重要媒体上发表独到见解；第五，是甘于奉献、兢兢业业。毫无怨言，面对困难从不退缩。第六，是勤于笔耕。始终坚持写作，争取一切时间努力学习。

最后，我再次对新立同志出版新著表示祝贺。

夕阳无限好　人间重晚晴

——在《100个百岁老人的传奇》*新书发布会暨"为父母写传记，用墨香传孝心"社会倡导活动启动仪式上的讲话

（二〇二〇年一月）

今天我们在这里欢聚一堂，举行《100个百岁老人的传奇》新书发布会暨"为父母写传记，用墨香传孝心"社会倡导活动启动仪式，我感到格外高兴。虽然室外寒风刺骨，但是这里却暖意融融，温暖如春，为什么呢？是因为我们在座的每一个人都有一颗火热的心。

夕阳无限好，人间重晚晴。中国古代先贤提倡孝老爱亲，倡导"老吾老以及人之老，幼吾幼以及人之幼"。这是一种推己助人的思想，体现了仁爱的精神。孝老爱亲、尊老敬老，不仅关乎自己的父母、亲人，更关乎社会上的每一个人，尤其是每一位老人。

"让所有老年人都能老有所养、老有所依、老有所乐、老有所安"，是习近平总书记一直以来的牵挂。多年来，他多次就"尊老"发表重要讲话，对国家老龄事业发展和养老体系建设提出一系列重要论述。

从国家治理层面来说，将"孝道"纳入社会主义核心价值观宣传教育中，使"孝"体现为大孝、大爱、大义。从个人来说，将"孝"从对父母长辈辐射到身边的每一位老人，为每一位需要帮助的老年人伸出援助之手。将传统的孝道美德注入丰富内容和新的活力，开辟新时代孝道观念的新境界。当人人都能正确认识老人、善待老人，当人人都愿意尊老、敬老、爱老、助老，我们的社会必将更加和谐，人与人之间的关系必将更加充满温情，每一位老

---

* 《100个百岁老人的传奇》，中国西部人才开发基金会主编，中国言实出版社 2019 年 12 月出版。

人也必将生活得更加幸福。

2019 年 3 月，"百年中国万岁父母"公益项目应运而生，号召青年人通过听父母讲述过去的故事，并通过为父母写传记的方式了解父母、关爱老人。我认为这个项目真是好。好在哪儿？

第一个好，是被采访者好。《100 个百岁老人的传奇》这本书是一本传记集，记录了 100 个老人的故事，共计 95 万余字。每一个平凡老人的人生都不平凡，每一位老人都是鲜活历史的亲历者与见证者，是连接过去与现在的桥梁与纽带，五味人生与家国命运紧密联系在一起，赤子之心，矢志不渝，我看了一些故事之后非常感动，也深受感染。老人是个宝，百岁老人更是国宝"熊猫"，要好好爱护。老年人在长期的生活中积累了大量的知识、丰富的阅历和经验，是整个社会的宝贵财富，值得我们继承和借鉴。尊重老年人就是尊重昨天的历史，关爱老人就是关心我们的明天。

第二个好，是采访者好。传记是由北京师范大学的一些青年大学生利用暑假的时间深入祖国各地，进行了走访、调研、写作、拍摄、编辑，使一百个饱含沧桑百岁老人的真实写照呈现在大家面前。习近平总书记在党的十九大报告中深刻指出："青年兴则国家兴，青年强则国家强。青年一代有理想、有本领、有担当，国家就有前途，民族就有希望。"青年是当代社会的主力军，是国家的未来、民族的希望，青年时期也是人生观、世界观、价值观形成的关键时期。参加采访的部分青年大学生也出席了今天的会议。你们风华正茂，有青春力量、青春活力，你们以青年实际行动发出社会爱老敬老的新强音，也以更加生动的视角展现新中国波澜壮阔的 70 年和中国百年的历史，这本书留下了你们奋斗的足迹、青春的活力和成长的记忆，凝聚了你们的参与、付出，对大学生来说是一次非常好的社会调查锻炼，为你们感到骄傲！

第三个好，是活动形式好。如何去尊老敬老？一是孝敬父母长辈，从力所能及的事做起。回报父母的养育之恩要从一点一滴小事做起，让父母身心舒畅地安享晚年。二是关爱老人，从身边小事做起。要热心帮助周围的孤寡、贫困、病残、高龄、"空巢"老人。三是为老龄事业贡献力量。积极参与助老惠老志愿服务，让老年人真切感受到社会的关心和温暖。开展尊老敬老宣传，带领老人做有益于健康的活动等，让老有所养、老有所乐，让老年人过上美满、健康、幸福的晚年。

这次活动推出一种新的敬老方式，就是"为父母写传记，用墨香传孝心"。

每个老人都有故事，对老人们来说是独一无二的，用笔和文字记录下来，这些故事就不会随着时光流逝而被遗忘。让写传记这个行动成为敬老孝老的新风尚，成为新时代关爱中国老人的生动实践。

为了更好地服务老年群体，今天"银河系"敬老公益基金面向社会进行公募。这个公益基金特别好，我非常支持！捐一份爱心，温暖天下老人。全国60岁以上的老人超过了2.4亿，占总人口的近1/5，有许多老人，特别是西部地区的贫困老人，在许多时候、许多方面，都迫切需要社会的关爱和帮助。"银河系"敬老基金公募活动不仅将有力推动全社会对老人的关心关爱，更是为老人提供了精神和物质有力的支持和帮助。

"山中难寻千年树，世上难得百岁人"。希望这本书能成为冬日里的一缕阳光，轻抚着我们的脸庞；成为叮咚的泉水，缓缓地流到我们的心坎。让《100个百岁老人的传奇》成为敬老、爱老、助老的典范，将中华民族的传统美德世代相传。我们希望，让"为父母写传记，用墨香传孝心"活动吸引千万人；让"银河系"敬老公益基金发展壮大，成为全社会老龄事业中的一个鲜亮品牌！

把研究做在改革开放的大潮中

——评《迟福林改革研究文选》*

（二○二一年九月）

习近平总书记指出："改革开放是我们党的一次伟大觉醒，正是这个伟大觉醒孕育了我们党从理论到实践的伟大创造。"改革开放40多年来，一批有志之士全身心地投入这一伟大创造事业中，坚持研究改革、建言改革、推动改革，把推进改革开放、推动中华民族伟大复兴作为自己的时代责任和奋斗目标。迟福林同志就是其中的突出代表。给我最深刻的印象，就是他的头脑中时刻想着改革，心无旁骛，矢志不渝。正如他自己所说："参与改革、研究改革、建言改革，成为我这几十年来的主要工作，成为我孜孜不倦的人生追求，亦是一份时代赋予我的沉甸甸的责任。"我认为这反映了迟福林同志的真情实感。

因此，当拿到中国社会科学出版社推出的一套三册《迟福林改革研究文选》（以下简称《文选》）时，我感到很高兴。首先，祝贺迟福林同志近40年的改革开放研究成果有了一个阶段性的载体。更重要的是，这部《文选》从一个侧面也反映了我国改革开放的艰难探索和历史轨迹。据我所知，在我国改革开放的许多重要时间节点上，迟福林同志都积极主动向决策层提出重大改革的政策建议，其中不少建议被决策者采纳，不少研究成果产生了重要的社会影响力。

这套《文选》，上册以经济体制改革研究为主，中册以社会体制改革研究为主，下册以扩大开放研究为主，研究的时间跨度大，涉及领域广，反映了我国改革开放中许多重大经济社会改革问题。阅读这套丛书，我有几点感受：

第一，建立完善社会主义市场经济体制，是我国改革开放40多年发展取

---

* 《迟福林改革研究文选》，共3册，迟福林著，中国社会科学出版社2021年10月出版。

得历史性成就的关键。《文选》上册汇集了迟福林同志在农村改革、国企改革、政府转型等经济体制改革方面的文章。正是由于农村改革的发轫和推进，国有企业改革的深化，资源要素等市场体系的建立与不断完善，政府职能的不断调整与优化，释放了我国巨大的发展潜力，推动我国发展的历史性跨越。从《文选》中可以看到，我国探索市场化的道路充满艰辛，今天我们构建的社会主义市场经济体制，来之不易。进入新发展阶段，落实新发展理念，构建新发展格局，仍需要充分发挥市场在资源配置中的决定性作用，更好发挥政府作用，推动有效市场和有为政府更好结合。

第二，改革开放的进程是发展成果不断惠及全体人民的过程。中央财经委员会第十次会议指出，我们正在向第二个百年奋斗目标迈进，适应我国社会主要矛盾的变化，更好满足人民日益增长的美好生活需要，必须把促进全体人民共同富裕作为为人民谋幸福的着力点，不断夯实党长期执政基础。在《文选》的中册，迟福林同志提出的基本公共服务均等化、民富优先、公共服务体制建设、推进消费主导的经济转型等重要建议，对我国走向共同富裕的目标具有宝贵的参考价值。

第三，扩大开放是中国改革发展的重要动力。开放也是改革，以开放促改革、促发展，是我国不断取得新成就的重要推动力。我国过去40多年顺应经济全球化的浪潮，在不断扩大开放中推动改革，在继续改革开放中推进大发展。《文选》下册收录了迟福林同志在开放方面的研究成果。其中给人留下深刻印象的，是他关于海南自由贸易港的研究。促进海南建设特别关税区，是当年他脱去军装从北京去海南的梦想。2018年，习近平总书记在"4·13"重要讲话中宣布在海南建设自由贸易港的时候，迟福林同志很是动情。《文选》中，作者提出的"新型开放大国的选择"、"以高水平开放赢得未来"、"在大变局中加快建立开放型经济新体制"、"以高水平开放促进深层次市场化改革"等观点和主张，对于我国构建以国内大循环为主体、国内国际双循环相互促进的新发展格局具有重要的决策参考价值。

"文章合为时而著，歌诗合为事而作。"迟福林同志长期坚持以问题为导向的研究方法，坚持服务改革重大决策，坚持在改革开放前沿问题上提出务实的行动建议。我国的改革开放是一个久久为功的过程，需要众多研究者付出巨大努力。《文选》充分反映了改革开放的时代需求和历史脉络，充分体现了一代知识分子的历史责任和人生价值，扎扎实实地把改革研究做在祖国大地上。

习近平总书记指出，面对改革进入攻坚期和深水区、各种深层次矛盾和问题不断呈现、各类风险和挑战不断增多的新形势，如何提高改革决策水平、推进国家治理体系和治理能力现代化，迫切需要哲学社会科学更好发挥作用。我衷心希望，迟福林同志以及他所带领的研究团队，在新发展阶段围绕落实新发展理念、构建新发展格局，在全面深化改革和促进高质量发展相关问题研究上再攀高峰，产出更多具有前瞻性、战略性的研究成果，在服务国家改革开放和现代化建设的决策中发挥更大作用。

"中国之治·坚持和完善社会主义
基本经济制度"丛书 *推荐语

（二〇二一年十一月）

　　当前，面对深刻复杂变化的国内外发展环境带来的新矛盾、新挑战，我国正在加快构建以国内大循环为主体、国内国际双循环相互促进的新发展格局。这是适应我国发展新阶段要求、塑造国际合作和竞争新优势的必然选择。要想在新征程上创造新成绩，我们必须站在新时代新发展阶段的历史方位上坚持和完善社会主义基本经济制度，走出一条以高水平开放促进深层次改革开放的新道路。

　　基于对坚持和完善社会主义基本经济制度的学习、理解和研究，广东经济出版社与中国（海南）改革发展研究院、山西经济出版社联合策划出版了"中国之治·坚持和完善社会主义基本经济制度"丛书。丛书共5本分册，书名根据新时代背景下社会主义基本经济制度的五大方面而定，是一套集权威性、战略性、前瞻性于一体的研究性读物。各分册分别为：《建设更高水平开放型经济新体制》、《完善社会主义市场经济体制》、《促进收入分配公平合理》、《构建现代化中国科技创新体系》、《建立更具活力的所有制结构》，对社会主义基本经济制度进行理论与实践的探索和创新，全面探讨了新时代背景下我国应该如何深化经济体制改革，构建现代经济体系。这不仅符合当前我国推进国家治理体系和治理能力现代化的鲜明主题，更对在新时期研究、总结、宣传我国基本经济制度具有重要价值。

　　这套丛书围绕社会主义基本经济制度展开，以坚持和完善社会主义基本经济制度为主线，对我国构建现代经济体系进行了开创性的探索和实践总

---

* "中国之治·坚持和完善社会主义基本经济制度"丛书，由广东经济出版社与中国（海南）改革发展研究院、山西经济出版社联合策划出版，包括《建设更高水平开放型经济新体制》、《完善社会主义市场经济体制》、《促进收入分配公平合理》、《构建现代化中国科技创新体系》、《建立更具活力的所有制结构》5本。

结，对推进社会主义现代化国家的经济建设实践、国家治理体系和治理能力现代化，增强中国特色社会主义制度自信，实现经济高质量发展具有一定的理论意义和实践意义。

全套丛书分册主要作者迟福林、张卓元、宋晓梧、薛澜、范恒山，都是在相关领域具有影响力的经济学家，使得丛书具有重要的学术价值和出版价值，具有一定前瞻性和权威性。在全国向第二个百年奋斗目标进军的关键节点，该丛书能为我国经济体制改革和制度建设建言献策，对我国深化经济体制改革具有积极的理论意义和现实意义。

我同意推荐该丛书参评第八届中华优秀出版物奖图书奖。

中国特色金融服务养老路径的有益探索

——评《金融服务养老研究》*

（二〇二二年九月）

中国正面临日益严峻的养老问题，不仅老年人口数量多、增长速度快，而且还有未富先老、未备先老、未储先老的问题。妥善应对人口老龄化问题不仅事关经济能否高质量发展，而且事关社会能否长期保持稳定。党和国家高度重视解决我国人口老龄化带来的社会问题，大力推进基本养老服务体系建设。传统的养老服务主要属于民政、社保、医疗卫生领域，而在金融领域内如何开展养老服务还是一个崭新的课题。江世银教授等著的新作《金融服务养老研究》对此作出了比较深入的研究，探索了中国特色金融服务养老的路径。本书主要特点和贡献有以下三个方面：

第一，对金融服务养老的领域作了突破性研究。 金融服务养老是解决养老问题中意义特别重大的课题。目前，虽然对金融服务养老有不少研究，但对金融服务养老的供求分析，对银行、证券、保险、信托和基金如何进行风险防范和监管完善都还涉及较少。金融服务养老中的风险预期问题及预期管理问题，充分发挥预期对金融服务养老的积极作用等问题还只是开始。如何发挥金融审计在金融服务养老中的独特监督作用几乎还是一片空白，如何建立健全金融服务养老的监管体制机制也还没有完全破题。与需求相比，中国金融服务养老都还没有获得应有的发展，都需要深入研究并用于指导实践。已有的养老服务体系建设研究没有将金融服务养老放到应有的突出位置。对于金融服务养老路径的研究，大多集中在银行服务养老体系建设方面，而对于其风险防范、如何加强对它的监管始终还不能满足实践发展需要。如何通过金融审计防范风险、进行监督全覆盖，如何建立健全法律法规体系而为金融服务养老提供法律保障，如何构建金融服务养老大体系等都是实践中亟须

---

* 《金融服务养老研究》，江世银等著，科学出版社 2022 年 6 月出版。

探讨的问题。基于此，《金融服务养老论》做出了突破性研究。

第二，在金融服务养老领域具有开拓性的重要学术价值。该书尝试从包括金融在内的多种途径寻找解决人口老龄化背景下的养老服务问题，具有重要的理论意义与学术价值。本书从深入剖析制约中国金融服务养老的因素出发，吸取国际经验与教训，在民政、社保、医疗卫生服务养老基础上，深刻总结中国金融服务养老的成功模式，以便更好地为老年型国家的金融服务养老提供参考。该书的独到学术价值在于引发更多的同行关注金融如何更好地服务养老，弥补财政养老、养儿防老、自助养老等不足。深入研究金融服务养老问题并用以指导实践，可以加速金融服务养老的推行，构建便民利民的金融服务养老路径，从而形成中国特色社会主义的金融服务养老学术体系、制度基础和实践路径。当然，就如何提升居民养老财富储备和养老服务支付能力的问题，作者还需要从理论框架、国际经验和结合中国实际出发进行探索，澄清一些认识、更新一些观念，使其能更好地摆脱理论之争。

第三，金融服务养老多样化研究方法的应用创新。该书在恒久收入假说、生命周期理论、金融学理论、金融风险管理理论、金融监管理论、金融审计理论和预期理论的指导下，采取问卷调查与访谈法、综合对比法、数量分析法和专家咨询法等，初步构建了适应于中国金融服务养老的监管框架。此书的研究通过走访政府管理部门、金融机构、养老机构、金融监管机构和企事业单位等的实地调查研究，通过问卷调查和电话采访获得其他的资料数据，发现了金融服务养老演变规律与新趋势。经过深入的调查分析，作者还发现了其他问题并找到了存在问题的原因，参考借鉴他国成功监管的经验，也吸取其管理过程中相关失败教训，通过大量的计算机数据模拟和仿真手段，运用养老金融案例和数据资料，进行了开拓创新性研究，最终提出了可供有关部门操作的政策性建议。此书还选取代表性地区，采取分头走访、与主管部门、银行深度访谈等方式，进行了解剖麻雀式的案例分析。这些多样化研究方法的应用达到了这一领域的领先水平。

总之，本书系统地研究了金融服务养老的理论基础并构建了相应的理论框架，详细考察了国外典型国家金融服务养老实践，尝试性地总结了不同经济体的金融服务养老模式；获得了国外金融服务养老的经验、教训与启示。通过广泛调研和中外历史的比较，此书发现了金融服务养老存在的各种问题，根据所发现的问题探索了中国特色的金融服务养老路径。《金融服务养老研究》提出的有中国特色的金融服务养老路径是一条既遵循金融服务养老的国际惯例，又结合中国人口老龄化所带来的养老实际的路径，对于解决金融服务养老具有重大的现实意义。全书的突出特色是理论联系实际，以逻辑引领路径，注重理论的前沿性、决策的实用性和可操作性等，对学术界、实务界都有参考作用。

审计预期研究的重要价值与意义

——评《审计预期论》*

（二〇二三年十一月）

　　现阶段，审计预期已日渐成为宏观经济学、审计理论研究中的重要课题。伴随审计实践的推进，审计预期发挥的作用也越来越大。为了更好地做好审计工作和充分发挥审计监督的效率，我们需要高度重视审计预期的作用与影响，让审计预期为审计治理乃至国家治理服务。在此背景下，由南京审计大学江世银教授撰写的《审计预期论》一书由上海人民出版社于 2023 年出版。研究审计预期既有其理论价值，又有其应用价值。它不仅丰富和完善了审计理论与预期理论，而且应用于指导审计实践。缩小审计预期差距、充分发挥审计预期的积极作用、克服其消极影响和提高审计监督效率都离不开审计预期研究。

　　从理论价值来看，通过审计业绩满意度与审计预期调查，建立数学模型来测量审计预期，从而解决审计预期测度的难题，这为未来研究审计理论与实践提供了新的视角和途径。本书对审计预期进行的实证分析对于未来的审计治理乃至国家治理不仅提供了科学的理论依据，而且提供了合理的解释。此外，书中对审计预期差距的研究为如何管理好审计预期提供了思路和学理依据。

　　一方面，研究审计预期对于拓展预期理论具有重要的价值。预期自古以来就是人们经济社会活动的重要内容。到了近代，预期更成为西方经济学中重要的理论基础之一。预期同其他意识活动一样具有很强的主观能动性，正确的预期指导人们沿着正确的方向不断前进，错误的预期则不仅使人朝着不正确的方向努力，并可能给人一种误以为自身正确的错觉或幻觉。研究审计预期丰富了预期理论。另一方面，研究审计预期对于拓展审计理论具有重要

---

* 《审计预期论》，江世银著，上海人民出版社 2023 年 10 月出版。

的价值。审计具有很强的预见性和计划性，离不开审计预期，特别是在审计的调查了解阶段，审计者获得的资料信息越充分，预期者形成的预期就越理性和越接近实际。审计预期对后续审计行为有重要的影响。前期的预期越理性越客观，后期的审计过程所产生的幻觉或错觉就会越少，走弯路或错路的可能性就越小，审计监督的效率也就越高。所以，研究审计预期丰富了审计理论。

随着经济的快速发展、科技的日新月异和人类认识能力的不断提高，我们有必要、有能力对审计进行多学科、多领域的研究。审计预期不仅是从心理角度对审计理论向纵深拓展的研究领域，而且是从审计监督角度对预期理论向纵深拓展的研究领域。把审计预期纳入审计理论研究的范围，揭示有关审计预期的理论，这是审计理论的重要组成部分。

审计预期研究对于丰富和完善审计理论和预期理论具有重要的理论意义。审计不仅是管理学的一个重要分支，而且也是经济监督过程中非常重要的组成部分。研究审计学，包括研究审计心理预期理论，对于全面掌握审计者、被审计者、公众和政府的心理预期都非常重要。开展审计预期研究拓展了审计研究领域，促使审计学科体系更加完善，形成了有中国特色的审计预期理论。

研究审计预期有助于审计理论的丰富和完善。研究审计预期，只有从它本身特定的理论基础所产生的基本问题入手，才能进一步深入、细致、全面地研究相关的内容。审计学是为审计实践服务的学科。审计实践离不开审计者、被审计者、公众和政府等的相关活动。从审计实践中上升的审计理论无不对审计实践产生影响。现代审计理论随着审计实践的发展而得到不断地丰富和完善。该书中所进行的审计主体预期、审计客体预期、审计过程预期和审计结果预期等研究丰富了审计预期理论。审计预期差距研究则丰富了审计预期影响因素的研究。

研究审计预期有助于预期理论的丰富和完善。到目前为止，预期已有投资预期、消费预期、收入预期、支出预期、就业预期、失业预期、价格预期、政府预期、公众预期、宏观调控预期、政策预期和社会预期等研究领域。该书在这些领域的基础上所研究的审计预期是一个全新的领域。随着实践的发展和认识水平的提高，预期还有新的理论与研究领域。审计预期不同于一般的预期，是审计监督中的预期。这种预期非常复杂。它影响着审计监督的全过程和各方面。审计预期研究拓宽了学术研究领域。它会引起学术界和审计者的注意，被用以指导审计实践，提高审计监督的效率。

从应用价值来看，本书所进行的审计预期研究为缩小审计预期差距、充分发挥审计预期的积极作用和克服消极预期的影响提供了理论指导。书中所涉及的审计主体预期、审计客体预期、审计过程预期、审计结果预期和公众审计预期等，都可以在实践中找到其应用价值。加强审计预期管理对于进行审计预警、缩小审计偏差、提高审计监督效率和更好地开展新时代的审计监督都有重要意义。

预期不仅能够指引审计工作的全局思维和宏观方向，还能够指引审计业务开展的具体方向。审计预期也能使审计者在纷纭复杂的表面现象中理出主要矛盾和抓住工作重点，不断优化整合有限的资源，进而达到资源的最优化使用。对于审计预期来说，预期的阶段性特征特别明显，每一个阶段的审计重点都不同，因此每一阶段都可能有相应的审计预期。利用预期形成计划，进而指导阶段性工作。预期还能够影响审计监督效率。一个审计者的预期是否符合实际以及在多大程度上符合实际也是决定其行动效率的关键因素。审计预期使具体行动紧紧围绕预期厘定的主线不断推进，所有资源都被投入到关键的环节上，审计监督效率也自然而然地大大提高了。

审计预期是一种基于专业知识的审计判断，是对审计实践的主观反应。预期者根据所掌握的审计专业知识、已有的实践经验和前期所知晓的信息等进行预期，否则预期就会脱离实际，产生审计错觉。特别是通过对审计预期的引导与调节来促进审计活动的开展，这更需要审计预期管理。书中进行的审计预期研究正好可以为审计监督服务。

审计是一种重要的经济监督活动，如何提高审计监督的效率对于推进国家治理体系完善和治理现代化具有重要的意义。掌握和利用审计预期，可以更有针对性地开展审计，更好地发挥审计监督的作用。该书对审计预期引导与调节具有很强的现实指导性。审计预期研究在当前推进完善国家治理进程中具有重要的现实意义。

研究审计预期有助于审计预警。掌握全社会的审计预期，发现审计预期对审计的消极影响及潜在的倾向和内在问题，以便于及早预警、防范与应对。研究审计预期可以掌握全社会的预期状态，有针对性地进行审计预期引导，转变被审计者的态度，从而有效提高审计质量，充分发挥审计的监督作用。掌握审计预期变化的规律，可以为审计实践服务，减少审计所走的弯路，提高审计监督的效率，充分发挥审计对现代经济的治理作用。如果发现审计预期向不良预期方向变化，就需要及早采取措施，引导预期向好发展。

研究审计预期有利于缩小审计偏差。现代经济活动中存在大量的利益冲突。为什么会出现审计偏差？审计偏差带来什么样的消极影响？如何缩小审计偏差？这些都与审计预期偏差密切相关。审计偏差较小或能够被控制在一个合理范围内，这对于审计的影响不大。如果审计偏差过大，它可能阻碍审计监督作用的发挥。全社会的审计预期差距较小有利于审计的顺利开展，审计也能充分发挥它独特的监督作用。缩小审计偏差需要注重审计预期心理的引导与调节。

研究审计预期有利于提高审计监督效率。审计监督是现代经济活动的一种重要治理手段和措施，国家治理体系内在地包含审计治理。现代经济的治理越来越需要审计治理。审计中的行为既是监督行为，也是预期心理行为，有时预期心理行为比直接监督行为更重要。审计者在了解被审计者的预期后，可以逐渐接近相同的预期，消除被审计者的误解与抵触，获得他们的理解、配合，使审计更加顺利。

该书力求于研究审计预期，试图开拓审计与预期的新领域。尽管做出了不少努力，审计预期仍然是一个有待开拓的新领域。此外，审计预期研究的相关数据获取较为困难，将审计预期研究集中于审计预期差距领域也有一定的局限性，这些都有待改进。

以高质量智库成果
助推新征程社会治理现代化

——在《中国社会治理报告（2023）》*和《中国治道》*
新书发布会暨《中国社会治理报告（2024）》
启动会上的讲话

（二〇二三年十二月）

　　很高兴参加在这里举办的新书发布会。刚才，李韬同志对北京师范大学中国社会管理研究院（以下简称"中社院"）的情况以及新型社会治理智库丛书的两本新著做了很好的介绍；出版社的领导、与会专家和作者也都作了精彩发言，讲得都很好，很受启发。中社院的智库丛书连续出版了十余年，已经成为有影响力的社会治理智库产品品牌。

　　2011 年，我应邀回到母校创建社会治理新型智库，带领团队主要研究社会治理领域的理论和实践问题，取得了多方面的成果。新时代实践不断发展，理论也不断创新。在党的二十大报告中，习近平总书记进一步阐述了中国式现代化这个重大命题，并作出了一系列新的重要部署，对推进社会治理现代化也提出了新要求，强调指出："国家安全是民族复兴的根基，社会稳定是国家强盛的前提。"必须坚定不移贯彻总体国家安全观，确保国家安全和社会稳定，"建设更高水平的平安中国"。这个论述将维护国家安全与推进社会治理凝结为一体。总体国家安全观注重提高公共安全治理水平。公共安全治理是社会治理的重要内容，是事关人民群众切身利益的系统工

---

* 《中国社会治理报告（2023）》，李韬、王杰秀、朱瑞、何立军编著，人民出版社 2023 年 10 月出版。

* 《中国治道——以社会治理现代化助推中国式现代化》，李韬、朱瑞编著，国家行政学院出版社 2023 年 12 月出版。

程，更是社会和谐稳定的有力支撑。要求将"安全"贯穿到国家发展各领域和全过程，以新安全格局保障新发展格局。这对促进我国经济社会持续稳定健康发展具有重大意义。

近些年来，在各级党委的领导下，社会各界为推进社会治理现代化做了大量工作，特别是围绕推进和拓展中国式现代化，围绕社会治理中的热点、难点和重点问题开展深入研究，取得了一批新成果。例如，如何认识中国式现代化与社会治理的关系，中国式现代化目标为推进社会治理现代化指明了方向，社会治理要服务中国式现代化的实现；如何加快推进市域社会治理及其现代化，加强和创新基层社会治理；如何使数字赋能社会治理，激发社会组织和广大群众参与社会治理的积极性，如何加快培养社会工作人才，推进社会工作者专业化建设；等等。这些成果在今天发布的这两本新书中都有所体现，专家学者们从不同视角作了深入研究探索。

中国式现代化是不断向前发展的历史进程，已经开启了新征程，进入了一个新的发展阶段。新征程新阶段是以中国式现代化全面推进强国建设、全面实现中华民族伟大复兴的关键时期，我国社会治理现代化面临着新的形势，并提出了更高的要求。

首先，世界百年变局加速演进，进入新的动荡变革期，不确定性、不稳定性增强。这些对世界各国都会产生深刻的影响，也无疑会加大我国发展安全与社会稳定的难度，对社会治理和平安中国建设带来多方面影响。**其次，**新一轮科技革命深入发展，特别是数字化社会到来。数字化社会在给人类社会带来便利、舒适、效率、品质的同时，也使社会生产方式、人们的工作方式、生活方式、思维方式发生着深刻变革，引发许多新的经济社会问题，增加了社会治理难度。**再次，**随着现代化的不断推进，我国社会结构已经和正在发生深刻变化。特别是人口结构、家庭结构、就业结构、城乡结构、阶层结构和社会组织结构等多方面发生巨大变化。两头小中间大的橄榄型社会加快演进，人口老龄化进一步加快，老龄人口会继续增多，而且少子化趋势日益明显，城镇化水平将进一步提高，城乡融合和城乡一体化发展进入新阶段，这些社会变化具有许多新特点。**最后，**当前和今后一个时期是我国各类矛盾和风险易发期，各种可以预见和难以预见的风险因素明显增多。新老矛盾交织叠加，各种老问题与新问题相互交织、相互影响，有些是长期没有得到解决的深层次性问题，势必还会产生一系列社会矛盾和挑战。

因此，如何应对这样的新形势新变化，持续推进社会治理现代化，是一个紧迫的重大课题。作为智库机构应该充分发挥功能作用，特别要在以下方面下更大功夫。

一是要加强科学理论武装，深入学习贯彻习近平总书记关于社会治理重要论述。党的十八大以来，习近平总书记对加强和创新社会治理问题作出一系列重要论述，提出了一系列新思想新观点新论断。这些重要论述是习近平新时代中国特色社会主义思想的重要组成部分，使我们党对社会治理工作规律和社会治理道路的认识提升到了新高度，是新时代新征程推进社会治理高质量发展的根本遵循和行动指南。我们要在全面领会、学深悟透上下功夫，深刻理解其丰富内涵和实践要求，自觉贯彻落实。

二是要加强咨询研究，服务党政决策。党的二十大对以中国式现代化推进强国建设、民族复兴伟业作出全面部署，提出了许多重大任务。要按照党的二十大提出的新部署新任务，确定新课题新项目。例如，如何实现社会治理高质量发展；如何完善社会治理体系，提升社会治理效能；如何提高人民生活品质、扎实推进共同富裕；如何提高公共安全治理水平、加强国家安全能力；等等。要开展前瞻性、战略性、应用性、储备性政策研究，提出高水平、建设性、切实管用的政策建议，积极建言献策，为决策者提供参考依据。

三是要深化理论创新研究。提供创新性思想产品，是智库的重要职能。要树立问题意识，聆听时代呼唤，直面矛盾和深入研究问题。问题是时代的声音，发现和解决问题是理论创新研究的根本性任务。要围绕社会治理现代化进程中面临的难点、重点问题，提出有价值、有影响的新判断、新概括、新观点、新见解，服务和推动理论创新、学术创新、方法创新。特别要善于观察和发现问题，重视倾向性、苗头性、潜在性问题的研究，运用创新思维、辩证思维、底线思维，独立思考，揭示问题的本质，发表真知灼见，讲清哲理、学理和道理。

四是要注重提高成果质量，多出精品力作。研究成果的质量是智库的生命，也是智库持续健康发展的关键所在。追求精品既是一种意识，更是一种责任。要秉持高度负责的精神和严谨的治学态度，多提供高质量成果，多出精品佳作。为此，要精心选题、精心研究、精心撰写、精心修改，力求精益求精。

五是要运用多种形式，推进成果转化应用。要拓展成果应用渠道，有些研究成果可以通过内部刊物直接向党政领导和有关部门报送；不涉及国家秘密的，可以通过图书、期刊等公开出版发行方式向社会传播。今天发布的新型社会治理智库丛书——《中国社会治理报告》和《中国治道》两本新书，都是很好的类型、样式。《社会治理》杂志刊物也是一个有效的载体平台。这些都要坚持办下去，力争越办越好。

加强社会建设理论创新
推进中国式社会建设现代化

——在"推进社会建设现代化"研讨会暨《中国特色社会主义社会学》*新书发布会上的讲话

（二〇二三年十二月）

很高兴参加在这里举办的推进社会建设现代化研讨会，也很欣慰由我主编、多位专家和教研人员参与编写的《中国特色社会主义社会学》新书在会上发布，刚才还举行了捐款仪式和图书捐赠仪式。今天，学校党委书记程建平同志等与会领导和专家对推进社会建设现代化的理论和实践问题以及中国特色社会主义社会学创新发展问题进行了深入研讨，内容丰富，不乏真知灼见，我也颇受启发。会议主办方北京师范大学社会学院、北京师范大学出版社（集团）有限公司、北京师范大学教育基金会精心组织，周密筹划，在大家共同努力下，今天会议各项议程圆满完成。在此，我谨对学校的高度重视和有关领导、专家及各方面大力支持表示衷心感谢。特别感谢北京师范大学出版集团对《中国特色社会主义社会学》一书出版的精心策划和支持，感谢国信招标集团对北京师范大学教育基金会利群基金的热心捐赠，感谢北京师范大学图书馆接受我捐赠的著作图书！更加感谢母校北京师范大学过往对我的深切关爱和培养教育。

这里，我讲几点认识和体会。

一、推进社会建设现代化的意义重大

加强社会建设是发展中国特色社会主义事业总体布局的重要组成部分。

---

* 《中国特色社会主义社会学》，魏礼群主编，北京师范大学出版社 2023 年 9 月出版。

社会建设，包括保障和改善民生、促进社会公平正义、发展各项社会事业、加强和创新社会治理、维护公共安全和社会稳定、建设健康中国和平安中国。推进中国式现代化，必须推进社会建设现代化。这既是践行以人民为中心发展思想和贯彻总体国家安全观的根本要求，也是中国式现代化的鲜明特色和本质要求。只有推进社会建设现代化，才能不断满足人民对美好生活的向往，增进民生福祉，让广大人民群众共享改革发展成果，促进人的全面发展和逐步实现全体人民共同富裕，建设和谐社会，才能完善中国特色社会主义社会治理体系，提高社会治理水平，不断推进国家治理体系和治理能力现代化，也才能建设平安中国，维护国家安全和社会稳定，实现国家长治久安，如期全面建成社会主义现代化强国。总之，我们应当从政治上、全局上、战略上认识推进社会建设现代化的极端重要性和重大意义。

二、新征程推进社会建设现代化的历史任务

改革开放特别是党的十八大以来，我国社会建设取得了长足发展和进步，如期全面建成小康社会。党的二十大，开启了以中国式现代化全面推进强国建设、民族复兴伟业的新征程，明确提出：到2035年基本实现社会主义现代化；到本世纪中叶把我国建成富强民主文明和谐美丽的社会主义现代化强国。中国式现代化建设进入新阶段，社会建设现代化也面临新的形势、任务和要求。我认为，以下四个方面需要深入研究和把握。

（一）**我国发展处于新的历史方位。**中国特色社会主义进入新时代，我国发展进程处于新的历史方位，最显著的标志是，社会主要矛盾已经转化为人民日益增长的美好生活需要和不平衡不充分发展之间的矛盾。这个社会主要矛盾转化表明，人民对美好生活需要日益广泛，不仅对物质文化生活提出了更高要求，而且在民主、法治、公平、正义、安全、环境等方面的要求日益增长；同时表明，我国仍处于并将长期处于社会主义初级阶段，也就是还不发达阶段，发展社会生产力，推进经济建设和社会建设的任务仍然相当繁重。

（二）**我国发展面临新的外部环境。**当今世界百年不遇的大变局加速演进，不稳定性不确定性更加突出。外部发展环境的深刻复杂变化，必然会对我国发展带来更多风险挑战，维护国家安全和社会稳定，实现高水平

对外开放和高水平平安中国建设，是未来社会建设需要面对的重大而艰巨的任务。

（三）人类社会发展呈现新变量新态势。 最重要的，是新一轮科技革命和产业革命深入发展，特别是数字化、人工智能等新技术蓬勃发展，正在并将继续改变人类的生产生活和交往方式。这既会为加快社会建设现代化带来难得机遇和有利条件，也必然会出现一系列新的社会矛盾和问题，包括如何实现更加充分、更高质量的就业，如何促进人口长期均衡发展和人的现代化，如何协调新型社会关系、化解各类社会矛盾等，都是推进社会建设现代化进程中必须研究解决的重要课题。

（四）我国社会结构已经出现深刻变化。 特别是人口结构、家庭结构、城乡结构、就业结构、所有制结构、社会组织结构、社会阶层结构等发生重大变化。社会结构的持续变化，无疑会对社会建设现代化和社会治理现代化提出许多新课题新任务。

以上可以看出，在新时代新征程新发展阶段推进社会建设现代化，既有着非常重要的紧迫性，也有十分复杂的艰巨性，必须深刻认识、全面把握，实行正确的对策。

三、深入研究推进社会建设现代化理论创新发展

实践没有止境，理论创新也没有止境。推进中国式社会建设现代化，既需要勇于实践，也需要善于理论创新。党的二十大报告明确要求，要"深入实施马克思主义理论研究和建设工程，加快构建中国特色哲学社会科学学科体系、学术体系、话语体系，培育壮大哲学社会科学人才队伍"。在现代社会科学体系中，社会学是基础性、综合性的学科，是研究和揭示社会运行特点和规律的一门学问，它以观察和解释社会现象、分析和处理社会矛盾、面对和解决社会问题、促进和实现社会和谐为宗旨和使命，对于推动社会建设和社会文明进步具有十分重要的作用。在推进社会建设现代化进程中，只有不断发展中国特色社会主义社会学等相关理论体系，才能更加坚定中国社会主义社会建设的理论自觉和理论自信，为全面推进社会建设现代化提供更好的理论支撑。习近平总书记对社会主义社会建设思想理论作过系统阐述，我们要深入学习，把握精神实质和深刻要义。我们还要以习近平新时代中国特

色社会主义思想为指导，运用贯穿其中的立场观点方法，深入研究未来新发展阶段社会建设现代化进程中的复杂理论问题和实践创新问题，深刻认识和把握中国式社会建设现代化的特点和规律。要满腔热忱地对待一切新生事物，不断开拓认识的广度和深度。

社会建设综合性强、涉及领域广，尤其需要加强社会学学科体系、学术体系、话语体系和人才培养体系建设，以及加强其他与社会建设密切相关的跨学科体系和人才培养体系建设。新时代新征程发展中国特色社会主义社会学必须面向新时代、研究新时代、服务新时代的使命和任务，在实践创新、制度创新、理论创新中构建和完善中国特色社会主义社会学理论体系、学科体系、学术体系和话语体系。今天，"推进社会建设现代化"研讨会暨《中国特色社会主义社会学》新书发布会正是推进中国特色社会学自主知识体系建设的具体行动。我们现在推出的中国特色社会主义社会学的研究，仍然是一项探索性成果，需要理论界和实务界一起共同努力，继续不断完善和深化研究。时代是思想之母，实践是理论之源。习近平总书记指出：我们置身的时代，"这是一个需要理论而且一定能够产生理论的时代，这是一个需要思想而且一定能够产生思想的时代，我们不要辜负了这个时代"。面向现代化、面向世界、面向未来，社会建设现代化理论一定会伴随伟大而丰富的实践，不断创新发展，从而又更好服务和推进社会主义社会建设现代化。我们应当坚定这个自觉和自信！

出版高质量图书　助推基层治理现代化

——在《基层治理现代化案例100》[*]新书发布会上的讲话

（二〇二四年一月）

很高兴参加在这里举办由叶俊东同志主编的《基层治理现代化案例100》新书发布会。

刚才，中国言实出版社社长冯文礼同志作了致辞，存根、书林、恒山同志和出版界几位负责人以及国研室王淑琳副司长等作了讲话，讲得很好，很受启发。

这里，我讲几点认识和体会。

首先，祝贺中国言实出版社在新年伊始就出版了这部很有价值、很有意义的新书。我对言实出版社发展历程和业绩贡献比较熟悉。言实出版社成立两年之后，即1998年初，我就到国务院研究室工作，亲自关心、支持出版社开拓发展。2008年5月离开国研室以后，也一直关注、关心出版社发展壮大。我深知，作为一个国家级出版社，在国务院研究室历届领导班子领导下，出版了一大批优秀图书，为助力国务院研究室履行职责和服务国家工作大局作出了突出贡献。因此，我对言实出版社一直怀着特殊的感情，对出版社的发展进步感到高兴，对出版社向我提出的诉求，几乎有求必应，尽力相助。

一个月前，冯文礼社长同我见面时说，言实出版社拟出版由新华社《半月谈》杂志主要领导主编的《基层治理现代化案例100》一书，并提出让我为此书写一篇序言。听了书稿的内容和特色介绍，要来了书稿过目后，我认为此书出版符合国家发展和社会治理需要，而且以选编案例为方式，体例也颇有特色，于是应允写出题目为《推进基层治理现代化的有益探索》这篇序

---

* 《基层治理现代化案例100》，叶俊东主编，中国言实出版社2024年1月出版。

言。我对此部新书可以说是先睹为快。今天，这部新作和我写的序言一并问世，心里感到很高兴。这是第一点认识和体会。

第二，阅读这部新书，我感到它有三大贡献。其一，主题好，视角新。 这本书的主题是推进基层治理现代化。推进中国式现代化，是新时代的最大政治。推进包括基层治理现代化的国家治理现代化，是中国式现代化的重要任务和必然要求。习近平总书记说："基层强则国家强，基层安则天下安，必须抓好基层治理现代化这项基础性工作。"推进基层治理现代化，是实现国家治理现代化的基础工程，这项工程越来越受到党和国家以及社会各界的重视。此书将视角聚焦在基层治理，旨在推进基层治理现代化，主题鲜明，视角新颖，引人注目。

其二，问题真，办法实。 问题是时代的脉搏和声音，好的出版物，就应该反映社会上的真问题，研究解决真问题。该书许多案例，都是观察、分析、解决真实问题，并反映解决问题的真实情况、切实办法，不作表面文章，这是推进基层治理现代化、实现社会领域高质量发展的扎实可靠办法。目前，在纠治形形色色形式主义、官僚主义现象的情势下，这种反映真问题、切实解决真问题的精神尤为可贵。

其三，小案例，启示大。 该书汇集了许多地方推进基层治理现代化的有效做法和成功经验，推介了多种类、可复制、可推广的模式，每个案例都很有针对性、启发性，对于更好理解基层治理的内涵、实质和任务，掌握基层治理的正确方式方法，克服错误做法和不良现象，很有帮助。特别是突出了"党建引领、群众参与、放权赋能"这三个方面，普遍可行、可用、可见效，具有一定的代表性和典型性，可以作为基层治理范例供借鉴和参考。

这本新书之所以有这些贡献和推介价值，在于本书的主编和作者团队行。本书的主编是《半月谈》杂志的总编辑，所选择的100个案例的作者绝大多数是杂志社的记者。《半月谈》有"中华第一刊"之称，是国内最早系统调研报道基层治理的媒体。特别是早在2017年，《半月谈》即开设"基层治理现代化"专栏，每期都刊发数篇稿件，反映城乡基层治理中的问题和有益做法，为这次结集出版打下了良好基础。当然，作为国务院研究室主管主办的中国言实出版社的领导班子及团队，主动承担这本书的编辑出版工作，也体现出很高的政治敏感性和社会责任心。

今天举办新书发布会，既是为了向社会各界推介这本颇有价值的图书，也在于研讨和推动我国基层治理现代化的进一步发展。这里，我简要讲三点看法和建议。

（一）**深入学习、宣传、研究推进社会治理现代化的科学理论。**习近平新时代中国特色社会主义思想是推进、拓展和实现中国式现代化的指导思想和根本遵循，也是指引和推进我国基层治理现代化的科学理论。习近平总书记对加强和创新社会治理包括推进基层社会治理现代化作出了一系列重要论述。包括要站在巩固党的执政基础和维护国家安全的高度，坚持和加强党对基层治理的领导，把服务群众、造福群众作为基层治理的出发点和落脚点，加强基层政权建设，完善基层民主制度，构建党组织领导的共建共治共享的城乡基层治理格局，提高社会化、法治化、智能化、专业化水平，构建富有活力和效率的新型基层社会治理体系，坚持和发展新时代"枫桥经验"，坚持大抓基层的鲜明导向，推进以党建引领基层治理。只有学深悟透习近平总书记关于基层社会治理的重要论述，完整、准确、全面领会和把握基层治理现代化的科学内涵、方向任务、路径方法，才能确保推进基层治理现代化的正确方向和社会效果。从现实的情况看，哪些地方真正学懂弄通和全面准确落实了习近平总书记关于基层治理的重要论述，哪些地方基层治理就搞得好，社会效果好，人民满意度和获得感就高。而有些地方没有真正学好和把握社会治理的内涵和要求，就会把好经念歪，在行动上变形走样。打折扣是变形走样，层层加码、任意作表面文章，也是变形走样，这样做都会适得其反，事与愿违，没有好效果。因此，各类媒体应当加强对习近平总书记关于基层治理重要论述的宣传、研究，促进各地方各基层全面、准确贯彻落实。

（二）**求真务实，深入调查研究。**推进基层治理现代化，贵在从各地实际情况出发，真抓实干，务求实效。前不久召开的中央经济工作会议特别强调：对党中央的决策部署要在抓落实上下功夫，要不折不扣抓落实、确保最终效果符合中央的决策部署；要求真务实抓落实，坚决纠治形式主义、官僚主义，各地情况千差万别，抓落实必须实事求是、因地制宜，"一把钥匙开一把锁"。要做到求真务实，就需要大兴调查研究之风。今天发布的新书案例，就体现了求真务实精神，是《半月谈》作者多年深入基层、深入群众、深入实际发现真实情况、解决真实问题、取得真实效果的生动体现。建议《半月谈》杂志继续发扬优良传统，坚持面向基层、深入干部群众，直击基层干部的痛点，剖析基层治理的重点，反映群众身边的难点，深挖基层治理探索的亮点，满腔热情地总结、宣传、推广基层治理现代化中的新鲜经验和新生事物，不断推出更多更好的优秀案例和精品力作。

（三）积极促进基层治理人才综合素质的提升。推进我国基层治理现代化健康发展，关键在于提高广大基层干部的素质和能力，为有效推进党建引领基层治理提供人才支撑。当前和今后时期，国内外形势复杂多变，社会矛盾和问题会增多，任务更加繁重艰巨。这对广大基层干部的综合素质和治理能力提出了越来越高的要求。现实的情况是：不少年龄偏大的基层干部因未得到及时的教育培训而在许多方面知识不足、本领恐慌；也有些年轻基层干部不安心长期在基层工作，出现"躺平"、"应付"现象。必须在抓好基层干部选拔任用工作的基础上，通过多种途径、多管齐下加强教育培训工作，着力提高广大基层干部提升基层治理效能的素质和水平，增强做好群众工作的能力。这方面也需要看到更多更好的案例和成功经验。这是助推我国基层治理现代化的迫切需要。建议《半月谈》等媒体在这方面予以更多的关注，反映更多的基层治理好做法和好经验。

最后，祝愿中国言实出版社出版更多更好、服务和助力中国式现代化的优秀图书。